U0592357

刘勰

文心雕龙

集校版

文爱艺 译注

The Literary Mind and the Carving of Dragons

陕西师范大学出版总社 西安

总序

·文爱艺

章学诚

《文心雕龙》是我国南朝文学理论家刘勰（xié）创作的一部理论系统、结构严密、论述细致的文学理论专著，成书于我国南北朝时期的公元501年至502年（南朝齐和帝中兴元年、二年）间。

它是我国第一部美学和文学理论巨著，也是我国文学理论批评史上第一部体系严密、体大虑周的文学批评理论专著。

《文心雕龙》以体大思精、内容宏富、骈俪工稳，受到昭明太子萧统、当时文坛领袖沈约的赏识。

清代章学诚[①]在《文史通义·诗话》中称它“体大而虑周”“笼罩群言”，《校雠通义·宗刘》中评它“自出心裁，发挥道妙”，谭献[②]《复堂日记》中论它“文苑之学，寡二少双”。

❶章学诚（1738—1801），字实斋，号少岩，原名文镳、文酕，会稽（今浙江绍兴）人，清代史学家、思想家，中国古典史学的终结者，方志学奠基人。他一生颠沛流离，早年屡试不第，1778年（乾隆四十三年）才中进士，时年四十一岁。后官国子监典籍，主讲定州定武、保定莲池书院，为南北方志馆主修地方志，先后主修《和州志》《永清县志》《亳州志》《湖北通志》等十多部志书，创立了一套完整的修志义例。章学诚倡六经皆史之论，治经治史，皆有特色，并用毕生精力撰写了《文史通义》《校雠通义》《史籍考》等论著，总结、发展了中国古代史学理论，对后世产生了深远影响。其《文史通义》与唐代刘知幾的《史通》齐名，并为中国古代史学理论的“双璧”。1794年（乾隆五十九年），漂泊异乡四十多年的章学诚返回故里。1800年（嘉庆五年），章学诚贫病交迫，双目失明，次年，即1801年11月卒，葬于山阴芳坞。

谭献

❷谭献（1832—1901），近代词人、学者。原名廷献，一作献纶，字仲修，号复堂、半厂、仲仪（又署谭仪）、山桑宦、非见斋、化书堂，浙江仁和（今杭州）人。他的词多抒写士大夫文人的情趣，由于强调“寄托”，风格过于含蓄隐曲，但文辞隽秀，琅琅可诵，尤以小令为长。他好聚书、刻书，藏书数万卷，有一万两千余册，重复者接近两千册。有名家之本如《管子》《淮南子》《盐铁论》《说苑》等，尤以前人词曲为富。其藏书处曰“复堂”“谪麟堂”等，藏书印有“复堂藏书”“谪麟堂”“珍藏五典三坟”“莫为功名始读书”等。著有《复堂类集》，包括文、诗、词、日记等。另著有《复堂诗续》《复堂文续》《复堂日记补录》。还著有词集《复堂词》，录词一百零四阕。

《文心雕龙》引论古今文体及作法，与刘知幾[3]《史通》、章学诚《文史通义》，并称文史批评三大名著，奠定了其在中国文学批评史上的地位。

《文心雕龙》不仅在中国被广泛重视、研究，并且已有韩、日、英、意、德五种文字的全译本，还不断有新的译本涌现，真正走向了世界。

“文心雕龙学”亦被称为“龙学”，世号“显学”[4]。

一

刘勰前后在南京钟山南麓的定林山庄内生活了二十年左右，他在这里借助定林寺丰富的藏书，潜心学习、研究，最终完成了标志着辉煌成就的文学理论巨著《文心雕龙》。南京钟山定林寺亦因刘勰的学术成就名垂青史。

《文心雕龙》书名来源于环渊[5]的著作《琴》。

《文心雕龙·序志》：“夫文心者，言为文之用心也，昔涓子《琴心》，王孙《巧心》，心哉美矣，故用之焉。”

《文心雕龙》全书分为上下两编，每编二十五篇，又分为十卷，每

❸ 刘知幾（661—721），字子玄，徐州彭城（今江苏徐州）人。唐朝大臣、史学家。出身彭城刘氏。680 年（唐高宗永隆元年）进士及第，授获嘉主簿，迁定王府仓曹参军。702 年（武周长安二年），修撰起居注，成为史官，历任著作佐郎、著作郎、秘书少监、太子左庶子、左散骑常侍等职，兼修国史。703 年（武周长安三年），联合朱敬则修撰《唐书》八十卷。神龙年间，联合徐坚撰写《则天实录》。712 年（先天元年），联合家谱学家柳冲等改修《氏族志》。之后几年间，撰成《姓族系录》二百卷，联合吴兢撰成《睿宗实录》二十卷，重修《则天实录》三十卷、《中宗实录》二十卷。721 年（开元九年），坐事贬为安州别驾，同年卒，追赠汲郡太守、工部尚书，谥号为文。

❹ 显学：社会上著名的学科、学说、学派，与隐学相对。“显学”之名最早见于《韩非子》，指盛行于世影响较大的学术派别。韩非举儒、墨为显学是为了要秦王废除、批判两家，指出两家之害，而同样影响巨大的道、法，他却没有列举，私心颇大。不同的时代有不同的显学。儒家学派、黄老学派、墨家学派、杨朱学派组成了中国较早的显学学派，其学说则为中国较早的显学学说、学术。

❺环渊（生卒年待考），一作娟环、便娟，尊称娟子、涓子。战国时期楚国人，学者，与詹何齐名。曾讲学稷下，为稷下学宫的创始学者之一。《史记·孟子荀卿列传》中提到环渊所著“上下篇”。《汉书·艺文志》著录《蜎子》十三篇，早佚。

刘知幾

卷五篇，共五十篇，包括总论、文体论、创作论、批评论、总序五个部分。

上编卷一从《原道》至《辨骚》五篇，是全书的纲领。核心是《原道》《征圣》《宗经》三篇，要求一切要本之于道，稽诸于圣，宗之于经。

从《明诗》到《书记》的二十篇，以“论文”“序笔”为中心，对各种文体源流及作家、作品逐一进行研究、评价。

在以有韵文为对象的“论文”部分中，以《明诗》《乐府》《诠赋》等篇较重要；在以无韵文为对象的“序笔”部分中，以《史传》《诸子》《论说》等篇意义较大。

下编从《神思》到《总术》十九篇，以“剖情析采”为中心，重点研究有关创作过程中各个方面的问题，是创作论。《时序》《物色》《才略》《知音》《程器》等五篇，主要是文学史论和批评鉴赏论。

《文心雕龙》总论五篇，论“文之枢纽”，打下理论基础；文体论二十篇，每篇分论一种或两三种文体；创作论十九篇，分论创作过程、作家风格、文质关系、写作技巧、文辞声律等；批评论五篇，从不同角度对过去时代的文风及作家的成就提出批评，并对批评方法作了探讨，是全书精彩部分；最后一篇《序志》是全书的总序，叙述写作此书的动机、态度、原则，说明创作目的和全书的部署意图。

《文心雕龙》全书受《周易》二元哲学的影响很大。

《文心雕龙》体大而虑周，是我国有史以来最精密的批评之书，全书重点有两个：

一是反对不切实用的浮靡文风；

二是主张实用的“摛文必在纬军国”之踏实文风。

刘勰把全部的书都当成文学书，所以本书的立论极为广泛。

《文心雕龙》是刘勰在入定林寺的后期所写，是过了而立之年后的作品，他曾帮助僧祐整理佛经，多少受了佛教思想的影响。

《文心雕龙》系统地论述了文学的形式和内容、继承和革新的关系，在研究探索文学创作构思的过程中，指出了艺术思维活动的具体形象性这一基本特征，初步提出了艺术创作中的形象思维问题，对文学的艺术本质及特征有较自觉的认识，开研究文学形象思维的先河。

《文心雕龙》全面总结了齐梁时代以前的美学成果，探索论述了语言文学的审美本质及其创造、鉴赏的美学规律。

《文心雕龙》以孔子美学思想为基础，认为道是文学的本源，圣人是文人学习的楷模，经书是文章的典范，并把作家创作个性的形成原因归结为“才”“气”“学”“习”四个方面。

二

《文心雕龙》提出“辞约旨丰，事近喻远”“隐之为体，义生文外”“文外重旨”“使玩之者无穷，味之者不厌”等说法，对文学语言的有限与无限、确定性与非确定性之间相互统一的审美特征，作了比前人更为具体的说明。

刘勰指出，诗文的内容不是一般经典的道与理，而是和理、志、气相联系的“情”，形式不是一般的言，而是同“象”“文”相结合的有“采”之言。两者的关系是：“情者，文之经，辞者，理之纬。经正而后纬成，理定而后辞畅。”相辅相成，形成质文统一的完美艺术。

这种统一，在创作过程中通过“神思”达到。

“神思”是刘勰继《文赋》之后，对形象思维的进一步探索。

刘勰认为“神思”本质上是一种自由的想象活动，对此他作了生动的描绘：“文之思也，其神远矣。故寂然凝虑，思接千载；悄焉动容，视通万里。吟咏之间，吐纳珠玉之声；眉睫之前，卷舒风云之色。”

他认为“神思”受理的支配，不受概念的规定，而是“神居胸臆，而志气统其关键”，与物、象、言结合，在感性形象中运动，伴随着自由抒发、主体情感的体验。

他说：“夫神思方运，万涂竞萌。规矩虚位，刻镂无形。登山则情满于山，观海则意溢于海，我才之多少，将与风云而并驱矣。”刘勰认为，语言文学可以再现客体的物貌，抒发主体的情与理、志与气。

刘勰认为“才性异区，文体繁诡”，从“体性”划分文学的风格。

刘勰对文学的形式给予了极大的重视，从语言文学的角度，总结了对称、平衡、变化统一等形式美的规律。

中庸原则是贯穿《文心雕龙》全书的基调。

刘勰提出的主要的美学范畴皆成对，矛盾的双方一方为主导，他强调两面，不偏执一端。

刘勰提出“擘肌分理，唯务折衷”，在道与文、情与采、真与奇、华与实、情与志、风与骨、隐与秀的论述中，遵守这一准则，体现了把各种艺术因素和谐统一起来的古典美学理想。

刘勰强调跟儒家思想相联系的阳刚之美，试图对齐、梁柔靡文风进行矫正。他对“风骨”的论述，集中地体现了这一点，对后世产生了重要影响。

《文心雕龙》有佛教思想的影响，但构成它的文学思想的核心纲领，是儒家的思想。刘勰不否认物质世界存在的真实性，认为在客观现实世界之外，有一个先天地而生的“道”或“神”。“道”或“神”是决定客观世界一切变化的最终依据。

刘勰认为“原道心以敷章，研神理而设教”，是圣人著述的根本原则。“神道设教”语出自《易经 · 观卦》：“圣人以神道设教，而天下服矣。”他把超自然、人格化的神和其在现实中的代理人帝王，视作最高权威。

《文心雕龙》发展了荀子、扬雄以来“原道”“宗经”“征圣”的观点，将它贯穿到《文心雕龙》一书中的一切重要方面，成为他立论的根本依据，给他的理论染上了一层经学色彩，但也带来了局限性。

他认为一切种类的文章皆是经典的“枝条”。他对当时的各种应用文都设有专目论述，对正在形成的小说却不屑一顾。

《文心雕龙》在论述具体的文学创作时，抛弃了经学家的抽象说教，表现了朴素的唯物主义的文学观，对文学创作、文学批评、文学的特点、文学的规律等一系列问题，独创性地提出了精深、透辟的见解，在我国文学理论批评史上占有十分重要的地位。

刘勰认为文学的发展、变化，受时代、社会、政治生活的影响。《时序》中“时运交移，质文代变……歌谣文理，与世推移”“文

变染乎世情，兴废系乎时序”等，把这方面的理论提到了一个新的高度。

刘勰很重视文学本身的发展规律。

如《通变》中有：“日新其业”，“趋时必果，乘机无怯”，“变则其久”。他据扬雄“因”“革”的见解提出的“通变”，解释了文学创作上继承和革新的关系。他要求作家大胆创新，只有不断创新，文学创作才能得到不断发展。

《物色》：“异代接武，莫不参伍以相变，因革以为功。”

刘勰强调，任何“变”或创新，皆离不开“通”，即继承。“通”，指文学的常规：“名理有常，体必资于故实。”文学创作只有通晓各种“故实”，才会“通则不乏”（《通变》），“洞晓情变，曲昭文体，然后能莩甲新意，雕画奇辞。昭体故意新而不乱，晓变故辞奇而不黩”（《风骨》）。

“新意”“奇辞”的创造，离不开“通”，即继承。不然，“虽获巧意，危败亦多”。只有将“通”与“变”、“因”与“革”很好地统一结合起来，文学创作才能“骋无穷之路，饮不竭之源”（《通变》），获得健康长足的发展。

四

《文心雕龙》关于批评的论述，见解精到，其中《知音》篇是我国文学理论批评史上较早探讨批评问题的专篇文献。

刘勰提出了批评的态度问题、批评家的主观修养问题、批评应注意的方面等。有些论述带有经学家的气息，但大量的论述都是精辟的。

刘勰强调批评应有全面的观点。作家的才能禀性“修短殊用”“难以求备”(《程器》);文学创作从内容到形式，丰富多样，批评家若“各执一隅之解，欲拟万端之变”，会出现“东向而望，不见西墙”的现象。

刘勰特别强调批评家要广博识见:“圆照之象，务先博观。”“操千曲而后晓声，观千剑而后识器”(《知音》)。

刘勰认为批评中的真知灼见，只能建立在广博的学识和阅历基础之上。对“各以所长，相轻所短”(曹丕《典论·论文》),“人人自谓握灵蛇之珠，家家自谓抱荆山之玉”(曹植《与杨德祖书》)等不良风尚，具有积极的针砭意义，至今仍有借鉴意义。

五

刘勰对文学创作中的主客观关系等问题，作了详细深入、明确全面的论述。

先秦两汉时期，文论简括涉及这一问题，如《诗大序》“情动于中而形于言”等，是为代表论点。

魏晋时，曹丕触及了作家的禀性气质问题，陆机对艺术想象问题作了精辟的论述。

刘勰首先肯定了“云霞雕色”“草木贲华”等现象之美是客观存在，“夫岂外饰，盖自然耳”（《原道》），又十分强调创作主体即作家先天的禀性、气质、才能及后天的学识修养等对文学创作反映现实美的重要性。

刘勰论述了在创作中，主观的情与客观的景是相互影响、相互转化的，“情以物兴”“物以情观”（《诠赋》），“情以物迁，辞以情发”（《物色》），“登山则情满于山，观海则意溢于海”（《神思》）。作家观察外物，只有情感深挚，让外物染上强烈的感情色彩，在艺术表现上才会有精巧的文采。

刘勰对于物与我、情与景关系的论述，对唐及唐以后有关这个问题的探讨，有着重要影响。

刘勰十分强调情感在文学创作过程中的作用，要求文学创作要“志思蓄愤，而吟咏情性”，主张“为情而造文”，反对“为文而造情”（《情采》）。

刘勰认为创作构思为“情变所孕”（《神思》），结构是“按部整伍，以待情会”（《总术》），剪裁要求“设情以位体”（《镕裁》），认为在作品体裁、风格的形成过程中，强烈、真挚的感情起着重要作用。

刘勰对于风格、风骨也有深入的研讨、论述。

刘勰继承了曹丕关于风格的观点，进一步作了发挥，认为形成作家风格的原因，有先天才情、气质的不同，也有后天学养、习染的殊异。

刘勰把各种不同的文章分为四组八体，每一组各有正反两体，“雅与奇反，奥与显殊，繁与约舛，壮与轻乖”，但“八体虽殊，会通合数，得其环中，则辐辏相成”，互相联系。刘勰认为，在这八体中参差演化，就会形成自己独特的风格。

刘勰关于风格的研究，对后世的《诗式》《二十四诗品》等，产生过直接的影响。

在风格论的基础上，刘勰特别标举“风骨”。“风骨”一词本是南朝品评人物精神面貌的专用术语，引申为文学理论批评中的“风骨”。

“风”要求文学作品要有较强的思想艺术感染力，是《诗大序》中提出来的“风以动之”的“风”；“骨”要求表现上的刚健清新。“风骨”理论，针对南朝浮靡的文风而发，是从传统文学理论中概括出来的。

“风骨”之说，对唐代诗歌的发展，产生过重大的影响。

《文心雕龙》关于艺术想象的理论，有着精辟的论述。刘勰继承了

《文赋》关于这一问题的见解，作了进一步的发挥、论述。

刘勰强调指出，作家的精神心理处于“虚静”状态，用志不分，不受外界的纷扰，才能更好地驰骋艺术想象力。

《文心雕龙》提出了“积学以储宝，酌理以富才，研阅以穷照”的见解，论述强调了艺术的想象要有广泛积累的生活知识，这为他的艺术想象的理论奠定了坚实朴素的唯物主义基础。

《文心雕龙》对艺术想象、形象思维的论述，对后世产生了重要的影响。

《文心雕龙》对文学的夸张、结构、剪裁、用事、修辞、含蓄、声律等，同样创见精辟，首次提出了文学创作离不开必要的夸张，使表现的事物更为突出的观点，主张夸而有节，反对夸张失实。

《文心雕龙》关于各种文章体裁、源流的阐述，也是其重要的内容。

从第五篇《辨骚》起，到第二十五篇《书记》止，是我国现存的南朝时代关于文章体制和源流的重要的著作之一，也是关于这一问题的重要的历史文献。

《文心雕龙》是一部“体大思精”“深得文理”的文章写作理论巨著。

其内容丰富，见解卓越，言为文之用心，全面系统地论述了写作上的各种问题，对应用写作多有论评。

全书论及的文体计有五十九种，属应用文范畴的文体达四十四种。

刘勰认为，文学的发展变化，终归受到时代、社会、政治生活的影响。

他结合从上古至两晋历代政治风尚的变化和时代特点探索文学盛衰的原因，品评作家的作品，注意到了社会政治对文学发展的影响。

不仅如此，他还注意到文学演变的继承关系，并由此出发，反对当时“竞今疏古”的不良倾向。

这些皆十分可贵。

刘勰在《文心雕龙》里分析论述了文学创作内容和表现形式的关系，主张文质并重，强调情文并茂，主张“为情而造文”，反对“为文而造情”，坚决反对片面追求形式的倾向。

刘勰从创作的各个环节上总结了经验，指出了应避免的失败教训。他指出创作上作家“神与物游”的重要性，强调情与景的相互影响和相互转化。针对当时“近附而远疏”“驰骛新作”的风气，他提出了继承文学传统的必要，论述了文学创作中新与故的关系。他批评了“贵古贱今”“崇己抑人”“信伪迷真”“各执一隅之解”的不良风尚，要求批评家“无私于轻重，不偏于憎爱”。

他提出了“六观”的批评方法：

一观位体，看内容与风格是否一致；

二观置辞，看文辞在表达情理上是否确切；

三观通变，看有无继承与变化；

四观奇正，看布局是否严谨妥当；

五观事义，看用典是否贴切；

六观宫商，看音韵声律是否完美。

这在当时是最全面、公允的品评标准。

《文心雕龙》也有不可避免的历史局限性，“宗经”“征圣”等儒家思想对其文学理论有消极影响，但不妨碍它成为我国文学理论批评史上一部名副其实的“体大虑周”、“笼罩群言”、富有卓识的专著，这是我国文学理论批评史十分宝贵的遗产，受到了世界上很多国家越来越多的注意、重视。

七

刘勰在《文心雕龙》中，对消极修辞、积极修辞作了深刻精当的论述，尤其是对消极修辞的论述，不仅涉及文章技巧，而且深入心理活动和思维规律与语言生成关系的层面。

在语音修辞方面，刘勰没有沿袭沈约的“八病说”，提出了“飞沉”问题、“双声叠韵”问题。

在《神思》中，刘勰提出“寻声律而定墨”的主张，又在《声律》中说：“凡声有飞沉，响有双叠。双声隔字而每舛，叠韵杂句而必睽；沉则响发而断，飞则声扬不还。”

刘勰认为，作韵易，选和难。他准确把握了汉字、汉语的语音特点，对语音修辞理论作出了可贵的贡献。

在语汇修辞方面，刘勰提倡慎重遴选词语。语汇修辞中，涉及用字，刘勰在《练字》中提出用字“四要则”：“一避诡异，二省联边，三权重出，四调单复。”

他强调：“故善为文者，富于万篇，贫于一字。一字非少，相避为难也。”

在语法修辞部分，刘勰提出了要按内容、情韵安排章句的主张，即句式的选择，用长，用短，或长短穿插、整散结合，要完全符合情韵需要：情韵急，用少音节短词句；情韵缓，用舒曼长句；情韵起伏跌宕，长短并用，整散结合。

刘勰修辞美学最为璀璨的部分，是篇章修辞。

刘勰认为，文章要重涵养，立风格。文章有风格，有风骨，才能煽情动人，辞采焕然。要使文章含风树骨，则须“练于骨者，析辞必精；深乎风者，述情必显”。

感人的才情、生动的语言固然重要，但一定要为情造文，不要为文造情。要写真情实话，不要虚言假意。

重镕裁，明隐秀。文章长短，内容详略，语意显隐，精警庸凡，乃为文之必虑。

文章秀句，或自出锦心，或得益援引。

刘勰不反对引用，但反对抄袭。

在具体运用方面，刘勰指出："碌碌丽辞，则昏睡耳目。必使理圆事密，联璧其章，迭用奇偶，节以杂佩，乃其贵耳。"

刘勰抓住夸张是否合乎事义情理这一关键，将夸张分为两类，指出其不同的效果："然饰穷其要，则心声锋起；夸过其理，则名实两乖。"夸张得合情理，得神髓，就会引起强烈共鸣，反之，就会违背事实不合情理。

刘勰在距今一千五百余年前，就提出了这么多精辟的理论，实在难能可贵。

他的修辞之论，有理性的阐释，又有言证、事证，涉及文章内容、形式，又关乎作者思维、气质、涵养、才情。

他从美才、美德、美情、美辞、美文的关系，阐释"情动辞发""因内而外"的修辞美学观，承认"物色之动，心亦摇焉"，"情以物兴，故义必明雅；物以情观，故辞必巧丽"。

他从内容决定形式的认识出发，建立了系统的剖情析采理论，从历史唯物主义的认识出发，提出"时运交移，质文代变""文变染乎世情，兴废系乎时序"，这种选择继承、据时创新的修辞观，这种服务时代的时文修辞观，影响深远！

《文心雕龙》的研究、注释、翻译，著述很多。

现存最早写本是唐代写本残卷。

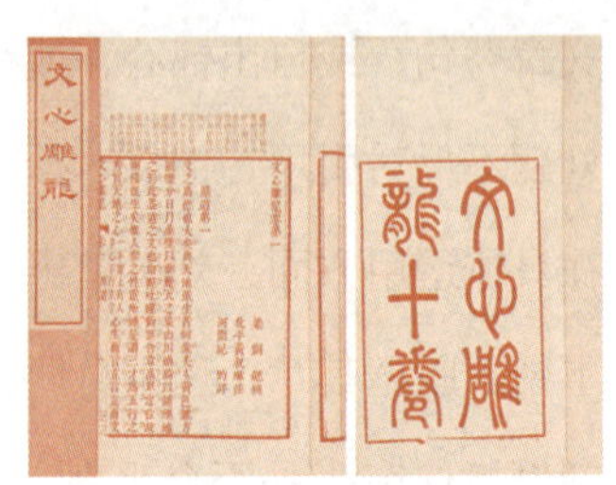

黄叔琳的《文心雕龙辑注》

上海古籍出版社曾影印的元至正本是最早的完整版本，另有《四部丛刊》影印过的明嘉靖本。

清代黄叔琳[6]《文心雕龙辑注》诞生后，成为《文心雕龙》的通行本。

现代有李详[7]的《文心雕龙黄注补正》《文心雕龙补注》，范文澜[8]的《文心雕龙注》，杨明照[9]的《文心雕龙校注》《文心雕龙校注拾遗》，周振甫[10]的《文心雕龙注释》，王利器[11]的《文心雕龙校证》，詹锳[12]的《文心雕龙义证》等。

本书原文以清代黄叔琳辑注本为底本，参唐代残本、黄侃[13]《文心雕龙札记》、刘永济[14]《文心雕龙校释》、范文澜《文心雕龙注》、杨明照《文心雕龙校注拾遗》、王利器《文心雕龙新书》、戚良德[15]《文心雕龙辑校》等多家校注本集校注译，对原文的疑难字，也做了注音，以便阅读。

本书深入浅出，为读者学习古圣先贤优秀的写作经验，继承发扬

❻ 黄叔琳（1672—1756），幼名伟元，字宏献、昆圃，号金墩、北砚斋，晚号守魁。宛平（今北京）人。清朝大臣、学者。康熙辛未科（康熙三十年，1691 年）探花，授编修。历经康熙、雍正、乾隆三朝，官至詹事，内阁学士，礼部、刑部、吏部侍郎。学识广博，著述甚丰，时推为巨儒，世称北平黄先生。著有《养素堂诗文集》《史通训故补》《夏小正集注》《文心雕龙辑注》《砚北易抄》《诗经统说》等。

❼ 李详（1859—1931），字审言，晚号辉叟，江苏兴化人。工诗文考证，著作丰富，著有《枫园艺友录》。李详一生靠自学成才，由农村塾师至大学教授、中央研究院特约著述员。除纂修地方志外，他留下的主要著作有十九种：《愧生丛录》五卷、《世说新语笺释稿》一卷、《选学拾沈》一卷、《颜氏家训补注》一卷、《文心雕龙黄注补正》一卷、《文心雕龙补注》一卷、《文选萃精说义》一卷、《陶集说略》一卷、《楚辞选注》一卷、《杜诗释义》一卷、《王荆文公诗补注》一卷、《庾子山哀江南赋集注》一卷、《汪容甫文笺稿》一卷、《匋斋藏石记释文自定本稿》一卷、《清代学术概论举正》一卷、《学制斋骈文》二卷及续集一卷、《学制斋文集清稿》六卷、《学制斋诗集》三卷、《药裹慵谈》二卷。这十九种著作以笺注之学为多，其次是札记体裁的文学批评论著，再次是骈文、散文。因时代的局限，他的著作不能超脱清代考据学的传统。他推崇任大椿、王念孙。他把自己所居的书斋取名为“二研室”，表示自己在学术研究方面以钱大昕、阮元二人为师（乾嘉学者钱大昕有《潜研堂集》、阮元有《研经堂集》，李详把二人的文集放在身边经常翻阅）。

李详

范文澜

杨明照

周振甫

我国优秀的为文品格，服务当下，提供了一个一读即懂、一学即会的好版本。美书需共同努力，若有舛讹之处，请不吝赐教，笔者将不断修订，让它成为一部值得拥有的、实用的写作参考指南。

2022 年 4 月 9 日定稿于襄樊

❽ 范文澜（1893—1969），字芸台，后改字仲沄（一说字仲潭），笔名武波、武陂，浙江省绍兴市人。中国历史学家，马克思主义史学开拓者之一，被誉为“新史学宗师”。1913 年考入国立北京大学文预科，1917 年毕业于北京大学文科，先后任北京大学、北京师范大学、河南大学等校教授。1939 年加入中国共产党，次年到延安，任中共中央马列学院历史研究室主任，撰写《中国通史简编》《中国近代史》。新中国成立后，范文澜担任中国科学院中国近代史研究所所长、中国史学会副会长、中国科学院哲学社会科学学部常务委员、全国人大常委会委员、全国政协常委、中共第九届中央委员。他毕生从事历史研究，对中国史学中的一些重大问题均有独创见解，主编有《中国通史简编》，并长期从事该书的修订工作，此外著有《中国近代史》（上册）、《文心雕龙注》、《范文澜史学论文集》等。其中，《中国通史简编》是第一部运用马克思主义观点系统地叙述中国通史的著作。范文澜懂得马克思主义，熟谙中国的传统文化，较好地把马克思主义与中国的民族特点结合起来，形成了他著作的独特风格。

❾ 杨明照（1909—2003），字韬甫，四川大足（今重庆大足）人。文献学家，四川大学终身教授。毕生致力于中国古代文论及古代文献研究，领域广泛，沿波讨源，义周虑赡，以严谨精深享誉学界。他对《文心雕龙》的研究被公认为划时代的成果，因而被誉为“龙学泰斗”。

❿ 周振甫（1911—2000），原名麟瑞，笔名振甫，浙江平湖人。中华书局编审，著名学者，古典诗词、文论专家，资深编辑家。1931 年，入无锡国学专修学校，随著名国学大师钱基博先生治学。1933 年，上海开明书店招录朱起凤《辞通》的校对，周振甫作《老学庵笔记》断句测验，得以录用，开始他的校对、编辑生涯。进开明书店帮助宋云彬校对了《辞通》后，他又校对了王伯祥主编的《二十五史补编》。著有《毛主席诗词浅释》《鲁迅诗歌注》《诗词例话》《文章例话》《诗品释注》《古代战纪选》《谭嗣同文选注》《文论漫笔》等。

王利器

黄侃

詹锳

⑪ 王利器（1912—1998），四川江津（今属重庆）人，文学家、历史学家。1933年自江津中学毕业后，先后入重庆大学高中部、川东师范学堂学习。1940年从四川大学中文系毕业，次年考取北京大学文科研究所研究生，1944年毕业后，历任四川大学、成华大学、北京大学、北京政法学院讲师、副教授、教授。在北京大学任教时，讲授《史记》《庄子》《文心雕龙》等史籍，逐渐成为有名的国学专家。北平解放后，参加《杜甫集》《水浒全传》的整理工作。1954年调到人民文学出版社文学古籍刊行社后，着力于文学遗产的整理工作。1979年离休后，任中国社会科学院特约研究员和北京大学历史系兼职教授。王利器著述宏富，逾两千万言，号称两千万富翁，另有单篇论文百万余字发表。主要著有《风俗通义校注》《吕氏春秋比义》《文心雕龙新书》《盐铁论校注》《元明清三代禁毁小说戏曲史料》《越缦堂读书简端证校录》《文心雕龙校证》《文镜秘府论校注》《郑康成年谱》《李士祯李煦父子年谱》《九斋集校订本》《宋会要辑补》《新语校注》《绎史》《葛洪论》《颜氏家训集解》《吕氏春秋注疏》《王利器自传》等三十余种。

⑫ 詹锳（1916—1998），山东聊城人，字振文。唐诗研究和中国古代文学理论研究专家，任河北大学古籍整理研究所所长、中国古代文学博士研究生导师，兼任国务院古籍规划出版小组成员、中国唐代文学学会顾问、中国李白研究会会长和名誉会长、中国古代文学理论学会理事、文心雕龙研究会常务理事、河北省语言文字工作委员会主任等职。编著有《李白诗文系年》《李白诗论丛》《李白全集校注汇释集评》《刘勰与〈文心雕龙〉》《〈文心雕龙〉的风格学》《文心雕龙义证》等。

⑬ 黄侃（1886—1935），初名乔鼐，后更名乔馨，最后改为侃，字季刚，又字季子，晚年自号量守居士，湖北蕲春人。中国近代著名语言文字学家、音韵训诂学家、国学大师。1905年留学日本，在东京师事章太炎，受小学、经学，为章氏门下大弟子。任北京大学、中央大学、金陵大学、山西大学等校教授。黄侃治学勤奋，常以愚自处，主张“为学务精”“宏通严谨”。所治文字、声韵、训诂之学，远绍汉唐，近承乾嘉，自成一家，多有创见。黄侃治学重视系统和条理，建立了黄氏古声学体系，主张用古声学理论研究文字训诂，强调从形、音、义三者的关系研究中国语

言文字学，以音韵贯穿文字和训诂，其对于上古声韵系统研究的主要成果有古声十九纽说、古韵二十八部说、古音仅有平入二声说等。同时，黄侃在《文心雕龙》、礼学、汉唐玄学等方面也都有独到的见解。学术之外，他尤精古文诗词，文尚澹雅，上法晋宋。黄侃为学务精习，对于四史、群经义疏及小学基本著作都研读达十几遍、几十遍，对《说文》《广韵》尤为精熟，多有批注。后人称黄侃与章太炎、刘师培为国学大师，称他与章太炎为“乾嘉以来小学的集大成者”“传统语言文字学的承前启后人”。主要著述有《音略》《声韵通例》《说文略说》《尔雅略说》《声韵略说》《集韵声类表》《文心雕龙札记》《汉唐玄学论》等。

⑭ 刘永济（1887—1966），字弘度、宏度，号诵帚，晚年号知秋翁，室名易简斋，晚年更名微睇室、诵帚庵，湖南省新宁县人。1911 年就读于清华大学，1916 年毕业于清华大学语文系。历任长沙中学教师，东北大学教授，浙江大学、湖南大学及武汉大学语文系教授、文学史教研组主任，湖南文联副主席，中国作家协会武汉分会理事，《文学评论》编委。1919 年开始发表作品，1955 年加入中国作家协会。辑著有《宋代歌舞剧曲录要》《屈赋通笺》《唐人绝句精华》《唐五代两宋词简析》《元人散曲选》《屈赋音注详解》《刘永济词集》《十四朝文学要略》《微睇室说词》等。

⑮ 戚良德（1962—），山东沂水人。1981 年 9 月考入山东大学中文系，先后获得文学学士、硕士、博士学位。曾为山东大学中文系、文学院、文史哲研究院讲师、副教授、教授，韩国建阳大学客座教授。现为山东大学儒学高等研究院（文史哲研究院）教授、博士生导师，《中国文论》（丛刊）主编，中国文心雕龙学会副会长。

刘永济

戚良德

序一[1]

·黄叔琳

刘舍人《文心雕龙》一书，盖艺苑之秘宝也。观其苞罗群籍，多所折衷，于凡文章利病，抉摘靡遗。缀文之士，苟欲希风前秀，未有可舍此而别求津逮者。若其使事遣言，纷纶葳蕤，罕能切究。明代梅子庚氏为之疏通证明，什仅四三耳，略而弗详，则创始之难也。又句字相沿既久，别风淮雨，往往有之。虽子庚自谓校正之功五倍于杨用修氏，然中间脱讹，故自不乏，似犹未得为完善之本。

余生平雅好是书，偶以暇日，承子庚之绵蕞，旁稽博考，益以友朋见闻，兼用众本比对，正其句字。人事牵率，更历寒暑，乃得就绪，覆阅之下，差觉详尽矣。适云间姚子平山来藩属，因共商付梓。

方今文治盛隆，度越先古，海内操奇觚弄柔翰者，咸有腾声飞实之思。窃以为刘氏之绪言余论，乃斯文之体要存焉，不可一日废也。夫文之用在心，诚能得刘氏之用心，因得为文之用心，于以发圣典之菁英，为熙朝之黼黻，则是书方将为鱼兔之筌蹄，而又况于琐琐笺释乎哉！

时乾隆三年，岁次戊午，秋九月，北平黄叔琳书。

❶此文是清代学者黄叔琳为其《文心雕龙辑注》校本作的序。

·纪昀

梁刘勰撰。勰字彦和，东莞莒人。天监中，兼东宫通事舍人，迁步兵校尉，兼舍人如故。后出家为沙门，改名慧地。事迹具《南史》本传。

其书《原道》以下二十五篇，论文章体制，《神思》以下二十四篇，论文章工拙，合《序志》一篇为五十篇。据《序志》篇称，“上篇以上”“下篇以下”，本止二卷。然《隋志》已作十卷，盖后人所分。又据《时序》篇中所言，此书实成于齐代。此本署梁通事舍人刘勰撰，亦后人追题也。

是书自至正乙未刻于嘉禾，至明弘治、嘉靖、万历间凡经五刻。其《隐秀》一篇，皆有阙文。明末常熟钱允治，称得阮华山宋椠本，钞补四百余字。然其书晚出，别无显证，其词亦颇不类。如“呕心吐胆”，似摭《李贺小传》语，“锻岁炼年”，似摭《六一诗话》论周朴语，称班姬为“匹妇”，亦似摭钟嵘《诗品》语，皆有可疑。况至正去宋未远，不应宋本已无一存，三百年后乃为明人所得。又考《永乐大典》所载旧本，阙文亦同。其时宋本如林，更不应内府所藏，无一完刻。阮氏所称，殆亦影撰，何焯等误信之也。

至字句舛讹，自杨慎、朱谋㙔以下，递有校正，而亦不免于妄改。如《哀吊》篇“赋宪之谥”句，皆云“赋宪”当作“议德”，盖以“赋”形近“议”，“宪”形近“悳”。悳，古德字也。然考王应麟《玉海》曰：“周书谥法，惟三月既生魄，周公旦、太公望相嗣王发，既赋宪受胪于牧之野，将葬，乃制作谥。《文心雕龙》云‘赋宪之谥’，出于此。”然则二字不误，古人已言。以是例之，其以意雌黄者多矣。

❶此文是清代纪昀为《文心雕龙》作的提要。

序三[1]

· 李详

《文心雕龙》，有明一代，校者十数家，朱郁仪、梅子庚、王损仲，其尤也。梅氏本有注，取小遗大，琐琐不备。

北平黄崑圃侍郎注本出，始有端绪。复经献县纪文达公点定，纠正甚夥。卢敏肃刊于广州，即是本也。顾文达只举其凡，黄氏所待勘者，尚不可悉举。合肥蒯礼卿观察，向病黄注之失，曾属余为注。会以授学子而止，然观察之盛心所期余者，不可没也。

时过亹亹，淹留无成，每取此书观之，粗有见地，志创茅蕝以启后人。略以日课之法行之，日治一二条，稍可观览。准元吴礼部《战国策校注》之例，名曰“黄注补正”。中有甚契于心，匪言可喻，将复广求同志，共成此业。海内君子有善治是书者，若能助余张目,则于瑞安孙氏之外（孙氏《札迻》内有《文心雕龙》一种，研求字句，体准高邮王氏，与余书异），未尝不可别树一帜云。

宣统纪元三月，李详。

❶此文是现代国学大师李详为其《文心雕龙黄注补正》作的序。

序四[1]

· 李详

余昔有《文心雕龙黄注补正》一书。补者，补其罅漏；正者，正其遗失。系用卢敏肃公所刻纪氏评本，凡经纪所纠者，皆未羼入。今老友唐君元素为其门人潮阳郑君尧臣重刊黄本，征余旧说，因稍加理董，附入纪氏及瑞安孙氏之说，统名“补注”，以示有所检括云尔。

时丙辰春仲，扬州兴化李详。

❶此文是现代国学大师李详为其《文心雕龙补注》作的序。

目录

序

跋

小传

下编

卷六

卷七

卷八

卷九

卷十

上编

卷一

卷二

卷三

卷四

卷五

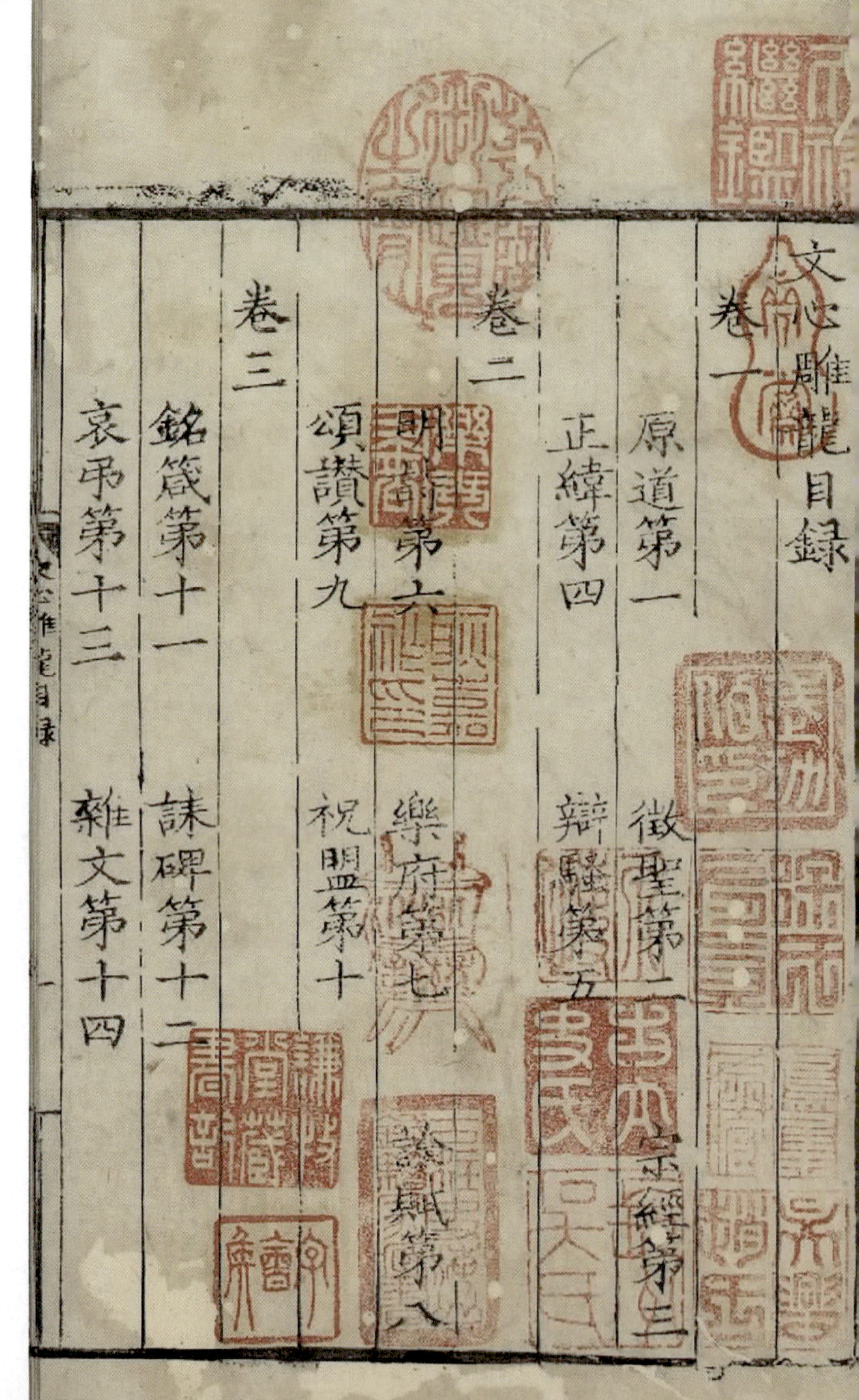

文心雕龍目録

卷一

卷二

卷三

五福五代堂寶

八徵耄念之寶

太上皇帝之寶

文心雕龍目録終

上编

卷一

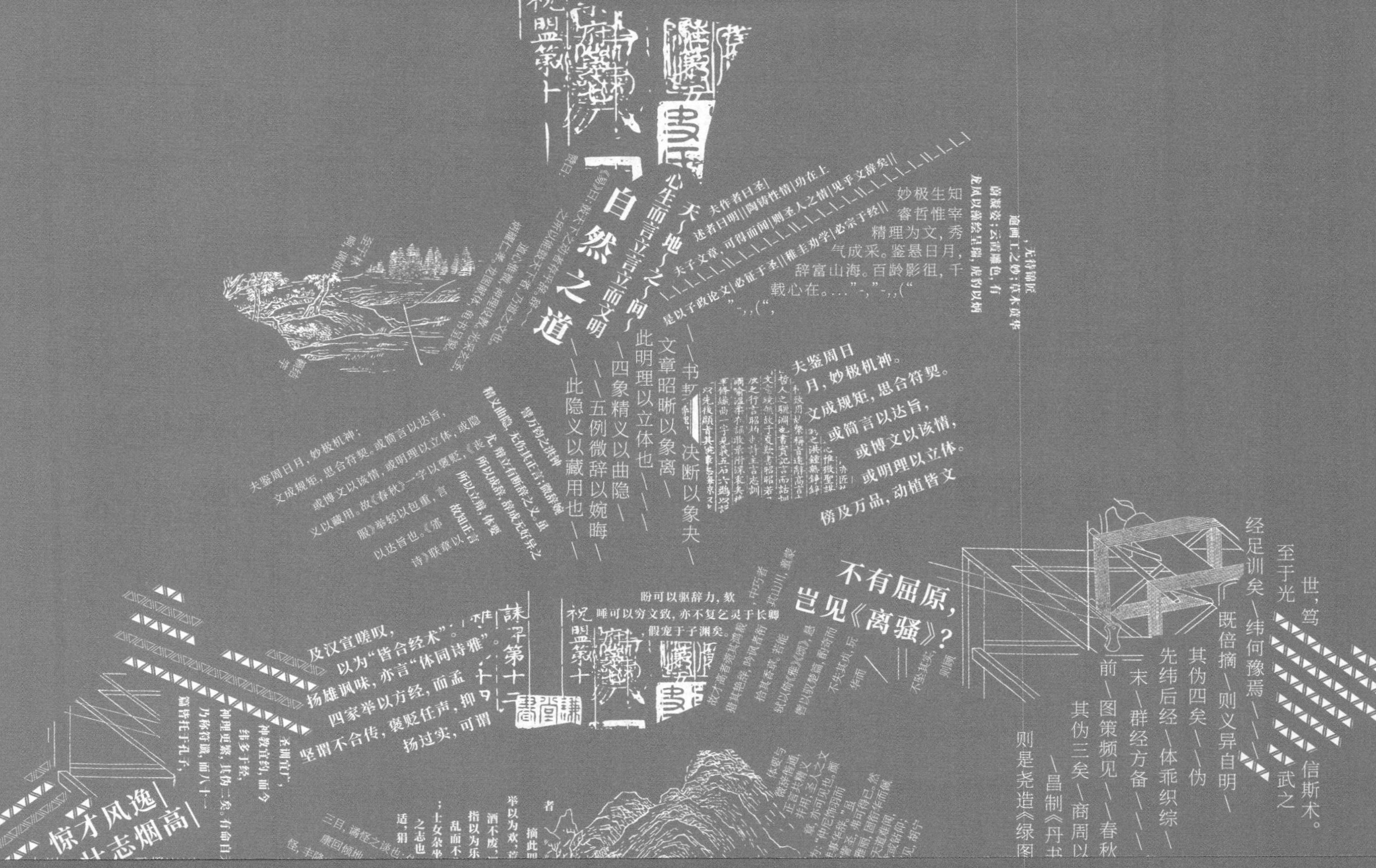
自然之道
心生而言立，言立而文明
妙极生知
睿哲惟宰
精理为文，秀
气成采。鉴悬日月，
辞富山海。百龄影徂，千
载心在。
夫鉴周日
月，妙极机神。
文成规矩，思合符契。
或简言以达旨，
或博文以该情，
或明理以立体。
傍及万品，动植皆文
书契决断以象夬
文章昭晰以象离
此明理以立体也
四象精义以曲隐
五例微辞以婉晦
此隐义以藏用也
不有屈原，
岂见《离骚》？
及汉宣嗟叹，
以为“皆合经术”。
扬雄讽味，亦言“体同诗雅”。
四家举以方经，而孟
坚谓不合传，褒贬任声，抑
扬过实，可谓
经足训矣
纬何豫焉
既倍摘
则义异自明
其伪四矣
先纬后经
体乖织综
前
末
群经方备
图策频见
其伪三矣
昌制《丹书》
则是尧造《绿图》
至于光
世，笃
信斯术。
武之
惊才风逸
壮志烟高

夏后氏興業峻鴻績九序惟歌勳德彌縟逮及商周文勝其質雅頌所被英華日新文王患憂繇辭炳曜符采複隱精義堅深重以公旦多材振其徽烈制詩緝頌斧藻群言至夫子繼聖獨秀前哲鎔鈞六經必金聲而玉振雕琢情性組織辭令木鐸啓而千里應席珍流而萬世響寫天地之輝光曉生民之耳目矣

爰自風姓暨于孔氏玄聖創典素王述訓莫不原道心裁文章研神理而設教取象乎河洛問數乎蓍龜觀天文以極變察人文以成化然後能經緯區宇彌綸彝憲發輝事業彪炳辭義故知道沿聖以垂

木賁華無待錦匠之奇夫豈外飾蓋自然耳至籟結響調如竽瑟泉石激韻和若球鍠故形立章成矣聲發則文生矣夫以無識之物鬱然有彩有之器其無文歟人文之元肇自太極幽讚神明易象惟先庖犧畫其始仲尼翼其終而乾坤兩位獨制文言言之文也天地之心哉若廼河圖孕乎八卦洛書韞乎九疇玉版金鏤之實丹文綠牒之華誰其尸之亦神理而已自鳥迹代繩文字始炳炎皥遺事紀在三墳而年世渺邈聲采靡追唐虞文章則煥乎始盛元首載歌既發吟詠之志益稷陳謨亦垂敷奏之風

伯入陳以立辭為功宋置折俎以多方舉禮此事蹟貴文之徵也褒美子產則云言以足志文以足言泛論君子則云情欲信辭欲巧此脩身貴文之徵也然則忠足而言文情信而辭巧迺含章之玉牒秉文之金科矣夫鑒周日月妙極機神文成規矩思合符契或簡言以達旨或博文以該情或明理以立體或隱義以藏用故春秋一字以褒貶喪服舉輕以包重此簡言以達旨也邠詩聯章以積句儒行縟說以繁辭此博文以該情也書契斷決以象夬文章昭晳以離此明理以立體也四象精義以曲隱五例微辭

因文而明道旁通而無涯日用而不匱易曰鼓之動存乎辭辭之所以能鼓天下者廼道之文也

贊曰

道心惟微神理設教光采玄聖炳燿仁孝龍圖獻體龜書呈貌天文斯觀民胥以傚

徵聖第二

夫作者曰聖述者曰明陶鑄性情功在上哲夫子文章可得而聞則聖人之情見乎文辭矣先王聖化布在方冊夫子風采溢于格言是以遠稱唐世則煥乎為盛近褒周代則郁哉可從此政化貴文之徵也鄭

其庶矣

贊曰

妙極生知睿哲惟宰精理爲文秀氣成采鑒懸日月辭富山海百齡影徂千載心在

宗經第三

三極彝訓其書言經經也者恒久之至道不刊之鴻教也故象天地效鬼神參物序制人紀洞性靈之奧區極文章之骨髓者也皇世三墳帝代五典重以八索申以九丘歲歷綿曖條流紛糅自夫子刪述而大寶咸耀於是易張十翼書標七觀詩列四始禮正五

婉晦此隱義以藏用也故知繁略殊形隱顯異術抑
引隨時變通會適徵之周孔則文有師矣是以論
文必徵於聖必宗於經易稱辨物正言斷辭則備書
云辭尚體要弗惟好異故知正言所以立辯體要所
以成辭辭成無好異之尤辯立有斷辭之義雖精義
曲隱無傷其正言微辭婉晦不害其體要體要與微
辭偕通正言共精義並用聖人之文章亦可見也顏
闔以為仲尼飾羽而畫徒事華辭雖欲此言聖弗可
得已然則聖文之雅麗固銜華而佩實者也天道難
聞猶或鑽仰文章可見胡寧勿思若徵聖立言則文

則覽文如詭而尋理即暢春秋則觀辭立曉而訪義方隱此聖人之殊致表裏之異體者也至根柢槃深枝葉峻茂辭約而旨豐事近而喻遠是以往者雖舊餘味日新後進追取而非晚前脩文用而未先可謂太山徧雨河潤千里者也故論說辭序則易統其首詔策章奏則書發其源賦頌謌讚則詩立其本銘誄箴祝則禮總其端紀傳銘檄則春秋爲根並窮高以樹表極遠以啓疆所以百家騰躍終入環内者也若稟經以製式酌雅以富言是仰山而鑄銅煑海而爲鹽也故文能宗經體有六義一則情深而不詭二則

經春秋五例義既極乎性情辭亦匠於文理故能開學養正昭明有融然而道心惟微聖謨卓絶墻宇重峻而吐納自深譬萬鈞之洪鍾無錚錚之細響矣夫惟談天人神致用故繫稱旨遠辭高言中事隱韋編三絶固哲人之驪淵也書實記言而詁訓茫昧通乎爾雅則文意曉然故子夏歎書昭昭若日月之明離離如星辰之行言昭灼也詩主言志訓同書摛風裁興藻辭譎喻温柔在誦故最附深衷矣禮以立體據事制範章條纖曲一字見義五石六鷁以詳略成文雉門兩觀以先後顯旨其婉章志晦諒以邃矣尚書

洪範燿故繫辭稱河出圖洛出書聖人則之斯之謂也但世敻文隱好生矯誕眞雖存矣僞亦憑焉夫六經彪炳而緯候稠疊孝論昭晳而鉤讖葳蕤按經驗緯其僞有四蓋緯之成經其猶織綜絲麻不雜布帛乃成今經正緯奇倍擿千里其僞一矣經顯聖訓也緯隱神教也聖訓宜廣神教宜約而今緯多於經神理更繁其二也有命自天廼稱符讖而八十一篇皆託於孔子則是堯造録圖昌制丹書其僞三矣商周以前圖録頻見春秋之末群經方備先緯後經體乖織綜其僞四矣僞既倍摘則義異自明經足訓矣緯

風清而不雜三則事信而不誕四則義直而不回五則體約而不蕪六則文麗而不淫楊子比雕玉以作器謂五經之含文也夫文以行立行以文傳四教所先符采相濟勵德樹聲莫不師聖而建言脩辭鮮克宗經是以楚艷漢侈流弊不還正末歸本不其懿歟

贊曰

三極彝道訓深稽古致化歸一分教斯五性靈鎔匠文章奧府淵哉鑠乎群言之祖

正緯第四

夫神道闡幽天命微顯馬龍出而大易興神龜見而

瀆鍾律之要白魚赤烏之符黃金紫玉之瑞事豐奇偉辭富膏腴無益經典而有助文章是以後來辭人採摭英華平子恐其迷學奏令禁絕仲豫惜其雜眞未許煨燔前代配經故詳論焉

贊曰

榮河溫洛是孕圖緯神寶藏用理隱文貴世歷二漢朱紫騰沸芟夷譎詭糅其雕蔚

辯騷第五

自風雅寢聲莫或抽緒奇文鬱起其離騷哉固已軒翥詩人之後奮飛辭家之前豈去聖之未遠而楚人

何豫焉原夫圖籙之見廼昊天休命事以瑞聖義非
配經故河不出圖夫子有歎如或可造無勞喟然昔
康王河圖陳於東序故知前世符命歷代寶傳仲尼
所撰序録而已於是伎數之士附以詭術或說陰陽
或序災異若鳥鳴似語虫葉成字篇條滋蔓必假孔
氏通儒討覈謂起哀平東序祕寶朱紫亂矣至於光
武之世篤信斯術風化所靡學者比肩沛獻集緯以
通經曹襃撰讖以定禮乖道謬典亦已甚矣是以桓
譚疾其虛僞尹敏戲其深瑕張衡發其僻謬荀悅明
其詭誕四賢博練論之精矣若乃羲農軒皞之源山

而孟堅謂不合傳褒貶任聲抑揚過實可謂鑒而弗精翫而未覈者也將覈其論必徵言焉故其陳堯舜之耿介稱湯武之祗敬典誥之體也譏桀紂之猖披傷羿澆之顛隕規諷之旨也虬龍以喻君子雲蜺以譬讒邪比興之義也每一顧而掩涕歎君門之九重忠怨之辭也觀茲四事同于風雅者也至於託雲龍說迂怪豐隆求宓妃鴆鳥媒娀女詭異之辭也康回傾地夷羿蔽日木天九首土伯三□譎怪之談也依彭咸之遺則從子胥以自適狷狹之志也士女雜座亂而不分指以爲樂娛酒不廢沉湎日夜舉以爲懽

之多才乎昔漢武愛騷而淮南作傳以爲國風好色而不淫小雅怨誹而不亂若離騷者可謂兼之蟬蜕穢濁之中浮游塵埃之外皭然涅而不緇雖與日月爭光可也班固以爲露才揚己忿懟沉江羿澆二姚與左氏不合崑崙懸圃非經義所載然其文辭麗雅爲詞賦之宗雖非明哲可謂妙才王逸以爲詩人提耳屈原婉順離騷之文依經立義駟虬乘翳則時乘六龍崑崙流沙則禹貢敷土名儒辭賦莫不擬其儀表所謂金相玉質百世無匹者也及漢宣嗟歎以爲皆合經術揚雄諷味亦言體同詩雅四家舉以方經

文而見時是以枚賈追風以入麗馬楊沿波而得奇其衣被詞人非一代也故才高者菀其鴻裁中巧者獵其艷辭吟諷者銜其山川童蒙者拾其香草若能憑軾以倚雅頌懸轡以馭楚篇酌奇而不失其貞翫華而不墜其實則顧盼可以驅辭力欬唾可以窮文致亦不復乞靈於長卿假寵於子淵矣

贊曰

不有屈原豈見離騷驚才風逸壯志煙高山川無極情理實勞金相玉式艷溢錙豪

荒淫之意也摘此四事異乎經典者故論其典誥則如彼語其本誕則如此固知楚辭者體憲於三代而風雅於戰國乃雅頌之博徒而詞賦之英傑也觀其骨鯁所樹肌膚所附雖取鎔經意亦自鑄偉辭故騷經九章朗麗以哀志九歌九辯綺靡以傷情遠遊天問瓌詭而惠巧招䰟招隱耀艶而深華卜居標放言之致漁父寄獨往之才故能氣往轢古辭來切今驚采絶艶難與並能矣自九懷以下遽躡其跡而屈宋逸步莫之能追故其敘情怨則鬱伊而易感述離居則愴怏而難懷論山水則循聲而得貌言節候則披

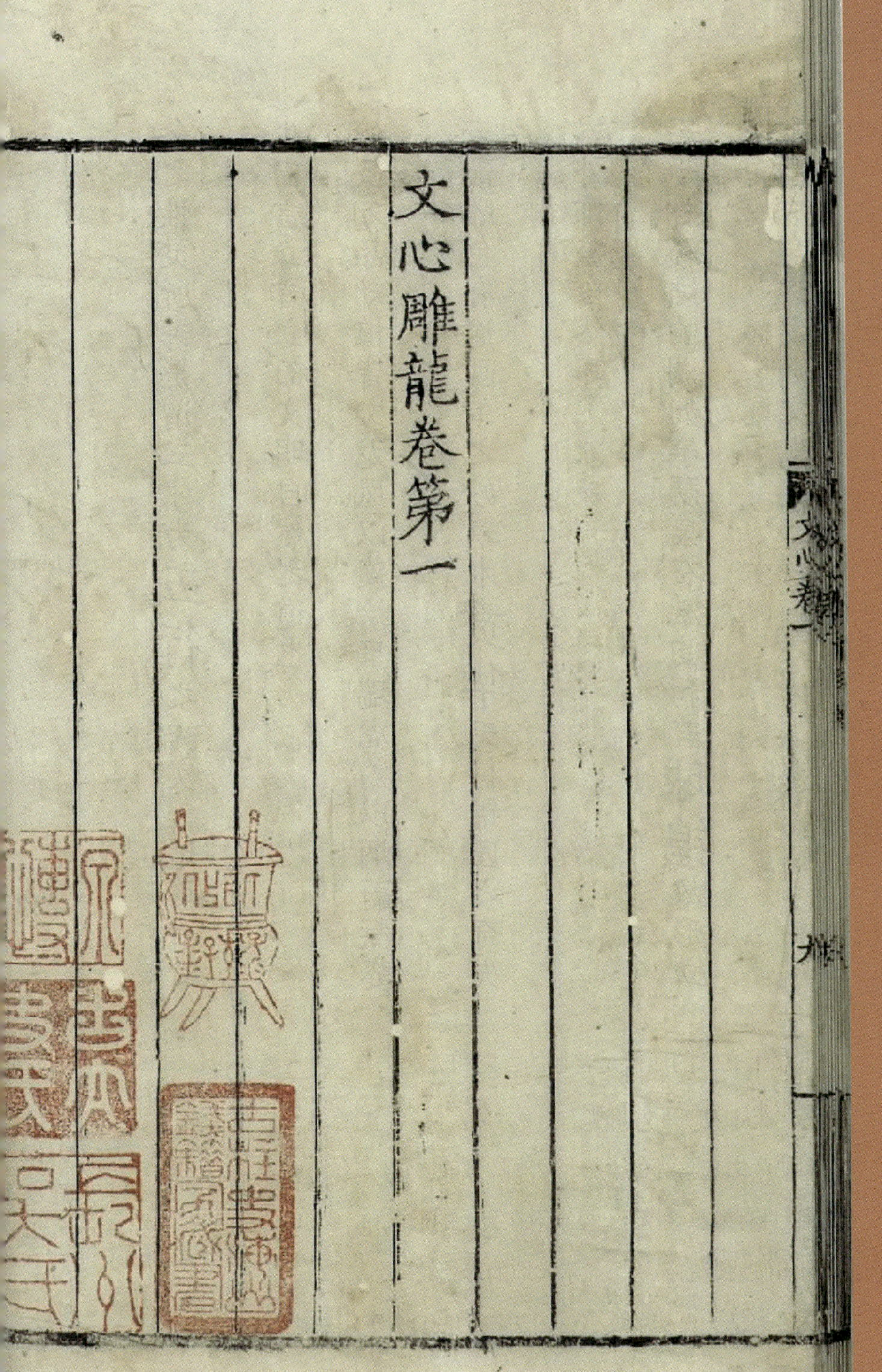

文心雕龍卷第一

参之，性灵所钟，是谓三才。为五行[1]之秀，实天地之心。心生而言立，言立而文明，自然之道也！

傍及万品，动植皆文：龙凤以藻绘呈瑞，虎豹以炳蔚凝姿；云霞雕色，有逾画工之妙；草木贲华[2]，无待锦匠之奇。夫岂外饰，盖自然耳！

至于林籁结响，调如竽瑟；泉石激韵，和若球锽[3]。故形立则章成矣，声发则文生矣。

译文 文章的属性是普遍的，它和天地一起产生，为何如此说呢？

天地产生之时就有了黑、黄、圆、方的区别。日、月有如重叠璧玉，显示附在天上的形象；山川似灿烂的锦绣，显示大地的形貌纹理，这些都是大自然的文章。看天空，日月发射出耀眼的光芒；看大

延伸阅读 此是《文心雕龙》的开篇，是全书的理论基础。刘勰指出了文章与天地是同时产生，自然而成的。刘勰从天地万物都

原道 第一

文之为德也大矣，与天地并生者，何哉？

夫玄黄色杂，方圆体分，日月叠璧，以垂丽天之象；山川焕绮，以铺理地之形：此盖道之文也。

仰观吐曜，俯察含章，高卑定位，故两仪既生矣。惟人

□ 注释

❶ 叠璧：《尚书》中说日月曾一度像璧那样重叠起来。璧，环状的玉。焕绮：光彩绮丽。焕，光彩；绮，有花纹的丝织品，此处指文采。吐曜（yào）：发光，指日、月、星。曜，光明照耀。含章：蕴含着美，多指地理风光。章，文采。五行：金、木、水、火、土，古人认为这是组成天地万物的五种元素。❷ 贲（bì）：装饰。华：花。❸ 球：玉磬。锽：钟声。

咏之志；益稷陈谟⑥，亦垂敷奏之风。夏后氏兴，业峻鸿绩，九序惟歌，勋德弥缛。逮及商周，文胜其质，雅颂所被⑦，英华日新。文王患忧，繇辞炳曜，符采复隐，精义坚深。重以公旦多材，振其徽烈⑧，剬诗缉颂，斧藻群言。至夫子继圣，独秀前哲，镕钧六经，必金声而玉振；雕琢性情，组织辞令，木铎启而千里应，席珍流⑨而万世响，写天地之辉光，晓生民之

地，山川万物蕴含着丰富的文采。天高地卑的位置，产生天地两仪。人与天、地相配，身上才孕育天地的灵性，这就是三才。人为万物之灵，是有思想的天地之心。有了思想，语言才得以确立，语言确立，文章才能鲜明，这是自然的道理。推及万物，不论动物、植物皆有文采。龙凤以五彩之色显

有文采的角度，论证作文也要讲文采，提出文质并重的主张；叙述了文章的发展历史，认为

夫以无识之物，郁然[4]有彩，有心之器，其无文欤？

人文之元，肇自太极，幽赞神明，易象惟先。庖牺画其始，仲尼翼其终，而乾坤两位，独制文言。言之文也，天地之心哉！

若乃河图孕乎八卦，洛书韫乎九畴[5]，玉版金镂之实，丹文绿牒之华，谁其尸之，亦神理而已。

自鸟迹代绳，文字始炳，炎皞遗事，纪在三坟，而年世渺邈，声采靡追。唐虞文章，则焕乎始盛。元首载歌，既发吟

❹郁然：草木茂盛的样子，形容文采之盛。

❺庖（páo）牺：伏羲，传说中的三皇之一。《洛书》：相传大禹治水时有神龟献书，大禹取法而制订了《九畴》。九畴：九类，治理天下的各类大法。九是虚数，指各类。❻益、稷：舜的大臣，伯益和后稷。陈谟：陈述计谋。谟，计谋，谋议。❼《雅》《颂》：《诗经》中的《雅》诗、《颂》诗。被：及，此指影响所及。❽振：振兴、发扬。徽：美。烈：功业。❾席珍：儒者讲席上有珍贵的道德学问，供人请教。席，坐具，传教讲学的讲席。流：流行传布。

故知道沿圣以垂文，圣因文以明道，旁通而无涯，日用而不匮[13]。《易》曰：『鼓天下之动者存乎辞[14]。』辞之所以能鼓天下者，乃道之文也。

赞[15]：道心惟微，神理设教。光采玄圣，炳耀仁孝[16]。龙图献体，龟书呈貌。天文斯观，民胥[17]以效。

示它们的祥瑞，虎豹以斑斓的花纹构出它们的雄姿；精心雕绘的云霞，色彩缤纷胜过画工设色的巧妙；鲜花满缀的草木，不需工匠的神奇手艺。这难道都是外界修饰的吗？它们自然形成的罢了。

至于风吹山林的声响，谐和得如吹竽鼓瑟的乐调；泉水击岩石的韵律，若扣磬鸣钟的和声。所以形体确立，声韵激发，文章就出现了。无知的自然之物都富有丰富的文采，心智健全的人，难道还没有文章？

人类文章的开端，起源于天地未分之前的元气，深刻说明这个神理

圣人是为了阐明“道”而创制文籍，因而写出了文质并重的典范作品。刘勰总结了道、圣人、文章三者的关系：道是圣人要阐明的对象，文章是圣人用来阐明道的工具，圣人是沟通道与文章的桥梁。

《原道》《征圣》《宗经》《正纬》《辨骚》五篇，

耳目矣。

爰自风姓，暨于孔氏，玄圣创典，素王述训，莫不原道心以敷[10]章，研神理而设教。取象乎河洛，问数乎蓍龟[11]，观天文以极变，察人文以成化；然后能经纬区宇，弥纶彝宪，发挥事业，彪炳[12]辞义。

⑩ 爰（yuán）：于是。风姓：伏羲，伏羲为风姓。暨（jì）：及。玄圣：远古的圣人，指伏羲等人。玄，远。素王：空王，指孔子，汉代人认为孔子有帝王之道而无王位，故称之为素王。道心：自然之道的精神。这个“心”和上文“天地之心哉”的“心”意思相同。敷：另本作“裁”。⑪取象：取法。数：术数，指未来的命运。蓍：草名，古时用它的梗来占卜吉凶。龟：龟甲，古代在龟甲上钻孔再烧，看它的裂纹来卜吉凶。从蓍草和龟甲中去求知定数，指占卜吉凶。⑫经纬：织布的经线和纬线纵横交织，此指治理。区宇：区域空间，此指疆土、国家。弥纶：包举、综合。彝宪：常法，经久不变的大经、大法。彝，常；宪，法。彪炳：虎纹般光彩鲜明。彪，虎纹；炳，光明。⑬旁通：广通。匮（kuì）：竭，缺乏。⑭辞：《易·系辞上》的原意指卦、爻辞，刘勰借用来泛指一般的文辞。⑮赞：助，明。古代一些文章末尾有赞文，用以总括说明全篇大意。《文心雕龙》每篇都有赞。⑯玄圣：指孔子。仁孝：泛指古代圣贤提出来的伦理道德。⑰胥：全，都。

的，是《易经》里最早的卦象。伏羲画了八卦之象，孔子加上辅助性的解说《十翼》。其中的《乾》《坤》，孔子用《文言》加以解释。可见语言要很有文采，才算是顺乎天地自然的心灵。

至于传说黄河里有龙献图，伏羲氏效法《河图》画出八卦，洛水里有龟献书，夏禹据此写《洛书》，酝酿出九类治国的大法，还有玉石书版的金字内容，绿色简牒上丹红文字的文采，这些是谁在主宰？神妙的启示而已。

从仓颉创造文字代替结绳记事，文字的作用开始彰显。炎帝神农氏和太皞伏羲氏的事迹，记载在《三坟》这部古书，可年代太久远了，事迹渺茫，文采也无从追寻。唐尧和虞舜时代的文章，文采开始焕发丰富起来。天子大舜唱和的歌词，已发出了唱叹的情志；伯益和后稷陈进的计谋，传下了敷陈进奏的风气。夏后氏大禹兴起，事业崇高功绩巨大，各项工作都受到歌颂，勋德日益丰富。到了商朝和周朝，文章的文采胜过了前代的质朴。《雅》诗、《颂》诗，影响所及，使文章辞采愈发新颖。周文王被殷纣王拘押在羑里受难时作《周易》，卜辞光彩照耀，有宝玉般的文采，内容蕴含丰富，义理精微深刻。周公旦多才多艺，发扬周

是《文心雕龙》的“枢纽”，是总论部分。

全篇分为三个部分：

一是“文”和“自然之道”的关系。刘勰从天地自然之道，说到人必然有“文”，万物所有的文采都不是人为的、外加的，而是自然形成的。

二是“人文”的起源及发展。刘勰从人类之文的起源，讲到孔子的集人类文化之大成。

三是“自然之道”和“圣”的关系。刘勰认为，古代的圣人根据“自然之道”的基本精神来著述，“自然之道”通过古代圣贤的文章得到阐明。只有这样的文章，才能起到教化天下的作用。

《原道》之原，意为本、根、源，道指“自然之道”。原道，即文章根源于“自然之道”。

文王美善事业，制作诗歌，辑录《周颂》，修润文辞。孔子承继以前的圣人，超过了从前的圣哲。他编订"六经"，似钟击磬般集经典之大成；他陶冶性情，组织辞令，这些经典同施政教时所用的木舌铜铃一样，一开启振动，千里响应，又像儒者讲席上的珍宝一般流传下来，可以说是发扬了天地的光辉，启发了人们的聪明才智。

"自然之道"，是宇宙间万事万物的自然规律，有道之文，大多源于万物的文采。刘勰主张文章应有动人的文采，强调艺术技巧，又反对过分雕琢的创作倾向，认为过分雕琢违反了"自然之道"。

这就是刘勰论文首标"原道"的主要原因。

从伏羲到孔子，前者开创，后者发挥，没有不根据自然之道的精神来进行创作的，也没有不钻研精深的道理来设置教化从事教育的。他们效法《河图》《洛书》，用蓍草和龟壳来占卜问谒事物未来的变化，观察天文，穷究各种变化，学习过去的典籍，完成教化；然后才能治理天下，制定出恒久的根本大法，发挥光大圣人的事业，使文辞义理发挥最大的作用。

由此得知，自然之道依靠圣人表现于文章著作里面，圣人通过文章著作才得以阐明自然之道，它到处都行得通而无所阻碍，天天运用也不会觉得匮乏。

《周易·系辞上》里说："能够鼓动天下的东西，主要在于文辞。"文辞之所以能鼓动天下，就是因为它符合自然之道。

总结：

自然之道，精深微妙，穷究这神理，因之设教。

使圣人发出光芒，使仁义忠孝的道德得以宣扬。

龙马负图献出八卦的形体，神龟负书呈上九貌。

观察天地文采的同时，也应习人文来完成教育。

先王圣化，布在方册[4]；夫子风采溢于格言。是以远称唐世，则焕乎为盛；近褒周代，则郁哉[5]可从：此政化贵文之征也。郑伯入陈，以文辞为功[6]；宋置折俎，以多文举礼[7]：此事

|译文| 所谓圣，就是认识自然之道独立创作，所谓明，就是理解圣人的著作并加以阐述。用著作陶冶人的性情，先哲有很大的功劳。孔子的学生子贡说：“孔子的文章里可以看到。”这些著作，表达了圣人的意见或主张。

古代圣王的教训，古籍记载着；孔夫子的言行，表现在他的格言里。所以，远古的文章，孔子称赞过唐尧，说：“多么兴盛焕发！”对近世，他褒扬周代的文章，说：“多么丰富，十分值得效法！”这是政令教化重视文章的例证。春秋时郑国攻入陈国，面对晋国的责问，郑国的子产善于言辞，立了功；宋国用隆重的礼仪接待晋国的赵文子，宾主言辞很有文采，孔子特使弟子记录下来。这些皆是事业上以

延伸阅读 征圣，就是征验圣人，向圣人学习。刘勰认为，圣人在品德、文章两方面，都是后人学习的榜样。

“志足而言文，情信而辞巧”是圣人文章的特点，应奉为写作的金科玉律。

全篇分为三部分：

一是学习圣人重视文章的写作、写作文章的基本原则和态度。根据圣人对政治教化、事迹功

征圣第二

夫作者曰圣，述者[1]曰明。陶铸性情，功在上哲[2]。夫子文[3]章，可得而闻，则圣人之情，见乎文辞矣。

□注释

❶ 作者：创作者。述者：继承阐述者。《礼记 · 乐记》："作者之谓圣，述者之谓明。"原意指能制礼作乐的圣人，能叙说圣人的制作的贤人。刘勰讲文章，从圣人的创作讲起，因此引用这两句话。❷陶铸：陶冶工器那样把人改造成有用的人。陶，制造瓦器；铸，熔铸金属。上哲：圣人。哲，有智慧的人。❸ 夫子：老师，指孔子，此引用孔子学生子贡的话。文：唐版本无"文"字。❹ 圣化：教化。方册：书籍，古代的著作刻写在方册上。方，方牍、木板；册，简册，编连在一起的竹简。❺焕乎：《论语 · 泰伯篇》："焕乎其有文章。"焕，光明，此指文化。郁哉：《论语·八佾篇》："郁郁乎文哉！吾从周。"郁，富有文采；从周，遵从周代的文化。❻郑伯入陈，以文辞为功：《左传 · 襄公二十五年》载，郑简公起兵攻入陈国，派子产向各国盟主晋国报告。晋国质问郑国为何侵略小国，子产答，陈国领楚国攻打郑国，填塞了井，砍伐了树，对郑国犯了罪。郑国向晋国报告，晋国却不管，所以只好去讨伐。子产讲的理由充足，得到孔子的称赞。❼宋置折俎（zǔ），以多文举礼：《左传 · 襄公二十七年》载，宋平公接待晋国贵宾赵文子，宴会上宾主的发言都有文采，得到孔子的称赞。折俎：把牲体骨节切开放在器皿内，这是一种隆重的欢迎礼节。俎，古代祭祀、宴会时陈置牲体的器皿。举礼：记下这次合理的事。举，记录。

该情，或明理以立体⑮，或隐义以藏用。故春秋一字以褒贬，「丧服」举轻以包重⑯，此简言以达旨也。邠诗联章以积句，儒行缛⑰说以繁辞，此博文以该情也。书契断决以象夬，文章昭晰以效离⑱，此明理以立体也。四象精义以曲

文为贵的例证。孔子褒扬赞美子产说：“不仅能用语言成功地表达自己的思想，还能用文采成功地将语言修饰得很漂亮。”孔子谈到有才德的人就说：“情感应真实可信，文辞应巧妙精美。”这皆是个人的学习修养重视文采的证明。

由此可见，思想充实言辞有文采，感情真诚文辞巧妙精美，就是写作的基本法则。

业、个人修养三个方面的重视，得出“志足而言文，情信而辞巧”是写作的金科玉律。

二是学习圣人根据不同情况采用不同方法的通变态度。掌握自然之道，才能对文章的繁、略、隐、显等具体情况作适当处理。

圣人能全面考察自然万物，深入探究各种精深奥妙的变化；写成堪称楷模的文章，表达的思想内容与客观事物相符。圣人的著作用简练的语言表情达意，用广博的文辞备述情理，用明白的道理建立文章的主体，用含蓄的语义隐藏文章的作用。如《春秋》就

迹[8]贵文之征也。褒美子产[9]，则云「言以足志，文以足言[10]」；泛论君子，则云「情欲信，辞欲巧[11]」：此修身贵文之征也。

然则志足而言文，情信而辞巧，乃含章之玉牒[12]，秉文之金科[13]矣。

夫鉴周日月，妙极机神；文成规矩，思合符契[14]。或简言以达旨，或博文以

⑧ 迹：亦作“绩”，功。⑨ 子产：郑国执政者公孙侨的字，春秋时期著名的政治家。⑩ 言以足志，文以足言：见《左传·襄公二十五年》。足，成。⑪ 情欲信，辞欲巧：见《礼记·表记》。情，感情、情志；信，真实可信。⑫ 玉牒：重要文书。⑬ 秉文：掌握文章。金科：重要的条例，犹金科律例，重要的规律。⑭ 思合符契：思与文完全相合。符契：指合同、契约。符，古代作为凭信的东西；契，约券二者相合为凭。⑮ 体：主体，重要部分。⑯ “丧服”举轻以包重：丧服，居丧之服，古代根据孝者和死者亲疏关系的不同，穿轻重不同的丧服，父母、君主死时丧服最重。《礼记·曾子问》中孔子有“缌不祭”的说法。缌，用细麻布制作的一种轻丧服。按规定，穿轻丧服的尚且不能参加宗庙祭祀活动，穿重丧服的人就更不能参加宗庙祭祀。⑰ 儒行：《礼记》中的《儒行》篇。儒行，儒者的行为规范，孔子在该篇中指出十六种儒行规范。缛：繁盛。⑱ 昭晰：明白。《离》：《易经·离卦》用离来象征火。

以为："仲尼饰羽而画，徒事华辞。"虽欲訾圣，弗可得已㉑。然则圣文之雅丽，固衔华而佩实者也。天道难闻，犹或钻仰㉒；文章可见，胡宁勿思？若征圣立言，则文其庶㉓矣。

赞曰：

妙极生知，睿哲惟宰㉔。精理为文，秀气成采。

鉴㉕悬日月，辞富山海。百龄影徂㉖，千载心在。

常用极少的字表示对某人某事的赞扬或批评，《礼记》常用轻丧服的礼仪规则讲述重丧服的礼仪规则，用简练的语言表达主要思想。又如《豳风·七月》用很多的章句连缀成篇，《礼记·儒行》用复杂的叙述、丰富的词句记载，这是用较多的文辞完备叙

三是学习圣人的华实并重。刘勰认为"衔华而佩实"是圣人文章突出的优

隐，五例微辞以婉晦，此隐义以藏用也。故知繁略殊形⑲，隐显异术，抑引随时，变通适会，征之周孔，则文有师矣。是以论文必征于圣，必宗于经。易称『辨物正言，断辞则备』，书云『辞尚体要，弗惟好异』。故知正言所以立辩，体要所以成辞，辞成无好异之尤，辩立有断辞之义⑳。虽精义曲隐，无伤其正言；微辞婉晦，不害其体要。体要与微辞偕通，正言共精义并用。圣人之文章，亦可见也。颜阖

⑲形：应作“制”，制，体例。⑳尤：过失。义：宜，美，与上文“尤”对偶。㉑已：应作“也”。㉒钻：研究。仰：仰而求之。㉓庶：近，差不多。㉔睿哲：智慧的圣人。睿，智慧；哲，圣哲。宰：主宰，引申为掌握、具有。㉕鉴：察看，指观察事物而形成主张和见解。㉖百龄：百岁，终生。影徂（cú）：形体消逝。徂，往。

述情理的例子。

此外，有的文字决断万事像《夬卦》那样果断干脆，有的文章说明事理仿效《离卦》那样明白清楚，这是用明白的道理表述文章要点的例子。《易经》的四种卦象，道理精深，意义迂回隐蔽，《春秋》运用的五种纪事体例，也是委婉隐晦，意义婉转，这是用含蓄的语义隐藏文章作用的例子。

据上述我们知道，文章在表现手法上，有繁缛和简略、隐晦和明显的区别，对不同体制、不同手法，或抑制，或援发，随机而定，写作时千变万化，要注意融会贯通圣人写作的经验，又要适应具体情况的变化，灵活运用。如我们以周公、孔子的文章作为标准，那写作上就找到老师了。

点，是他论文的一条基本原则。

从圣人的著作看，写文章有繁、简、显、隐等四种手法，适用的场合和文学效果各不一样。要灵活掌握这四种手法，就得学习周公、孔子的文章。

向圣人学习，要做到以下两点：

一是明辨事物，作出正确的判断；

二是文辞以体实为要，不可专好诡异。

总之，要做到内容与形式的完美统一。

所以刘向论文，要以圣人为标准进行验证，匡衡上书劝学，以经典为根据。

《周易》里说："辨别事物以恰当的说明，有明确的词语就可充分表达。"《尚书》说："文辞应抓住重要的内容，不应一味追求奇异。"因此，正确的说明才能使文章辩理成立，抓住要点才能安排好文章的词句，这样安排文辞，避免爱好奇异的过失，辩理成立就能得到文辞明确的优点。即使精深的义理隐蔽曲折，也不会影响说明的恰当；即使微妙的文辞隐晦委婉，也不会影响抓住要点。抓住要点与微妙的词语并不矛盾，正确的说明同精深可以并存。此情形，圣人的文章里都可看到。颜阖说：“孔子好比在已有自然文采的五彩的羽毛上再加装饰，只是追求华丽的辞藻。”他虽以此指责圣人，事实上做不到。圣人的文章内容雅正又文辞绚丽，本就兼有动人的文辞和充实的内容。自然之道难以弄懂，尚要钻研；圣人的文章是显而易见的东西，为什么不去思索探究？如能根据圣人的著作进行写作，那作的文章就接近成功。

总结：

神妙之极，圣人！只有圣人懂得精妙的道理。

精心顺从自然之理著文，灵气成闪耀的文采。

宝镜高悬好似日月之明，言辞丰富犹如山海。

百岁圣人虽如影逝去，千载后精神依然存在。

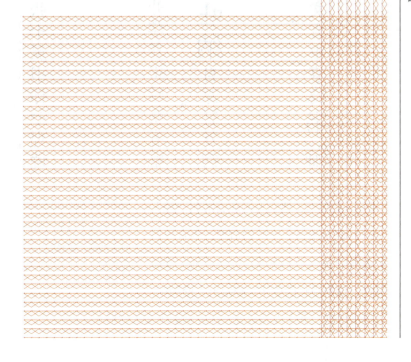

纷糅，自夫子删述，而大宝咸耀。于是易张十翼，书标七观，诗列四始，礼正「五经」，春秋「五例」。义既埏[3]乎性情，辞亦匠于文理，故能开学养正，昭明有融。然而道心惟微，圣谟卓绝，墙宇重峻，而吐纳[4]自深。譬万钧之洪钟，无铮铮之细响矣。

夫易惟谈天，入神致用。故系称旨远辞文，言中、事隐。韦编三绝[5]，固哲人之骊渊也。

|译文| 说明天、地、人道理的书叫“经”。“经”，就是永恒、绝对的道理，不宜更改的教导。圣人创制经典，取法天地，证验鬼神，探究事物的秩序，制定出人伦纲纪。这样的经典，深入人类灵魂，探究掌握了文章的根本。

延伸阅读 宗经即宗法经书，写文章以圣人的经书为准绳。宗经和上一篇的征圣有着密切的联

宗经 第三

三极彝训，其书言经。经也者，恒久之至道，不刊之鸿教也。故象天地，效鬼神，参物序，制人纪，洞性灵之奥区[1]，极文章之骨髓者也。

皇世三坟，帝代五典，重以八索[2]，申以九丘。岁历绵暧，条流

□ 注释

❶象天地：取象于天地。取象，效法。洞：深通。奥区：神秘渊深的地区。❷《八索》：相传讲八卦的书。❸ 埏：和泥制瓦，喻文章的教化作用。❹ 吐纳：偏义复词，即言论，这里指著作。❺韦编三绝：《史记·孔子世家》载，孔子晚年读《周易》，三次折断了编串竹简的牛皮。韦，熟牛皮。古人用熟皮做绳编连竹简。

尚书则览文如诡[11]，而寻理即畅；春秋则观辞立晓，而访义方隐。此圣文之殊致，表里之异体者也。

至根柢槃[12]，深枝叶峻茂，辞约而旨丰，事近而喻远。是以往者虽旧，余味日新，后进追取而非晚，前修文用而未先，可谓太山遍雨，河润千里者也。

故论说辞序，则易统其首；诏策章奏，则书发其源[13]；赋颂歌赞，则诗立其本；铭诔箴祝[14]，则礼总其端；纪

三皇时出现的《三坟》，五帝时出现的《五典》，加上《八索》《九丘》这些经典，因时代绵延久远，流传得越来越不清楚，后来的著作纷糅杂乱。经过孔夫子对古书的删削整理，这些经典才放射出光辉。于是《周易》的意义由《十翼》发挥，《尚书》标立了“七观”，《诗经》列出了“四始”，《礼记》

系。刘勰认为，经书是圣人之道的文字表达，也是文章的典范，在文学创作中具有重大的作

书实记言，而训诂茫昧[6]；通乎尔雅，则文意晓然。故子夏叹书，『昭昭若日月之明，离离如星辰之行』，言昭灼[7]也。诗主言志，诂训同书，摛风裁兴，藻辞谲喻[8]，温柔在诵，故最附深衷矣。礼以立体，据事制[9]范，章条纤曲，执而后显，采掇片言，莫非宝也。春秋辨理，一字见义，五石六鹢，以详略成文；雉门两观，以先后显旨；其婉章志晦[10]，谅以邃矣。

❻ 训诂：解释古语，此作古语解。茫昧：不明白。❼ 昭灼：明显、明亮。❽ 藻辞：使文辞有文采。谲喻：婉转。❾ 制：体制。❿ 婉章志晦：指“婉而成章”“志而晦”，《春秋》写作的五项条例中的两条。⓫ 诡：深奥难懂。⓬ 柢（dǐ）：根。槃：同“盘”，盘曲、回绕。⓭《书》发其源：《书》指《尚书》。《尚书》的诰、誓等和上述文体关系紧密。⓮ 铭：刻在器物上记功或自警的作品。诔：哀悼死者的作品。箴：对

莫不师圣，而建言修辞，鲜克宗经。是以楚艳汉侈，流弊不还，

正末归本，不其懿欤！

赞曰：

三极彝训，道深稽[21]古。

致化归一，分教斯五。

性灵熔匠，文章奥府。

渊哉铄[22]乎，群言之祖。

确定五种礼仪，《春秋》提出了五项条例。所有这些，内容陶冶人的性情，用词上是写作的典范。因此，它能启发学习，培养正道，这些作用历历分明。自然之道的精神十分微妙，圣人的见解十分高深，他们的道德学问高超，他们

用和意义。圣人的思想观点通过经典呈现，要想学习圣人就必须学习经典，向圣人学习写作

传盟檄，则春秋为根；并穷高以树表，极远以启疆⑮，所以百家腾跃，终入环内者也。若禀经⑯以制式，酌雅以富言，是仰⑰山而铸铜，煮海而为盐也。

故文能宗经，体有六义：一则情深而不诡，二则风清而不杂，三则事信而不诞，四则义直而不回⑱，五则体约而不芜，六则文丽而不淫⑲。扬子比雕玉以作器，谓五经之含文也。夫文以行立，行以文传；四教所先，符采相济⑳。励德树声，

人进行告诫规劝的作品。祝：祷告神明的作品。⑮启疆：开拓疆域，指扩大文章范围。⑯禀经：接受经书的榜样。禀，接受。⑰仰：应作“即”，靠近。⑱直：唐本作“贞”，正之意。回：邪。⑲淫：过度。⑳符采相济：符采，玉石的横纹。济，帮助。此以玉和纹的关系比喻德行、忠诚、信义与文章的关系。㉑稽：查究。㉒渊：深。铄：同“烁”，光亮。

的著作体现出深刻的自然之道。好比千万斤重的大钟，不会发出细微的响声。

《周易》研究自然变化道理，它十分精深细微，完全可以在实际中加以运用。故《系辞》里说："它的旨意深远，言辞有文采，语言中肯符合实际，事理隐晦。"孔子读这部书时，穿订竹简的牛皮条都读断了三次，可见这部书是圣人深奥哲理的宝库。

《尚书》记载着先王的谈话，它的文字难懂，不易理解，通过《尔雅》这部工具书，懂了古代的语言，它的意思就很明白了。子夏赞叹《尚书》说："《尚书》的论事，像日月那样明亮，星辰那样清晰。"就是说《尚书》记得很清楚明白。

《诗经》抒发作者的思想感情，同《尚书》一样不易理解，《风》《雅》等不同类型的诗篇，采用了比、兴、赋等写作手法，文辞华美，比喻委婉，诵读起来会感受到它温柔敦厚的特点，《诗经》是最切合圣人内心深处的思想感情的。

《礼记》可以建立体制，它根据实际需要制定法规，各种条款非常详细，为的是执行起来明确有效，任意从中取出一词一句，也没有不珍贵的。

《春秋》辨析事理，一个字便能表现它的赞誉或批判。如"石头从

也必须通过经书。

本篇分三个部分：

一是概述诸经的基本情况及教育作用；

二是论述五经写作的基本特点及成就；

三是说明必须宗经的原因。

刘勰认为各种文体起源于经书，文章宗经，就会有六种好处，否则就会出现楚汉以后文章创作过分追求形式的流弊。

五经各有分工，体制和表现手法各有特点，代表了五种不同的写作方法。这些写作方法分别适用于不同的场合，形成了不同的文体，所以经书又是后世各种文体的渊源、学习的榜样。

宗法经书，对写作有六种好处，能使文章具备"六义"：情深、风清、事信、义直、体约、文丽。

天上落到宋国的有五块”“六只鹢鸟退着飞过宋国的都城”的记载，就以文字的详尽显示写作的技巧；关于“雉门和两观发生火灾”的记载，先后顺序的不同显示了作者区分主次的意思。《春秋》用委婉曲折、用意隐晦的方法写成，有很深刻的含义。

《尚书》虽读起来似乎文辞深奥，寻究它的内容，道理却明白易懂；《春秋》的文辞似乎很容易通晓明白，当你探访它的意义时又深奥难懂。

由此可见，圣人的文章丰富多彩、各有特色，形式和内容都不尽相同。经书和树一样根柢盘结深固，枝长就会叶茂，言辞简约包含的意义却丰富，取事平凡喻理却远大。虽然这些著作历时久远，意义却日日新颖，后世学者追求探取一点也不迟，前代先贤用了很久也不嫌过早。经书的作用似泰山的云气使雨水洒遍天下，如黄河之水灌溉沃野千里一样。

因此，论、说、辞、序等体裁，都从《周易》开始；诏、策、章、奏等体裁，都源于《尚书》；赋、颂、歌、赞等体裁，以《诗经》为根本；铭、诔、箴、祝等体裁，从《礼记》开端；纪、传、盟、檄等体裁，以《春秋》为根源。

它们都为文章树立了很好的榜样，替文章的发展开辟了广阔的领域。任凭诸子百家如何驰骋跳跃，终还是超不出经书的范围。如根据经书的体式去制定各种体裁的文章格式，参照五经雅正的词汇来丰富写作的语言，那作文就像靠近矿山冶炼，在海边熬煮海水制盐一样。

所以，作文章学习五经，这样的文章具有六种特点：

一、感情深挚，不诡谲；

二、文风纯正，不杂乱；

三、叙事真实，不虚诞；

四、义理正直，不歪曲；

五、文体简约，不繁杂；

六、文辞华丽，不过分。

扬雄用玉石之有雕琢才能成器作喻，说明“五经”包含着文采。人的德行决定文章的好坏，德行通过文辞得以表现而流传。孔子的文辞、德行、忠诚、信义这“四教”中，文辞放在首位，正如玉石须有精致的花纹，相济相成，文辞须与德行、忠诚、信义三者结合。人们勉励道德、树立声名，向圣人学习，只是文章的写作方面很少向圣人的经典学习。楚辞比较艳丽，汉赋过度侈华，它们的弊病流传下来，越发展越厉害，其势不可回还。纠正这些错误，使文风回归到经书的正路上去，就正确了。

总结：

经书阐述天、地、人之道，道理深刻稽考到远古。

教化民众是它们总的目的，分类教导分为五经。

是培养性灵的巨匠，是探究文章奥秘的宝库。

多么精微、灿烂，真是一切文章的宗祖。

矫诞[5]，真虽存矣，伪亦凭焉。

夫六经彪炳，而纬候稠叠；孝论昭晰，而钩谶葳蕤[6]。按经验纬，其伪有四：盖纬之成经，其犹织综[7]，丝麻不杂，布帛乃成；今经正纬奇，倍摘[8]千里，其伪一矣。经显，圣训[9]也；纬隐，神教也。

|译文| 依自然之道阐明幽深的事理，上天的启示显现于微妙的事物。黄河龙马出图产生了《周易》，神龟在洛水负书出献。所以《周易·系辞》里说：“黄河出图，洛水出书，圣人效法它写作了经书。”说的就是这些道理。历时久远，文辞隐晦不清，易产生不实的假托荒诞之事。因此这些东西里面，虽保存有真实，但假的也存留了下来。

儒家六经文采焕发，纬书却十分烦琐；《孝经》《论语》等昭著明晰，解说它们的《钩命诀》《比考谶》等却十分纷乱。依经书检验

延伸阅读 纬书是假托经义以宣扬符瑞的迷信预言之作。

本篇主要论述盛行于东汉的纬书和经书无关，儒家的思想经汉代的儒生用阴阳五行加以神化后，就威信不存了。刘勰特写此篇，是为了说明纬书是伪造的。

本篇论述如何对待纬书，

正纬第四

夫神道阐幽，天命微显，马龙出而《大易》兴，神龟见而《洪范》耀[1]。故《系辞》[2]称：『河出图，洛出书，圣人则[3]之。』斯之谓也。但世夐[4]文隐，好生

□注释

❶神道：自然之道。阐幽：与“微显”相对，深奥的要使它明显。阐，明；幽，深、隐。天命：自然界的法规。微显：微，幽深；显，明现。马龙：像马的龙。相传马龙从黄河里负图而出，伏羲照着河图制成了八卦，后周文王为八卦作爻辞而成《周易》。神龟：传说大禹时洛水中有龟负书进献。见：同“现”。《洪范》：《尚书·洪范》说天赐给大禹洪范九畴。洪范，大法；九畴，各类。耀：发出光彩。❷《系辞》：《周易·系辞上》。❸则：动词，效法。❹夐（xiòng）：广阔遥远，久远。❺矫诞：假托。矫，诈；诞，荒诞、虚妄。❻六经：《诗》《书》《礼》《乐》《易》《春秋》儒家六经。纬候：宣传占卜瑞应的迷信之书。《孝》《论》：《孝经》《论语》。昭晰：清楚明白。晰，应作“晳”。《钩》：《钩命决》，关于《孝经》的九种纬书之一，也是代表《孝经》的纬书。《谶》：有关《论语》的谶书，有《比考谶》等八种。葳蕤：草木茂盛的样子，此是指谶纬众多纷乱。❼织综：织机上经线上下开合的装置，此指织机。❽倍摘：背迕，抵触。倍，违背；摘，抵触的意思。❾圣训：以世事进行教训。圣，应作“世”。

非配经。故河不出图，夫子有叹，如或可造，无劳喟然。昔康王河图[17]，陈于东序，故知前世符命[18]，历代宝传，仲尼所撰，序录而已。于是伎数之士[19]，附以诡术，或说阴阳，或序灾异，若鸟鸣似语，虫叶成字[20]，篇条滋蔓，必假孔氏。通儒讨核，谓起哀平[21]；东序秘宝，朱紫乱矣！

纬书，有四点可证明纬书是伪托之作：

用纬书配经书，就像织布帛，须使丝和麻的经线和纬线不相混杂，布或帛才能织成；现在经书是正常的，但纬书却十分诡奇，彼此背违，相距千里。这是证明纬书是伪托的第一点。

经书内容明显，它用世事进行训言教育；纬书内容隐晦，它以神秘之象说教。人世的训言本宜明说，神界的说教简约，纬书反多于经书，把神秘之道说得更加繁多。这是证明纬书伪托的第二点。

分四个部分：

一、纬书有真伪之别：古代圣人在取法自然之道的前提下，讲到了《河图》《洛书》，经书的图纬之说是真的圣人遗说；号称配经、解经的纬书是假的，是后人伪造的。

二、以经书为依据，列

圣训宜广，神教宜约，而今纬多于经，神理更繁，其伪二矣。有命自天，乃称符谶，而八十一篇⑩皆托于孔子，则是尧造绿图⑪，昌制丹书⑫，其伪三矣。商周以前，图箓⑬频见；春秋之末，群经方备。先纬后经，体乖⑭织综，其伪四矣。伪既倍摘，则义异自明，经足训⑮矣，纬何豫⑯焉？

原夫图箓之见，乃昊天休命，事以瑞圣，义

⑩八十一篇：《河图》九篇、《洛书》六篇、七经纬三十六篇、“自黄帝至周文王所受本文”三十篇，共计八十一篇。⑪绿图：《尚书中候·握河纪》记载，尧在黄河、洛水边筑坛祭祀时，有龙马衔出赤文绿地的河图，献给尧帝。⑫丹书：《尚书中候·我应》记载，赤色雀衔着丹书，飞到周文王姬昌住所的门户上停下来，将丹书赐给周文王。⑬图箓：图谶，如《河图》《洛书》等。另本作“绿图”。⑭乖：违背。⑮训：典法，准则。⑯豫：应作“预”，参与。⑰康王：周成王的儿子，周康王姬钊。⑱世：应作“圣”。符命：古代认为帝王受命登位前出现的某些现象是天降祥瑞，叫符命。⑲伎数之士：古称医、卜、占等人为方技或术数之士。伎数：指借节气。伎，同“技”；数，术。⑳虫叶成字：《汉书·五行志》记载：汉昭帝时，上林苑中有虫吃柳树叶，形成“公孙病已立”几个字。“公”指汉昭帝；“孙”指汉宣帝，宣帝原名“病已”。㉑谓：疑为“伪”之误。哀：汉哀帝刘欣。平：汉平

是以后来辞人，采摭英华。平子[28]恐其迷学，奏令禁绝；仲豫[29]惜其杂真，未许煨燔。前代配经，故详论焉。

赞曰：

荣河温洛[30]，是孕图纬。神宝藏用，理隐文贵。世历二汉，朱紫腾沸。芟夷谲诡，糅其雕蔚[31]。

由上天降旨意，才可叫作符谶，有人说八十一篇纬书是孔子所作，纬书又说唐尧制了绿图，周文王姬昌制了丹书，这是证明纬书伪托的第三点。

商周以前，纬书就已频繁出现了，但经书是在春秋末年才完备的。如果是先有纬书后有经书，这就违背了先有经线后有纬线的自然规律。这是证明纬书是伪托的第四点。

伪托的纬书和经书相抵触，它和经书的意义不同就很明显。圣人著的经书已经足以成为后世的准则了，纬书又去参与干什么呢？

举了四条依据，证明托名孔子的纬书是伪造的。三、纬书非孔子所作，汉儒托名孔子的纬书造成了很坏的影响，搅乱了经书，乖道谬典，因此遭到桓谭等人的强烈

至于光武之世，笃信斯术，风化所靡，学者比肩[22]。沛献集纬以通经，曹褒撰[23]谶以定礼，乖道谬典，亦已甚矣。是以桓谭[24]疾其虚伪，尹敏戏其浮假，张衡发其僻谬，荀悦明其诡诞，四贤博练，论之精矣。

若乃羲、农、轩、皞之源[25]，山渎钟律[26]之要，白鱼赤乌之符，黄金紫玉之瑞，事丰奇伟，辞富膏腴[27]，无益经典而有助文章。

帝刘衍。㉒比肩：并肩，趋向谶纬的人很多。㉓曹褒（bāo）：东汉人，光武帝令他作礼制，他杂用五经和谶书写成了冠婚吉凶制度一百五十篇。撰：应作“选”。㉔桓谭：东汉学者，谶纬迷信的积极反对者。光武帝因他反对谶纬迷信是“非圣无法”，想以这个罪名除掉他。㉕羲：伏羲，相传他始画八卦。农：神农，相传他演八卦为三十六卦。轩：轩辕，黄帝名轩辕。源：源头。㉖山：谶纬书有《遁甲开山图》。渎（dú）：大川，此处泛指水。钟律：音乐，乐律。纬书中也讲到了山渎乐律。㉗膏腴（yú）：文辞丰富。膏，肥，土壤肥沃叫作膏；腴，肥美、肥沃。㉘平子：张衡。㉙仲豫：荀悦。㉚温洛：纬书《易乾凿度》说，帝王有盏德，洛水先温，六天后再变冷。㉛芟（shān）：割草，除去。夷：平，弄平。糅其雕蔚：摭拾英华。糅，应作“采”；雕蔚，富有文采。

《河图》《洛书》出现，是苍天有美好的旨意，这完全是预兆圣人在世的祥瑞，并不在于匹配经书。所以，孔子在世时，感叹黄河不再出现河图，如这些事情是可随意伪造的，那孔子也就无须劳神去喟叹了！周康王把《河图》陈列在东厢，可以知道前世圣王对上天所降的祥瑞视之如宝而世代相传，孔子编撰，不过是客观叙述，记录下来而已。那些方技的术士，用诡诈之术牵强附会：有的谈说阴阳鬼怪，有的预言灾难变异，什么鸟雀叫声像人说话，什么虫子吃树叶成了文字，各种各样的纬书到处滋生蔓延，都假托孔子著作。精通儒学的人讨论核查，认为这些纬书起源于西汉哀帝、平帝时。《河图》《洛书》本是古代帝王珍藏的国宝，从此便真伪混淆、邪正相杂。东汉光武帝之时，光武帝相信谶纬之术，追随者争先恐后，因这种风气的影响，谶纬之学的学者众多，可以说是比肩接踵。沛献王刘辅杂选一些纬书解释经书，曹褒依据旧典杂选谶书来制定礼仪制度，这种离经叛道的作为已经相当严重。所以桓谭痛恨谶纬虚伪，尹敏嘲讽谶纬浮妄虚假，张衡揭发谶纬乖僻谬误，荀悦指明谶纬诡诈伪托。这四位贤人的学识都非常渊博，他们的论述是精深的。

反对，桓谭等前贤的驳论是有根据的。

四、纬书虽无益于经典，但是对文学创作还是有意义和作用的，有助于作文，题材、辞藻能丰富作家的想象力，增加文采。

纬书中关于伏羲、神农、黄帝、少皞故事最早的传说，山川和音乐灵应的会合，白鱼跳进周武王船中与流火在周武王屋上变为赤乌的符验，以及黄银与紫玉等显现的祥瑞，这些记载，内容广泛，奇异瑰伟，辞采华丽、丰富，它们对经书虽没有什么益处，对写作却有所帮助。所以后来的作者常常拾取采摘它们中的精华描写。

张衡担心纬书使后人学习时迷惑上当，上奏请求下令禁绝谶纬之书；荀悦为它们中还混杂着有价值的东西而惋惜，不同意把它们全部焚烧。因前代人的纬书是用来配合经书的，所以有必要详细地加以论述。

总结：

光耀的黄河，温暖的洛水，孕育了谶纬的《河图》《洛书》。

神圣的宝物蕴藏着巨大用途，内容深刻而文辞可贵。

经过了西汉和东汉，谶纬的出现，搅乱了经书。

剔出去欺诈诡异的部分，吸取它们富有文采的精华。

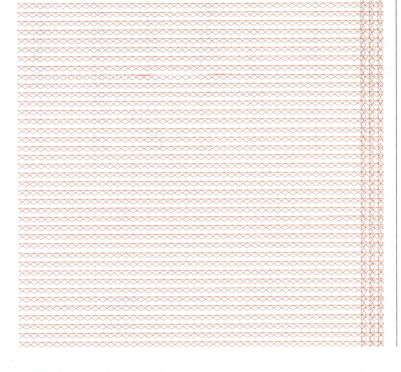

怨诽而不乱，若离骚者，可谓兼之。蝉蜕秽浊之中，浮游尘埃之外，皭然涅而不缁[3]，虽与日月争光可也。班固以为：露才扬己，忿怼沉江；羿浇二姚，与左氏不合；昆仑、悬圃[4]，非经义所载；然其文辞丽雅，为词赋之宗，虽非明哲，可谓妙才。王逸以为：诗人提耳，屈原婉顺，离骚之文，依经立义。驷虬乘鹥[5]，则时乘六龙；昆仑流沙，则禹贡敷土。名儒辞赋，莫不拟其仪表，所谓『金相玉质，百

译文 自从《国风》《大雅》《小雅》的歌声渐渐停息，再没有类似新的创作。之后涌现了一批奇特的妙文，就是《离骚》一类的作品。它确实兴起于《诗经》后，活跃在辞赋家的前头。大概是离圣人孔子的时代不远，楚人多有才华之故。汉武帝喜爱《离骚》等篇，命淮南王刘安作《离

延伸阅读 辨，辨析、辩解。需辨的原因：历代评论家对《楚辞》的评价各不相同，应辨其是非。《离骚》是否

辨骚第五

自风雅寝声，莫或抽绪，奇文郁起，其离骚哉！固已轩翥诗人①之后，奋飞辞家之前。岂去圣之未远②，而楚人之多才乎！

昔汉武爱骚，而淮南作传，以为：国风好色而不淫，小雅

□ 注释

❶ 轩翥（zhù）：高飞的样子，作家积极从事创作的活动。诗人：《诗经》的作者。❷ 圣：孔子。未远：孔子逝世至屈原出生，仅一个世纪。❸ 皭：洁白。涅：染黑。缁：黑色。❹ 昆仑：《离骚》《天问》里都讲到昆仑山。悬圃：昆仑山巅。❺ 驷：四匹马拉的车，此作动词，乘坐。虬（qiú）：传说中无角的龙。鹥：凤凰的一种。

云蜺[8]以譬谗邪，比兴之义也。每一顾而掩涕，叹君门之九重，忠怨之辞也。观兹四事，同于风雅[9]者也。至于托云龙，说迂怪，丰隆求宓妃[10]，鸩鸟媒娀女，诡异之辞也。康回倾地[11]，夷羿彃日，木夫九首，土伯三目[12]，谲怪之谈也。依彭咸之遗则，从子胥以自适[13]，狷

骚传》,刘安认为:《诗·国风》言情但不过分，《诗·小雅》讽刺上位之人但并不作乱，二者的长处《离骚》兼有。屈原想像蝉从污浊的泥土蜕壳出来摆脱污浊的环境，逍遥尘俗之外，他的清白染也染不黑，可与日月争辉！班固却认为：屈原夸耀自己的才华，忿懑怨恨，自投汨罗沉江而死；他在作品中说到后羿、过浇和有虞国王两女二姚的故事，都和《左传》的有关记载不符；他写的登昆仑、悬圃，这些虚无缥缈的东西，是儒家经典不曾记载的；他的文辞瑰丽雅正，是词赋的创始者，屈原虽算不上贤明之人，

符合经典，需辨其同异。全篇通过引证汉代学者对《离骚》的评论，说明其赞责都不合实际。同时比较了《楚辞》和儒家经书的异同，肯定了《楚辞》的巨大成就，

世无匹者也』。及汉宣嗟叹，以为皆合经术；扬雄讽味，亦言体同诗雅。四家举以方经，而孟坚谓不合传⑥，褒贬任声，抑扬过实，可谓鉴而弗精，玩而未核者也。将核其论，必征言焉。故其陈尧舜之耿介，称禹汤之祗敬，典诰之体也；讥桀纣之猖披，羿浇之颠陨⑦，规讽之旨也。虬龙以喻君子，

⑥孟坚：班固的字。传：经的注解，此也指经。⑦颠陨：坠落。《离骚》："羿淫游以佚畋兮，又好射夫封狐；固乱流其鲜终兮，浞又贪夫厥家；浇身被服强圉兮，纵欲而不忍；日康娱而自忘兮，厥首用乎颠陨。"⑧云蜺：恶气，喻不正派的人。蜺，虹。⑨《风》《雅》：指《诗》《书》。⑩丰隆求宓（fú）妃：丰隆，云神，一说雷神；宓妃，洛水之神。《离骚》："吾令丰隆乘云兮，求宓妃之所在。"⑪康回倾地：康回，共工。共工与颛顼战，共工撞倒作为天柱的不周山，天崩地塌。《天问》："康回凭怒，地何故以东南倾？"⑫土伯三目：《招魂》："土伯九约，其首觺觺些。三目虎首，其身若牛些。"约，曲；觺觺，角尖貌。⑬从子胥以自适：子胥，伍子胥，春秋楚国人，助吴王夫差打败越国，夫差逼他自杀，将他的尸体装入革囊，投入江中。自适，顺从己意。《九章·悲回风》："从子胥而自适。"⑭狷狭之志：耿直不容邪恶的心胸。狷狭，急躁褊狭。

华卜居标放言之致，渔父[20]寄独往之才。故能气往轹古，辞来切今，惊采绝艳，难与并能矣。故能气往轹古，辞来切今，惊采绝艳，难与并能矣。

自九怀以下，遽蹑其迹，而屈宋逸步，莫之能追。故其叙情怨，则郁伊[21]而易感；述离居，则怆怏而难怀；论山水，则循声而得貌；言节候，则披[22]文而见时。是以枚、贾追风以入丽，马、扬沿波而得奇。其衣被[23]词人，非

但也称得上了不起的人。王逸认为:《诗经》的作者有讽谏其上提耳之言,屈原的《离骚》抒发怨恨之情却委婉和顺得多。《离骚》常依经典写作，驾龙乘凤，是从《易经》“时乘六龙”的比喻里来的；登昆仑、走流沙，是从《尚书·禹贡》大禹治理九州水土的记载来的。后世辞赋名家，都以他为榜样，的确金玉一样值得珍贵，历史上没有和他并称的。

指出它“取镕经旨，自铸伟辞”的创造性，以及对后代作者的不同影响，总结了骚体创作的基本原则。

本篇分五个部分：

狭之志⑭也。士女杂坐⑮，乱而不分，指以为乐；娱酒不废，沉湎日夜，举以为欢；荒淫之意也。摘此四事，异乎经典者也。故论其典诰则如彼，语其夸诞则如此。固知楚辞者，体宪于三代，而风雅于战国，乃雅颂之博徒，而词赋之英杰也。观其骨鲠⑯所树，肌肤所附，虽取镕经旨，亦自铸伟辞。故骚经九章，朗丽以哀志；九歌九辩⑰，绮靡以伤情；远游天问，瑰诡⑱而惠巧；招魂大招，耀艳而深⑲

⑮士女杂坐：《招魂》："士女杂坐，乱而不分些。"⑯ 骨鲠（gěng）：偏义复词，即骨，指作品中的主要成分。⑰《九歌》《九辩》：《九歌》是楚国民间祭神曲，经屈原加工改写；《九辩》是宋玉作的长篇抒情诗，抒写哀伤的感情。⑱ 瑰诡：瑰丽奇伟。瑰，奇伟；诡，怪、奇。⑲ 深：应作"采"。⑳ 渔父：渔父劝屈原随俗浮沉，屈原表示不愿同流合污。㉑ 郁伊：指心情不舒畅。郁，忧愁；伊，助词。㉒ 披：翻阅。㉓衣被：加惠于人，给人以影响。

不有屈原，岂见离骚？

惊才风逸，壮志烟高。

山川无极，情理实劳[29]。

金相玉式，艳溢锱毫[30]。

汉宣帝赞叹《楚辞》，认为它完全符合儒家学说；扬雄吟品《离骚》，说它的风貌和《诗经》相近。刘安、王逸、汉宣帝、扬雄四家，都把《离骚》和经书并举，只有班固说它与经书不合。他们的赞誉责贬仅仅流于表面，不符合作品的实际，是鉴别不恰当精确，玩味没有查考。考查他们的论点是非，须核对《楚辞》本身来验证。《离骚》中陈述唐尧、虞舜的光明伟大，称颂商汤、夏禹的庄严恭敬，这些近乎《尚书》中的《典》《诰》。《离骚》讥讽夏桀、殷纣王的狂妄褊狭，伤

一、《楚辞》是继《诗经》之后兴起的新文体。

二、前人对《楚辞》的评价，扬之过高，贬之过低，皆因鉴赏不精、标准不一。

一代也。

故才高者菀其鸿裁，中巧者猎㉔其艳辞，吟讽者衔其山川，童蒙者拾其香草。若能凭轼㉕以倚雅颂，悬辔以驭楚篇，酌奇而不失其贞，玩华㉖而不坠其实，则顾盼可以驱辞力，欬唾㉗可以穷文致，亦不复乞灵于长卿㉘，假宠于子渊矣。

赞曰：

㉔中巧：心巧，心巧者仅着眼于文辞方面，小巧而已。猎：采取。㉕凭轼：倚着车前横木。此处指纵横驰骋。轼，古代车前的横木。㉖玩华：玩，玩味、欣赏。华，花，和“实”相对，指华美的形式。㉗欬（kài）唾：不十分费力的事。欬，同“咳”，咳嗽；唾，吐口水。㉘乞灵：求教。长卿：司马相如的字。㉙劳：古人常把“劳”借用为“辽”，指辽阔，遥远。㉚金相：金玉般的质地。相，质。式：用。锱（zī）毫：细微处。锱，锱铢，古代重量单位，六铢一锱，四锱一两；毫，丝毫，古代度量单位，十丝一毫，十毫一厘。此句指作品极细微处皆十分有文采。

叹后羿、过浇的灭亡，这皆符合经书规劝讽喻的意思。《涉江》用虬龙比喻贤明高尚的君子，《离骚》用云霓譬比奸邪谗佞的小人，这即是《诗经》比、兴的表现方法。《哀郢》回顾祖国掩面流涕，《九辩》叹息君门深重君王难见，这是经书忠君爱国的言辞。这些就是《楚辞》同经书相同之处。《离骚》托言驾八龙、载云旗，说离奇怪诞的事，令云师丰隆驾彩云寻求神女宓妃，让鸩鸟向有娀氏美女说媒，就是离奇的说法。《天问》言共工碰断天柱使地东南倾斜，羿射下了九个太阳，《招魂》说拔木的大力士有九个脑袋，地神有三只眼，这些就是神奇古怪的传说。《离骚》说要学习殷大夫彭咸，以其为榜样，《九章·悲回风》说愿随伍子胥，死后浮江入海顺适心意，这是急躁狭隘的心胸。《招魂》说男女杂坐调笑嬉乐，把日夜饮酒沉醉其中看作欢娱，这些是讲荒乱淫邪的例子。以上四点，就是《楚辞》和经书不同之处。论《楚辞》和经书相同之处，有前述那些内容，说它夸张荒诞的描写和经书相异之处，也有这些。由此知道《楚辞》效法古代圣贤，包含的内容掺杂吸收了战国时代的风气。《楚辞》与《诗经》相比差一些，但如同后代的辞赋相比，好很多。他用来建立骨骼的主旨，附着骨肌的文采，虽融会经书的含义，却独创出卓

三、《楚辞》与《诗经》有相同处，也有相异点。从宗经的角度，《楚辞》不够纯正；从文学的观点，《楚辞》是辞赋中的杰作。

四、屈原、宋玉的作品，在文学史上产生了深远的影响。

五、写作应以经书的雅正为标准，汲取《楚辞》的艺术成就，华实、奇正相结合。

以《离骚》为代表的楚辞，继承《诗经》优良传统，又有创新，在中国文学史上具有划时代意义。历代对其评论不一，这些分歧不仅涉及对屈原作品的评价，还涉及文学创作的方向，所以刘勰把它列入“文之枢纽”，专篇论述。

越的文采。《离骚》《九章》明朗婉丽地表现了诗人哀怨的心志，《九歌》《九辩》绮丽细致地表达了诗人哀伤的感情，《远游》《天问》瑰丽奇伟、文思巧慧，《招魂》《大招》光彩照耀、辞采华丽，《卜居》标立了不羁的意志，《渔父》寄托了特立独行、不同流合污的情性。所以《楚辞》的气概压倒古人，文辞超越今后的文人，它的华采使人惊奇，艳丽使人叹绝，难有和它媲美之作。王褒的《九怀》之后，很多作品都学习《楚辞》，屈原、宋玉卓越的文才无人能跟得上。屈原、宋玉的作品叙述怨恨的感情，使人抑郁感动；诉说离情别绪，使人悲伤难以忍受；描绘的山水风景，使人依循声韵得山水的形貌；叙述季节气候，能让人根据文辞看到时令的变化。所以枚乘、贾谊追随《楚辞》风貌学到了雅丽的特色，司马相如、扬雄沿着《楚辞》的余波获得了奇伟动人的成就。《楚辞》使文学家获得好处，不止于一代。文才高的从创作中学习大的体制，心灵慧巧的就猎取它艳丽的文辞，喜爱吟咏讽诵的就记住了它描绘山水的诗句，学童拾到描写香草的语言。若能严肃地遵照《雅》《颂》的准则，驾驭《楚辞》写作的要领，斟酌采取它奇异的方面且不失其正确，玩味鉴赏它形式的华艳而又不失实质的方面，一顾一盼间就可发挥文辞的作用，开口就可穷尽文章的情致，就不用再向司马相如乞求写作的灵感，向王褒借用写作的经验。

总结：没有伟大的屈原，哪会有伟大的作品《离骚》呢？惊人才华如风飘逸，豪壮的志气如烟云直冲九霄。楚国的山河无限广阔美好，诗人的情思宽广遥远。它美好的内容有金玉般的质地，艳丽的文采处处闪耀。

卷二

哀策流文\周丧盛
姬\内史执策\
又汉代山陵\
此其大较\
恭且哀\
楷，宜\
之
咒，务于善骂。
裁以正义矣。若乃
飨；而中代祭文，兼赞
而兼赞，盖引神而
也。
唯陈思《诰咎》，
礼之祭祀，事止告
言行。祭
至于商履，圣敬日跻，
玄 修辞 牲告天，以万
罪己，即郊禋之词也；
素车祷旱，以
六事责躬，则雩
禜之文也。
祝史惟
祀钦明，
毖
谈。
立诚在肃，
甘。季代弥饰，
绚言朱蓝。神之来格，
所贵无惭。
咸秩，甘雨和风，
是生黍稷，兆民所仰，美报
兴焉！牺盛惟馨，本于
明德，祝史陈信，资
乎文辞。
必欠伸鱼
雅味温恭，
俗听飞驰，职竞新异，
正响焉生？然
则 诀绝，淫辞在曲，
变，怨志
艳歌婉
眤；
奇辞切至，
则拊髀
雀跃，
俱
若夫 艄瞶临
战，获佑于筋骨
之请；虽造次颠沛，必
于祝矣。若夫《楚辞·招
魂》，可谓
祝辞之
诗声
郑，自此
阶矣！
抑滞必扬，
夫乐本心术，
故响浃肌髓，先王慎焉，
务塞淫滥；敷训胄子，必歌九德；故能情感七始，化动八风。
自雅声浸微，溺音腾沸，秦燔《乐经》，
汉初绍复，制氏纪其铿锵，叔孙定其容典。于是《武德》
兴乎高祖，
《四时》广于孝文，
虽摹《韶》《夏》，而
颇袭秦旧，中和之响，阒其不还。
之气，延
年以曼
声协律，朱、
马以
暨武帝崇礼，
始立乐
府，总赵代
之音，撮
齐楚
杂雅章\辞虽典文\
暨后汉郊庙\惟

而推兩漢之作乎觀其結體散文直而不野婉轉附物怊悵切情實五言之冠冕也至於張衡怨篇清曲可味仙詩緩歌雅有新聲暨建安初五言騰踊文帝陳思縱轡以騁節王徐應劉望路而爭驅並憐風月狎池苑述恩榮叙酣宴慷慨以任氣磊落以使才造懷指事不求纖密之巧驅辭逐貌唯取昭晳之能此其所同也乃正始明道詩雜仙心何晏之徒率多浮淺唯嵇旨清峻阮旨遥深故能標焉若乃應璩百一獨立不懼辭譎義貞亦魏之遺直也晉世羣才稍入輕綺張潘左陸比肩詩衢采縟於正始力柔於建安

素之章子貢悟琢磨之句故商賜二子可與言詩自王澤殄竭風人輟采春秋觀志諷誦舊章酬酢以爲賓榮吐納而成身文逮楚國諷怨則離騷爲刺秦皇滅典亦造仙詩漢初四言韋孟首唱匡諫之義繼軌周人孝武愛文栢梁列韻嚴馬之徒屬辭無方至成帝品録三百餘篇朝章國采亦云周備而辭人遺翰莫見五言所以李陵班婕妤見疑於後代也按召南行露始肇半章孺子滄浪亦有全曲暇豫優歌遠見春秋邪徑童謠近在成世閱時取證則五言久矣又古詩佳麗或稱枚叔其孤竹一篇則傅毅之詞比采

公幹然詩有恒裁思無定位隨性適分鮮能通圓若妙識所難其易也將至忽之爲易其難也方來至於三六雜言則自出篇什離合之發則明於圖讖回文所興則道原爲始聯句共韻則栢梁餘製巨細或殊情理同致總歸詩圍故不繁云

贊曰

民生而志詠歌所含興發皇世風流二南神理共契政序相參英華彌縟萬代永耽

樂府第七

樂府者聲依永律和聲也鈞天九奏旣其上帝葛天

或析文以爲妙或流靡以自妍此其大畧也江左篇製溺乎玄風嗤笑徇務之志崇盛亡機之談袁孫已下雖各有雕采而辭趣一揆莫與爭雄所以景純仙篇挺拔而爲俊矣宋初文詠體有因革莊老告退而山水方滋儷采百字之偶爭價一句之奇情必極貌以寫物辭必窮力而追新此近世之所競也故鋪觀列代而情變之數可監撮舉同異而綱領之要可明矣若夫四言正體雅潤爲本五言流調清麗居宗華實異用唯才所安故平子得其雅叔夜含其潤茂先凝其清景陽振其麗兼善則子建仲宣偏美則太冲

中和之響闃其不還暨武帝崇禮始立樂府總趙代之音撮齊楚之氣延年以曼聲協律朱馬以騷體製歌桂華雜曲麗而不經赤鴈群篇靡而非典河間薦雅而罕御故汲黯致譏於天馬也至宣帝雅頌詩效鹿鳴邇及元成稍廣淫樂正音乖俗其難也如此暨後郊廟惟雜雅章辭雖典文而律非夔曠至于魏之三祖氣爽才麗宰割辭調音靡節平觀其兆上衆引秋風列篇或述酣宴或傷羈戍志不出於淫蕩辭不離於哀思雖三調之正聲實韶夏之鄭曲也逮於晉世則傅玄曉音創定雅歌以詠祖宗張華新篇亦充

八闋爰乃皇時自咸英以降亦無得而論矣至於塗山歌於候人始爲南音有娀謠乎飛燕始爲北聲夏甲歎於東陽東音以發殷整思于西河西音以興音聲推移亦不一槩矣及夫匹婦謳吟土風詩官採言樂胥被律志感絲篁氣變金石是以師曠覘風於盛衰季札鑒微於興廢精之至也夫樂本心術故響浹肌髓先王愼焉務塞淫濫敷訓胄子必歌九德故能情感七始化動八風自雅聲浸微溺音騰沸秦燔樂經漢初紹復制氏紀其鏗鏘叔孫定其容與於是武德興乎高祖四時廣於孝文雖摹韶夏而頗襲秦舊

之詠大風孝武之歎來遲歌童被聲莫敢不協子建士衡咸有佳篇並無詔伶人故事謝絲管俗稱乖調蓋未思也至於軒伎鼓吹漢世鐃挽雖戎喪殊事而並總入樂府繆襲所致亦有可算焉昔子政品文詩與歌別故略具樂篇以標區界

贊曰

八音攡文樹辭爲體謳吟坰野金石雲陛韶響難追鄭聲易啓豈惟觀樂於焉識禮

銓賦第八

詩有六義其二曰賦賦者鋪也鋪采攡文體物寫志

庭萬然杜夔調律音奏舒雅荀勗改懸聲節哀急故阮咸譏其離聲後人驗其銅尺和樂精妙固表裏而相資矣故知詩爲樂心聲爲樂樂體在聲瞽師務調其器樂心在詩君子宜正其文好樂無荒晉風所以稱遠伊其相謔鄭國所以云亡故知季札觀辭不直聽聲而已若夫豔歌婉孌怨志詄絕淫辭在曲正響焉生然俗聽飛馳職競新異雅詠温恭必欠伸魚睨奇辭切至則拊髀雀躍詩聲俱鄭自此階矣凡樂辭曰詩詩聲曰歌聲來被辭辭繁難節故陳思稱李延年閑於增損古辭多者則宜減之明貴約也觀高祖

品物畢圖繁積於宣時校閱於成世進御之賦千有餘首討其源流信興楚而盛漢矣夫京殿苑獵述行序志並體國經野義尚光大既履端於唱叙亦歸餘於總亂序以建言首引情本辭以理篇迭致文契按那之卒章閔馬稱亂故知殷人輯頌楚人理賦斯並鴻裁之寰域雅文之樞轄也至於草區禽族鹿品雜類則觸興致情因變取會擬諸形容則言務纖密象其物宜則理貴側附斯又小制之區畛奇巧之機要也觀夫荀結隱語事數自環宋發巧談實始淫麗枚乘菟園舉要以會新相如上林繁類以成艷賈誼鵩

也昔邵公稱公卿獻詩師箴賦傳云登高能賦可爲大夫詩序則同義傳說則異體總其歸塗實相枝幹劉向云明不歌而頌班固稱古詩之流也至如鄭莊之賦大隧士蔿之賦狐裘結言短韻詞自巳作雖合賦體明而未融及靈均唱騷始廣聲貌然賦也者受命於詩人拓宇於楚辭也於是荀況禮智宋玉風釣爰錫名號與詩畫境六義附庸蔚成大國遂客至以首引極貌以窮文斯蓋別詩之原始命賦之厥初也秦世不文頗有雜賦漢初辭人順流而作陸賈扣其端賈誼振其緒枚馬同其風王揚騁其勢臯朔巳下

賦愈惑體要遂使繁華損枝膏腴害骨無貴風軌莫益勸戒此楊子所以追悔雕蟲貽誚於霧縠者也

贊曰

賦自詩出分岐異派寫物圖貌蔚似雕畫抑滯必揚言庸無隘風歸麗則辭翦美稗

頌讚第九

四始之至頌居其極頌者容也所以美盛德而述形容也昔帝嚳之世咸墨爲頌以歌九韶自商已下文理允備夫化偃一國謂之風風正四方謂之雅容告神明謂之頌風雅序人事兼變正頌主告神義必純

鳥致辨於情理子淵洞簫窮變於聲貌孟堅兩都明約以雅贍張衡二京迅拔以宏富子雲甘泉構深瑋之風延壽靈光合飛動之勢凡此十家並辭賦之流也及仲宣靡密發端必遒偉長博通時逢壯采太冲安仁策勳於鴻規士衡子安底績於流制景純綺巧縟理有餘彥伯梗槩情韻不匱亦魏晉之賦首也原夫登高之旨蓋覩物興情情以物興故義以明雅物以情觀故詞必巧麗麗詞雅義符采相勝如組織之品朱紫畫繪之著玄黃文雖新而有質色雖糅而有儀此立賦之大體也然逐末之儔蔑棄其本雖讀千

遊變爲序引豈不襃過而謬體哉馬融之廣成上林雅而似賦何弄文而失質乎又崔瑗文學蔡邕樊渠並致美於序而簡約乎篇摯虞品藻頗爲精覈至云雜以風雅而不變旨趣徒張虛論有似黃白之僞說矣及魏晉辨頌鮮有出轍陳思所綴以皇子爲標陸機積篇惟功臣最顯其襃貶雜居固末代之訛體也原夫頌惟典雅辭必清鑠敷寫似賦而不入華侈之區敬慎如銘而異乎規戒之域揄揚以發藻汪洋以樹義唯纖曲巧致與情而變其大體所底如斯而已

讚者明也昔虞舜之祀樂正重讚蓋唱發之辭也及

美魯以公旦次編商人以前王追録斯乃宗廟之正歌非饗讌之常咏也時邁一篇周公所製哲人之頌規式存焉夫民各有心勿壅惟口晉輿之稱原田魯民之刺裘鞸直言不詠短辭以諷丘明子高並諜爲誦斯則野誦之變體浸被乎人事矣及三閭橘頌情采芬芳比類寓意又覃及細物矣至於秦政刻文爰頌其德漢之惠景亦有述容沿世並作相繼於時矣若夫子雲之表充國孟堅之序戴侯仲武之美顯宗史岑之述僖后或擬清廟或範坰那雖深淺不同詳畧各異其褒德顯容典章一也至於班傅之比征西

容體底頌勳業垂讚鏤影摛文聲理有爛年積逾遠
音徽如旦降及品物炫辭作翫

祝盟第十

天地定位祀徧羣臣六宗既禋三望咸秩甘雨和風是生黍稷兆民所仰美報興焉犧盛惟馨本於明德祝史陳信資乎文辭昔伊祈始蜡以祭八神其辭云土及其宅水歸其壑昆蟲無作草木歸其澤則上皇祝文爰在兹矣舜之祠田云荷此長耜耕彼南畝四海俱有利民之志頗形於言矣至於商履聖敬日躋玄牡告天以萬方罪己即郊禋之祠也素車禱旱以

益讚于禹伊陟贊于巫咸並颺言以明事嗟歎以助辭也故漢置鴻臚以唱拜爲讚即古之遺語也至相如屬筆始讚荆軻及史班固書託贊褒貶約文以總録頌體以論辭又紀傳後評亦同其名而仲洽流别謬稱爲述失之遠矣及景純注雅動植讚之義兼美惡亦猶頌之變耳然其爲義事生奬歎所以古來篇體促而不曠必結言於四字之句盤桓乎數韻之辭約舉以盡情昭灼以送文此其體也發源雖遠而致用蓋寡大抵所歸其頌家之細條乎

贊曰

之文東方朔有罵鬼之書於是後之譴呪務於善罵唯陳思詰裁以正義矣若乃禮之祭祀事止告饗而中代祭文兼讚言行祭而兼讚蓋引神而作也又漢代山陵哀策流文周喪盛姬内史執策然則策本書贈因哀而爲文也是以義同於誄而文實告神誄首而哀末頌體而呪儀太史所作之讚因周之祝文也凡羣言發華而降神實務脩辭立誠在於無媿祈禱之式必誠以敬祭奠之楷宜恭且哀此其大較也班固之祀濛山祈禱之誠敬也潘岳之祭庾婦奠祭之恭哀也舉彙而求昭然可鑒矣盟者明也騂毛白馬

贊曰

毖祀欽明祝史惟談立誠在肅脩辭必甘季代彌飾

絢言朱藍神之來格所貴無慙

六事責躬則雩禜之文也及周之太祝掌六祀之辭是以庶物咸生陳於天地之郊旁作穆穆唱於迎日之拜夙興夜處言於附廟之祝多福無疆布於少牢之饋宜社類禡莫不有文所以寅虔於神祇嚴恭於宗廟也春秋巳下黷祀諂祭祀幣史辭靡神不至至於張老成室致善於歌哭之禱蒯聵臨戰獲佑於筋骨之請雖造次顛沛必於祝矣若夫楚辭招魂可謂祝辭之組纚也漢之群祀肅其旨禮既總碩儒之儀亦參方士之術所以祕祝移過異於成湯之心侲子歐疾同乎越巫之祝禮失之漸也至如黃帝有祝邪

珠盤玉敦陳辭乎方明之下祝告於神明者也在昔三王詛盟不及時有要誓結言而退周衰屢盟以及要契始之以曹沫終之以毛遂及秦昭盟夷設黃龍之詛漢祖建侯定山河之誓然義存則克終道廢則渝始崇替在人呪何預焉若夫臧洪歃辭氣截雲蜺劉琨鐵誓精貫霏霜而無補於晉漢反爲仇讎故知信不由衷盟無益也夫盟之大體必序危機奬忠孝共存亡戮心力祈幽靈以取鑒指九天以爲正感激以立誠切至以敷辭此其所同也然非辭之難處辭爲難後之君子宜在殷鑒忠信可矣無恃神焉

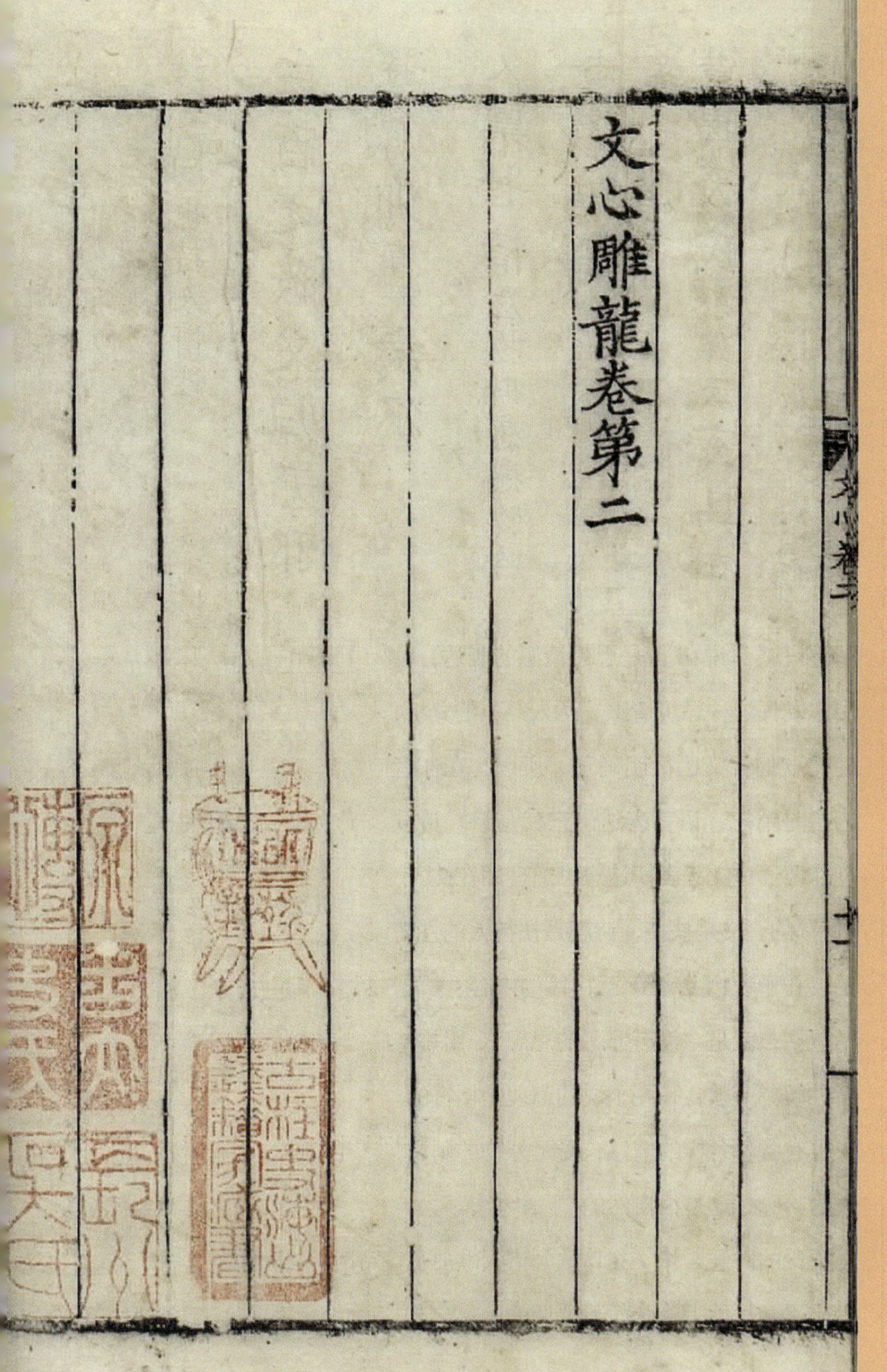

文心雕龍卷第二

诗者，持⑤也，持人情性。三百之蔽，义归『无邪⑥』；持之为训⑦，有符焉尔⑧。

人禀七情⑨，应物斯感；感物吟志，莫非自然。

昔葛天氏乐辞⑩云：『玄鸟⑪在曲。』黄帝云门⑫，理不空

|译文| 虞舜说："诗是思想情感的表达，歌引申发挥这种思想情感。"圣人经典的分析，使诗歌的含义已很明确了。所以，在作者内心是情志，语言表达出来就是诗。诗歌创作要通过文辞表情达意，道理即在此。

"诗"的含义是扶持，诗就是扶持人的性情的。孔子说:《诗经》三百篇的内容，一句话概括，就是"没有邪恶的思想"。用扶持情性解释诗歌，和孔子说的道理是相符的。

人具有各种各样的情感，受了外物的刺激，产生感应，心有所感，发为吟咏，这是很自然的。

葛天氏的时候，将《玄鸟歌》谱入歌曲；黄帝时的《云门舞》，按理是不会只配上管弦而无歌词的。

延伸阅读《明诗》是《文心雕龙》的第六篇，也是《文心雕龙》文体论的第一篇，是刘勰文体论方面的重要篇章之一。本篇主要讲四言诗、五言诗的发展历史及写作特点。

楚辞、乐府、歌谣等其他形式的诗歌，《文心雕龙》另有专篇论述。

明诗 第六

大舜云：「诗言志，歌永言[1]。」圣谟[2]所析，义已明矣。是以在心为志，发言为诗[3]；舒文载实[4]，其在兹乎？

□注释

❶ 诗言志，歌永言：永言：引申发扬诗中所表达的情志。永：延长的意思。源于《尚书·尧典》。❷谟：谋议。《尚书》有的篇章称“典”，有的称“谟”。

❸在心为志，发言为诗：见于《毛诗序》。

❹文：文辞。实：情志。❺持：扶。引申为培养教育的意思。❻ 三百之蔽，义归“无邪”：蔽：当，引申为概括。无邪：“思无邪”。《论语·为政》：“子曰：‘《诗》三百，一言以蔽之，曰：思无邪。’”《诗经 · 鲁颂 · 駉（jiōng）》：“思无邪，思马斯徂。”❼ 训：训诂，解释。❽ 焉尔：于是。“是”指孔子的话。❾ 禀：接受，引申为赋性。七情：喜、怒、哀、惧、爱、恶、欲七种感情。❿ 葛天氏：传说中的古代帝王。⓫《玄鸟》：《吕氏春秋 · 古乐》篇中说，葛天氏的时候，有人唱八首歌，《玄鸟》是其中第二首。玄鸟即燕子。⓬黄帝《云门》：《周礼·春官·大司乐》提到，周代用《云门舞》教贵族子弟。汉代郑玄注，《云门舞》是黄帝时的舞乐。

始彪炳，六义环[20]深。子夏监绚素之章，子贡悟琢磨[21]之句，故商、赐[22]二子，可与言诗。自王泽殄竭，风人辍采；春秋观志，讽诵旧章，酬酢以为宾荣，吐纳而成

唐尧有《大唐歌》，虞舜有《南风诗》。这两首的歌词，仅能达意。

之后夏禹治水成功，各项工作上了轨道，受到了歌颂。夏帝太康道德败坏，他的兄弟五人作《五子之歌》表达怨恨。

由此可见，用诗歌歌颂功德或讽刺过失，是很早以来就有的做法。

从商朝到周朝，风、雅、颂诸体皆备；《诗经》的“四始”光辉灿烂，“六义”周密精深。

孔子的学生子夏能理解“素以为绚兮”等诗句的深意，子贡领会到《诗经》中“如琢如磨”等诗句的道理，孔子认为他们有了谈论《诗经》的资格。

周王朝的德泽衰竭，采诗官停止采诗；春秋时很多士大夫，常在外交场所朗诵某些诗章表达主观愿望。

全篇分三个部分：

一、论诗的含义及教育作用。

二、述先秦到晋宋的诗歌发展情况，分四个层面：

1. 追溯诗的起源和先秦诗歌概况。

2. 述说汉代诗歌的发展及五言诗的起源。

3. 讲三国时期的诗歌创作情况。

绮[13]。

至尧有大唐[14]之歌，舜造南风[15]之诗，观

其二文，辞达而已。

及大禹成功，九序[16]惟歌；太

康败德，五子[17]咸怨：顺美

匡[18]恶，其来久矣。

自商暨[19]周，雅颂圆备，四

⑬理不空绮："绮"应作"弦"。不空弦：《云门》配上乐器，就必有乐词。这是刘勰探究古代诗歌的原始状况作的推断。⑭《大唐》：相传是对唐尧禅让的颂歌，载《尚书·大传》。⑮《南风》：相传是虞舜作的诗，载《孔子家语·辩乐解》。⑯九序：治理天下的各种工作都有秩序。⑰太康：夏禹的孙子，荒淫失国。五子：有两说，一说为太康弟五观，一说为太康的五个兄弟。刘勰的"五子咸怨"，是取后说。《尚书》中有《五子之歌》，共五首，是后人伪作。⑱匡：纠正，规劝讽刺。⑲暨（jì）：及，到。⑳《雅》《颂》：此处没有提到《风》，可能是为了四字成句，应也包括《风》。圆：全。四始：指《国风》《小雅》《大雅》《颂》。彪炳：光彩。六义：风、雅、颂三种诗体和赋、比、兴三种作诗方法。环：围绕，引申为周密。㉑子夏：孔子弟子。监：察看，明白。绚素：《论语·八佾（yì）》中说子夏从"素以为绚兮"这句诗中，理解到须先有忠信的本质，然后才学礼仪。"素以为绚兮"意思是绘画先有粉地，然后加彩饰。素，白色；绚，彩色。这句是《诗经》中没有的逸诗。子贡：孔子弟子。琢磨：《论语·学而》中说，子贡从"如琢如磨"等诗句中，领会孔子勉励他不要自满。"如琢如磨"是《诗经·卫风·淇（qí）澳（ào）》中的一句。㉒商：子夏姓卜名商。赐：子贡姓端木名赐。

国采[29]，亦云周备，而辞人遗翰，莫见五言，所以李陵、班婕妤[30]，见疑于后代也。按召南行露，始肇半章；孺子沧浪，亦有全曲；暇豫优歌，远见春秋；邪径童谣，近在成世：阅[31]时

这种应酬的礼节，可表示对宾客敬意，也显示能说会道之才。到了楚国，就有讽刺楚王的《离骚》产生。秦始皇大量焚书，但也叫他的博士们作了《仙真人诗》。

汉朝初年的四言诗，首有韦孟的作品；它的规讽意义，继承了周代的作家。汉武帝爱好文学，出现《柏梁诗》。当时有严忌、司马相如等人，他们写诗没有定规。成帝对当时所有的诗歌进行了评论整理，共得三百多首，朝野的作品，算是相当齐全丰富的了。但这些作家遗留下来的作品，却没有五言诗，李陵的《与苏武诗》和班婕妤的《怨诗》，不免为后人怀疑。

《诗经》中，《召南·行露》开始有半章的五言；《孟子·离娄》所载的《沧浪歌》，就全是五言的了。较远的，如春秋晋国优施所唱

4. 论晋宋以来诗歌创作的新变化。

三、总结上述诗歌发展情况，以及四言诗和五言诗的基本特色和历代诗人的不同成就，附论诗歌的其他样式。

刘勰总结的四言诗、五言诗的“雅润”“清丽”四字，比曹丕《典论·论文》讲诗的特点是“丽”，

身文[23]。逮楚国讽怨，则离骚[24]为刺。秦皇灭典，亦造仙诗[25]。汉初四言，韦孟首唱，匡谏之义，继轨[26]周人。孝武爱文，柏梁[27]列韵。严、马之徒，属辞无方[28]。至成帝品录，三百余篇，朝章

㉓ 殄（tiǎn）：尽。风人：采诗的人。传说周代统治者派人采集民间歌谣。辍：停止。观：示。讽：诵读。酬：主人劝酒。酢（zuò）：客人回敬。荣：荣宠。吐纳：指诵诗。身文：本身的文采，这里指口才。㉔ 逮：到，及。《离骚》：此以《离骚》作为《楚辞》的代表。㉕ 典：五帝的书，此处泛指古代的书。仙诗：据《史记·秦始皇本纪》，始皇曾使博士作《仙真人诗》，诗今不传。《汉书·艺文志》中说，名家有黄公疵，是作《仙真人诗》的博士之一。㉖ 韦孟：西汉初年诗人。作品有《讽谏诗》《在邹诗》，皆四言诗，载《全汉诗》卷二。匡谏之义：韦孟的两首四言诗，主要是匡劝楚王戊的。轨：法则。㉗ 柏梁：汉武帝所筑台名。《古文苑》卷八载《柏梁诗》，据说是武帝和群臣联句所成，每人一句，句句押韵。㉘ 严：严忌，本姓庄，又叫庄忌。马：司马相如，西汉中期的作家。严忌有《哀时命》一篇，司马相如有《琴歌》二首，皆骚体诗。《哀时命》收入《楚辞》。属辞：写作。属，连缀。方：常。㉙ 品：评论。录：辑集。三百余篇：《汉书·艺文志·诗赋略》言，当时歌诗有二十八家，三百一十四篇。朝：朝廷。章、采：皆指作品。国采：全国范围内的诗歌。国，与“朝”对称。㉚ 遗翰：遗留下来的作品。翰，笔，此指作品。李陵：字少卿，汉武帝时的

可味；仙诗缓歌，雅有新声[34]。暨建安之初，五言腾踊。文帝、陈思，纵辔以骋节；王、徐、应、刘[35]，望路而争驱。并怜风月，狎池

的《暇豫歌》，较近的，如汉成帝时的《邪径谣》，皆五言。

上述的历史发展情况，足证五言诗很早就有了。

还有《古诗十九首》，很漂亮，但作者不易确定，有人说一部分是枚乘所作，而《冉冉孤生竹》一首又说是傅毅所作。以这些诗的辞采特色推测，应是两汉的作品。

其行文风格，朴质不粗野，婉转真实地描写客观景物，深切哀婉地表达了作者的内心，是两汉五言诗的代表之作。

张衡的《怨诗》，清新典雅，耐人寻味；仙诗缓歌，颇有新的特点。到建安初年，五言诗的创作空前活跃。曹丕、曹植在文坛上大显身手；王粲、徐幹、应玚、刘桢等人，争先恐后地驱驰文坛。他们都爱好风月美景，遨游于清池幽苑，在诗歌中叙述恩宠荣耀，描绘宴集畅饮；激昂慷慨地抒发志气，光明磊落地施展才情。

陆机《文赋》讲诗的特点是“绮靡”有所发展。除表现形式的特点，刘勰还强调诗歌“持人情性”“顺美匡恶”的教育作用，不满晋宋以后诗歌创作中形式主义的发展倾向；认识到诗的产生是诗人受到外物的感染抒发情志；对作家作品的评价，也结合了当

取证，则五言久矣。又古诗佳丽，或称枚叔；其孤竹一篇，则傅毅之词。[32]比采而推，两汉之作乎？观其结体散文，直而不野，婉转附物，怊怅切情，实五言之冠冕也。[33]至于张衡怨篇，清典

名将，《文选》卷二十九载他的《与苏武诗》三首。班婕妤：汉成帝宫人。《文选》卷二十七载她的《怨诗》。㉛《召南》：《诗经》十五国风之一，其中的《行露》，每章六句，四句是五言的。肇：开端。孺子：儿童。《沧浪》：《沧浪歌》，《孟子·离娄》中说孔子听到儿童唱此歌。全曲：《沧浪歌》全诗四句，除“兮”字外，皆五言。《暇豫》优歌：载《国语·晋语》，共四句，有三句是五言，一句四言。优：倡优，古代奏乐或演戏供人玩乐的人。此指晋国优人，名施。相传《暇豫歌》是优施所作。《邪径》：《邪径谣》，见《汉书·五行志》，共六句，全是五言。成世：汉成帝时期。阅：经历。㉜《古诗》：指《古诗十九首》。枚叔：枚乘，字叔，西汉初年作家。《玉台新咏》把《古诗十九首》中的《西北有高楼》等九首列为枚乘的作品。《孤竹》：《古诗十九首》中的《冉冉孤生竹》。《乐府诗集》列此诗为无名氏杂曲。傅毅：字武仲，东汉初年作家。除《冉冉孤生竹》一首传说是他的作品外，还有一首四言《迪志诗》。㉝体：风格。散：敷，分布。附：接近，描述逼真。怊怅（chāo chàng）：悲恨，缠绵凄恻。切：切合。冠冕：帽子，引申为首屈一指。㉞ 张衡：东汉中期作家。《怨》篇：张衡的《怨诗》，四言八句。仙诗 缓歌：指乐府杂曲的《前缓声歌》。雅：甚，很。新声：新鲜独特的风格。㉟ 建安：汉献帝年号。文帝：魏文帝曹丕，字子桓，曹操之子。陈思：曹植，字子建，曹丕的弟弟。封陈王，死后加号“思”，称陈思王。辔：马缰绳。骋节：奔驰前进。此用纵马奔驰喻在文坛上放手大干。王：王粲，字仲宣。徐：徐幹，字伟长。应：应玚，字德琏。刘：刘桢，字公幹。皆

立不惧，辞谲义贞，亦魏之遗直[40]也。晋世群才，稍入轻绮[41]。张、潘、左、陆，比肩诗衢，采缛于正始，力柔于建安。或析文以为妙，或流靡[42]以自妍，此其大略也。

他们在述怀叙事上，不追求细密的技巧；遣词写景，以清楚明白为贵。这些都是建安诗人共有的特色。

到正始年间，道家思想流行，诗歌里边夹杂这种思想。像何晏等人，作品大都浅薄。只有嵇康的诗尚能表现出清高严肃的情志，阮籍的诗还有一些深远的意旨，他们的成就比同时诗人要高。至如应璩的《百一诗》，也能毅然独立，文辞曲折含意正直，这是建安时正直的遗风。

晋代的诗人，创作走上了浮浅绮丽之途。张载、张协、张亢、潘岳、潘尼、左思、陆机、陆云等，在诗坛上并驾齐驱。他们诗歌的文采，比正始时期更加繁多，但内容的感染力却比建安时期弱。他们或以讲究字句为能事，或偏重靡丽的笔调自逞其美，这即是西晋诗坛的大概情况。

时的历史条件等。——

刘勰对《诗经》很尊重，不过本篇虽谈到了《诗经》的内容和形式，但局限于前人旧说，没有提出新的见解，可见刘勰对《诗经》在文学史上的重要意义认识不足。诗是一种重要的文学体

苑，述恩荣，叙酣宴；慷慨以任气，磊落㊱以使才。造怀指事，不求纤密之巧；驱辞逐貌㊲，唯取昭晰之能：此其所同也。乃正始明道，诗杂仙心；何晏之徒，率㊳多浮浅。唯嵇志清峻，阮旨遥深，故能标㊴焉。若乃应璩百一，独

属“建安七子”，是当时著名作家。㊱怜：爱。狎：亲近。恩荣：曹操父子对当时文士很优待。酣：恣意饮酒。任气：志气获得充分抒发。任，放纵。磊落：心胸直率开朗，洒脱不拘。㊲逐：追求。貌：形状。㊳正始：魏王曹芳的年号。仙心：老庄思想。何晏：字平叔，三国时学者，最早写玄言诗的人。率：大抵。㊴嵇：嵇康，字叔夜，三国魏末作家。峻：高、严。阮：阮籍，字嗣宗，三国魏末与嵇康齐名的作家。嵇、阮皆列正始间“竹林七贤”。标：显著，突出。㊵应璩（qú）：字休琏，应玚的弟弟，三国魏末作者。《百一》：《百一诗》，所写皆劝诫统治者的话。百一，百虑有一失的意思。谲：变化奇异。贞：正。魏：正始以前、建安前后的诗歌创作。遗直：遗留下来的正直风气。㊶轻绮：轻靡绮丽，此指诗歌风格不够厚重，不够朴素。㊷张：张载、张协、张亢兄弟三人。潘：潘岳、潘尼叔侄二人。左：左思。陆：陆机、陆云兄弟二人。以上皆西晋太康前后的作家，时人称为“三张、二陆、两潘、一左”。诗衢（qú）：诗坛。衢，四通八达的大路。缛（rù）：繁盛。力：作品在读者身上起的作用。析：分析或钻研，此指字句的雕琢。靡：美，此指小巧的、过分的美。

近世之所竞也。

故铺观列代，而情变之数可监；撮举同异，而纲领[47]之要可明矣。若夫四言正体，则雅润为本；五言流调，则清丽居宗[48]。华实异用，惟才所安[49]。故平子得其雅，叔

到了东晋，诗的创作淹没在玄学的风气之中。这些玄言诗人讥笑人们过于关心时务，推崇忘却世情的空谈。自袁宏、孙绰以后的诗人，虽作品各有不同的文采雕饰，内容却一致倾向于玄谈，再无别的诗可与玄言诗争雄了。因此，郭璞的《游仙诗》在当时算是杰作了。

南朝宋初的诗，对前代的诗风有所继承，也有所改革，庄、老的思想在诗中渐渐减少，描绘山水的作品却日益兴盛。诗人们努力在全篇的对偶中显示文采，在每一句的新奇上逞竞才华；内容求逼真描绘景物的形貌，文辞力求新异。这就是近来诗人们追求的。

裁，在我国文学中具有特殊的地位，刘勰将它列为文体论之首，显示了刘勰的智慧。

本篇还对诗的定义、作用、发展历史、写作要求等问题，作了简要的论述。刘勰通过品评历代诗人及其作品、分析各种诗体的特点，提出了自己的诗歌创作主张：诗歌创作要注意思想的雅正、顺美、匡恶的讽

江左篇制，溺乎玄风，嗤笑徇务之志，崇盛亡机[43]之谈。袁、孙已下，虽各有雕采，而辞趣一揆，莫与争雄，所以景纯仙篇，挺拔[44]而为俊矣。宋初文咏，体有因革，庄老告退，而山水方滋[45]。俪采百字之偶，争价一句之奇；情必极貌以写物，辞必穷力[46]而追新。此

[43] 江左：长江最下游地区。此指偏安江南的东晋。玄风：玄学的风气。当时流行“三玄”，即《老子》《庄子》《周易》。嗤（chī）：讥笑。徇：以身从物，投入。务：人间事务。机：机心，此指人与人之间的钩心斗角。[44] 袁、孙：袁宏、孙绰，皆东晋初年的玄言诗人。趣：趋向。揆（kuí）：道理，此指玄学。景纯：郭璞的字，他是东、西晋之间的学者、诗人。仙篇：郭璞的《游仙诗》十四首。挺拔：特出，出类拔萃。[45] 体：风格。因：沿袭，继承。革：革新。滋：增多，繁盛。[46] 俪（lì）：对偶。百字：五言诗二十句为一百字，此指诗的全篇。情：指作品的内容。物：指自然景物。穷力：竭力。[47] 铺：陈列。监：察看，此指看得清楚。撮（cuō）：聚集而取。纲领：此指各种诗歌的写作要领。[48] 流：流行的，常见的。调：声调。宗：主。[49] 华实：风格上华丽朴实。用：运用。安：定。[50] 平子：张衡的字。叔夜：嵇康的字。含：包含，具有。茂先：张华的字。张华是西晋初年的作家。凝：集中。景阳：张协的字。

则道原为始；联句共韵，则柏梁余制。巨细或殊，情理同致；总归诗囿[53]，故不繁云。

赞曰：

民生而志，咏歌所含[54]。兴发皇世，风流二南[55]。神理共契，政序相参[56]。英华弥缛，万代永耽[57]。

谏作用；作品要质朴、深峻，避免浮浅、纤巧；诗人要本着各自的情性、才能创作，建立起自己的风格。

因此，总观历代的诗歌，发展变化的情况可以明了了。归纳它们相同、相异的特色，就可以看出诗歌创作的要点了。

如四言诗的正规体制，主要是雅正润泽；五言诗的常见格调，以清新华丽为主。对于这些不同特点的掌握，随作者的才华而定。如张衡得到四言诗的雅正，嵇康具有润泽的一面，张华学到五言诗的清新，张协发挥了华丽的一面。曹植和王粲各种特点兼备，偏长某一方面的是左思和刘桢。

作品的体裁是一定的，人的思想却各不相同，作者随着个性的偏好创作，很少能兼长各体。如作者深知创作中的难处，实际写作起来可能比较容易；如轻率地认为写诗简单，那他反而会碰到不

夜含其润，茂先凝其清，景阳振其丽[50]。兼善则子建、仲宣，偏美则太冲、公幹[51]。然诗有恒裁，思无定位，随性适分，鲜能圆通[52]。若妙识所难，其易也将至；忽之为易，其难也方来。至于三六杂言，则出自篇什；离合之发，则萌于图谶；回文所兴，

51 兼善：此指上面所说雅润、清丽等特点皆备。太冲：左思的字。公幹：刘桢的字。52 裁：体裁。分：本分，指作者的个性。鲜：少。圆通：圆是性体周遍，通为妙用无碍。53 杂言：每句字数不固定的杂言诗。篇什：此指《诗经》。《诗经》中的《雅》《颂》，每十篇称为“什”。离合：此指离合诗，是一种按字的形体结构，用拆字法组成的诗。如《古文苑》载汉末孔融《离合作郡姓名字诗》，全诗二十二句，由字形的离合组成“鲁国孔融文举”六字。图谶：汉代预言灾异的文字，图谶也多用拆字法组成。回文：回文诗，一种可颠倒念的诗。如南朝齐代王融《春游》“枝分柳塞北”，也可念作“北塞柳分枝”。道原：指南朝宋代的贺道庆。上引王融《春游》，《艺文类聚》以为是贺道庆的诗。贺道庆之前已有回文诗出现，如东晋时苏蕙的《璇玑图诗》等。共韵：几人合写诗，押共同的韵。诗囿（yòu）：此指诗坛。囿：园林。54 含：包含。55 皇世：太平盛世，此指上古时期。皇，美盛。风流：发展、流衍。二南：《诗经》中的《周南》《召南》，此处指代《诗经》。56 神理：自然之道，天道。契：符合。序：秩序。参：参入，此有结合的意思。57 英华：诗歌精华。弥：更加。耽：喜爱。

少的困难。

除上述四言、五言诗外，还有三言、六言、杂言诗，皆起源于《诗经》。离合诗的产生，是从汉代的图谶文字开始的；回文诗的兴起，是宋代贺道庆开的头；几人合写的联句诗，是继承了《柏梁诗》。这种种作品，虽大小各异，主次有别，写作的情况和道理是一样的，它们皆属于诗的范围，不必逐一详论。

总结：

人生来都有情志，诗就是表达这种情志的。

诗产生于上古，到《诗经》就更加成熟了。

它和自然之道一致，并和政治秩序相结合。

诗歌就越来越繁荣，为后世万代永远喜爱。

燕，始为北声；夏甲[3]叹于东阳，东音以发；殷整思于西河，西音以兴；音声[4]推移，亦不一概矣。

匹夫庶妇，讴吟土风[5]，诗官采言，乐胥被律，志感丝篁[6]，气变金石；是以师旷觇风[7]于盛衰，季札鉴微于兴废，精之至也。

夫乐本心术，故响浃肌髓，先王慎焉，务塞淫

|译文| 乐府，就是用五声配合歌咏，用乐律配合五声，引申诗意。

赵简子在天上听到的乐曲，是上帝的音乐，上古葛天氏的时候曾有过八首乐章。

黄帝时的《咸池》、帝喾时的《六英》都无从考证了。涂山女唱的“候人兮猗”之歌，是南方音乐的开始；有娀女唱的“燕燕往飞”的歌谣，是北方乐歌的开始；夏后氏孔甲在东阳作《破斧歌》，是东方的乐歌的开始；殷帝王整甲作怀念故乡的歌曲，是西方乐歌的开始。

音律歌词的发展演变，十分复杂，庶民百姓唱本地的歌谣，诗官

延伸阅读 乐府，本是西汉政府设立的音乐机构，掌管音乐，兼采民间诗、乐，即搜集各地的民歌，配上音乐，以备皇家祭祀或宴会之用。后来人们也把乐府机关

乐府第七

乐府者，声依永，律和声也。钧天九奏，既其上帝；葛天八阕[1]，爰乃皇时。自咸英[2]以降，亦无得而论矣。至于涂山歌于候人，始为南音；有娀谣乎飞

□注释

❶葛天：传说中的上古帝王。阕：量词，指词或曲。八阕：八首歌曲。❷《咸》:《咸池》，乐名，相传是黄帝作的乐曲，一说是尧作的乐曲。《英》:《六英》，乐名，相传是帝喾作的乐曲。❸夏甲：《吕氏春秋·音初》说，夏王孔甲在东阳打猎迷路，遇百姓家人正生孩子，后认为养子，孩子长大，脚被斧头砍伤致残，孔甲作《破斧歌》。❹音声：此指歌的辞令。音，应作“心”。❺土风：此指以《诗经·国风》为代表的地方民歌。❻丝：琴瑟类的弦乐器。篁：竹，箫笛一类的管乐器。❼师旷觇（chān）风：相传晋国乐师师旷，依据楚国军队的音乐音调微弱不协调，判断其士气不振，必定失败。师旷，春秋时晋国的乐师；觇，暗地察看。

暨武帝崇礼，始立乐府，总赵代之音，撮齐楚之气，延年以曼声协律，朱马以骚体[12]制歌，桂华杂曲，丽而不经；赤雁群篇，靡而非典，河间荐雅而罕御，故汲黯[13]致讥于天马也。至宣帝雅颂，诗效鹿鸣，迩及元成[14]，稍广淫乐，正音乖俗，其难也如此！

采集这些民歌的歌词，乐官记谱，使人们的情志、气质通过乐器表达出来。因此，晋国的师旷从南方歌声里看到了楚国士气的衰弱，吴国公子季札能从《诗经》的乐调里看出周朝和各诸侯国的兴亡。诗乐真是妙极了。

收集保管的配乐的歌词称为"乐府"，乐府就演变成了一种诗歌体裁的名称。这个名称范围渐渐扩大，包括了后代收集的民歌及文人模仿创作的作品。

乐府和一般诗歌的区别：乐府是配乐的诗歌，不

音乐是表达思想感情的，它能进入人的心灵深处。古圣先贤对此非常重视，坚决制止堵塞一切淫荡糜烂的音乐。教育贵族子弟时，一定要学习歌唱有利政教的音乐。

乐曲表达的情感能感动天、地、人和四时，它的教化作用能遍及

滥；敷训胄子[8]，必歌九德。故能情感七始，化动八风。

自雅声浸[9]微，溺音腾沸，秦燔乐经，汉初绍复，制氏纪其铿锵，叔孙定其容典[10]。于是武德兴乎高祖，四时广于孝文，虽摹韶夏，而颇袭秦旧，中和之响，阒[11]其不还。

[8] 敷训：施教。胄子：贵族的子弟。

[9] 雅声：古代的正声。浸：渐渐。[10] 燔：焚烧。《乐经》：相传是六经之一，讲音乐的经书。绍：继承。制氏：汉初的乐师。铿锵：响亮而和谐的乐器声，这里指音乐的节奏。叔孙：姓叔孙，名通，汉初的儒生，给汉高祖制定各种礼乐。容典：容，礼容；典，法则。[11]《武德》：舞蹈名。《四时》：舞蹈名。《韶》：《韶乐》，相传为虞舜时的音乐。《夏》：《大夏》，相传为夏禹时的音乐。中和：恰到好处的和谐境地。阒（qù）：静寂，没有声音。[12] 赵代：今河北、山西一带地区。朱：朱买臣，以精通《楚辞》著称，《汉书·艺文志》说他有赋三篇。马：司马相如，相传汉武帝时的《郊祀歌》中有一部分是他的作品。《骚》体：《离骚》体，此处指楚辞。[13] 赤雁：为汉武帝巡游东海时获得赤雁而作。汲黯：汉武帝时敢于直谏的大臣。汉武帝得到一匹天马，作《天马歌》赞颂它，并把此歌列入祭祀宗庙祖先的《郊祀歌》中，汲黯对此提出了批评。[14] 迻：应作“逮”。及：到。元：汉元帝刘奭。成：汉成帝刘骜。

之正声，实《韶》《夏》之郑曲[18]也。逮于晋世，则傅玄晓音，创定雅歌，以咏祖宗；张华新篇，亦充庭《万》[19]。然杜夔调律，音奏舒雅，荀勖改悬，声节哀急，故阮咸讥其离声，后人验其铜尺[20]。和乐之

四面八方。

雅正的音乐衰弱以后，淫靡邪恶之音兴起。秦始皇焚烧了《乐经》，西汉初年想恢复古乐。音乐家制氏记下音节，叔孙通制定了宗庙乐的礼容和法度。汉高祖的《武德舞》，汉文帝的《四时舞》，虽模仿的是古代《韶》《夏》之音，但也继承了秦代旧有的乐章，中正平和的古乐再也难以见到了。汉武帝时重视礼乐，建立专管音乐的乐府机关，汇总北方的音乐，采集南方的音调，李延年用美妙的声调配乐，朱买臣、司马相如用骚体写歌词。

《桂华》这些杂曲歌词，华美艳丽但不合常规；《赤雁》这类乐曲篇章，浮艳绮靡不符合法度。河间献王刘德向汉武帝推荐符合传统的古乐，但汉武帝很少采用，所以汲黯对汉武帝把《天马歌》

过之后文人创作的乐府也有不少是不配乐的。本篇讲论的乐府主要是配乐的，但也涉及少数不配乐的作品。

全篇讨论这种文体的一些问题，主要集中在以下三个方面：

一、讲乐府的含义、起源和教育作用。

二、讲述从汉到晋乐府

暨后汉郊庙，惟杂雅章，辞虽典文，而律非夔、旷[15]。至于魏之三祖，气爽才丽，宰割辞调，音靡节平[16]。观其北上众引，秋风列篇，或述酣宴，或伤羁戍，志不出于滔荡[17]，辞不离于哀思。虽三调

⑮郊：祭天，此指祭天的乐歌。庙：祭祖庙，此指祭祖庙的乐歌。夔（kuí）：舜的乐官。旷：师旷，晋国的乐官。

⑯三祖：魏太祖曹操、魏高祖曹丕、魏烈祖曹叡，合称三祖。宰割：分裂。辞调：此指汉乐府。曹操等用汉乐府旧调写与古题无关的新内容，即以古题乐府写时事。音靡节平：音律美妙，节奏平和。节，音节。⑰北上：曹操《苦寒行》首句，“北上太行山”。引：乐曲。秋风：曹丕《燕歌行》首句，“秋风萧瑟天气凉”。酣：痛饮。羁戍：兵士出征守边不归。羁，拘留；戍，驻守边疆。滔荡：放荡。⑱三调：《平调》《清调》《瑟调》，皆是周代古乐的声调。郑曲：春秋时郑国的乐曲，古乐中的靡靡之音。三调是古乐，魏三祖按照三调所作新歌歌词并不典雅，是靡靡之音。⑲傅玄：魏晋诗人，善作祭天地的雅乐。张华：西晋作家，善作宫廷舞曲。《万》：《万舞》，一种大舞，用盾、斧、羽来舞。⑳杜夔：三国时魏音乐家，负责考订恢复古代音乐的工作。荀勖：西晋音乐家。改悬：改变钟磬悬挂的距离，此指改制乐器。阮咸：三国魏末作家，精通音乐。离声：悬磬稀疏相离，调整距离。荀勖用的尺子比杜夔的短，声高急，阮咸讥笑其调音错误，声高急是不可能雅正的。铜尺：阮咸以后有人用从地下发掘出的铜尺来验证，杜夔尺果然

在曲，正响焉生？然俗听飞驰，职竟

新异，雅咏温恭，必欠伸鱼睨；

奇辞切至，则拊髀雀跃。诗声

俱郑，自此阶[25]矣！

凡乐辞曰诗，诗声曰歌，声来被

辞，辞繁难节。故陈思称李延

年闲[26]于增损古辞，多者则宜减

列入《郊祀歌》十分不满。

宣帝、元帝的时候，稍稍扩大浮靡的音乐，雅正的古乐不合世俗的爱好，它推行困难。后汉郊庙祭祀的歌词，夹杂着古乐，它的歌词虽雅正，但声律并不是古代音乐家夔和师旷的正统音乐。

魏太祖曹操、魏高祖曹丕、魏烈祖曹叡，志气豪爽，才华富丽，他们改作的歌词曲调、音调浮靡、节奏平庸。

曹操的《苦寒行》、曹丕的《燕歌行》等作品，无论是叙述酣歌宴饮，还是哀叹出征，内容都不免过分放纵，句句离不开悲哀的情绪。虽用的是汉代正统的“三调”音乐，比《韶》《夏》等古乐还是差远了。

诗的发展历史。

三、阐述音乐、诗歌的关系，说明自己在《明诗》外另写《乐府》的原因。主旨是提倡雅正诗歌，反对靡靡之音。

精妙固表里而相资矣。故知诗为乐心，声为乐体。乐体在声，瞽师务调其器；乐心在诗，君子[21]宜正其文。『好乐无荒』晋风所以称远；『伊其相谑』郑国所以云亡[22]。故知季札观辞，不直[23]听声而已。若夫艳歌婉娈，怨志诀[24]绝，淫辞

比周古尺长四分多。从刘勰在本文的态度看，他肯定杜夔调整的乐器符合雅正的音乐。[21] 心：灵魂、精神。体：躯体、形式。瞽（gǔ）师：乐师。瞽，瞎。古代很多乐师是盲人。君子：有德行修养的人。[22] 好乐无荒：此诗句出于《诗经·唐风·蟋蟀》。荒，废乱。晋风：此处指《唐风》。古唐国在周代时处于晋国所在地，《唐风》是晋国的民歌，吴公子季札听了这首歌，赞美它意旨深远。伊其相谑：出于《诗经·郑风·溱洧》。伊，助词，乃；谑，调笑。郑国所以云亡：季札到鲁国观乐，听到演奏《郑风》时说："郑国难道要先灭亡吗？"[23] 辞：应作"乐"。不直：不仅。[24] 娈：亲爱。诀：分别，割断联系。[25] 职：主。欠伸：打哈欠，伸懒腰。鱼睨：像鱼眼那样死瞪着看，形容发愣。拊：拍。髀：大腿。雀跃：雀一样跳跃，形容喜悦高兴。阶：此指通向浮靡的阶梯。[26] 诗声：应作"咏声"。被：配之意，此处指根据歌词来配乐谱曲。陈思：陈思王曹植。李延年：汉代音乐家。闲：通"娴"，熟练。

界。

赞曰：

八音摛文，树辞为体[30]。

讴吟坰[31]野，金石云陛。

韶响[32]难追，郑声易启。

岂惟观乐，于焉识礼。

到了晋代，傅玄通晓音乐，他创作了许多雅正的歌曲，歌颂晋代的祖先；张华写了新的乐曲，作为宫廷的《万舞》乐曲。魏杜夔调整的音律，节奏舒缓雅正，晋初荀勖改制的乐器，音乐的声调节奏悲哀而急促，因此阮咸曾讥笑荀勖定得不协调，音乐偏离了正统。有人考察了古代的铜尺，才知道荀勖使用的尺子不对。可见，和美协调的音乐想要精微奥妙，需要乐曲歌词的互相配合。

由此可知，诗是乐府的核心，调是乐府的形式。乐府的形式附着在声律上，乐师务必调整他的乐器；乐府的核心在诗里，诗人应当端正他的文辞。

《唐风·蟋蟀》有“喜爱娱乐，不要过度”的诗句，所以季札称赞它有远见；因为《郑风·溱洧》里有“男男女女互相调戏”的内容，所以季札预言郑国要灭亡。

之明贵约也。观高祖之咏大风，孝武之叹来迟，歌童被声，莫敢不协。子建、士衡，咸有佳篇，并无诏伶人，故事谢丝管，俗称乖调，㉗盖未思也。

至于斩伎鼓吹，汉世铙挽，虽戎丧殊事，而并总入乐府。缪韦㉘所改，亦有可算焉。昔子政品文，诗与歌别，㉙故略具乐篇，以标区

㉗《大风》：汉高祖刘邦回故乡作《大风歌》。来迟：汉武帝所作《李夫人歌》有"偏何姗姗其来迟"，此取其最后两字。子建：曹植的字。士衡：陆机的字。诏：皇帝的命令。伶人：奏乐演戏的人，此指制乐谱的人。谢：别，离开。丝管：管弦乐器，此指乐器。乖：违背。调：乐律、声调。㉘斩伎：应作"轩岐"。轩：轩辕，黄帝的名号。岐：岐伯，黄帝时主管医药的大臣。鼓吹：鼓吹曲，古代一种军乐，相传是岐伯所作。铙（náo）：铙歌，汉代的军乐。挽：挽歌，汉代的丧乐。戎：军事。丧：丧事。缪：缪袭，三国时魏国人，改作有《魏鼓吹曲》十二篇。韦：韦昭，三国时吴国人，改作有《吴鼓吹曲》十二篇。㉙子政：刘向的字。品：品味、评量，引申为研究整理。诗与歌别：刘向及其子刘歆整理古籍时，著《七略》，将诗归入了《六艺略》，歌归入了《诗赋略》。㉚树辞为体：另本作"树词为体"。树辞：立辞，写作文辞。㉛坰（jiōng）：郊野。㉜《韶》响：虞舜时代音乐，代表雅正的古乐。

由此可知，季札观听《诗》的演奏，不光是听它的声调。之后的乐府诗中，写有婉转缠绵相亲相爱或怨恨满腔决裂分别之语，把这些淫靡的东西谱成曲，怎能产生良乐呢？

然而时俗却喜欢追求新奇的乐章。雅正的乐府温和恭谨，听了就必然厌烦得打哈欠发呆；新奇的词，切合心意，看了便高兴得拍大腿，雀跃起来。诗乐都走上了邪路，从此越来越厉害。

乐府之词就是诗，诗按一定的曲词咏唱就是歌。

声律配合歌词时，如歌词繁多就难以符合音乐的节拍。所以陈思王曹植称赞说，李延年善于增减，多了的字句就适当减少，说明歌词应注意精练简约。

看汉高祖的《大风歌》，汉武帝的《李夫人歌》，词句不多，歌唱者很容易配合音节。曹植和陆机虽有好的诗篇，但没有诏令音乐师配乐，所以不能演奏。人们都认为这是因为他们的诗违反了音乐的曲调，这是没有经过思考的挑剔说法。轩辕黄帝时岐伯创作的鼓吹曲，汉代出现的铙歌和挽歌，虽反映的内容不同，有的是军乐，有的是丧乐，但都是乐府诗的一种。还有缪袭和韦昭改编的汉代乐府歌曲，也有好的作品。

从前刘向品评文章，把诗和歌区别开来，所以我另写这篇《乐府》，以标明“诗”与“歌”之间的区别。

总结：

乐器产生种种动听的声音，好的歌词是其核心。

讴歌吟唱的声音响遍村野，音乐环绕整个宫殿。

雅正的韶乐传统很难继承，淫靡之门如此易开。

季札观礼岂只是为听音乐，能看出礼法的盛衰。

则同义，传说则异体[4]。总其归涂，实相枝干。故刘向明不歌而颂，班固称古诗之流也[5]。

至如郑庄之赋大隧，士蒍之赋狐裘，结言短韵，词自己作，虽合赋体，明而未融[6]。及灵均唱骚，始广声貌[7]。然则赋也者，受命于诗人，而拓[8]宇于楚辞也。于是荀况礼

延伸阅读 赋原指《诗经》的“六义”之一，是铺陈描写的表现手法。汉魏六朝时期，赋是文学创作的主要形式之一，刘勰将其放入文体论加以论述。

译文 《诗经》“六义”中第二项叫“赋”。“赋”，铺陈的意思，铺陈华采，舒布文辞，为的是描绘事物，抒发情志。

周代的召公曾说：“各级官吏献诗，主管教化的官员进箴，盲人赋诵诗。”《毛诗传》说：“登高能赋诗的人，就可以当大夫。”《诗序》把赋与比、兴同列于“六义”表现手法之中，《毛诗传》和《国语》把赋和诗区别开来，成为不同的文体。

总观它们归属的途径，它们之间的关系十分密切。所以刘向说，不歌唱只朗诵的诗就叫赋，班固称，赋是《诗经》的一个支流。

诠赋第八

诗有六义，其二曰赋。赋者，铺也，铺采摛文，体物写志①也。昔邵公称：公卿②献诗，师箴赋。传云：登高能赋，可为大夫③。诗序

□注释

❶体物：体察、描绘事物。志：情思。❷公卿：此指王朝高级官吏。❸登高能赋，可为大夫：《毛诗传》中说，有“升高能赋”等九种本领，才“可以为大夫”。❹传：此处指《国语》和《毛诗传》，并非单指《毛诗传》。异体：不同的文体、体裁，此处是说赋不同于《诗》而成另一种文体。❺班固：字孟坚，汉代史学家、文学家。古诗之流也：见于《两都赋序》：“赋者，古诗之流也。”古诗，指《诗经》；流，支流。❻明而未融：日初出有光叫明，日升高光明普照叫融。比喻赋刚发展，还未成熟。❼声貌：声音形貌。❽拓：开拓、扩充的意思。

其源流，信兴楚而盛汉矣。

夫京殿苑猎，述行序志，并体国经野，义尚光大。既履端于唱[12]，序亦归余于总乱。序以建言，首引情本；乱以理篇，写送文势[13]。按那之卒章，闵马称乱，故知殷人辑颂[14]，楚人理赋。斯并鸿裁之寰域[15]，雅文之枢辖也。

至于草区禽族，庶品杂类，则触兴致情，因变取

郑庄公的赋“大隧之中”，晋国士𫇭的赋“狐裘龙茸”，篇幅很短，词句顺口念出，这种作品接近后代所说的赋，但还不成熟。后来屈原创作了《离骚》，才开始发展了赋的形式。所以，赋起源于《诗经》，发展于《楚辞》。接着是荀况的《礼赋》《智赋》，宋玉的《风赋》《钓赋》出现，才正式给这种作品以“赋”这个名号，和诗区别开来。赋本来仅是“六义”的一部分，处于附庸的地位，现在却蔚然发

诠赋，就是对赋这种文体相关的创作情况进行解释、阐述、评论。全篇分四个部分：一、讲赋的含义及起源，这是历代评论家争

智，宋玉风钓，爰锡名号，与诗画境，六义附庸，蔚成大国。遂客主以首引，极声貌以穷文。斯盖别诗之原始，命赋之厥初[9]也。

秦世不文，颇有杂赋。汉初词人，顺流而作：陆贾扣其端，贾谊振其绪，枚、马播其风，王、扬骋其势，皋[10]、朔已下，品物毕图。

繁积于宣时，校阅于成[11]世，进御之赋，千有余首。讨

⑨宋玉：战国末楚国的辞赋家。画境：划界。厥初：开初，此处是起源的意思。
⑩枚：枚乘。《汉书·艺文志》言他有九篇赋，尚存《菟园赋》《柳赋》。马：司马相如。《汉书·艺文志》说他有二十九篇赋，尚存《子虚赋》等六篇。播：扬。皋（gāo）：枚皋，西汉作家。⑪成：汉成帝。⑫履端：开始写作。履，践，实行。唱：导。⑬写送文势：加强结尾，使表现力充足。一本作“迭致文契”。⑭殷人辑《颂》：《颂》指《商颂》，是殷的后代宋国人所辑——殷亡后，周将其遗民迁于宋，封为宋国。⑮鸿裁：此处指大赋，篇幅宏大，内容丰富。寰域：领域、范围。

凡此十家，并辞赋之英杰也。及仲宣靡密，发端必遒；伟长博通，时逢壮采；太冲、安仁[22]，策勋于鸿规；士衡、子安，底绩于流制；景纯绮巧，缛理有余；彦伯梗概，情韵不匮：亦魏晋之赋首也。

原夫登高之旨，盖睹物兴情。情以物兴，故义必明雅；物以情观，故词必巧丽。丽词雅义，符采相胜，如组织之品朱紫[23]，画绘之著玄黄，文虽新[24]而

展成了文体中的一个大类。

作者常常从主客问答形式的对话引起，极力描写事物的声音状貌而追求文采。这就是赋和诗区别开来的起始，赋得以被命名为赋的开初。

论较多的一个问题，刘勰着重说明其与《诗经》《楚辞》的关系。赋源于《诗经》“六义”之赋，特点是铺陈文采，体察物象，抒写情志。

秦代文学不发达，但是也有杂赋。汉代初期的词赋作家，继前代而起：陆贾发起了汉赋创作的开端，贾谊接着发展汉赋创作的事业，枚乘、司马相如继承了这个风气，王褒、扬雄扩大了这个势头。

会；拟诸形容，则言务纤[16]密；象其物宜，则理贵侧附。斯又小制之区畛[17]，奇巧之机要也。

观夫荀结隐语，事数自环；宋发夸谈，实始淫丽[18]。枚乘菟园，举要以会新；相如上林[19]，繁类以成艳；贾谊鹏鸟，致辨于情理；子渊洞箫，穷变于声貌；孟坚两都[20]，明约以雅赡；张衡二京，迅拔以宏富；子云甘泉，构深玮之风[21]；延寿灵光，含飞动之势。

⑯ 区、族：皆类的意思。会：合。纤：细小。⑰ 小制：小赋，篇幅短小，内容狭窄。区畛（zhěn）：区域界限。⑱ 淫丽：过于华丽。⑲《上林》：司马相如的《上林赋》，分类描写了上林苑中的景物。⑳ 孟坚：班固的字。两《都》：指《东都赋》《西都赋》，《东都赋》写洛阳，《西都赋》写长安。㉑ 玮：美好。风：此处指作品的教化作用。㉒ 太冲：左思的字，西晋作家，著有《三都赋》。安仁：潘岳的字，西晋作家，著有《西征赋》《藉田赋》。㉓ 组织：用丝或麻织成的东西。品：品评、评量。朱：正色。紫：间色。品朱紫即分正和邪。㉔ 新：应作“杂”。

枚皋、东方朔以后，各种事物都用赋描绘。西汉宣帝的时候赋作已很多了，汉成帝时刘向加以组织整理，进献给皇帝的赋就有一千余首。

探讨赋的起源、演变，可看出它确实是兴起于战国末期的楚国，而盛行于汉代。

有些赋描写京都宫殿，叙述园林狩猎，或记载出征远行，叙情述志，这都关系到国家的大事，意义广大。

这些作品，开头往往有“序言”，结尾以“乱辞”结束。“序言”用来说明写作的意义，“乱辞”用来总结全篇的要旨，可进一步增强文章的气势。

从前《诗经·商颂·那》末尾的一章，闵马父称之为“乱”，可见殷人编辑《商颂》和楚人创作赋，都要整理要点作出“乱辞”。

上述这些都属于大赋领域内的问题，也是写作典雅的主要特点。

此外还有描写各种草木、各类禽兽、众多种类繁杂物品的赋，它们触动作者的兴致引发作者的感情，在事物的变化中同感情和物象结合。比拟形态容貌，语言周致细密，象征事物的意义，道理贵在从侧面说明。这些是属于小赋区域内的问题，能使小赋写得新奇精巧。

荀子的赋作，大都由谜语组成，叙述事物常自问自答；宋玉的赋生发夸张铺饰的谈风，确实是赋走向淫靡艳丽的开始。枚乘的《菟园赋》，描写扼要新颖；司马相如的《上林赋》，内容繁复，文辞艳丽；贾谊的《鵩鸟赋》，善于辨析；王褒的《洞箫赋》，对于箫

二、主要说明汉赋的创作盛况，指出了大赋与小赋的不同特点。赋源于《诗经》，扩充于《楚辞》，到荀子、宋玉时，独立成一种文体，以后不断发展，出现了大赋、小赋等类。

三、评论先秦、两汉和魏晋时期赋的代表作家及其作品。从荀子以来的十八位作家，才情有异，风格各具，是辞赋

有质色，虽糅而有本，此立赋之大体也。然逐末之俦[25]，蔑弃其本，虽读千赋，愈惑体要。遂使繁华损枝，膏腴害骨，无贵风轨，莫益劝戒，此扬子所以追悔于雕虫[26]，贻诮于雾縠者也。

赞曰：

赋自诗出，分歧异派。写物图貌，蔚似雕画。抑滞必扬，言旷[27]无隘。风归丽则，辞翦荑稗[28]。

㉕俦（chóu）：同辈。㉖扬子：扬雄。雕虫：雕刻鸟虫书，鸟虫书是古代的一种篆字，汉代规定儿童必须学习的内容之一，此处喻微不足道的小技。㉗旷：宽广。㉘荑稗（yí bài）：浮华无必要。稗，稗草。

的声音状貌的描绘穷尽了变化；班固的《两都赋》，文辞明朗绚丽，内容雅正充实；张衡的《二京赋》，文笔刚健，含义丰富；扬雄的《甘泉赋》，构思深邃具有瑰丽奇特的风格；王延寿的《鲁灵光殿赋》，具有飞动的神态和气势。上述这些赋家，都是辞赋创作中杰出的英才。

作家中的英杰。

四、总结赋的创作原则，写赋要求内容必须鲜明雅正，文辞必须精巧华丽。

刘勰提出写作赋应“睹物兴情”“义必明雅”“词必巧丽”，主张雅正的内容和华丽的文辞相配合，反对没有教育意义单纯追求华丽的作品。这些意见具有一定的启发意义。

王粲的赋，文辞细密，发端遒劲；徐幹知识渊博通达，他的辞赋，富丽的文采处处可见；左思和潘岳，在写作规模宏大的赋方面，有很大的成就；陆机和成公绥，在品评文章方面，作出了成绩；郭璞的赋，文辞绮丽巧妙，道理丰富；袁宏的赋，慷慨激昂，余味无穷。这几家是魏晋时代辞赋作家的代表。

“登高能赋”的意思，是说看到外界的景物可引起内心的感情。情感由外界景物的触动兴起，作品内容必然明白雅正；景物由作者情感表现，使用的词语必须精巧华丽。

华丽的文辞和雅正的意义，与玉石的纹彩和它的质地一样配合恰当，好比丝麻讲究有红色和赤色，绘画时使用黑色和黄色一样。文采要求五彩缤纷，必须有充实的内容，如色彩虽糅杂相混，却有它的底色。这就是写赋的要点。

可是，有些只知追求形式华丽的人，轻视抛弃了写赋的根本，他们即使读赋千篇，对作赋的要点也永远抓不住。他们写的赋，花叶过于繁盛损伤了枝干，过于肥胖损害了骨骼，对教育没有实际意义，对劝告警诫没有益处。这就是扬雄后悔作赋这种雕虫小技的作品的原因，因为这种赋像轻雾般的纱绉一样无益。

总结：

赋从《诗经》发展而来，它本身又分成不同流派。

描写事物图绘声音形貌，文采丰富如同雕刻绘画。

讽谏作用必须发扬，言路宽广，内容才能不狭隘。

文风应雅丽有法度，要剪除那些华而不实的文辞。

自商已下，文理允备[4]。夫化偃一国谓之风，风正四方谓之雅，容告神明谓之颂[5]。风雅序人，事兼变正；颂主告神，义必纯美。鲁以[6]公旦次编，商人

译文《诗经》“四始”即风、小雅、大雅、颂，是诗理的极至，颂是这“四始”的最后一项。“颂”的意思就是形容状貌，通过形容状貌赞美盛德。帝喾的时候，咸黑作过颂扬功德的《九招》等。

从商代之后，颂的写作方法就完备了。教化影响到诸侯国的作品叫“风”，影响到全国风俗的作品叫“雅”，通过形容状貌赞美盛德功业、禀告神明的叫“颂”。

风、雅写人叙事，故有“正风”“正雅”和“变风”“变雅”；颂用于禀告神明，内容须纯正美好。鲁国颂扬周公之功编成《鲁颂》，宋国祭祀祖先辑录《商颂》，这都是宗庙的雅正乐歌，不是一般宴会场上的歌咏。《周颂》中的《时迈》，是周公亲自写作的，这篇贤人写成的颂，为颂的写作留下了典范。

延伸阅读《颂赞》的颂、赞是两种文体。

从本篇起，在文体论部分，刘勰常将两种相近的文体合在一篇论述。本篇主要讨论颂，其次讨论赞。

颂和赋相似，汉代常以赋、颂连用。

本篇分为四个部分：

一、讲颂的含义、起源、发展变化。

二、讲颂写作的基本特点。

颂赞第九

四始之至[1]，颂居其极。颂者，容也，所以美盛德而述形容[2]。昔帝喾之世，咸墨为颂，以歌九韶[3]。

□注释

❶ 四始：风、小雅、大雅、颂。之至：《毛诗序》说“四始”是“诗之至也”。孔颖达疏：“诗之至者，诗理至极，尽于此也。”❷ 容：形容状貌。❸ 帝喾（kù）：传说中的上古帝王。咸墨：唐本作“咸黑”。《吕氏春秋·古乐》称，帝喾曾命咸黑作歌。《九韶》：唐本作《九招》，乐名。《吕氏春秋·古乐》中说《九招》是帝喾时的乐歌，《史记·五帝本纪》中说是夏禹时的乐歌。❹ 已：同“以”。文理：指写颂的理。允：的确。❺ 偃：倒下，引申为受到影响。风正四方谓之雅：源于《毛诗序》“形四方之风谓之雅”。风正四方，正四方之风。容告神明谓之颂：源于《毛诗序》“颂者，美盛德之形容，以其成功告于神明者也”。容告神明，唐本作“雅容告神”，近人多从其说，将上句“风正四方”之“风”字误解为“风、雅、颂”的“风”。❻ 序人：写人叙事。序，叙。变正：郑玄《诗谱序》称，自周懿王至陈灵公时期的作品，为变风、变雅，周懿王以前的作品为正风、正雅。变风、变雅大部分是反映周政衰乱的作品。纯：纯正。以：因。❼ 公旦：周公姓姬，周武王之弟，名旦。周公封于鲁（今山东曲阜），周公有功于周朝，周成王特许鲁国可用天子的礼乐祭祀周公，产生了《鲁颂》。商人：殷商的后代。前王追录：《商颂》今存五篇，内容是祭祀前代帝王。春秋时，宋国（殷商之后）的正考父到周王朝校

为诵。斯则野诵之变体，浸[11]被乎人事矣。及三闾橘颂，情采芬芳，比类寓意，又覃及细物[12]矣。至于秦政刻文，爰颂其德；汉之惠、景，亦有

三、讲赞的含义、起源及其发展变化情况。

四、讲赞写作的基本特点。

颂、赞皆是歌功颂德的作品，刘勰在本篇中肯定的颂、赞，大都没有什么价值。对这两种文体的论述，刘勰过分拘守本意，对汉魏以后发展演变了的作品，流露

每个老百姓都有自己的思想，表达思想的口是堵塞不住的。

春秋时晋国民众用“原田每每”赞美晋军，鲁国人用“麛裘而韠”讽刺孔子，这皆是直接说出，以简短的话进行讽喻，并不咏唱。左丘明和孔顺，把这种话当作“诵”记载。这是有了变化的不正规的颂，颂本是用以告神的，渐渐用于人间事。

到了屈原的《橘颂》，内容、文采都很美好，它用相似的东西寄托情意，把颂的内容推广到细小的事物。

至秦始皇时的石刻，皆是称颂秦始皇的功德。汉代的惠帝、景帝时期，也有描述形容的颂产生。所以，颂的写作是一代代相继不断的。

比如，扬雄表彰赵充国的《赵充国颂》，班固歌颂窦融的《安丰戴侯颂》，傅毅赞美汉明帝的《显宗颂》，史岑称述邓后的《和熹邓

以前王追录，斯乃宗庙之正歌，非宴飨[7]之常咏也。时迈一篇，周公所制；哲人之颂，规式[8]存焉。夫民各有心，勿壅[9]惟口。晋舆之称原田，鲁民之刺裘韠，直言不咏，短辞以讽，丘明、子高，并谍[10]

正《商颂》十二篇，以祀其先王。正歌：纯正、严肃的颂。宴飨（xiǎng）：唐本作“飨宴”，用酒食招待客人，这里指酒席宴会。❽《时迈》：《诗经·周颂》中的一篇，《国语·周语上》称《时迈》是周公所作。哲人：贤智的人，此指周公。规式：规模法式。❾ 壅（yōng）：堵塞，筑堤防水。《国语·周语上》载周初召公说：防止人说话，像防堵河流一样，用壅塞的办法是不行的。❿舆（yú）：众。原田：《左传·僖公二十八年》载，晋文公和楚军交战前，听众人歌诵：“原田每每，舍其旧而新是谋。”晋军美盛，可立新功。刺裘韠（bì）：《吕氏春秋·乐成》中说，孔子相鲁时，有人讽刺他说：“麛裘而韠，投之无戾。韠而麛裘，投之无邮。”孔子对鲁国没有功劳，还穿着鹿皮的朝服，抛弃他是毫无罪过的。麛：鹿。韠：蔽膝，古代礼服的前饰，此指朝服。丘明：左丘明，春秋时鲁国太史，《左传》的作者。子高：孔穿的字。据《孔丛子·陈士义》篇载，应为子顺，孔子后裔。谍：通“牒”，简牒，这里指记录。⓫ 浸：逐渐。⓬ 三闾（lǘ）：屈原，他在楚怀王时是三闾大夫，管理昭、屈、景三姓贵族。《橘颂》：屈原早期作品，《九章》之一。覃（tán）：推，延及。细物：指《橘颂》中赞美的橘子。⓭ 秦政：秦始皇。刻文：歌颂秦始皇的石刻。《史记·秦始皇本纪》载《泰山刻石》等六篇，《古文苑》卷一载《峄山刻石》一篇，全是李斯所作。

至于班、傅之北征、西征，变为序引，岂不褒过而谬体[15]哉！马融之广成、上林，雅而似赋，何弄文而失质乎？又崔瑗文学，蔡邕樊

后颂》，有的学习《周颂》，有的模拟《鲁颂》或《商颂》，这些作品虽深浅不同，详略各异，但它们赞美功德、显扬其容，基本法则是一致的。至于班固所写《北征颂》、傅毅所写《西征颂》，把颂写成了长篇的散文，岂不是过分褒奖而违反了颂的正常体制？马融的《广成颂》和《上林颂》，有雅的用意却写得很像赋，为何如此玩弄文辞而失去颂的本质呢？！

出保守的态度。

对这两种区别甚微的文体的写作，刘勰反对过分华丽，主张从大处着眼确立内容，认为具体的细节描写应根据内容而定。这些意见，有可取之处。

还有崔瑗的《南阳文学颂》、蔡邕的《京兆樊惠渠颂》，皆把序文写得很漂亮，而精简了颂本身的篇幅。

挚虞《文章流别论》中对颂的评论，颇为精湛，能够抓住它的要点，基本是精确的，但其中说颂的作品中杂有风、雅的内容，而不弄清根本意义，这不过是徒张虚势不合实际的议论，和铸剑可用黄铜白锡那种虚伪诡辩的谬论差不多。

到了魏晋时期的杂颂，一般也没有超越正常的写作规则。曹植的作品，以《皇太子生颂》为代表；陆机的作品，仅《汉高祖功臣颂》

述容⑬：沿世并作，相继于时矣。若夫子云之表充国，孟坚之序戴侯，武仲之美显宗，史岑之述熹后，或拟清庙，或范駉那⑭，虽浅深不同，详略各异，其褒德显容，典章一也。

爰（yuán）：乃，于是。惠：汉惠帝刘盈。景：汉景帝刘启。亦有述容：惠帝、景帝在位时间不长，景帝崇尚黄老，不爱文学，仍有人作颂。《汉书 · 艺文志》说李思有《孝景皇帝颂》十五篇。⑭子云：扬雄的字。充国：赵充国，西汉初人，因有武功，元帝时曾画其像于未央宫。成帝时，为了纪念赵充国的功劳，命扬雄就所画像作《赵充国颂》。孟坚：班固的字。戴侯：东汉初窦融，以武功封安丰侯，死后加号“戴”，故称戴侯。班固作《安丰戴侯颂》，颂今不存。武仲：东汉文学作家傅毅的字。美显宗：《后汉书·傅毅传》说傅毅作《显宗颂》十篇，赞美汉明帝，现仅残存四句。史岑：字孝山，东汉人。挚虞《文章流别论》中提到“史岑为《出师颂》《和熹邓后颂》”。《出师颂》载《文选》,《和熹邓后颂》今不存。《清庙》:《诗经·周颂》的第一篇，代指《周颂》。《后汉书·傅毅传》说：傅毅“依《清庙》作《显宗颂》”.《駉(jiōng)》:《诗经·鲁颂》的第一篇，此处代指《鲁颂》。《那》:《诗经·商颂》的第一篇，在此代指《商颂》。⑮班：班固。傅：傅毅。《北征》：指班固的《北征颂》，载《古文苑》卷十二。《西征》：指傅毅的《西征颂》，今存残文四句。序引：长篇的散文。序，同叙；引：延长。班固《北征颂》长达五百六十余字。体：文体，此指颂这种文体。⑯马融：字季长，东汉学者、经学家、文学家。《广成》：马融的《广成颂》，载《后汉书·马融传》，描写苑囿广阔，景物丰富，打猎勇敢，用来劝谏邓太后废除武功，不再打猎。《上林》：马融的《上林颂》，今不存。雅：

以皇子为标；陆机积篇，惟功臣最显，其褒贬杂居，固末代之讹[18]体也。原夫颂惟典雅，辞必清铄，敷写似赋，而不入华侈之区；

突出。但是，它们把褒扬和贬抑混杂在一起，这是魏晋时期颂体已有所变化后的作品了。颂的写作，本要求内容典雅，文辞美懿明丽。描写虽近似赋，但不流于华靡侈艳；严肃庄重如铭，但和铭的规劝警诫不同。颂是本着颂扬的基本要求敷陈文采，从广义的意义确立内容，它的写作应雍容舒展地铺陈辞藻，气势磅礴地树立义理，虽要讲究纤细精巧、婉曲尽致，但要随着内容的变化而变化。颂的写作，大概情况就是这样。

赞的意思，就是说明、辅助。相传虞舜时的祭祀，很重视乐官的赞辞，因为它是唱颂歌之前作说明的词句。

至于益帮助禹时的话，伊陟向巫咸所作的说明，都是用强硬的措辞来说明事理，以加强语气来帮助言辞。所以汉代设置鸿胪官，他们在各种典礼上大声传呼指挥人们歌唱行礼的话就是赞辞，这些都是古代流传下来的口头上讲的赞语。

到司马相如进行写作，才在《荆轲论》中对荆轲进行了赞美。

司马迁的《史记》和班固的《汉书》借赞辞进行褒扬、批评，用简要的文辞加以总结，用颂的体裁加以议论；《史记》《汉书》最

渠并致美于序而简约乎篇[16]。挚虞品藻，颇为精核，至云『杂以风雅』，而不变旨趣，徒张虚论，有似黄白[17]之伪说矣。及魏晋辨颂，鲜有出辙。陈思所缀，

用意、内容。何：何其，何至于。弄文：玩弄文辞。质：颂这种文体的基本特点。挚虞《文章流别论》：“马融《广成》《上林》之属，纯为今赋之体，而谓之颂，失之远矣。”崔瑗（yuàn）：字子玉，东汉作家。《文学》：崔瑗的《南阳文学颂》。蔡邕：字伯喈，汉末学者、文学家、书法家。《樊渠》：蔡邕作《京兆樊惠渠颂》，今存，见《蔡中郎集》。篇：指颂本身的篇幅。⑰ 挚虞：西晋学者。品藻：评论，指挚虞《文章流别论》中有关颂的评论。精核：精确。杂以风雅：《文章流别论》中说：“傅毅《显宗颂》，文与《周颂》相似，而杂以风雅之意。”变：唐本作“辨”，译文据“辨”字。旨趣：宗旨意义，此指基本意义。黄白：黄铜白锡。《吕氏春秋·别类》中说，有人以为白锡使剑坚，黄铜使剑韧，黄白相杂就成既坚又韧的良剑。反对的人认为，白锡使剑不韧，黄铜使剑不坚，黄白相杂怎能成良剑？⑱ 辨：唐本作“杂”，不是宗庙中的舞歌，所以称杂颂。出辙：越出车轮碾的痕迹，此指超出颂的正常写法。缀：组合文词，写作。《皇子》：曹植的《皇太子生颂》。标：树的上端，此指创作成就较高。陆机：字士衡，西晋作家。《功臣》：陆机的《汉高祖功臣颂》，载《文选》卷四十七。末代：末世，指乱世、衰乱之世。《文心雕龙》全书两次用“末代”，皆指汉代之后的魏晋时期。讹：错误。⑲ 典雅：文有根柢不鄙俗。清：明洁。铄：光彩。敷：散布，陈述。华侈：过分华丽。铭：以警诫为主的一种韵文。揄扬：引举称赞。藻：文辞。汪洋：广阔。这里是着眼于广阔事物的意思。纤曲：细微。致：到。与：随着。大体：指颂的主要情况。底：

赞于巫咸，并扬言以明事，嗟叹以助辞也。故汉置鸿胪，以唱拜为赞，即古之遗语也。至相如属笔，始赞荆轲[21]。及迁史固书，托赞褒贬，约文以总录，颂

后序目中的总评，和赞的名称是相同的。

可是挚虞在《文章流别论》中，却错误地称其为“述”，那就差得太远了。后来郭璞注《尔雅》，无论是动物、植物都写了赞辞，内容兼有褒扬、贬抑。这和上面所说魏晋以后的颂一样，也是赞体发生变化之后的作品。

从赞的本义看，它产生于对事物的感叹赞美，从古以来，赞的篇幅短促，皆用四言句，大约一二十句，简明扼要地讲完内容，清楚明白地写成文辞终结全文。这就是赞这一文体的写作要点。赞的产生虽很悠久，实际运用却不多，它的大致趋向和归属，算是颂的一个分支。

总结：

形容美德之文成颂，赞扬功业成赞。

形容描绘组成声韵，文辞清晰鲜明。

这样的颂赞，虽久远，却美好清新。

后世的颂、赞，炫耀辞藻成游戏了。

敬慎如铭，而异乎规戒之域。揄扬以发藻，汪洋以树义，唯纤曲巧致，与情而变。其大体所底，⑲如斯而已。

赞者，明也，助也。昔虞舜之祀，乐正重赞，盖唱发之辞⑳也。及益赞于禹，伊陟

唐本作“宏”，《通变》篇有“宜宏大体”的说法。⑳助：辅助说明。乐正：古代乐官。唱发之辞：赞是歌唱之前所作的有关说明。《尚书大传》卷一中说，虞舜禅位给夏禹时，先由“乐正进赞”，然后唱《卿云》歌。㉑益赞于禹：《尚书·大禹谟》：“益赞于禹曰：‘惟德动天，无远弗届；满招损，谦受益，时乃天道。’”益助禹征讨苗人时说，只有修德能感动上天，没有远而不至的；自满招来损害，谦虚得到益处，这是天的常道。益：舜的臣子。赞：助的意思。伊陟（zhì）赞于巫咸：《尚书序》：“伊陟赞于巫咸，作《咸乂（yì）》四篇。”因伊陟见到桑、榖（gòu）并生，认为是不祥之兆，便告诉巫咸。伊陟、巫咸：相传都是殷帝大戊的臣子。赞，告诉、说明。扬言：鲜明突出的言辞。《尚书·益稷》注：“大言而疾曰扬。”嗟叹：《礼记·乐记》：“长言之不足，故嗟叹之。”《毛诗序》：“言之不足故嗟叹之，嗟叹之不足故永歌之。”两种说法虽有不同，都说明古代的“嗟叹”是一种富有感情色彩的表达方式。鸿胪：官名，掌朝贺庆吊的司仪者。遗语：以上所举为古代流传下来口头上讲的赞语。相如：司马相如。属笔：写作。赞荆轲：荆轲，战国末期的刺客，为燕太子丹刺杀秦始皇，失败被杀。《汉书·艺文志》中说，司马相如等人有《荆轲论》五篇，今不存。《荆轲论》中可能有称赞荆轲的话。

辞；约举以尽情，昭灼以送文，此其体也。发源虽远，而致用盖寡，大抵所归，其颂家之细条[24]乎！

赞曰：

容体底颂，勋业垂赞。

镂彩摛文，声理有烂[25]。

年积愈远，音徽如旦。

体以论辞；又纪传后评[22]，亦同其名。而仲治流别，谬称为述，失之远矣。及景纯注雅，动植必赞[23]，义兼美恶，亦犹颂之变耳。

然本其为义，事生奖叹，所以古来篇体，促而不广，必结言于四字之句，盘桓乎数韵之

㉒迁《史》：司马迁的《史记》。固《书》：班固的《汉书》。托赞褒贬：《史记》各篇之后，大都有“太史公曰”；《汉书》各篇之后，大都有“赞曰”。其中有褒扬，也有批评，和过去的赞只是赞扬不同。总：总结。录：记录。纪传后评：《史记》最后一篇《太史公自序》和《汉书》最后一篇《叙传》，都是用来说明全书各篇写作之意的。㉓仲治：挚虞的字。《流别》：挚虞有《文章流别集》三十卷，今存《文章流别论》是其中分论文体的一部分。景纯：晋代作家郭璞的字。《雅》：《尔雅》。动植必赞：郭璞《尔雅序》中说，他注《尔雅》“别为音图，用祛未寤”。另成《尔雅图赞》二卷，隋代已亡。严可均《全晋文》卷一二一辑得十之一二，鸟兽鱼虫，树木花果，都各有赞词。㉔促：短。广：长。盘桓：环绕。数韵：篇幅不长。赞的韵文一般两句一韵，数韵在二十句之内。昭灼：明显。送：写下去。细条：支派。㉕容体：唐本作“容德”，形容德泽。底：到达，完成。垂：流传，指写成。镂彩摛文：唐本作“镂影摛声”，译文据“镂影摛声”。镂：雕刻。摛：发布，指描写。声理：唐本作“文理”，译文据“文理”，指文章有条理。有：助词，无意。烂：鲜明。

降及品物，炫[26]辞作玩。

[26]年积：唐本作“年迹”，译文据“年迹”，年代的意思。音徽：徽音，美好的德音，泛指古来优秀的颂、赞作品。旦：早上，早晨，引申为新。炫：夸耀。

作，草木归其泽。」

则上皇祝文，爰在兹矣。

舜之祠[2]，田云：「荷此长耜[3]，耕彼南亩，四海俱有。」

利民之志，颇形于言矣。

至于商履，圣敬日跻，玄牡告天，以万方罪己，即郊禋之词也；素车祷旱[4]，以六事责躬，则雩禜之文也。

及周之太祝，掌六祝之辞。是以「庶物咸生」，陈于天地之郊；「旁作

译文 自从天地确定了位置，各种神灵都受到祭祀。诚心诚意地尊祭六宗之神，名山大川也都按序致祭，于是风调雨顺，五谷生长，千百万百姓仰望，报答诸神降福的祭祀就这样兴盛起来。

延伸阅读《祝盟》的祝和盟，是两种文体的名称。

祝盟第十

天地定位，祀遍群神。六宗既禋，三望咸秩，甘雨和风，是生黍稷，兆民所仰，美报兴焉！

牺盛惟馨，本于明德，祝史陈信，资乎文辞。

昔伊耆始蜡[1]，以祭八神。其辞云：「土反其宅，水归其壑，昆虫毋

□注释

❶ 伊耆（qí）：神农氏，一说是帝尧。蜡：蜡祭，十二月合祭，在岁末举行。❷ 祠：春天的祭祀。❸ 耜（sì）：一种翻土的农具。❹ 素车祷旱：汤曾乘素车白马祷告求雨。素车，无彩饰的车。

汤之心；侲子驱疫，同乎越巫之祝，礼失之渐也。

至如黄帝有祝邪之文，东方朔有骂鬼[8]之书，于是后之谴咒，务于善骂。唯陈思诘咎，裁以正义矣。

若乃礼之祭祀，事止告飨；而中代祭文，兼赞言行。祭而兼赞，盖引申而作也。

又汉代山陵，哀策流文。周丧盛姬，内史执策[9]。然则策本书赗，因哀而为文也。是以义同于诔[10]，而文实告神，

祝，祭祀时，向神祷告；盟，结盟时，向神宣誓。祝文伴随着宗教活动诞生，起源很早。祝辞的写作应注意“炼字协音，

但祭祀时祭品要馨香，要以祭者的道德为根本。掌管祭祀的祭官向鬼神陈述虔诚的信念愿望，就要以文辞为凭。

传说上古神农氏开始祭祀和农事有关的八种神灵。

他的祷辞说：“土地返回它的位置，水流回归它的沟壑，昆虫不要

穆穆」，唱于迎日之拜；「夙兴夜处[5]」，言于祔庙之祝；「多福无疆」，布于少牢之馈；宜社类祃，莫不有文；所以寅虔于神祇，严恭于宗庙也。自春秋已下，黩祀谄[6]祭，祝币史辞，靡神不至。至于张老贺室，致善于歌哭之祷；蒯聩临战，获佑于筋骨之请，虽造次颠沛，必于祝矣。若夫楚辞招魂，可谓祝辞之组丽也。汉之群祀，肃其旨礼，既总硕儒之仪[7]，亦参方士之术。所以秘祝移过，异于成

❺ 夙兴夜处：《仪礼·士虞礼》所载祔辞中的话。❻ 黩（dú）：滥用、亵慢。谄：阿谀奉承。❼ 仪：应作“议”。❽ 东方朔：西汉文人。骂鬼：东汉王延寿在《梦赋序》中说他幼时晚上睡觉看见鬼物，鬼物与他搏斗，“遂得东方朔与臣作骂鬼之书”。❾ 周：周穆王。盛姬：周穆王的妃子。内史：主管册封任命的官员。策：哀策文，赠死者之文。❿ 诔（lěi）：列举死者生前德行的哀悼文，在丧礼中进行宣读。

求，昭然可鉴矣。

盟者，明也。骍旄白马，珠盘玉敦，陈辞乎方明⑫之下，祝告于神明者也。在昔三王，诅盟不及，时有要⑬誓，结言而退。周衰屡盟，以及要契，始之以曹沫，终之以毛遂⑭。及秦昭盟夷，设黄龙

为害作乱，害草都回到水泽。”这就是上古三皇的祝文。

虞舜在春天祭祀田土的祷辞中说：“扛起长长的犁铧，耕种南山田亩，让四海皆获丰收。”为百姓谋利的思想，已表现在言辞里。殷商的商汤，礼贤下士，尊敬贤良，德行威望天天升高。他用黑色的牛告祭上天，把天下百姓的罪过都归于己身，这就是他的祭天祝辞；商汤乘着毫无装饰的马车去祈祷免除旱灾，列举了六种过失责己，这就是求雨的祷祝文辞。

周代的祭官太祝，掌管六种祷祝的祷辞，用“万物齐生”等话来祭天地；用“光明普照”等话在迎接太阳的祭祀礼拜时作诵唱；

以便背诵”，其产生、发展对后代的文学影响很大。

盟是随着社会的发展，氏族、部落、集团、国家之间结盟的出现才产生的，文学价值较小。

本篇以论述祝文为主，

诔首而哀末，颂体而祝仪，太史所作之赞因周之祝文也。

凡群言发华而降神务实，修辞立诚在于无愧。祈祷之式，必诚以敬；祭奠之楷，宜恭且哀，此其大较也。

班固之祀涿山，祈祷之诚敬也；潘岳之祭庾妇[11]，奠祭之恭哀也：举汇而

⑪ 祭庾妇：此指潘岳的《为诸妇祭庾新妇文》，文缺不全。⑫ 牻：赤牛。相传周平王东迁后，赐予随从他东迁有功的七姓诸侯以赤牛为牲的盟礼。白马：《汉书·王陵传》载，汉高祖杀白马而盟。珠盘玉敦：盟誓用于盛血、食的器皿，以珠玉为饰。方明：用六面六色方木，以象征上下四方神明，泛指一切神像。方，六方，上、下、东、南、西、北；明，神明。⑬ 三王：夏、商、周三代帝王。诅盟：誓约。要：约。⑭ 周衰：指东周政权衰落时期。以及要契：指下面所讲的曹沫、毛遂的行为。曹沫：春秋时鲁国人。《史记·刺客列传》载，鲁国与齐国交战，三战皆败，鲁庄公献地求和会盟，曹沫执匕首劫持齐桓公，迫使齐桓公答应归还所占鲁国的全部土地。毛遂：战国时赵国平原君赵胜的门客。《史记·平原君列传》载，秦军围攻赵都城邯郸，平原君带毛遂等二十人到楚国求救，从早晨谈到中午，楚王拖延不决，毛遂按剑上前要挟楚王，楚王被迫答应合纵抗秦。⑮ 秦昭：战国时秦国昭襄王。盟夷：和夷人订立盟约。夷，古代对边疆少数民族的称呼，此指巴郡阆中（今四川阆中）一带夷

然非辞之难，处辞为难。后之君子，宜存殷鉴[20]。

忠信可矣，无恃[21]神焉。

赞曰：

毖祀钦明[22]，祝史惟谈。

立诚在肃，修辞必甘。

季代弥饰，绚言朱蓝[23]。

神之来格[24]，所贵无惭。

用“早起晚睡”等话在祖孙合庙的合祭典礼上作告谕；用“多福无疆”的祷辞，在祭祖献食的祭礼上作宣布。另外，天子出征时祭祀天地和祭祀军队所到的地方之神，没有不用祝文的。这些都用以表示对天神地祇的敬畏虔诚，对宗庙祖先的尊崇恭敬。

也讲了与祝文相近的盟文。

全篇分两个部分：

一、讲祝辞的起源、发展情况及写作的基本特点。

春秋以后，谄媚讨好群神的祭祀多了起来，以至祝祭的史官念祝祷的文辞，无神不祭祀。春秋时代，晋国大夫张老祝贺赵武新建

之诅；汉祖建侯，定山河之誓[15]。然义存则克终，道废则渝始[16]，崇替在人，咒何预焉？若夫臧洪歃辞，气截云蜺；刘琨铁誓，精贯霏霜；而无补于汉晋，反为仇雠[17]。故知信不由衷，盟无益也。

夫盟之大体，必序危机，奖忠孝，共存亡，戮[18]心力，祈幽灵以取鉴，指九天以为正[19]，感激以立诚，切至以敷辞，此其所同也。

人。黄龙之诅：秦昭襄王与夷人所订的盟文。黄龙，难得之物，表示秦人绝不侵犯夷人。汉祖：汉高祖刘邦。建侯：分封诸侯。山河之誓：汉高祖刘邦的《封爵誓》。⑯克：能。渝始：违背最初的盟誓。⑰臧洪歃辞，气截云蜺：臧洪，东汉末人。蜺，虹的一种。无补：没有帮助。反为仇雠（chóu）：臧洪被同时起来讨伐董卓的人所杀，刘琨被段匹磾所杀。雠，同“仇”。⑱戮：并立、合力。⑲指九天以为正：《离骚》：“指九天以为正兮。”九天：九方之天，此处泛指天。⑳殷鉴：借鉴，殷人以夏的灭亡为镜子，泛指借鉴历史经验。㉑恃：依靠。㉒毖：谨慎。钦明：此借以泛指祝盟者应有的德行。㉓季代：末世，动乱衰败之世，指魏晋时期。绚：文采华丽。朱蓝：红色、蓝色。㉔格：感召。

宫室落成，有祝他长久居住于此的祷辞。卫国的太子蒯聩在临战时，还做了祷告，请求祖先保佑自己不要断筋折骨。可见，虽处仓促或困难之中，也须祭祀祝祷。

至于《楚辞》的《招魂》，可说是祝辞里最早讲究文采的作品。

汉代的各种祭祀，对礼节都十分重视。汉武帝一方面总括了大儒们的建议，一方面掺杂了方士们的方术。所以秘祝官遇到灾变就可以把罪过推到下面，和商汤在祝辞中把罪过归于自己的心意完全不同；其用十岁至十二岁的善童打鼓驱除疾疫，同越巫骗人的做法相同。

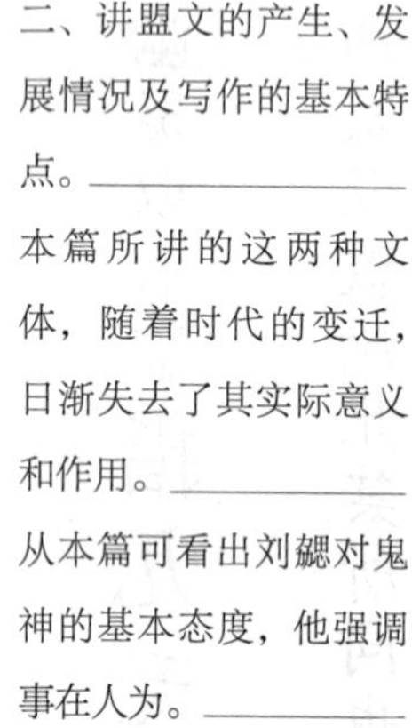
二、讲盟文的产生、发展情况及写作的基本特点。

本篇所讲的这两种文体，随着时代的变迁，日渐失去了其实际意义和作用。

从本篇可看出刘勰对鬼神的基本态度，他强调事在人为。

这些都说明祝辞这种文体渐渐变质。又因为有了黄帝的祝邪之文、东方朔的骂鬼之书，后世谴责邪鬼的咒辞，都仿效它们，极力追求咒骂。唯陈思王曹植的《诰咎文》，是正确的咒辞。

至于《礼记》上记载的祭祝之礼用的祝辞，其内容只是祈告祖先，希望他们来享受祭品；汉魏时代的祭文，还要同时赞美被祭祀人的言行。祭文中兼用赞、颂，是从古代祝辞中引申来的。

汉代皇帝的陵墓里流传下哀策这种文体。周穆王的爱妃盛姬死后，《穆天子传》里有“内史官主持写作哀策文章”的记载。策本来是为了书写赠送给死者的礼品，是为了表达哀悼的思想感情而写作的一种文体。它的内容和诔有些相同,这种哀文主要是上告神明的，它从赞扬死者的事迹开始，以对死者的哀悼结束，内容上具有颂这种文体的特点，却以祝这种文体的形式来表达，所以汉代的太祝令在祭祀时所读的哀策，是周代祝文的发展。

各种文章都表现出华丽文采，请神降临用的祝辞则要求朴实，祝辞的写作要虔诚，要无愧于内心。

祈祷的文辞的体式，须诚恳、肃敬；祭奠文的体式，应当恭敬哀痛。这就是祝这类文体写作的大概要求。

班固的《涿邪山祝文》，就表现了祈祷的诚恳和肃敬；潘岳的《为诸妇祭庾新妇文》，就表现了奠祭的恭敬和哀痛。

列举汇集这类作品加以研究，特点是显而易见的。

“盟”的意思就是明。用赤色的牛或白色的马作祭品，盛放在装饰着玉石的器皿中，在神像下陈述的言辞，在神明面前祷告的话语，就是“盟”。

夏禹、商汤、周武王，这三王的时代，众望所归、大家相互信任，所以不需要发誓立盟。如果有什么事需约誓，约定后就分开。

东周衰落之后，立盟约的事就经常进行了，还出现了强迫要挟和劫持订盟的情况。开始有鲁国的曹沫要挟齐桓公订下了齐鲁之盟，后来赵国的毛遂劫持楚王迫使其订下了合纵之约。

到了秦昭王时，与巴蜀的少数民族订盟为誓，用珍贵的黄龙表示不侵犯夷人；汉高祖得天下分封诸侯王时，用山河不变之意冀望诸侯保持长久。

然而，只有坚持道义，盟约才能坚持到底，道义不存，就会改变起初的盟誓。事情的兴废完全决定于人，赌咒结盟能起什么作用呢？

汉末臧洪在讨伐董卓时的歃血盟辞，慷慨激昂；西晋末年刘琨的《与段匹磾盟文》，也写得十分坚定。

这些盟誓，对挽救东汉、西晋的社稷并没有什么补益，盟誓者反成仇人。所以我们知道彼此不是由衷的信任，盟誓也就毫无用处。

盟这种文体的主要特点是，必须叙述当前形势的危机，奖励忠孝节义的品行，约定共生共死，要求同心协力，祈求幽鬼神灵监视，指着上天作证，用感情激动的言辞立下忠诚的意念，用恳切的语言敷陈盟誓的文辞。这些就是盟文的共同点。

困难的并不是写作盟誓之辞，实行盟誓之辞才是最困难的事。

殷鉴不远，后世的君子应当把过去盟誓的教训保存下来作为借鉴，讲究诚信即可，不要依赖神灵！

总结：

慎重祭祀四方的神明，祝官太史专管祈祷的祝辞。

建立诚意在于恭敬严肃，修饰文辞必须写得和美。

乱世的祝辞越来越修饰，祝辞就要写得绚丽多彩。

神灵被感召降临人间，以诚心实意无所惭愧为贵。

卷三

發前至勤銘岷漢得其宜矣箴者所以攻疾防患喻箴石也斯文興盛於三代夏商二箴餘句頗存及周之辛甲百官箴一篇體義備焉迄至春秋微而未絶故魏絳諷君於后羿楚子訓民於在勤戰伐已來棄德務功銘辭代興箴文委絶至楊雄稽古始範虞箴卿尹州牧廿五篇及崔胡補綴總稱百官指事配位鞶鑑可徵信所謂追清風於前古攀辛甲於後代者也至於潘勗符節要而失淺溫嶠傳臣博而患繁王濟國子引廣事潘尼乘輿義正體蕪凡斯繼作鮮有克衷至於王朗雜箴乃寘巾履得其戒慎而失其所

之錫靈公有蒿里之謚銘發幽石吁可怪矣趙靈勒跡於番禺秦昭刻傳於華山夸誕示後吁可笑也詳觀衆例銘義見矣至於始皇勒岳政暴而文澤亦有疎通之美焉若班固燕然之勒張昶華陰之碣序亦盛矣蔡邕銘思獨冠古今僑公之箴吐納典謨朱穆之鼎全成碑文溺所長也至如敬通雜器準矱戒銘而事非其物繁畧違中崔駰品物讚多戒少李尤積篇義儉辭碎著龜神物而居博弈之中衡斛嘉量而在臼杵之末曾名品之未暇何事理之能閑哉魏文九寶器利辭鈍唯張采劒閣其才清采迅足駸駸後

周世盛德有銘誄之文大夫之材臨喪能誄誄者累也累其德行旌之不朽也夏商已前其詳靡聞周雖有誄未被於士又賤不誄貴幼不誄長在萬乘則稱天以誄之讀誄定謚其節文大矣自魯莊戰乘丘始及於士逮尼父卒哀公作誄觀其憖遺之切嗚呼之歎雖非叡作古式存焉至柳妻之誄惠子則辭哀而韻長矣暨乎漢世承流而作楊雄之誄元后文實煩穢沙麓撮其要而摯疑成篇安有累德述尊而闊畧四句乎杜篤之誄有譽前代吳誄雖工而他篇頗踈豈以見稱光武而改盻千金哉傅毅所制文體倫序

施觀其約文舉要憲章戒銘而水火井竈繁辭不已志有偏也夫箴誦於官銘題於器名目雖異而警戒實同箴全禦過故文資確切銘兼褒讚故體貴弘潤其取事也必覈以辨其摛文也必簡而深此其大要也然矢言之道蓋闕庸器之制久淪所以箴銘異用罕施代惟秉文君子宜酌其遠大焉

贊曰

銘實表器箴惟德軌有佩于言無鑒于水秉茲貞厲敬言乎履義典則弘文約爲美

誄碑第十二

可像此其旨也碑者埤也上古帝皇始號封禪樹石埤岳故曰碑也周穆紀跡于弇山之石亦石碑之意也又宗廟有碑樹之兩楹事正麗牲未勒勳績而庸器漸闕故後代用碑以石代金同乎不朽自廟徂墳猶封墓也自後漢以來碑碣雲起才鋒所斷莫高蔡邕觀楊賜之碑骨鯁訓典陳郭二文句無擇言周乎衆碑莫非清允其敘事也該而要其綴采也雅而澤清詞轉而不窮巧義出而卓立察其爲才自然而至孔融所創有慕伯喈張陳兩文辨給足采亦其亞也及孫綽爲文志在碑誄溫王郤庾辭多枝雜桓彝一

孝山崔瑗辨絜相參觀序如傳辭靡律調固誄之才也潘岳構意專師孝山巧於序悲易入新切所以隔代相望能徵厥聲者也至如崔駰誄趙劉陶誄黃並得憲章工在簡要陳思叨名而體實繁緩文皇誄末旨言自陳其乖甚矣若夫殷臣誄湯追褒玄鳥之祚周史歌文上闡后稷之烈誄述祖宗蓋詩人之則也至於序述哀情則觸類而長傅毅之誄北海云白日幽光雰霧杳冥始序致感遂爲後式景而效者彌取於功矣詳夫誄之爲制蓋選言録行傳體而頌文榮始而哀終論其人也曖乎若可覿道其哀也悽焉如

以辭遣哀蓋下淚之悼故不在黃髮必施夭昏昔三
良殉秦百夫莫贖事均夭橫黃鳥賦哀抑亦詩人之
哀辭乎暨漢武封禪而霍■暴亡帝傷而作詩亦哀
辭之類矣及後漢汝陽王亡崔瑗哀辭始變前戒然
履突鬼門怪而不辭駕龍乘雲仙而不哀又卒章五
言頗似歌謠亦彷彿乎漢武也至於蘇慎張升並述
哀文雖發其情華而未極心實建安哀辭惟偉長差
善行女篇一時有惻怛及潘岳繼作實踵其美觀其
慮善辭變情洞悲苦叙事如傳結言摹詩促節四言
鮮有緩句故能義直而文婉體舊而趣新金鹿澤蘭

篇最爲辨裁夫屬碑之體資乎史才其序則傳其文則銘標序盛德必見清風之華昭紀鴻懿必見峻偉之烈此碑之制也夫碑實銘器銘實碑文因器立名事光於誄是以勒石讚勳者入銘之域樹碑述已者同誄之區焉

贊曰

寫實追虛碑誄以立銘德慕行文采允集觀風似面聽辭如泣石墨鐫華頹影豈忒

哀弔第十三

賦憲之謚短折曰哀哀者依也悲實依心故曰哀也

之並名爲弔自賈誼浮湘發憤弔屈體同而事覈辭清而理哀蓋首出之作也及相如之弔二世全爲賦體桓譚以爲其言惻愴讀者歎息及平章要切斷而能悲也楊雄弔屈思積切寡意深文畧故辭韻沉膇班彪蔡邕並敏於致語然影附賈氏難爲並驅耳胡阮之弔夷齊褒而無聞仲宣所制譏呵實工然則胡阮嘉其清王子傷其隘各志也禰衡之弔平子縟麗而輕清陸機之弔魏武序巧而文繁降斯以下未有可稱者矣夫弔雖古義而華辭未造華過韻緩則化而爲賦固宜正義以繩理昭德而塞違割析襃貶哀

莫之或繼也原夫哀辭大體情主於痛傷而辭窮乎愛惜幼未成德故譽止於察惠弱不勝務故悼加乎膚色隱心而結文則事愜觀文而屬心則體奢奢體爲辭則雖麗不哀必使情往會悲文來引泣乃其貴耳弔者至也詩云神之弔矣言神至也君子令終定謚事極理哀故賓之慰主以至到爲言也壓溺乖道所以不弔又宋水鄭火行人奉辭國災民亡故同弔也及晉築虒臺齊襲燕城使蘇秦翻賀爲弔虐民搆敵亦亡之道凡斯之例弔之所設也或驕貴而殞身狷忿以乖道或有志而無時或美才而兼累追而慰

語肇爲連珠其辭雖小而明潤矣凡此三者文章之枝派暇豫之末造也自對問以後東方朔效而廣之名爲客難託古慰志疎而有辨揚雄解嘲雜以諧謔迴環自釋頗亦爲工班固賓戲含懿采之華崔駰達旨吐典言之裁張衡應問密而兼雅崔寔客譏整而微質蔡邕釋誨體奧而文炳景純客傲情見而采蔚雖迭相祖述然屬篇之高者也至於陳思客問辭高而理疎庾凱客咨意榮而文粹斯類甚衆無所取裁矣原茲文之設迺發憤以表志身挫憑乎道勝時屯寄於情泰莫不淵岳其心麟鳳其采此立本之大要

而有正則無奪倫矣

贊曰

辭定所表在彼弱弄苗而不秀自古斯慟雖有通才迷方告控千載可傷寓言以送

雜文第十四

智術之子博雅之人藻溢於辭辭盈乎氣苑囿文情故日新殊致宋玉含才頗亦負俗始造對問以申其志放懷寥廓氣實使之及枚乘摛艷首製七發腴辭雲構本麗風駭蓋七竅所發發乎嗜欲始邪末正所以戒膏粱之子也楊雄覃思文闊業深綜述碎文璅

實卓爾矣自連珠以下擬者間出杜篤賈逵之曹劉珍潘勗之輩欲穿明珠多貫魚目可謂壽陵匍匐非復邯鄲之步里配捧心不關西施之嚬矣唯士衡運思理新文敏而裁章置句廣於舊篇豈慕珠仲四寸之璫乎夫文小易周思閑可贍足使義明而辭淨事圓而音澤磊磊自轉可稱珠耳詳夫漢來雜文名號多品或典誥誓問或覽畧篇章或曲操弄引或吟諷謠詠總括其名並歸雜文之區甄別其義各入討論之域類聚有貫故不曲述

贊曰

也自七發以下作者繼踵觀枚氏首唱信獨拔而偉麗矣及傅毅七激會清要之工崔駰七依入博雅之巧張衡七辨結采綿靡崔瑗七厲植義純正陳思七啓取美於宏壯仲宣七釋致辨於事理自桓麟七說以下左思七諷以上枝附影從十有餘家或文麗而義睽或理粹而辭駁觀其大抵所歸莫不高談宮館壯語畋獵窮瑰奇之服饌極蠱媚之聲色甘意搖骨體艷詞洞魂識雖始之以淫侈而終之以居正然諷以勸百勢不自反子雲所謂先騁鄭衛之聲曲終而奏雅者也唯七厲叙賢歸以儒道雖文非拔羣而意

之諷漆城優旃之諫葬馬並譎辭飾說抑止昬暴是以子長編史列傳滑稽以其辭雖傾回意歸義正也但本體不雜其流易弊於是東方枚皋餔糟啜醨無所匡正而詆嫚媟弄故其自稱為賦迺亦俳也見視如倡亦有悔矣至魏大因俳說以著笑書薛綜憑宴會而發嘲調雖抃推席而無益時用矣然而懿文之士未免枉轡潘岳醜婦之屬束晳賣餅之類尤相效之蓋以百數魏晉滑稽盛相驅扇遂乃應瑒之鼻方於盜削卵張華之形比乎握舂杵曾是莠言有虧德音豈非溺者之妄笑胥靡之狂歌歟讔者隱也遯辭

偉矣前脩學堅多飽負文餘力飛靡弄巧枝辭攢映嘒若參昴慕嚬之心於焉祇攪

諧讔第十五

芮良夫之詩云自有肺腸俾民卒狂夫心險如山口壅若川怨怒之情不一歡謔之言無方昔華元棄甲城者發睅目之謳臧紇喪師國人造侏儒之歌並嗤戲形貌內怨爲俳也又蠶解鄙諺貍首淫哇苟可箴戒載于禮典故知諧辭讔言亦無棄矣諧之言皆也辭淺會俗皆悅笑也昔齊宣酣樂而淳于說于酒楚襄讌集而宋玉賦好色意在微諷有足觀者及優孟

衒辭義欲婉而正辭欲隱而顯荀卿蠶賦已兆其體至魏文陳思約而密之高貴鄉公博舉品物雖有小巧用乖遠大夫觀古之爲隱理周要務豈爲童稚之戲謔搏髀而抃笑哉然文辭之有諧讔譬九流之有小說蓋稗官所采以廣視聽若效而不已則髡袒而入室旃孟之石交乎

贊曰

管

古之嘲隱振危釋憊雖有絲麻無棄菅蒯會義適時頗益諷誡空戲滑稽德音大壞

以隱意譎譬以指事也昔還楊求極於楚師喻眢井而稱麥麴叔儀乞糧於魯人歌佩玉而呼庚癸伍舉刺荊王以大鳥齊客譏薛公以海魚莊姬託辭於龍尾臧文謬書於羊裘隱語之用被于紀傳大者興治濟身其次弼違曉惑蓋意生於權譎而事出於機急與夫諧辭可相表裏者也漢世隱書十有八篇歆固編文録之歌末昔楚莊齊威性好隱語至東方曼倩尤巧辭述但謬辭詆戲無益規補自魏以代巳來頗非俳優而君子隱化爲謎語謎也者廻牙其辭使昏迷也或體目文字或圖象品物纖巧以弄忠淺察以

文心雕龍卷第三

故铭者名也，观器必也正名，审用贵乎盛德。

盖臧武仲之论铭也，曰：「天子令德，诸侯计功，大夫称伐[2]。」夏铸九牧之金鼎，周勒肃慎之楛[3]矢，令德之事也；吕望铭功于昆吾，仲山镂绩于庸器[4]，计功之义也；魏颗纪勋于景钟，孔悝表勤于卫鼎，称伐之类也。

若乃飞廉有石椁之锡，灵公有蒿里之谥，铭发幽

|译文| 相传轩辕黄帝在车厢、几案刻下铭文，用以警惕自己不出错；夏禹在乐器架上刻铭文，提醒自己听取他人的意见；商汤在盘子上刻下“日日新，又日新”的规劝语；周武王的《户铭》和《席四端铭》写了必须警诫的训言；周公把说话要谨慎的告诫刻在金人的背上；孔子看到了欹器，脸色大变。

可见，古圣先贤重视诫语的作用，由来已久。

延伸阅读 《铭箴》的铭、箴，皆是文体的名称，它们共同的特点是具有警诫作用。

铭有两种：一是纪念功德，一是当作警诫。

铭箴第十一

昔帝轩刻舆几以弼违；大禹勒筍簴而招谏；成汤盘盂著日新之规；武王户席题必戒之训；周公慎言于金人；仲尼革容于欹器①；则先圣鉴戒，其来久矣。

□ 注释

❶ 筍簴：悬挂钟、磬的架子，横木为筍，竖木为簴。武王：周武王。《户》《席》：《户铭》《席四端铭》，皆后人伪托。革容：脸色因激动而变化。欹（qī）器：古代贵族宗庙中的一种巧器。空时重心在上，故倾斜；半满时，重心在下，故位正；水满时重心又在上，易倾覆。❷ 臧武仲：春秋时鲁国的大夫，他的论铭见《左传·襄公十九年》。令德：称颂美德。令，美。计功：计数功绩。称伐：铭其征伐之劳。❸ 勒：刻。肃慎：古国名，大概在今黑龙江省东南。楛：茎可做箭杆的树木。❹ 仲山：仲山甫，周宣王时的卿士。镂：雕刻。庸器：记功的铜器。

鼎，全成碑文，溺所长也。至如敬通杂器[7]，准矱武铭，而事非其物，繁略违中。崔骃品[8]物，赞多戒少；李尤积篇，义俭辞碎。蓍龟神物，而居博弈之中；衡斛嘉量，而在臼杵之末。曾名品之未暇，何事理之能闲哉！魏文九宝[9]，器利辞钝。唯张载剑阁，其才清采，

"铭"就是名称的意思，观看器物必须端正它的名称。正定它的名称，申明它的警诫作用，贵在谨慎德行。

春秋鲁国的大夫臧武仲论铭："天子作铭是为了赞扬他们盛大的美德，诸侯作铭是为了计数他们的功勋，大夫作铭是为了称颂自己的劳绩。"

夏禹把九州贡献的铜铸造成金鼎，周武王在肃慎氏上贡的楛箭上

箴，完全以警诫为主。——从古籍记载、地下发掘的文物看，铭、箴是我国古代两种较早的韵文。刘勰在考察这两种文体

石，吁可怪矣！

赵灵勒迹于番吾，秦昭刻博于华山。

夸诞示后，吁可笑也！

详观众例，铭义见矣。

至于始皇勒岳，政暴而文泽，亦有疏通之美焉。

若班固燕然之勒，张昶华阴之碣，序亦盛⑤矣。

蔡邕铭思，独冠古今。桥公之钺，吐纳典谟⑥；朱穆之

❺燕然：《封燕然山铭》，班固歌颂东汉窦宪北征功绩的铭文。序亦盛：此指《封燕然山铭》和《西岳华山堂阙碑铭》都有很长的序。❻吐纳典谟：写作仿效《尚书》。吐纳，此指写作；典谟，此指《尚书》，其中有《尧典》《皋陶谟》等。❼敬通：冯衍的字，东汉初年作家。杂器：此指他的《刀阳铭》《刀阴铭》《杖铭》等。❽崔骃（yīn）：东汉作家。品：评量。❾魏文：魏文帝曹丕。九宝：曹丕《典论·剑铭》中谈到九种宝器，三把剑、三把刀、两把匕首和一把露陌刀，此处借指《剑铭》。

战代已来，弃德务功，铭辞代兴，箴文委绝。至扬雄稽古，始范[13]虞箴，作卿尹州牧二十五篇。及崔胡[14]补缀，总称百官。指事配位，鞶鉴可征，信[15]所谓追清风于前古，攀辛甲于后代者也。至于潘勖符节，要而失浅；温峤侍臣，博而患繁；王济国子，引多而事寡；潘尼乘舆，义正而体芜：凡斯继作，鲜有克衷[16]。

刻字，这就属于天子颂扬美德的事情；吕望把功勋铭刻在冶匠昆吾铸造的金版上，仲山甫把他的大功刻在缴获的器物上，这就属于诸侯计数他们的功勋；晋国的将领魏颗的功勋被记刻在晋景公的钟上，卫国的大夫孔悝的勋绩被铭表在卫鼎上，这就属于

的起源时列举的许多作品是后代伪托之作，但他推断这两种文体“盛

迅足骎骎[10]，后发前至，勒铭岷汉，得其宜矣。

箴者，针也，所以攻疾防患，喻针石也。

斯文之兴，盛于三代。

夏商二箴，余句颇存。

及周之辛甲，百官箴阙，唯虞箴[11]，一篇体义备焉。

迄至春秋，微而未绝。故魏绛讽君于后羿，楚子[12]训民于在勤。

⑩ 骎（qīn）骎：马快跑的样子，借喻张载的文才。⑪辛甲：原是商臣，后为周文王大史。阙：同“缺”，过错、缺点。《虞箴》:《虞人之箴》。⑫楚子：楚庄王，春秋五霸之一。他训民的事见《左传·宣公十二年》。⑬范：模范，此处用为动词，指模仿、学习。⑭崔：此指崔骃、崔瑗父子。胡：胡广。皆东汉时期的文学家。⑮信：疑“可”之误。⑯衷：中，恰到好处。

赞曰：

铭实器表，箴惟德轨。

有佩于言，无鉴于水。

秉兹贞厉，敬言乎履[19]。

义典则弘，文约为美。

大夫称颂自己劳绩一类的铭文。至于飞廉得到天赐的刻有铭文的石棺，卫灵公夺得坟地，得到阴间加封的谥号，他们的铭文从埋

至于王朗杂箴，乃置巾履，得其戒慎，而失其所施；观其约文举要，宪章武铭，而水火井灶，繁辞不已，志有偏也。

夫箴诵于官，铭题于器，名目虽异，而警戒实同。箴全御过，故文资确切；铭兼褒赞，故体贵弘润。其取事也必核以辨[17]，其摛文也必简而深，此其大要也。

然矢言之道盖阙，庸器之制久沦，所以箴铭异[18]用，罕施后代，惟秉文君子，宜酌其远大焉。

⑰核：核实。辨：明。⑱异：应作“寡”。⑲敬言乎履：应作“警乎言履”。言：说话。履：践，行。

藏深幽的地下发掘出来，唉，真奇怪！

战国赵武灵王在番吾山上刻上自己的游踪，秦昭王在华山上刻画棋局。用荒诞夸张的刻石给后代人看，唉，实在可笑！详细观察了众多的例子，铭的意义就知晓了。

秦始皇在山上刻了赞颂秦功德的铭文，他的统治虽暴虐，这些铭文文辞也颇有光泽，通达事理。

到了汉代，班固的《封燕然山铭》，张昶的《西岳华山堂阙碑铭》，内容很丰富了。

蔡邕的铭文，独冠古今。他赞扬桥玄的《黄钺铭》，行文仿效《尚书》；他为朱穆作的《鼎铭》，写成散体的碑文，是他擅长写碑文而陷进去了。

于三代”是正确的。汉魏之后，以石代金，碑文渐盛，这两种文体便逐渐衰没。本篇反映了这两种文体从盛行到衰落这一过程的基本面貌。全篇分三个部分：一、论铭的意义、起源和发展情况。二、述箴的意义、起源和发展情况。三、说明铭、箴二体的异同及写作的基本特点。

至于像冯衍写的各种器物的铭文，虽模仿周武王的铭文，所说的内容和器物却不相符，详略也不恰当。

崔骃作的铭品评各种器物，多赞美而少劝诫；李尤作的铭很多，但意义浅薄、文辞琐碎。

《蓍龟铭》说的是占卜吉凶的神灵之物，李尤却把它置于讲戏玩的《围棋铭》的下面;《权衡斗铭》谈的是衡量器物的事，却被放在杵臼的《臼杵铭》的后边。

对器物名称品第都没考虑好，怎么能熟悉事物的道理呢？

魏文帝曹丕的《剑铭》铭刻在九件宝器上，宝剑宝刀虽锋利，可惜文辞平钝。唯有张载的《剑阁铭》，文采清丽，似骏马奔腾，后来居上，晋武帝司马炎诏令把他的铭文刻在岷山、汉水之间的剑阁山上，可以说是得当的。

箴，就是针的意思，用它来针砭过失、防止后患，用治防疾病的石针作比喻。

这种文体，盛行于夏、商、周三代。夏、商两代的箴文还保存着少数残句。周的大史辛甲，他的百官箴散失了，只存有《虞人之箴》一篇，文体格式和针砭意义已完备。

到了春秋时代，这种文体衰微下去，但仍没断绝。所以魏绛还用《虞人之箴》里后羿失国的事讽劝晋君，楚庄王还用“民生在勤”的话训教民众。

战国以来，各国都抛弃先王的德政，力求有功，铭文取代箴文而兴起，箴文便枯萎断绝了。

直到西汉末年的扬雄稽考古文，模仿《虞人之箴》，作了卿尹、州牧等二十五篇箴文。

东汉的崔骃、崔瑗、胡广加以补充，连同扬雄的箴文，总称《百官箴》。

这些箴文根据各种官位，指出他们所应警诫的事情，镜子一样，可以借鉴，确实是追求上古的好风气，是仰慕辛甲的做法。

东汉末年潘勖的《符节箴》，扼要而失于肤浅；东晋温峤的《侍臣箴》，广博而失之于烦琐；西晋王济的《国子箴》，文多事少；西晋潘尼的《乘舆箴》，义理正确，但文体芜杂。

所有这些继续的创作，少有能写得恰到好处的。东汉末王朗的《杂箴》，把头巾、鞋子也写进去，虽能得到它的警诫谨慎起来，但是写的方法却不恰当；虽然它文辞简约，意义扼要，效仿了周武王的铭文，但内容里谈到“水火井灶”一类的箴文，文辞繁杂，把写箴文的目的意义弄偏了。

箴，是官用来诵读讽谏君主的，铭，是题刻在器物上的，它们的名称虽不同，但在劝诫上是一样的。

箴完全用来制止过失，故文辞要准确切实；铭兼有褒扬和赞颂的作用，故文体以宏大温润为贵。

写作铭、箴，引用事例一定要辨明、核实，作文一定要深刻、简练，这是大方面的要求。

然因说直话的风气已丧失，器物上刻写铭文记功的制度久已沦亡，箴、铭这两种文体很少用了，也就很少施行于后代。

虽如此，掌握文辞的作者也应当斟酌吸取它们深远、宏大的特点。

总结：

铭是铭刻器物上的警言赞词，箴只是道德的标准规范。

对这些警言应铭记在心上，不要在水里只照见自己。

拿起这些纯正勉励的话语，来警诫自己的语言和行为。

道理合乎常情，文章才有分量服人，文辞简练才优美。

周虽有诔，未被于士[5]。又贱不诔贵，幼不诔长，其在万乘[6]，则称天以诔之。读诔定谥，其节文[7]大矣。

自鲁庄战乘丘，始及于士；逮尼父之卒，哀公作诔，观其憖遗之切，呜呼之叹，虽非睿作，古式存焉。至柳妻之诔惠子，则辞哀而韵长矣。

暨乎汉世，承流而作。

|译文|周代崇尚德行功业，产生了铭和诔这两种文体。士大夫的才能之一，就是遇丧事能作出诔文。

诔，就是积累，累计死者生前的德行，加以表彰，使其不朽。

夏、商以前的诔文，没有流传下来，文辞也没听见过。周代虽有诔文，但并不用在士大夫身上，而且规定低贱的人不能给贵族作

延伸阅读《诔碑》论诔、碑这两种文体。

诔文，是临丧列举死者德行的文章。

碑，是石碑，碑文就是刻在石碑上的文章，主

诔碑第十二

周世盛德，有铭诔①之文。大夫之材，临丧能诔②。诔者，累也，累其德行，旌③之不朽也。夏商已前，其词靡④闻。

□注释

❶诔：哀悼死者的一种文体，主要列举死者的德行。❷大夫之材，临丧能诔：丧事中能作诔文，是大夫的九种才能之一。材，应作“才”。❸旌：表扬。❹靡：无，没有。❺被：及。士：指身份低于卿、大夫而高于庶民的社会阶层。❻贱不诔贵，幼不诔长：一种严格的等级规则，见于《礼记·曾子问》。诔，作动词用。万乘：有兵车万辆的帝王。乘，兵车。❼谥：封建社会给帝王或有地位的人死后所加的称号。节文：此指礼的仪式。

徵厥声者也。

至如崔骃诔赵[11]，刘陶诔黄，并得宪章，工在简要。

陈思叨名，而体实繁缓。文皇诔末，百言自陈，其乖甚矣。

若夫殷臣咏汤，追褒玄鸟之祚[12]；周史歌文，上阐后稷之烈：

诔述祖宗，盖诗人之则也。

至于序述哀情，则触类而长。

傅毅之诔北海，云『白日幽光，雰雾杳冥』。

诔文，小辈的人不能给长辈作诔文。天子死了，只能说是上天诔。

宣读诔文，确定谥号，礼节上是很重要的。

自从乘丘之战卜国和悬贲父英勇战死，鲁庄公作诔表彰他们，人们才开始对士人作诔。

要指刻在石碑上记载、歌颂死者功德的文章。它和诔、铭二体有一定扬雄之诔元后，文实烦秽，沙麓撮其要，而挚疑成篇⑧，安有累德述尊而阔略四句乎？杜笃⑨之诔，有誉前代。吴诔虽工，而他篇颇疏，岂以见称光武，而改盼千金哉！

傅毅所制，文体伦序；孝山、崔瑗⑩，辨洁相参：观其序事如传，辞靡律调，固诔之才也。

潘岳构意，专师孝山，巧于序悲，易入新切，所以隔代相望，能

⑧挚：挚虞，西晋文学评论家。疑成篇：怀疑《元后诔》所引四句是全文。⑨杜笃：东汉初期文学家。⑩孝山：苏顺，字孝山，东汉文人。崔瑗：东汉文人。⑪诔赵：崔骃给姓赵者所作的诔文。⑫玄鸟：燕子。《诗经·商颂》有《玄鸟篇》，是歌颂商朝祖先的一首诗，开头为“天命玄鸟，降而生商”。祚（zuò）：福。

而庸器[17]渐缺，故后代用碑，以石代金，同乎不朽，自庙徂坟，犹封墓也。

自后汉以来，碑碣云起。才锋所断，莫高蔡邕[18]。观杨赐之碑，骨鲠训典；陈郭二文，词无择言；周胡众碑，莫非清允。其叙事也该而要，其缀采也雅而泽；清词转而不穷，巧义出而卓立；察其为才，自然而至矣。

孔子死后，鲁哀公亲自为他作诔文，有“上天不愿遗留下这样一个老人”的哀切文辞，“呜呼哀哉”的叹息，虽不是高明的作品，但古代诔文的格式却由此保存下来。

到柳下惠的妻子为柳下惠作诔文，就文辞悲切而韵语深长了。

的关系，一些刻在石上记载、歌颂死者的铭文就是碑文。______

全篇分三个部分：______

始序致感，遂为后式，景而效者，弥取于工矣。

详夫诔之为制，盖选言录行，传体而颂文，荣[13]始而哀终。

论其人也，暧乎若可觌，道[14]其哀也，凄焉如可伤。

此其旨也。

碑者，埤也。上古帝皇，纪号封禅，树石埤岳，故曰碑也。

周穆纪迹于弇山[15]之石，亦古碑之意也。

又宗庙有碑，树之两楹[16]，事止丽牲，未勒勋绩。

⑬制：法度。传：纪传，文体的名称。荣：死者生前的光荣功德。⑭暧：应是“僾”字。僾：隐约、不很明显。觌（dí）：看见。道：应作“述”。⑮周穆：周穆王。《穆天子传》说周穆王在弇山刻石记功。弇山：古神话中日落之处。⑯楹（yíng）：堂前立的直柱。⑰庸器：铭刻功绩用的铜器。⑱蔡邕：东汉末著名的文学家。

赞曰：

写实追虚，碑诔以立。铭德慕行，文采[23]允集。

观风似面，听辞如泣。石墨镌[24]华，颓影岂戢。

一、论诔的定义、源流、发展情况，侧重体制源

汉代继承了以前的趋势写诔。

扬雄的《元后诔》，内容实在是繁多杂乱，“沙麓之灵”几句只是摘要，挚虞的《文章流别论》怀疑它是《元后诔》的全篇。哪有累列德行、叙述尊荣仅有四句的？

孔融[19]所创，有慕伯喈，张陈两文，辨给足采，亦其亚也。及孙绰为文，志在碑诔，温王郗庾，辞多枝杂，桓彝一篇，最为辨裁矣。

夫属[20]碑之体，资乎史才，其序则传，其文则铭。标序盛德，必见清风之华；昭纪鸿懿[21]，必见峻伟之烈：此碑之制[22]也。

夫碑实铭器，铭实碑文，因器立名，事先于诔。是以勒石赞勋者，入铭之域；树碑述亡者，同诔之区焉。

❶⑲孔融：字文举，东汉末期文学家。⑳属：连缀，引申为写作。㉑懿：美好。㉒制：应作"致"。致：极，此指作碑文的最高标准。

㉓铭德慕行：另本作"铭德纂行"。文采：应作"光彩"，指亡者生前的德行。

㉔镌：刻。

杜笃作的诔文，在前代有很高的声誉。他作的《吴汉诔》虽精巧，但其他的诔文却多粗疏。

难道因为他的《吴汉诔》受过光武帝的称赞，就对这些粗疏的诔文改变看法，都珍贵如千金了吗？

傅毅作的诔，符合诔文的体制、次序；苏顺、崔瑗作的诔，内容明辨，与文辞的简约互相参照。看他们叙事如传记，文辞靡丽、声律协调，确实是作诔文之才。

潘岳作诔文，构思专门学习苏顺，很会叙述悲哀的感情，达到了新颖贴切的意境，所以他和东汉的苏顺隔代并称，得到美好的声誉。

至如崔骃的《诔赵文》，刘陶的《诔黄文》，得到了后人的效法，它们的好处在于简明扼要。

流、形式技巧的发展、作家作品方面的得失。

二、论诔写作的基本特点，要求生动地刻画死者的形象，文辞具有艺术感染力。

三、记述碑的定义、产生、发展情况及写作要求。

作为应用文，诔文、碑文和文学艺术的关系不大，但它们要记叙、赞颂死者的德行功绩，和传记文学有一定关系。

按照刘勰的要求，使所写的人能如见其面，闻辞而悲，这就涉及人物描写的艺术要求，有些意见对传记文学、颂诗的写作，有一定的参考价值。

陈思王曹植虚得名气，他的诔文文辞烦冗而文气迂缓，他在《文帝诔》的结尾，有百余言完全是自我表白的陈述，这就远离了作诔文的意义和要求。

殷代的臣民咏颂商汤，在《玄鸟》诗中追述上天的福瑞；周代的史官歌颂文王，在《生民》诗中追述先代后稷的勋烈。作诔叙述祖宗的功德，这是诗人的写法。

叙述哀情，要以相关的事物抒发。傅毅作《北海静王兴诔》说：“太阳的光被遮住，大雨使得天昏地暗”，在序中表达感情，它成了后代写诔文的样式，仰慕效法傅毅的，就越写越好了。

详细考察诔文的体制，它的特点是选择死者的言论，记下死者的行事，体裁似纪传，文辞像颂文。它以叙述死者光荣的过去开始，以抒发哀痛的感情结束。谈到死者的为人，仿佛能够与之相见；讲到对他的哀痛，凄凄切切使人悲伤。这就是写作诔文的要求。

碑，就是增益。上古帝王记下告天地的话，进行告天地的典礼，要竖立一块石碑以增加山岳，叫作碑。

周穆王巡游的时候，把功绩铭刻在弇山石上，即古代立碑的意思。古代宗庙中也有碑，它们竖立在宗庙堂前的东西两柱间，作祭祀前拴牲畜之用，不在上面刻功勋。

后来铭刻功绩的金属器物渐渐缺少，后代用碑代替。

用石碑替代金属器物，同样可使功绩永垂不朽。之后，碑又从宗庙里移到了坟墓上，在坟前立碑，如堆聚泥土加高了墓地一样，使其显得高大又能保持长久。

自汉代以来，作碑文、碣文的风气盛行。

这些作者中，才华横溢的是蔡邕。他的《杨赐碑》，骨力从《尚书》中来;《陈寔碑》和《郭有道碑》，措辞没有失当的；他的《汝南周勰碑》《太傅胡广碑》等众多的碑文，写得清晰恰当。他叙事全面、扼要，文辞雅正、润泽；清润的文辞婉转变化没有穷尽，巧妙的用意层出而突立。他写碑文的才能，自然恰到好处。

孔融的创作,模仿蔡邕。他的《卫尉张俭碑铭》和《陈碑》两碑文，明辨巧捷，富有文采，仅次于蔡邕的作品。

到了孙绰作文，有志于写作碑文。他的《温峤碑》《王导碑》《郗鉴碑》《庾亮碑》文辞繁多，段落复杂，仅《桓彝碑》这一篇，辨析裁断算是最好的。

写作碑文，依靠史家的才能。碑文的叙事就是传记，它的韵语就是铭文。

标立叙述死者美好的德行，文辞犹如清风之华；明白地记录死者的功勋，必须显现功绩。这就是写作碑文的标准。

碑是刻铭文的器物，铭是碑的文辞，石碑上刻写铭文立下碑文的名称。碑的产生先于诔文，刻石记功，归入铭这类文体的领域；树碑叙述亡者事迹的，就划入诔这种文体的范围。

总结：

叙述事迹追写道德，碑与诔文因而创立。

铭刻功勋纂辑德行，使德行的光彩汇集。

看风采好像在眼前，听他的话像在悲泣。

墨拓碑上留下华彩，亡灵岂能这样消失！

亦诗人②之哀辞乎？暨汉武封禅，而霍子侯暴亡，帝伤而作诗③，亦哀辞之类矣。降及后汉，汝阳主亡，崔瑗哀辞，始变前式。然「履突鬼门」，怪而不辞；「驾龙乘云」，仙而不哀；又卒章五言，颇似歌谣，亦仿佛乎汉武④也。至于苏顺、张升，并述哀文，虽发其情华，而未极心实。

延伸阅读 《哀吊》的哀、吊是文体的名称。两种文体的性质相近，都是对不幸死亡和遭遇灾祸表示慰问哀悼的。哀辞，多用于对夭者的

译文 按照周代颁布的谥法，短命夭折叫哀。哀，就是依恋。悲哀的感情依附着人的内心，所以说哀。

用文辞表达哀痛，用于悼念幼辈，这种文体不用于老年寿终的人，必须用于夭折或不满三个月的小孩。

从前三位良人为秦穆公殉葬，用一百人换一人也换不回来。事情

哀吊第十三

赋宪之谥，短折曰哀①。哀者，依也。悲实依心，故曰哀也。以辞遣哀，盖下流之悼，故不在黄发，必施夭昏。昔三良殉秦，百夫莫赎，事均夭枉，黄鸟赋哀，抑

□注释

❶赋宪之谥：《逸周书·谥法》。赋，布；宪，法。赋宪，布法。短折曰哀：《逸周书·谥法》中的话。折，夭折，年幼而死为折。❷遣：发，此指表达。下流：下辈。百夫莫赎：秦穆公死后用"三良"殉葬，人们为了哀悼"三良"，写了《诗经·秦风·黄鸟》，其中有"如可赎兮，人百其身"的句子。赎，换回。诗人：此指《诗经》的作者。❸霍子侯，另本作"霍嬗"。帝伤而作诗：汉武帝伤悼霍嬗的暴死而作诗，诗已不存。❹履：践，走，冲入。仿佛乎汉武：和汉武帝所作的霍嬗哀辞十分相似。

奢体为辞，则虽丽不哀；必使情往会悲，文来引泣，乃其贵耳。

吊者，至也。诗云『神之吊矣』，言神至也。君子令终定谥，事极理哀，故宾之慰主，以至到为言也。压溺乖道，所以不吊[11]矣。又宋水郑火，行人奉辞，国灾民亡，故同吊[12]也。

跟夭折相同，对此事《黄鸟》诗中表达了哀痛，这是作者的哀辞！

汉武帝封禅泰山，随行的霍嬗归途暴亡，武帝作《伤霍嬗诗》表达哀伤，这也是哀辞一类的作品。

东汉汝阳王死后，崔瑗为他作哀辞，改变以前哀辞写作的格式。说到脚步踏进鬼门关，很是怪诞不通；又说驾龙乘云，这是神仙

哀悼；吊文，主要用于对古人的悼念。

全篇分四个部分：

建安哀辞，惟伟长差善，行女[5]一篇，时有恻怛。及潘岳[6]继作，实钟其美。观其虑善[7]辞变，情洞悲苦，叙事如传，结言摹诗，促节四言，鲜有缓句；故能义直而文婉，体旧而趣新，金鹿泽兰，莫之或继也。

原夫哀辞大体，情主于痛伤，而辞穷[8]乎爱惜。幼未成德，故誉止于察惠；弱不胜务，故悼加乎肤色[9]。隐心而结文则事惬，观文而属心则体奢[10]。

❺ 建安：汉献帝刘协的年号。《行女》：徐幹作《行女哀辞》，今已不存。❻ 潘岳：西晋文学家。❼ 善：本作“赡”。赡：富足。❽ 大体：主体，此指写作的要点。穷：极、尽。❾ 察惠：聪明。惠，同“慧”。肤色：指容貌。❿ 隐心：痛心。惬：满意。属：联结。奢：夸张，不实。⓫ 令终：善终，正常死亡。定谥：此泛指办理丧事。不吊：不去吊慰。⓬ 同吊：各诸侯国的使节对水灾、火灾的慰问之辞，和哀吊的意义相同。

怆，读者叹息，及卒章要切，断而能悲也。扬雄吊屈，思积功寡，意深反骚[16]，故辞韵沉膇。班彪、蔡邕，并敏于致诘，然影附[17]贾氏，难为并驱耳。胡阮之吊夷齐，褒而无间；仲宣[18]所制，讥呵实工。然则胡、阮嘉其清，王子伤其隘[19]，各其志也。祢衡之吊平子，缛丽而轻[20]；陆机之吊魏武，序巧而

无哀痛的感情；结尾一章的五言诗，又像歌谣，与汉武帝的《伤霍嬗诗》十分相似。东汉苏顺、张升作哀辞，虽表现出了情感、文采，却没有表达他们内心真实的思想。

一、论哀的含义、哀文的应用范围及发展情况。二、讲哀辞的写作特点，强调“情主于痛”“虽丽

建安时代的哀辞，徐幹作得好，他的《行女哀辞》，有哀痛的感情。西晋的潘岳，集中了前人的优点。他的哀辞思虑周到，想象丰富，感情深切而悲哀，叙事如传记，组织言辞模仿《诗经》，四言音

及晋筑虒台，齐袭燕城，史赵苏秦，翻[13]贺为吊，虐民构敌，亦亡之道。

凡斯之例，吊之所设[14]也。或骄贵而殒身，或狷忿以乖道，或有志而无时，或美才而兼累，追而慰之，并名为吊。

自贾谊浮湘，发愤吊屈，体同而事核，辞清而理哀，盖首出之作也。

及相如之吊二世[15]，全为赋体。桓谭以为其言恻

⑬晋筑虒（sī）台：晋平公筑虒祁宫，郑国派了游吉去表示祝贺。虒祁宫，晋国宫名，故址在今山西省曲沃县。翻：变。⑭设：用、施。⑮相如：司马相如，西汉辞赋家。吊二世：此指《哀秦二世赋》。⑯反《骚》：《反离骚》，扬雄作。⑰班彪：东汉文学家、史学家，作有《悼离骚》，今仅存八句。蔡邕：东汉末文学家，其《吊屈原文》残缺。影附：跟随、追随。附，依附。⑱仲宣：王粲的字，作有《吊夷齐文》，今已不全。⑲隘：窄、狭。⑳轻：忽视、轻视。

苗而不秀，自古斯恸[23]。虽有通才，迷方告控[24]。千载可伤，寓言以送。

节短促，少有和缓的句子。所以他的哀辞能做到义理正直，文辞婉转，文体格式虽旧，情趣却是新的。他的《金鹿哀辞》《为任子咸妻作孤女泽兰哀辞》这类作品，后无来者。推究哀辞写作的要点，要表达悲痛之情，措辞要表现对天

不哀”。

三、述吊的含义、发展状况。从口头吊慰到书面吊文，皆有所提及。

文繁。

降斯以下，未有可称者矣。

夫吊虽古义，而华辞末造[21]；华过韵缓，则化而为赋。

固宜正义以绳理，昭德而塞违，割析褒贬，哀而有正，则无夺伦[22]矣。

赞曰：

辞之所哀，在彼弱弄。

㉑末造：衰世。末，后期，有衰世之意；造，作。㉒绳：准绳，纠正。昭：明。塞：止，防止。违：过错、过失。割：应作“剖”，分析、剖析。夺伦：违礼，违反要求。夺，失误；伦，条理。㉓恸（tòng）：极度悲痛。㉔迷方：迷失方向。方是方向，此处指写作哀、吊的基本原则。失控：失去控制。告，应作“失”。

折者的爱惜。死者幼小，德行无成，赞美只能停留在夭者的聪明敏慧上；年幼弱小，不能承担重任，悼念只在夭折者的容颜上。痛心作文，情辞切合。

以文辞表达哀痛，文体易浮夸；用奢华夸张的文笔写哀辞，文章虽漂亮却不能表达悲哀的感情。一定要使作者的感情融会在悲哀之中，使文辞引发痛泣，这才是哀辞可贵之处。

吊，就是到。《诗经·小雅·天保》中说："神之吊矣。"即神灵到了。君子寿命善终，确定谥号，办理丧事，情理哀伤，所以宾客慰问丧主，用到作为慰问的言辞。《礼记·檀弓上》说，压死、淹死，不是正常死亡，所以不用去吊。

四、说明吊文的主要写作特点。

刘勰主张，对前人做具体的分析，再予以赞扬、批评，起到发扬道德、警诫的作用。

刘勰论文强调"为情而造文"，反对华而不实，这两种文体以表达悲情为主，不应过分夸张、华丽，要写出有真情的感人之作。

春秋时代，宋国发生水灾，郑国发生火灾，各国使臣都前去致辞慰问。因为国家受灾，民众死亡，所以各国诸侯都要派人同去吊慰。

至晋国修筑虒祁宫，齐国袭击了燕国的城池，史赵和苏秦认为这都不是正义的事，所以他们改祝贺为哀吊。因为筑宫劳民伤财，攻袭别国结下仇怨，这都是亡国之道，所以值得哀吊。

上述事例，哀吊之所以成立，有的因富贵骄奢丧生，有的因耿直愤懑违背正道，有的虽有志气却生不逢时，有的具有美才却有各种缺点，追念这些古人加以慰问，都叫作吊。

贾谊南渡湘水，抒发幽愤著《吊屈原赋》，这篇作品体制是哀吊，事情核实，文辞清丽，情理哀痛，这是最早出现的吊文作品。

司马相如的《吊秦二世赋》，用的是赋的体裁。桓谭认为他的言辞悲恻凄怆，使读者为之一叹，之所以这样，是因为结尾切中要害，结论使人感到悲伤。

扬雄哀吊屈原写《反离骚》，用了很多心思，但成就不大，他立意反诘《离骚》，但文辞却滞重不流畅，没有新意，不生动。

班彪的《悼离骚》、蔡邕的《吊屈原文》，都擅提出疑问，然而他们都依附贾谊，就很难和贾谊并驾齐驱了。

胡广的《吊夷齐文》和阮瑀的《吊伯夷文》，对伯夷、叔齐只有赞扬，没有不满；王粲的《吊夷齐文》对伯夷、叔齐的指斥讽刺的确巧妙。但胡广、阮瑀是嘉奖夷齐的清高，王粲是嘲笑夷齐的狭隘，各有各的用意。

祢衡的《吊张衡文》，文采繁缛但分量不够；陆机的《吊魏武帝文》，序写得精巧，正文却烦冗。

从此以下，便没有什么值得称道的了。

吊辞虽在古代就有它的意义、作用，但那时很质朴，后代却注重文辞华丽；华丽过分，情韵缓慢，就变成了赋。吊文应端正意义，纠正事理，宣扬美德，防止错误，分析好坏，进行褒贬。情感悲哀，内容纯正，就不会失去吊文的义理、特点了。

总结：

哀辞所哀痛的地方，死者仅是年幼儿童。

幼苗没开花便夭折，自古就为此事悲痛。

即使有写作的全才，迷失方向也会失控。

这种千年哀痛的事，只有寄托言辞表达。

问，以申其志，放怀寥廓[3]，气实使文。

及枚乘摛艳，首制七发，腴辞云构，夸丽风骇[4]。盖七窍所发，发乎嗜欲，始邪末正，所以戒膏粱[5]之子也。

扬雄覃思文阔[6]，业深综述，碎

|译文| 富有智慧才能的人，学问渊博高雅的人，他们的文辞华彩四溢，他们的辩说充满气势。

他们培养自己的文情，创作呈现新的风貌和特殊的情趣。

宋玉才华横溢，也颇受世俗的讥议，开始创作对问体，用来表述自己的志向和宽广胸怀，气势确实驾驭文辞。

西汉的枚乘，铺陈艳辞首创《七发》，美好繁富的辞藻云彩一样聚集，夸耀的丽辞风一样骤起。大概从人的七窍里发出来的各种嗜好欲望会引发各种爱好，所以《七发》开始是不正确的嗜欲，结尾归于正道，用来告诫富贵人家的子弟。

扬雄在天禄阁中静默深思，学业精深，善于综述前人著作，把琐

延伸阅读 《杂文》论述了两汉、魏晋期间出现的三种杂体文学作品，即对问、七发、连珠。对问体，主要的格式是客问主答，通过一问一答将叙述铺陈开来。

杂文第十四

智术之子，博雅之人，藻溢于辞①，辞盈乎气。苑囿文情，故日新殊致②。宋玉含才，颇亦负俗，始造对

□注释

❶智术：智慧、才能。术，艺、才能。藻：文采。辞：应作“辨”，善于言辞。❷苑囿：苑，帝王的花园；囿，动物园。此处指培养。殊致：特殊的情趣。❸宋玉：战国末楚国辞赋家。负俗：才高被世俗讥论。对问：此处指宋玉的《对楚王问》。文中楚王问宋玉：“何士民众庶不誉之甚也？”本文回答了这个问题。申：陈述。寥廓：广阔。宋玉在其文中自比凤凰，飞上苍天，怀抱大志。❹枚乘：西汉辞赋家。摛艳：运用文藻。《七发》：我国第一篇七体文，写楚太子有病，吴客用七件事情来启发他。腴：肥美，此处指文辞华丽。云构：云集，创作，故称构。风骇：风起。骇，骤起。❺七窍：七孔，人的目、耳、鼻、口、舌。邪：嗜欲，此处指《七发》所讲音乐的动听、酒食的甘美等。正：要言妙道，指最后讲的“论天下之精微，理万物之是非”。膏粱：富贵人家。膏，肥美的肉；粱，上等粮食。❻扬雄：西汉文学家。覃：深，静。文阔：阔，应作“阁”。文阁，汉代藏书的图书馆天禄阁，扬雄校书之地。

者也。

至于陈思客问，辞高而理疏；庾敳[12]客咨，意荣而文悴。斯类甚众，无所取才矣。

原夫兹文之设，乃发愤以表志。身挫凭乎道胜，时屯寄于情泰，莫不渊岳其心，麟凤其采，此立体之大要也。

自七发以下，作者继踵。观枚氏首唱，信独拔而伟丽矣。及

碎的言辞集结，首创连珠这种文体，虽短小，却品莹润泽。

举凡这三种文体，都是文章的分枝、支流，闲暇时用来作乐的后代作品。

自从宋玉作了《对楚王问》后，东方朔仿效它并加以扩大，写了《答

七发体源自枚乘的《七发》。《七发》里客人用七件事启发楚太子，后来形成了一种文体。它

文琐语，肇为连珠，其辞虽小而明润矣。凡此三者，文章之枝派，暇豫之末造也。

自对问以后，东方朔效而广之，名为客难，托古慰志，疏而有辨。扬雄解嘲⑦，杂以谐谑，回环自释，颇亦为工。班固宾戏⑧，含懿采之华；崔骃达旨，吐典言之裁⑨；张衡应间，密而兼雅；崔寔⑩答讥，整而微质；蔡邕释诲⑪，体奥而文炳；景纯客傲，情见而采蔚；虽迭相祖述，然属篇之高

⑦扬雄《解嘲》：扬雄自知有人嘲笑自己地位低下，作《解嘲》以答。⑧《宾戏》：此指班固的《答宾戏》。宾，宾客。⑨典：雅正。裁：体裁。⑩崔寔（shí）：崔骃之孙，东汉文学家。其《答讥》写客人笑他穷苦贫困，他答以避祸，保持节操，甘于贫困。⑪《释诲》：蔡邕的《释诲》，见《后汉书·蔡邕传》。⑫庾敳：西晋文学家，其《客咨》今已不存。

服，馔极蛊媚之声色。甘意摇骨髓，艳词洞魂识。虽始之以淫侈，而终之以居正，然讽一劝百[16]，势不自反。子云所谓「先骋郑卫之声，曲终而奏雅[17]」者也。

唯七厉叙贤，归以儒道，虽文非拔群，而意实卓尔矣。

自连珠以下，拟者间出。杜笃、贾逵之曹，刘珍、潘勖之辈，欲穿明珠，多贯鱼目[18]。可谓寿陵匍匐，非复邯郸

客难》，借用古事，慰藉自己，文章条理畅达，辨析明了。

扬雄的《解嘲》，夹杂着诙谐的戏嘲，反复替自己解释，写得颇为工巧。班固的《答宾戏》，含有美好的文采；崔骃的《达旨》，露着雅正的言辞；张衡的《应间》，文辞细密，议论雅正；崔寔的《答讥》，叙述严整，微带质朴；蔡邕的《释诲》，风格隐奥，文辞

的格式是全篇分八段，第一段是序，以后每一段说一件事，进行讽谏。连珠，是一种小而精的文章，像连贯的珍珠一

傅毅七激会清要之工；崔骃七依入博雅之巧；张衡七辨结采绵靡；崔瑗七厉植义纯正；陈思七启取美于宏壮；仲宣[13]七释致辨于事理。自桓麟七说以下，左思[14]七讽以上，枝附影从，十有余家。或文丽而义暌，或理粹而辞驳。观其大抵所归，莫不高谈宫馆，壮语畋[15]猎。穷瑰奇之

⑬《七依》：崔骃所作《七依》，文残缺。绵：密。靡：丽。仲宣：王粲的字。其《七释》写潜虚丈人在隐居，大夫用七件事启发他。⑭左思：西晋作家。其《七讽》已失传。⑮畋（tián）：打猎。⑯讽一劝百：《汉书·司马相如传赞》中引用扬雄的话。原文是“劝百讽一”。劝，劝诱，以各种享受劝诱；讽，讽谏。汉赋劝诱多，讽谏少。⑰先骋郑卫之声，曲终而奏雅：原本作“骋郑声，曲终而奏雅”。⑱鱼目：鱼目似珠，所以有鱼目混珠之说。

域类聚，有贯故不曲[21]述也。

赞曰：

伟矣前修，学坚才饱。

负文余力，飞靡弄巧。

枝辞攒[22]映，嘒若参昴。

慕颦[23]之心，于焉只搅。

炳蔚；郭璞的《客傲》，情思显露，文采丰茂。上述作品，虽都是互相仿效，然都成为创作中成就较高的作品。

至于曹植的《客问》，文辞虽高雅，说理却粗疏；庾敳的《客咨》，内容虽丰富，文辞却枯燥。这类作品很多，没有什么可取之处。

推究这类文章，是为抒发愤懑，表达情志而作。作者身遭挫折，

样。

全篇分五个部分：

一、概述对问、七发、连珠三种类型作品的产生及意义。

二、论述对问体的代表

之步；里丑捧心，不关西施之颦⑲矣。唯士衡运思理，新文敏，而裁章置句，广于旧篇，岂慕朱仲四寸之珰乎！夫文小易周，思闲可赡。足使义明而词净，事圆而音泽⑳，磊磊自转，可称珠耳。

详夫汉来杂文，名号多品。或典、诰、誓、问，或览、略、篇、章，或曲、操、弄、引，或吟、讽、谣、咏。总括其名，并归杂文之区；甄别其义，各入讨论之

⑲ 里丑捧心，不关西施之颦：《庄子·天运篇》说，美女西施心痛皱着眉头，邻里的丑女认为很美，学西施捧心皱眉，变得更丑。西施，春秋时越国美女。颦，皱眉。⑳ 周：密，紧凑。泽：丰润。㉑ 曲：曲子，汉乐府有《鼓吹曲》《横吹曲》。操：琴曲。如伯牙《水仙操》、许由《箕山操》、刘安《八公操》。弄：小曲。梁代箫衍、沈约等有《江南弄》。引：音调拉长的歌。汉乐府中有《箜篌引》，东晋石崇有《思归引》。甄别：鉴别考核。曲：详尽。㉒ 枝辞：旁枝的文章，此处指杂文。攒：集中、聚集。㉓ 慕颦：作不恰当的仿效。

凭借道义，战胜困苦，世事艰难，保持心情的舒泰，写作时无不使作品的思想内容山岳渊谷般高深，使作品的文辞麒麟凤凰一样彩丽。这是确立这类作品的大概情况。

自枚乘《七发》以后，写此类文章的人前后相接。枚乘首开的创作，的确是杰出的丽藻鸿篇。到傅毅的《七激》，荟萃了清丽扼要的优点；崔骃的《七依》，达到了广博雅丽的妙处；张衡的《七辨》，辞采绵密绮丽；崔瑗的《七厉》，树立义理，纯正精当；曹植的《七启》，宏伟壮丽；王粲的《七释》，致力于辨析事理。

自桓麟的《七说》以后，到左思的《七讽》以前，像枝条附着于树干、影子跟着形体，随附前代写作这类作品的有十余家。他们的作品有的文体华丽，意义违反正道，有的道理精粹，文辞驳杂。它们大概的趋向，无不是高谈宫殿馆阁的富丽堂皇，大书纵马畋猎的喜悦欢欣，描写瑰丽奇特的服装食品，刻画迷人的歌舞美女。美好缠绵的抒情打动了人们的精神，美艳的文辞深入了人们的灵魂。

这些作品，内容开始时淫侈夸张，结束收尾时讽谏归正，然而讽谏的内容少，诱劝享乐的内容多，其势必然滑向淫侈，不能走上正路。

这正是扬雄说的，先大肆宣扬郑国、卫国淫荡的靡靡之音，到了

作家、作品及写作特点。三、论述七发体的代表作家、作品及写作特点。四、论述连珠体的代表作家、作品及写作特点。五、列举上述三种以外的其他杂文名目。

杂文是正统文体之外的各种文章作品，写得比较随便，受封建正统思想的束缚少，一些作品在思想性、艺术性上有一定成就。

刘勰看到了这一点，但他把这些作品看成是作家富有余力的产物，是消遣的东西，显然受了宗经思想的束缚。

曲子结尾时才演奏一点雅正的音乐。

这么多作品里，唯有崔瑗的《七厉》，叙述贤人的事，以儒家之道为归依，虽文辞不算杰出，但意义确实卓尔不群。

自从扬雄作了《连珠》，模拟的交替出现。杜笃、贾逵之流，刘珍、潘勖之辈，都想把明珠穿连起来，然而大多数却是串了鱼目。像寿陵的少年爬着回去，不再是邯郸的步法，似西施的邻居丑女模仿西施皱眉，知其美，不知其所以美。只有陆机的构思新颖，所作的《演连珠》义理新颖，文思敏捷，篇章精心，措置词句，扩大了前人的篇幅，他这样做岂羡慕仙人朱仲四寸大的宝珠！

连珠篇幅短小，容易写得周密紧凑。只要能使文章的义理明白，文辞洁净，所述的事情圆通，音调丰润，就可称为连珠了。

详细考察汉以来的杂文，名称很多，有的叫典、诰、誓、问，有的叫览、略、篇、章，有的叫曲、操、弄、引，有的叫吟、讽、谣、咏。

总括它们的名称，都可归入杂文；鉴别它们的意义，可归入所要讨论的相关文体的范围。分类聚集本有条理，所以就不细讲了。

总结：

前代的文人多么伟大，学问坚实富有才华。

带着创作的剩余精力，发挥文辞巧妙绮丽。

各种的杂文积聚相映，似星星天空中闪耀。

羡慕他人的仿效之徒，只能使人心受搅扰。

「又蚕蟹鄙谚」，「狸首淫哇」，苟可箴戒，载于礼典。故知谐辞讔言，亦无弃矣。

谐之言皆也，辞浅会俗，皆悦笑也。昔齐威酣乐，而淳于说甘酒[3]；楚襄宴集，而宋玉赋好色[4]：意在微讽，有足观者。及优旃之讽漆城，优孟之谏葬马，并谲[5]辞饰说，抑止昏暴。是以子长编史，列传滑稽，以其辞虽倾回，意归义正也。

延伸阅读《谐讔》的谐、讔，皆是文体的名称。谐，谐辞，就是笑话；讔，隐语，即谜语。

|译文| 芮良夫的诗说："君王坏心肠，逼民终发狂。"昏君之心险恶得如高山，人们的嘴大川一样难以堵塞。怨恨愤怒之情，嘲笑挖苦之言没有定规。

从前宋国的华元打仗败得丢盔弃甲，筑城的人用"突出他的大眼

谐讔第十五

芮良夫之诗云：「自有肺肠，俾民卒狂。」夫心险如山，口壅若川；怨怒之情不一，欢谑①之言无方。

昔华元弃甲，城者发「睅目」之讴；臧纥丧师，国人造「侏儒②」之歌：并嗤戏形貌，内怨为俳也。

□注释

❶谑：挖苦。❷丧师：吃败仗。侏儒：个子十分矮的人，此处比喻臧纥缺才少能。

❸淳于说甘酒：事见《史记·滑稽列传》。淳于，即淳于髡，战国时齐国人。他以自己喝酒做例，说明“酒极则乱”的道理，劝诫齐威王。❹《好色》：此处指宋玉的《登徒子好色赋》。此赋讽谏楚襄王的好色。❺谲：诡诈。

之形，比乎握舂杵。曾是莠言⑦，有亏德音，岂非溺者之妄笑，胥靡⑧之狂歌欤！

讔者，隐也。遁辞以隐意，谲譬以指事也。昔还社求拯于楚师，喻眢井而称麦曲；叔仪乞粮于鲁人，歌佩玉而呼庚癸⑨；伍举刺荆王以大鸟，齐客讥薛公⑩以海鱼；庄姬托辞于龙尾，臧文谬书于羊裘。隐语之用，被于纪传⑪。

睛”加以歌唱。鲁国的臧纥吃败仗丢了军队，国人创造了“侏儒”的歌谣。这些都是讥笑他们的形貌，把内心的怨恨化为歌谣。

鲁国用蚕和蟹作的鄙俗谣谚，用野猫头花纹唱淫乱谄媚的歌谣。这些可起到针砭警诫的作用，也记载在《礼记》里。

两者皆属于讽刺幽默的文学作品。

谐辞、隐语主要来自民间，古代的文人认为不但本体不雅，其流易弊。于是东方枚皋，铺糟啜醨，无所匡正，而诋嫚媟弄，故其自称为赋，乃亦俳也，见视如倡，亦有悔矣。至魏文因俳说以著笑书，薛综凭宴会而发嘲调，虽抃⑥笑帷席，而无益时用矣。然而懿文之士，未免枉辔；潘岳丑妇之属，束皙卖饼之类，尤而效之，盖以百数。魏晋滑稽，盛相驱扇，遂乃应玚之鼻，方于盗削卵；张华

⑥铺糟啜醨：喝不好的酒只求一醉，喻混饭吃。铺，吃；糟，酒渣；啜，饮；醨，薄酒。抃（biàn）：拍手。⑦曾：乃，是。莠（yǒu）言：丑话。莠：丑。⑧胥靡：绳子系着的犯人。⑨叔仪乞粮于鲁人，歌佩玉而呼庚癸：事见《左传·哀公十三年》。吴国大夫申叔仪向鲁大夫公孙有山请求接济时说："佩玉挂满了，我却无挂。"指吴王有粮食，他却没有。公孙有山的回答也是隐语，他登上首山喊："庚癸吗！我便供应粮水。"庚，西方，代表谷；癸，北方，代表水。

或体目文字，或图象品物，纤巧以弄思，浅察以炫[15]辞。义欲婉而正，辞欲隐而显。荀卿《蚕赋》，已兆[16]其体。至魏文、陈思，约而密之。高贵乡公，博举品物，虽有小巧，用乖远大。观夫古之为隐，理周[17]要务，岂为童稚之戏谑，搏髀而抃笑哉！然文辞之有谐讔，譬九流[18]之有小说，盖稗官所

由此可知，诙谐的话语，隐意的言辞，也是用不着抛弃的了。

谐字之所以由“言”和“皆”两字组成，是因为所说言辞浅显适合世俗，大家听了都高兴发笑。

登大雅之堂，少加论述，刘勰专篇论述，难能可贵。

全篇分三个部分：

一、论述谐、讔的意义和作用。刘勰认为这种

从前齐威王喜好饮酒，淳于髡给他说喝酒的不同酒量讽谏他；楚襄王欢宴集会，宋玉作《登徒子好色赋》讽谏他。他们的意图皆是婉转讽谏，颇有可取之处。

大者兴治济身，其次弼⑫违晓惑。盖意生于权谲，而事出于机⑬急，与夫谐辞，可相表里者也。

汉世隐书十有八篇，歆、固编文，录之赋末。昔楚庄、齐威，性好隐语。至东方曼倩，尤巧辞述。但谬辞诋戏，无益规⑭补。

自魏代以来，颇非俳优，而君子嘲隐，化为谜语。谜也者，回互其辞，使昏迷也。

⑩齐客讥薛公：《战国策·齐策》载齐国的靖郭君田婴要在薛建城，不愿听门客之谏，一律不让谏者进见。一齐人对他说：只说三个字，多说一字，请下油锅烹杀。齐人说出“海大鱼”三个字，认为君像大鱼，齐国像海，有了齐国不用筑薛城，没有齐国，筑薛城也没用，谏他不要忘了百姓疾苦去建薛城。⑪被：加。纪传：历史书，此处指上述《左传》《战国策》《史记》《列女传》等书。⑫弼（bì）：匡正。⑬机：变化。⑭规：劝。⑮炫辞：另本作“衒辞”。炫，夸耀。⑯兆：预兆、兆头。⑰周：遍及。

到优旃谏止秦二世油漆城墙，优孟谏止楚庄王厚葬爱马，皆是用诡诈的言行阻止帝王昏庸残暴。

文体不可废弃，可以表达百姓的怨怒，对统治者有一定的箴戒作用。

二、论述谐的意义，评论有关作家、作品，肯定有讽刺意义的作品，反对供人玩乐的作家、作品。

三、论述讔及其发展为谜的意义，评论有关作家的作品。

司马迁编纂《史记》，将他们列入《滑稽列传》，即因他们的言辞虽诡诈，用意却都正确。但谐辞本身不雅正，它的流传易出现弊病。东方朔、枚皋这类文人只能在朝廷混饭吃，对帝王的缺点错误没什么讽谏匡正，只是说些供人狎戏玩笑的话。他们自称作赋，仅属游戏文章，被人看成供人取乐的人，自己也有悔心。到魏文帝曹丕收集滑稽笑话，写成了笑书，薛综在宴会上说笑话，这些虽能使人拍手大笑，对现实却没什么益处。一些作好文章的人，在这个问题上，未免走冤枉路，像潘岳写丑妇、束皙赋卖饼之类，知道它不好还要仿效的，有一百多人。

魏晋时代讲滑稽话的风气非常盛行。有把应玚的鼻子，比喻成被削过的半个蛋；有把张华的头，比喻成舂杵棒。这些丑恶的话，有损圣人的形象，这岂不是快淹死人的苦笑，受刑服役者疯狂的歌声吗？

讔的意义就是隐藏，用隐约的言辞暗藏意义，用曲折的比喻暗指事物。萧国大夫还无社向楚国的申叔展求救，用“枯井”“麦曲”隐喻；吴国的申叔仪向鲁国乞求粮食，用“佩玉”的歌谣，呼喊“庚癸”；伍举用“大鸟”讽刺楚庄王；齐国的食客用“海鱼”讥谏薛公；楚国的庄姬用龙的无尾启发顷襄王；鲁国的臧文仲在信中用“羊裘”的隐语通报齐国将要发动进攻。

采，以广视听。若效而不已，则髡朔之入室[19]，旃孟之石交乎？

赞曰：

古之嘲隐，振危释惫[20]。虽有丝麻，无弃菅蒯[21]。

会义适时，颇益讽诫。空戏滑稽，德音大坏。

⑱ 九流：先秦时代的九个学派，小说家不算学派，是稗官从民间搜集谈话、故事。⑲ 髡：淳于髡。入室：学生向老师学习，先入门，进一步是登堂，再进是入室。

⑳ 振：救。惫：困乏，极度疲乏。㉑ 菅蒯（jiān kuǎi）：菅草、蒯草，皆多年生草本植物，可做刷子，或织席、做绳。菅和蒯不如丝麻贵重，比喻谐 讔不如其他文体重要。

由此可见，隐语的应用被记在史书中。它们的作用，重要的可以兴治国家，发展自身，可匡正错误，启发解惑。它们的用意是应付诡谲变化，跟游戏文辞互为表里，相互配合。

汉代的《隐书》，有十八篇，刘歆和班固都把它们录存在赋尾。

从前楚庄王和齐威王都喜好隐语，东方朔尤善隐语的述说，但仅用荒唐的言辞说笑话开玩笑，对纠正人们的缺点错误并没有好处。自从魏代以来，对俳优人物有所非议，君子用来嘲讽的隐语，就逐渐变成谜语了。

“谜”，就是把话说得曲折交错，使人迷惑。

它们有的打文字谜，有的打事物谜，从纤细巧妙处玩弄心思，凭浅近的理解炫耀文辞。

谜的意义要曲折正确，文辞含蓄浅露，荀子的《蚕赋》，开创了谜语这种体裁。魏文帝曹丕、陈思王曹植，写得精练周密；高贵乡公曹髦的谜语，广博地列举各种物品，有小聪明，无大用处。

观察古人的隐语，说理遍及各种重要的事物，岂仅为幼稚的童戏，让大家拍腿鼓掌大笑而已！

然文辞中有谐辞隐语，如诸子九流中有小说一派。谐辞、隐语、谜语，和街谈巷议的“小说”一样，都是下级官员们采集来增长见识的。如不停地效仿这类东西，那就是淳于髡、东方朔的高徒，优旃、优孟的至交了！

总结：

古代用来嘲讽的谐辞隐语，可以用来挽救危机。

文体虽多不弃谐谑，如丝麻虽贵也不丢弃菅蒯。

只要合乎道义适应时机，就颇有益于讽刺劝诫。

如空为戏言只图滑稽，它们美好的声誉就败坏。

卷四

侯伯八書以鋪政體十表以譜年爵雖殊古式而得事序焉爾其實録無隱之旨博雅弘辨之才愛奇反經之尤條例踳落之失叔皮論之詳矣及班固述漢因循前業觀司馬遷之辭思實過半其十志該富讚序弘麗儒雅彬彬信有遺味至於宗經矩聖之典端緒豐贍之功遺親攘美之罪徵賄鬻筆之愆公理辨之究矣觀夫左氏綴事附經間出於文爲約而氏族難明及史遷各傳人始區詳而易覽述者宗焉及孝惠委機呂后攝政班史立紀違經實何則庖犧以來未聞女帝者也漢運所值難爲後法牝雞無晨武王

雅頌因魯史以修春秋舉得失以表黜陟徵存亡以標勸戒褒見一字貴踰軒冕貶在片言誅深斧鉞然睿旨存亡幽隱經文婉約丘明同時實得微言乃原始要終創爲傳體傳者轉也轉受經旨以授其後實聖文之羽翮記籍之冠冕也至從横之世史職猶存秦幷七王而戰國有策蓋録而弗叙故節簡而爲名也漢滅嬴項武功積年陸賈稽古作楚漢春秋爰及太史談世惟執簡子長繼至甄序帝勣比堯稱典則位雜中賢法孔題經則文非元聖故取式吕覽通號曰紀紀綱之號亦宏稱故本紀以述皇王列傳以總

紀以審正得序孫盛陽秋以約舉爲能按春秋經傳舉例發凡自史漢以下莫有準的至鄧璨晉紀始立條例又撮畧漢魏憲章殷周雖湘州曲學亦有心典謨及交國立例乃鄧氏之規焉原夫載籍之作也必貫乎百姓被之千載表徵盛衰殷鑑興廢使一代之制共日月而長存王覇之跡並天地而久大是以在漢之初史職爲盛郡國文計先集太史之府欲其詳悉於體國必閱石室啓金匱抽裂帛檢殘竹欲其博練於稽古也是立義選言宜依經以樹則勸戒與奪必附聖以居宗然後銓評昭整苛濫不作矣然紀傳

首誓婦無與國齊桓著盟宣后亂秦呂氏危漢豈唯政事難假亦名號宜慎矣張衡同史而或同遷固元年二后欲爲立紀謬亦甚矣尋子弘雖僞要當孝惠之嗣孺子誠微實繼平帝之體二子可紀何有於二后哉至于後漢紀傳發源東觀袁張所制偏駁不倫薛謝之作疎謬少信司馬彪之詳實華嶠之準當則其冠也及魏代三雄記傳互出陽秋魏畧之屬江表呉録之類或激抗難徵疎闊寡要唯陳壽三志文質辨洽荀張比之於遷固非妄至譽也於晉代之書繫乎著作陸機肇始而未備王韶續末而不終干寳述

雖庸夫而盡飾迍敗之士雖令德而常嗤理欲吹霜噴露寒暑筆端此入同時之枉可歎息者也欲述遠則誣矯如彼記近則回邪如此析理居正唯素心乎若乃尊賢隱諱固尼父之聖旨蓋纖瑕不能玷瑾瑜也姦慝懲戒實良史之直筆農夫見莠其必鋤也若斯之科亦萬代一準焉至於尋繁領雜之術務信弃奇之要明白頭訖之序品酌事例之條曉其大綱則衆理可貫然史之為任乃彌綸一代負海內之責而嬴是非之尤秉筆荷擔莫此之勞遷固通矣而歷詆後世若任情失正文其殆哉

爲式編年綴事文非泛論按實而書歲遠則同異難
密事積則起訖易踈斯固總會之爲難也或有同歸
一事而數人分功兩記則失於複重偏舉則病於不
周此又銓配之未易也故張衡摘史班之舛濫傅玄
譏後漢之尤煩皆此類也若夫追述遠代代遠多僞
公羊高云傳聞異辭荀況稱録遠畧近蓋文疑則闕
貴信史也然俗皆愛奇莫顧實理傳聞而欲偉其事
録遠而欲詳其跡於是棄同即異穿鑿傍說舊史所
無我書則傳此訛濫之本源而述遠之巨蠹也至於記
編同時同多詭雖定哀微辭而世情利害勳勞之家

序道德以冠百氏然則鬻惟文友李實孔師聖賢並
世而經子異流矣逮及七國力政俊乂蠭起孟軻膺
儒以磬折莊周述道以翱翔墨翟執儉确之教尹文
課名實之符野老治國於地利騶子養政於天文申
商刀鋸以制理鬼谷脣吻以策勳尸佼兼總於雜術
青史曲綴以街談承流而枝附者不可勝筭並飛辯
以馳術饜祿而餘榮矣暨于暴秦烈火勢炎崐岡而
煙燎之毒不及諸子逮漢成晉思子政讎校於是七
畧芬菲流鱗萃止殺青所編百有八十餘家矣迄至
魏晉作者間出讕言兼存璅語必録類聚而求亦充

贊曰

史肇軒黄，體備周孔。世歷斯編，善惡偕總。騰褒裁貶，萬古蒐動。辭宗丘明，直歸南董。

諸子第十七

諸子者，入道見志之書。太上立德，其次立言。百姓之群居，苦紛雜而莫顯；君子之處世，疾名德之不章。唯英才特達，則炳曜垂文，騰其姓氏，懸諸日月焉。昔[illegible]力牧、伊尹，咸其流也。篇述者，蓋上古遺語，而戰代所記者也。至鬻熊知道，而文王諮詢，餘文遺事，録爲鬻子。子自肇始，莫先於兹。及伯陽識禮，而仲尼訪問，爰以史記多兵謀而諸子雜詭術也然洽聞之士宜撮綱要覽華而食實棄邪而採正極睇參差亦學家之壯觀也研夫孟荀所述理懿而辭雅管晏屬篇事覈而言練列御寇之書氣偉而采奇鄒子之說心奢而辭壯墨翟隨巢意顯而語質尸佼尉繚術通而文鈍鶡冠綿綿亟發深言鬼谷眇眇每環其義情辨以澤文子擅其能辭約而精尹文得其要慎到析密理之巧韓非著博喻之富呂氏鑒遠而體周淮南汎採而文麗斯則得百氏之華采而辭氣文之大略也若夫陸賈典語賈誼新書楊雄法言劉向說苑王符潛夫

箱照軫矣然繁雖積而本體易總述道言治枝條五經其純粹者入矩踳駁者出規禮記月令取乎呂氏之紀三年問喪寫乎荀子之書此純粹之類也若乃湯之問棘云蛟睫有雷霆之聲惠施對梁王云蝸角有伏尸之戰列子有移山跨海之談淮南有傾天折地之說此踳駁之類也是以世疾諸混洞虛誕按歸藏之經大明迂怪乃稱羿斃十日姮娥奔月殷湯如茲況諸子乎至如商韓六虱五蠹棄孝廢仁轘藥之禍非虛至也公孫之白馬孤犢辭巧理拙魏牟比之鴞鳥非妄貶也昔東平求諸子史記而漢朝不與蓋

論說第十八

聖世彝訓曰經述經敘理曰論論者倫也倫理有無聖意不墜昔仲尼微言門人追記故仰其經目稱爲論語蓋群論立名始於茲矣自論語已前經無論字六韜二論後人追題乎詳觀論體條流多品陳政則與議說合契釋經則與傳注參體辨史則與贊評齊行銓文則與敘引共紀故議者宜言說者說語傳者轉師注者主解贊者明意評者平理序者次事引者胤辭八名區分一揆宗論論也者彌綸群言而研一理者也是以莊周齊物以論爲名不韋春秋六論昭

崔寔正論仲長昌言杜夷幽求咸敘經典或明政術雖標論名歸乎諸子何者博明萬事爲子適辨一理爲論彼皆蔓延雜說故入諸子之流夫自六國以前去聖未遠故能越世高談自開戶牖兩漢以後體勢浸弱難明于坦途而類多依採此遠近之漸變也嗟夫身與時舛志共道申標心於萬古之上而送懷於千載之下金石靡矣聲其銷乎

贊曰

大夫處世懷實挺秀辨雕萬物智周宇宙立德何隱含道必授條流殊述若有區囿

者專守於寂寥徒鋭偏解莫詣正理動極神源其般
若之絶境乎逮江左群談惟玄是務雖有日新而多
抽前緒矣至如張衡譏世頗似排説孔融孝廉但談
嘲戲曹植辨道體同書抄才不持論如其已原夫論
之爲體所以辨正然否窮有數追無形迹堅求通鈎
深取極乃百慮之筌蹄萬事之權衡也故其義貴圓
通辭忌枝碎必使心與理合彌縫莫見其隙辭共心
密敵人不知所乘斯其要也是以論如析薪貴能破
理斤利者越理而横斷辭辨者反義而取通覽文雖
巧而檢跡如妄唯君子能通天下之志安可以曲論

列至石渠論藝白虎通講聚述聖言通經論家之正
體也及班彪王命嚴尤三將敷述昭情善入史體魏
之初霸術兼名法蘭碬王粲校練名理迄至正始務
欲守文何晏之徒始盛玄論於是聃周當路與尼父
爭塗矣詳觀蘭石之才性仲宣之去代叔夜之辨聲
太初之本玄輔嗣之兩例平叔之二論並師心獨見
鋒頴精密蓋人倫之英也至如李康運命同論衡而
過之陸機辨正效過秦而不及然其美矣次及宋代
郭象鋭思於機神之區夷甫裴頠交辨於有無之域
並獨步當時流聲後代然滯有者全繫於形用貴無

定秦楚辨士弭節酈君既斃於齊鑊蒯子幾入乎漢
鼎雖復陸賈籍甚張釋傅會杜欽文辨婁護脣舌頡
頏萬乘之階抵噓公卿之席並順風以託勢莫能逆
波而泝洄矣夫說貴撫會弛張相隨不專緩頰亦在
刀筆范雎之言事李斯之止逐客並煩情入機動言
中務雖批逆鱗而功成計合此上書之善說也至於
鄒陽之說吳梁喻巧而理至故雖危而無咎矣敬通
之說鮑鄧事緩而文繁所以歷騁而罕遇也凡論之樞要
必使時利而義貞進有契於成務退無阻於榮身自
非譎敵則唯忠與信披肝膽以獻主飛文敏以濟辭

哉若夫注釋爲詞解散論體雜文雖異總會是同若秦君延之注堯典十餘萬字朱普之解尚書三十萬言所以通人惡煩羞學章句若毛公之訓詩安國之傳書鄭君之釋禮王弼之解易要約明暢可謂式矣

說者悅也兊爲口舌故言資悅懌過悅必僞故舜驚讒說說之善者伊尹以論味隆殷太公以辨釣興周及燭武行而紓鄭端木出而存魯亦其美也暨戰國爭雄辨士雲踊從横參謀長短角勢轉丸騁其巧辭飛鉗伏其精術一人之辨重於九鼎之寶三寸之舌強於百萬之師六印磊落以佩五都隱賑而封至漢

天下改命曰制漢初定儀則則曰有四品一曰策書
二曰制書三曰詔書四曰戒勑勑戒州邦詔誥百官
制施赦命策封王侯策者簡也制者裁也詔者告也
勑者正也詩云畏此簡書易稱君子以制數度禮稱
明君之詔書稱勑天之命並本經典以立名目遠詔
近命習秦制也記稱絲綸所以應接群后虞重納言
周貴喉舌故兩漢詔誥職在尚書王言之大動入史
策其出如綍不反若汗是以淮南有英才武帝使相
如視草隴右多文士光武加意於書辭豈直取美當
時亦敬慎來葉矣觀文景以前詔體浮新武帝崇儒

此說之本也而陸氏直稱說煒曄以譎誑何哉

贊曰

理形於言敘理成論詞深人天致遠方寸陰陽莫貳鬼神靡遯說爾飛鉗呼吸沮勸

詔策第十九

皇帝御寓其言也神淵嘿黼扆而響盈四表唯詔策乎昔軒轅唐虞同稱爲命命之爲義制性之本也其在三代事兼誥誓誓以訓戎誥以敷政命喻自天故授管錫侃易之姤象后以施命誥四方誥命動民若天下之有風矣降及七國並稱曰令令命者使也秦并

唯明帝崇才以温嶠文清故中書自斯以後體憲風流矣夫王言崇祕大觀在上所以百辟其形萬邦作孚故授官選賢則義炳重離之輝優文封策則氣含風雨之潤勑戒恒誥則筆吐星漢之華治戎燮伐則聲有洊雷之威眚災肆赦則文有春露之滋明罰勑法則辭有秋霜之烈此詔策之大畧也戒勑爲文實詔之切者周穆命鄧父受勑憲此其事也魏武稱作勑戒當指事而語勿得依違曉治要矣及晉武勑戒備告百官勑都督以兵要戒州牧以董司警郡守以恤隱勤牙門以禦衞有訓典焉戒者慎也禹稱戒之

選言弘奧策封三王文同訓典觀戒淵雅垂範後代及制誥嚴助即云厭承明廬蓋寵才之恩也孝宣璽書責博士陳遂亦故舊之厚也逮光武撥亂留意斯文而造次喜怒時或偏濫詔賜鄧禹稱司徒爲堯勅責侯霸稱黃鉞一下若斯之類實乖憲章暨明帝崇學惟詔間出安和政弛禮閣鮮才每爲詔勅假手外請建安之末文理代興潘勗九錫典雅逸群衛覬禪誥符命炳燿弗可加也自魏晉誥策職在中書劉放張華牙管斯任施命發號洋洋盈耳魏文魏下詔辭義多偉至於作威作福其萬慮之一蔽乎晉氏中興

皇王施令寅嚴宗誥我有絲言兆民尹好煇音峻舉
鴻風遠蹈騰義飛辭煥其大號

檄移第二十

震雷始於曜電出師先乎威聲故觀電而懼雷壯聽聲而懼兵威兵先乎聲其來已久昔有虞始戒於國夏后初誓於軍殷誓軍門之外周將交刃而誓之故知帝世戒兵三王誓師宣訓我衆未及敵人也至周穆西征祭公謀父稱古有威讓之令令有文告之辭即檄之本源也及春秋征伐自諸侯出懼敵弗服故兵出須名振此威風暴彼昏亂劉獻公之所謂告之

用休君父至尊在三同極漢高祖之勑太子東方朔之戒子亦顧命之作也及馬援已下各貽家戒班姬女戒足稱母師也教者效也言出而民效也契敷五教故王侯稱教昔鄭弘之守南陽條教爲後所述乃事緒明也孔融之守北海文教麗而罕於理乃治體乖也若諸葛孔明之詳約庾稚恭之明斷並理得而辭中辭之善也自教以下則又有命詩云有命在天明爲重也周禮曰師氏詔王爲輕命今詔重而命輕者古今之變也

贊曰

隗囂之檄亡新有其三逆文不雕飾而辭切事明隴右文士得檄之體矣陳琳之檄壯有骨鯁雖姦閹携養章密太甚發丘模金誣過其虛然抗辭書釁皦然露固矣敢指曹公之鋒幸哉免袁黨之戮也鍾會檄蜀徵驗甚明桓公檄胡觀釁尤切並壯筆也凡檄之大體或述此休明或叙彼苛虐指天時審人事筭強弱角權勢標蓍龜於前驗懸鞶鑑於已然雖本國信實參兵詐譎詭以馳旨煒曄以騰說凡此衆條莫或違之者也故其植義颺辭務在剛健揷羽以示迅不可使辭緩露板以宣衆不可使義隱必事昭而理辨

以文辭董之以師武者也齊桓征楚告菁茅之闕晉厲伐秦責箕郜之焚管仲呂相奉辭先路詳其意義即今之檄文暨乎戰國始稱爲檄檄者皦也宣露於外皦然明白也張儀檄楚書以尺二明白之文或稱露布諸視聽也夫兵以定亂莫敢自專天子親戎則稱龔行天罰諸侯御師則云肅將王誅故分閫推轂奉辭伐罪非唯致果爲毅亦厲辭爲武使聲如衝風所繫氣似欃搶所掃奮其武怒總其罪人懲其惡稔之時顯其貫盈之數搖姦宄之膽訂信慎之心使百尺之衝摧折於咫書萬雉之城顛墜於一檄者也觀

抵落蜂蠆移寳易俗草偃風邁

文心雕龍卷第四

氣盛而辭斷此其要也若曲趣密巧無所取才矣又州邦徵吏亦稱爲檄固明舉之義也移者易也移風易俗令往而民隨者也相如之難蜀老文曉而喻博有移檄之骨焉及劉歆之移太常辭剛而義辨文移之首也陸機之移百官言約而事顯武移之要者也故檄移爲用事兼文武其在金革則逆黨用檄順命資移所以洗濯民心堅用符契意用小異而體義大同與檄參伍故不重論也

贊曰

三驅弛剛九伐先話鞶鑑吉凶蓍龜成敗摧壓鯨鯢

言经则尚书，事经则春秋[4]。

唐虞流于典谟，夏商被于诰誓[5]。

洎周命维[6]新，姬公定法，紬三正以班历，贯四时以联事。

诸侯建邦，各有国史，彰善瘅恶，树之风声。

自平王微弱，政不及雅，宪章散紊，彝伦攸斁[7]。

昔者夫子闵王道之缺，伤斯文[8]之坠，静居以叹

|译文| 自开天辟地到未开化时代，年代久远，生活至今，要知道古代的事，就靠史书的记载。

传说轩辕黄帝时代，已有史官仓颉，主管记载历史，可见史籍来源很久远。

《礼记·曲礼》说："史官带着笔记事。"史，就是使，史官在帝王左右拿着笔，记录他们的言语和行动。

古代，在国君左面的左史专门负责记载帝王所做的事，在国君右

延伸阅读 从《史传》至《书记》的十篇，是对各体散文的论述，皆属笔类。

刘勰把史传列在无韵文之首讨论，他认为史中含文，要把写史看作作

史传第十六

开辟草昧，岁纪绵邈，居今识古，其载籍乎？

轩辕①之世，史有仓颉，主文之职，其来久矣。

曲礼②曰：『史载笔』，史者，使也。执笔左右，使之记也。

古者，左史记事者，右史记言者③。

□注释

①轩辕：黄帝的号，传说中的古帝王。

②《曲礼》：《礼记》中的一篇。③左史记事者，右史记言者：左、右史的分工，古代有两种说法，一种是《汉书·艺文志》："左史记言，右史记事。"一种是《礼记·玉藻》："动则左史书之，言则右史书之。"④《春秋》：儒家经典之一，相传由孔子修订，记载了春秋时期鲁国历史事件，故称"事经"。⑤被于：及于。诰誓：此指《尚书》中的《甘誓》《汤诰》等文献。⑥洎(jì)：及、到。另本作"自"。命：天命，周朝自称受天命建立。维：乃。⑦彝伦：永久不变的伦理。攸斁：所以破坏。攸，所；斁，败坏。⑧斯文：这文化，此指西周盛时的文化。斯，此、这。

及至从横之世，史职犹存。秦并七王，而战国有策；盖录而弗叙⑭，故即简而为名也。汉灭嬴项，武功积年。陆贾稽古，作楚汉春秋。爰及太史谈，世惟执简⑮；子长继志，甄序帝绩⑯。比尧称典，则位杂中贤；法孔题经，则文非元圣⑰。故取式吕览，通号曰纪；纪纲⑱之号，亦宏称也。故本纪以述皇王，列传⑲以总侯伯，八书以铺政体，十

文，把史家看作文学家。刘勰推崇的史书《春秋左氏传》《史记》《汉书》都具有很高的文学价

面的右史专门负责记载帝王所说的话。

记言的经典是《尚书》，记事的经典是《春秋》。

尧舜时代的历史靠《尚书》的《尧典》《皋陶谟》等流传下来，夏商的历史，包括在《尚书》的《甘誓》《汤诰》等文献里。

凤临衢而泣麟；于是就太师以正雅颂[9]，因鲁史以修春秋；举得失以表黜陟[10]，征存亡以标劝戒。褒见一字，贵逾轩冕[11]；贬在片言，诛深斧钺。然睿旨幽隐，经文婉约。丘明[12]同时，实得微言，乃原始要终，创为传体。传者转也，转受经旨，以授于后，实圣文之羽翮[13]，记籍之冠冕也。

⑨太师：乐官。正《雅》《颂》：此指雅乐和颂乐的乐曲。当时乐曲已残缺不全，所以要加以订正。⑩黜：降。陟：升。⑪轩冕：高官。轩，大夫的车子或官服；冕，冠。⑫丘明：左丘明，与孔子同时代的鲁国人，相传是《左传》的作者。⑬羽翮（hé）：翅膀。翮，羽毛上的茎。⑭叙：编次。⑮执简：担任史官。⑯甄（zhēn）：审查。绩：功业。⑰元圣：上圣，此指孔子。另本作“玄圣”。⑱纪纲：记事纲领。⑲列传：《史记》有《屈原列传》等七十列传。

观乎左氏[23]缀事，附经间出，于文为约，而氏族难明。

及史迁各传，人始区详而易览，述者宗焉。

及孝惠委机，吕后摄政，班、史立纪，违经失实。

何则？庖牺以来，未闻女帝者也；汉运所值，难为后法。

「牝鸡无晨」，武王首誓；妇无与国，齐桓著盟。宣后乱秦，吕氏危汉，岂唯政事难假，亦名号宜慎矣。

张衡司史，而惑同迁、固，元帝王后，欲为立纪，谬亦甚矣。

到周文王、周武王承受天命，政务才开始革新，周公姬旦制定法典，推算夏、商、周三代的历法排列历史顺序，贯穿春、夏、秋、冬四时，以联系各种事件记事，省称“春秋”。

诸侯建国，都备有自己的国史，用以表彰好的，批判坏的，树立

值，它们的作者都是大文学家。

《史传》主要讲各代的历

表以谱年爵：虽殊古式，而得事序焉。尔其实录无隐之旨，博雅弘辩之才，爱奇反经之尤，条例踳落之失，叔皮论之详矣。及班固述汉，因循前业，观司马迁之辞，思实过半。其十志该[20]，富赞序弘丽，儒雅彬彬[21]，信有遗味。至于宗经矩圣之典，端绪丰赡之功，遗亲攘美之罪，征贿鬻笔之愆[22]，公理辨之究矣。

⑳十志：《汉书》有《律历志》《礼乐志》《刑法志》《食货志》《郊祀志》《天文志》《五行志》《地理志》《沟洫志》《艺文志》十志。该：完备。㉑彬彬：有文有质。㉒征贿鬻笔之愆：指班固受贿事。征，求；鬻，卖，收了钱就为人家说好话；愆，过失。㉓左氏：指左丘明的《左传》。

疏阔，寡要唯陈寿三志文质辨洽，荀、张[27]比之于迁、固，非妄誉也。至于晋代之书，系乎著作。陆机肇始而未备，王韶[28]续末而不终，干宝述纪，以审正得序；孙盛阳秋，以约举为能。按春秋经传，举例发凡；自史汉以下，莫有准的。至邓粲[29]晋纪，始立条例。

良好的风气。

自从周平王势力开始衰微削弱，法制散乱，伦理道德败坏。

孔子忧虑王道的衰微，伤感周代礼乐文明的败坏，想到凤凰不来而感叹，看到麒麟出现而悲泣。于是他从卫国回到鲁国，请教乐官订正《雅》《颂》的音乐，借用鲁国的历史撰修《春秋》，举事实的得失加以指斥、

史著作和历史著作的写作。

全篇分两大部分：

一、讲史传的定义，史书的产生，晋宋以前的史书。

寻子弘㉔，虽伪要当孝惠之嗣；孺子诚微，实继平帝之体，二子可纪，何有于二后哉？

至于后汉纪传，发源东观。袁张所制，偏驳不伦；薛谢之作，疏谬少信。若司马彪㉕之详实，华峤之准当，则其冠也。

及魏代三雄㉖，记传互出。阳秋魏略之属，江表吴录之类，或激抗难征，或

㉔寻：考。子弘：刘弘，汉惠帝的儿子。㉕司马彪：西晋史学家，著有《续汉书》，佚亡。㉖三雄：魏、蜀、吴三国。㉗《江表》：《江表传》，西晋虞溥著。《吴录》：西晋张勃著《吴录》。二书均已不存。疏阔：粗略、粗疏。荀、张：此指荀勖、张华，均为西晋作家。他们认为班固与司马迁在文坛的地位比不上陈寿。㉘王韶：王韶之，南朝宋文人。著《晋纪》，佚亡。他写东晋历史的终止时间离晋亡尚有七年，故“续末而不终”。㉙邓粲：东晋文人，所著《晋纪》已佚。

古也。

是立义选言，宜依经以树则；劝戒与夺，必附圣以居宗。

然后诠评[34]昭整，苛滥不作矣。

然纪传为式，编年缀事，文非泛论，按实而书，岁远则同

异难密，事积则起讫易疏，斯固总会之为难也。

或有同归一事，而数人分功，两记则失于复重，偏举则

病于不周，此又诠配[35]之未易也。

赞美，引证国家的存亡以劝告、警诫。

在《春秋》里，一个字的褒扬，比坐官车戴官帽还要难以见到；片言只语的贬抑，比受刀斧的诛戮还要耻辱。

《春秋》的旨意精深，经文委婉简练。

左丘明与孔子同时，领会到孔子的微言大义，全面系统地探讨事

二、总结编写史传的理论，提出编写史书的四条大纲。

刘勰对历史著作的基本主张是"务信弃奇"，他强调对不可信的东西，

又摆落汉魏，宪章殷周，虽湘川曲学[30]，亦有心典谟。及安国立例，乃邓氏之规焉。

原夫载籍之作也，必贯乎百氏，被之千载，表征盛衰，殷鉴兴废，使一代之制[31]，共日月而长存，王霸之迹，并天地而久大。是以在汉之初，史职为盛。郡国文计[32]，先集太史之府，欲其详悉于体国也。必阅石室，启金匮，抽裂帛，检残竹[33]，欲其博练于稽

[30] 湘川：川，应作“州”。湘州：据《水经·湘水注》，晋怀帝时设立湘州（今湖南湘水流域）。邓粲为长沙人，所以此处称其为湘州。曲学：乡曲之学。曲，乡曲。

[31] 制：典章制度。[32] 郡国：汉朝地方区域最大为州，州下是郡。此处指全国各地。文计：文书计簿，郡国都要把文书计簿送给朝廷。[33] 金匮：金属制的文件柜，汉朝保存重要的图书文物的地方。残竹：残缺的简书。古代的文件写在帛和竹上。[34] 诠评：论赞。另本作“铨评”。[35] 诠配：评量调配。另本作“铨配”。

庸夫[38]而尽饰；违败之士，虽令德而常嗤[39]。吹霜煦[40]露，寒暑笔端，此又同时之枉，可为叹息者也！故述远则诬矫如彼；记近则回邪[41]如此，析理居正，唯素心乎！若乃尊贤隐讳，固尼父之圣旨，盖纤瑕不能玷瑾瑜也；奸慝[42]惩戒，实良史之直笔，农夫见莠，其必锄也。若斯之科，亦万代一准焉。至于寻繁领杂之术，务信弃奇之要，明白头讫之序，品酌事例之条：晓其大纲，则众理可贯。然史之为任，乃弥纶[43]一代，负海内之

件的始末，创作了《春秋左氏传》。传，就是转的意思，转述《春秋》的用意，转授给后代，它是《春秋》的辅助读物，历史记事文章中的佼佼者。

宁可从略或不写，也不可穿凿附会、追奇。——

故张衡摘史班之舛滥，傅玄讥后汉之尤烦，皆此类也。

若夫追述远代，代远多伪。公羊高云：「传闻异辞」，荀况称：「录远略近」，盖文疑则阙，贵信史也。然俗皆爱奇，莫顾实理，传闻而欲伟其事，录远而欲详其迹，于是弃同即异，穿凿[36]傍说，旧史所无，我书则传，此讹滥之本源，而述远之巨蠹[37]也。

至于记编同时，时同多诡，虽定哀微辞，而世情利害，勋劳之家，虽

㊱穿凿：牵强附会。㊲蠹（dù）：蛀虫。

㊳庸夫：平庸的人。㊴虽令德而常嗤：另本作“虽令德而嗤埋”。㊵煦：温暖。㊶回邪：不正。回，邪。㊷慝（tè）：邪恶。

㊸弥纶：包举。

到了战国时代，史官之职仍存在。秦始皇合并七国，七国的历史保存在各国的史册里。因这些简册只是把战国策士的言行记录下来，没有依年代编排，所以叫作《战国策》。

汉高祖刘邦灭掉了嬴秦和项羽，积累了多年的武功。汉初的陆贾取法古代，作了《楚汉春秋》。

汉朝的史官司马谈，世代手执简册作史；司马迁继承父亲的遗志，甄别叙述历代帝王功臣的功绩。他叙述帝王，比照《尚书·舜典》称为典，这些帝王算不上圣人；如效法孔子《春秋经》称为经，《史记》又不是大圣人那样的文章。所以司马迁取法学习《吕氏春秋》的纪，把记帝王的历史通称“纪”。

他特别反对不从实际出发，抬高权贵，贬抑失意之士。

刘勰说不给女后立纪等，和自己的观点自相矛盾，这是糟粕。

刘勰总结的史传写作原则，对史传的写作与批评，文学创作与批评，特别是传记文学、报告文学、纪实文学的写作与批评皆有很重要的积极的指导意义。

“纪”这种记载历史提纲挈领的名号，也是包举一切的大称号。所以司马迁用“本纪”叙述帝王，用“世家”总叙公侯的事，用“列传”记录卿士之事，用“八书”铺叙社会政治制度，用“十表”谱记年表和爵位。虽和古代编史的方式不同，却抓住了记述各种历史事实的条例。司马迁写《史记》注重照实记录、毫不隐讳的宗旨，学识广博、议论雄辩的才能，爱好奇异、违反儒家经典的过失，体式条例尚不统一，还有舛错杂乱的缺点，班彪在他的《史记论》里已有了详细的论述。

班固叙述前汉历史，继承前人的事业，看司马迁的《史记》，就明白《汉书》的一半多了。它的“十志”完备丰富，“赞”“序”文

责而羸是非之尤，秉笔荷担，莫此之劳。迁、固通矣，而历诋后世。若任情失正，文其殆[44]哉！

赞曰：

史肇轩黄，体备周孔。

世历斯编，善恶偕[45]总。

腾褒裁贬，万古魂动。

辞宗丘明，直归南、董[46]。

[44]殆：危险。[45]偕：共。[46]南、董：南史氏、董狐。南史氏是春秋齐国的史官。春秋齐国崔杼杀齐庄公，太史记道："崔杼弑其君。"崔杼把他杀了，太史的两个弟弟接着写，也先后被杀。南史氏听说后，仍坚持直写其事。董狐，春秋时晋国史官。晋灵公十四年，晋卿赵盾因避灵公杀害逃走，未出国境，他的同族赵穿杀死了灵公。此事和赵盾没有直接关系，但太史董狐认为赵盾虽逃离了国都，未出晋国，仍按写史的原则写道："赵盾弑其君。"

辞宏伟富丽，内容雅正，文质有《尚书》的遗味。

班固在写作《汉书》时尊崇“六经”、效法圣人的典则，条理清楚、内容丰富，但他有偷取父亲的著作据为己有的罪过，求取贿赂、出卖文笔的过错，这些仲长统已讲得很透彻了。

再看左丘明的《左传》纪事，按编年附在《春秋经》的经后，和经文相间出现，虽有文辞简约的长处，人物的姓氏宗族却不清楚。

司马迁的《史记》，人物分别叙述，使人易阅览，后来著述史书的人都学习效法他。

西汉孝惠帝不管政务，吕后临朝摄政，司马迁的《史记》和班固的《汉书》都专门为她立了《吕后本纪》和《高后纪》，这违反了经书的教训，又不合实际。

为什么这样说？因为自从伏羲氏以来，没有听说过妇女当皇帝！汉代的国运，难以作为后世效法学习的榜样。

“母鸡没有晨鸣的”，这是周武王首先发出的誓言；“妇女不得参与国事”，这是齐桓公在盟誓中著名的话。

宣太后搞乱了秦国，吕后摄政危害汉室，这岂止是国家政事难以经手于妇女，就是给其名号也应该谨慎！

张衡主管国史，同司马迁、班固一样，糊涂迷惑，主张给汉元帝的王后立纪，写《元后本纪》，太荒谬。探究起来，刘弘虽不是孝惠皇后生的，却是汉惠帝的后嗣之一；孺子刘婴诚然微弱幼小，实际上继承了汉平帝的皇业。这两人可立为本纪，何必要有《吕后本纪》《元后本纪》呢？

至于后汉的本纪、列传，最早是班固等人在东观编修的。

晋代袁山松的《后汉书》与张莹的《后汉南记》，偏颇驳杂，不合史法；三国时吴国薛莹的《后汉记》和谢承的《后汉书》，疏漏谬误很多，不够真实。西晋司马彪的著作详尽真实，华峤的著作准确恰当，是史书中的佳作。

魏代三国的纪传先后撰述出来，孙盛的《魏氏阳秋》、鱼豢的《魏略》、虞溥的《江表传》、张勃的《吴录》这类著作，有的激切虚夸难以相信，有的粗疏阔略不得要领，唯有蜀人陈寿写的《三国志》做到了有文、有质，明辨博通，与他同时代的荀勖和张华把他比作司马迁、班固，不是虚假的称誉。

晋代的史书，著作郎掌管。西晋陆机写了《三祖纪》，没有写完，南朝宋的王韶之续写《晋纪》,没有写到晋亡。干宝著述的《晋纪》精审正确，得到称引，孙盛的《晋阳秋》以简明扼要著名。

看看《春秋》的经传，都举出创作条例来。自从《史记》《汉书》以后，就没有可作标准的条例了。

东晋的邓粲作《晋纪》，又开始立了条例。他摆脱汉魏以来写史的影响，效法学习殷、周时代的《尚书》。邓粲虽偏居湘江，但也说明他有心学习经书。后来孙盛著《晋阳秋》订立的条例，就是邓粲设立的规矩!

推究历史书的写作，一定要融会贯通百家的著作，使之流传千年之后，使得由兴盛到衰亡的史实得到明白的证验，可以作为后世国家的借鉴。要使一代的制度与日月一起长期共存下去，王道霸道的事迹同天地一起长久流传。

因此汉代初年，史官这一职务很被重视。全国各郡国的文件簿册，都要先汇集在太史官府，以便让他详细体察全国各方面的情况。史官还要阅读国家的历史文物藏书，研究残存的书卷，这是要史官精通熟练地考察古代的历史。

因此在确立主旨、选用言辞方面，应该依靠经书作准则；劝告警诫肯定否定，应该以圣人的主张作为宗旨。然后，评论史实才能做到明确完整，苛求和浮夸评论的情况才不会发生。

本纪和列传的样式，既有编年的问题又有缀事的问题，不管是纪是传，都不能泛泛空论，而要按照历史事实记录。

只是年代久远了，事件的记载就有同、异，难于完全密切相合；历史事实积累了很多，事件始末就不易分清楚而易产生疏漏，这的确是总汇史料撰述史书的困难。

有时同一个历史事件，与几个人都有关系，如两处都记载，就失之重复，片面地写在某一纪，传里又有不周到的缺点，这又是编排资料的不易啊！所以张衡指责司马迁的《史记》和班固的《汉书》的舛错和伪滥，傅玄讥笑《后汉书》冗赘烦琐，都属上述两方面的问题。追述远代的事，时代久远容易失实。

公羊高说："远古的传说有不同的说法。"荀况主张："详近略远，对历史事实有疑问，写历史时就让它缺着，这是尊重历史的真实。"然而世俗之人都好奇，不顾历史要真实的原则，记述传闻总想夸大，记录远古事迹总是猜测，使之更加详细。于是丢弃共同的说法，选择奇异，牵强附会。旧史没有记载的，我著的史书却尽量多记。这就是造成错误浮夸的根本原因，是记述远古历史的大害。

记载当代的历史，时代相同也有很多虚假。孔子在《春秋》里写和他同时代的鲁定公、鲁哀公的历史时，用了隐晦不明的表示批评的言辞，世道人情的利害关系却不能不考虑。

贵族世家，即使是庸夫俗子，也要尽量加以夸奖；困顿失败的士人豪杰，纵然有美好的操行品德，也常常受到嘲笑、埋没。这好比北风吹霜冻，太阳晒露水，全凭一支笔。这是对同一个时代历史的歪曲，让人叹息。

追述远古历史就是那样诬妄不实，虚假伪造；记述当代历史就是这样违反事实，偏邪歪曲！辨析事理能居中得正，只有公正无私的史臣才能办到！

对待尊者或贤者，为他们隐讳缺点，本是孔子作《春秋》的宗旨，瑕疵不能掩盖美玉的光泽；奸邪要惩戒，实在是优秀的史家直笔，好比农夫看见了野草就一定要锄掉，这样的条例，也是历代撰写史书遵循的同一标准。

至于把繁杂众多的史实统率起来寻找一个纲领的方法，务求真实可信和抛弃猎奇的要点，弄明白开头结尾的顺序，品评事件得失的条例等，明白了这些大的纲要，便可以贯穿各种道理。

撰写史书的任务，是包举一个时代的历史，对全国都负有责任，因而也会招致各种是非责备。担负记载历史的任务，没有比这更劳累辛苦的了。司马迁和班固虽都是精通历史的专家，还是受到后世历代的种种诋毁。假若撰写史书任凭感情而失去公正的原则，那这样的文章就危险了！

总结：

史官开始于轩辕黄帝，史书体制完备在周公、孔子。

世代经历编写在史书里，善的恶的共同在这里记载。

它的传播褒扬和判断抑贬，使千秋万古都魂魄震动。

写史的文辞应宗法左丘明，记史的正直要如同南、董。

语，而战代所记者也。至鬻熊⑤知道，而文王咨询余文遗事，录为鬻子。子目肇始，莫先于兹。及伯阳识礼，而仲尼访问，爰序道德，以冠百氏⑥。然则鬻惟文友，李实孔师，圣贤并世，而经子异流矣。逮及七国力政，俊乂⑦蜂起。孟轲膺儒以磬折，庄周述道以翱翔；墨翟执俭确之

延伸阅读 诸子指先秦及汉魏晋的诸子散文，它们是我国古代散文的重要组成部分，对之后历代散文的发展有重大的影响。

译文 诸子散文对道有很多认识，又是表现志趣的书。古人认为，人第一位的是树立德行，其次是著书立说。老百姓们群集居住，在纷杂的人群中难以出名；有教养的君子立身处世，怕的是声名德行不能彰显。只有才华出众之人，才能才华照耀，文章留世，声名传布，

诸子第十七

诸子者，入道见志之书。太上立德，其次立言①。百姓之群居，苦纷杂而莫显；君子②之处世，疾名德之不章。唯英才特达③，则炳曜垂文，腾其姓氏，悬诸日月焉。

昔风后、力牧、伊尹，咸④其流也。篇述者，盖上古遗

□注释

❶ 立德、立言：《左传·襄公二十四年》载：“太上有立德，其次有立功，其次有立言。”❷君子：有道德、智慧的人物，主要指封建士大夫。❸特：不同寻常。达：显名。❹ 风后、力牧：传说中黄帝的臣子。伊尹：商朝的开国功臣。咸：都、皆。❺鬻熊：周文王时人，楚国的祖先。❻ 伯阳：老子，姓李，名耳，字伯阳。《道德》：《道德经》。百氏：诸子百家。❼ 俊乂（yì）：俊杰。

燎之毒，不及诸子。

逮汉成留思，子政雠校，于是七略芬菲，九流鳞萃，杀青所编，百有八十余家[11]矣。迄至魏晋，作者间出，谰言[12]兼存，琐语必录，类聚而求，亦充箱照轸矣。然繁辞虽积，而本体易总，述道言治，

如日月高悬。

黄帝的臣子风后、力牧，商汤的臣子伊尹，皆是这一流的人物。风后、力牧、伊尹等人的作品，是上古遗留下来的话语，经战国时人的记述成篇。

鬻熊通晓道，周文王向他请教，传下来的文辞事迹记录下来，成为《鬻子》这部著作。子的名目从此开始，没有比这更早的了。

及至春秋，老聃精通礼仪，孔子知道后便去请教，于是作《道德经》，成为百家中的开端。

鬻熊是周文王的朋友，李耳是孔子的老师，在圣人和贤者同一时

本篇讲先秦诸子散文，兼及其在汉魏以后的发展变化，对诸子散文的特点作了初步的总结。

全篇分三个部分：

一、叙述子书的性质、起源及子书与经书的区别。

二、评论先秦诸子散文在内容方面不同的特点，归结为两大类——纯粹

教，尹文课名实之符；野老治国于地利，驺子养政于天文；申、商刀锯以制理，鬼谷唇吻以策勋；尸佼兼总于杂术，青史曲缀⑧以街谈。承流而枝附者，不可胜算，并飞辩以驰术，餍⑨禄而余荣矣。暨于暴秦烈火，势炎昆冈⑩，而烟

❽庄周：庄子，战国时道家代表。翱翔：飞翔，庄子追求逍遥自在的生活。尹文：尹文子，战国时期名家代表，主张名、实要相符合。课：核对。名实：名称和实际。驺（zōu）子：阴阳家驺衍，战国时期齐国人，通过讲自然界的阴阳变化讲政治。养：治，教。申：申不害，战国时期韩昭侯的相，法家。商：商鞅，战国时期秦孝公的相，法家。刀锯：刑具。鬼谷：鬼谷子，纵横家，相传是纵横家苏秦、张仪的老师，他们两人都靠口舌游说取得功名。唇吻：嘴唇，此指纵横家的口才。青史：青史子，相传是春秋时晋国史官董狐的后代，小说家。曲缀：详记。❾胜：尽。餍（yàn）：满足。❿势炎昆冈：有玉石俱焚之意。炎，焚烧；昆，昆仑山，盛产玉；冈，山脊。⓫汉成：西汉成帝，派陈农到各地搜求书籍。留思：关心。《七略》：刘向父子编的图书分类著作，有《辑略》《六艺略》《诸子略》《诗赋略》《术数略》《兵书略》《方技略》。芬菲：花草茂盛，此处指好作品。九流：九家，儒、道、阴阳、法、名、墨、纵横、杂、农。萃：聚集。百有八十余家：《七略》和《汉书·艺文志》说“凡诸子百八十九家”，实际是一百九十家。⓬谰言：虚妄的话。

南有倾天折地之说，此踳驳之类也。是以世疾诸子，混洞虚诞[16]。按归藏之经，大明迂怪，乃称羿毙十日[17]，嫦娥奔月。殷汤如兹，况诸子乎！至如商韩，六虱五蠹，弃孝废仁，辗药[18]之祸，非虚至也。公孙之白马、孤犊[19]，辞巧理拙，魏牟比之鸮鸟，非妄贬也。

代的时候，他们的著作已分成经书和子书不同的流派了。到了战国，凭借武力征伐，豪俊杰出的人才纷涌。

孟轲信奉儒家学说，对它非常尊崇，庄周阐述道家学说；墨翟执行勤俭刻苦的生活教义，尹文子考核名和实是否相互符合；野老主张治理国家要强调地利，驺子主张养治国政要结合自然变化；申不害、商鞅主张用刑名法术治理国家，鬼谷子主张以口舌辩论建立勋业；尸佼总括各种学说，青史子琐细地连缀起街谈巷议。诸子百家继承他们的流派，像枝条附着在主干上一样，多得数不清，皆飞扬雄辩、纵横驰骋地发挥各自的学术，满足于饱食

的和驳杂的，以是否符合儒家经典为准则。——

三、讲诸子散文的写作特点和汉魏以后的诸子散文，指出汉以后的子书渐不如前。——

刘勰从学术内容、写作

枝条五经。其纯粹者入矩，踳驳⑬者出规。礼记月令取乎吕氏之纪，三年问丧写乎荀子之书，此纯粹之类也。若乃汤之问棘，云蚊睫有雷霆之声⑭；惠施对梁王，云蜗角有伏尸之战；列子⑮有移山跨海之谈；淮

⑬踳（chuǎn）驳：错乱。踳，错；驳，色杂。⑭若乃汤之问棘，云蚊睫有雷霆之声：《列子·汤问篇》载商汤问夏革："远古时候有生物吗？"夏革答："小虫焦螟住在蚊子的睫毛上，耳灵的师旷夜晚也听不见它们的声音。黄帝和容成子在崆峒山上斋戒三月后，看见它们的形状像嵩山坡，听见它们的声音如雷鸣。"棘：传说为商汤时贤人，亦名夏革。⑮《列子》：书中有愚公移山的寓言和龙伯国巨人跨海的故事。⑯混：杂。洞：空。虚：不实。诞：怪诞。⑰《归藏》：殷商时代的《易经》。羿毙十日：羿，古代传说中的神射手，传说他曾射下十个太阳。⑱商、韩：战国商鞅的《商君书》和韩非的《韩非子》，《汉书·艺文志》中将二书列入法家。轘（huàn）：用车把人分裂的刑法，商鞅就是被车裂而死。药：毒死，韩非被囚禁后，李斯赐毒，逼他自杀而死。⑲公孙：公孙龙，战国时赵国诡辩家。《列子·仲尼》载其诡辩的命题是"白马非马""孤犊未尝有母"。孤犊：无母的小牛。

墨翟、随巢，意显而语质；尸佼、尉缭[24]，术通而文钝；鹖冠绵绵，亟发深言；鬼谷眇眇，每环[25]奥义；情辨以泽，文子[26]擅其能；辞约而精，尹文得其要；慎到析密理之巧；韩非著博喻之富；吕氏鉴远而体周；淮南泛采[27]而文丽。斯则得百氏之华采，而辞气之大略也。若夫陆贾新语，贾谊新书，扬雄法言，刘向说苑，

俸禄又能留下光荣的名声。

暴虐的秦始皇焚书，像焚毁昆仑山那样玉石俱焚了，但这火并没有殃及诸子的著作。西汉成帝关心古籍，令刘向整理校对，总括群书的《七略》便出现了，十家九流的著作像鱼鳞汇集在一起，编订的共有一百八十余家。到了魏晋，作者轮替出现，虚妄不可信的话兼而存之，琐碎语言

风格特点两个方面研究了诸子著作。

他认为诸子书是“入道见志”之书，此“道”即自然之道。

昔东平[20]求诸子、史记，而汉朝不与，盖以史记多兵谋，而诸子杂诡术也。然洽闻之士，宜撮纲要，览华而食实，弃邪而采正，极睇参差[21]，亦学家之壮观也。研夫孟荀所述，理懿[22]而辞雅；管、晏属篇，事核而言练；列御寇之书，气伟而采奇；邹子之说，心[23]奢而辞壮；

⑳东平：东平王刘宇，汉宣帝第四个儿子。他向汉成帝求书，成帝问王凤，王凤主张不给。㉑睇（dì）：注视。参差：此处指诸子中各不相同的观点。㉒懿：美。

㉓列御寇之书：《列子》。心：作者内心的思考情志，指内容。㉔尉缭：战国时尉氏人，有《尉缭子》二十九篇。㉕鹖（hé）冠：周代楚人，爱戴鹖鸟羽毛做的冠帽，故名。有《鹖冠子》一篇，属道家。绵绵：遥远。亟（qì）：屡次。环：围绕。㉖文子：老子的学生，有《文子》九篇。㉗慎到：战国时赵国人，法家，有《慎子》四十二篇。《淮南》：《淮南子》，因属杂家，所以是泛采。泛采：采集广泛。

两汉以后，体势浸[31]弱，虽明乎坦途，而类多依采，此远近之渐变也。

嗟夫！

身与时舛，志共道申，标心于万古之上，而送怀于千载之下，金石靡[32]矣，声其销乎！

赞曰：丈夫处世，怀宝挺秀。辨[33]雕万物，智周宇宙。立德何隐，含道必授。条流殊述，若有区囿[34]。

也必记录，如把这类书籍分类聚集，可装满几车厢。

虽然著作很多，内容却是容易掌握的，它们阐述道理和议论国事，皆是五经的旁枝。其中道理纯正的符合五经的规矩，道理错杂的违背五经的法度。

《礼记·月令》是从《吕氏春秋·十二月纪》的首章借来的；《礼记·三年问》篇，写在《荀子·礼论》的后半篇里，是合乎五经的一类作品。

至于商汤问夏革，夏革答：“蚊虫的睫毛上有小虫在飞鸣，黄帝和王符潜夫，崔寔政论，仲长昌言，杜夷[28]幽求，或叙经典，或明政术，虽标论名，归乎诸子。何者？博明万事为子，适[29]辨一理为论，彼皆蔓延杂说，故入诸子之流。夫自六国以前，去圣未远，故能越世高谈，自开户牖[30]。

[28]贾谊：西汉初期作家。其《新书》讲秦汉政治，崇仁义。刘向：西汉时期学者，著有《说苑》《新序》，记录可为借鉴的逸闻故事。崔寔：东汉末期学者，其《政论》是评论当时政治的著作。杜夷：东晋初期学者，其先辈都尊崇儒学，本人则崇尚道家，其《幽求子》讲道家学说。[29]适：主。[30] 去圣未远：古代儒家认为尧、舜、禹、汤、周文王、周武王、周公、孔子是圣人，以后便没有圣人了。战国时代和后代相比，离圣人的时代，特别是孔子的时代不远。牖（yǒu）：窗。[31]浸：渐渐。[32]舛（chuǎn）：违反，不合。靡：消灭。[33]辨：应作“辩”，本指辩论口才，兼指写作的才能。[34]述：应作“术”，道路。区囿（yòu）：区分。囿，园林。

容成子听起来如雷霆之声。”戴晋人对梁惠王说：“蜗牛触角上的两个国家交战，死亡几万。”《列子·汤问》篇中愚公移山的故事和龙伯巨人一步跨过大海的奇谈；《淮南子·天文训》里共工怒触不周山，使天倾地斜的怪说。这些就是事实错乱、违背五经的。因此世人批评诸子的内容混杂、空洞荒诞。

《归藏经》也大书荒诞神怪之事，后羿射下十个太阳，嫦娥吃了不死之药奔月宫，殷商经书尚且这样，何况后来的诸子！

至于商鞅、韩非，把儒家的礼乐诗书骂为“六种虱子”“五种蛀虫”，抛弃了孝悌，废除了仁义，商鞅被车裂而死，韩非被赐药而亡，并不是没有原因的。

公孙龙“白马非马”“孤犊未尝有母”的辩说，文辞虽巧妙，论理却说不通，所以魏公子牟把他比作令人厌恶的猫头鹰，并不是随便贬斥的。东平王刘宇向汉成帝求取诸子书和《史记》，汉朝朝廷不给，大概是因为《史记》记载了很多用兵的策略，《诸子》夹杂了很多诡谲多变的手段。

知识丰富的人，应当抓住纲领，欣赏它的华彩，嚼食它的果实，抛弃其中的邪说，采纳其中的正论。注意这种不一致的地方，也是呈现在学者面前的一片壮观景象。

研究《孟子》《荀子》的论述，理论精美，文辞雅丽；《管子》《晏子》的文篇，事实可靠，语言精练；《列子》的论述，气魄宏伟，辞采奇丽；邹子的书内容奢夸，文辞有力；《墨子》《随巢子》，意义深远，语言朴质；《尸子》《尉缭子》，道理通畅，但文辞拙钝；《鹖冠子》屡屡发出含义深刻的言论；《鬼谷子》玄虚渺远，含义深奥；《文子》语言简练精当；《尹文子》掌握了文辞简约说理精当的要领；

《慎子》巧于分析，理论细密；《韩非子》寓言比喻丰富；《吕氏春秋》见识深远，文体周密；《淮南子》广泛地采集各种内容，文辞瑰丽。

上述这些，不仅是我们探究得到的诸子百家的精华，而且是它们的文辞风格特点。

至于陆贾的《新语》、贾谊的《新书》、扬雄的《法言》、刘向的《说苑》、王符的《潜夫论》、崔寔的《政论》、仲长统的《昌言》、杜夷的《幽求子》，它们有的叙述先圣的经典，有的阐明政见治术，虽然许多都标立了论的名称，也是属于诸子的。为什么呢？广泛阐明万事万物道理的属于诸子，只辨析某一道理的是论，上述著作都牵涉各种内容，所以归入诸子的范围。

战国以前的时代，离圣人在世还不远，所以诸子眼光能跳出当世，超脱地高谈阔论，自成一家。

两汉以后，诸子文体的势头渐渐衰弱，诸子虽认识到儒家学说是一平坦的大路，但大多依傍儒学加以采选。以上就是诸子由远到近的逐渐变化。唉！一个人的身世理想与所处的时代不符合，他的志向和理论只有从他的著作中才能得到申述。他们的立论立于万古之上，他们的心怀寄托千载之后。金石糜烂消灭了，他们的声名难道会消亡吗？

总结：

堂堂的男子汉立身处世，超人的才德会挺然秀出。

雄辩的才华能论述万物，周全的智慧能遍观古今。

立德立功立言何必隐藏？体会到了道就一定传授。

诸子流派百家学术殊异，如同各有它的区域苑囿。

自论语已前，经无「论」字；六韬二论，后人追题乎？

详观论体，条流多品：陈政则与议说合契；释经则与传注参体；辨史则与赞评齐行；铨文则与叙引[3]共纪。故议者宜言；说者说语；传者转师[4]；注者主解；赞者明意；评者平理；序者次事；引者胤辞。八名区分，一揆[5]宗论。论也者，弥纶群言，而研精一理者也。

译文 圣人先哲经久不变的训导，叫作经书；阐述经的意义，叙说道理，叫作论文。论，就是有条理的意思，道理讲得有条理而没有差错，圣人经书的本意就不会丧失。

延伸阅读 《论说》的论、说都是文体的名称。但二者却是两种不同的文体：__________

孔子回答他的学生和当时人的问题时说了许多精妙的话，他死后

论说第十八

圣哲彝训曰经；述经叙理曰论。

论者，伦也；伦理无爽，则圣意不坠[1]。

昔仲尼微言，门人追记，故抑[2]其经目，称为《论语》。

盖群论立名，始于兹矣。

□注释

❶伦：理，有条理、有秩序的意思。坠：失。❷抑：表谦虚。❸契：合，一致。传：解释经典的文字，如《尚书传》《春秋左氏传》。叙：亦作“序”，一种文体，如《毛诗序》。引：引申原文的话，犹引言和前言，也指一种文体，大略如序而稍简短。❹转师：转相师传。❺一揆：犹一律。揆，道。

迄至正始，务欲守文；何晏之徒，始盛玄论[9]，于是聃周当路，与尼父[10]争涂矣。

详观兰石之才性，仲宣之去伐，叔夜之辨声，太初之本无，辅嗣之两例，平叔之二论，并师心[11]独见，锋颖精密，盖论之英也。

学生把它们追记编辑，谦虚而不敢称经，称它为《论语》。后来,各种论文的称为论，就是从这里开头的。

《论语》以前，经书没有用论字作为书名、篇名的。

相传姜太公的兵书《六韬》中有《霸典文论》《文师武论》二论，这两个论字可能是后人的追题。

论，是论理，重在阐发理论，辨明是非，重在逻辑说理。

说，是使人悦服，多针对紧迫的现实问题，用具体的利害关系和生动的比喻来说服对方，重在形象说理。

二者共同处是都阐明某

详细观察论文的体裁，枝流的品种很多：陈述政事的，与议、说这两种文体一致；用来解释经书的，与传、注的体例配合；辨析历史的，与赞、评这两种文体意义一样；评论文章的，与序、引

是以庄周齐物，以论为名；不韦春秋，六论昭列。至石渠论艺，白虎[6]讲聚，述圣通经，论家之正体也。及班彪王命，严尤三将，敷述昭情，善入史体[7]。魏之初霸，术兼名法。傅嘏、王粲[8]，校练名理。

❻ 庄周：庄子。《齐物》:《齐物论》,《庄子》中的一篇。六论:《吕氏春秋》中有《开春论》《慎行论》《贵直论》《不苟论》《似顺论》《士容论》，故称“六论”。白虎：白虎观，东汉王朝讲经的地方。❼ 严尤：西汉末王莽的将领，本姓庄，避汉明帝刘庄讳改姓严。《三将》:《三将军论》，内容是用历史事实讽谏王莽四方用兵，今不存。史体：跟“正体”相对而言。班彪的《王命论》和严尤的《三将军论》，皆是通过历史事件或人物阐明问题。❽ 初霸：初建王霸之业。傅嘏（gǔ）：三国时期魏文学家。王粲：东汉末著名作家。❾ 正始：三国时魏齐王曹芳的年号。守文：原意是帝王受命执政，遵守前代成法，此处比喻写作文章时保守和继承前人的传统。玄论：玄学。魏晋时称清谈道家的理论为玄学。❿ 尼父：孔子，字仲尼。⓫ 仲宣，王粲的字。《去伐》：王粲的《去伐论》，已不存。叔夜：嵇康的字，正始时期作家。辨声：指《声无哀乐论》。辅嗣：王弼的字,三国时期魏学者。两《例》：指王弼的《易略例》，分上、下两篇。师心：以心为师的意思，指有创见。

逮江左群谈，惟玄是务；虽有日新，而多抽前绪[16]矣。至如张衡讥世，颇似俳说；孔融孝廉，但谈嘲戏；曹植辨道，体同书抄。言不持正，论如其已[17]。

原夫论之为体，所以辨正然否；穷于有数，追于无形，钻坚求通，钩深取极；乃百虑之筌蹄[18]，万事之权衡也。故其义贵圆通，辞忌枝碎，必使

这两种文体一致。

所以，议，就是要讲得合宜得当；说，就是说话要动听，使人喜悦；传，转述老师的学说给后世；注，以解释经书的意义为主；赞，为了说明意义；评，要公平地评论道理；序，按次第顺序申说内容；引，引申的话。

上面所讲的文体虽有八种名称，但以论述道理为主却是一致的，都可归属于论。

论，就是概括各家的话、研究道理的文章。

种道理或主张，因此，后代把二者合称为论说文。

全篇分两个部分：

一、说明论的概念、类别，从先秦到魏晋的发展概

至如李康运命，同论衡而过之；陆机辨亡⑫，效过秦而不及，然亦其美矣。

次及宋岱、郭象，锐思于机神之区；夷甫、裴頠，交辨于有无之域⑬；并独步当时，流声后代。

然滞有者，全系于形用；贵无者，专守于寂寥⑭。

徒锐偏解，莫诣正理；动极神源⑮，其般若之绝境乎？

⑫李康：三国时期魏文学家。其《运命论》讲国家的治乱、人的穷达、地位的贵贱是运气、天命、时机等因素决定的。陆机：西晋初作家，原是三国吴人。其《辨亡论》主要论述了吴国灭亡的原因。⑬夷甫裴頠，交辨于有无之域：夷甫，王衍的字，西晋文人，崇尚老、庄，他认为世界最初是无，然后生出阴阳，化生万物，主张天地万物以无为本。裴頠，西晋思想家，反对王衍的观点，著有《崇有论》，认为一切皆生于有。⑭寂：无声。寥：无形。⑮神源：神理的源头，指最高的理论。⑯江左：长江下游一带，指东晋。绪：端绪。⑰《讥世》：张衡的《讥世论》，已佚亡。孔融：东汉末作家，其《孝廉论》已佚亡。已：停止。⑱无形：抽象。筌蹄：这里指用来取得鱼兔的手段。筌，捕鱼竹具；蹄，捕兔器具。

解尚书，三十万言，所以通人㉓恶烦，羞学章句。若毛公之训诗，安国之传书，郑君之释礼，王弼之解易，要约明畅，可为式㉔矣。

说者，悦也，兑为口舌，故言资悦怿㉕；过悦必伪，故舜惊谗说。说之善者，伊尹㉖以论味隆殷；太公以辨钓兴周；及烛武行而纾㉗郑；端木出而存鲁，亦其美也。

所以庄周的《齐物论》，用论字来作为篇名；吕不韦的《吕氏春秋》中，昭彰明白地列出《开春论》《慎行论》《贵直论》《不苟论》《似顺论》《士容论》“六论”。

到汉代，汉宣帝召集诸儒在石渠阁议论经义，汉章帝在白虎观里会聚儒家学者讲论五经，皆是阐述圣人之道，疏通经典，这是论文的正体。

班彪的《王命论》，严尤的《三将军论》，论述情理通畅明白，很

况，讲论的写作的基本要求，附论注释文和论的异同，并且把注释归入论体。

二、讲说的含义、发展概况、说写作的基本要

心与理合，弥缝莫见其隙；辞共心密，敌人不知所乘，斯其要也。是以论如析薪[19]，贵能破理。斤[20]利者越理而横断，辞辨者反义而取通，览文虽巧，而检迹知妄。唯君子能通天下之志[21]，安可以曲论哉？

若夫注释为词，解散论体，杂文虽异，总会是同。若秦延君之注尧典，十余万字[22]；朱普之

⑲ 析：破。薪：木柴。⑳ 斤：斧。㉑ 唯君子能通天下之志：《周易·同人·彖辞》：“唯君子为能通天下之志。”刘勰借此说明论文应以理服人。㉒ 若秦延君之注《尧典》，十余万字：秦延君曾在解释《尚书·尧典》篇目两字时，用了十余万字。秦延君，秦恭的字，西汉学者。㉓ 通人：博古通今、晓通事理的人。㉔ 毛公：指大、小毛公，西汉时期的学者。大毛公毛亨，小毛公毛苌，相传是《诗经》注释专家。训：解释文字意义。安国：孔安国，西汉学者。《书》：指《尚书》。式：模范、法式。㉕ 怿（yì）：喜悦。㉖ 伊尹：名挚，商初政治家，厨师出身。㉗ 烛武：烛之武，春秋时郑国大夫。纾：解。

复陆贾籍甚，张释傅会，杜钦文辨，楼护唇舌，颉颃万乘之阶，抵峨[31]公卿之席，并顺风以托势，莫能逆波而溯洄矣。

夫说贵抚会，弛张相随，不专缓颊，亦在刀笔[32]。范睢之言疑事，李斯之止逐客，并顺情入机，动言

善于运用史实例证。魏武帝曹操初建霸业，兼用名家、法家的学说统治。从当时作家傅嘏、王粲的论文中，可看出他们对循名责实的理论十分熟悉。

到了正始年间，魏文帝、魏明帝注重文治；在何晏这一类文人的倡导下，讲玄学的论文盛行，老聃、庄周的道家学说得势，与孔子的儒家学说争夺地位。

仔细观阅傅嘏的《才性论》，王粲的《去伐论》，嵇康的《声无哀乐论》，夏侯玄的《本无论》，王弼的《易略例》上下篇，何晏的《道德论》等，皆不因袭前人而独创见解，笔力锋利，持论精密，是阐发理论的杰作。

求。

逻辑严密、形象生动，是我国古代论说文的优良传统。

刘勰主张论说文要内容正确、逻辑严密、形象生动。

写作论说文，既要善于研究各家的看法、论点，还要有自己的见解，具有独创性。

暨战国争雄，辨士云涌，从横参谋，长短角势。转丸[28]骋其巧辞，飞钳伏其精术。一人之辨，重于九鼎之宝；三寸之舌，强于百万之师。六印磊落以佩，五都隐赈[29]而封。至汉定秦楚，辨士弭节，郦君既毙于齐镬，蒯子几入乎汉鼎[30]。虽

[28] 从：合纵，主张联合六国抗秦。横：连横，主张六国和秦国和好，归顺秦国，和合纵相反。长短：纵横。角：较量。转丸：《鬼谷子》中的一篇，已亡，指辩说技巧圆滑如丸之转。[29] 一人之辨，重于九鼎之宝；三寸之舌，强于百万之师：《史记·平原君列传》载，平原君赵胜称赞毛遂："毛先生以三寸之舌，强于百万之师。"九鼎，相传为夏禹所铸。《史记·张仪列传》载："秦惠王封仪五邑"。隐赈：殷实，富裕。隐，同"殷"。[30] 弭（mǐ）节：停止活动，指不得势。弭，停止；节，使臣所拿的信物。蒯子：蒯通，汉初的辩士。他曾劝韩信造反，被刘邦捕获后，靠辩解获救。鼎：有三脚的锅，古时可用作烹杀人的刑具。[31] 张释：张释之，西汉文帝时人。傅会：附会，依照当前情势发言。楼护：西汉末辩士。颉颃（xié háng）：上下翻飞，指往来游说。万乘：天子。抵嘁：击实罅隙以补漏洞和缝隙，比喻游说之士见微补缺、献计献策。《鬼谷子》有《抵巇篇》专讲抵巇之道。抵，击实；巇，罅隙。[32] 抚会：顺合，配合。抚，循、顺。刀笔：古代在竹简上书写，写错了用刀刮去。这里指书写。

而陆氏直称「说炜晔以谲诳[37]」，何哉？

赞曰：

理形于言，叙理成论。

词深人天，致远方寸[38]。

阴阳莫忒，鬼神靡遁[39]。

说尔飞钳，呼吸沮劝[40]。

至于李康的《运命论》，与王充的《论衡》等篇内容相同，文采却比《论衡》华丽；陆机的《辨亡论》，模仿贾谊的《过秦论》，形式虽相像，却远远不及《过秦论》。然而，在论这种文体中，这些文章算是好的。其次，说到晋代宋岱著有《周易论》，郭象著有《庄子注》，他们的论文，思想深入到事物变化的精深神妙的境界；晋代的王衍和裴頠，论文在“尚无”和“崇有”的问题上展开了交锋辩论。他们都算得上当时独一无二、扬名后代的人。

然而在辩论中，拘滞于“有”的“崇有”论者，完全着眼在形象中务虽批逆鳞[33]，而功成计合，此上书之善说也。至于邹阳之说吴梁，喻巧而理至，故虽危而无咎矣；敬通之说鲍、邓[34]，事缓而文繁，所以历骋而罕遇也。

凡说之枢要，必使时利而义贞[35]，进有契于成务，退无阻于荣身。自非谲[36]敌，则唯忠与信。披肝胆以献主，飞文敏以济辞，此说之本也。

[33] 范雎（jū）：战国时期辩士。秦昭王时太后的弟弟穰侯专权，昭王想收回权力，范雎抓住这点，给昭王写信献策。逆鳞：相传龙喉下有逆鳞，谁触碰了它，龙就置谁于死地。[34] 敬通：冯衍的字，东汉初期作家。鲍：鲍永，东汉时的大将军。邓：邓禹，东汉将军。冯衍是王莽之乱后投光武帝刘秀较晚的人物，这是其不被重用的主要原因。[35] 贞：正。[36] 谲：欺诈、诡谲。[37] 说炜晔以谲诳：这是陆机《文赋》中的话。炜晔：光明。诳：欺骗。[38] 方寸：心。[39] 遁：逃，隐藏。[40] 呼吸：吐纳，指说辞。沮：阻止。劝：劝勉。

和物体的作用方面；看重“无”的“尚无”论者，又专门抱守着寂寥虚静的虚无的主张。徒然作精辟的片面解释，谁能形成正确全面的理论？动用心思穷极探究到神妙的自然之道之源，只有佛法的最高境界能做到吧？

东晋时代，众多文人都致力于清静无为玄虚的空谈，虽有新的解释，大多不过是抽引前人说过的话。如张衡的《讥世论》，颇似俳优戏子的玩笑；孔融的《孝廉论》，只说些玩笑话；曹植的《辨道论》，抄书一样。写论文不能持正确的论点，这种论文还不如不写。

论这种文体，是用来明辨是非的。它深入地研究具体的事物，追根究底地探讨无形、抽象的问题，要攻破困难求得贯通，要深入探索取得最后的结论；筌是捕鱼的工具，蹄是捕兔的工具，它们是求得各种理论的手段，秤砣和秤杆是衡量轻重的标准，它们是衡量事物的尺子。

论文的内容贵在周全通达，言辞切忌支离破碎，必须使内容与所说的道理完全一致，两者配合得没有丝毫缝隙；用词要和表达的思想紧密相扣，使论敌无隙可乘。

论文像砍木柴一样，贵在顺着木柴的纹理劈开。自恃斧头锋利的人，不顾木柴的纹理横加砍伐，好比善辩的人，违反事理强词夺理地自圆其说。这样的论文看起来虽文字巧妙，但只要考察实际就知道是错的。

有教养的君子才能通晓天下人，能以理服人，哪里能凭诡辩歪曲事理呢？

经书里注释的话，是把论文分散在各个注里，注释的文字虽繁杂不相同，但总归起来是同属一类。秦延君注解《尚书·尧典》篇的“尧典”这两个字，竟用了十余万字；朱普注解《尚书》，竟长达三十万言。所以通达事理的人都讨厌他们注释的烦琐冗长，以学这样的注释章句为耻。大、小毛公训解《诗经》，孔安国给《尚书》作传解，郑玄注释《礼记》，王弼注解《易经》，都文字扼要，意义明显，算是注释这类文体的榜样。

说，喜悦的意思，说字的右边是兑，兑在《周易》里作口舌解。说话应说使人喜悦的话，过于讨好人的话必定虚伪，所以虞、舜对谗言感到十分震惊。

有人善于说。伊尹用调味说明执政的道理，从而使殷代兴盛；吕尚用钓鱼辨明治国的道理，从而使周朝兴旺；到春秋时期，烛之武前往说服秦军，解除了郑国的困危；端木赐出使说服齐国释鲁攻吴，因而保存了鲁国的社稷。这些都是好的说辞的例子。到了战国时代，七国争雄，善辩游说之士风起云涌，有的合纵，有的连横，参与各国谋划，较量势力强弱。《转丸》篇里记载着他们巧言善辩的辞令，《飞钳》篇里隐伏着他们纵横捭阖的精巧技术。

因此，一位辩士的话比九鼎国宝还贵重，辩士的三寸之舌胜过百万大军。苏秦佩带了六国相印，张仪被封五个殷实的都邑。

到汉代平定秦楚，辩士说客不再得势，刘邦的辩士郦食其被齐王烹杀于油锅中，韩信的谋士蒯通也差点被投入汉高祖的烹鼎之中。此后还有陆贾因善言而很有名，张释之对汉文帝谈说如何善于结合当前的形势，杜钦的文辞辩论，楼护的唇枪舌剑，他们摇唇鼓舌，往来游说于帝王的殿阶之下，见微补缺，献计献策于公卿的座席之前。他们大多看风向说话，没有谁敢逆流而上。

言说之事重在看准时机，据情况的变化而张弛相随。不光婉言陈说，还要书写成文。

范雎的《上秦昭王书》言谈治国的疑难之事，李斯的《上始皇书》谏劝停止逐客，皆是顺其情理、投合机宜，用动听的言辞切中时务，他们虽触犯了君王，却获得了成功，受到信任，这是上书中善于劝说的例子。

邹阳上书说吴王刘濞和梁王刘武，比喻巧妙，理由充足，处境虽危而没有受害。东汉的冯衍言说鲍永和邓禹，引证事例迂缓，文辞烦冗，所以几经游说却很少得志见用。

说这种文体的关键是必须抓住有利时机，且意义正确，进有助于事业的成功，退不妨碍自身的荣显。

只要不是欺骗敌人，就要忠实诚信。将心里的话献给君主，用巧妙的文采加强语言的说服力，这就是说这种文体的根本原则。

可是，陆机在《文赋》里却说“说这种文体只是说得天花乱坠，实际是狡诈欺骗”，为什么呢？

总结：

理论要用语言来表现，叙述理论便成了论文。

研究自然人事的奥秘，使思维到达深远境地。

阴阳变化没有差错，它使得鬼神也不能逃遁。

游说飞钳般抓住人，很快产生了劝阻的效用。

《易》之《姤》象：『后以施命诰四方。』诰命动民，若天下之有风矣。

降及七国[5]，并称曰命。命者，使也。

秦并天下，改命曰制。

汉初定仪则，则有四品：一曰策书，二曰制书，三曰诏书，四曰戒敕。敕戒州部，诏诰百官，制施赦命，策封王侯。

策者，简也；制者，裁也；诏者，告也；敕者，正也。

《诗》云『畏此简书』，《易》称『君子以制数度』，《礼》称『明神之诏』，《书》[6]称『敕天

译文 皇帝统治天下，他的话是神圣的。他静坐在御座上，声音却可以传遍四方，皆因诏书、策书的作用。

轩辕黄帝和唐尧、虞舜的时代，天子的话都称为“命”。

延伸阅读《诏策》中的诏、策皆是文体的名称。______

诏，诏书，策，策书，

诏策 第十九

皇帝御宇，其言也神。渊嘿黼扆，而响盈四表，唯[1]诏策乎！昔轩辕唐虞，同称为命。命之为义，制性[2]之本也。其在三代，事兼诰誓[3]。誓以训戎，诰以敷[4]政，命喻自天，故授官锡胤。

□注释

❶渊嘿：沉默。渊，深渊；嘿，同“默”。唯：只。❷制性：儒家认为天命叫性，性是天生的。天子要根据天命来助善去恶。❸诰：发布施政命令。誓：起兵讨伐宣言。❹戎：军事。敷：展布、实行。❺七国：战国时代。❻《书》：指《尚书》。

观文景以前，诏体浮杂；武帝崇儒，选言弘奥[8]。策封三王，文同训典；劝戒渊雅，垂范后代。及制诏严助[9]，即云厌承明庐，盖宠才之恩也。孝宣玺书，责博于陈遂[10]，亦故旧之厚也。逮光武拨乱[11]，留意斯文，而造次喜怒，时或偏滥。

“命”本义是古时帝王给有功德的人赐姓。在夏、商、周三代的时候，兼有“诰”和“誓”的作用。誓命是用来训诫军队，诰命是用来敷告政事的。命是从天命借用来的，用来给有功之人授予官爵和赐福后代。

《周易》的《姤》卦的象辞中说：“天子颁布命令告诫四方臣民。”诰命发动臣民的作用，像大风那样，只要风一吹，草就会随风而动。

到战国时代，就都称为“命”，“命”就是使的意思。

皆是皇帝的诏令文告。这类文体名目很多，后代统称作诏令。本篇反映了魏晋以前诏策文的大概发展情况。全篇分三个部分：一、讲诏、策的起源、

之命』，并本经典以立名目。远诏近命，习秦制也。记称丝纶，所以应接群后。虞重纳言，周贵喉舌，故两汉诏诰，职在尚书。王言之大，动入史策，其出如绋，不反若汗。是以淮南有英才，武帝使相如视草；陇右⑦多文士，光武加意于书辞：岂直取美当时，亦敬慎来叶矣。

⑦陇右：东汉初武将隗嚣驻地，在今甘肃一带。此处指隗嚣和汉光武帝通书信。⑧文景：西汉文帝刘恒、景帝刘启。浮杂：浮浅驳杂。选言：写诏令。弘：大。奥：深。⑨三王：指西汉武帝的三个儿子，齐王刘闳、燕王刘旦、广陵王刘胥。封三王的策文，见《史记·三王世家》。严助：汉武帝的宠臣。⑩孝宣：汉宣帝刘询。玺：皇帝的印。责博于陈遂：《汉书·游侠传》载，汉宣帝为太子时，常和陈遂一起下棋赌博，多次欠陈遂的债。宣帝即位后，起用陈遂为太原太守，并写信开玩笑说："制诰太原太守，官尊禄厚，可偿博进矣。"陈遂，西汉游侠。责博：问起赌债的事。责，问。⑪拨乱：拨治王莽之乱。

斯任，施令发号，洋洋⑯盈耳。魏文帝下诏辞义多伟，至于作威作福，其万虑之一弊乎！晋氏中兴，唯明帝⑰崇才，以温峤文清，故引入中书。自斯以后，体宪风流⑱矣。夫王言崇秘，大观在上，所以百辟其刑，万邦作孚⑲。故授官选贤，则义炳

秦始皇并吞六国，统一天下，把“命”改作“制”。

汉代初年制定法制，把命分为四类：一类叫策书，二类叫制书，三类叫诏书，四类叫戒敕或敕书。

敕书用来告诫州郡地方长官，诏书用来告示百官，制书用来施行赦免罪行的命令，策书用来封赐王侯。

策，就是简策；制，就是裁断；诏，就是告诉；敕，就是改正。《诗经》说：“害怕这告急的简书。”《周易》说：“君子节制地制定礼的等级制度。”《周礼》说：“向北方诏告明察事理之神。”《尚书》

主要分类及其基本的含义，谈论历代诏、策的发展变化，评价有关作品。

二、讲不同内容的诏、策的不同写作特点。

三、附论和诏、策相近的三种文体戒、教、令。这三种诏策可用于君对

诏赐邓禹，称司徒为尧⑫；敕责侯霸，称黄钺一下。若斯之类，实乖宪章。暨明、章崇学，雅诏间出⑬。和安政弛，礼阁⑭鲜才，每为诏敕，假手外请。建安之末，文理代兴，潘勖九锡，典雅逸群；卫觊禅诰，符命⑮炳耀，弗可加已。自魏晋诰策，职在中书。刘放、张华，互管

⑫诏赐邓禹，称司徒为尧：光武帝封邓禹为司徒，在给他的诏书中说“司徒，尧也”，赞美过分了。邓禹，东汉初大将，光武帝的大司徒。⑬明、章：东汉明帝刘庄和章帝刘炟。间出：轮替出现。⑭礼阁：汉代尚书省称为礼阁。⑮潘勖：东汉末文人，替曹操写《册魏公九锡文》。《九锡》：汉献帝赐给曹操的车马等九种器物，是最高等级的赏赐，此指《册魏公九锡文》。锡，同“赐”。符命：天命的征验。⑯中书：中书省，魏晋主管政务和起草诏书的机关。洋洋：盛多的样子。⑰作威作福：《三国志·魏志·蒋济传》称曹丕给征南将军夏侯尚的诏书中说他可以“作威作福，杀人活人”。他的臣下对此提出意见，曹丕接受这个批评，派人追回原诏。明帝：东晋明帝司马绍。⑱体宪：中书省的体制有法度。风流：风气流传下去。⑲大观在上：在上的言行，大为在下的所观听。见《周易·观卦》。万邦作孚：《诗经·大雅·文王》：“仪刑文王，万邦作孚。”只要效法周文王，天下万邦都会信任、服从你。作

及晋武敕戒备告百官：敕都督以兵要，戒州牧以董司，警郡守以恤隐，勒牙门㉖以御卫，有训典焉。戒者，慎也，禹称『戒之用休』。君父至尊，在三罔极。汉高祖之敕太子，东方朔之戒子㉗，亦顾命之作也。及马援㉘已下，各贻家戒。

说，“敕正奉行上天的命令。”

上述可见，策、制、诏、敕，都是根据经典确立的名称。远处的就用诏书，近处的就用命令，这是习用秦朝的制度。

《礼记》说，“如君王的话丝一样细，那它传出去就会像钓鱼线一样粗”，所以君王对群臣说话要谨慎。

虞舜看重发布帝命的纳言工作，周王看重纳言官员，把他们比作王的喉舌。因此两汉起草诏书文告，就由尚书省主管。

臣、臣对民、父对子。——诏、策是古代的应用文，直接为统治阶级服务，和广大人民关系重大，历代皇帝及御用文人都极重视。——诏策文是我国古代散文的重要文体之一，刘勰对不同内容的诏、策提

重离之辉；优文⑳封策，则气含风雨之润；敕戒恒诰，则笔吐星汉㉑之华；治戎燮㉒伐，则声有洊雷㉓之威；眚灾肆赦，则文有春露之滋；明罚敕法，则辞有秋霜之烈：此诏策之大略也。

戒敕为文，实诏之切者，周穆命郊父受敕宪㉔，此其事也。

魏武称：作敕戒，当指事而语，勿得依违㉕，晓治要矣。

孚，信服。⑳优文：优待的文辞，褒扬奖励之文。㉑星汉：银河。㉒燮（xiè）：协同、谐和。㉓洊雷：重叠的雷声。㉔周穆：周穆王。《穆天子传》卷一载："丙寅，天子属官效器，乃命正公郊父受敕宪。"郊父：周穆王的大臣。宪：教令。㉕依违：犹豫不决。依，从；违，反。㉖晋武：晋武帝司马炎。戒州牧以董司：司马炎有《太康初省州牧诏》。州牧：一州之长，地方行政长官。董司：督察管理。勒牙门：司马炎著有《勒牙门》，已失传。勒：治、约束。牙门：树牙旗的军门，指军队。㉗在三：《国语·晋语一》："父生之，师教之，君食之。"称为在三。罔：无穷。戒子：东方朔的《诫子诗》，诫子要做官守正，以官代民。㉘马援：东汉初将领，有《戒兄子严敦书》，反对他们议论人长短，乱批评法制。

诗云『有命自天[33]』，明命为重也；周礼曰『师氏诏王』，明诏为轻也。今诏重而命轻者，古今之变也。

赞曰：

皇王施令，寅严宗诰。我有丝言[34]，兆民伊好。辉音[35]峻举，鸿风远蹈。腾义飞辞，涣其大号[36]。

君王的话影响很大，说了就要写进历史书。如他说的话仅有钓鱼线那么细，传播出去就会有引棺之绳那么粗，君王的号令一出，汗水一样不能收回。所以淮南王刘安有英才，很会作文章，汉武帝每次给他回信或赐书，都要叫司马相如审定草稿；陇右隗嚣的门下会作文章的人很多，汉光武帝回答他们的事情时，特别注意诏书的文辞：岂止在当时传为佳话，对后世也谨慎。

看西汉文帝、景帝以前，诏书的内容浮泛杂乱；到了汉武帝，尊崇儒家，诏书选用的语言弘博典奥。

出了不同的写作要求，如授官选贤的文告要“义炳重离之辉”，军事讨伐的文告要“声有洊雷之震”，封策王侯的文告要“气含风雨之润”。虽都是为了写出封建帝王的威仪、恩泽、贤明，但

班姬[29]，女戒足称母师也。教者效也，言出而民效也。契敷五教，故王侯称教[30]。昔郑弘之守南阳，条教为后所述，乃事绪明也；孔融之守北海，文教丽而罕施[31]，乃治体乖也。若诸葛孔明[32]之详约，庾稚恭之明断，并理得而辞中，教之善也。自教以下，则又有命。

㉙班姬：班昭，班固之妹，东汉女作家，有《女诫》七篇。㉚契：传说中舜的臣子，管教化。《尚书·舜典》说舜时百姓不亲，叫契公布五教。五教：五常之教——父义、母慈、兄友、弟恭、子孝。王侯称教：明代徐师曾《文体明辨序说》："秦法，王侯称教，而汉时大臣亦得用之，若京兆尹王尊出教告属县是也。故陈绎曾以为大臣告众之词。"㉛条教：条例教令。《汉书·郑弘传》说他做南阳太守"条教法度，为后所述"，其条教今已不存。文教丽而罕施：司马彪在《九州春秋》中说孔融在北海，教令温雅，却难以悉行。㉜诸葛孔明：诸葛亮，字孔明，三国时蜀丞相，著名政治家。其教令有《答蒋琬教》等。㉝有命自天：《诗经·大雅·大明》："有命自天，命此文王。"㉞丝言：王言如丝，比喻号令要慎重。㉟辉音：德音，诏诰传达的天子的声音。㊱涣其大号：天子涣然发其号令，出汗一般不复收。涣，散布；号，号令。

他封三个儿子为王所写的《策封三王文》，文辞跟《尚书》中的训、典相同；它的劝告警诫意义深刻典雅，为后代留下了典范。

要求行文和内容协调，写出特点。

他给宠臣严助的诏书，说他厌倦了在朝值班，让他出外做会稽太守，表示他对宠爱的人才的恩典。

汉宣帝写给老友陈遂盖有皇帝大印的书信，问起欠他赌债的事，表现了老友的深情厚谊。

到了东汉光武帝平定世乱，注重文化，他写诏策全凭自己的喜怒而定，有时不免偏激失当，滥用文辞。如他赐给邓禹的诏书，竟然称司徒邓禹是尧；他责备侯霸的敕书，居然说："我的斧钺砍下来，人世间就没你居住的地方了。"

这一类诏书、敕书，实在违反法制。

后来东汉明帝和章帝时期，尊崇儒学，文辞典雅的诏书屡屡出现。到了和帝和安帝时代，政务衰败松弛，起草诏书、敕书的尚书省缺乏人才，每次为皇帝起草诏书、敕书，都要请外人代笔。

东汉建安末年，有文采和理智的诏书、策书兴起，如潘勖的《册魏公九锡文》，文辞典雅超群，卫觊代汉献帝起草的《为汉帝禅位魏王诏》，称述天命得征验，文采照耀，无人能超出他们。

魏晋以来的诏书、策书的职责，归中书省掌管，魏的刘放、西晋的张华掌管了这个职务。他们为皇帝起草的诏书、策书，洋洋大观。魏文帝曹丕下的诏书，言辞和意义大多宏伟，他给夏侯尚下的诏书中要其部下"作威作福"，这种不妥当的话，千虑一失！

东晋元帝中兴以后，只有明帝看重人才，因温峤的文辞清丽雅正，亲自下诏令任命他为中书令。从此以后，中书省的体制有了法度，成为风气流传下去。

帝王的言语崇高而神秘，处在上位，为在下的臣民所重视观望，诸侯都来效法，万邦都信服顺从。因此授命官职，选任贤能，诏书的含义就像日月照耀四方的光辉；优待褒扬，策封王侯，策书散发的恩惠如和风细雨般滋润；敕书训诫，恒常教导，笔墨中吐出银河的光彩；治理军事，协同讨伐，文诰就要有重叠霹雳的声威；原谅错误，宽赦罪过，赦文就要如春天的朝露一样滋润；明确惩罚，以正法纪，文诰就要如秋天霜冻般寒烈：这些就是写作诏策敕书的要求。

用来作为戒敕之用的敕书，是一种更为切实的诏书，如周穆王令郊父接受敕书的命令，就是戒敕文。

魏武帝曹操说作敕书诫正臣民，应根据事实，话有所指，不要犹豫不决，不能依违两可，是懂政治的。

到了晋武帝司马炎作敕书，戒敕百官，对各种官吏都有所告诫：敕令都督将领要通晓军事要领，告诫州牧地方长官要监督管理政务，警告郡守官员要悯恤百姓的疾苦，告诫部队将领要抵敌卫国。这些敕书、诏书都具有古代训典的遗风。

“戒”，就是谨慎的意思，夏禹说“用美好的话警诫他”。君王、父亲和老师是最尊贵的，这三者给人的恩德是无穷的。

汉高祖刘邦的《手敕太子文》，东方朔的《诫子诗》，都是临终遗嘱之作。

到东汉马援的《戒兄子严敦书》以后，许多人都遗留下了家戒。班昭著的《女诫》，完全可称为傅母和女师了。

“教”，就是效法的意思，说出话来让百姓照着去做。舜叫契公布五种教诲，后来王侯大臣对百姓的训示便称为“教”。

从前郑弘为南阳太守，他发布的一条条教令为后世所称道，因为他治理政事头绪明白。孔融做北海太守，他的教令写得有文采但很难推行，因为教令违背了政治体制。诸葛亮的教令，内容详细周到，文辞简明；东晋庾稚恭的教令，明白而决断。他们的教令都道理得当，文辞恰切，是好的教令。

在教令这种文体之外，还有“命”这种文体。

《诗经》说“有命令从天神那里发出，授命文王取代殷商作天子”，表明命是上对下的，是重要的。

《周礼》说“教育官师氏诏告天子周王”，说明“诏”是臣下报告天子的，没有“命”那么重要。

现今“诏”成为皇帝专用的文体，“诏”变得比“命”重要了，这就是古代和今天文体的变化。

总结：

帝王天子发号施令，臣民恭收诏诰。

天子的话只言片语，万民也会尊奉。

诏诰高高地扬起，教化向远处传播。

诏策的意辞飞扬，发出伟大的号令。

故知帝世[2]戒兵，三王誓师，宣训我众，未及敌人也。至周穆西征，祭公谋父称古有威让[3]之令，令有文告之辞，即檄之本源也。及春秋征伐，自诸侯出，惧敌弗服，故兵出须名，振此威风，暴彼昏乱，刘献公之所谓「告之以文辞，董之以武师」者也[4]。齐桓征楚，诘菁茅之阙；晋厉伐秦，责箕郜，

【译文】雷霆始于闪电，军队之行需要声威。看到闪电就惧怕雷声，听到声势就惧怕军队。出兵先要有声威，它的源头已经很久远了。从前有虞氏警诫战士，夏后氏最初在军队里宣誓，殷汤在军营门外誓师，周武王在军队与敌军交锋前宣誓。由上述可知：帝舜之世警诫军队，夏、商、周三王军中誓师，皆是为了宣传训诫自己的部队，而不

延伸阅读《檄移》的檄、移皆是文体的名称。本篇重点讲檄文，附论移文。檄，檄文，汉魏六朝叫“露

檄移第二十

震雷始于曜电，出师先乎威声。故观电而惧雷壮，听声而惧兵威。兵先乎声，其来已久。

昔有虞始戒于国，夏后初誓于军，殷[1]誓军门之外，周将交刃而誓之。

□注释

❶有虞：五帝时代。戒于国：警诫国内的战士。殷：商。❷帝世：帝代，五帝之一的虞舜时代。❸周穆：周穆王。西征：西征犬戎。犬戎为西方的少数民族。祭公谋父：周穆王的卿士，姓祭，字谋父。祭谋父曾劝谏周穆王，远方不服，先加斥责，发去文告，即檄。让：斥责、谴责。❹刘献公之所谓“告之以文辞，董之以武师”者也：刘献公，周景王的卿士。他的话见《左传·昭公十三年》。董：督责。

故分阃推毂，奉辞伐罪，非唯致果为毅⑩，亦且厉辞为武。使声如冲风所击，气似欃枪所扫，奋其武怒，总其罪人；征其恶稔之时，显其贯盈之数；摇奸宄之胆，订信慎之心。使百尺之冲，摧折于咫⑪书；万雉之城，颠坠于一檄者也。

观隗嚣之檄亡新，布其三逆，文不雕饰，

是说给敌方听。周穆王西征犬戎国，大臣祭公谋父对周穆王说："古时出兵有威严谴责敌方的命令，有告诫对方的文辞。"于是写了谴责敌方的文辞。这就是檄这种文体的源头。到了春秋时代，周王朝衰微，天下无道，出征讨伐的事都由诸侯发动，他们害怕对方不服，出兵须有名义，振奋自己的威风，暴露对方的昏乱无道。刘献公所说的"用文辞来告诫他，用军队来督促他"，就是这个意思。齐桓公讨伐楚国，派管仲质问楚国为什么不向周天子进贡祭祀用的菁茅；晋厉公讨

布"，唐宋以后，檄文专指发兵前声讨敌人的文书，露布则专指战胜敌人的捷报。——移，是移书或移文，下行的公文或公告一

之焚⑤。管仲、吕相，奉辞先路，详其意义，即今之檄文。暨乎战国，始称为檄。檄者，皦⑥也，宣露于外，皦然明白也。张仪檄楚，书以尺二；明白之文，或称露布⑦。露布者，盖露板不封，播诸视听也⑧。夫兵以定乱，莫敢自专，天子亲戎，则称恭行天罚；诸侯御师，则云肃将王诛⑨。

⑤晋厉伐秦，责箕郜之焚：见《左传·成公十三年》，晋厉公讨伐秦国，先派吕相责问秦国曾经派兵侵入晋国，焚烧箕、郜之事。晋厉：晋厉公。箕、郜：地名，属晋国，在今山西境内。⑥皦（jiǎo）：明白。⑦张仪：战国末纵横家，秦国丞相，主张连横，著有《为文檄告楚相》。露布：盖露板不封，指让人看到文辞。⑧播诸视听也：另本作“布诸视听也”。⑨亲戎：亲自率军征伐。肃将：严肃地奉行。王诛：帝王诛伐之意。⑩致果为毅：《左传·宣公二年》有“杀敌为果，致果为毅”的话。果：果敢。毅：坚毅。⑪欃（chán）枪：彗星。总：集中、总汇。征：验证。恶稔：恶满。奸宄（guǐ）：犯法作乱的人。冲：冲锋的战车。咫：周代八寸为咫。

肇鉴于已然，虽本国信实，参兵诈。谲诡[18]以驰旨，炜晔以腾说。凡此众条，莫之或违者也。故其植义扬[19]辞，务在刚健。插羽[20]以示迅，不可使辞缓；露板以宣众，不可使义隐。必事昭而理辨，气盛而辞断，此其要也。若曲趣密巧，无所取才矣。

伐秦国，派吕相责备秦国为什么焚毁了箕、郜两地。齐国的管仲、晋国的吕相，先举出斥敌的话，再进军，考察它的意义，就是今天的檄文。到了战国时代，就开始称作檄文。檄，就是明白，揭露在外，使之非常明白。张仪作文檄告楚相，用长一尺二寸的竹简书写。这种明白昭著的檄文，有的叫露布，即公布出来，让人看到、听到。

军事行动是平定祸乱的，任何人都不敢独自专断。因此天子亲自

类的文书。

檄文，用于对“逆党”的军事讨伐；移文，用于对顺命臣民的“洗濯”。

全篇分三个部分：

一、讲檄文的起源，讲战国时期正式出现檄文

而辞切事明。陇右⑫，文士得檄之体矣！陈琳之檄豫州，壮有骨鲠⑬。虽奸阉携养，章实太甚；发丘摸金，诬过其虐；然抗辞书衅⑭，皦然露骨。固矣，敢指曹公之锋，幸哉免袁党之戮也。钟会檄蜀⑮，征验甚明；桓温檄胡，观衅尤切：并壮笔也。凡檄之大体，或述此休明，或叙彼苛虐指；天时⑯，审人事，算强弱，角权势，标蓍龟⑰于前验，悬

⑫隗（wěi）嚣：东汉初将领。檄亡新：指隗嚣的《檄移告郡国》，声讨王莽新朝三罪。新：王莽的国号。陇右：陇西，今甘肃、青海一带，隗嚣的驻地。⑬陈琳：东汉末作家。他最初为袁绍部下，袁绍联合豫州刺史刘备声讨曹操，命陈琳写了《为袁绍檄豫州》。骨鲠：骨气、骨力。⑭章实：揭露事实真相。衅（xìn）：裂痕、罪过。⑮钟会：三国时期魏司徒，伐蜀主要军事将领之一。檄蜀：《三国志·魏书·钟会传》说，蜀国姜维守剑阁抗拒钟会，钟会写了《移蜀将吏士民檄》。⑯天时：天命、天道之类。⑰蓍（shī）龟：占卜用的蓍草、龟壳。此处指占卜。⑱谲诡：怪异不实。⑲植：树立。扬：施展、飞扬。⑳插羽：古代檄文，插上羽毛表示紧急。后代的“鸡毛信”由此而来。

檄参伍[24]，故不重论也。

赞曰：

三驱弛网，九伐[25]先话。

鞶鉴吉凶，蓍龟成败。

摧压鲸鲵，抵落蜂虿[26]。

移实易俗，草偃风迈[27]。

带兵出征，就说是恭行天罚；诸侯出兵征伐，就说是执行天子的讨伐。所以古代帝王派遣将领，委托征战重任，不仅要推车相送，而且把处理都城外的大权分给他。大将奉天子的辞令讨伐有罪的人，不光杀敌需果敢坚毅，也要用厉害的檄文威胁。要使

以后的主要作品，结合了檄文在征讨敌人中所起的作用。

又州郡征[21]，吏亦称为檄，固明举之义也。

移者，易也，移风易俗，令往而民随者也。相如之难蜀老，文晓而喻博，有移檄之骨[22]焉。及刘歆之移太常，辞刚而义辨，文[23]移之首也；陆机之移百官，言约而事显，武移之要者也。

故檄移为用，事兼文武，其在金革，则逆党用檄，顺众资移，所以洗濯民心，坚同符契。意用小异，而体义大同，与

㉑征：召。㉒骨：特点。㉓文：文事，与武事相对。㉔金革：兵甲，指战争。金，锣；革，鼓。古代作战，鸣锣后退，击鼓前进。濯：洗。符契：符合、一致。符，信符；契，券约。参伍：交错、错综。㉕九伐：要讨伐的九种罪行，《周礼·大司马》说大司马职掌九伐之法，讨伐有九种罪行的人。㉖抵：击。虿（chài）：蝎子一类的毒虫。㉗偃：倒下。迈：行。风吹草倒，比喻檄文的威力。

军事行动的声威强风袭击般有力，气魄似彗星扫荡，激发我军愤怒，统集到讨伐的罪人身上；用事实证明已到严惩敌人罪恶的时候，显示敌人恶贯满盈的罪恶；动摇为奸作恶者的胆量，确立顺从者的决心。使敌人百尺之长的战车，被咫尺的檄书摧毁；万垛坚固的城墙，被一纸檄文推倒。看看隗嚣的《移檄告郡国》，用檄文声讨王莽的新朝，宣布他“逆天”“逆地”“逆人”的三大罪状，文辞虽不雕饰，话极确切，事理明白，说明陇右文士已掌握了檄文的体制。陈琳的《为袁绍檄豫州》，为袁绍声讨曹操而作，文章气势豪迈，有骨力，骂曹操是奸恶的太监豢养的养子，揭发私密事实太过分；骂曹操设立发丘中郎将、摸金校尉挖坟盗金，诬骂的话超过了曹操暴虐的实际；但是他却以直率的话记下了曹操的罪过，写得明白露骨。他敢于触犯曹操的锋芒，但作为袁绍党羽幸而免于被杀。钟会的《移蜀将吏士民檄》，列举历史事实作为蜀国必亡的证验，事理明白；桓温的《檄胡文》，观察揭露敌人的罪恶尤其确切，都是写得有力的檄文。檄文的主要特点是：或叙述我方的美好昌明，或揭露对方的苛暴残虐；指明天意，审察人事，比较强弱，衡量权势，用以前的凭证预卜吉凶，用过去的事实、事例作为借鉴，虽说是本于国家的信用，实际上加上了兵不厌诈的原则，用巧妙欺诈的手法宣传自己的旨意，用冠冕堂皇的言辞

二、讲檄文的特点及写作的基本特点和要求。

三、讲移文、檄文的区别。檄文和移文都是军事和政治斗争的工具，尤其是檄文，具有很强的战斗性。

刘勰提出的写作檄文的基本要求是：内容上要宣传我方的正义，充分揭露敌方的罪行，指出我方的有利、敌方的不利，从精神上瓦解敌人。行文要求事情写明白，道理讲清楚，气势要强盛，用词要果断、有魄力。

传播自己的主张。

这几条原则，一般写作檄文没有违反的。

写作檄文，确立意义，发扬文辞，务必在于刚健有力。在檄书上插上羽毛，就表示事情紧急需要火速办理，所以檄文不可以文辞舒缓；檄书不加密封让它敞露出来，就是为了向众人宣布，所以檄书不可意义隐晦。一定要使事情叙述明白，道理确切清晰，气势壮盛而言辞果断干脆，这就是写作檄文的要点。倘若檄文写得旨意隐晦曲折，文辞细致含蓄巧妙，这种文章就没有什么可取的了。州郡征召官吏的文书，也称为檄书，这是表示公开举拔人才的意思。“移”，就是改变，转移风气，改变习俗，号令发出，百姓就跟着执行。

司马相如的《难蜀父老》，文辞明白，用了很多的事例作比，具有移书檄文的骨力。刘歆的《移太常博士书》，文辞刚健，义理明辨，是文教方面的第一篇移文。陆机的《移百官》，言辞简约，叙事明显，是军事方面的重要移文。檄移这类文体，兼用文武两方面。它用在军事上，对叛逆的党徒用檄文，对顺从的民众用移文。

移文用来洗濯民众的思想，使其同上面牢固结合，如符契般吻合。移文和檄文的意义作用有差异，但体制要求大体相同，移文和檄文的写作错综相近，这里不再重复论述。

总结：

如驱赶禽兽网要放开一面，讨伐先要加以说明。

檄文像镜子可以照清吉凶，似占卜可预言成败。

摧毁镇压鲸鲵一样的恶人，打击扫除毒虫蜂虿。

移文确实是用来移风易俗，风过一样众草伏拜。

卷五

则秦女楚珠
浮于理，末胜其本，
人买椟而还珠。若文
为薰桂之椟，郑
晋人贵媵而贱女；楚珠鬻郑，
昔秦女嫁晋，从文衣之媵，
又对策者，应诏而陈政也；
射策者，探事而献说也。
言中理准
空骋其华，固为事实所摈；
其理，亦为游辞所埋矣。
若不达政体，而舞笔
离构辞，穿凿会巧，设得
弄文，支
驳议。驳者，
曰驳也。
楷式昭备，
代诸
迄至有汉，始立
杂议不纯，故
明，
自两汉文
若贾谊之遍
“发言盈庭”
宅揆之
水之难，则其
有“明台之议”，
皂饬司直，肃清风禁。
笔锐干将，墨含淳酖。
次骨，无或肤浸。
陈宜，事必胜任。昔管
仲称，轩辕
来远矣。洪
尧咨四岳，
舜畴五
虽有
献政
宪章无算\而同异足\
法，而甘龙交辩\虽
臣\三代所兴\询及刍荛\春秋释宋\
鲁桓 预 议\及赵灵胡服\而季父
争论\商鞅变
奏，而法家少文。
李斯之奏骊山，事略
及光武勤碑，则文自张纯。
也。言敷于下，情进于上
膏润，形于篇章
允笃
笔兹文\
之作
宪清国。
之以介丘\绝
歌之以祯瑞\赞
于列圣之上\
要，此其体也。若
疏通为首\强
腾休明
维新
固

辨析
以穷理，
酌古御今，治繁
观孔光
之奏董贤
之奏孔融，则诬其奸回；路粹
名儒之与险
士，固殊心焉。
若夫傅咸劲直，而按
辞坚深；刘隗
切正，
而劾
至德以凝其化，七
以崇其德；
君，所以封禅矣。
昔黄帝神灵，
鸿瑞，勒功乔岳，铸鼎
乎《虞典》。成康封禅，
大舜巡岳，显
荆山。
克膺
十有二
爰王
桓之霸
齐
陆機斷議亦有鋒
風格存焉

宗實跡也及楊雄劇秦班固典引事非鐫石而體因紀禪觀劇秦為文影寫長卿詭言遯辭故兼包神怪然骨掣靡密辭貫圓通自稱極思無遺力矣典引所叙雅有懿乎歷鑑前作能執厥中其致義會文斐然餘巧故稱封禪麗而不典劇秦典而不實豈非追觀易為明循勢易為力歟至於邯鄲受命攀響前聲風末力寡輯韻成頌雖文理順序而不能奮飛陳思魏德假論客主問答迂緩且已千言勞深勣寡飈燄缺焉茲文為用蓋一代之典章也搆位之始宜明大體樹骨於訓典之區選言於宏富之路使意古而不晦

南茅北黍空談非徵勳德而已是史遷八書明述封禪者固禋祀之殊禮銘號之祕祝祀天之壯觀秦始皇銘岱文自李斯法家辭氣體乏弘潤然疎而能壯亦彼時之絕采也鋪觀兩漢隆盛孝武禪號於肅然光武巡封於梁父請德銘勳乃鴻筆耳觀相如封禪蔚為唱首爾其表權輿序皇王炳玄符鏡鴻業驅前古於當今之下騰休明於列聖之上歌之以禎瑞讚之以介丘絕筆茲文固惟新之作也及光武勒碑則文字張純首胤典謨末同祝辭引鉤讖叙離計武功述文德事覈理舉華不足而實有餘矣凡此二家並岱

則敷奏以言則章表之義也明試以功即授爵之典也至太甲旣立伊尹書誡思庸歸亳又作書以讚文翰獻替事斯見矣周監二代文理彌盛再拜稽首對揚休命承文受冊敢當丕顯雖言筆未分而陳謝可見降及七國未變古式言事於王皆稱上書秦初定制改書曰奏漢定禮儀則有四品一曰章二曰奏三曰表四曰議章以謝恩奏以按劾表以陳請議以執異章者明也詩云爲章于天謂文明也其在文物赤白曰章表者標也禮有表記謂德見儀其在器式揆景曰表章表之目蓋取諸此也按七畧藝文謠詠必

於深文今而不墜於淺義吐光芒辭成廉鍔則爲偉矣雖復道極數殫終然相襲而日新其來者必超前轍焉

贊曰

封勒帝勣對越天休逖聽高岳聲英克彪樹石九旻泥金八幽鴻律蟠采如龍如虬

章表第二十二

夫設官分職高卑聯事天子垂珠以聽諸侯鳴玉以朝敷奏以言明試以功故堯咨四岳舜命八元固辭再讓之請俞往欽哉之授並陳辭帝庭匪假書翰然

應物製巧隨變生趣執轡有餘故能緩急應節逮晉
初筆扎則張華爲儁其三讓公封理周辭要引義比
事必得其偶世珍鷦鷯莫顧章表及羊公之辭開府
有譽於前談庾公之讓中書信美於往再序志顯類
有文雅焉劉琨勸進張駿自序文致耿介並陳事之
美表也原夫章表文爲用也所以對揚王庭昭明心
曲既其身文且亦國華章以造闕風矩應明表以致
禁骨采宜耀循名課實以爲本者也是以章式炳賁
志在典謨使要而非略明而不淺表體多包情僞屢
遷必雅義以扇其風清文以馳其麗然懇惻者辭爲

録章表奏議經國之樞機然闕而不纂者乃各有故事而在職司也前漢表謝遺篇寡存及後漢察舉必試章奏左雄奏議臺閣爲式胡廣章奏天下第一並當時之傑筆也觀伯始謁陵之章足見其典文之美焉昔晉文受用三從命是以漢末讓表以三爲斷曹公稱爲表不止三讓又勿得浮華所以魏初表章指事造實求其靡麗則未足美矣至於文舉之薦禰衡氣揚采飛孔明之辭後主志盡文暢雖華實異旨並表之英也琳瑀章表有譽當時孔璋稱健則其標也陳思之表獨冠群才觀其體贍而律調辭清而志顯

情進於上也秦始立奏而法家少文觀王綰之奏勲德辭質而義近李斯之奏驪山事畧而意逕政無膏潤形於篇章矣自漢以來奏事或稱上疏儒雅繼踵殊采可觀若夫賈誼之務農晁錯之兵卒匡衡之定郊王吉之觀禮溫舒之緩獄谷永之諫仙理既切至辭亦通辭可謂識大體矣後漢群賢嘉言罔伏楊秉耿介於災異陳蕃憤懣於尺一骨鯁得焉張衡指摘於史職蔡邕銓列於朝儀博雅明焉魏代名臣文理迭興若高堂天文黄觀教學王朗節省甄毅考課亦盡節而知治矣晉氏多難災屯流移劉頌殷勤於時務

心使浮侈者情爲出使繁約得正華實相勝唇吻不滯則中律矣子貢云心以制之言以結之蓋一辭意也荀卿以爲觀人美辭麗以黼黻文章亦可以喻於斯乎

贊曰

敷奏絳闕獻替黼扆言必貞明義則弘偉肅恭節文條理首尾君子秉文辭令有斐

奏啓第二十三

昔唐虞之臣敷奏以言秦漢之輔上書稱奏陳政事獻典儀上急變劾愆謬總謂之奏奏者進也敷于下

糾惡勢必深峭詩刺讒人投畀豺虎禮嫉無禮方之鸚猩墨翟非儒目以豕彘孟軻譏墨比諸禽獸詩禮儒墨既其如茲奏劾嚴文孰云能免是以世人爲文競於詆訶吹毛取瑕次骨爲戾復似善罵多失折衷若能闢禮門以懸規標義路以植矩然後踰垣者折肱捷徑者滅趾何必躁言醜句詬病爲切哉是以立範運衡宜明體要必使理有典刑辭有風軌總法家之式秉儒家之文不畏強禦氣流墨中無縱詭隨聲動簡外乃稱絕席之雄直方之舉耳啓者開也高宗云啓乃心沃朕心取其義也孝景諱啓故兩漢無稱

温嶠懇切於費役並體國之忠規矣夫奏之爲筆固以明允篤誠爲本辨折疏通爲首強志足以成務博見足以窮理酌古御今治繁總要此其體也若乃按劾之奏所以明憲清國昔周之太僕繩愆糾繆秦之御史職主文法漢置中丞總司按劾故位在鷙擊砥礪其氣必使筆端振風簡上凝霜者也觀孔光之奏董賢則實其姦回路粹之奏孔融則誣其釁惡名儒之與險士固殊心焉若夫傅咸勁直而按辭堅深劉隗切正而劾文闊畧各其志也後之彈事迭相斟酌惟新日用而舊準弗差然函人欲全矢人欲傷術在

皂飭司直肅清風禁筆鋭干將墨含淳酖雖有次骨無或膚浸獻政陳宜事必任勝

議對第二十四

周爰諮謀是謂爲議議之言宜審事宜也易之節卦君子以制度數議德行周書曰議事以制政乃弗迷議貴節制經典之體也昔管仲稱軒轅有明臺之議則其來遠矣洪水之難堯咨四岳宅揆之舉舜疇五人三代所興詢及芻蕘春秋釋宋魯桓務議及趙靈胡服而季父爭論商鞅變法而甘龍交辨雖憲章無算而同異之觀迄今有漢始立駁議駁者雜也襍議

至魏國箋記如云啓聞奏事之末或謹密啓自晉來盛啓用兼表奏陳政言事既奏之異條讓爵謝恩亦表之別幹必斂徹入規促其音節辨要輕清文而不侈亦啓之大略也又表奏確切號爲讜言讜者偏也王道有偏乖乎蕩蕩其偏故曰讜言也孝成稱班伯之讜言貴直也自漢置八儀密奏陰陽皂囊封板故曰封事晁錯受書還士便宜後代便宜多附封事慎機密也夫王臣匪躬必吐謇諤事舉人存故無待泛說也

贊曰

群務弛張治術故其大體所資必樞細經典採故實於前代觀通變於當今理不謬搖其枝字不妄舒其藻文郊祀必洞於禮戎事練於兵佃穀先曉於農斷訟務精於律然後標以顯義約以正辭文以辨潔爲能不以繁縟爲巧事以明覈爲美不以深隱爲奇此綱領之大要也若不達政體而舞筆弄文支離構辭穿鑿會巧空騁其華固爲事實所擯設得其理亦爲遊辭所埋昔秦女嫁晉從文衣之媵者晉人貴媵而賤女楚珠鬻鄭爲薰桂之櫝鄭人買櫝而還珠若文浮於理末勝其本則秦女楚珠復在於茲矣又對

不純故曰駁也自兩漢文明楷式照備藹藹多士發言盈庭若賈誼之遍代諸生可謂捷於議也至如主父之駁挾弓安國之辨匈奴賈捐之陳於朱崖劉歆之辨於祖宗雖質文不同得事要矣若乃張敏之斷輕侮郭躬之議擅誅程曉之駁校事司馬芝之議貨錢何曾蠲出女之科秦秀定賈充之謚事實允當可謂達議體矣漢世善駁則應劭爲首晉代能議則傅咸爲宗然仲瑗博古而銓貫以叙長虞識治而屬辭枝繁及陸機斷議亦有鋒穎而腴辭弗剪頗累文骨亦各有美風格存焉夫動先擬議明用稽疑所以敬慎

儒雅中策以入高第凡此五家並明代之明範也魏晉已來稍務文麗以文紀實所失已多及其來選又稱疾不會雖欲求文弗可得也是以漢飲博士而雉集平堂晉策秀才而麏興於前無他怪也選失之異耳夫駁議偏辨各執異見對策揄揚大明治道使事深於政術理密於時務酌三五以鎔世而非迂緩之高談馭權變以拯俗而非刻薄之偽論風恢恢而能遠流洋洋而不溢王庭之美對也難矣哉士之爲才也或練治而寡文或工文而疎治對策所選實屬通才志足文遠不其鮮歟

策者應詔而陳政也射策者探事而獻說也言中理準譬射侯中的二名雖殊即議之別體也古之造士選事考言漢文中年始舉賢良晁錯對策蔚爲舉首及孝武益明旁求俊乂對策者以第一登庸射策者以甲科入仕斯固選賢要術也觀晁氏之對驗古今辭裁以辨事通而贍超升高第信有徵矣仲舒之對祖述春秋本陰陽之化究列代之變煩而不慁者事理明也公孫之對簡而未博然總要以約文事切而情舉所以太常居下而天子擢上也杜欽之對畧而指事辭以治宣不爲文作及後漢魯丕辭氣質素以

書辭若對面又子服敬叔進弔書於滕君固知行人挈辭多被翰墨矣及七國獻書詭麗輻湊漢來筆扎辭氣紛紜觀史遷之報任安東方朔之難公孫楊惲之酬會宗子雲之答劉歆志氣槃桓各含殊采並杼軸乎尺素抑揚乎寸心逮後漢書記則崔瑗尤善魏之元瑜號稱翩翩文舉屬章半簡必録休璉好事留意辭翰抑其次也嵇康絶交實志高而文偉矣趙至贈離廼少年之激切也至如陳遵占辭百封各意禰衡代書親疎得宜斯又尺牘之偏才也詳總書體本在盡言言以散鬱陶託風采故宜條暢以任氣優柔

贊曰

議惟疇政名實相課斷理必綱摛辭無懦對策王庭同時酌和洽體高秉雅謨遠播

書記第二十五

大舜云書用識哉所以記時事也蓋聖賢言辭總爲尚書尚書之爲體主言者也楊雄曰言心聲也書心畫也聲畫形君子小人可見矣故書者舒也舒布其言陳之簡牘取象乎史貴在明決而已三代政暇文翰頗疎春秋聘繁書介彌盛繞朝贈士會以策子家與趙宣以書巫臣之遺子反子產之諫范宣詳觀四

以惠其才彪蔚其文■響蓋戲記之分也夫書記廣大衣被事體筆劄雜名古今多品是以總領黎庶則有譜籍簿録醫曆星筮則有方術占試申憲述兵則有律命法制朝市徵信則有符契券疏百官詢事則有關刺解牒萬民達志則有狀列辭諺並述理於心著言於翰雖藝文之末品而政事之先務也故謂譜者普也注序世統事資周普鄭氏譜詩蓋取乎此籍者借也歲借民力條之於版春秋司籍即其事也簿者圃也草木區別文書類聚張湯李廣爲吏所簿別情僞也録者領也古史世本編以簡策領其名數故

以懌懷文明從容亦心聲之獻酬也若夫尊貴差序則肅以節文戰國以前君臣同書秦漢立儀始有表奏王公國內亦稱奏書張敞奏書於膠后其義美矣迄至後漢稍有名品公府奏記而郡將奏牋記之言志進已志也牋者表也識表其情也崔寔奏記於公府則崇讓之德音矣黃香奏牋於江夏亦肅恭之遺式矣公幹牋記麗而規益子桓弗論故世所共遺若畧名取實則有美於爲詩矣劉廙謝恩喻切以至陸機自理情周而巧牋之爲善者也原牋記之爲式既上窺乎表亦下睨乎書使敬而不懾簡而無傲清美

類

省易以書翰矣契者結也上古純質結繩執契令羲胡徵數負販記緡其遺風歟券者束也明白約束以備情僞字形半分故周稱判書古有鐵券以堅信誓王褒髯奴則券之楷也疏者布也布置物[illegible]撮題近意故小券短書號爲疏也關者閉也出入由門關閉由審庶務在政通塞應詳韓非云孫亶四聖相也而關於州部蓋謂此也刺者達也詩人諷刺周禮三刺事叙相達若針之通結矣解者釋也解釋結滯徵事以對也牒者葉也短簡編牒如葉在枝温舒截蒲即其事也議政未定故短牒咨謀牒之尤密謂之爲籤

曰録也方者隅也醫藥攻病各有所主專精一隅故
藥術稱方術者路也筭歷極數見路乃明九章積微
故[illegible]爲術淮南萬畢皆其類也占者覘也星辰飛伏
伺候乃見精觀書雲故曰占也式則也陰陽盈虛五
行消息變雖不常而稽之有則也律者中也黄鍾調
起五音以正音以正法律馭民八形克平以律爲名
取中正也令者命也出命甲禁有若自天管仲下命
如流水使民從也法者象也兵謀無方而奇正有象
故曰法也制者裁也上行於下匠之制器也符者孚
也徵召防僞事資中孚三代王瑞漢世金竹末代從

本相通而文意各異或全任質素或雜用文綺隨事立體貴乎精要意少一字則義闕句長一言則辭妨並有司之實務而浮藻之所忽也然才冠鴻筆多疎尺牘譬九方堙之識駿足而不知毛色牝牡也言既身文信亦邦瑞翰林之士思理實焉

贊曰

文藻條流託在筆札既馳金相亦運木訥萬古聲薦千里應拔庶務紛綸因書乃察

籤者籤密者也狀者貌也禮貌本原取其事實先賢表謚並有行狀狀之大者也列陳也陳列事情昭然可見也辭者舌端之文通已於人子產有辭諸侯所賴不可已也諺者直語也喪言亦不及交故弔亦稱諺廛路淺言有實無華鄒穆公云囊漏儲中皆其類也太誓古人有言牝雞無晨大雅云人亦有言惟憂用老並上古遺諺詩書可引者也至於陳琳諫辭稱掩目捕雀潘岳哀辭稱掌珠伉儷並引俗說而為文辭者也夫文辭鄙俚莫過於諺而聖賢詩書採以為談況踰於此豈可忽哉觀此四條並書記所總或事

丹书曰：『义胜欲则从，欲胜义则凶。』戒慎之至也。则戒慎以崇其德，至德以凝其化③，七十有二君，所以封禅矣。

昔黄帝神灵，克膺④鸿瑞，勒功乔岳，铸鼎荆山。大舜巡岳⑤，显乎虞典。成、康封禅，闻之乐纬⑥。

及齐桓之霸，爰窥王迹，夷吾谲陈，距

译文 帝王效法天帝，居于北极星的正位，天将明时，面向南方坐朝听政，北极星一样运转着天道的枢纽。他们运用政权，抚育众多的百姓和贤人，难道不应按照道德办事，刻石以记帝王的功德吗？

《绿图》说：“宛转杂糅，纷纷扰扰，丰茂繁富，万物都得到化育。”这是最高的道德造就的。

《丹书》说：“义理胜过私欲即吉利，私欲胜过义理就危险。”就是说告诫要十分谨慎。用告诫谨慎提高德行，用极高的德行凝集对

延伸阅读 封禅是一种文体的名称。

封禅，原意是古代帝王祭天地的盛大典礼。古人认为五岳中东岳泰山

封禅第二十一

夫正位北辰，向明南面，所以运天枢，毓黎献者，何尝不经道纬德以勒皇迹者哉！

《绿图》曰：“潬潬呐呐，棼棼雉雉，万物尽化。”言至德所被也。

□注释

❶ 向明南面：帝王治理天下。向明，天将明，指早朝议政；南面，帝王朝南坐。毓（yù）：养育。黎献：黎民，老百姓。黎，众；献，贤人。❷《绿图》：传说有龙马衔出“赤文绿地”的河图献给尧，实际是假托尧名造的一种纬书。潬潬：展转。呐呐：错综杂糅。棼（fén）棼：纷纷。雉雉：杂乱，万物在变化中的纷杂情状。化：化生。❸《丹书》：也是一种纬书。戒：警诫。凝其化：造成各种祥瑞。凝，成；化，化生瑞物。❹ 克：能。膺：承受。❺ 大舜巡岳：《尚书·舜典》载，舜向东巡守东岳泰山，烧柴祭天。❻成、康封禅，闻之《乐纬》：《乐动声仪》说成王、康王都曾封禅。成、康，西周成王、康王。

武⑪巡封于梁父，诵德铭勋，乃鸿笔耳。观相如封禅⑫，蔚为唱首。尔其表权舆，序皇王，炳玄符，镜鸿业；驱前古于当今之下，腾休明于列圣之上，歌之以祯瑞，赞之以介丘，绝笔兹文，固维新⑬之作也。及光武勒碑，则文自张纯。

万事万物化育的功绩，古代七十二位帝王要把自己的功德告诉神明，因此到泰山举行封禅典礼。

从前黄帝神奇灵异，能承受宏大的祥瑞，在泰山上铭刻功绩，在荆山下铸造巨鼎。

最高，所以帝王应到泰山去祭祀。在泰山筑坛祭天叫“封”，在山南梁父山上辟基祭地叫“禅”。全篇分三个部分：一、讲封禅的意义。

大舜巡视泰山，举行封禅典礼，被显明地记载在《尚书·舜典》里。周成王、周康王在泰山封禅，也可从《乐纬》里见到。

到了春秋时代齐桓公称霸，窥视帝王封禅的典礼。管仲用齐国没有祥瑞不好封禅这样谲诈的言辞，谏阻了齐桓公封禅。管仲知道封禅告天用的玉牒文书和金镂签，只有帝王才可以用，西海的比翼鸟，东海的比目鱼，南方的三脊茅，北方的黍米，纯属凭空虚

以怪物⑦。固知玉牒金镂，专在帝皇也。然则西鹣东鲽，南茅北黍，空谈非征⑧，勋德而已。是史迁八书，明述封禅者，固禋祀之殊礼，铭号之秘祝⑨，祀天之壮观矣。秦皇铭岱，文自李斯⑩，法家辞气，体乏弘润，然疏而能壮，亦彼时之绝采也。

铺观两汉隆盛，孝武禅号于肃然，光

❼ 窥王迹：齐桓公打算行封禅典礼。窥，窥视；王迹，王者的事，封禅是帝王之事。夷吾：管仲的字。谲陈：诈言。距以怪物：《管子·封禅篇》载，齐桓公称霸后，与诸侯盟会于蔡丘，想行封禅礼。管仲劝谏，他不听，管仲于是诈言说：要有祥瑞之物出现才能封禅，现在不见，怎能封禅呢？于是齐桓公作罢。❽ 西鹣（jiān）：西方的比翼鸟。东鲽：东海的比目鱼。征：验。❾ 史迁八书：司马迁的《史记》有《封禅书》等八书。铭号：刻石记功。秘祝：秘密地祷告，指刻在玉牒上的秘祝文。❿ 李斯：属法家，秦始皇的丞相。⓫ 光武：东汉光武帝。⓬ 相如《封禅》：司马相如病退在家，汉武帝怕他死后作品失散，便派人去把他的作品全部取走。使者到司马相如家中时他已死，家中已无书，只有临死前写的一卷《封禅文》。⓭ 权舆：本义为草开始萌发，引申为开始、起源。《封禅文》先叙上古。休明：盛明。休，美。祯：吉祥。介丘：泰山，指泰山盼望封禅。介，大；丘，山。维新：创新，即“首唱”，司马相如以前没人写过封禅文。

文，斐然[18]余巧。故称封禅靡而不典，剧秦典而不实。岂非追观易为明，循[19]势易为力欤？至于邯郸受命，攀响前声，风末力寡，辑韵[20]成颂，虽文理顺序，而不能奋飞。陈思[21]魏德，假论客主，问答迂缓，且已千言，劳深绩寡，飙焰缺焉。兹文为用，盖一代之典章也。构位[22]之始，宜明大体，树骨

二、论说封禅文的发展情况，主要是古代传说至秦始皇、汉武帝和各代的封禅作品。

谈而不需任何验证，管仲是想说明封禅需要有圣王那样的功德罢了。

所以司马迁《史记》八书中的《封禅书》明白地讲封禅确实是祭祀天神的大的祀礼，是铭刻功绩的一种神圣秘密的祷祝，是天下伟壮的活动。秦始皇在泰山刻石记功，文章是李斯的手笔，完全是法家的语气，风格

首胤典谟，末同祝辞，引钩[14]谶，叙离乱，计武功，述文德，事核理举，华不足而实有余矣！凡此二家，并岱宗[15]实迹也。及扬雄剧秦，班固典引[16]，事非镌石，而体因纪禅。观剧秦为文，影写长卿，诡言遁辞，故兼包神怪；然骨制靡[17]密，辞贯圆通，自称极思，无遗力矣。典引所叙，雅有懿采，历鉴前作，能执厥中，其致义会

⑭典谟：指《尚书》中有《尧典》《大禹谟》等篇。钩：指《孝经》的纬书《钩命诀》等九种。⑮ 岱宗：泰山。司马相如的《封禅文》没有刻石的记载。⑯《典引》：班固模仿扬雄的《剧秦美新》作《典引》，赞美唐尧，赞美汉朝，再加引申。⑰影写：模仿。长卿：司马相如的字。靡：细。⑱ 懿采：美好的文采。厥：其。斐然：有文采的样子。⑲ 循：依。⑳ 风末力寡：冲风之末。指没有风骨，飞不起来。冲风，暴风；末，尾。辑韵：辑集韵语，指写作。㉑陈思：陈思王曹植。其《魏德论》存残文。㉒构位：构思。

上缺少阔大修饰，然叙述清朗有力，是那个时代最好的作品。纵观两汉兴隆旺盛的时代，汉武帝在肃然山祭地告神，光武帝在梁父山巡查祭地。他们歌诵功德、铭刻功绩的封禅书，都是大手笔。

三、论封禅文在写作上的基本要求。

封禅文本身就是为帝王歌功颂德的作品，数量很少，不足以成为独立的文体，没有什么文学价值，刘勰之所以专篇论述，主要原因是封禅是为帝王服务的头等大典。

司马相如的《封禅文》，富有文采，成为首创。

它表明封禅的起始，叙述帝王的事业，再讲汉朝的符瑞照耀，大业可鉴；把古代帝王的功业贬低于当今帝王之下，把当今帝王的功德抬高到列朝圣君之上，歌颂他吉祥的兆瑞，用泰山盼望封禅作赞美。司马相如的这篇绝笔文，确实是创新的作品。

到了东汉光武帝中兴以后封禅泰山，刻在石碑上的《泰山刻石文》，出自张纯：开头仿照《尚书》里典谟的写法，结尾和祝辞相同，中间多引用《钩命诀》的内容。它叙述当时的战乱，计数光武帝平定天下的武功，论述光武中兴的文治德教，事实确切，道理标明，文采不足而朴实有余。

司马相如和张纯这两家的封禅文，都是泰山封禅的记录。

到扬雄作《剧秦美新》，班固作《典引》，这两篇文章并不用来刻石，但是文体都仿效封禅文。

《剧秦美新》的写作，仿照司马相如的《封禅文》，用了诡奇隐遁的文辞，兼包神奇古怪的内容。然而它的结构细致严密，文辞圆转，脉络贯通，自称用尽了思虑，没有一点剩余的力量。

班固《典引》的叙述，典雅有文采，他借鉴了历代前人的作品，

于训典之区，选言于宏富之路，使意古而不晦[23]，于深文，今而不坠于浅，义吐光芒，辞成廉锷，则为伟矣。

虽复道极数殚[24]，终然相袭，而日新其采者，必超前辙焉。

赞曰：

封勒帝绩，对越天休。逖[25]听高岳，声英克彪。

树石九旻[26]，泥金八幽。鸿律蟠采，如龙如虬[27]。

㉓晦：暗，不明。㉔道：理。数：术，方法。殚：竭，尽。辙：车轮碾压的沟槽，此指老路。㉕逖：远。㉖九旻（mín）：九天，天上极高处。㉗蟠采：虬龙那样盘曲起来显耀文采。蟠，屈曲，环绕。虬：传说中的一种龙。

写作时能恰到好处；他确立命意，文辞斐然，文采技巧有余。所以他说："司马相如的《封禅文》细致不典雅，扬雄的《剧秦美新》典雅不确实。"

这难道不是看前人的作品易看清楚，学习前人作文易学好？

至于邯郸淳的《受命述》，虽想追拟前人的创作风格，但风势衰弱，编辑韵语构成颂歌，虽条理通顺却平庸，不能奋翅高飞。

还有陈思王曹植的《魏德论》，假借客人和主人间的议论作文，文势迂回缓慢不紧凑，且长达千言，花费的功夫虽很深，收效却很少，风力和文采皆无。

封禅这种文体，起到一个时代经典章程的作用。布局构思，应当明确它的体制，树立义理要在经典的范围内找根据，语言要在宏大富丽的作品中寻找，使内容古典但又不因辞深而隐晦，虽是今天的文辞却不失于浅薄，要它的内容富有光辉，文辞语言有棱角。如做到了这些，那就是伟大的作品。

有的人写封禅文，虽说道路和方法已穷尽，终究是抄袭古人，凡是能创新的人，必定能有超出前人之作。

总结：

封禅刻石记载帝王功绩，报答宣扬上天美好的命令。

在泰山遥远地听到天命，美好的声名能够光彩远飘。

高入九天的泰山立石碑，幽深的地方埋下玉牒文书。

大手笔写的封禅文文采横生，像龙和虬的飞腾光耀。

翰[3]。然则敷奏以言，则章表之义也；明试以功，即授爵之典[4]也。至太甲既立，伊尹[5]书诫，思庸归亳，又作书以赞。文翰献替[6]，事斯见矣。周监二代[7]，文理弥盛。再拜稽首，对扬休命，承文受册，敢当丕显[8]。虽言笔

|译文| 国家设立官职，分掌职务，位子有高低，事务相互关联。天子戴王冠听理政务，诸侯众官穿礼服朝见天子。臣子向天子敷陈进奏治理国家的各种意见，君主试行其言以求获得功效。所以唐尧咨询四方诸侯的长者，虞舜任命八位有才德的贤人，臣下有坚辞和再辞的请求，君主有谨慎从事的委任，这些都在朝廷上口头陈说，不用书面陈述。用口头语言陈述自己的各种政见主张，就是章表这种文体的意义；明白考察它的功效，就是赐授爵位的典法。

延伸阅读 《章表》的章、表都是文体的名称，是封建社会臣下向帝王陈请的文体，以下要论的奏、启、议、对也属于这一类。

全篇分三个部分：

章表 第二十二

夫设官分职，高卑联事。天子垂珠以听[1]，诸侯鸣玉以朝。敷奏[2]以言，明试以功。故尧咨四岳，舜命八元，固辞再让之请，俞往钦哉之授，并陈辞帝庭，匪假书

□注释

❶垂珠：古代帝王的冠上有板，板前垂有十二丝绳系着的玉珠。听：听政，听取臣子的报告。❷敷：陈述。奏：进。❸舜：帝舜。八元：古代传说中的八位贤人。俞：允，许可，表示同意、肯定的应答之词。钦：敬佩。书翰：文章。翰，笔。❹典：法。❺伊尹：成汤的大臣。太甲继位后不明智，伊尹将其流放三年，太甲悔过，伊尹请他回亳京复位，作《太甲》三篇赞美他。❻献替：献可替否，献进好的，去掉否定的。献，进；替，去、废。这句指帮助帝王发扬正确的，克服错误的。❼监：借鉴。二代：夏、商二代。❽稽首：叩头及地。对扬：对答宣扬。休命：王的美德。休，美。丕：大。显：显耀。

礼有表记[11]，谓德见于仪。其在器式，揆景[12]曰表。章表之目，盖取诸此也。按七略艺文，谣咏必录；章表奏议，经国之枢机，然阙而不纂[13]者，乃各有故事，而布在职司也。前汉表谢，遗篇寡存。及后汉察举[14]，必试章奏。左雄奏议，台阁[15]为式；胡广章奏，天下第一：并当时之

一、讲章、表的意义和起源及形成过程。

二、论说两汉、魏晋章和表的作者及其作品。

三、谈章、表写作的基本要求，提出“繁约得正，

到了殷代太甲即位，伊尹便作《伊训》劝诫他；后来太甲在流放中想到了道义，伊尹请他回到亳京继位，又作《太甲》赞扬他。用文章帮助君王，发扬优点，去掉缺点，从此可知。

周代向夏、商两代借鉴，讲究文辞的礼仪越来越丰富。召虎接受天子的赐礼时说：“召虎叩头及地来拜谢，称赞颂扬天子的美

未分，而陈谢可见。

降及七国，未变古式，言事于王，皆称上书。秦初定制，改书曰奏。汉定礼仪，则有四品⑨：一曰章，二曰奏，三曰表，四曰议。章以谢恩，奏以按劾，表以陈请，议以执异。

章者，明也。诗云「为章于天⑩」，谓文明也；其在文物，赤白曰章。表者，标也。

❾品：类。❿ 为章于天：见于《诗经·大雅·棫朴》。章，彰明，意为银河是天的“文章”。⓫《礼》：《礼记》。《表记》：《礼记》中的一篇。⓬ 器式：器物的样式，可作标志。式，法。揆（kuí）景：按日影测量时间的仪器，引申为度量、测量。揆，量；景，同“影”，日光。⓭《七略》：西汉刘向、刘歆父子编的古籍目录。《艺文》：《汉书·艺文志》，东汉班固依据《七略》编的古籍目录，里面记录了各地歌谣若干篇。阙：缺。纂：编纂，收集材料编书。⓮ 后汉：东汉。察举：地方上推举人才，东汉一种选拔人才的制度。⓯ 台阁：尚书台，掌管章奏的机关。

章表有誉当时，孔璋称健，则其标也。陈思[21]之表，独冠群才。观其体赡而律调，辞清而志显，应物制巧，随变生趣，执辔[22]有余，故能缓急应节矣。逮晋初笔札，则张华为俊[23]。其三让公封，理周辞要，引义比事，必得其偶，世珍鹪鹩[24]，莫顾章表。及羊公之辞开府，有誉于前谈；庾公之让中书[25]，信美于往载。序志联类，有文雅焉。刘琨劝进，

德。”晋文公在接受天子策命时感谢说：“我怎敢担当如此重大的授命！”他们的答谢没有口头、书面的区分，但陈述表示感谢的内容还是可以看到。

到战国时期，古仪没有改变，用文辞向君王陈说事情，依然称作上书。

华实相胜”的基本要求。我国古代大量章、表作品中有不少精品，如诸葛亮的《出师表》、李密的《陈情表》、刘琨的《劝进表》等，具有很高的文学价值。

秦朝初年制度改称上书叫“奏”。西汉初年制定礼仪制度，把群臣给天子的上书分为四种：一叫章，二叫奏，三叫表，四叫议。章

杰笔也。

观伯始谒陵[16]之章，足见其典文之美焉。昔晋文受册，三辞从命，是以汉末让表，以三为断[17]。曹公称为表不必三让，又勿得浮华。所以魏初表章，指事造实，求其靡丽，则未足美[18]矣。至于文举之荐祢衡，气扬采飞；孔明之辞后主[19]，志尽文畅：虽华实异旨，并表之英也。琳、瑀[20]

⑯ 伯始谒陵：胡广作有谒陵的奏章。今不存。伯始，胡广的字；谒，进见；陵，陵墓。⑰ 汉末让表：汉献帝被迫禅让帝位给曹丕，曹丕辞让的表。断：截止。⑱ 曹公：曹操。曹操话无可考。未足美：不够美好。

⑲ 孔明：诸葛亮的字，有《出师表》，今存。后主：蜀后主刘禅，刘备之子，刘备为先主。⑳ 琳：陈琳。瑀：阮瑀。二人均为东汉末作家。曹丕《典论·论文》说琳、瑀之章表书记，今之隽也。㉑ 陈思：陈思王曹植。㉒ 辔（pèi）：马缰绳。㉓ 张华：西晋初作家。俊：才智过人。㉔《鹪鹩》（jiāo liáo）：《鹪鹩赋》，张华的成名之作。鹪鹩，鸣禽类小鸟。㉕ 庾公：庾亮，西晋文人。晋明帝提拔他为中书监，他写了《让中书令表》辞让。中书：中书省长官。

以驰其丽。

然恳恻者辞为心使，浮侈者情为文屈[31]，必使繁约得正，华实相胜，唇吻不滞，则中律矣。

子贡[32]云「心以制之，言以结之」，盖一辞意也。

荀卿[33]以为观人美辞，丽于黼黻文章，亦可以喻于斯乎！

赞曰：

用来谢恩，奏用来检举弹劾罪状，表用来陈述事由情理，议用来提出自己不同的意见。

章，彰明的意思。《诗经》说，“银河彰明在天上”，是说光彩明亮。就有文采的事物而言，赤和白相错叫章。

表，标明的意思。《礼记》中的《表记》篇说的就是品德可以从仪表上看出来。如在器物上，那测量日影以计算时间的仪器就叫表。章和表的称呼，大概是从这里来的。

按照刘歆的《七略》和班固的《汉书·艺文志》，歌谣咏文等民间歌谣都必须收录；章、表、奏、议这些作品是经理国家大事至关

张骏自序，文致耿介[26]，并陈事之美表也。原夫章表之为用也，所以对扬王庭，昭明心曲。既其身文[27]，且亦国华。章以造阙，风矩应明；表以致禁，骨采[28]宜耀。循名课实，以文为本者也。是以章式炳贲，志在典谟[29]，使要而非略，明而不浅。表体多包，情伪[30]屡迁；必雅义以扇其风，清文

㉖张骏：十六国时前凉国主，有《请讨石虎李期表》。耿：光明。介：正大。㉗身文：《左传·僖公二十四年》："介之推曰：'言，身之文也。'"身，自身；文，文采，指文化素养。㉘造阙：到达宫门。造，到达；阙，皇宫门前两边的望楼，指朝廷。骨采：骨力。㉙贲：装饰。典谟：《尚书》有《尧典》《大禹谟》等篇，此处泛指经典。㉚情伪：真伪。㉛文屈：感情为文所支配、掌握。㉜子贡：姓端木，名赐，春秋时期鲁国人，孔子的弟子。《左传·哀公十二年》载，鲁哀公和吴王相会，吴王请求结盟，哀公不想结盟，叫子贡回答说："心以制之，玉帛以奉之，言以结之。"指心要合于义，言要缔结信约。这里是借用，意思稍变。㉝荀卿：荀子。《荀子·非相篇》："观人以言，美于黼黻

重要的文件，却为何遗缺不记载呢？是按照旧章程，它们被分散在各个主管部门的缘故。

西汉章表传下来的很少。到了东汉，实行考察选举孝廉的制度，被推举的人须考试作章、表、奏、议的文章。左雄写的章表奏议，尚书台用作标准；胡广应试的章、奏，被称为天下第一。他们写的章、表、奏、议，皆是当时杰出的作品。从胡广关于拜谒皇陵的文章，可看到他典雅之作的美好。

以前晋文公接受周天子册封，辞让了三次才接受，所以曹丕辞让汉献帝禅让帝位的章表也以三次为限。曹操说作表辞让不一定超过三次，又说作表不得文辞浮华。因此魏国初期的表章，叙述事件都要求实在，如要以绮靡华丽衡量它们，那就算不上是完美的作品了。

至于孔融的《荐祢衡表》，气势昂扬，文采飞腾；诸葛亮辞别后主北伐的《出师表》，鞠躬尽瘁的思想表达充分而文辞流畅。虽然这两篇作品在质朴和华彩上用意不同，写作的旨意目的不同，但皆是杰出的作品。

陈琳、阮瑀的章表，很有声誉；曹丕称赞陈琳的章表刚健，是章表的榜样。陈思王曹植的表，是群才中的佼佼者。他的作品，内容丰富，声律协调，文辞清新，情志显露，感应事物，形制巧妙，随着事情的变化而旨趣横生，皆因他写作文章像驾驭骏马一样，才力足可随心所欲，所以不论缓行或急驰，都能应声合拍。

西晋初年的章表，张华最有才华。他三次辞让晋封壮武郡公的表文，情理周到，文辞扼要，引述古义，比譬事理，皆求对偶。当世和后世都看重他的《鹪鹩赋》，没有谁知道他的章表也写得好。

敷表绛阙，献替黼扆[34]。言必贞明，义则弘伟。肃恭节文，条理首尾。君子秉文，辞令有斐[35]。

文章。”[34]黼扆：古代帝王座后的屏风，上面刻有斧形花纹。这里指天子。

[35]秉文：秉笔，拿笔作文。斐：有文采的样子。

到羊祜的《让开府表》，从前的人都称誉它，庾亮的《让中书令表》，确实比以前的章表美好。他们的表叙述情志，联系事类，颇有雅致的文采。刘琨的《劝进表》，张骏的自序，文辞精致，义理光正，写得很有骨气，都是陈述国家大事的优秀章表。

章、表，是用来对答宣扬天子的恩德，表明内心的情意的。它表明自身的文采，显示国家的荣耀。

章是送进宫阙谢恩的，文章的风格和规范应明白晓畅；表是用来陈述策略的，文章的骨力和文采宜昭著显示。

依循章、表的名称，要求它的实质以文采作为根本。所以章的体制明显光耀，立意在于学习经典，使其扼要却并不简略，明显但不肤浅。表的体制包含的内容是多种多样的，内容的真情和假意多次变化，一定要用正确的意义来宣扬它的风力，用清新的文辞显示它的色彩。写得真诚恳切的章、表，文辞是由内心的真诚感情支配的，浮华奢丽的章、表，思想感情被辞藻掩盖。文辞一定要繁简合适，华丽的形式和真实的内容相当，音调流美，才合乎作章、表的规则。

子贡说："用心意制定言辞，用言辞表达心意。"这是为了使文辞和内容意义统一。荀卿认为："用善意美好的言辞说服人，比穿漂亮的衣裳说服人好。"这也可用来比喻章表的写作。

总结：

陈进的章表送上朝廷，向帝王善意规谏过错。

言辞必须要正确明白，道理意义要宏大光伟。

态度严肃文辞合礼节，从头到尾都有条有理。

士人君子拿起了笔杆，文字辞令要注意华美。

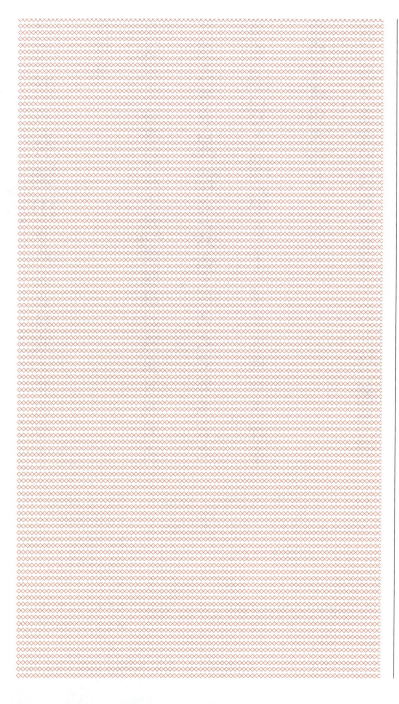

近；李斯之奏骊山②，事略而意径：政无膏润，形于篇章矣。

自汉以来，奏事或称上疏③，儒雅继踵，殊采可观。若夫贾谊之务农，晁错之兵事，匡衡之定郊，王吉之劝礼，温舒之缓狱④，谷永之谏仙，理既切至，辞亦通畅，可谓识大体矣。

后汉群贤，嘉言罔伏，杨秉耿介于灾异，陈蕃愤懑

|译文| 唐尧、虞舜时代的臣子，用口头言辞敷陈政事进奏意见；秦汉两朝的辅佐大臣，给天子的书称为“奏”。

陈述治理国家的大事，进献礼仪制度，上告紧急事变，弹劾官员的罪过错误，这些通通都叫作“奏”。

奏，进的意思，臣子在下面敷陈进奏，即把下情进奏给在上的天子。

延伸阅读 《奏启》的奏、启都是文体的名称，皆是上行公文。本篇主要论奏，次论启。

奏，是向皇帝上书言事的文章，启、表、奏，三种文体的作用相近，晋

奏启第二十三

昔唐虞之臣，敷奏以言；秦汉之辅，上书称奏。陈政事，献典仪[1]，上急变，劾愆谬，总谓之奏。奏者，进也。言敷于下，情进于上也。秦始立奏，而法家少文。观王绾之奏勋德，辞质而义

□注释

❶典仪：典章仪则。❷李斯：秦丞相。奏骊山：李斯向秦王报告骊山陵建设情况的奏疏《上书言治骊山陵》。骊山在陕西，秦代皇陵所在地。❸疏：条列言事。❹晁错：西汉政治家、政论家。兵事：晁错的《言兵事疏》。汉文帝时期，匈奴常侵犯边疆，晁错就军事问题向文帝献策，讲解军事。温舒：路温舒，西汉文学家。缓狱：路温舒写给汉宣帝希望其尊崇德政、减轻酷刑的《尚德缓刑疏》。

今，治繁总要，此其体也。

若乃按劾之奏，所以明宪清国。昔周之太仆，绳愆纠谬；秦之御史，职主文法；汉置中丞，总司按劾。故位在鸷击，砥砺其气，必使笔端振风，简上凝霜者也[9]。观孔光之奏董贤，则实其奸回；路粹

秦统一天下后，才开始确定地称奏书，但是当时法家当政，他们缺少文采。看看丞相王绾等人称秦始皇功德的上书，文辞质朴意义浅近；李斯的《上书言治骊山陵》，叙事简略，内容虚假。秦代的统治残暴，不施恩泽于百姓的情况从文章中表现了出来。

以后才逐渐开始盛行。

全篇分三个部分：

一、讲奏的起源、含义及秦汉魏晋各代的基本写作要求。

二、专讲“按劾之奏”

自汉代以来，向皇帝进奏，又叫上疏。文辞典雅的奏疏，前后相接，文采突出，颇为可观。

如贾谊向汉文帝上疏陈述务农重要的《论积贮疏》，晁错向汉文帝

于尺一⑤，骨鲠得焉。张衡指摘于史职，蔡邕铨列于朝仪⑥，博雅明焉。魏代名臣，文理迭兴。若高堂天文，黄观教学，王朗节省⑦，甄毅考课，亦尽节而知治矣。晋氏多难，灾屯流移。刘颂殷勤于时务⑧；温峤恳恻于费役，并体国之忠规矣。

夫奏之为笔，固以明允笃诚为本，辨析疏通为首。强志足以成务，博见足以穷理，酌古御

⑤陈蕃：东汉人。桓帝时，封赏不合制度，内宠胡作非为，陈蕃上书对此提出批评。懑：怨恨。尺一：古代书写文章的竹简或木板条长一尺一寸，此指诏书。⑥蔡邕铨列于朝仪：蔡邕的《上封事陈政要七事》，列举朝廷不合礼仪的制度。铨，评论、衡量；列，列举；朝仪，指朝廷仪法纲纪。⑦王朗：三国时期魏文学家。节省：王朗的《节省奏文》，劝魏明帝节约。⑧刘颂：西晋人。时务：时事政务，指国家大事。刘颂关心时务，在做淮南相时，上书谈政事。⑨太仆：周代的官名，职责是纠正王的过失。文法：法令，条文。司：主管。砥砺(dǐ lì)：磨刀声，指磨炼。砥，细磨刀石；砺，粗磨刀石。必使笔端振风，简上凝霜者也：西汉崔篆《御史箴》云："简上霜凝，笔端风起。"比喻弹劾奏文严厉有力。振风，压倒的声势；简，竹简、木板条，指纸。

鹦猩⑬；墨翟非儒，目以羊彘；孟轲讥墨，比诸禽兽⑭。诗礼儒墨，既其如兹，奏劾严文，孰云能免！是以世人为文，竞于诋诃，吹毛取瑕，次骨为戾，复似善骂，多失折衷⑮。若能辟礼门以悬规，标义路以植矩，然后逾垣者折肱，捷径者灭趾，何必躁⑯言丑句，诟病为切

上疏议论对匈奴用兵的《言兵事疏》，匡衡向汉成帝上疏建议定郊祀之礼的《奏徙南北郊》，王吉向汉宣帝上疏劝告实行先王礼制的《上宣帝疏言得失》，路温舒向汉宣帝上疏建议崇尚德政缓狱减刑的《尚德缓刑疏》，谷永向汉成帝上疏劝谏不要喜好神仙方术一类迷信的《说成帝拒绝祭祀方术》，这些奏疏，说理恳切周到，文辞通畅明白，是懂得奏章的体制的。

东汉贤臣众多，好的议论没有隐藏起来。杨秉向汉桓帝上疏发表

三方面的内容及写作的基本要求。

三、论说启的含义及写作的基本要求。

奏和启都是臣下对帝王

之奏孔融，则诬其衅恶：名儒之与险士，固殊⑩心焉。

若夫傅咸劲直，而按辞坚深；刘隗切正，而劾文阔略⑪：各其志也。后之弹事，迭相斟酌，惟新日用，而旧准弗差。然函人欲全，矢人欲伤，术在纠恶，势必深峭⑫。《诗》刺谗人，“投畀豺虎”；《礼》疾无礼，方之

⑩ 孔光：西汉哀帝、平帝的丞相，以名儒称相，哀帝宠信董贤，孔光不敢弹劾。王莽专政后，攻董贤，让孔光弹劾董贤。路粹：东汉末作家。曹操因孔融反对他，要杀孔融，便让路粹作奏章编织罪名诬陷他。名儒：孔光，他是孔子的十四世孙。险士：路粹。殊：异，不同。⑪ 按辞：按劾的奏文。阔略：疏略。⑫ 峭：峻峭，严厉。⑬《礼》疾无礼，方之鹦猩：《礼记·曲礼上》言：“鹦鹉能言，不离飞鸟，猩猩能言，不离禽兽。今人而无礼，虽能言，不亦禽兽乎？” ⑭ 孟轲讥墨，比诸禽兽：《孟子·滕文公下》说：“杨氏为我，是无君也，墨氏兼爱，是无父也，无父无君，是禽兽也。”杨氏，杨朱学派，主张一切为自己。墨氏，墨家学派，主张兼爱非攻。⑮ 吹毛取瑕：吹毛求疵。瑕，疵，小缺点。次骨：切入骨里。为戾：行为暴虐。折衷：折中，得当，不过头。⑯ 植：竖立。捷径：近路，指和正道相违背。趾：足趾。躁：骚扰。

自晋来盛启用，兼表奏。陈政言事，既奏之异条；让爵谢恩，亦表之别。干必敛辙入规，促其音节，辨要轻清[20]，文而不侈，亦启之大略也。

又表奏确切，号为谠言[21]。谠者，正偏也。王道有偏，乖乎荡荡[22]，矫正其偏，故曰『谠言也』。孝成称班伯[23]之谠言，贵直也。

了对灾异现象的看法，陈蕃的上疏表现了对天子赏罚不合制度的愤懑和怨恨，奏疏敢于直谏，很有骨气。张衡向汉安帝上疏指摘了《史记》《汉书》中与经典不相符的地方，蔡邕向汉灵帝上疏论列了朝廷典章制度的不合，他们皆学识渊博，见识正确。

魏代名臣中有文采的奏文不断涌现。如高堂隆上疏，借天象变异，劝谏魏明帝修建宫室不要过于豪华，黄观上疏奏禀有关教学的事宜，王朗上疏建议节省，甄毅上疏说明选拔实行考核制度，这些奏书说明他们坚持操守。

的政治性文件，和文学的关系不大，但对了解刘勰的思想很有意义。—

哉！

是以立范运衡，宜明体要。必使理有典刑，辞有风轨，总法家之裁，秉儒家之文。不畏强御，气流墨中，无纵诡随，声动简外，乃称绝席⑰之雄，直方之举耳。

启者，开也。高宗云：「启乃心，沃朕心⑱」，取其义也。孝景讳启，故两汉无称。至魏国笺⑲记，始云「启闻」。奏事之末，或云「谨启」。

⑰风轨：法度、风范。强御：强横。御，侮。简：简册，指劾奏。绝席：独占一席，御史大夫坐专席。⑱启乃心，沃朕心：见于《尚书·说命上》。乃，你。沃，灌溉滋养。朕，我，秦始皇以后才为帝王专用的自称。⑲笺（jiān）：小幅的纸，便笺。⑳敛辙：收敛轨辙，意为严谨。敛，聚集，收拢。辨要：辨析要点。轻清：简明。㉑说（dǎng）言：直言。㉒王道有偏，乖乎荡荡：《尚书·洪范》说："无偏无党，王道荡荡。"党，朋，为私利结合者；荡荡，广阔无际的样子。㉓孝成：汉成帝刘骜。班伯：西汉文人，班彪的伯父，班固的伯祖，汉成帝时做中常侍官。汉成帝问班伯，屏风上画纣王醉后拥抱妲己的意义，班伯说，淫乱的原因在喝醉。成帝赞美他说了直言。

西晋多灾多难，祸乱不断。刘颂在免除淮南王相的职务后，仍殷勤地关心国家大事，上疏陈述自己的意见；温峤看到太子修建西池楼观，劳民伤财，深感不安而上疏劝谏。这些都是体察国事的忠心规劝。

奏这种体裁，必须以明确可信、忠厚诚实为根本，以辨别分析、通达事理为首位。意志坚强才能完成任务，见闻广博才能把道理说透彻，斟酌古代的经验教训处理当今的事务，治理繁杂的情况能抓住要害，这就是奏疏写作的基本要求。

检查弹劾他人罪过的奏书，用来严明法纪、清除弊政。

周代的太仆官，就是专门负责纠正过失、错误的；秦代的御史大夫，主持执掌弹劾的法令和条文；汉代设置中丞这一官职，以总管检查弹劾。他们的职责是像鹰鸷勇猛地打击坏人、坏事，所以写作弹劾的奏书要磨砺得笔下生风、纸上结霜那样肃杀。

孔光的奏本弹劾董贤，用事实证实他的奸邪；路粹的奏本弹劾孔融，捏造罪名来诬陷他有罪。著名的学者与阴险的人用心本来就不同。

傅咸为人果敢正直，他奏劾的言辞坚实深刻；刘隗为人恳切公正，而他弹劾的文奏却疏阔简略，反映了他们各自的用意。后来的弹劾奏书，互相轮替，斟酌取舍，在日常运用上革新，但并不违背旧有的准则。

造铠甲的人总想把人保全，制造箭矢的人总想杀伤人，弹劾这种手段的目的在于纠正邪恶谬误，其势一定要深入严刻。

《诗经》讽刺进谗言的人，说要把他们丢给豺狼虎豹；《礼记》对不讲礼的人很痛恨，把他们比喻成鹦鹉、猩猩；墨翟非难儒家，自汉置八能，密奏阴阳，皂囊[24]封板，故曰「封事」。

晁错受书，还上便宜，后代便宜，多附封事，慎机密也。

夫王臣匪躬，必吐謇谔[25]，事举人存，故无待泛说也。

赞曰：

皂饬司直，肃清风禁[26]。笔锐干将，墨含淳酖[27]。

虽有次骨，无或肤浸[28]。献政陈宜，事必胜任。

[24]阴阳：自然、社会现象变化的各种情况。皂囊：黑色的皮囊。[25]謇（jiǎn）：正直，直言。谔：说话正直的样子。[26]风禁：风化政教之所禁。风，风化。[27]淳酖（dān）：浓烈的毒酒。酖：同“鸩”，用鸩鸟头上的羽毛泡的毒酒，指奸恶之人诬告人的奏书。[28]肤浸：谗言。

把他们看成羊、猪；孟轲讥讽墨家，把他们比作禽兽。

《诗经》、《礼记》、儒家、墨家都有这样指责尖锐的弹劾人的奏书，谁能避免这种攻击呢？

所以近世的文人作文，都争相斥责，吹毛求疵，尖刻入骨而流为乖戾，似乎善于谩骂就可以了，大多不能折其中取其正，做到公平合理。如能按礼仪为门作标准，举正义为路定标准，然后对违背约法不走正路的人，折断他的手臂，对走入歧途的人，砍掉他的脚趾，何必写那些污秽的话，丑陋的辞，以辱骂别人的弊病为巧？

因此，树立规范，运用标准，应该明确体制。一定要使理论有规范，文辞有法度，掌握法家不别亲疏贵贱、善裁断的长处，秉承儒家文辞的风格，“不畏强霸的人”，正气流露笔墨，“不许纵容伪善从恶的人”，使声势在文章之外震动，这样的弹劾奏书，才称得上御史大夫专席的雄文和正义的壮举！

启，开的意思。殷高宗说：“敞开你的心扉，灌溉我的心田。”取的就是这个意思。汉景帝名叫刘启，为避讳，两汉的奏都没有称启的。到三国时魏国的书信，始称“启闻”。奏事末尾，称“谨启”。自晋代以来，启这种文体非常盛行，兼有表和奏的作用。陈述政见，讲明事实，即是奏这种文体的分支；辞让封爵，感谢恩典，也是表这种文体的别支。文字必须收敛谨饬，合乎规矩，使其音节短促，辩论扼要，文辞轻快，既讲究文采但又不侈丽，这就是写作启的大概要求。

表、奏这类文体讲究准确切实，所以称为“谠言”。谠，就是纠正偏差。王道的表、奏有了偏向，就违背了《尚书》里“只有不偏不倚，王道才广阔久远”的教言。说话不偏向，才叫作“谠言”。汉成帝称赞班伯的话是谠言，就是因为班伯的话正直无偏。

汉代设置了会奏音乐的八能士，探索阴阳节气变化，然后秘密上奏，他们用黑色的囊袋把奏文密封，这类奏书又称“封事”。

西汉的晁错奉派到伏生那里学习《尚书》，回来后上奏便利适宜之事。后代“便宜”一类的奏书，都加了密封，为的是谨慎地保守机密。

王臣不要考虑自身的安危，一定要说正直的话，人活着政事就办好，不要说空话。

总结：

弹劾的奏书拿在司直手里，担负着肃清风化的职责。

笔锋比宝剑干将还要锐利，墨汁比浓厚的毒酒猛烈。

虽有深刻至骨的耿直之言，但不用可恶的谗言伤人。

进献政见陈述合宜的意见，都必须靠奏启才能胜任。

昔管仲称轩辕有明台之议，则其来远矣。洪水之难，尧咨四岳；宅揆之举，舜畴[4]五臣。三代所兴，询及刍荛[5]。春秋释宋，鲁僖预议[6]。及赵灵胡服，而季父争论；商鞅变法，而甘龙交辩：虽宪章无算[7]，而同异足观。

译文《诗经》说“诚心地访寻贤人来商量”，可见普遍的访问谋划就是“议”。议的说话得宜，即考查事情仔细周密而得宜。《周易》的《节卦》说：“君子用节制制定法度，议论德行。”《尚书·周官》说：“按照法度议事，政事才不会迷误。”议事贵在节制，这是经典的要求。

从前管仲说，轩辕黄帝在明台上面议论国家大事，说明“议”的由来已很久远。洪灾时，尧询问四方诸侯的首领谁能治理；推举百揆时，舜和五位大臣商量谁能胜任。黄帝、唐尧、虞舜三代兴盛，因为连打柴的老百姓的意见也被征求到了。

延伸阅读《议对》的议、对都是文体的名称，即议政和对策的文章。议，有议论的意思，与一般的议政文不同，是就有不同意见的大政方针问题向帝王呈上意见和建议的文章。对，是对策，是议的另一种样式，分为对策与

议对第二十四

周爰咨谋，是谓为议。议之言宜①，审事宜也。《易》之《节卦》：“君子以制度数，议德行。”《周书》②曰：“议事以制，政乃弗迷。”议贵节制，经典之体③也。

□注释

❶宜：合理。❷《周书》：《尚书·周官》❸体：体制，指要求。❹洪水之难：传说中唐尧时洪水的灾难。尧咨四岳：《尚书·尧典》中有尧就洪水为灾向四岳咨询商议的记载。咨，和人商议；四岳，四方诸侯的首领。尧问四岳治理洪水的人选。宅揆之举：举荐政务官。宅，处在；揆，度量，度量人选。畴：畴咨，询问之意。朝臣向舜推举禹、稷、契、皋陶、伯益五人。《尚书·舜典》中有“舜畴五臣”的记载。❺刍荛（chú ráo）：打柴者，指老百姓。❻鲁僖预议：鲁僖公参与议论释放宋襄公。预，同“与”，参与。❼赵灵胡服，而季父争论：《史记·赵世家》载，战国时赵武灵王改革服装，改穿胡人服装，便于骑射，他的叔父公子成反对，双方展开了争辩。赵灵，赵武灵王；季父，叔父公子成。宪章：法制，指写议的法则。无算：无数，指多。

虽质文不同，得事要矣。若乃张敏之断轻侮，郭躬之议擅诛，程晓之驳校事，司马芝之议货钱，何曾蠲出女之科，秦秀定贾充之谥⑩，事实允当，可谓达议体矣。

汉世善驳，则应劭为首；晋代能议，

春秋时代楚国释放宋襄公，因鲁僖公参与商议了这件事。

战国时代，赵武灵王改革穿胡服，季父公子成和他展开了辩论；秦国的商鞅主张变法，大臣甘龙和他交锋论辩：虽争论根据的法则很多，同异的观点是很可观的。

到了汉代，才开始设立驳议制度。驳，杂的意思，议论的意见很多不纯，所以叫作驳。两汉礼制昌明，模范的仪式明白具备，人才济济，发言议论的声音充满了朝廷。如贾谊代表朝臣发表意见，是发表议论敏捷的人。吾丘寿王批驳禁止百姓挟带弓弩的主张，韩安国辩论不宜对匈奴进攻的问题，贾捐之反对继续派兵镇压珠崖叛乱的意见，刘歆为汉武帝建立宗庙

射策两种，是针对考试科目的不同而分的：对策是回答帝王的策问；射策是针对政事中的问题献计献策。

全篇分两个部分：

一、讲议的含义、起源，评论魏晋以前的主要代表作品，论议体的基本写作要求。

二、讲对策、射策的含义和起源，评论两汉魏

迄至有汉，始立驳议。驳者，杂也，杂议不纯，故曰驳也。

自两汉文明，楷式昭备，蔼蔼多士，发言盈庭[8]。若贾谊之遍代诸生，可谓捷于议也。至如吾丘之驳挟弓，安国之辨匈奴，贾捐之之陈于珠崖，刘歆之辨[9]于祖宗：

❽ 楷式：典范。发言盈庭：发言之声满朝廷，见于《诗经》。盈，满。❾ 吾丘之驳挟弓：《汉书·吾丘寿王传》载，汉武帝时，丞相公孙弘上书主张禁民携带弓弩，吾丘寿王认为使民废弃学弓箭而不能自救，不方便，反对这一主张。贾捐之：《汉书·贾捐之传》载，汉元帝元年，珠崖郡反叛，出兵镇压，反叛却更多，贾捐之主张放弃，元帝听从了他的主张。珠崖，今海南地区。刘歆之辨：《汉书·韦玄成传》载，博士认为，汉武帝庙已过五世，应毁，不宜把他和祖宗并列祭祀。刘歆认为武帝功大，称世宗，不宜毁，哀帝听从了他。❿ 张敏：《后汉书·张敏传》载，汉章帝时人们认为杀了侮辱父亲的人，可不死，后据此制定了"轻侮法"，张敏上奏议否定了"轻侮法"。校事：刺探官民隐私的小吏，随便抓人加刑，罪名昭著，程晓上书主张取缔校事官职。何曾：西晋人。《晋书·刑法志》说何曾认为妇女未嫁时，父母有罪，应从罪，但出嫁后不应受母家牵连办罪，于是改定刑律。蠲：免除。秦秀：西晋人。贾充：西晋武帝时官至尚书令，专以谄媚取容。《晋书·秦秀传》载，贾充子死后，用外孙继承其子，违反礼制，秦秀建议定贾充的谥号为荒。

农，断讼务精于律。然后标以显义，约以正辞，文以辨洁[17]为能，不以繁缛为巧；事以明核为美，不以环隐为奇：此纲领之大要也。

若不达政体，而舞笔弄文，支离构辞，穿凿会巧，空骋其华，固为事实所摈[18]；设得其理，亦为游辞所埋矣。

昔秦女嫁晋，从文衣之媵，晋人贵媵而贱女[19]；楚珠鬻郑，为薰桂之椟，郑人买椟而还珠。

的辩护；虽各自的质和文华不同，但皆抓住了辩驳问题的要点和叙述的要领。至于张敏请求废弃“轻侮法”，郭躬为秦彭的辩护，程晓建议废除校事官一职，司马芝议论恢复五铢钱的制度，何曾主张免除株连出嫁女的法律条文，秦秀为贾充定谥为荒的奏议，皆事实得当公允，是明白议这种体制了。

晋的代表作品以及对策、射策的基本写作要求。

议、对这两种文体关系着国家的大政方针，刘

则傅咸⑪为宗。然仲瑗博古，而铨贯有叙；长虞识治，而属辞枝繁；及陆机断议⑫，亦有锋颖；而腴辞弗剪，颇累文骨：亦各有美，风格存焉。

夫动先拟议，明用稽疑⑬，所以敬慎群务，弛张治术。故其大体所资⑭，必枢纽经典，采故实⑮于前代，观通变于当今；理不谬摇其枝，字不妄舒其藻。又郊祀必洞于礼，戎事必练于兵，佃⑯谷先晓于

⑪傅咸：字长虞，善奏议谏书。⑫断议：陆机论《晋书》的断限。⑬明用稽疑：见于《尚书·洪范》。稽疑，考查疑点。⑭资：凭，依。⑮实：典故史实。⑯郊祀：祭祀。郊：祭天。戎事：军事。佃：耕作。

⑰辨洁：明辨洁净。⑱穿凿：牵强附会。摈：遗弃、排除。⑲秦女嫁晋，从文衣之媵，晋人贵媵而贱女：《韩非子·外储说左上》载，秦君嫁女与晋公子，有穿华丽服饰的陪嫁女七十人，晋人爱陪嫁女而贱秦君女。文衣，指服饰考究；媵，陪嫁的女人。

观晁氏之对，验古明今，辞裁以辨，事通而赡，超升高第，信有征矣[26]。仲舒之对，祖述春秋，本阴阳之化，究列代之变，烦而不慁[27]者，事理明也。公孙之对，简而未博，然总要以约文，事切而情举，所以太常居下，而天子擢上也[28]。杜钦[29]之对，略而指事，辞以治宣，不为文作。

汉朝善写驳议的，以应劭为首；晋朝作议的能手，以傅咸为第一。应劭博古通今，他的驳议议论通贯有条有序；傅咸懂得国政的治理，他作议文却文辞重复琐碎；陆机议论编写《晋书》所载历史的断限，颇有锋芒，但辞采过多没有删削，显得累赘，损害了文章的骨力。但他们也各有优点，保持了各自的风格。行动前先比较议论，明察可疑的事，是为了恭敬谨慎地处理事务，

勰认为写作议、对都要慎重，要求对所议问题必须有所了解，不能凭空地驰骋才华而无实际作用。

刘勰还主张知识分子成为“练治”“工文”的通才，

若文浮于理，末胜其本[20]，则秦女楚珠复在于兹矣。

又对策者应诏而陈政也；射策[21]者探事而献说也。言中理准，譬射侯[22]中的，二名虽殊，即议之别体也。

古之造士，选事考言[23]。

汉文中年始举贤良，晁错对策[24]，蔚为举首。及孝武益明，旁求俊乂，对策者以第一登庸，射策者以甲科[25]入仕：斯固选贤要术也。

❷⓪ 末：议的形式。本：议的内容。❷① 射策：汉代取士的考试制度之一。主试者将疑难题写在很多简册上，把题目遮住，然后由应试者取答。❷② 射侯：射箭靶。侯，射布，张挂以受矢，即箭靶。❷③ 选事：考试才学。考言：考试辞令。❷④ 晁错对策：晁错的《贤良文学对策》，在参加对策的百余人中最好。❷⑤ 孝武：汉武帝。求：广求。俊乂：杰出人才。甲科：汉代射策，按试题大小、难易分甲乙科。❷⑥ 赡：富。征：证验。❷⑦ 祖述《春秋》：宗祖阐述《春秋》之学，即儒家之学。烦：烦琐。慁：乱。❷⑧ 太常居下，而天子擢上也：《汉书·平津侯传》记载，公孙弘被推荐对策，作对策者有百余人，太常官将他的对策列为下等，汉武帝看后，将其升为第一。擢，提升。❷⑨ 杜钦：西汉文人。作有《举贤良方正对策》《白虎殿对策》。

于政术，理密[33]于时务，酌三五以熔世，而非迂缓[34]之高谈；驭权变以拯俗，而非刻薄之伪论。风恢恢[35]而能远，流洋洋而不溢，王庭之美对也。难矣哉，士之为才也！或练治而寡文，或工文而疏治。对策所选，实属通才。志足文远，不其鲜[36]欤！

赞曰：

精通治理国家大事，又精通写作议、对的文章。

使统治的方法松紧适度。所以写议主要以经典的内容为关键，采取前代的典故史实，观察当今的各种变化；说理不荒谬，用字不随便。

祭天祭神要熟悉礼仪，论军事应熟悉兵法，议论田谷庄稼要通晓农事，判断官司的议文务必精通法律。突出论点显示它的意义，用严正的文辞概括，文辞明辨简洁确当，不以烦冗缛丽为妙；叙事述理以明确扼要为美，不以曲折隐晦为奇特。这些就是写议这

及后汉鲁丕[30]，辞气质素，以儒雅中策，独入高第。凡此五家，并前代之明范也。魏晋已来，稍务文丽，以文纪[31]，实所失已多，及其来选，又称疾不会，虽欲求文，弗可得也。是以汉饮博士，而雉集乎堂[32]；晋策秀才，而麏兴于前，无他怪也，选失之异耳。

夫驳议偏辨，各执异见；对策揄扬，大明治道。使事深

㉚鲁丕：东汉文人，其《举贤良方正对策》主张“从民之所欲，除民之所恶”，被称“儒雅”。㉛纪：记述综理。㉜以汉饮博士，而雉集乎堂：《汉书·成帝纪》载，成帝命博士行饮酒礼，有野鸡飞来停在堂上叫，被认为是不祥之兆，但此句与选举人才无关，仅用来作对偶。雉，野鸡。㉝密：密切，结合。㉞迂缓：迂阔迟缓。㉟恢恢：广大的样子。㊱志足文远：《左传·襄公二十五年》：“仲尼曰：志有之言，以足志，文以足言，不言，谁知其志，言之无文，行而不远。”足，成。鲜：少。

种文体的纲要。

如写议文不注重解决国务中的问题,仅是玩弄笔墨,文辞支离破碎,内容牵强附会,徒然运用辞藻,终会被客观事实摈弃,即使说得有理,也会被浮游的文辞埋没。

从前秦国的国君把女儿嫁给晋国公子,随从的陪嫁女都穿着彩衣,打扮得很漂亮,结果晋人看重陪嫁的女子而看不起君王的女儿;楚国人把珠宝装在用香料熏过的精致的匣子里,把宝珠卖给郑国人,郑国人买了匣子退还了宝珠。如写议文只讲究华丽的文辞,使文辞掩盖了道理,枝节胜过了主题,那秦人嫁女、楚人卖珠的笑话,又会出现在这里。

还有对策,是对答诏书所提问题向天子陈述的政见;射策,就是为了探究事理向天子奉献自己的意见。言辞中肯,事理说得准确,如同射中靶心一样,对策和射策两种文体的名称虽不同,但都属议的别种体裁形式。

古代造就人才,选拔能办事的,要考试辞令。

汉文帝中期,开始诏令诸侯王公卿和地方官郡守举荐贤良。晁错回答汉文帝提问的对策文,被举荐为第一名。到汉成帝时更为显著:广泛访求人才,对策的人因得第一被提升任用,射策的人射中了甲科便入仕做官。这确实是选拔贤才的重要方法。

晁错的对策文,检验古代说明当今,文辞有裁断,辨明事理,论事通达丰富,他能超群出众,高升第一,是有根据的。

董仲舒的对策文,根据《春秋》大义,本着阴阳变化两气相生,研究各个时代的政治演变,文辞多而不混乱烦琐,事理明白。

公孙弘的对策文,简明扼要,不旁征博引,却能总括要点,文辞议惟畴政名实相课[37]。

断理必刚摛辞无懦。

对策王庭同时酌和[38]。

治体高秉雅谟远播。

[37]畴：同“筹”，谋划。课：考核。[38]和：应和。

简约，事情切合，情理昭举，太常官虽把他定为下等，汉武帝却把他擢升为上等。

杜钦的对策文，对答简略，但别有所指，文辞因治事而作，不为辞藻作文。

东汉的鲁丕，他的对策文文辞质朴，以儒家的正论合于对策，说到点上，因此单独考入高等。

以上这五家的对策文，都是前代公认的典范。

从魏晋以来，追求华丽的文辞，以文辞记载讲求实际的对策文，不足之处就多起来了。被推举应选，又假称有病不参加，虽想征求对策文，也不能得到了。所以西汉成帝举行的博士饮酒礼，有野鸡飞来停在堂上；晋成帝召会各州郡的秀才举行对策考试，有獐子出现在堂前。这没有什么怪异，不过是选举失当的怪异而已。

驳，这种文体重在辩理，各执有不同的见解；对策宣扬理论，大力阐明治理天下的道理。对策能使所述的事宜符合治国之道，所说的道理密切结合当时政务，能斟酌各种错综复杂的情况陶铸世俗，而不是迂缓不切实际地高谈阔议；运用通权达变拯救世俗，而不是刻薄地谬论。论议能像狂风广阔而吹到远方，像水盛大而不泛滥，就是朝廷的优秀对策文了。

难得呀，有才的士人！

有的熟练于治理政务却缺乏文才，有的精通作文章却疏远治理政务，通过对策所要选拔的是既会治理国家又有文采的，这种人是通才。

思想充分表达，文采传播久远，这样的人才的确很少！

总结：

议和驳筹谋政治，考核名称切合实际。

论断事理必须刚健果敢，运用文辞不能软弱。

当面策问朝廷议题，同一时刻就要斟酌应和。

论治的体裁牢牢掌握，雅正的议谋传播远方。

故书者，舒也，舒布其言，陈之简牍②，取象于夬，贵在明决而已。三代政暇，文翰颇疏。春秋聘繁，书介③弥盛。绕朝赠士会以策，子家与赵宣以书，巫臣之遗子反④，子产之谏范宣：详观四书，辞若对面。又子叔敬叔进吊书于滕君⑤。固知

译文 大舜说："书写是用来记录的！"所以人们用它记录时事。圣人、贤人的言辞在竹简、帛绸上记下来，成为《尚书》，所以《尚书》的体制，主要是记言语。

扬雄说："语言是从心里发出来的声音；书写是从心里发出来的文字。声音、文字表现出来的，君子和小人都能看出来。"所以说，书就是发布的意思。发布一个人的言语，记录在简牍上，那是借取《夬卦》卦象的形式，重在明白决断。

延伸阅读 《书记》的书、记都是文体的名称。——本篇主要讲论书、记，附论其他各种应用文。——书，指书信，记，指笺记。笺记也是书信的一种，按照汉代的规定，

书记第二十五

大舜云：『书用识哉！』所以记时事也。盖圣贤言辞，总为尚书，书之为体，主言①者也。扬雄曰：『言，心声也；书，心画也。声画形，君子小人见矣。』

□注释

❶主言：主管记言。❷陈：亦作“染”，犹写，是六朝文人的惯用语。简牍：竹简木简，古代用于记录的工具。❸三代：尧、舜、禹三代。聘：古代国与国之间遣使访问称聘。书介：信使，书使。❹绕朝赠士会以策：《左传·文公十三年》记载，晋国用计使晋在秦国的大臣士会回国，士会动身离开秦国时，秦国大夫绕朝送给他一个竹简，并对他说，“你不要认为秦国没有人才，只不过我的意见不被采用罢了”，表明他明知士会将一去不回。巫臣之遗子反：《左传·成公七年》记载，楚国叛将巫臣在晋国逃亡，送信给楚大臣子反，子反谴责他们的罪行，声明要使他们疲于奔命死去。❺子叔敬叔，进吊书于滕君：《礼记·檀弓下》载，滕成公死后，鲁国子叔敬叔去吊丧并送上国书。子叔敬叔，鲁昭公臣；滕，国名。

事，留意词翰，抑其次也。嵇康绝交，实志高而文伟矣；赵至叙离，乃少年之激切⑪也。至如陈遵占辞，百封各意⑫；祢衡代书，亲疏得宜：斯又尺牍之偏才也！

详总书体，本在尽言，言以散郁陶，托风采，故宜条畅⑬以任气，优柔以怿怀。文明从

尧、舜、禹三代政务不繁忙，书记的使用少。春秋时代，聘会访问繁多，传达书信的使者繁多。秦国的绕朝把策书送给晋国的士会，郑国的子家把书信送给晋国的赵宣子，逃跑的巫臣从晋国送书信谴责楚国的子反，郑国的子产写谏书给晋国的范宣子。详细看看这四封书信，它们的文辞像面对面地说话。

鲁国子叔敬叔奉吊书前去吊唁滕国去世的成公，从此可知，那时使者带去的言辞，大多被记录了。战国时代各国递呈的书信，诡诈华丽的文辞汇集在一起；汉代以来的笔札书信，文辞缤纷，语

对文职的公府上书称为奏笺，对武职的郡将上书称为奏记。从中可以看出，这主要是指私家的文书。________

全篇分三个部分：________

行人挈[6]，辞多被翰墨矣。及七国献书，诡丽辐辏；汉来笔札，辞气纷纭[7]。观史迁之报任安，东方之难公孙，杨恽之酬会宗，子云之答刘歆，志气槃桓[8]，各含殊采；并杼轴乎尺素，抑扬乎寸心。逮后汉书记，则崔瑗[9]尤善，魏之元瑜，号称翩翩；文举属章，半简必录；休琏[10]好

❻ 行人：外交使节。挈：携带。❼ 辐辏：像车轮的辐条一样聚拢，在文中指聚集。纷纭：繁多的样子。❽ 难公孙：东方朔《谒公孙弘书》，已亡佚。杨恽：司马迁的外孙。为人坦率，好揭人隐私，被人陷害，免为庶人，回乡后仍买田地、修公馆，其友孙会宗劝他不要这样，他作《报孙会宗书》回信大发牢骚。槃(pán)桓：流连，指郁结。❾ 崔瑗：《后汉书·崔瑗传》说崔瑗“高于文辞，尤善为书记箴铭”。❿ 翩翩：曹丕的《与吴质书》称他“书记翩翩”，指风度美好。休琏：应璩的字，三国时魏作家，擅长作书信。⓫ 激切：《与嵇茂齐书》的内容激昂慷慨。⓬ 陈遵占辞，百封各意：陈遵，西汉游侠。《汉书·游侠·陈遵传》说他到河南做太守上任时，叫会写信的官吏十八人代笔写数百封信给亲友，全部由其口授，亲疏分寸都掌握得好。占，即口占、口授。⓭ 条畅：通畅，条贯。

则崇让之德音矣；黄香[16]奏笺于江夏，亦肃恭之遗式矣。公幹笺记，丽而规益，子桓[17]弗论，故世所共遗；若略名取实，则有美于为诗矣。刘廙谢恩，喻切以至；陆机自理[18]，情周而巧：笺之为善者也。原笺记之为式，既上窥乎表，亦下睨乎书，

气复杂。

看司马迁的《报任安书》，东方朔的《谒公孙弘书》，杨恽的《报孙会宗书》，扬雄的《答刘歆书》，他们心志和意气郁结，各具独特的文采，组织成书信，就把内心的情感或抑或扬地表达出来了。

到了东汉，书记的写作以崔瑗最为擅长。三国时魏的阮瑀，写作书信素有风度美好的称誉；孔融写作的篇章，受到曹丕的推崇，就是半篇，曹丕也要将其录记下来；应璩爱好写书信，文辞上很是用意。这些人算是第二类的作家。嵇康的《与山巨源绝交书》，

一、讲书的含义、起源、发展、两汉魏晋以前书信的写作运用情况，最后提出了写作的基本要求。

二、讲记、笺的含义、

容，亦心声之献酬也！

若夫尊贵差序，则肃以节文。战国以前，君臣同书。秦汉立仪⑭，始有表奏；王公国内，亦称奏书。张敞奏书于胶后，其义美矣。迄至后汉，稍有名品，公府奏记，而郡将奏笺⑮。记之言志，进己志也。笺者，表也，表识其情也。崔寔奏记于公府，

⑭秦汉立仪：《章表》篇说“秦初定制”“汉定礼仪”。仪，法度、法规。⑮名品：名位等级。郡将：一郡的长官称郡守，兼管武事的称郡将。笺：小幅的纸，便笺、纸条。⑯德音：德者之音，指作品。黄香：东汉作家，孝子，江夏安陆（今湖北安陆）人。黄香写了《奏笺江夏文》，向江夏太守刘护上奏笺，表示恭敬。文已不存。⑰公幹：徐桢的字，东汉末作家。他的笺记有《谏曹植书》《答魏文帝书》。子桓：曹丕的字，他的《典论·论文》中没有称赞徐桢的笺、记。⑱陆机自理：《晋书·陆机传》载，陆机受赵王伦谋反的牵连，被捕入狱，靠成都王颖、吴王晏“救理”得释。陆机得释后写了《谢吴王表》《与吴王表》《谢成都王笺》，对自己被疑受诬有所申辩。自理，即自我申理、申辩。

并述理于心，著言于翰，虽艺文之末品，而政事之先务[22]也。故谓谱者普也。注序世统[23]，事资周普。郑氏谱诗[24]，盖取乎此。籍者借也。岁借民力，条[25]之于版，春秋司籍，即其事也。簿者，圃[26]也。草木区别，文书类聚，张汤、李广为吏所簿，别情伪也[27]。

确实是志气高洁、文辞宏伟；赵至为赠离别而写的《与嵇茂齐书》，是年轻人慷慨情感的表现。游侠陈遵，他口授代笔的上百封书信，各有各的用意；祢衡为黄祖代笔写信，亲近疏远写得都很得当。这是把写书信当作一技之长了！

详细地总结书信的体制，根本是说尽想说的话，消散心头的郁积，

产生、代表作品及特点与写作基本要求。

三、讲其他各种应用文。逐条解说各种名称的含义，偶尔举出几个作品加以说明。最后强调这

使敬而不慑，简而无傲，清美以惠其才，彪蔚以文其响，盖笺记之分也。

夫书记广大，衣被事体，笔札[19]杂名，古今多品。

是以总领黎庶[20]，则有谱籍簿录；医历星筮，则有方术占式；申宪[21]述兵，则有律令法制；朝市征信，则有符契券疏；百官询事，则有关刺解牒；万民达志，则有状列辞谚。

⑲札：读书时摘记的要点、心得，此指零星记载的文字。⑳黎庶：百姓。黎、庶都是众的意思。㉑申宪：明法。㉒先务：首要事务。㉓注序：编写。世统：世代相承的发展系统。㉔郑氏谱《诗》：郑氏即郑玄，东汉经学家，所著《诗谱》，把《诗经》分国以后，再同诸侯国世次结合编成。㉕条：条列记录。㉖簿：记事的文书、册子。圃：菜园子。㉗张汤、李广，为吏所簿，别情伪也：张汤，西汉司法官。李广，西汉名将。他们二人受到传讯，由官吏按文书传问，分别事实的真假。情伪，真假、真伪。

常，而稽之有则也。

律者，中也。黄钟调起，五音以正，法律驭[34]民，八刑克平，以律为名，取中正也。

令者，命也。出命申[35]禁，有若自天，管仲下令如流水，使民从也。

法[36]者，象也。兵谋无方，而奇正[37]有象，故曰法也。

制者，裁也。上行于下，如匠之制器也。

寄托各自的感情。所以写作书信时应当条达舒畅显示气势，无拘束地说出自己的情怀。往来书信写得文辞明显、从容、自然，是心声的交流！

至于尊贵地位的差别、顺序，要用礼节来表示敬肃。战国以前，君王给臣子写信，臣子给君王写信，都称作“书”。秦汉确立各种体制，臣子对君主开始称奏、表；诸侯王公内部，也称为奏书。张敞给王太后的奏

些作品于己、于国的重要意义，希望文人不要忽视它。

我国古代书、记这类应用文中优秀作品很多，具有很高的文学价值，如司马迁《报任安书》、

录者，领也。古史世本[28]，编以简策，领其名数，故曰录也。方者，隅也。医药攻病，各有所主，专精一隅，故药术[29]称方。术者，路也。算历极[30]数，见路乃明，九章积微，故以为术，淮南万毕[31]，皆其类也。占者，觇也。星辰飞伏，伺候乃见，登观书云[32]，故曰占也。式者，则也。阴阳盈虚，五行消息[33]，变虽不

㉘《世本》：古代史书，记录从黄帝以来帝王诸侯及卿大夫的世系、名号的书。㉙术：方法。㉚极：穷尽。㉛淮南《万毕》：淮南王讲方术的书称《万毕经》。㉜飞伏：往来、升降、盈虚的变化。登观书云：另本作“精观书云”。㉝阴阳：本义为日光的背向，向日为阳，背日为阴，引申为事物的正反两方面，用这个概念解释自然界物质的消长变化。盈虚：盛衰。五行：金、木、水、火、土五种物质的元素。消息：消长，古代思想家认为五行互相制约，相克相生。㉞黄钟：十二律中的第一律，十二律是音乐的十二种调。驭：控制、驾驭。㉟申：表明。㊱法：兵法著作。㊲方：定。奇正：古代兵法常用的术语。

疏[43]者，布也。布置物类，撮题近意，故小券短书，号为疏也。关者，闭也。出入由门，关闭当审[44]；庶务在政，通塞应详。韩非云：『孙亶回，圣相也，而关于州部[45]。』盖谓此也。刺者，达也。诗人[46]讽刺，周礼三刺，事叙相达，若针之通结矣。

书，文辞意义都很美。

到了东汉，书、记这两种文体的名称逐渐有所区别，上书三公府称奏记，上书郡将称奏笺。

记是把言语记下来，向上进献自己的意志。笺，表明的意思，表明自己的情意。东汉崔寔的《奏记公府梁冀》，是表达谦让的美好声音；黄香的《奏笺江夏文》，是留下来的恭敬的模范。三国魏徐桢的笺记，文辞雅丽，又有益于规劝，因曹丕的《典论·论文》没有提到，为当世和后世遗忘，抛开虚名不予计较，只看实质，他的笺记比他的诗

嵇康《与山巨源绝交书》等，在我国的文学史上都有重要的地位。本篇附论的其他各种文体，是一些应用文，有的并不成为一种文体，文学价值不大，但对于

符者，孚[38]也。征召防伪，事资中孚。三代玉瑞，汉世金竹[39]，末代从省，易以书翰矣。契者，结也。上古纯质，结绳执契；今羌胡征数，负贩记缗[40]，其遗风欤！券者，束也。明白约束，以备情伪，字形半分，故周称判书[41]。古有铁券[42]，以坚信誓；王褒髯奴，则券之谐也。

[38]符：符合，指有关凭信的文件。孚：信。[39]三代：尧、舜、禹三代。玉瑞：以玉为信符。瑞，瑞玉。金竹：铜虎竹使符。金，铜虎符；竹，竹使符，用五枚长五寸的竹箭做成，上刻篆字。二者皆是汉代征发兵所用的信符，分两半，右半留京师，左半给地方郡守，符相合，才发兵。[40]执：拿着。契：刻文字，用文字记事。负贩：背负货物贩卖。缗：古代用绳子穿一千钱为缗。[41]判书：字写在中间，分为两半，双方各执一份。[42]铁券：丹书铁券，用丹（红色）写在铁件上的券契。[43]疏：《诗经》有"孔疏"。即分条叙述，含有分布、分疏的意思。[44]审：慎。[45]韩非云："孙亶回圣相也，而关于州部。"见于《韩非子·问田》。关于州部：经由地方官上来。关，经由。刘勰解释，在州县地方官衙处理"关"这类公文，意即做州县地方官。[46]诗人：《诗经》作者。

已也。

谚[54]者，直语也。丧言[55]亦不及文，故吊亦称谚。廛[56]路浅言，有实无华。邹穆公云：「囊漏储中」，皆其类也。太誓云：「古人有言，牝鸡无晨[57]。」大雅云：「人亦有言，惟忧用老。」并上古遗谚，诗书所引者也。

至于陈琳谏辞，称「掩目捕雀[58]」；潘岳哀辞，称

还要美。

刘廙向曹操谢恩的奏笺，比喻极为贴切；

陆机向吴王申述辩白的奏笺，情理周到，文辞工巧，都是好的奏笺。

考究笺、记的体裁，向上观察吸取了表的一些特点，向下睨视吸取了书的一些特点，使其恭敬谨慎，但并不像表那样诚惶诚恐地畏惧，虽简易随便但并不像书那样任凭气性有傲慢的样子：用清

民间谚语的肯定，值得重视。

解[47]者，释也。解释结滞，征[48]事以对也。

牒者，叶也。短简编牒，如叶在枝。温舒[49]截蒲，即其事也。议政未定，故短牒咨谋。牒之尤密，谓之为签。签者，纤[50]密者也。

状者，貌也[51]。体貌本原，取其事实。先贤表谥，并有行状[52]，状之大者也。

列者，陈也。陈列事情，昭然可见也。

辞[53]者，舌端之文，通己于人。子产有辞，诸侯所赖，不可

㊼解：晋杜预有《春秋经传集解》，用来解释文义。㊽结滞：积滞、疙瘩。征：验证。㊾温舒：西汉作家路温舒。《汉书·路温舒传》载他少时家贫好学，曾在牧羊时取泽中蒲叶作书写字。㊿纤：细。51状者，貌也：状，本为形貌，此指叙述事件情状的公文。汉赵充国有《条上屯田便宜十二事状》。52行状：文体名称，对死者一生事迹的记载。53辞：泛指一般言辞，特指辩说、诉讼之辞。54谚：民间谚语，直截了当而短小。55丧言：居丧时说的话。56廛（chán）：古代城市贫民居住的地方。57牝（pìn）鸡无晨：周武王的话，见于《尚书·牧誓》。牝，雌性鸟兽。58陈琳谏辞，

然才冠鸿笔，多疏尺牍，譬九方堙[60]之识骏足，而不知毛色牝牡也。言既身文，信亦邦瑞，翰林之士，思理[61]实焉。

赞曰：

文藻条流，托在笔札。既驰金相[62]，亦运木讷。

万古声荐[63]，千里应拔。庶务纷纶，因书乃察[64]。

新的风格显示它的才华，用华丽的文辞显示它的影响，是笺、记的基本特点。

书、记范围很广，包括各种记事的体裁，笔记、札记，名称繁杂，从古到今，有各种名目。

关于总领黎民百姓登记的，就有谱、籍、簿、录；记载医术、历法、星象、卜筮的，就有方、术、占、式；申明法令讲述兵法的，就有律、令、法、制；朝廷和商业作信用证明的，就有符、契、券、疏；官吏之间询问事情的，就有关、刺、解、牒；万众百姓

『掌珠伉俪』，并引俗说而为文辞者也。夫文辞鄙俚，莫过于谚，而圣贤诗书，采以为谈，况逾于此，岂可忽哉！

观此众条，并书记所总：或事本相通，而文意各异，或全任质素，或杂用文绮，随事立体，贵乎精要；意少一字则义阙，句长一言则辞妨，并有司[59]之实务，而浮藻之所忽也。

称“掩目捕雀”：《后汉书·何进传》载，陈琳反对何进召董卓引兵进京来威胁太后，引用“掩目捕雀”的谚语谏说：“小事尚不可用欺骗的办法，何况国家大事”，比喻不可自欺。[59]有司：官府。[60]九方堙：古代善相马者。《淮南子·道应训》载，秦穆公派九方堙求千里马，回来说找到了，秦穆公问是什么样的马，他说“雄的黄马”，派人去牵来看，是雌的黑马。原来九方堙看马的神情，不注意马的毛色和雌雄。[61]邦瑞：邦国之瑞。瑞，瑞玉。理：治。[62]金相：金玉般的质地，指有辞藻。相，质。[63]声荐：声名扬举。荐，举。[64]庶：众。纷纶：纷纭。察：明。

表达情志的，就有状、列、辞、谚。

所有这些，都是为了表述心中的想法，在笔札上写下言辞，虽是各种文辞中的下品，却是治理政事的要务。

谱，普遍的意思。排列时代相承的系统，事情需要周全周遍。东汉郑玄按照《诗》的次序和诸侯的世系编成《诗谱》，就是取法仿效它。籍，借的意思。一年借用百姓多少人力、物力，逐条写在书版简册上。春秋时代设立司籍官员专管户籍，就是指的这件事。簿，园圃的意思。园圃里不同的蔬菜花木要区分种植，似文书的分类编辑。西汉的张汤、李广，被官吏拿着罪状文簿一一责问审讯，这是为了辨别事理的真伪。

录，总括的意思。古代的史书《世本》，是用简策编连起来的，总括帝王的世系名次，故叫作录。

方，一隅的意思。用药攻治疾病，各个药方有它主治的病，专精于一方，所以用药的方法叫作药方。

术，路的意思。推算历法，穷极数字，看到运算的方法才能明白。古代的算经《九章算术》，积累了精妙的算法，所以把它叫作术。《淮南万毕经》，也是这一类书。

占，观察的意思。星辰的流动、隐伏，阴阳的变化，伺机观察才能见到。登台观察，把云雾等气象灾异的变化记下来，占测判断吉凶，所以叫作占。

式，法则的意思。阴阳五行的盛衰消长，此消彼长，虽变化无常，但稽查考核它们，还是有一定法则的。

律，中正的意思。乐律从黄钟的声调开始，宫、商、角、徵、羽五音才得以订正。法律管理百姓，处理不孝、不睦等八种罪过的刑法，才能公平执行。用律作为名称，就是取其中正的意思。

令，命令的意思。天子命令，申明禁止，如天帝下达的命令一样威严。管仲下令，执行如流水，因为他的命令顺民心，所以容易使百姓服从。

法，效法的意思。兵法没有一定的，它的或奇或正有物象可效法，故兵书叫作兵法。

制，制造的意思。各种国家的典法制度，从上施行到下，像匠人制作器物有一定的规矩一样。

符，诚信的意思。召集聘请，防止伪造，这样的事要靠内心的诚信。唐尧、虞舜、夏禹三代是用玉作信符，汉朝改用铜虎竹使符，后代从简，改用书信了。

契，结约的意思。上古时代单纯朴质，结绳作契约；现今的羌人、胡人验证数字，商贩记钱，就是上古遗留下来的风俗。

券，约束的意思。明白作出约束，用以防备作伪。券字的字形是由“半”和“分”两字组成的，所以周代叫作判书。古代有把盟誓刻在金属上的铁券，用以表示誓言的坚定可信。西汉王褒的《僮约》，就是诙谐的券书。

疏，分布的意思。分类布置事物，撮要写出大意，短小的约券和短小的书契称作疏。

关，关闭的意思。出入由门经过，门的关闭应当审慎；政事上众多的公务由行政长官处理，顺利或阻止应细虑。韩非说：“公孙直回是圣明的宰相,他却是由地方官升上来的。”大概就是说的这些。

刺，通达的意思。诗人的讽谏之刺,《周礼》说秋官掌管“三刺”的方法，事理经过叙述以相通达，就像针刺解开线疙瘩一样。

解，解释的意思。解释疑难，用核对来验证事实。

牒，叶的意思。用短的竹简编成牒，像树叶长在树枝上一样。路温舒采取蒲叶截成牒写书，就是这种事。议谈政事还没有定论，所以用短小的牒文商量。牒文中更小的一种叫作签。签，细密的意思。

状，状貌的意思。体现人本来的面貌，对他一生的言行事实加以追叙。先代贤人死后要定谥号，还有讲他生平经历的行状，这就是最大的状文。

列，就是陈列，把事情陈述出来，明白可见。

辞，口头语，把自己的思想传达给别人。春秋时郑国的子产善说话，诸侯依赖他。辞的作用这样大，真是不能没有。

谚，质直的话。父母丧亡，孝子说话不讲文采，所以吊慰的文辞也称谚。它们是街头巷尾流行的浅俗言语，朴实无华。

邹穆公说，"粮从口袋里漏到储粮器里"，就是这类谚语。《尚书·牧誓》里说"古人有句话：'母鸡不报晓'"，《诗经 · 大雅》说"人们也有这样的话，'忧愁过分使人老'"，这些都是上古流传下来的谚语，为《诗经》《尚书》所引用。

至于陈琳劝阻何进的话，"遮住眼睛捉鸟雀"，潘岳的哀辞有"掌上明珠，伉俪夫妇"，都是引用通俗的谚语作文。文辞浅显通俗，没有超过谚语的了，可是圣人贤者所著的《诗经》《尚书》等各种经典和文章，仍被采来作为谈话，何况还有胜过这些的，怎么可以忽略呢？

上述众条，皆属书、记包括的范围：有的内容上相通，用意却各有差异，有的形式上完全用朴素的语言，有的夹杂着绮丽的文辞，随着内容确立体制，重在精练扼要；达意时，少一个字就缺漏，行文造句，多一个字文辞就有妨碍。这些都是主管官吏必须切实讲究的而为浮华辞藻的作者所忽视。

才华出众的第一流的大手笔，大多疏于书信，好比相马能手九方堙能识别千里马而忽略了马的毛色和雌雄这类小事。言语既然能显示身份，信用也是邦国珍贵的宝玉，文坛中的人应该想到记录事实。

总结：

文章辞藻的众多枝流，要寄托书记笔札一类。

既是驰骋金玉般的华藻，又要运用语言的木讷质朴。

万古以来的声名得到宣扬，千里外的呼应能够推动。

众多政务繁杂纷纭，有了书记能得以明察。

下编

卷六

五福五代堂寶

八徵耄念之寶

太上皇帝之寶

苦思王充氣竭於思慮張衡研京以十年左思練都以一紀雖有巨文亦思之緩也淮南崇朝而賦騷枚皐應詔而成賦子建援牘如口誦仲宣舉筆似宿搆阮瑀據案而制書禰衡當食而草奏雖有短篇亦思之速也若夫駿發之士心總要術敏在慮前應機立斷覃思之人情饒岐路鑒在疑後研慮方定機敏故造次而成功慮疑故愈久而致績難易雖殊並資博練若學淺而空遲才疎而徒速以斯成器未之前聞是以臨篇綴慮必有二患理鬱者苦貧辭溺者傷亂然則博聞爲饋貧之糧貫一爲拯亂之藥博而能一

使玄解之宰尋聲律而定墨獨照之匠闚意象而運斤此蓋馭文之首術謀篇之大端夫神思方運萬塗競萌規矩虛位刻鏤無形登山則情滿於山觀海則意溢於海我才之多少將與風雲而並驅矣方其搦翰氣倍辭前暨乎篇成半折心始何則意翻空而易奇言徵實而難巧也是以意授於思言授於意密則無際疎則千里或理在方寸而求之域表或義在咫尺而思隔山河是以秉心養術無務苦慮含章司契不必勞情也人之稟才遲速異分文之制體大小殊功相如含筆而腐毫揚雄輟翰而驚夢桓譚疾感於

符外者也然才有庸儁氣有剛柔學有淺深習有雅
鄭並情性所鑠陶染所凝是以筆區雲譎文苑波詭
者矣故辭理庸儁莫能翻其才風趣剛柔寧或改其
氣事義淺深未聞乖其學體式雅鄭鮮有反其習各
師成心其異如面若總其歸塗則數窮八體一曰典
雅二曰遠奧三曰精約四曰顯附五曰繁縟六曰壯
麗七曰新奇八曰輕靡典雅者鎔式經誥方軌儒門
者也遠奧者馥采典文經理玄宗者也精約者覈字
省句剖析毫釐者也顯附者辭直義暢切理厭心者
也繁縟者博喻釀采煒燁枝派者也壯麗者高論宏

亦有助乎心力矣若情數詭雜體變遷貿拙辭或孕於巧義庸事或萌於新意視布於麻雖未費杼軸獻功煥然乃珍至於思表纖旨文外曲致言所不追筆固知止至精而後闡其妙至變而後通其數伊摯不能言鼎輪扁不能語斤其微矣乎

贊曰

神用象通情變所孕物以貌求心以理勝刻鏤聲律萌芽比興結慮司契垂帷制勝

體性第二十七

夫情動而言形理發而文見蓋沿隱以至顯因內而

鋒發而韻流士衡矜重故情繁而辭隱觸類以推表裏必符豈非自然之恒資才氣之大畧哉夫才有天資學愼始習斲梓染絲功在初化器成綵定難可翻移故童子雕琢必先雅製沿根討葉思轉自圓八體雖殊會通合數得其環中則輻湊相成故宜摹體以定習因性以練才文之司南用此道也

贊曰

才性異區文體繁詭辭爲膚根志實骨髓雅麗黼黻淫巧朱紫習亦凝眞功沿漸靡

風骨第二十八

裁卓爍異采者也新奇者擯古競今危側趣詭者也
輕靡者浮文弱植縹緲附俗者也故雅與奇反奧與
顯殊繁與約舛壯與輕乖文辭根葉苑囿其中矣若
夫八體屢遷功以學成才力居中肇自血氣氣以實
志志以定言吐納英華莫非情性是以賈生俊發故
文潔而體清長卿傲誕故理侈而辭溢子雲沉寂故
志隱而味深子政簡易故趣昭而事博孟堅雅懿故
裁密而思靡平子淹通故慮周而藻密仲宣躁鋭故
穎出而才果公幹氣褊故言壯而情駭嗣宗俶儻故
響逸而調遠叔夜儁俠故興高而采烈安仁輕敏故

乃其骨髓峻也相如賦仙氣號凌雲蔚爲辭宗迺其風力遒也能鑒斯要可以定文茲術或違無務繁采故魏文稱文以氣爲主氣之清濁有體不可力強而致故其論孔融則云體氣高妙論徐幹則云時有濟氣論劉楨則云時有逸氣公幹亦云孔氏卓卓信含異氣筆墨之性殆不可勝並重氣之旨也夫翬翟備色翾翥百步肌豐而力沈也鷹隼乏采翰飛戾天骨勁而氣猛也文章才力有似於此若風骨乏采則鷙集翰林采乏風骨則雉竄文囿唯藻耀而高翔固文筆之鳴鳳也若夫鎔冶經典之範翔集子史之術洞

詩總六義風冠其首斯乃化感之本源志氣之符契也是以怊悵述情必始乎風沉吟鋪辭莫先於骨故辭之待骨如體之樹骸情之含風猶形之包氣結言端直則文骨成焉意氣駿爽則文風清焉若豐藻克贍風骨不飛則振采失鮮負聲無力是以綴慮裁篇務盈守氣剛健既實輝光乃新其爲文用譬征鳥之使翼也故練於骨者析辭必精深乎風者述情必顯捶字堅而難移結響凝而不滯此風骨之力也若瘠義肥辭繁雜失統則無骨之徵也思不環周索課乏風則無風之驗也昔潘勗錫魏思摹經典群才韜筆

嚴此骨鯁才鋒峻立符采克炳

通變第二十九

夫設文之體有常變文之數無方何以明其然耶凡詩賦書記名理相因此有常之體也文辭氣力通變則久此無方之數也名理有常體必資於故實通變無方數必酌於新聲故能騁無窮之路飲不竭之源然綆短者銜渴足疲者輟塗非文理之數盡乃通變之術踈耳故論文之方譬諸草木根幹麗土而同性臭味晞陽而異品矣是以九代詠歌志合文財黃歌斷竹質之至也唐歌在昔則廣於黃世虞歌卿雲文

曉情變曲昭文體然後能孚甲新意雕畫奇辭昭體故意新而不亂曉變故辭奇而不黷若骨采未圓風辭未練而跨畧舊規馳騖新作雖獲巧意危敗亦多豈空結奇字紕繆而成輕矣周書云辭尚體要弗惟好異蓋防文濫也然文術多門各適所好明者弗授學者弗師於是習華隨侈流遁忘反若能確乎正式使文明以健則風清骨峻篇體光華能研諸慮何遠之有哉

贊曰

情與氣偕辭共體並文明以健珪璋乃騁蔚彼風力

訛翻淺還宗經誥斯斟酌乎質文之間而隱括乎雅俗之際可與言通變矣夫誇張聲貌則漢初已極自茲厥後循環相因雖軒翥出轍而終入籠內枚乘七發云通望兮東海虹洞兮蒼天相如上林云視之無端察之無涯日出東沼月生西陂馬融廣城云天地虹洞因無端涯大明出東月生西陂陽雄校獵云出入日月天與地沓張衡西京云日月於是乎出入象扶桑於濛汜此並廣寓極狀而五家如一諸如此類莫不相循參伍因革通變之數也是以規畧文統宜宏大體先博覽以精閱總綱紀而攝契然後拓衢路

於唐時夏歌雕墻縟於虞代商周篇什麗於夏年至於序志述時其揆一也暨楚之騷文矩式周人漢之賦頌影寫楚世魏之篇制顧慕漢風晉之辭章瞻望魏采榷而論之則黃唐淳而質虞夏質而辨商周麗而雅楚漢侈而艷魏晉淺而綺宋初訛而新從質及訛彌近彌澹何則競今踈古風昧氣衰也今才穎之士刻意學文多畧漢篇師範宋集雖古今備閱然近附而遠踈矣夫青生於藍絳生於蒨雖踰本色不能復化桓君山云予見新進麗文美而無採及見劉揚言辭常輒有得此其驗也故練青濯錦必歸藍蒨矯

趣也圓者規體其勢也自轉方者矩形其勢也自安文章體勢如斯而已是以模經爲式者自入典雅之懿效騷命篇者必歸豔逸之華綜意淺切者類乏醞藉斷辭辨約者率乖繁縟譬激水不漪槁木無陰自然之勢也是以繪事圖色文辭盡情色糅而犬馬殊形情交而雅俗異勢鎔範所擬各有司匠雖無嚴郛難得踰越然淵乎文者並總羣勢奇正雖反必兼解以俱通剛柔雖殊必隨時而適用若愛典而惡華則兼通之理偏似夏人爭弓矢執一不可以獨射也若雅鄭而共篇則總一之勢離是楚人鬻矛譽盾兩難

置關鍵長轡遠馭從容按節憑情以會通負氣以適變采如宛虹之奮鬐毛若長離之振翼廼頴脫之文矣若乃齷齪於偏解矜激乎一致此庭間之迴驟豈萬里之逸步哉

贊曰

文律運周日新其業變則其久通則不乏趨時必果乘機無法望今制奇參古定法

定勢第三十

夫情致異區文變殊術莫不因情立體即體成勢也勢者乘利而爲制也如機發矢直澗曲文回自然之

已盡而勢有餘天下一人耳不可得也公幹所談頗亦兼氣然文之任勢勢有剛柔不必壯言慷慨乃稱勢也又陸雲自稱往日論文先辭而後情尚勢而不取悦澤及張公論文則欲宗其言夫情固先辭勢實須澤可謂先迷後能從善矣自近代辭人率好詭巧原其爲體訛勢所變厭黷舊式故穿鑿取新察其訛意似難而實無他術也反正而已故文反正爲之辭反正爲奇效奇之法必顛倒文句上字而抑下中辭而出外回互不常則新色耳夫通衢夷坦而多行捷徑者趨近故也正文明白而常務反言者適俗故也

得而俱售也是以括囊雜體切在銓别宫商朱紫隨勢各配章表奏議則準的乎雅頌賦頌歌詩則羽儀乎清麗符檄書移則楷式於明斷史論序注則師範於覈要箴銘碑誄則體制於弘深連珠七辭則從事於巧豔此循體而成勢隨變而立功者也雖復契會相參節文互雜譬五色之錦各以本采爲地矣桓譚稱文家各有所慕或好浮華而不知實覈或美衆多而不見要約陳思亦云世之作者或好煩文博採深沉其旨者或好離言辨白分毫析釐者所習不同所務各異言勢殊也劉楨云文之體指實強弱使其辭

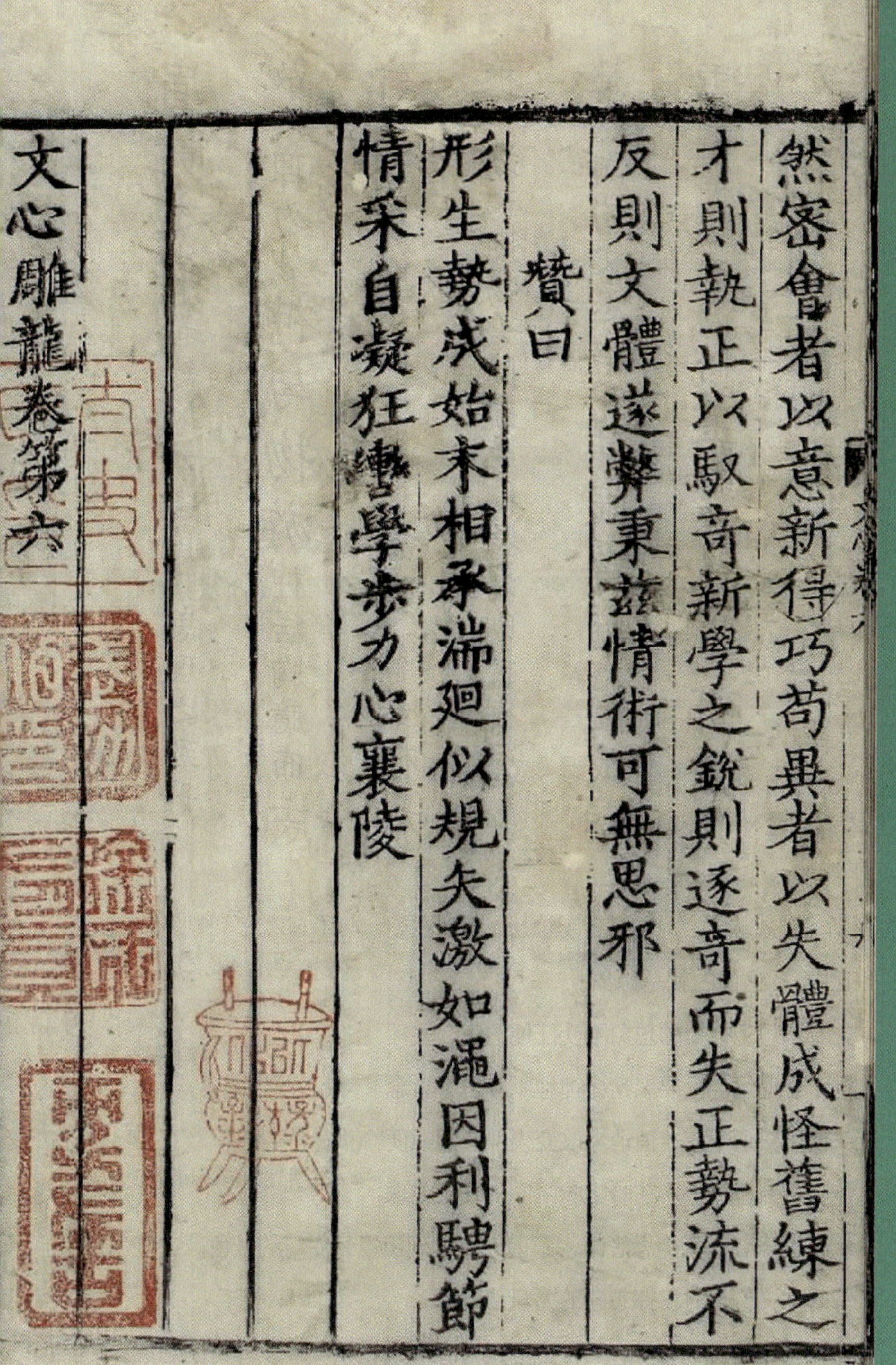

然密會者以意新得巧苟異者以失體成怪舊練之才則執正以馭奇新學之銳則逐奇而失正勢流不反則文體遂弊秉兹情術可無思邪

贊曰

形生勢成始末相承湍迴似規矢激如繩因利騁節情采自凝狂轡學步力心襄陵

文心雕龍卷第六

眉睫之前[2]，卷舒风云之色：其思理之致乎！故思理为妙，神与物游[3]。神居胸臆，而志气统其关键；物沿耳目，而辞令管其枢机[4]。枢机方通，则物无隐貌；关键将塞，则神有遁[5]心。是以陶钧文思，贵在虚静，疏瀹五藏，澡雪[6]精神。积学以储宝，酌理以富才，研阅以穷照，驯致以绎辞，然后使玄解之宰[7]，寻声律

延伸阅读 从《神思》至《总术》为创作论，《神思》是创作论的总纲。神思，即想象，是一种精神活动，与现代说的形象思维相似。本篇讲述如何运用神思

|译文| 古人说：“身在江海边上，心却在朝廷中。”这说的就是想象。

文章构思，神奇的想象不受任何约束，飞翔得十分遥远。只要聚精会神地默默思考，念头便可接通千年；悄悄地改变表情，视线便能到达万里之外。在吟哦咏唱间，发出如珠似玉的声音；凝神思想间，眼前就可展现出风云变幻的景色。这些都是作文构思时发挥想象的力量。

所以写作构思很奇妙，可使内心的想象与外物相交接。神奇的想象

神思第二十六

古人云：『形在江海之上，心存魏阙之下。』神思之谓也。

文之思也，其神远矣。故寂然凝虑，思接千载；悄焉动容①，视通万里；吟咏之间，吐纳珠玉之声；

□注释

❶悄：静寂无声。动：变化。容：容颜。用容颜的变动来代替眼神的变动。❷眉睫之前：眼前。睫，眼睫毛。❸神与物游：精神和外物一起活动，即思维想象受外物的影响。神，神思，指想象活动；物，物象，指作家头脑中主观化了的形象。❹志气：情志、气质。情志和气质支配着构思活动。辞令：语言或文辞。作家头脑中的形象和语言总是交织在一起的。枢机：关键，主要部分。❺遁：隐避，逃遁。❻贵在虚静：刘勰从先秦道家和荀子那里引入文学创作并加以改造的理论，包含两层意思：一是虚才能全面接纳各种事物并很好地认识事物形象的各方面；二是虚才能在文学创作过程中排除干扰，专心一意，更好地驰骋想象，释放感情。虚，虚怀；静，安静。澡雪：洗涤。此句是要求作者思想净化，毫无杂念。❼宝：知识。研阅：研

意翻空而易奇，言征实而难巧[11]也。是以意授于思，言授于意，密则无际，疏[12]则千里。或理在方寸而求之域表；或义在咫尺[13]而思隔山河。是以秉心养术，无务苦虑；含章司契，不必劳情也。

人之禀才，迟速异分[14]；文之制体，大小殊功。相如含笔而腐毫，扬雄辍翰而惊梦，

由作者内心主宰，情志和意气是支配它们活动的关键；外物由作者的耳目来接触，语言是掌管它们的机构。当这个机构灵活通畅的时候，事物的形貌便可描绘出来，没有隐蔽得了的；如支配想象的机构受阻，神奇的想象就会隐蔽逃遁，也就精神涣散了。

进行文学构思创作，即以想象为特征的艺术构思问题。

全篇分三个部分：

一、阐述艺术构思的特点、作用。为了更好地

所以酝酿文思，重在虚静心志，清除成见，宁静专一。这就要努力学习，积累学识储存珍宝，斟酌辨析各种事理，丰富增长自己的才学，研究各种情况，进行彻底的观察，要顺着作文构思，寻

而定墨独照之匠，窥意象而运斤。此盖驭文之首术，谋篇之大端。

夫神思方运，万涂竞萌。规矩虚位[8]，刻镂无形。登山则情满于山，观海则意溢[9]于海，我才之多少，将与风云而并驱矣。方其搦翰，气倍辞前，暨乎篇成，半折心始[10]。何则？

究观察。照：察看，理解。这句是说通过观察研究尽量去明白事理。宰：主宰，指作者的心、脑。❽规矩：作动词用，按一定规矩加工，指对事物的揣摩。虚位：存在于作家头脑中的虚而不实之物。❾溢：满出。这二句指构思中想到“登山”“观海”的情景。❿辞前：作品写成之前。辞，指作品。此句指想象比文辞丰富得多。半折：打了一半折扣。心始：心中开始想象的。此句是说写出来的文章不能表达原来的想法。⓫翻空：不受限制之意，展开想象的翅膀在空中驰骋。征实：求实，把作者的想象具体地写出。难巧：难于工巧。⓬疏：疏漏，结合不好，指言不能准确表达意。⓭咫尺：比喻距离很近。咫，古代长度名，周制八寸，今制六寸。⓮异分：不同。

祢衡当食而草奏[16]。虽有短篇，亦思之速也。若夫骏发之士，心总要术，敏在虑前，应机立断。覃思之人，情饶歧路，鉴[17]在疑后，研虑方定。机敏故造次而成功，虑疑故愈久而

求恰当美好的文辞。然后才能使深通妙道的心灵，按照声律安排文辞，就像有着独到看法的工匠自如挥斧一样，凭着想象进行创作，这就是驾驭文思的首要方法，也是谋篇作文的重要开端。

想象刚刚开始运转活动的时候，各种各样的思路、物象都纷纷呈现。要在没有形成的文思中孕育内容，要在没有定型的文思中雕刻形象。登上高山，情思中就充溢着山间的景色，看到大海，情意里就出现海涛汹涌澎湃的风光。想象的才能，似飞鸟同风云并驾齐驱而无法计量。拿起笔，比起在行文之前要气势充足，等到篇章写就，开始想的东西已打了一半折扣。

构思，作家需要积极地积累知识，辨明事理，运用自己的生活经验，提高自己的情致修养。

二、通过列举过去的作家，阐述艺术构思的不同类型。强调在构思中要抓住重点，才能取得

桓谭疾感于苦思，王充气竭于思虑；张衡研京以十年，左思练都以一纪⑮。虽有巨文亦思之缓也。淮南崇朝而赋骚，枚皋应诏而成赋，子建援牍如口诵，仲宣举笔似宿构，阮瑀据案而制书，

⑮相如含笔而腐毫：相如，司马相如，西汉著名的辞赋家，相传他文思不敏捷。含笔，笔浸在墨汁中；腐毫，毛笔都腐烂了。毫，毛，指毛笔。桓谭疾感于苦思：桓谭，东汉政治家、哲学家。他在《新论 · 祛蔽》中说自己年少时羡慕扬雄文章写得好，因苦思太甚而发病。张衡研《京》以十年：张衡，东汉科学家、文学家。《后汉书·张衡传》说，张衡学习班固的《两都赋》作《二京赋》，共花了十年时间。左思练《都》以一纪：左思，西晋著名文人。《晋书·左思传》说，左思《三都赋》的构思写作花了十余年时间。一纪，十二年。⑯淮南：淮南王刘安。崇朝：终朝，指一个早晨。崇，终。子建：曹植的字。援：握。牍：简牍，指纸。曹植拿着木片写文章，像把背诵过的文章抄写下来一样。据案：伏在马鞍上。案，应作“鞍”。制书：写文章。祢衡当食而草奏：当食，吃饭时。草奏，写出文章。《后汉书 · 祢衡传》载，一次，荆州牧刘表和诸文人共同草拟奏书，这时祢衡外出而归，见奏书写得不好，很快另写好一篇。又黄射大宴宾客，有人献来鹦鹉，黄射请他赋鹦鹉，他于席前很快写好《鹦鹉赋》。⑰覃（tán）思：深思。指文思迟缓的人写作时因构思深而用很长的时间。鉴：察看、鉴别。

孕于巧义，庸事或萌㉑于新意。视布于麻，虽云未费，杼轴献功㉒，焕然乃珍。至于思表纤旨，文外曲㉓致，言所不追，笔固知止。至精而后阐其妙，至变而后通其数㉔。伊挚不能言鼎，轮扁不能语斤㉕，其微矣乎！

为什么会这样呢？

想象凭空而起，易奇特，语言文字却比较实在，很难巧妙地表现作者的想象。文章的内容受作者的思想感情支配，而言辞又受文章内容的支配。文章的内容、作者的思想感情和文章的言辞三者结合得紧密，文章就贴切，天衣无缝，反之，疏漏就会使之相差千里。有的道理就在心里，却要到很远很远的地方去搜求；有的意思就在眼前，却像远隔着高山大河。所以要控制思维、掌握法则，无须冥思苦想；按照一定规则，表现美好事物，不必去劳心累情。

创作的成功。

三、提出艺术加工的必要性，阐述艺术构思复杂不易说清楚。

《神思》是我国古代文论中比较全面、系统地论述艺术构思的重要文献。刘勰深入、系统地探讨了艺术构思活动，形成

每个人的禀赋才能不同，文思就存在迟缓与迅速的差异；文章的

。致绩难易虽殊，并资博练⑱。若学浅而空迟，才疏而徒速，以斯成器，未之前闻。是以临篇缀虑，必有二患：理郁者苦贫，辞溺者伤乱⑲。然则博见为馈贫之粮，贯一为拯⑳乱之药，博而能一，亦有助乎心力矣。

若情数诡杂，体变迁贸，拙辞或

⑱资：依靠。博练：广泛学习训练。博，博学；练，才干。⑲郁：郁积，思路郁积不开阔。贫：贫乏，没东西可写。辞溺：陷在辞藻中。乱：杂乱。⑳博见：广博地吸取知识。馈：进食，引申为补救。贯一：贯通统一，围绕着一个中心或重点。拯：救。㉑体变：体裁。体，体性，风格。迁贸：迁移，变化。贸，移。应写成短篇的，硬要拉成长篇。此句与上句，指创作中未遵循创作的原则出现的问题。庸事：平凡的事。庸，平庸。萌：萌芽。平庸的事例，有时也在新奇的内容中出现。㉒杼轴：旧式织机上两个管经纬线的装置。献功：麻经过杼轴的加工。这里以织造加工，比喻运用想象进行文学的创作构思。㉓表：外。纤：细微。曲：隐曲、曲折。指文辞以外还没有写到的情致。㉔变：文体的风格变化。通：通晓、通达。数：方法，规律。㉕轮扁不能语斤：轮扁不能说出自己熟练的技术。轮扁，古代传说中制车轮的能工巧匠；斤，斧。本句指文章的妙处是微妙不能说清的。

体制多种多样，规模有大有小，功力各异。司马相如笔浸在墨汁里把毫毛都泡烂了文章才写出来，扬雄写文章用力过度，停下笔就睡着做起了噩梦，桓谭常常因苦苦思索以致感疾生病，王充著作，因思虑过度，耗尽了精力；张衡用了十年时间精研写作《二京赋》；左思花了十二年光阴锤炼创作了《三都赋》。

了自己文学创作论的体系，有很多创见。——刘勰初步总结了神思的形象性特点；认为神思在文学创作中有“杼轴献功，焕然乃珍”的作用；总结运用神思进行文学创作的特点，即“规矩虚位，刻镂无形”等。

上述名家，虽写的是长篇巨作，但也说明了其文思的迟缓。

淮南王刘安接受汉武帝的诏令，一个早晨就写完了《离骚赋》，枚皋总能应诏成赋，曹植铺纸作文，就像背诵文章，王粲举笔便成，好似预先已写好，阮瑀凭据着马鞍也能很快写好书信，祢衡在宴席上便起草奏书。

上述作家虽说写的是短篇，但也说明了他们文思的敏捷。

文思敏捷的人，心中总揽着创作的方法要点，感觉敏锐，在事前深思熟虑，所以能当机立断。

文思迟缓的人，思绪纷乱，徘徊不定，想要鉴明事理，要经过研究考虑才能作出决定。

文思敏捷，文章就能在仓促间完成，疑虑多，文章要很久才能写好。快和慢、难和易各有不同，靠广博学习才能熟练。如学识浅薄而只是写得慢，才学粗疏光靠写得快，从来没有听说过这样能写出好的文章。

创作时酝酿文思，有两个困难：文思阻塞的人苦于想象的贫乏，文辞泛滥的人苦于文理紊乱，可见见闻广博就成为补救想象贫乏

赞曰：

神用象通，情变所孕。物以貌求，心以理应[26]。刻镂声律，萌芽比兴[27]。结虑司契，垂帷[28]制胜。

[26] 心：感情。理：作品内容。应：反应。[27] 比兴：《诗经》的赋、比、兴写作手法。[28] 垂帷：垂下帷帐。运筹帐幕中，就能克敌制胜，借军事术语比喻只要能巧妙运用神思，创作定能成功。

的粮食，贯通统一就成为拯救文理紊乱的药方，能做到广闻博见又中心一贯，对创作构思的能力大有帮助。

作品的情思是诡奇混乱的，风格是变化多端的，拙劣的文辞或许包含精巧的义理，平庸的事物或许来自新颖的命意。我们看看布之出于麻，原料的麻虽质地并不比布贵重，但经过织布机的加工，布便焕发出光彩，成为珍贵之物。文思以外细微奥妙的旨意，文辞之外隐幽委曲的情趣，这都是语言所不能言明、笔墨不能表达的。

达到最精通的境界才能阐明它的奥妙，掌握它的微妙变化才能精通它的规律，好比厨师伊挚无法说出鼎中调味的微妙，巧匠轮扁不能说出运用斧头的规律，其中的道理实在精微极了。

总结：

神奇的想象靠物象来贯通，是思想感情变化孕育的。

外物以它的形貌打动作家，作家的心用情理来反应。

雕刻描绘各种事物的形象，产生了比兴的手法。

运用思虑来构成文章，垂下帷幕发愤构思才能取胜。

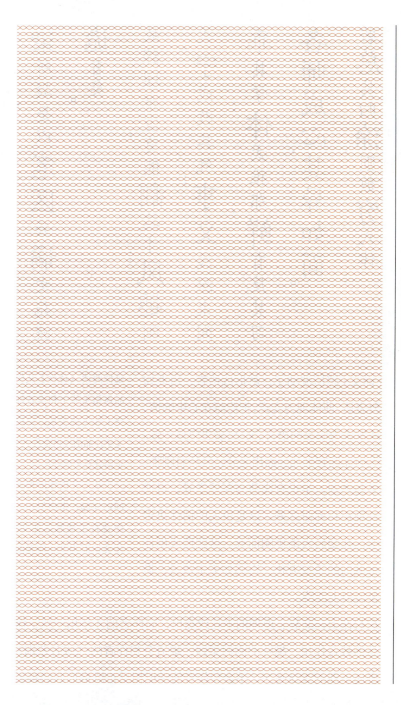

染所凝，是以笔区云谲，文苑波诡②者矣。

故辞理庸俊，莫能翻其才；风趣刚柔，宁或改其气；事义浅深，未闻乖其学；体式雅郑，鲜有反其习。各师成心，其异如面③。

若总其归涂，则数穷八体：

|译文|感情波动了，就形成语言，道理如要表达，便体现为文章，把隐藏在心中的情、理发表为明显的语言、文字，表里应该一致。人的才能有平凡、杰出之分，气质有刚强、柔弱之别，学识有浅薄与深厚之异，习惯有雅正和邪僻之差，这是由人的情性决定的，并受后天的熏陶而成。这就造成创作领域内的千变万化，奇谲如天上流云，诡秘似海上波涛。

在写作上，文辞、道理的平凡或杰出，同作者的才华相一致；作品的教育作用，趣味的刚健柔弱，难道会和作者的气质有差别？所述事理的浅显高深，不会和作者的学识相反；风格形成的雅正

延伸阅读《体性》从作品风格（体）和作者性格（性）的关系，论述文学作品的风格特色。

全篇分三个部分：

一、从文学创作的根本问题谈起，指出创作是作者有了情感的冲动，才会发而为文。作者的

体性第二十七

夫情动而言形，理发而文见，盖沿隐以至显，[1]因内而符外者也。然才有庸俊，气有刚柔，学有浅深，习有雅郑，并情性所铄，陶

□注释

❶ 情动而言形：《毛诗序》称“情动于中而形于言”。形，表达。见：同“现”，显露，和上句“形”字意近。隐：指上文说的情、理。显：指上文所说的言、文。❷庸：平凡。俊：杰出。气：作者的气质。刚柔：强弱。雅：雅乐。郑：郑声。这里借雅郑，指正与邪。情性：先天的质性，包括才、气。铄（shuò）：原指金属的熔化，此引申为影响的意思。陶染：后天的影响，即学和习。笔区：和下句的文苑意近。谲：变化。诡：反常。扬雄《甘泉赋》：“于是大厦云谲波诡。”❸翻：转动，此有改变的意思。风：作品所起的教育作用。趣：作品中体现的味道。宁：难道。事义：事情、意义。《事类》篇说：“学贫者，迍邅于事义。”乖：不合。体：风格。鲜：少。各师成心，其异如面：《左传·襄公三十一年》：“人心之不同，如其面焉。”成心，本性，指作者的才、气、学、习。

繁缛者博喻酿采，炜烨枝派[9]者也。壮丽者高论宏裁，卓烁异[10]采者也。新奇者摈古竞今，危侧[11]趣诡者也。轻靡者浮文弱植，缥缈[12]附俗者

邪僻，很少和作者的习惯不同。按照自己的本性写作，作品的风格就和人的面貌一样彼此互异。

归根到底，不外八种风格：

第一种是典雅，第二种是远奥，第三种是精约，第四种是显附，第五种是繁缛，第六种是壮丽，第七种是新奇，第八种是轻靡。

所谓典雅，就是向经典学习，与儒家走相同的路。

所谓远奥，就是文采含蓄有法度，说理以道家学说为主。

所谓精约，就是字句简练，分析精细。

所谓显附，就是文辞质直，意义明畅，符合事物，使人满意。

所谓繁缛，就是比喻广博，文采丰富，善于铺陈，光华四溢。

才、气、学、习等，都和作品表现出来的风格特征有着一定的关系。刘勰认为作品的风格“各师成心，其异如面”，不同的作者有不同的风格。他把各种风格归纳为典雅、远奥等八种，概括地总结了这八种风格的

一曰典雅，二曰远奥，三曰精约，四曰显附，五曰繁缛，六曰壮丽，七曰新奇，八曰轻靡[4]。典雅者，熔式经诰，方轨[5]儒门者也。远奥者，馥采典文，经理玄宗[6]者也。精约者，核[7]字省句，剖析毫厘者也。显附者，辞直义畅，切理厌[8]心者也。

❹总：综合。涂：途径。穷：尽。典雅：内容符合儒家学说，文辞庄重。典，儒家经典；雅，正。远奥：内容倾向道家，文辞比较玄妙。精约：论断精当，文辞凝练。显附：说理清楚，文辞畅达。繁缛：铺叙详尽，文辞华丽。缛，采饰繁杂。壮丽：陈义俊伟，文辞豪迈。新奇：内容新奇，文辞怪异。轻靡：内容浅薄，文辞浮华。靡，轻丽。❺熔式：取法。诰：告诫之文，如《尚书》中的《汤诰》《康诰》，此泛指儒家经典。方轨：并驾。《史记·苏秦传》："车不得方轨，骑不得比行。"❻馥（fù）：应作"复"，深奥。典：此指法则。玄宗：道家学说。玄，幽远。道家学说称为玄学，道教又称玄教。❼核：考查。❽切：切合。厌：满足。❾酿：杂。炜烨（wěi yè）：明亮的样子。枝派：树多枝叶，水分流派，此指铺叙的夸张。❿宏：高大。裁：判断，议论。烁：光彩。异：不同一般。⓫摈：排斥。危侧：险僻。⓬植：志，指思想内容。缥缈：恍惚不定，此指内容的不切实。

言，吐纳英华[16]，莫非情性。是以贾生俊发，故文洁而体清；长卿傲诞，故理侈而辞溢；子云沈寂，故志隐而味深；子政简易，故趣昭而事博；孟坚雅懿，故裁密而思靡；平

所谓壮丽，就是议论高超，文采不凡。

所谓新奇，就是弃旧趋新，以诡奇怪异为贵。

所谓轻靡，就是辞藻浮华，情志无力，内容空泛，趋向庸俗。

这八种风格中，典雅和新奇相反，远奥和显附不同，繁缛和精约有异，壮丽和轻靡相别。

文章的各种表现，都不出这个范围。

这八种风格常常变化，其成功在于学问；才华也是关键，这是从先天的气质里来的。

基本特点。

在这八种中，刘勰对新奇、轻靡比较不满。他认为，一个人的风格不限一种，往往有参差错综或前后不同的变化发展。

二、以贾谊、司马相如、王粲、陆机等十多人的具体情况，进一步阐明作者性格与作品的风格完全是“表里必符”。

三、刘勰强调作家的成

培养气质以充实人的情志，情志确定文章的语言，文章能否精美，都来自人的情性。

因贾谊性格豪迈，所以文辞简洁，风格清新；司马相如性格狂

也。

故雅与奇反，奥与显殊，繁与约舛，壮与轻乖[13]。文辞根叶，苑囿[14]其中矣。若夫八体屡迁，功以学成；才力居中，肇自血气[15]。气以实志，志以定

⑬殊：不同。舛：违背，不合。乖：违背。

⑭根叶：此指作品的主要部分和次要部分的各个方面。苑囿：园林，此作动词用。

⑮肇：开始。血气：先天的气质。⑯气以实志，志以定言：此借用了《左传·昭公九年》中的话"味以行气，气以实志，志以定言，言以出令"。吐纳：表达。英华：精华。⑰贾生：西汉作家贾谊。俊发：英俊发扬，指其才性的豪迈。长卿：西汉著名作家司马相如的字。诞：放诞。侈：过分，夸大。溢：满。子云：西汉作家扬雄的字。沈寂：性格沉静。沈，同沉。子政：西汉作家刘向的字。简易：平易近人。《汉书·刘向传》："向为人简易无威仪。"昭：明白。事：作品中引用的故事。孟坚：东汉初年著名历史学家、文学家班固的字。懿（yì）：温和。《后汉书·班固传》说，班固"性宽和容众，不以才能高人"。靡：这里指细致。平子：东汉著名科学家、文学家张衡的字。淹通：深通。《后汉书·张衡传》说，张衡"通五经，贯六艺，虽才高于世，而无骄尚之情"。虑周：思考全面。藻密：文采细密。仲宣："建安七子"之一王粲的字。躁锐：急疾锐利。《三国志·魏书·王粲传》说王粲才锐，"善属文，举笔便成，无所改定，时人常以为宿构，然正复精意覃思，亦不能加也"。颖出：露锋芒。果：决断。《才略》云："仲宣溢才，捷而能密，文多兼善，辞少瑕累，摘其诗赋，则七子之冠冕乎。"公幹："建安七子"之一刘桢的字。褊：狭隘急遽。言壮而情骇：钟嵘《诗品》评刘桢的诗："仗

夫才有天资[20]，学慎始习。斫梓染丝，功在初化，器成彩[21]定，难可翻移。故童子雕琢，必先雅制，沿根讨叶，思转自圆[22]。八体虽殊，会通合数，得其环中，则辐辏[23]相成。故宜摹体以定习，因性以练才，文之司南，用此道[24]也。

放，所以说理夸张，辞藻多；扬雄性格沉静，所以作品内容含蓄而意味深长；刘向性格坦率，所以文章中志趣明显，用事广博；班固性格雅正温和，所以论断精密，文思细致；张衡性格深沉通达，所以考虑周到，辞采细密；王粲性急才锐，所以作品锋芒显露，才识果断；刘桢性格狭隘急遽，所以文辞有力，令人惊骇；阮籍性格放逸不羁，所以作品的音调不同凡响；嵇康性格豪爽，所以作品兴会充沛，辞采犀利；潘岳性格轻率敏捷，所以文辞锐利，音节流畅；陆机性格庄重，所以内容繁杂，文辞隐晦。

功固然和他的才力有关，更要依靠长期刻苦学习。八种风格虽变化无穷，只要努力学习，就可融会贯通。

本篇结合体、性两个方面进行探讨。刘勰主张作者从小就应向雅正的作品学习。风格即人，是作者个性的艺术表现。

子渊通，故虑周而藻密；仲宣躁锐，故颖出而才果；公幹气褊，故言壮而情骇；嗣宗俶傥，故响逸而调远；叔夜俊侠，故兴高而采烈；安仁轻敏，故锋发而韵流；士衡矜重⑰，故情繁而辞隐。触类以推，表里⑱必符，岂非自然之恒资⑲，才气之大略哉？

气爱奇，动多振绝，真骨凌霜，高风跨俗。但气过其文，雕润恨少。”骇，惊人。嗣宗：三国魏著名作家阮籍的字。俶傥（tì tǎng）：亦作“倜傥”，无拘无束的样子。逸：高。叔夜：三国魏著名作家嵇康的字。侠：豪侠。《三国志·魏书·王粲传》中说嵇康“尚奇任侠”。兴：兴会，兴致。采烈：辞采犀利。安仁：西晋作家潘岳的字。锋发：势锐。韵流：音节流畅。士衡：西晋著名文学家陆机的字。矜：庄重。《晋书·陆机传》说陆机“伏膺儒术，非礼不动”。⑱表：外表，这里指作品。里：内涵，这里指作者的性格。⑲恒资：先天的资质。⑳天资：上文说的“自然之恒资”。㉑斫（zhuó）：砍。梓（zǐ）：一种可作建材制造器具的树木。彩：彩色丝绸。㉒雅制：儒家经书。讨：寻究。圆：圆满，圆转。㉓数：方法。环中：轴心。辐：车轮的辐条。辏：辐条聚集。㉔摹：学习。司南：指南。道：道路。

由此推论，内在的性格与表达于外的文章是一致的。这难道不是作者天赋资质和作品中所体现的才气吗？

不过，刘勰以征圣、宗经的观点强调或贬低某种风格，这给他的风格论带来了局限。

作者的才华虽有一定的天赋，但学习一开始就要慎重。好比制木器或染丝绸，开始就决定了结果，若等到器具制成，颜色染定，就不易更改了。因此，少年学习写作时，应先从雅正开始，从根本上寻究枝叶，思路更易圆转。

在理论上，刘勰正确地总结了风格形成的主要原因，明确了风格和个性的关系，强调后天学习的重要，这对古代风格论的建立和发展非常有益。

上述八种风格虽然不同，但只要融会贯通，就可合乎法则，正如车轮有了轴心，辐条自然能聚合起来。所以应学习正确的风格，培养习惯，根据自己的性格培养写作的才华。

所谓创作的指南针，就是指的这条道路。

总结：

才华和性格有区别，因而作品的风格多种多样。

但文辞只是次要的枝叶，作者的情志才是骨干。

古服的花纹华丽雅正，追求奇巧只会搅乱正色。

才华气质陶冶而成，需要长期地浸染才见功效。

赞曰：

才性异区，文体[25]繁诡。

辞为肤根，志实骨髓[26]。

雅丽黼黻，淫巧朱紫[27]。

习亦凝真[28]，功沿渐靡。

[25]体：风格。[26]根：次要的事物。骨髓：主要的事物，和《风骨》篇所说的“骨”不同。[27]黼黻（fǔ fú）：古代礼服上绣的花纹。淫：过分。朱紫：杂色乱正色。古代以朱为正色，紫为杂色。《论语·阳货》：“恶紫之夺朱也。”刘勰在这里即用此意。[28]真：作者的才、气。

气[3]。结言端直，则文骨成焉；意气骏爽[4]，则文风清焉。若丰藻克赡，风骨不飞，则振采失鲜[5]，负声无力。

是以缀虑裁篇，务盈守气，刚健既实，辉光乃新。其为文用，譬征鸟之使翼也。

故练于骨者，析[6]辞必精；深乎风者，述情必显。捶字坚而难移，结响凝而不滞[7]，此风骨之力也。

译文《诗经》包括风、雅、颂三种体裁和赋、比、兴三种表现手法，风排在第一位，之所以这样是因为它是感化的根本力量，是志气的具体体现。

动人的叙述，必然从有感化力量的风开始；反复沉吟的文辞，没有比风骨更重要的了。所以文辞要有骨力，似人的形体需要骨架一样；表达感情要有风力，犹如人体要有生气。措辞端庄正直，正确有力，是文章的骨力形成之源；思想情

延伸阅读 《风骨》论述刘勰对文学作品的基本要求。

全篇分三个部分：

一、首先说明风骨的必要性。“辞之待骨”，指

风骨第二十八

诗总六义，风冠其首，斯乃化感之本源，志气之符契①也。是以怊怅述情，必始乎风；沉吟②铺辞，莫先于骨。故辞之待骨，如体之树骸；情之含风，犹形之包

□注释

❶风冠其首：按照《毛诗序》，“六义”的次序是风、赋、比、兴、雅、颂，风居首位。志：情志、气势。气：个性、气质。符契：信约，指作品和志气一致。符，古代的凭信物；契，约券。❷沉吟：低声吟咏。❸形：人的形体。气：气血之气。这句比喻文章内容的重要。❹端直：端正有力。骏爽：明快爽朗。❺丰藻：辞藻丰富。赡：富足。鲜：明。❻析：考究、分析。❼结响凝：使声调有力。滞：死板、呆滞。此句中“凝”指抒情确切，不滞指抒情生动。

有体，不可力强⑪而致。』故其论孔融，则云『体气高妙』；论徐幹，则云『时有齐气』；论刘桢，则云『有逸气⑫』。公幹亦云：『孔氏卓卓，信含异气，笔墨之性⑬，殆不可胜。』并重气之旨也。

夫翚翟备色，而翾翥百步，肌

感明快爽朗，有力感人，文风自然清新。如果文辞藻艳丰富，风骨无力，那么辞采也暗淡而不鲜明，不会有声韵之美。

所以运思谋篇，务必保持充沛的生气，刚健的文辞切实地表达思想情感，文章才有新的光辉。风骨对文章的作用，似健飞之鸟使用有力的双翼。

熟练把握文章骨力的人，辨析文辞一定精当；深通文风的人，表述一定清晰。锤字精练准确，难于更换，声韵凝重而不黏滞，这就是文章有风骨的力量。

如果文章命意贫乏，辞藻臃肿，繁杂没有条理，就是文章缺乏骨力的凭证；如果考虑不周，勉强创作而缺乏生气，就是文章没有

文辞的运用必须有骨力；“情之含风”，指思想感情的表达要有教育作用。其总的要求是：“捶字坚而难移，结响凝而不滞”。文辞要准确不易，教育作用要丰富有力。——其次说明没有风骨的作品的弊病。刘勰举潘勖和司马相如的文章为例，

若瘠义肥辞，繁杂失统⑧，则无骨之征也；思不环周，索莫⑨乏气，则无风之验也。昔潘勖锡魏，思摹经典，群才韬笔，乃其骨髓峻也；相如赋仙，气号凌云，蔚⑩为辞宗，乃其风力遒也。能鉴斯要，可以定文，兹术或违，无务繁采。

故魏文称：「文以气为主，气之清浊

⑧统：体统，条理。⑨索莫：亦作“牵课”，即勉强。⑩潘勖：东汉末期作家。锡魏：潘勖的《册魏公九锡文》。魏公，曹操。九锡：天子赐给功臣的车马等九大礼品，是最高的赏赐。思摹经典：潘勖《册魏公九锡文》是仿效《尚书》的笔法写成的。骨髓：骨力。峻：高大，挺拔有力。气号凌云：《汉书·司马相如传》说汉武帝看了《大人赋》之后感到飘飘有凌云、气游天地间的感觉。凌，升、高出。蔚：盛。⑪气：风格。强：强求，勉强。⑫徐幹：东汉末期作家。曹丕在《典论·论文》中说他“时有齐气”，是因他为人恬淡优柔，性近舒缓。刘桢：东汉末期作家。有逸气：曹丕《与吴质书》中说：“公幹（刘桢的字）有逸气，但未遒耳。”逸气，超逸的气质，高超的风格。逸，超越一般。⑬孔氏卓卓：刘桢评论孔融的一段话，出处已不可考。孔氏，指孔融。卓卓，卓越，超出一般。性：特点、特性。

作，虽获巧意，危败亦多。岂空结奇字，纰缪而成经[18]矣！

周书云：「辞尚体要，弗惟[19]好异。」盖防文滥也。然文术多门，各适所好，明者[20]弗授，学者弗师，于是习华随侈，流遁忘反。若能确乎正式，使文明以健，则风清骨峻，篇体光华。能研诸虑[21]，何远之有哉！

风力的证明。

从前潘勖作《册魏公九锡文》，构词模拟经典文诰，在他的这篇文章面前，众多才人都为之搁笔不敢再写，皆因他的文章骨力峻峭挺拔。司马相如的《大人赋》，飘飘然有凌云之气，富有文才而成为辞赋的典范，皆因它感染人的力量强劲。借鉴这些要点，就可写出好的文章，如违背这一原则，一味追求繁缛的文采，毫无益处。

所以魏文帝曹丕在《典论·论文》中说："文章以风格为主宰，风

说明文辞和内容的感人力量。

二、对曹丕、刘桢等人进行论述，首谈文气，说明气的重要。这个"气"，指作家的气质体现在作品之中形成的文

丰而力沉也；鹰隼乏采，而翰飞戾天⑭，骨劲而气猛也。文章才力，有似于此。若风骨乏采，则鸷集翰林；采乏风骨，则雉窜文囿。唯藻耀而高翔，固⑮文笔之鸣凤也。

若夫熔铸经典之范，翔集子史之术，洞晓情变，曲昭⑯文体，然后能莩甲新意，雕画奇辞。昭体故意新而不乱，晓变故辞奇而不黩⑰。若骨采未圆，风辞未练，而跨略旧规，驰骛新

⑭翚：五彩的野鸡。翟：长尾的野鸡。翾翥：小飞。翥，飞举。鹰隼：凶猛善飞的禽鸟。鹰，老鹰；隼，又名鹘鸟。翰：高。戾：到。⑮鸷：凶猛的禽鸟。翰林：翰墨之林，文艺园地。藻耀：辞藻光彩闪耀，有文采。高翔：高飞，有风骨。固：乃。⑯翔集：取法经史诸子，使文字写得极为生动，鸟飞翔一般。术：道路，方法。曲昭：详细明白。⑰黩：不严肃，有浮滑意。⑱练：熟练。跨：超越。略：省略。骛：追求。纰缪：谬误。纰，布帛等破坏散开。成经：成为经常，经常这样，不是偶然这样。⑲体：体现，体察。要：要点。惟：独。⑳明者：深明创作方法的人，即《神思》所说不能言鼎的伊挚和不能语斤的轮扁这类人。㉑诸虑：上述讨论的诸方面的问题。

格的清浊源于气质禀赋，不是勉强能达到的。”所以他评论孔融，说他“风格气质高妙”；评论徐幹，就说他“时常有齐地人舒缓的气质”；评论刘桢，说他“有超逸的气质”。

刘桢也说：“孔融杰出，确有不同寻常之气，他的文章高妙，几乎无法赶上。”这些评论，皆重视文章作者的气质禀赋。

野鸡羽毛色彩丰富，却只能小飞百步那么远，皆因它们的肌肉太丰满而力量不够；鹰隼没有华美的羽毛却能高飞云天，那是因为它们的骨力强劲而气势威猛。

文章才力，也和这相仿。假如只有风骨，缺乏文采，就似文苑中鹰隼之类凶猛的鸷鸟；只有文采而缺乏风骨，就像五彩的野鸡在文艺的园林中乱窜。只有既有藻丽耀眼的羽毛而又能翱翔上天的，才算得上是文章中的凤凰。

至于依照经书的规范熔铸提炼创作，吸取诸子史传创作的方法，洞彻通晓感情的变化，详尽明白文章的体制，然后才能草木百果萌芽新生一样，创造新颖的文意，修饰不平常的文辞。

明白了各种体制，才能做到文意虽新颖而不用不恰当的文体；通晓写作上的变化，才能文辞奇巧且不违反严正的修辞手法。若骨

章特色，和本篇所讲的“风”有着密切关系。——再论风骨和文采的关系，认为风骨和文采兼备，才是理想的完美作品。——三、谈怎样创造风骨。刘勰认为，必须学习经书，参考子书和史书，创意奇辞，才能使作品“风清骨峻”，具有较强的感染力量。只强调向书本学习，忽视现实生活的重要作用，这是刘勰论风骨的局限。——风骨和风格有一定联系，却又有显著的区别。——情辞的最高要求是风骨，和作者的情志、个性有必然的联系，但风骨不等于风格。风格指不同作家的个性在作品中形成的特色，风骨则是对一切作家作品总的要求。刘勰的风骨论，是针对

赞曰：

情与气偕，辞共体并。

文明以健，珪璋乃聘。

蔚彼风力，严此骨鲠。

才锋峻立，符采克炳。

力文采还没圆熟，驾驭风力言辞的方法没有提炼，却要超越旧有的规范，好高骛远地追逐新的创作，虽能获得奇巧之文，遭到失败的却很多，难道用一些奇特的字句，就能把错误变成正道吗？

晋宋以来文学创作中过分追求文采、忽略思想内容的倾向提出的，对后世文学创作、评论都有一定的影响。

《尚书·毕命》里说："言辞重在体察要领，不只是喜好奇异。"就是为防止文风伪滥。然而写作方法多种多样，都有所爱好的方法，会写作的人不必把喜好强加于人，善学者无须乱师。于是有的人习染华艳的习气，跟随侈靡的文风，流连在侈靡的文风之中而不知回头。若能确立正确的体式，使文辞鲜明刚健，就可使风力清新爽朗，骨力高超峻拔，使篇章具有光彩。只要很好地研究上述问题，那么那种境界又怎么会远呢？

总结：

思想感情和气质相合，文辞和风格也能统一。
文章必须明畅而有力，才能如玉般为人重视。
要起更大的教化作用，还要增强文辞的骨力。
这样才体现作家高才，风骨密合而发出光彩。

实[3]；通变无方，数必酌于新声。故能骋无穷之路，饮不竭之源。

然绠短者衔渴，足疲者辍途，非文理之数尽，乃通变之术疏[4]耳。故论文之方，譬诸草木，根干丽土而同性，臭味晞阳[5]而异品矣。

是以九代咏歌，志合文则[6]。黄歌「断竹」，质之至也；唐歌「在昔」，则广于黄世；虞歌《卿云》，则文于唐时；夏歌

译文 文章的体裁有一定的常规，文章写作方法的变化却没有一定的标准。

如何知道是这样的呢？

诗、赋、书、记等文体，名称和创作规格是古今有所继承的，说明体裁有一定的常规；文章的气势力量，革新变通才能不断流传，这说明写作的方法是没有定框的。名称和它们的创作规格有一定的常规，体裁一

延伸阅读 通，会通，即继承；变，适变，即革新。本篇论述了文学创作的继承和革新问题。

全篇分三个部分：

一、讲文学继承和革新

通变第二十九

夫设文之体有常，变文之数无方①。何以明其然耶？凡诗、赋、书、记，名理相因②，此有常之体也；文辞气力，通变则久，此无方之数也。名理有常，体必资于故

□注释

❶数：术数，方法。无方：没有定规。❷名理：文体的名称及其写作的原则、原理。因：因袭，继承。❸资于故实：凭借前人的创作，即借鉴前人创作。资，凭借；故实，前人的创作。❹绠：汲水的绳索。衔渴：受渴。辍：停止。疏：生疏、疏漏。只知通不知变，或只知变不知通，皆是疏漏，对通变生疏不熟，不善于通变。❺臭味：气类相同。臭，气味。晞（xī）阳：晒太阳。晞，晒。❻志：“诗言志”。则：法则。

弥近弥淡。何则？竞今疏古，风末[11]气衰也。今才颖之士，刻意学文，多略汉篇，师范宋集，虽古今备[12]阅，然近附而远疏矣。夫青生于蓝，绛生于蒨[13]；虽

定要借鉴过去的作品；文章写作的变化革新没有定框，变化要参考当代的新作，这样才能在没有穷尽的创作道路上奔驰，吸取永不枯竭的创作源泉。

汲水绳短的人打不到水而遭口渴，足力疲软的人止步途中，并不是因为创作方法有限，而是不善于革新变化。所以创作的方法，好比草木，草木的根和干都生长于土，这是植物的共性，但因吸取阳光的差异，便成长为不同的品种。

因此九个朝代咏唱的诗歌，情志上都合乎创作发展的法则。黄帝时代的“断竹”之歌，质朴到极点；唐尧时代的“在昔”之歌，比黄帝时代的歌谣丰富；虞舜时代的《卿云歌》，比唐尧时代的歌

的必要。刘勰认为各种文体的基本写作原理是一定的，表现方法却发生着变化。文学创作继承固定的原理，革新变化的方法。

二、讲九代文学的继承与发展情况，说明文学

『雕墙』，缛[7]于虞代；商周篇什，丽于夏年。至于序志述时，其揆[8]一也。暨楚之骚文，矩式周人；汉之赋颂，影写楚世；魏之篇制，顾慕[9]汉风；晋之辞章，瞻望魏采。

榷而论之，则黄唐淳而质，虞夏质而辨，商周丽而雅，楚汉侈而艳，魏晋浅而绮，宋初讹[10]而新。从质及讹，

⑦质：朴。广：内容广阔。文：文采。夏：夏代。雕墙：《尚书 · 五子之歌》的第二首：“内作色荒，外作禽荒，甘酒嗜音，峻宇雕墙，有一于此，未或不亡。”太康在内荒淫好色，外出享乐打猎，只知喝酒听乐，住豪华的宫廷，有这样的君主，国家没有不灭亡的。此歌讽刺夏帝王太康荒淫好色，败坏国政。缛：文采繁盛。⑧揆：道。⑨矩式：以为规矩法式，即取法。影写：照着影子写，指模仿。顾慕：追慕。⑩榷：扬榷，大略。辨：明晰，清楚。侈：浮夸。宋：南朝刘宋。讹：怪诞，指伪体，和正确的体裁相反，写得怪诞。⑪风末：强风之末。末，末尾、残余。⑫略：忽略、忽视。备：完备、全面。⑬青生于蓝，绛生于蒨：从蓝草里可提炼出青色染料，而青色染料却不能再有什么变化，比喻读华丽的文章没有什么收获。蓝，草本植物，从它叶中提取的靛青可作染料；绛，赤色、大红色；蒨，茜草，根可作染料。

如《上林》云：「视之无端，察之无涯，日出东沼，月生西陂[18]。」马融《广成》云：「天地虹洞，固无端涯，大明[19]出东，月生西陂。」扬雄《校猎》云：「出入日月，天与地沓[20]。」张衡《西京》[21]云：「日月于是乎出入，象扶桑于蒙汜。」此并广寓极状[22]，而五家如一。诸如此类，莫不相循，参伍因革[23]，通变之数也。是以规略文统，宜宏大体[24]。

谣富于文采；夏代的“雕墙”之歌，比虞舜时代的歌更富辞采；商、周时代的诗歌，比夏代的歌谣更华丽。

至于在表达思想感情、叙述时事方面，它们的原则一致。到了战国末期，楚国的骚体诗，效法周代的一些诗歌；汉代的赋颂，模仿楚国的作品；魏代作品，追随汉代的文风；晋代篇章，仰慕魏时的文采。

约略说来，黄帝、唐尧时代的作品淳厚质朴，虞舜、夏代的作品

史上承前启后的关系，强调二者应该并重。——三、讲文学创作中怎样正确地继承、革新。——《通变》从通、变的辩证关系，论述文学的继承

逾本色不能复化。桓君山云：“予见新进丽文，美而无采，及见刘、扬⑭言辞，常辄有得。”此其验也。故练青濯绛，必归蓝蒨；矫讹翻⑮浅，还宗经诰。斯斟酌乎质文之间，而隐括⑯乎雅俗之际，可与言通变矣。

夫夸张声貌，则汉初已极，自兹厥⑰后，循环相因，虽轩翥出辙，而终入笼内。枚乘《七发》云：“通望兮东海，虹洞兮苍天。”相

⑭桓君山：桓谭字君山，东汉初作家。这里的话是他《新论》的佚文。采：采取、收获。刘：刘向，西汉学者。扬：扬雄，西汉作家。⑮矫：纠正。翻：改变、翻转。⑯隐括：矫正曲木的工具，此指纠正偏向。⑰厥：其。⑱枚乘《七发》：枚乘，西汉初期作家，作有《七发》。相如《上林》：司马相如，西汉辞赋家，作有《上林赋》。涯：边际。沼：水池。月生西陂：应作“入乎西陂”。陂，山坡。⑲大明：太阳。⑳沓：合。㉑张衡《西京》：张衡的《西京赋》。㉒寓：托喻。状：描绘。㉓参伍：错综。因革：继承革新。㉔大体：主体，基本原则。

质朴明晰，商周时代的作品华丽典雅，楚汉时代的作品夸张艳丽，魏晋时代的作品浅薄绮丽，刘宋初期的作品夸诞新奇。从质朴到夸诞，时代越近滋味越淡。

为什么会这样？

因为大家竞相模仿近代的新奇而忽略借鉴古代的作品，因为文风暗淡文气衰弱。

现今有才华的士人，专心学习写作，他们大多忽略汉代的篇章，模仿刘宋时代的文章，虽古今作品都看，却模仿近代肤浅诡异的作品而疏远古代华丽典雅的作品。

与革新不可偏废，针对当时的创作倾向，提出了矫正时弊的主张。——刘勰在探讨文学的发展时，发现了文学自身发展的规律及其由质到文的必然性。——他主张克服形式主义倾向，认为不能否定文学的基本特征，不能阻碍文学发展，只能顺其规律加以引导。——其基本办法就是“通变”。

青色是用蓝靛染出来的，赤色是用茜草染出来的，这两种颜色虽都超过了蓝靛和茜草本来的颜色，但不能再有变化了。桓谭说：“我看到新近作家华丽的作品，文辞虽漂亮，却没有什么可取之处，等看了刘向、扬雄的作品，就有所收获。”这就是上述论点的证明。所以煮青和染绛，一定要用蓝靛和茜草，矫正伪体改变讹滥浮浅的文风，要尊崇经书。在质朴与文采之间斟酌取舍，在典雅通俗之际安排得当，就可以讲继承革新了。

对声音形貌的夸张描写，在汉代初期的辞赋里已达极点。从此以后，便循环往复相互因袭，有人想跳出旧套，但终于落入网中。

枚乘的《七发》说：“远望东海，广阔无边相连的是苍天。”司马相如的《上林赋》说：“望不到边，细察无涯，太阳从东边的池子里出来，落到西边池塘下。”马融的《广成颂》说：“太阳从东方出来，月亮从西边的山坡上升起。”扬雄的《羽猎赋》说：“日月

先博览以精阅，总纲纪而摄契。然后拓衢路，置关键，长辔远驭，从容按节。凭情以会通，负气以适变，采如宛虹之奋鬐，光若长离之振翼，乃颖脱[25]之文矣。若乃龌龊于偏解，矜激乎一致，此庭间之回骤，岂万里之逸[26]步哉！

赞曰：文律运周，日新其[27]业。变则其久，通则不乏。趋时必果，乘机无怯[28]。望今制奇，参古定法。

[25]衢（qú）路：四通八达的大路。辔：马缰绳。节：节度，节奏。宛虹：弯曲的长虹。宛，弯曲。奋鬐：虹背。长离：朱鸟星，南方七个星宿的总称。颖脱：锥子尖从袋子里脱露出来，露头角的意思。[26]矜激：骄傲偏激。矜，夸耀。一致：一得之见。致，至。逸：快。[27]其：将。[28]怯：懦弱。

升降，天地杳冥旷远。”张衡的《西京赋》说：“日月进进出出，就像扶桑从蒙汜进去一样。”这些极其夸张的描写,五家好像一样。类乎这样，没有不是互相因袭的。错综交织，有继承有革新，才是通变的规则和方法。规划文章的总纲，应该着重于大的方面。首先博览群书并且精研细阅，抓住纲领加以吸收。然后开拓创作的道路，掌握关键，才能操纵长长的缰绳驾驭着骏马向远方驰骋。态度从容地按着节拍前进，凭真情实感求变通，根据气质适应变革，使绚丽的文采像弯曲的长虹弓起脊背，使耀眼的光芒似南方的朱鸟星振动着翅膀，才是卓越的作品。

若局限于片面的理解，偏激地夸耀一得之见，好比在庭院里来回绕圈跑马，哪里有万里驰骋的快乐?

总结：

写作的法则运转不停，日日都有新的文学成就。

适应创新才能够持久，善于继承规律才不贫乏。

适应时代的要求必须果断，抓住时机不要胆怯。

面向当今努力创新，参考古代确定创作的法则。

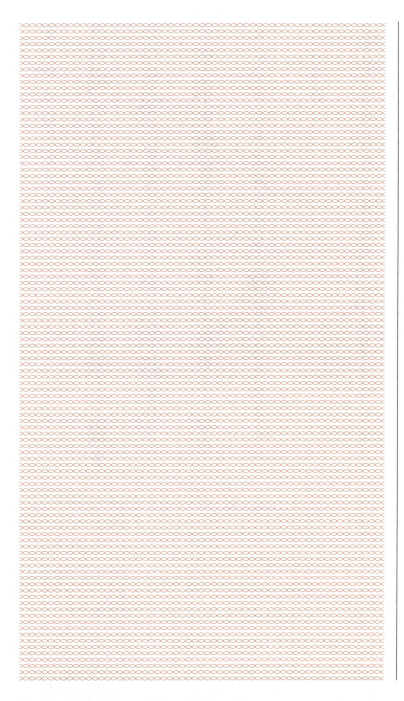

安文章体势，如斯而已。

是以模经为式者，自入典雅之懿；效骚命篇者，必归艳逸[4]之华；综意浅切者，类乏酝藉；断辞辨约者，率乖繁缛[5]。譬激水不漪，槁木无阴，自然之势也。

是以绘事图色，文辞尽情，色糅[6]而犬马殊形，情交而雅俗异势。

熔范所拟，各有司匠，虽无严郛[7]，难得逾越。然渊乎

延伸阅读 《定势》的定，是确定、确立的意思；势，指文章的体裁及所具有的自然趋势。——本篇论述了由不同文体所决定的体势。——

译文 作者的思想情趣不同，创作手法也各有变化，但没有不是依照情思确定文章的体裁，以体裁形成文势的。

这种文势，是乘着便利自然形成的。如机弩发射，矢箭就端直地疾飞而去，山涧曲折，溪流湍急回旋，皆是自然的趋势。圆体合乎圆规，体势自然转动；方体合乎矩形，体势自然安定，文章的体裁及风格，就是

定势第三十

夫情致异区，文变殊术，莫不因情立体，即体成势[1]也。

势者，乘利而为制也。如机发矢直，涧曲湍回，自然之趣[2]也。圆者规体，其势也自转；方者矩[3]形，其势也自

□注释

❶殊术：不同的方法、方式。势：体势，指文体的特点构成的自然趋势、态势。

❷机：弩，古代一种弩箭，用机械力量来射箭的弓。趣：同“趋”。❸ 规体：圆形。规，圆规，指圆形。矩：矩尺，画方形的工具，指方形。❹模：仿效。式：榜样。《骚》：《离骚》，指楚辞。命篇：作文。逸：高超，卓绝。❺类：大都。酝藉：指有涵养。率：大都。乖：违反、不合。缛：文采繁富。❻色糅：色彩杂糅，指调配色彩。糅，糅合、调配。❼ 熔范：熔铸金属的模型，指写作的范本。郛（fú）：划界的城墙，指界限。

各配。

章、表、奏、议，则准的乎典雅；赋、颂、歌、诗，则羽仪乎清丽；符、檄、书、移，则楷式于明断；史、论、序、注，则师范于核要；箴、铭、碑、诔，则体制于宏深；连珠、七辞[11]，则从事于巧艳。

此循[12]体而成势，随变而立功者也。虽复

这样。

所以凡是模仿经典的，自然具有典雅之妙；效法《离骚》命意创作的篇章，必然华丽卓越。文意浅显切实的，不够含蓄；用词明白简练的，大都又不丰富多彩。这好比湍急的水流不会有微波，枯槁的树木没有浓荫，皆是自然的趋势。

全篇分三个部分：

一、论体势形成的原理，文学创作“因情立体，即体成势”，关键在于事物本身，它的特点决定着与之相应的势。

二、文章体势的区分无严格界限，但不能混淆。

绘画讲究色彩，写文章要表现思想感情。调配颜色，画的狗、马之形状才有区别，思想感情有了起伏融合，文章的雅俗才具有不同的体势。

文者并总群势。奇正虽反，必兼解以俱通；刚柔虽殊，必随时而适用⑧。若爱典而恶华，则兼通之理偏，似夏人争弓矢，执一不可以独射也⑨。若雅郑而共篇，则总一之势离，是楚人鬻矛誉盾，两难得而俱售也。

是以括囊杂体，功在铨⑩，别宫商朱紫，随势

⑧奇正：军事用语，见于《孙子·兵势篇》，刘勰将其引入文论，奇指新奇，正指雅正。刚柔虽殊，必随时而适用：《周易·系辞下》：“刚柔者，立本者也；变通者，趋时者也。”刚柔：作品的刚强或柔婉的基本特性。⑨似夏人争弓矢，执一不可以独射也：夏代有人夸自己的弓：“我的弓好，没有谁的箭能配得上。”另一个人夸自己的箭：“我的箭好，没有谁的弓能配得上。”羿听到后说：“没有弓，怎能射箭？没有箭，怎能射靶？”⑩铨：衡量。⑪章、表、奏、议：皆为文体名称。赋、颂、歌、诗：皆为文体名称。符：符命，歌颂帝王的文章。檄：讨伐敌人的文字。书：书信。移：责备对方的文书。楷式：楷模。史、论、序、注：皆为文体名称。箴、铭、碑、诔：皆为文体名称。连珠：用各种比喻说明道理，各种比喻美妙得像连串的珠子。七辞：“七体”，用七件事来说明用意。

⑫循：依照，因袭。

幹所谈，颇亦兼气[18]。然文之任势，势有刚柔，不必壮言慷慨，乃称势也。又陆云[19]自称：“往日论文，先辞而后情，尚势而不取悦泽。及张公[20]论文，则欲宗其言。”夫情固先辞[21]，势实须泽，可谓先迷后能从善矣。

自近代辞人，率好诡[22]巧，原其为体，讹势所

作者所拟定学习的范文，都各有各的师承，虽彼此没有严格的界限，但很难越过。然而精于作文的人，善于综合各种文章体势。新奇和雅正的体势虽相反，却能融会贯通；刚健和柔婉的体势虽不同，却可以跟着时机加以运用。若仅是爱好典雅而厌恶华丽，那就偏离了兼晓并通的道理，好比夏人争弓好还是箭好，各执一端，但光拿其中的一样是不可能发射的。倘若典雅和华丽统一在同一篇作品里，那就破坏了统一的体势，好似楚人卖矛和盾，夸矛又要夸盾，弄得两样东西都难卖

不同的文体要求不同的体势，即使一篇中有几种势，也应统一基调。——三、讲近代作者违反定

契会相参，节文互杂，譬五色之锦⑬，各以本采为地矣。桓谭⑭称：「文家各有所慕，或好浮华而不知实核，或美众多而不见要约。」陈思亦云：「世之作者，或好烦文博采，深沉⑮其旨者；或好离言辨白，分毫析厘者。所习不同，所务各异。」言势殊也。刘桢⑯云：「文之体势，实有强弱，使其辞已尽而势有余，天下一人⑰耳，不可得也。」公

⑬ 契：合。相参：不同体势相互参合。锦：彩色的丝织品。⑭ 桓谭：东汉初期作家，他的话可能是《新论》的佚文。⑮ 深沉：深隐。⑯ 刘桢：东汉末期作家。此话不可考。《南齐书·陆厥传》说："刘桢奏书，大明体势之致。"⑰ 天下一人：具体指何人不详，未必是实指，而是指这样的人很少，不可多得。⑱ 公幹：刘桢的字。气：作家的气质体现在作品中形成的文体气势。⑲ 陆云：西晋作家。⑳ 张公：指西晋作家张华。㉑ 情固先辞：即《情采》"为情而造文"，《物色》"辞以情发"的意思，这是刘勰的重要文学主张，贯穿全书。㉒ 率：大都，大抵。诡：反常。㉓ 穿凿：牵强附会。㉔ 奇：怪诞反常，含贬义。㉕ 抑：压。回互：曲折，指颠倒。

赞曰：

形生势成，始末相承。

湍回似规，矢激如绳[30]。

因利骋节，情采自凝[31]。

枉辔学步，力止寿陵[32]。

出去。

所以总括各种文章体势，功效在于权衡辨别加以运用，如音乐有宫商五音，色彩有朱紫五色，文章的声律和辞采都要随体势的变化来调配。比如，章、表、奏、议这些文体，以典雅为标准；赋、颂、诗、歌这些文体，

势的原则及造成的危害，提出“执正以驭奇”的要求。

变厌黩旧式，故穿凿[23]取新，察其讹意，似难而实无他术也，反正而已。故文反正为乏，辞反正为奇[24]。效奇之法，必颠倒文句，上字而抑下，中辞而出外，回互[25]不常，则新色耳。

夫通衢夷坦[26]，而多行捷径者，趋近故也；正文明白，而常务反言者，适俗故也。然密会者以意新[27]得巧，苟异者以失体成怪。旧练[28]之才，则执正以驭奇；新学之锐，则逐奇而失正。势流不反，则文体遂弊。秉兹情术[29]，可无思耶！

㉖夷坦：平坦。夷，平。㉗密会：深切地体会。意新：应作“新意”。㉘旧练：熟练旧体。㉙ 情术：指定势的原则和方法。㉚激：急。绳：直。㉛凝：指结合。㉜枉辔：走冤枉路。枉，曲。寿陵：《庄子·秋水》载，寿陵有人去学邯郸人走路，不但没学会，连自己的步法也忘了，只好爬着回去。

就要以清丽为规范；符、檄、书、移这些文体，以明确果断为楷模；史、论、序、注这些文体，以简明扼要为榜样；箴、铭、碑、诔这些文体，就要求广大深刻；连珠、七辞这些文体，要做到巧妙华艳。

刘勰提出了“因情立体，即体成势”的创作原则，阐明了情、体、势三者的辩证关系，讨论了势和风格、文气的关系与区别。

这皆是根据不同的体裁形成不同的文势，因变化而收到功效。原则和时机互相关联，音韵的节奏和文辞的色彩互相交错，好比五色的锦缎，用各自的本色为底。

桓谭说：“作家都各有所好，有的爱好虚浮华丽而不懂朴实扼要，有的爱好烦冗而不知精要简约。”曹植也说：“世上的作者，有的爱好博采繁文，以使命意深沉不露；有的爱好分析言辞，辨明语句，剖析毫厘。习好不同，因而所求各异。”说明体势有种种分别。

刘桢说：“文章的体势，确实有强弱，话说完了，文势还很有力，天下只一人罢了，不可得！”刘桢所谈论的，兼指文体气势。然而文章任随文势，文势有刚有柔，不必一定要豪言壮语、慷慨激昂，才算有势。

陆云自称：“从前谈论文章，首先重视文辞，然后考虑文章的感情，崇尚文章的体势，不讲究文辞的润色。后来听了张华父子议论作文，便尊崇他们的话。”其实情感本来比文辞重要，体势确实需要润饰，陆云可说是先迷失了方向，后来接受了好的意见。

近代以来的作者，大都爱好奇巧的文章，考察他们作品的体制，是讹滥新奇这种错误趋势造成的。因厌弃旧有的雅正文体，所以穿凿附会追求新奇。考察他们为什么采用这种错误方法好像很难，其实并无奥妙，只是反对正常的做法而已。篆文中“正”字反写便成了“乏”字,文辞违反正常用法便成了新奇。仿效新奇的方法,必颠倒字句,把上面的字放到下面,把中间的词放到外面,这样颠倒为不正常,就算有新奇的色彩了。

通衢大道非常平坦,可是很多人不走大道却走捷径小道,贪图路近之故;雅正的文章文句明白,可是人们常追求反常的言辞,这是为了迎合时俗。然而,精通写作的人能用新颖的文意写出精巧的文章,仅求奇异的就会违背文体变成怪诞。熟悉旧体裁的能依照正常的写法驾驭新奇;迎合新风气的,喜欢追逐新奇而违反正常的写作原则。如果这种追逐新奇的趋势不纠正,文章的体统就败坏了。要掌握写作中的这种情况和方法,可以不经过深思吗?

总结:

形体产生态势便跟着形成,体裁体势始终紧紧相承。

急流回旋好似圆形之规,急飞之箭有如工匠的墨绳。

因势利导驰骋文坛有节拍,情志辞采自然很好凝结。

不走正道乱学邯郸步法,力气用尽只落个爬行笑柄。

卷七

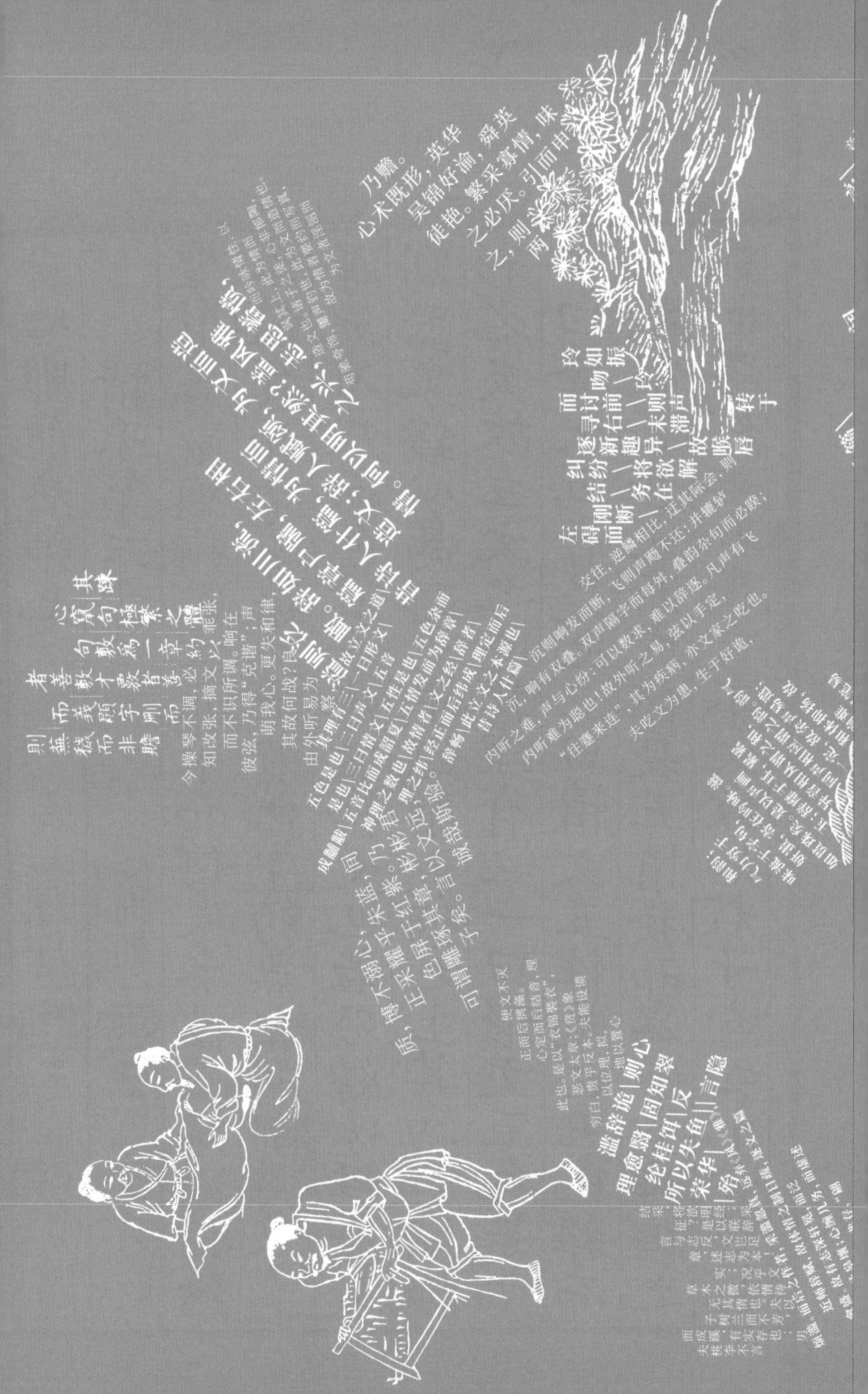

性以諷其上此爲情而造文也諸子之徒心非鬱陶苟馳夸飾鬻聲釣世此爲文而造情也故爲情者要約而寫真爲文者淫麗而煩濫而後之作者採濫忽真遠棄風雅近師辭賦故體情之製日踈逐文之篇愈盛故有志深軒冕而汎詠皐壤心纏幾務而虛述人外真宰弗存翩其反矣夫桃李不言而成蹊有實存也男子樹蘭而不芳無其情也夫以草木之微依情待實況乎文章述志爲本言與志反文豈足徵是以聯辭結采將欲明理采濫辭詭則心理愈翳固知翠綸桂餌反所以失魚言隱榮華殆謂此也是以衣

老子疾僞故稱美言不信而五千精妙則非棄美矣莊周云辯雕萬物謂藻飾也韓非云豔采辯說謂綺麗也綺麗以豔說藻飾以辯雕文辭之變於斯極矣研味孝老則知文質附乎性情詳覽莊韓則見華實過乎淫侈若擇源於涇渭之流按轡於邪正之路亦可以馭文采矣夫鉛黛所以飾容而盼倩生於淑姿文采所以飾言而辯麗本於情性故情者文之經辭者理之緯經正而後緯成理定而後辭暢此立文之本源也昔詩人什篇爲情而造文辭人賦頌爲文而造情何以明其然蓋風雅之興志思蓄憤而吟詠情

職在鎔裁檃括情理矯揉文采也規範本體謂之鎔剪截浮詞謂之裁裁則蕪穢不生鎔則綱領昭暢譬繩墨之審分斧斤之斲削矣駢拇枝指由侈於性附贅懸肬實侈於形二意兩出義之駢枝也同辭重句文之肬贅也凡思緒初發辭采苦雜心非權衡勢必輕重是以草創鴻筆先標三準履端於始則設情以位體舉正於中則酌事以取類歸餘於終則撮辭以舉要然後舒華布實獻替節文繩墨以外美材既斲故能首尾圓合條貫始序若術不素定而委心逐辭異端叢至駢贅必多故三準既定次討定句句有可削

錦褧衣惡文太章賁象窮白貴乎反本夫能設謨以位理擬地以置心心定而後結音理正而後摛藻使文不滅質博不溺心正采耀乎朱藍間色屏於紅紫乃可謂雕琢其章彬彬君子矣

贊曰

言以文遠誠哉斯驗心術既形英華乃贍吳錦好渝舜英徒豔繁彩寡情味之必厭

鎔裁第三十二

情理設位文采行乎其中剛柔以立本變通以趨時立本有體意或偏長趨時無方辭或繁雜蹊要所司

其采宋倍領袖巧猶難繁況在乎拙而文賦以爲榛楛勿剪庸音足曲其識非不鑒乃情苦芟繁也夫百節成體共資榮衛萬趣會文不離辭情若情周而不繁辭運而不濫非夫鎔裁何以行之乎

贊曰

篇章戶牖左右相瞰辭如川流溢則泛濫權衡損益斟酌濃淡芟繁剪穢弛於負擔

聲律第三十三

夫音律所始本於人聲者也聲含宮商肇自血氣先王因之以制樂歌故知器寫人聲聲非學器者也故

足見其疎字不得減乃知其密精論要語極畧之體
遊心竄句極繁之體謂繁與畧適分所好引而伸之
則兩句敷爲一章約以貫之則一章刪成兩句思贍
者善敷才覈者善刪善刪者字去而意留善敷者辭
殊而義顯字刪而意闕則短乏而非覈辭敷而言重
則蕪穢而非贍昔謝艾王濟西河文士張俊以爲艾
繁而不可刪濟畧而不可益若二子者可謂練鎔裁
而曉繁畧矣至如士衡才優而綴辭尤繁士龍思劣
而雅好清省及雲之論機亟恨其多而稱清新相接
不以爲病蓋崇友于耳夫美錦製衣脩短有度雖翫

生於好詭逐新趣異故喉脣糺紛將欲解結務在剛斷左礙而尋右末滯而討前則聲轉於吻玲玲如振玉辭靡於耳纍纍如貫珠矣是以聲畫妍蚩寄在吟詠吟詠滋味流於下句氣力窮於和韻異音相從謂之和同聲相應謂之韻韻氣一定故餘聲易遣和體抑揚故遺響難契屬筆易巧選和至難綴文難精而作韻甚易雖纖意曲變非可縷言然振其大綱不出兹論若夫宮商大和譬諸吹籥翻迴取均頗似調瑟瑟資移柱故有時而乖貳籥含定管故無往而不壹陳思潘岳吹籥之調也陸機左思瑟柱之和也槩舉

言語者文章神明樞機吐納律呂脣吻而已古之教歌先揆以法使疾呼中宮徐呼中徵夫商徵響高宮羽聲下抗喉矯舌之差攢脣激齒之異廉肉相準皎然可分今操琴不調必知改張摘文乖張而不識所調響在彼絃乃得克諧聲萌我心更失和律其故何哉良由外聽難爲聰也故外聽之易絃以手定內聽之難聲與心紛可以數求難以辭逐凡聲有飛沉響有雙聲隔字而每舛疊韻雜句而必睽沉則響發而斷飛則聲颺不還並轆轤交往逆鱗相比迕其際會則往蹇來連其爲疾病亦文家之吃也夫吃文爲患

章句第三十四

夫設情有宅置言有位宅情曰章位言曰句故章者明也句者局也局言者聯字以分疆明情者總義以包體區畛相異而衢路交通矣夫人之立言因字而生句積句而爲章積章而成篇篇之彪炳章無疵也章之明靡句無玷也句之清英字不妄也振本而末從知一而萬畢矣夫裁文匠筆篇有小大離章合句調有緩急隨變適會莫見定準句司數字待相接以爲用章總一義須意窮而成體其控引情理送迎際會譬舞容迴環而有綴兆之位歌聲靡曼而有抗墜

而推可以類見又詩人綜韻率多清切楚辭辭楚故訛韻寔繁及張華論韻謂士衡多楚文賦亦稱知楚不易可謂銜靈均之聲餘失黃鐘之正響也凡切韻之動勢若轉圜訛音之作甚於枘方免乎枘方則無大過矣練才洞鑒剖字鑽響識疎闊畧隨音所遇若長風之過籟東郭之吹竽耳古之佩玉左宮右徵以節其步聲不失序音以律文其可忘哉

贊曰

摽清務遠比音則近吹律胷臆調鐘脣吻聲得鹽梅響滑榆槿割棄支離宮商難隱

言廣於夏年洛汭之歌是也五言見於周代行露之章是也六言七言雜出詩騷而體之篇成於兩漢情數運周隨時代用矣若乃改韻從調所以節文辭氣賈誼枚乘兩韻輒易劉歆桓譚百句不遷亦各有其志也昔魏武論賦嫌於積韻而善於資代陸雲亦稱四言轉句以四句爲佳觀彼制韻志同枚賈然兩韻輒易則聲韻微躁百句不遷則脣吻告勞妙才激揚雖觸思利貞曷若折之中和庶保無咎又詩人以兮字入於句限楚辭用之字出句外尋兮字承句乃語助餘聲舜詠南風用之久矣而魏武弗好豈不以無

之節也尋詩人擬喻雖斷章取義然章句在篇如蠒之抽緒原始要終體必鱗次啓行之辭逆萌中篇之意絶筆之言追勝前句之旨故能外文綺交内義脉注跗蕚相銜首尾一體若辭失其明則覊旅而無友事乖其次則飄寓而不安是以搜句忌於顛倒裁章貴於順序斯固情趣之指歸文筆之同致也若夫筆句無常而字有條數四字密而不促六字格而非緩或變之以三五蓋應機之權節也至於詩頌大體以四言爲正唯祈父肇禋以二言爲句尋二言肇於黄世竹彈之謠是也三言興於虞時元首之詩是也四

文而皐陶贊文罪疑惟輕功疑惟重益陳謨云滿招損謙受益豈營麗辭率然對耳易之文繫聖人之妙思也序乾四德則八句相銜龍虎類感則字字相儷乾坤易簡則宛轉相承日月往來則隔行懸合雖句字或殊而偶意一也至於詩人偶章大夫聯辭奇偶適變不勞經營自楊馬張蔡崇盛麗辭如宋畫吳冶刻形鏤法麗句與深采並流偶意共逸韻俱發至魏晉群才析句彌密聯字合趣割毫析釐然契機者入巧浮假者無功故麗辭之體凡有四對言對為易事對為難反對為優正對為劣言對者雙比空辭者也

益文義耶至於夫惟蓋故者發端之首唱之而於以者乃劄句之舊體乎哉矣也亦送末之常科據事似閑在用實切巧者迴運彌縫文體將令數句之外得一字之助矣外字難謬況章句歟

贊曰

斷章有檢積句不恒理資配主辭忌告朋環情草調宛轉相騰離同合異以盡厥能

麗辭第三十五

造化賦形支體必雙神理爲用事不孤立夫心生文辭運裁百慮高下相須自然成對唐虞之世辭未極

詩宣尼悲獲麟西狩涕孔丘若斯重出即對句之駢枝也是以言對爲美貴在精巧事對所先務在允當若兩事相配而優劣不均是驥在左驂駑爲右服也若夫事或孤立莫與相偶是夔之一足踸踔而行也若氣無奇類文乏異采碌碌麗辭則昏睡耳目必使理圓事密聯璧其章迭用奇偶節以雜佩乃其貴耳類此而思理斯見也

贊曰

體植必兩辭動有配左提右挈精味兼載炳爍聯華鏡靜含態玉潤雙流如彼珩珮

事對者並舉人驗者也反對者理殊趣合者也正對者事異義同者也長卿上林云修容乎禮園翺翔乎書圃此言對之類也宋玉神女賦云毛嬙鄣袂不足程式西施掩面比之無色此事對之類也仲宣登樓云鍾儀幽而楚奏莊舃顯而越吟此反對之類也孟陽七哀云漢祖想枌榆光武思白水此正對之類也凡偶辭胷臆言對所以爲易也徵人之學事對所以爲難也幽顯同志反對所以爲優也並貴共心正對所以爲劣也又以事對各有反正指類而求萬條自昭然矣張華詩稱遊鴈比翼翔歸鴻知接翮劉琨言

文心雕龍卷第七

而色资丹③漆：质待文也。

若乃综述性灵，敷写器象，镂心鸟迹之中，织辞鱼网④之上，其为彪炳，缛采名矣！

故立文⑤之道，其理有三：一曰形文，五色是也；二曰声文，五音⑥是也；三曰情文，五性是也。五色杂而成黼黻，

|译文| 古代圣贤的著作，总称文章，这不是说文章要有文采又是什么呢？

水有虚柔的性质，才会起波纹，树木有充实的质体，所以开出鲜艳之花：可见文采要依附一定的质地。

如虎豹没有花纹，它们的皮毛就同狗、羊的相似；犀、兕的皮虽坚硬可做战甲，还靠涂上丹红之漆显示它们的色彩：可见质地还需要文采。

至于抒写性情，描写万物的形象，文字用心琢磨，组织好文辞写在纸上，它们之所以光彩焕发，皆因文采丰富、光明显著。

构成文采的方法有三种：一是形象的文采，红、黄、蓝、白、黑五色构成；二是声音的文采，宫、商、角、徵、羽五音构成；三

延伸阅读《情采》的情，是情理，指文学作品的思想内容；采，是文采，指文学作品的艺术形式。本篇论述了文学艺术的内容和形式的辩证关系。全篇分三个部分：

一、论述内容和形式的

情采第三十一

圣贤书辞，总称文章[1]，非采而何？夫水性虚而沦漪结，木体实而花萼振：文附质[2]也。虎豹无文，则鞟同犬羊；犀兕有皮，

□注释

❶ 文章：光彩鲜明之意。文，彩；章，明。
❷ 性：性质，特征。沦漪：涟漪，水的波纹。结：产生。文：文采。质：质地。水波有待于水性，花萼靠树林，可见文采依附质地。❸ 鞟（kuò）：革，去毛的皮。犀兕（sì）：犀，雄犀牛；兕，雌犀牛。犀、兕的皮都很坚韧，古代用来做盔甲。资：靠。丹：红色。犀牛皮坚韧，可制成兵甲，但需涂上丹漆彩绘才有色彩之美。❹ 若乃：至于。综述：总述，指抒写。性灵：心性和精神，指人的思想感情。镂心：精细雕刻推敲。镂，雕刻。鸟迹：文字。织辞：组织文字，指写作。鱼网：纸。《后汉书·蔡伦传》说蔡伦用渔网、树皮、麻头造纸，故此处用渔网代纸。❺ 立文：写作。文，广义的文，即《原道》中“文之为德”的“文”，包括颜色、声音、情理，即形文、声文、情文。❻ 五音：宫、商、角、徵、羽。

黛所以饰容，而盼倩生于淑姿；文采所以饰言，而辩丽本于情性。故情者文之经，辞者理之纬；经正而后纬成，理定而后辞畅：此立文之本源也。

昔诗人什篇为情而造文；辞人[9]赋颂为文而造情。何以明其然？盖风雅之兴，志[10]思蓄愤，而吟咏情性，以讽其上，此为情而造文也。诸子之徒，心非郁陶，苟驰夸饰，鬻声钓[11]世，此为文而造情也。

是情感的文采，喜、怒、哀、乐、怨五性构成。五色杂糅而成彩色的花纹，五音排列一起就成为动听的音乐，五性抒发就成为美好的辞章，

关系：形式只有依附内容才有意义，内容只有通过形式

五音比而成韶夏⑦，五情发而为辞章，神理之数也。

孝经垂典，丧言不文，故知君子常言，未尝质也。老子疾伪，故称「美言不信」，而五千精妙，则非弃美矣。

庄周云「辩雕万物」，谓藻饰也。韩非云「艳乎辩说」，谓绮丽也。绮丽以艳说，藻饰以辩雕，文辞之变，于斯极矣。

研味孝老，则知文质附乎性情⑧；详览庄韩，则见华实过乎淫侈。若择源于泾渭之流，按辔于邪正之路，亦可以驭文采矣。夫铅

⑦比：并列，调和。韶夏：古代的音乐。泛指美好的音乐。韶，舜时的音乐；夏，禹时的音乐。⑧《孝》：《孝经》。文：华丽。质：质朴。性情：性气、情志。⑨辞人：辞赋家。⑩志：记。⑪诸子：辞赋家。苟：勉强。钓：取。

言与志反，文岂足征⑭？是以联辞结采，将欲明理。采滥辞诡，则心理⑮愈翳⑯。固知翠纶桂饵，反所以失鱼。「言隐荣华」⑰，殆谓此也。是以「衣锦褧衣」⑱，恶文太章⑲；《贲》象穷白⑳，贵乎反本。夫能设谟㉑以位理，拟地以置心，心定而后结

这都是先天形成的事物。

《孝经》流传下教训，要求居丧期间不说有文采的话，所以从这里可知士大夫平常说话，也不朴质。老子厌恶虚伪，所以说漂亮的话不可靠，但五千余言的《道德经》却文辞精巧，可见他也并不厌弃文采。

庄周说“用巧妙的语言细致地刻画万事万物”，这是说用辞藻修饰。韩非说“辩说在于艳丽”，也说的是讲究华丽文采。用绮丽的文辞辩说，用巧妙的辞藻描绘万物，文章辞采的变化在此达到极点。

才能更好地表达。

二、从“为情而造文”与“为文而造情”的角度，总结两种不同的文学创作道路。

三、讲驾驭文采的原则、

故为情者要约而写真，为文者淫⑫丽而烦滥。而后之作者，采滥忽真，远弃风雅，近师辞赋，故体情之制日疏，逐文之篇愈盛。故有志深轩冕⑬，而泛咏皋壤，心缠几务，而虚述人外。真宰弗存，翩其反矣！夫桃李不言而成蹊，有实存也；男子树兰而不芳，无其情也。夫以草木之微，依情待实，况乎文章，述志为本。

⑫淫：过分。⑬轩冕：坐车和戴礼帽，指大官的排场。轩，官员的车，有屏帷；冕，官帽、礼帽。⑭征：证验。⑮心理：内心感情。⑯翳：障蔽。⑰言隐荣华：见《庄子·齐物论》。隐，隐蔽；荣华，草本植物的花叫荣，木本植物的花叫华，此处指文采。⑱衣锦褧（jiǒng）衣：《诗经·卫风·硕人》："硕人其颀，衣锦褧衣。"硕人，高大美丽的人；颀，修长的样子；褧衣，麻布衣。《硕人》诗中原意是说，妇女出嫁穿上麻布罩衫遮灰尘，以保护锦衣。⑲恶文太章：恶，厌恶；章，同"彰"，明。这是刘勰对"衣锦褧衣"的解释，用来说明他的主张，已使诗的原意改变了。⑳《贲》象穷白：《易经·贲卦》中的"贲"是文饰的意思，它的象却归于白色。穷，探究到底；白，指本色，丝的本色是白的。㉑设谟：设置标准。谟：当作"模"，规范，指体裁。

研究体味《孝经》《老子》，就可知有文采或朴质分别依附人的性情；详细阅览《庄子》《韩非子》，就可见文辞和内容重于浮夸。如能从源头上分清泾水、渭水的清浊，在驾驶时辨别偏邪和正确道路的方向，那也就可以驾驭文采了。铅粉、黛色是用来美化容颜的，顾盼巧笑却来自美好的风姿；辞藻用来美化言辞，文章的巧妙华丽却源于性情的真挚。

方法，即先确立内容，然后造文施采，使内容和形式密切结合，写成文质兼备的理想作品。本篇是《文心雕龙》很重要的一篇，刘勰在本篇中有很多精到的见解，他阐述的理论不仅在创作论各篇中有所体现，在全书中也处处有所体现。

所以情理是文章的经线，文辞是文章的纬线。经线端直之后纬线才能织上去，情理确定之后文辞才能畅达，这就是写作的根本。

从前诗人的诗篇是为了抒情而创作的，汉代辞赋的作者写作赋颂，却是为创作而虚构感情。

怎么知道他们是这样的呢？

我们知道《诗经》的《风》《雅》的创作，是诗人心中蓄积了愤懑不平之气，吟唱出来，用以讽劝那些在上位的人的，这就是为抒情而创作。可是汉代辞赋之流，胸中本没有感情郁结，却随意施展夸张文饰的手法，借此沽名钓誉，为创作而虚构感情。

所以为抒发感情而创作的作品，精要简约，感情真实，为创作而虚构感情，文辞浮华，内容杂乱空泛虚夸。而后来的作者却学习讹滥的文风，忽略轻视真实的感情，抛弃了远古时代《风》《雅》的好传统，效法近代的辞赋，抒写真情的作品越来越少，追求辞藻的作品越来越多。有的人热衷于高官厚禄，空泛地歌咏山林水泽的田园隐居生活；有的人一心牵挂着繁忙的政务，虚假地叙述

音理正而后摛[22]藻，使文不灭质[23]，博不溺心，正采耀乎朱蓝[24]，间色屏于红紫，乃可谓雕琢其章，彬彬君子矣。

赞曰：

言以文远，诚哉斯验。

心术既形[25]，英华乃赡。

吴锦好渝，舜英[26]徒艳。

繁采寡情，味之必厌。

[22]摛：铺陈。[23]文：文采。质：内容。[24]正采：正色。古代以青、赤、黄、白、黑为正色。朱：大红，属赤色。蓝：属青色。正色代表雅正的好的文采。[25]心术既形：内心的情感通过文辞显露，写出了情思就构成了文采。[26]渝：变色。舜英：木槿花，朝开暮谢，有花无实，不长久。

人世之外的情趣。这些文章，真实的思想感情都不存在，全是和内心完全相反的东西。

桃树、李树不会说话，树下却形成了小路，那是因为它们有香甜的果实；男子虽种植了兰草，但并不芳香，他没有与之相应的情味。就是草木这样微小的东西，也要依靠美好真诚的感情，凭借香甜的果实，何况以抒情言志为根本的文章呢！

说的话和情志相反，这样的文章可信吗？

组织文辞，运用辞采，是用来抒发感情阐明道理的，如文采泛滥，文辞诡异，情、理就会被掩蔽。

用装饰有翡翠的纶线垂钓，用肉桂做钓饵，反而钓不到鱼。庄子说："言语的真实含意被辞采隐蔽了。"说的就是这种情况。因此穿着漂亮的锦缎罩上麻布衫，怕的是文采招摇；《易经·贲卦》的卦象探索到本源是白色的，这说明最可贵的在于保持本色。

要能够设定范围以安顿所要阐明的思想，拟定基本的格调抒发感情，感情确定配合音律，思想端正运用辞藻铺陈开去，使文章既有文采又不掩盖内容，材料广博并不淹没感情，这样的文章就会闪耀发光，一切妖容冶态就会被扫除。这样才算擅于修饰文辞，成为文质彬彬的君子。

总结：

靠文采语言才能流传久远，这的的确确就是灵验。

运用文思的方法既然明确，文采才能够丰富光鲜。

美丽鲜艳的锦绣容易变色，朝开暮谢的木槿空艳。

文辞华丽缺少内容的作品，读起来必然令人生厌。

规范本体谓之镕，剪截浮词④谓之裁。裁则芜秽不生，镕则纲领昭畅，譬绳墨之审分，斧斤之斫⑤削矣。骈拇枝指，由侈于性；附赘悬疣，实侈于形⑥。一意两出，义之骈枝也；同辞重句，文之疣赘也。凡思绪初发，辞采苦杂，心非权衡⑦，势

|译文| 根据情理内容谋篇布局，文采就在其中。按照体势风格的刚柔建立作品的根本，以变通的手法适应时代的变化。确立文章的根本内容有一定的中心主体，有时文意偏颇、多余过长；文辞语言适应时代没有定规，于是文辞有时繁芜、杂乱。关键在于做好镕意裁辞的工作。镕裁，就是纠正文章内容情理的缺点，矫正文章文采方面的毛病。

规范好文章的内容本体叫镕，剪截文章的虚浮文辞叫裁。经过精心裁剪，文辞不再冗长拖沓，经过镕模规范，全篇的纲领明白晓畅，好比在木材上用墨线审度曲直，用斧头砍削端正木料。脚

延伸阅读 镕，是对作品内容的规范；裁，是对繁文浮词的剪裁。镕裁就是规范文章的内容，裁剪文章的语辞。

全篇分三个部分：

一、论述镕裁的含义和

镕裁第三十二

情理设位，文采行乎其中。刚柔以立本，变通以趋时①。立本有体，意或偏长；趋时无方②，辞或繁杂。蹊要所司，职在镕裁，櫽括情理，矫揉③文采也。

□注释

❶刚柔以立本，变通以趋时：刚柔，刚健柔婉，指文章的风格体势；本，根本，指文章的情感内容；变通，变化；趋时，追随时势，适应情况。❷方：定。❸职：主要。矫揉：把木料弯成车轮，指修辞剪裁。矫，使曲的变直；揉，使直的变曲。❹规范本体：使本体合乎规范，使情理和刚柔、体裁相配合。本，性的刚柔；体，体裁风格。浮词：虚饰不实的文辞。❺昭：明白。斤：斧子。斫：砍削。❻骈拇枝指，由侈于性；附赘悬疣，实侈于形：《庄子·骈拇》："骈拇枝指，出乎性哉，而侈于德；附赘悬疣，出乎形哉，而侈于性。"骈拇，脚的大拇指和二拇指相合连成一指；枝指，手的大拇指旁生出一指，即六指；侈，多余。❼权：秤砣。衡：秤杆。

异端丛至，骈赘必多。

故三准既定，次讨字句。句有可削，足见其疏；字不得减，乃知其密。精论要语，极略之体；游心窜句[11]，极繁之体。谓繁与略，随分[12]所好。

引而申之，则两句敷为一章；约[13]以贯之，则一章删成两句。思赡者善敷，才核[14]者善删。善删者字去而意[15]留，善敷者辞殊而义显。字删而意阙[16]，则短乏而非核；辞敷而

的大指与二指骈生和手上多出一指，是天生的多余；身上长了肿瘤，是形体上的多余。一篇文章中，一个意思前后重复，是意义上的多余；同一句话说了两次，是文辞上的多余。

开始构思的时候，往往会苦于辞采的繁杂，内心不能像天平那样

在文学创作中的必要性。二、提出镕和裁的准则和方法。镕，是镕意，刘勰对此提出了三条准则；裁，是裁辞，刘勰

必轻重。

是以草创鸿笔，先标三准：履端于始，则设情以位体；举正于中，则酌事以取类；归余于终，则撮[8]辞以举要。然后舒华布实，献替节文，绳墨以外，美材既斫，故能首尾[9]圆合，条贯统序。若术不素定，而委心[10]逐辞，

[8] 标：突出、标立。准：准则。情：情感内容。撮：聚集而取之。[9] 华：花朵，指文采。实：果实，指内容。献替：“献可替否”，采用好的，去掉不好的。献，进；可，肯定的，好的；替，废；否，否定的，坏的。节：调节文字。首尾：文章的开头结尾。[10] 术：方法，路子。素：预先。委心：任心。[11] 游心：浮想，指想象的奔驰。窜句：东游西窜的词句，指言辞铺张。[12] 分：禀赋，天分，指个性。[13] 约：简练。[14] 才核：抓住要点的才能。核，要。[15] 意：亦作“义”。[16] 阙：缺。

乎拙！

而文赋以为榛楛勿剪，庸音足曲[23]，其识非不鉴，乃情苦芟[24]繁也。夫百节成体，共资荣卫[25]。万趣会文，不离辞情，若情周而不繁，辞运而不滥，非夫镕裁，何以行之乎？

赞曰：篇章户牖，左右相瞰[26]。辞如川流，溢则泛滥。权衡损益[27]，斟酌浓淡。芟繁剪秽，弛[28]于负担。

要求作品中没有一个可有可无的字。

三、阐明前人在镕裁方面的正反经验，进一步说明镕裁的必要。

刘勰针对写作中经常出现内容繁杂、主题不鲜

准确衡量，对一些问题的估计出现有轻有重的偏颇。

要写好文章，先要标立三个准则：

第一，根据情理，确定体制；

第二，根据内容，选取材料；

第三，撮取词语，突出要义。

然后舒展华彩文辞，铺陈文章的思想内容，去芜存菁，调节文采，像好的木材，墨线以外的已砍削，所以文章能首尾呼应，圆通相合，条理连贯，系统有序。若没有先确定这些准则，随心所

言重则芜秽而非赡。

昔谢艾、王济，西河⑰文士，张俊以为艾繁而不可删，济略而不可益⑱。若二子者，可谓练镕裁而晓繁略矣。至如士衡才优，而缀辞尤繁；士龙思劣，而雅好清省⑲。及云之论机⑳，亟恨其多，而称「清新相接，不以为病」，盖崇友于㉑耳。夫美锦制衣，修短有度，虽玩㉒其采，不倍领袖，巧犹难繁，况在

⑰西河：黄河以西的陕西华阴、华县一带。⑱益：增加。⑲士衡：陆机的字。士龙：陆云的字。劣：相对于陆机而言的。雅：很、甚。清省：清新省略。⑳云之论机：陆云《与兄平原书》：“兄文章之高远绝异，不可复称言，然犹皆欲微多，但清新相接，不以此为病耳。”㉑崇：尊重。友于：本于《尚书·君陈》：“惟孝友于兄弟。”后代指兄弟。友，指敬爱兄弟。㉒玩：欣赏，玩味。㉓《文赋》以为榛楛勿剪，庸音足曲：《文赋》，陆机作，用赋的形式论文学创作。赋中有“彼榛楛之勿剪，亦蒙荣于集翠”之句，都说到翠鸟来停的好处。指有了警句，旁边芜杂的句子也可以不删。㉔芟：割草，指删去不必要的文句。㉕共资：凭借。荣卫：血脉流通。㉖瞰：看，望。㉗损益：增删。损，减少。㉘弛：解除。

欲地书写，杂乱的念头纷涌，那么不合准则的异端必然丛生沓至，文意多余的地方必然很多。

明、文辞芜乱的情况，提出了镕、裁的办法。镕的主要任务是“规范本体”，解决内容和主题的集中统一问题；裁的主要任务是“剪截浮词”，解决文辞运用的繁略得当问题。二者各有侧重，又密不可分。

镕的三条准则确定了，其次就是斟酌字句的剪裁。句子有可删削的字词，可见文辞粗疏松散；文辞不能增减，才知道文辞严密。议论精辟，语言扼要，是极其简略的风格；思想奔放，字句铺张，是极为繁富的风格。作家在创作中对繁富与简略的取舍，要根据不同的个性来确定。

把话引申开去，两句话就可以敷展为一章；把话加以简练概括，那一章也可以删减成两句。文思丰富的人善于扩充，文才简练的人善于简化。善于删减的，字虽删去意思却保留下来，善于敷陈的，辞虽不同而意却更明显。如简化了意思残缺，那就是短缺贫乏并非扼要；如文辞扩充言语重复，那就是芜乱秽杂并非丰富。

从前谢艾和王济，是西河地方的文士。张骏认为：“谢艾的文章虽繁富却不可删削，王济的文章虽简略却不可增益。”像他们两位，可以说精通镕意裁辞的方法，懂得该繁该简的道理。其他如陆机，虽文才优秀，文章却过于繁富；陆云文思较差，平素爱好清新省约之风。等到陆云评论陆机文章的时候，虽屡次嫌他的文辞繁多，却又称他有“清新的文辞前后衔接，虽繁而不是毛病”，这可能是看了兄弟情分吧。像用美丽的锦缎缝制衣服，长短要适度，纵使欣赏爱好它的色彩，也不能把衣领和衣袖的尺寸加倍。工巧的文辞尚且难于繁复，何况拙劣的呢？

然而陆机《文赋》却认为“杂乱丛生的短树可以不必修整，平庸的音调可以凑成曲调”，他的见识并不是不高明，乃是因为他舍不得忍痛割爱。要知道上百骨节构成人体，都要靠血脉流通。各种各样的念头集成文章，离不开文辞和思想感情。要使情思周密不繁乱，文辞运用恰当不芜滥，不研究镕裁的方法，怎么做到呢？

总结：

篇章好比房屋的门窗，左右应该互相配合。

文辞犹如河川的水流，满溢就会造成泛滥。

内容要仔细删损增益，文辞用心斟酌详略。

删去多余杂乱的部分，才能解除多余负担。

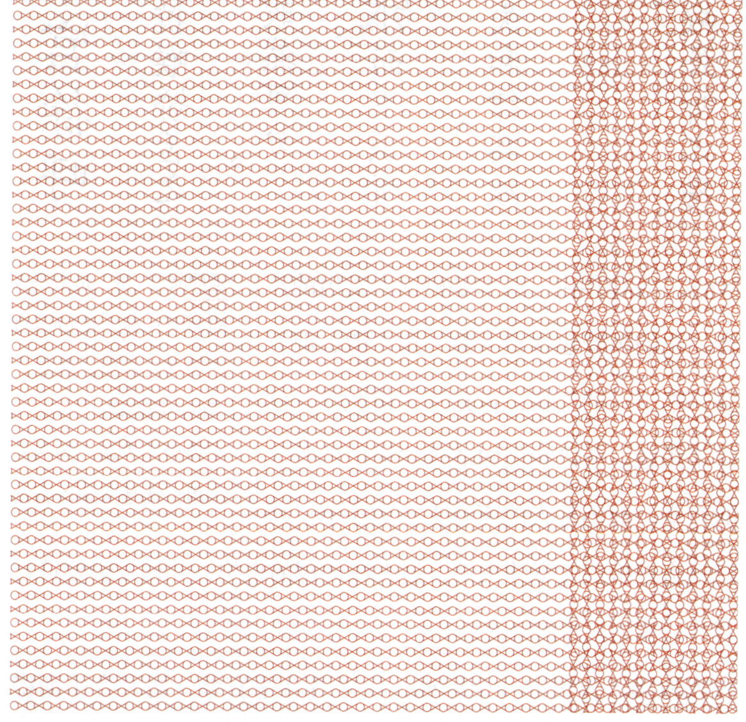

古之教歌，先揆以法，使疾呼中宫，徐呼中徵[4]。夫商徵响高，宫羽声下，抗喉矫舌之差，攒唇激齿之异，廉肉[5]相准，皎然可分。今操琴不调，必知改张；摘文乖张[6]，而不识所调。响在彼弦，乃得克谐，声萌我心，更失和律，其故何哉？良由外听易为察，而内听难为聪也。故外听之易，

延伸阅读 声，是指语言的声调；律，是指语言的韵律。声律，就是语言的声调韵律。——本篇论述声调、韵律的运用，就是文学语言的

译文 音律产生，原本是根据人发出的声音。人的声音包含宫、商、角、徵、羽五音，本于人的气血，古先圣王仿照它，创作了乐歌。所以我们知道乐器模仿的是人的声音，而不是人的声音去仿效乐器。所以语言是构成文章的关键，是表情达意的机构，吐词发音要符合音律，靠的只是唇吻而已。

古人教唱，先树立一个标准，使强音合乎宫调，弱音合乎商徵

声律第三十三

夫音律所始，本于人声者也。声含宫商，肇自血气①，先王因之，以制乐歌。故知器写②人声，声非学器者也。故言语者，文章神明枢机，吐纳律吕，唇吻③而已。

□注释

❶肇：始。血气：人体的血气流行。古人认为血气是生命的象征，是维持生命的根本。血，血液；气，呼吸。❷器：乐器。写：仿效。❸神明：精神、智慧。唇吻：嘴唇，指嘴。❹揆：度量。疾呼中宫，徐呼中徵：宫商比较强，徵音比较弱，音的强弱取决于振幅的大小，与音的高低决定于振动的多少不同。这里的疾徐指强弱。中，合于。❺宫羽声下：宫平声与羽入声最接近，入声稍引长成平声，音高较低，所以说“宫羽声下”。攒唇：发唇音。攒，聚。激齿：发齿音。廉肉：发音的宽窄、洪细。廉，棱角，指尖锐。肉，肥满，指饱满。❻摘文：作文。乖张：此指音调不和谐。

是以声画妍蚩，寄在吟咏，滋味流于下句[13]，气力穷于和韵。异音相从谓之和，同声[14]相应谓之韵。韵气一定，故余声易遣；和体抑扬，故遗响难契。属笔[15]易巧，选和至难；缀文难精，而作韵甚易。虽纤意曲变，非可缕言[16]，然振其大纲，不出兹论。

若夫宫商大和，譬诸吹籥，翻回取均[17]，颇似调瑟。瑟资移柱，故有时而乖贰[18]；籥含定管，故无往而不壹。陈

调。商徵的音调高，宫羽的声调低，高亢的喉音和卷曲的舌音有差异，聚合的唇音和急切的齿音不同，另外还有尖细和洪大相比照，可以区分得很清楚。

今天有人弹琴如不协调，知道把琴重新改装；作文的音调不协调，却不知道如何调整。琴弦上的音响，能调得和谐，心声发自内心，却失掉了和谐

和谐美。

全篇分三个部分：

一、论述声律的起源、文章语言的音律与乐声的比较，指出了研究声律对文学创作的必要。

二、论述文学作品语言

弦以手定，内听之难，声与心纷，可以数[7]求，难以辞逐。凡声有飞沉，响有双叠[8]。双声隔字而每舛，叠韵杂句而必睽；沉则响发而断，飞则声扬不还：并辘轳[9]交往，逆鳞相比，迕其际会，则往蹇来连[10]，其为疾病，亦文家之吃也。夫吃文为患，生于好诡，逐新趣[11]异，故喉唇纠纷，将欲解结，务在刚断。左碍而寻右，末滞而讨前，则声转于吻，玲玲[12]如振玉；辞靡于耳，累累如贯珠矣。

❼数：术数，指乐律。❽双叠：双声、叠韵。双声如惆怅，声母相同，故叫双声；叠韵如蹉跎。❾辘轳：井上绞桶汲水的工具，上下转动摇起来。此处比喻为单调，指一句中全是平声或仄声字。❿蹇（jiǎn）、连：皆指不顺利。⓫趣：趋。⓬玲玲：形容玉声。⓭下句：安顿字句，即造句。⓮同声：句末押韵相同。⓯属笔：写作。⓰缕言：逐言细论。缕，一条一条的，详细。⓱均：均衡协调。⓲乖贰：不合，不协调。⓳陈思：陈思王曹植。潘岳：西晋作家。陆机、左思：西晋作家。

练才洞鉴，剖字钻响，疏识阔略[22]，随音所遇，若长风之过籁，南郭之吹竽耳。古之佩玉，左宫右徵，以节其步，声不失序。音以律文，其可忽[23]哉？

赞曰：

标情务远，比[24]音则近。吹律胸臆，调钟[25]唇吻。

声得盐梅，响滑榆槿[26]。

割弃支离，宫商难隐[27]。

的声律，这是什么缘故？

这是因为听身外的乐调容易辨别，听内心之声却难以懂。听身外的琴音容易辨认它合不合调，琴弦的协调可以用手调定，而听内在的心声困难，声韵与内心的情思复杂，前者可以根据乐律衡量，后者难以用文辞讲清楚。声音有飞扬、下沉两种，字词

声调的和谐与押韵。包括述双声、叠韵、平仄的配合及和声、押韵等。三、联系具体的作家论

思、潘岳，吹籥之调也；陆机、左思[19]，瑟柱之和也。概举而推，可以类见。

又诗人综韵，率多清切，楚辞辞楚，故讹韵实繁。及张华论韵，谓士衡多楚，文赋亦称知楚不易，可谓衔灵均之声余失，黄钟[20]之正响也。

凡切韵之动，势若转圜[21]，讹音之作，甚于枘方，免乎枘方，则无大过矣。

⑳ 黄钟：十二律之一，代指正声，指《诗经》的标准音。㉑ 圜（huán）：同“圆”。㉒ 阔略：疏略。㉓ 忽：忽视。㉔ 比：合，指调配。㉕ 钟：黄钟，指音律。㉖ 榆槿：榆，树名，果实可食；槿，木槿，花可食。两种植物的皮都含有滑汁，是煮菜时使食物柔滑细嫩的调味品。㉗ 难隐：不能隐蔽，即能够很好地掌握音律。

有双声和叠韵两种。两个双声隔断了，读起来不顺口，两个叠韵字分开了，读起来一定别扭；一句之中全用沉抑的仄声字，读起来很不方便，发出的声响就像中断了一样，一句中全是飞扬的平声，字读起来不顺口，声调飞扬出去回不来一样。配合要如辘轳一样上下圆转，像鳞片般紧密排列，如违反了声律的规律，读起来就会佶屈聱牙，这种病症，好像作家得了口吃病一样。

文章口吃，是写作的人爱好诡奇造成的，过于追逐文辞新奇趋向怪异，所以弄得声韵杂乱，想要解开这个疙瘩，在于果断坚决地戒除这种不良癖好。左边有了障碍，也可以从右边寻找毛病，末尾阻滞不畅，也可从上面去调整。这样，声调读起来就很圆转，清脆得像是宝玉发出的声响；听起来悦耳，像贯穿起来的珍珠一样。

所以文章声韵的美恶好坏，寄托在吟咏里面。韵味从句中流露，气力尽在和韵上。句内的音调协调叫和谐，句末相同的声韵相呼应叫押韵。押韵有一定标准，所以收声相同的音容易安排；声调和谐要注意平仄抑扬的变化，所以遗下的音响难以协调恰当。拿笔写文章易于工巧，选择声调的协调却十分困难；连缀词语成文难以精致，押韵却甚为容易。虽其中曲折细微的变化难于详述，它们大略的纲要，不会超出这些论述。至于音位固定而宫、商、角、徵、羽五音和谐，如吹笛一样，反复调音以求合乐，又颇似调瑟。

述正声和方言的利弊，进一步总结掌握正声的必要，并论述前人作品声律运用的得失及作者掌握声律的条件。——文学要求语音具有和谐之美。古代作者自发地注意到文学语言要顺口和谐，并随着文学的发展，对语音和谐的规律逐渐有所认识。刘勰发现了语言音律的复杂性，对这种复杂情况进行了探讨，得出了比较符合语音科学的结论。——

调整瑟弦靠移动瑟的弦柱，调不准便会音调不合，笛子的孔在管上是固定的，所以无论怎样吹，出来的音是一定的。曹植、潘岳的作品的声韵，就是吹笛的调子；陆机、左思的作品，是瑟柱的调子。略举两例，别的也可类推明了。

《诗经》的作者运用声韵，大多清楚明确，《楚辞》夹杂着楚国的方言，它的音韵多错乱。到了西晋的张华论述用韵，说陆机的作品多用楚音，陆机的《文赋》用韵也不容易，可以说继承了屈原的用韵，却失去了《诗经》黄钟音响的正调。

大凡音韵运用得正确贴切，文势大都和畅无碍圆转自如，如果文章的音律发生讹变，比把方木榫插进圆孔还要不合适。能避免这种不和的现象，用韵就没有大毛病了。

才识精深的作家，会剖析字句，钻研声韵音响，掌握调和声律的方法，如学识疏浅，用韵就像偶然碰上的，如长风吹过箫管眼孔，必然发出杂音，似南郭先生吹竽，滥竽充数了。古人佩戴玉石饰品，走路的时候左边的玉器碰击发出宫音，右边的玉器碰击发出徵音，用于调节脚步，使其不失应有的秩序。文章的声律，怎么可以忽视呢？

总结：

表明情志务必要高深悠远，调配音韵必须要求细密。

声音节律从内心深处发出，调和的音调取决于唇吻。

有了声律调味的这个盐梅，音响就像榆槿一样柔滑。

摒除追奇逐新的不正之音，文章的声律就更加动听。

篇之彪炳，章无疵也；章之明靡，句无玷也；句之清英，字不妄也：振本而末从[6]，知一而万毕矣。

夫裁文匠笔，篇有大小；离章[7]合句，调有缓急；随变适会，莫见定准。句司数字，待相接以为用；章总一义，须意穷而成体[8]。其控引情理，送迎际会，譬舞容回环，而有缀兆之位；歌声靡曼，而有抗坠[9]之节也。

延伸阅读 章，沿用《诗经》乐章的“章”，用以表达某一内容的段落。句，是古代说话时的停顿单位，不是现代汉语中的句。

本篇谈文章写作中的分

|译文| 创作要把情意安排在合适的地方，把语言安置在适宜的位置上；把情意安顿在一定的地方叫作分章，把语言安顿好就叫造句。

所以，章就是明白的意思；句就是分界的意思。把语言分界，就是把字词连缀起来构成各自的单位；把情意叙述明白，就是总括所要包容的思想，把它蕴含在选定的体裁之中。这样句和章的区域界限虽不同，却

章句第三十四

夫设情有宅，置言有位；宅情曰章①，位言曰句。故章者，明也；句者，局②也。局言者，联字以分疆；明情者，总义以包体③。区畛相异，而衢路交通④矣。夫人之立言⑤，因字而生句，积句而为章，积章而成篇。

□注释

❶宅情：分章。章：本是音乐的一段，此指诗文的章节。❷局：局限，划定疆界，即把语言分化成句子。❸体：整体，指各句组成章的整体。❹交通：互相通达，指句、章关系是密切相通的。❺立言：写文章，著书立说。❻靡：细致。振本而末从：本、末，树根和树梢，比喻字句和篇章的关系。❼离章：分章。❽体："总义以包体"的"体"。❾际会：遇合，指取舍得当。际，边际；会，合。缀：舞蹈时的行列。兆：舞步的进退。靡曼：细致而拉长，指摇曳。抗坠：高下。抗，同"亢"，高；坠，下降。

也。

若夫笔句无常，而字有条数：四字密而不促，六字格而非缓，或变之以三五，盖应机之权节[14]也。至于诗颂大体，以四言为正，唯「祈父肇禋[15]」，以二言为句。寻二言肇于黄世，「竹弹」之谣是也；三言兴于虞时，「元首」之诗是也；四言广于夏

像有道理连接那样彼此相通。人们写作，用字造句，积句成章，积章成篇。

全篇昭明卓著，每章都没有瑕疵；章章都写得细致明白，是因为每句都没有毛病；句子清新挺拔，皆因字词不乱用。这就像振摇树木，枝叶随之摆动，懂得事物的根本原则，各种各样的事例皆可概括进去。

创作韵文和散文，篇幅有大有小，章句或分或合，它们的声调有缓有急，皆随文章的内容变化而调配，没有定规。一个句子不管有多少字词，要把字词相互连接才能发挥作用；一章总括一个完

章造句。

全篇分三个部分：

一、谈章句的定义、意义及分章造句的基本原理。

二、谈章句组织的基本

寻诗人拟喻，虽断章取义，然章句在篇，如茧之抽绪，原始要终，体必鳞次[10]。启行之辞，逆萌中篇之意，绝笔之言，追媵[11]前句之旨，故能外文绮交，内义脉注，跗萼[12]相衔，首尾一体。若辞失其朋，则羁旅而无友；事乖其次，则飘寓[13]而不安。是以搜句忌于颠倒，裁章贵于顺序，斯固情趣之指归，文笔之同致

⑩断章取义：摘取全篇中的一章或几句表达自己的情意，不管它原来的意思。春秋时的外交使臣，念诗句来表达自己的心意时往往断章取义，就创作言，则需要前后文相互联系。原始要终：见于《周易·系辞下》，原意为探讨事物的始末，此指写作的从头到尾。鳞次：如鱼鳞排列。⑪逆萌：预先萌生，伏笔。逆，预先考虑到；萌，萌芽。追媵：追上文作陪衬，指作呼应。⑫脉注：如脉贯注，指文章内在的条理、逻辑。跗（fū）：花萼下的房。萼：花瓣外部下面的一圈绿色小片。⑬羁旅：滞留外乡。寓：寄居。⑭条数：分条述说，分别说明。权节：权宜、变通的节拍。《诗经》以四言为主，三字五字句只是适应情势，加以变通。⑮祈父：《诗经·小雅》中的一篇诗的首句是“祈父，予王之爪牙”。祈父，即圻父，官名，镇守封圻（边疆）军队的司马；爪牙，指虎士，喻武臣。肇禋：开始祭祀。《诗经·周颂·维清》中有“肇禋，迄用有成，维周之桢”之句。

代。陆云亦称「四言转句，以四句为佳[22]」。观彼制韵，志同枚、贾，然两韵辄易，则声韵微躁；百句不迁，则唇吻[23]告劳。妙才激扬，虽触思利贞，曷若折之中和，庶保无咎[24]。又诗人以「兮」字入于句限，楚辞用之，

整的意思，必须把一个意思表达完整才能成为一个段落。其中要掌握所表达的情意，有时放开，有时接住，要切合命意，如舞蹈的回旋环绕，要有一定的行列和位子；又好比歌声柔婉摇曳，要有起伏的节奏。

诗人用诗句来比拟譬喻，虽断章取义，然一章一句皆在全篇之中，好比蚕茧抽出丝绪，诗文从开始到结束，体制上必须鱼鳞一样按秩序紧密排列。行文开始的言辞，就要为中篇埋下伏笔，结尾的言辞，要呼应前文语句的意旨。这样才能做到文字像织绮的花纹那样交接，内在的意义一脉贯通，花房花萼一样相互衔接，首尾连成一体。

若词句没有配合恰当，上下脱节，就像羁留异乡的旅客孤独无友；

原则、方法。

三、谈章句中的长短、字数、押韵，虚词运用的基本原则和方法。

刘勰强调章句是构成文学作品的细胞，是写作的基础，要求文采交织于外，脉络贯注于内，

年，洛汭之歌[16]是也；五言见于周代，《行露》之章是也。六言七言，杂出《诗》《骚》；两体[17]之篇，成于西汉。情数运周[18]，随时代用矣。若乃改韵从调，所以节[19]文辞气。贾谊、枚乘，两韵辄易；刘歆、桓谭，百句不迁[20]：亦各有其志也。昔魏武论赋，嫌于积韵[21]，而善于资

⑯竹弹：传为黄帝时的《弹歌》。虞：舜。元首:《尚书·虞书》载有《元首歌》:“股肱喜哉！元首起哉！百工熙哉！”“喜”“起”“熙”押韵，所以说是三言。股肱，指大臣。股，大腿；肱，胳膊。元首，指舜。百工，即百官。洛汭之歌：《五子之歌》，共五首，基本是四言，是夏时国君太康的弟弟在洛水边上唱的歌。⑰六言七言，杂出《诗》《骚》:《诗经》《楚辞》中已有六言、七言的句子。如《诗经·大雅·召旻》:“维昔之富不如时，维今之疚不如兹。”《离骚》:“路漫漫其修远兮，吾将上下而求索。”“兮”是助词，不算字数。两体：六言、七言这两种诗体。⑱情数：作品内容多种多样。数，屡，指复杂。运周：运转不停。周，周详。⑲节：调节。⑳刘歆、桓谭，百句不迁：刘歆、桓谭二人一韵到底的作品已失传。迁，变，转。㉑积韵：重复用同一个韵，即“百句不迁”。㉒陆云亦称“四言转句，以四句为佳”：陆云论韵的话见其《与兄平原书》。四句一换韵，四句两个韵脚，他主张两个韵脚就转韵。陆云，陆机的弟弟。㉓躁：急。唇吻：嘴。吻，嘴唇。㉔触思利贞：构思顺利。贞，正。庶：将近，差不多。咎：过失。

断章有检，积句不恒[31]。

理资配主，辞忌失朋。

环情草调，宛转相腾。

离合同异[32]，以尽厥能。

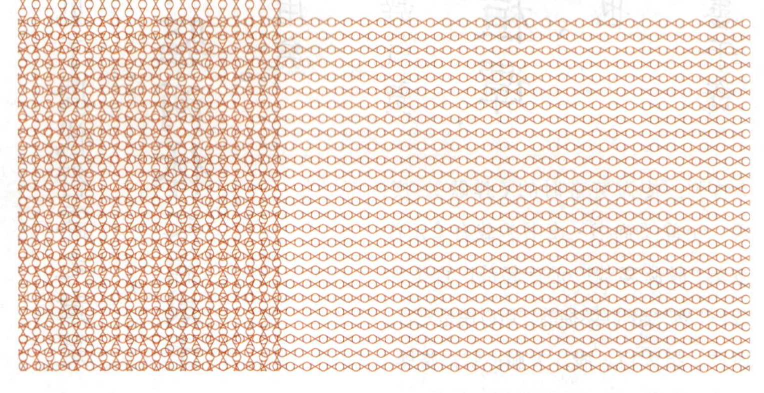

叙述违反了顺序，那就像漂泊寓居在外的人一样不安定。因此造句切忌颠倒，裁断分章要重视行文有序，这本来是表达情意的要求，韵文、散文要求皆一样。

至于章、句的变化，虽无定规，一句之中字数多少却有规定：四字的句短，虽密凑但音节并不急促，六字句长，虽宽裕但音节并不迂缓，有时变成三言、五言的句子，大概是适应情势变化的权宜之法。至于《诗经》的《雅》《颂》这一

结构严密，首尾一体。——围绕以上几点，刘勰对句子的长短、语气的缓急、韵调的改从、虚字的运用等都作了探讨。——

字出于句外㉕。寻「兮」字承句，乃语助余声。舜咏《南风》㉖，用之久矣，而魏武弗好，岂不以无益文义耶？

至于「夫」「惟」「盖」「故」者，发端之首唱；「之」「而」「于」「以」者，乃札句之旧体；「乎」「哉」「矣」「也」，亦送末之常科㉗。据事似闲㉘，在用实切。巧者回运㉙，弥缝文体，将令数句之外，得一字之助矣。外字㉚难谬，况章句欤！

赞曰：

㉕句外：指“兮”字在韵脚后，故说句外。如《楚辞·橘颂》：“年岁虽少，可师长兮。行比伯夷，置以为像兮。”“长”“像”是韵脚，“兮”字在韵脚之外。㉖《南风》：《尚书·虞书》记载有《南风》歌，歌词为：“南风之熏兮，可以解吾民之愠兮。南风之时兮，可以阜吾民之财兮。”㉗札句：嵌入句中的助词。常科：常用的形式。㉘闲：空，没有实际的作用。㉙回运：婉转灵活地运用。㉚外字：实字之外的字，指虚字。㉛恒：久，有定。㉜离合：上文的“离章合句”。同异：有同有异，章句的千变万化。

类郑重的体裁，以四言诗为正宗，唯有《小雅·祈父》《周颂·维清》，用了二言的句子。

二言诗始于黄帝时代，《弹歌》就是二言的歌谣；三言诗在虞舜时代兴起，《元首歌》就是三言的；四言诗多用在夏朝时，《五子之歌》是四言；五言诗出现在周代，《诗经·召南·行露》便是五言。六言诗、七言诗，夹杂在《诗经》和《楚辞》中，运用这两种句式的诗体，到西汉时才发展成为完整的诗篇。因情势趋于复杂，表达要求更周详，随着时代的发展，复杂长句的运用逐渐替代了简单的短句。

至于辞赋改换音韵使之适合情调，是为了调节文辞，配合气势。贾谊、枚乘的作品，喜欢在两韵脚之后就改韵；刘歆、桓谭的作品，写了一百句也不换韵，这各有各的用意和志趣。从前魏武帝曹操论诗，对同韵多用表示不满，却赞美换韵。陆云也说："四言诗转韵，以四句一转为好。"看他对用韵的主张，同枚乘、贾谊相同。两韵之后改韵，声韵上就显得稍微有些急躁；如百句都不换韵又太单调，读起来嘴巴也会疲劳。富有才华的作家能使音韵抑扬激荡，用韵上很好地触动思想，利于表达真诚的感情，但不如折中，根据具体情况变韵，这样可以保证在用韵上没有过失。

还有《诗经》作者在句内用"兮"字，《楚辞》中大量用"兮"字，而且"兮"字可用在句外。考察"兮"字构句，作为承接语气的成分，乃是语助词，用于延缓语气。虞舜歌咏的《南风》里，早就用了"兮"字，魏武帝曹操却不喜欢用"兮"字，他认为"兮"字在文义上没有什么作用。

至于"夫""惟""盖""故"这些虚词，是句首的发语词；

“之”“而”“于”“以”,是造句中的常用虚词;“乎”“哉”“矣”“也”这些虚词，是句末的常用助词。这些虚词在句中看似闲余，作用却很切实。巧妙的作者善于回环婉转地运用，使文辞更加严密，在用实词构句外，还得到虚词的帮助。实词之外的虚词的运用都不允许有谬误，何况是实词构成的章句?

总结：

断分章节有一定的法度，积句成章却没有常规。

章节的内容要配合作品主题，文辞切忌孤立。

围绕情思安排韵调，使文辞抑扬婉转相互发扬。

从实际需要出发分章遣句，尽量发挥章句功能。

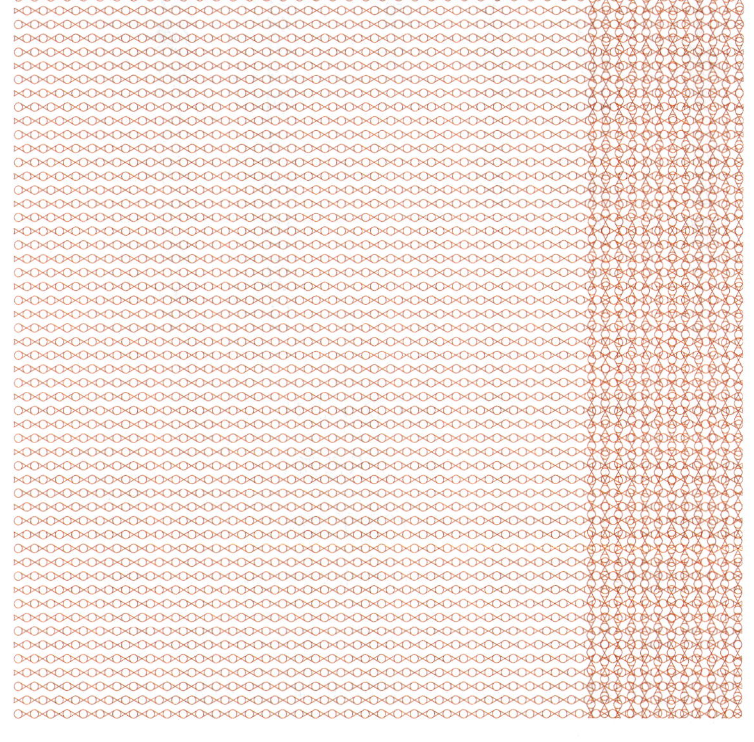

然[5]对尔。易之文系[6]，圣人之妙思也。序乾四德，则句句相衔；龙虎类感，则字字相俪[7]；乾坤易简，则宛转相承；日月往来，则隔行悬合：虽句字或殊，而偶意一也。至于诗人偶章，大夫联辞，奇偶[8]适变，不劳经营。自扬马张蔡，崇盛丽辞，如宋画吴冶，刻形镂法，丽句与深采并流，偶意共逸韵俱发。至魏晋群才，析句弥密，联字合

延伸阅读 丽，骈俪的意思；辞，即骈俪之辞。骈俪就是讲究对偶，是

|译文| 自然赋予的形体、肢体成双成对，这是造化的作用，它说明事物都不是孤立存在的。人的心思需要表达，产生了文辞，创作文辞要多方面裁剪考虑，高低上下相互配合，自然对偶。唐尧、虞舜的时代，文辞还不是很讲究文采，皋陶给虞舜出主意说："罪过不能确定的从轻处理，功劳不能确定的从重奖赏。"益也向

丽辞第三十五

造化赋形，支①体必双，神理为用，事不孤立。夫心生文辞，运裁百虑，高下相须②，自然成对。唐虞之世，辞未极文，而皋陶赞云：「罪疑惟轻，功疑惟重③。」益陈谟云：「满招损，谦受益④。」岂营丽辞，率

□注释

❶支：同“肢”，即肢体。❷相须：相对。须，待、宜。❸罪疑惟轻，功疑惟重：《尚书·大禹谟》中皋陶回答舜的话。疑，疑惑不定。❹满招损，谦受益：《尚书·大禹谟》中益赞禹说的话。❺率然：随便，未经思考。❻《易》：《周易》。《文》《系》：解说《周易》的《文言》《系辞》，相传为孔子所作。❼龙虎类感，则字字相俪：《周易·乾卦·文言》中有“水流湿，火就燥，云从龙，风从虎”的话，皆字字相对。俪，对偶，骈俪。❽奇偶：散句和偶句。奇，单数；偶，双数。

此事对之类也。

仲宣登楼云：『钟仪幽而楚奏，庄舄显而越吟。』此反对之类也。孟阳七哀云：『汉祖想枌榆，光武思白水。』此正对之类也。

凡偶辞胸臆，言对所以为易也；征人之学，事对所以为难也；幽显同志，反对所以为优也；并贵共心[15]，正对所以为劣也。又以事对，各有反正，指类而求，万条自昭然矣。

张华诗[16]称：『游雁比翼翔，归鸿知接翮。』刘琨诗言：『宣尼悲

夏禹建言：“自满招损，谦虚受益。”这些不是有意对偶，自然相对而已。《易经》中的《文言》《系辞》，是圣人精思的表现。阐述《乾卦》的元、亨、利、贞这“四德”，就字字相对；讲到同类互相感应，如“云随从龙，

我国文学艺术独有的艺术特色之一。

本篇论述了文学的对偶问题。

全篇分三个部分：

趣，剖毫析厘然。契机[9]者入巧，浮假者无功。

故丽辞之体，凡有四对：言对[10]为易，事对为难；反对[11]为优，正对为劣。言对者，双比空辞[12]者也；事对者，并举人验者也；反对者，理殊趣合者也；正对者，事异义同者也。

长卿上林赋云：『修容乎礼园，翱翔乎书圃[13]。』此言对之类也。

宋玉[14]神女赋云：『毛嫱鄣袂，不足程式；西施掩面，比之无色。』

❾契机：合时，指对偶得当。❿言对：文字的对偶。⓫反对：意义相反的对偶。⓬空辞：不用典的文辞。⓭修容：修饰容仪。礼园：礼仪之园。《礼》是用来调整威仪的，即可修容。翱翔：浮游，徘徊，指学习《尚书》。圃：园圃，园地。⓮宋玉：战国时代楚国作家，作有《神女赋》。⓯并贵共心：双关，既指对偶句表达相同的思想，又指刘邦和刘秀皆贵为天子也同样思乡。⓰张华：西晋作家。诗：张华的《杂诗》。

赞曰：

体植必两，辞动[22]有配。

左提右挈，精味[23]兼载。

炳烁联华，镜静[24]含态。

玉润双流，如彼珩佩[25]。

风随从虎”，就字字骈俪；讲到天地的道理简要平易，就婉转地相互承接；“日往月来，月往日来”，就是隔行隔句遥相对仗。虽句子的字数不一样，用意构成的对偶却是一致的。至于

一、论对偶形成的原因及源流。刘勰认为丽辞的产生出于自然，事物

获麟，西狩泣孔丘。」若斯重出，即对句之骈枝也。

是以言对为美，贵在精巧；事对所先，务在允当。若两事相配，而优劣不均，是骥在左骖，驽[17]为右服也。若夫事或孤立，莫与相偶，是夔之一足，趻踔[18]而行也。若气无奇类，文乏异采，碌碌丽辞，则昏睡耳目。必使理圆事密，联璧[19]其章，迭用奇偶，节以杂佩[20]，乃其贵耳。类此而思，理自[21]见也。

[17]驽：劣马。[18]趻踔（chěn chuō）：跳跃着走。[19]璧：环玉。[20]杂佩：包括各种不同的佩玉，有各种形式和名称。[21]自：自然。

[22]动：动辄，往往。[23]精味：精义韵味。[24]静：同“净”，明净。[25]珩：成双的佩玉上面的横玉。佩：古衣带上佩戴的玉石。

《诗经》的作者作品中相对偶的章句，东周列国士大夫在外交上使用的联偶言辞，有单句、偶句，皆是内容需要，不用劳费心思经营。扬雄、司马相如、张衡、蔡邕推崇华丽对偶的文辞，大加运用，如“宋人讲究画画，吴人讲究铸剑，注意文饰”，所以在他们的作品中，骈俪的句子与丰富的文采一起流传，对偶的意思和超逸的声韵一起显耀。到了魏晋时代的许多作者，造句更加精密，连缀字词情趣相合，讲究对仗，辨析毫厘。然而契合恰当才巧妙，浮泛造作的无效果。

骈俪对偶的体例，大概有四种：言对容易，事对困难，反对是优，正对是差。言对，对偶的双方皆用抽象的言辞而不用事例；事对，就是列举人事证验的事实；反对，就是事理相反又旨趣相合的对偶；正对，就是事实不同而意义相合的对偶。

本身具有对偶的自然美，反映事物的语言自然有对偶。他欣赏对偶的自然美，主张“自然成对”。二、讲述对偶的四种基本类型：言对、事对、反对、正对。

三、通过列举几种应该避免的弊病，论述使用对偶的基本原则、注意事宜，即要对得恰当合理，对句和散句要交错运用等。

对偶是文学作品中的一种修辞手段。汉魏六朝文学作品，对偶之风逐渐兴起，和文学本身的发展有关。

随着文学的发展，人们日益重视文学艺术修辞手段的运用，但这一修辞手段如不正确运用，会助长形式主义的文风。

司马相如《上林赋》中说:“在礼仪殿堂上修饰,在书圃之中翱翔。”这属于言对一类。宋玉的《神女赋》说：“美女毛嫱用袖遮脸，自愧不够标准；美人西施以手掩面，相比没有光彩。”这是事对一类。王粲的《登楼赋》说：“楚人钟仪被晋国幽禁，仍弹奏楚国之音；越人庄舄在楚国做官，犹歌越国的曲。”这是反对一类。张载的《七哀诗》说：“汉高祖怀念家乡枌榆社，光武帝思念故土白水县。”这就是正对一类的例子。

把心里话组成对偶就行，这即是言对容易的原因；事对要考验人的学问，所以它比较困难；钟仪和庄舄虽一个幽囚一个显达，但不忘故国的志气却相同，所以反对是好的；汉高祖和光武帝皆荣贵，思念家乡的感情也相同，所以正对是差的。事对也有正对和反对的区别，按门类考求，各种各样的对偶自然清楚明白。

张华的《杂诗》说：“远游的大雁比翼飞翔，归去的鸿雁连翅而飞。”刘琨的《重赠卢谌诗》说：“孔子听晓捕获到麒麟很悲伤，孔子听说在西郊狩猎到麒麟而哭泣。”这类意思重复的句子，就是对句重复多余的部分。因此言对是美好的，好在精致巧妙；事对是好的，须公允恰当。若两件事情相配对偶，而好坏优劣不相称，就像驾车，把千里马套在马车的左边作骖马，把劣马套在马车的右边作服马。

要是只有孤零零的一件事情，没有可相配对的，就像夔只有一只脚，只能跳着走路了。若文意气势毫无创新，文辞缺乏新异的文采，仅是些平庸的骈俪之辞，那就只能使人看了昏昏欲睡。因此务必使对偶的句子文理圆通，事义周密，像双璧文采，共同呈现在文章里。交错运用奇、偶句，似用各种佩戴着的玉石调节，才算可贵。似这样去思考，用对偶的道理自然就明白了。

总结：

事物的生长成双自然成对，文辞的运用往往也对偶。

创作中能够左右上下兼顾，精义与韵味就共同表现。

像那闪烁光彩并连的花朵，如明镜照物含千姿百态。

玉石的光泽声韵双双流传，如同佩戴着的杂佩美玉。

卷八

比貌之類也賈生鵩賦云禍之與福何異糺纆此以物比理者也王褒洞簫云優柔溫潤如慈父之愛子也此以聲比心者也馬融賦云繁縟絡繹范蔡說之以響比辯者也張衡南都云起鄭舞蠒抽緒此以容比物者也若斯之類辭賦所先日用乎比月忘乎興習小而棄大所以文謝於周人也至於楊班之倫曹劉以下圖狀山川影寫雲物莫不織綜比義以敷其華驚聽回視資此效績又安仁螢賦云流金在沙季膺春詩云青條若總翠皆其義者也故比類雖繁以切至爲貴若刻鵠類鶩則無所取焉

後見也且何謂爲比蓋寫物以附意颺言以切事者也故金錫以喻明德珪璋以譬秀民螟蛉以類教誨蜩螗以寫號呼澣衣以擬心憂卷席以方志固凡斯切象皆比義也至如麻衣如雪兩驂如舞若斯之類皆比類者也襄楚信讒而三閭忠烈依詩製騷諷兼比興炎漢雖盛而辭人夸毗詩刺道喪故興義銷亡於是賦頌先鳴故比體雲構紛紜雜遝信舊章矣夫比之爲義取類不常或喻於聲或方於貌或擬於心或譬於事宋玉高唐纖條悲鳴聲似竽籟此比聲之類也枚乘荒園云焱焱紛紛若塵埃之間白雲此則

立漂杵之論辭雖已甚其義無害也且夫鴞音之醜豈有泮林而變好荼味之苦寧以周原而成飴並意深褒讚故義成矯餙大聖所録以垂憲章孟軻所説詩者不以文害辭不以辭害意也自宋玉景差■餙始盛相如憑風詭濫愈甚故上林之館奔星與宛虹入軒從禽之盛飛廉與鷦鷯俱獲及楊雄甘泉酌其餘波語瓌奇則假珍於玉樹言峻極則顛墜於鬼神至東都之比目西京之海若驗理則理無不驗窮餙則餙猶未窮矣又子雲校獵鞭宓妃以饟屈原張衡羽獵困玄冥於朔野孌彼洛神既非魑魅惟此水怪亦

贊曰

詩人比興觸物圓覽物雖胡越合則肝膽擬容取心斷辭必敢攢雜詠歌如川之渙

夸飾第三十七

夫形而上者謂之道形而下者謂之器神道難摹精言不能追其極形器易寫壯辭可得喻其真才非短長理自難易耳故自天地以降豫入聲貌文辭所被夸飾恒存雖詩書雅言風格訓世事必宜廣文亦過焉是以言峻則嵩高極天論狹則河不容舠說多則子孫千億稱少則民靡孑遺襄陵舉滔天之目倒戈

贊曰

夸飾在用文豈循檢言必鵬運氣靡鴻漸倒海探珠傾崑取琰曠而不溢奢而無玷

事類第三十八

事類者蓋文章之外據事以類義援古以證今者也昔文王繇易剖判爻位既濟九三遠引高宗之伐明夷六五近書箕子之貞斯畧舉人事以徵義者也至若胤征羲和陳正典之訓盤庚誥民叙遲任之言此全引成辭以明理者也然則明理引乎成辭徵義舉乎人事迺聖賢之鴻謨經籍之通矩也大畜之象君

非魑魅而虛用濫形不其疎乎此欲夸其威而其事義睽剌也至如氣貌山海體勢宮殿嵯峨揭業熠燿焜煌之狀光采煒煒而欲然聲貌岌岌其將動矣莫不因夸以成狀沿飾而得奇也於是後進之才獎氣挾聲軒翥而欲奮飛騰擲而羞跼步辭入煒燁春藻不能程其豔言在萎絕寒谷未足成其凋談歡則字與笑並論感則聲共泣偕言可以發蘊而飛滯披瞽而駭聾矣然飾窮其要則心聲鋒起夸過其理則名實兩乖若能酌詩書之曠旨剪揚馬之甚泰使夸而有節飾而不誣亦可謂之懿也

狹雖美少功夫以子雲之才而自奏不學及觀書石室乃成鴻采表裏相資古今一也故魏武稱張子之文爲拙然學問膚淺所見不博專拾掇崔杜小文所作不可悉難難便不知所出斯則寡聞之病也夫經典沈深載籍浩汗實群言之奥區而才思之神皐也楊班以下莫不取資任力耕耨縱意漁獵操刀能割必裂膏腴是以將贍才力務在博見狐腋非一皮能温雞蹠必數千而飽矣是以綜學在博取事貴約校練務精捃理須覈衆美輻湊表裏發輝劉邵趙都賦客云公子之客叱勁楚令歃盟管庫隸臣呵強秦使

子以多識前言往行亦有包於文矣觀夫屈宋屬篇號依詩人雖引古事而莫取舊辭唯賈誼鵩賦始用鶡冠之說相如上林撮引李斯之書此萬分之一會也及揚雄六官箴頗酌於詩書劉歆遂初賦歷敘於紀傳漸漸綜採矣至於崔班張蔡遂捃摭經史華實布護因書立功皆後人之範式也夫薑桂同地辛在本性文章由學能在天資才自內發學以外成有飽學而才餒有才富而學貧學貧者迍邅於事義才餒者劬勞於辭情此內外之殊分也是以屬意立文心與筆謀才爲盟主學爲輔佐主佐合德文采必霸才學褊

葛藟庇根辭自樂豫若譬葛爲葵則引事爲謬若謂庇勝衛則改事失眞斯又不精之患夫以子建明練士衡沈密而不免於謬曹仁之謬高唐又曷足以嘲哉夫山木爲良匠所度經書爲文士所擇木美而定於斧斤事美而制於刀筆研思之士無慙匠石矣

贊曰

經籍深富辭理遐亘皜如江海鬱若崑鄧文梓共採瓊珠交贈用人若己古來無懵

練字第三十九

夫文象列而結繩移鳥跡明而書契作斯乃言語之

皷缶用事如斯可謂理得而義要矣故事得其要雖小成績譬寸轄制輪尺樞運關也或微言美事置於閑是綴金翠於足脛靚粉黛於胷臆也凡用舊合機不啻自其口出引事乖謬雖千載而爲瑕陳思群才之英也報孔璋書云葛天氏之樂千人唱萬人和聽者因以蔑韶夏矣此引事之實謬也按葛天之歌唱和三人而已相如上林云奏陶唐之舞聽葛天之歌千人唱萬人和唱和千萬人乃相如接人然而濫侈葛天推三成萬者信賦妄書致斯謬也陸機園葵詩云庇足同一智生理合異端夫葵能衛足事譏鮑莊

異乃共曉難也暨乎後漢小學轉疎複文隱訓臧太
半及魏代綴藻則字有常檢追觀漢作翻成阻奧故
陳思稱楊馬之作趣幽旨深讀者非師傳不能析其
辭非博學不能綜其理豈直才懸抑亦字隱自晉來
用字率從簡易時並習易人誰取難今一字詭異則
羣句震驚三人弗識則將成字妖矣後世所同曉者
雖難斯易時所共廢雖易斯難趣舍之間不可不察
夫爾雅者孔徒之所纂而詩書之襟帶也蒼頡者李
斯之所輯而鳥籒之遺體也雅以淵源詁訓頡以苑
圃奇文異體相資如左右肩股該舊而知新亦可以

否

體貌而文章之宅宇也蒼頡造之鬼哭粟飛黃帝用之官治民察先王聲教書必同文輶軒之使紀言殊俗所以一字體總異音周禮保章氏掌教六書秦滅舊章以吏爲師及李斯刪籀而秦篆興程邈造隸而古文廢漢初章律明著厥法太史學童教試六體又吏民上書字謬輒劾是以馬字缺畫而石建懼死雖云性慎亦時重文也至孝武之世則相如譔篇及宣成二帝徵集小學張敞以正讀傳業楊雄以奇字纂訓並貫練雅頌總閱音義鳴筆之徒莫不洞曉且多賦京苑假借形聲是以前漢小學率多瑋字非獨制

避爲難也單複者字形肥瘠者也瘠字累句則纖疎而行劣肥字積文則黯黕而篇闇善酌字者參伍單複磊落如珠矣凡此四條雖文不必有而體例不無若值而莫悟則非精解至於經典隱曖方冊紛綸簡蠹帛裂三寫易字或以音訛或以文變子思弟子於穆不祀者音訛之異也晉之史記三豕渡河文變之謬也尚書大傳有別風淮雨帝王世紀云列風滛雨別列淮滛字似潛移滛列義當而不奇淮別理乖而新異傳毅制誄已用淮雨固知愛奇之心古今一也史之闕文聖人所慎若依義棄奇則可與正文字矣

屬文若夫義訓古今興廢殊用字形單複妍蚩異體心既託聲於言言亦寄形於字諷誦則績在宮商臨文則能歸字形矣是以綴字屬篇必須練擇一避詭異二省聯邊三權重幽四調單複詭異者字體瓌怪者也曹攄詩稱豈不願斯遊褊心惡啕呶兩字詭異大疵美篇況乃過此其可觀乎聯邊者半字同文者也狀貌山川古今咸用施於常文則齟齬爲瑕如不獲免可至三接三接之外其字林乎重出者同字相犯者也詩騷適會而近世忌同若兩字俱要則寧在相犯故善爲文者富於萬篇貧於一字一字非少相

玉潛水而瀾表方圓風動秋草邊馬有歸心氣寒而事傷此羇旅之怨曲也凡文集勝篇不盈十一篇章秀句裁可百二並思合而自逢非研慮之所果也或有雕削取巧雖美非秀矣故自然會妙譬卉木之耀英華潤色取美譬繒帛之染朱綠朱綠染繒深而繁鮮英華曜樹淺而煒燁秀句所以照文苑蓋以此也

贊曰

深文隱蔚餘味曲包辭生牙體有似變爻言之秀矣萬慮一交動心驚耳逸響笙匏

贊曰

篆隷相鎔蒼雅品訓古今殊跡妍蚩異分字靡異流文阻難運聲畫昭精墨采騰奮

隱秀第四十

夫心術之動遠矣文情之變深矣源奥而泒生根盛而穎峻是以文之英蕤有秀有隱隱也者文外之重旨者也秀也者篇中之獨拔者也隱以複意爲工秀以卓絶爲巧斯乃舊章之懿績才情之嘉會也夫隱之爲體義生文外祕響傍通伏采潛發譬爻象之變互體川瀆之韞珠玉也故互體變爻而成化四象珠

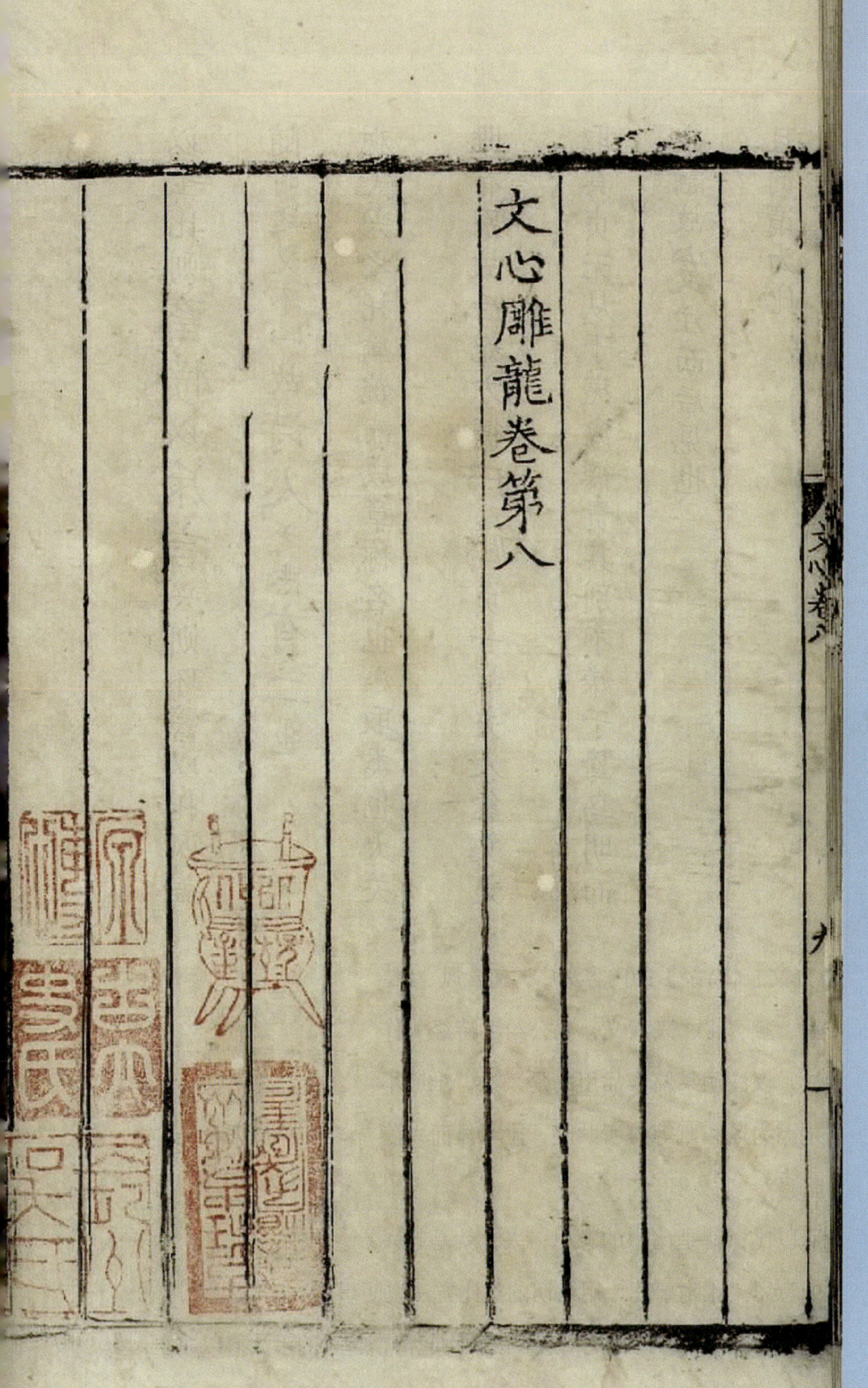

文心雕龍卷第八

以生。比则畜愤以斥言[4]，兴则环譬以托讽。盖随时之义不一，故诗人之志有二[5]也。观夫兴之托喻，婉而成章，称名也小，取类也大。关雎有别，故后妃方德；尸鸠[6]贞一，故夫人象义。义取其贞，无从于夷禽；德贵其别，不嫌于鸷鸟。明而未融，故发[7]注而后见也。且何谓为比？

延伸阅读 比，是比喻，兴，是起兴，比兴是我国古代诗歌创作中的艺术表现手法。这两种表现手法皆和艺术形象有密切关系。本篇论述比兴这两种艺

译文 《诗经》的内容深广，包含风、雅、颂、赋、比、兴六义，毛公给《诗经》作注，仅注明某篇作品用的是兴法，难道不是因为风和赋等人所共晓，比明显而兴隐晦吗？

所以比，就是比附的意思；兴，就是起兴的意思。比附事理，用贴切的类比方法说明事物；因物起兴，依靠含义微隐的事物寄托情意。因触物起情，起兴的手法得以成立，

比兴第三十六

诗文弘奥，包韫六义，毛公述传，独标兴体，岂不以风通而赋同，比显而兴隐[1]哉？故比者，附也；兴者，起[2]也。附理者，切类以指事；起情者，依微[3]以拟议。起情故兴体以立，附理故比例

□注释

❶韫：藏。六义：风、赋、比、兴、雅、颂。风、雅、颂，指诗的类型，赋、比、兴，是表现手法。赋是直接铺陈，比是比喻，兴是因物起兴。独标兴体：《毛传》注释《诗经》时对兴体有特别注明。比显：比喻手法明显，较易识别。兴隐：起兴手法隐晦，和比喻有相似之处，不易识别。❷起：引起。❸切：切合。类：相似。微：隐。❹畜愤：积愤，兼激愤的感情。斥言：指斥的话。❺诗人：《诗经》作者。有二：比兴两种手法。❻尸鸠（jiū）：鸤鸠，布谷鸟。❼发：阐发、启发。

夫比之为义，取类不常：或喻于声，或方于貌，或拟于心，或譬于事。宋玉《高唐》云：「纤条悲鸣，声似竽籁[11]。」此比声之类也。枚乘《菟园》云：「焱焱[12]纷纷，若尘埃之间白云。」此则比貌之类也。贾生《鵩赋》云：「祸之与福，何异纠纆[13]？」此以物比理者也。王褒《洞箫》云：「优柔温润，如慈父之畜[14]子也。」此以声比心者也。马融《长笛》

因比附事理，比喻的手法得以产生。比喻就是怀着蓄积愤懑的感情斥责，起兴就是用委婉的譬喻寄托用意。因为时间推移情思的不同，诗人言志的手法有比喻和起兴这两种的区分。

观察起兴寄托的讽喻，措辞委婉自然成章；它所举的名物虽小，但取其相类之点托喻的含义却很大。《关雎》雌雄有别，所以诗人用后妃比这种贞

术表现方法和艺术形象的关系。对比兴的理解，历来分歧较大。刘勰在总结前人的基础上提出了自己的看法，这些意见对比兴传统的发展，有一定的影响。

全篇分三个部分：

盖写物以附意，扬言以切事者也。故金锡以喻明德，珪璋以譬秀民，螟蛉以类教诲，蜩螗以写号呼，浣衣以拟心忧，卷席[8]以方志固，凡斯切象，皆比义也。至如『麻衣如雪』『两骖如舞』，若斯之类，皆比类者也。楚襄[9]信谗，而三闾忠烈，依诗制骚，讽兼比兴。炎汉虽盛，而辞人夸毗，诗刺道丧，故兴义销亡。于是赋颂先鸣，故比体云构，纷纭杂遝，倍[10]旧章矣。

⑧ 浣衣以拟心忧：《诗经·邶风·柏舟》：“心之忧矣，如匪浣衣。”浣衣，洗衣。卷席：《诗经·邶风·柏舟》：“我心匪席，不可卷也。” ⑨ 楚襄：楚顷襄王。顷襄王听信奸臣谗言，疏远流放屈原。⑩ 云：纷纷的意思，形容众多。倍：即“背”。⑪《高唐》：战国时期楚国作家宋玉的《高唐赋》。竽：乐器名，形似笙，有三十六簧。籁：孔窍发出的声音。⑫ 猋（yàn）猋：形容鸟飞得快。⑬ 贾生：贾谊。鹏赋：《鹏鸟赋》。纠缪（mò）：绞合拧成绳。缪，绳索。⑭ 畜：养。

者也。故比类虽繁，以切至为贵，若刻鹄类鹜，则无所取焉。

赞曰：

诗人比兴，触物圆览。物虽胡越[19]，合则肝胆。拟容取心[20]，断辞必敢。攒杂咏歌，如川之涣[21]。

洁德行；鸤鸠鸟守巢坚贞专一，所以诗人用夫人比拟这种节义。用意上取它坚贞专一，不在乎它是平凡的飞禽；在德行上看重它雌雄有别，不嫌忌它是猛禽。这些诗句虽明白，但含意不显豁，所以看了注才懂。

一、论述比兴的意义及关系。比是比喻，兴是因物起兴。刘勰对比兴的方法作了总结，将比

：『云繁缛络绎，范、蔡[15]之说也。』此以响比辩者也。张衡《南都》云：『起郑舞[16]，茧曳绪。』此以容比物[17]者也。若斯之类，辞赋所先，日用乎比，月忘乎兴，习小而弃大，所以文谢于周人也。

至于扬、班之伦，曹、刘[18]以下，图状山川，影写云物，莫不织综比义，以敷其华，惊听回视，资此效绩。又安仁《萤赋》云『流金在沙』，季鹰《杂诗》云『青条若总翠』，皆其义

⑮ 络绎：接连不断。范、蔡：范雎、蔡泽，战国辩士，都做过秦国的丞相。⑯ 郑舞：郑国地方舞蹈。⑰ 以容比物：应作“以物比容”。容，仪态。⑱ 扬、班：扬雄、班固。曹、刘：曹植、刘桢。⑲ 胡越：胡，胡人，在北方；越，越人，在南方。比喻相距很远。⑳ 容：容貌，形象。心：精神实质。㉑ 涣：亦作“澮”，水波起伏的样子。

再说说什么叫比喻。

就是用一定的事物比附，确切明白地说明用意。所以《诗经》的作者用金锡比喻君子美好的德行，用珪璋譬喻教导臣民，用螟蛉类比教诲子女，用蝉噪描写饮酒呼号之声，用浣衣比拟内心的忧愁，用卷席比方心志的坚固，这些贴切的形象，皆是比喻的手法。

至于说“麻衣像雪一样洁白”，“两骖马和两服马奔驰如舞蹈”，也属于比喻。战国时代，楚国衰败，楚顷襄王听信谗言，忠烈的屈原被流放，他继承《诗经》的义旨，创作《离骚》，讽喻兼用比喻、起兴的手法。汉代的创作虽兴盛，辞赋的作者喜欢阿谀奉承，《诗经》《离骚》讽刺的传统丧失了，起兴的手法也就消失了。这时赋、颂就得到发展，所以比喻手法风起云涌，繁多复杂，背离了过去比兴并运的法则。

比喻这种手法，没有一定的常规，有的用声音比喻，有的用形貌比方，有的用心思比拟，有的用外在的事物比譬。

兴方法和思想感情联系起来，这是对该方法的发展。______

二、论述比兴的艺术表现特点，通过《诗经》《楚辞》中的实例，说明比兴艺术方法在具体创作中的运用。______

三、专论比的类别、基本原则。______

此篇是我国第一篇专论比兴的论文。刘勰总结了汉以来文学创作的经验教训，对比兴的含义有了新的认识。______

比兴不仅是艺术表现方法，而且包含艺术形象的萌芽。______

刘勰对比兴的运用，提出了“拟容取心”的原则。拟容，重视比兴的具体形象，取心，重视形象所包含的意义，提取精神实质。即要通过能表达实际意义的形貌，抒写作者的思想感情。______

宋玉在《高唐赋》里说：“纤细的枝条发出悲切之声，似吹竽、箫。”这就是拿声音来比譬的一类。枚乘在《梁王菟园赋》中说：“众多的鸟儿纷纷疾飞，像点点尘埃杂在白云里。”这是拿形象比喻的一类。贾谊《鵩鸟赋》里说:“祸殃与福气,跟纠结之绳有什么不同?”这就是用事物比譬道理。王褒《洞箫赋》里说:“优雅柔和,如慈父抚养子女一样。”这是用箫的声音比用心。马融的《长笛赋》里说:“繁言缛辞,连续不断,就像范雎、蔡泽的辩说之辞。”这是用音乐比喻游说辩论。张衡《南都赋》中说:“跳起郑国之舞,就像蚕茧的抽丝。”这是用事物比拟人的舞姿。

上述这些例子,皆是辞赋这种文体争先运用的,往往注重用比喻的手法而渐渐忘掉起兴;熟悉次要的比喻而抛弃意义重大的起兴,所以创作就不及周代。

至于扬雄、班固这些人,曹植、刘桢以下的作家,图绘山川的状貌,描写云物的形影,没有不把比喻织综一样交错地编织起来的,显示文采,耸动视听,全靠比喻显示它的功绩。

潘岳的《萤火赋》说,萤火虫飘忽闪光,像流金在沙里闪烁,张翰《杂诗》说,青青的枝条似集合的翠玉,都是用的比喻的手法。所以比喻的运用各种各样,用得合理贴切最为重要,如把天鹅刻画得和鸭子一样,那就没有什么可取的了。

总结:

诗人兼用比喻起兴的手法,遇到事物周密地鉴别观览。

事物如北胡南越绝不相关,运用比兴便近如肝胆紧连。

比拟形象抓住了精神实质,判断采用词语就必须果敢。

攒积事物用比兴写成诗篇,诗就汇成滔滔奔流的河水。

雅言，风格③训世，事必宜广，文亦过焉。是以言峻则嵩高极天，论狭则河不容舠，说多则子孙千亿，称少则民靡孑遗，襄陵举滔天之目，倒戈立漂杵之论。辞虽已甚，其义无害也。且夫鸮音之丑，岂有泮林而变好？荼味之苦，宁以周原而成饴？并意深褒赞，故义成矫饰④。大圣所录，以垂⑤宪章。孟轲所云『说诗者不以文害辞，不以辞害意也』。自宋玉、景差，夸饰始盛。相如凭风⑥，诡滥愈甚。故上林之

译文 超乎形象而抽象的称为道理，有形象而具体的叫作器物。神妙的道理难以描摹，精深的语言也不能写出它的极妙；具体的器物容易描绘，壮丽的文辞显示其真相。这并不是作者的才能有什么高低，只不过事理的表达自有其

延伸阅读 夸，夸张，饰，修饰。夸饰，夸张地修饰。本篇讲夸张手法的运用。全篇分三个部分：______

夸饰第三十七

夫形而上者谓之道，形而下者谓之器。神道难摹，精言不能追其极；形器易写，壮辞可得喻[1]其真。才非短长，理自难易耳。

故自天地以降，豫[2]入声貌，文辞所被，夸饰恒存。虽诗书

□注释

❶神道：神妙的道理。因其抽象，所以难摹写。喻：说明。❷豫：干预，参与。❸《诗》:《诗经》。《书》:《书经》，即《尚书》。这里以《诗》《书》代指五经。雅言：正言。雅指标准，当时的通行语。风：教化。格：法则。❹矫饰：夸饰。矫，改正，引申为改变的意思。❺垂：流传。❻相如：司马相如。凭风：继承宋玉、景差辞赋

水师[11]，亦非魍魉，而虚用滥形，不其疏乎？此欲夸其威而饰其事义，睽剌[12]也。至如气貌山海，体[13]势宫殿，嵯峨揭业，熠耀焜煌[14]之状，光采炜炜而欲然，声貌岌岌[15]其将动矣。莫不因夸以成状，沿饰而得奇也。于是后进之才，奖气挟[16]声，轩翥而欲奋飞，腾掷而羞跼步。辞入炜烨，春藻不能程其艳；言在萎绝，寒谷[17]

难易罢了。

因此，自开天辟地以来，描叙事物声音形貌的，只要是用文辞表现的地方，夸张的修饰就长期被运用。即使《诗经》《尚书》这样的典雅之言，教化世俗，训导世人，事理应广博，文辞也要有夸饰。所以形容高峻就说“山高顶天”，评论狭窄就说“河里放不下一条小船”，多就说“子孙有千亿”，少就说“人民没有一个留下来”，讲洪水围陵，举出了“滔滔的洪

一、论夸张描写在文学创作中的必要性。凡有文辞描写，就存在夸张的表现手法。

二、论两汉赋家运用夸饰的情况及其艺术力量。

馆，奔星与宛虹入轩；从禽之盛，飞廉与鹪鹩⑦俱获。及扬雄甘泉，酌⑧其余波。语瑰奇则假珍于玉树；言峻极则颠坠于鬼神。至东都之比目，西京之海若⑨，验理则理无可验，穷饰则饰犹未穷矣。又子云羽猎，鞭宓妃以饷屈原；张衡羽猎，困玄冥于朔野⑩。娈彼洛神，既非魑魅，惟此

的夸饰风格。⑦从禽：打猎追赶禽兽。飞廉：神话中的动物，即龙雀，鸟身鹿头。鹪鹩：形似凤凰的鸟。另本作“焦明”。⑧酌：汲取，学习之意。⑨《东都》之比目：“东都”应为“西都”。班固《西都赋》：“揄文竿，出比目”。比目，即比目鱼，古代传说东方有比目鱼。《西京》之海若：张衡《西京赋》中有“海若游于玄渚”之语。海若，海神；渚，水中小块陆地。⑩张衡《羽猎》，困玄冥于朔野：张衡的《羽猎赋》，今已残。玄冥，水神名。朔，北方。⑪魑魅：鬼怪。水师：水神，指玄冥。⑫睽（kuí）刺：乖违。⑬体：体态、体貌。⑭熠耀：光明。焜煌：辉煌。⑮岌岌：高而危。⑯后进：后起。奖气：自我夸奖才气，仗恃才气。挟：持。⑰烨：火光很盛的样子。萎绝：

言必鹏运[21]，气靡鸿渐。倒海探珠，倾昆取琰[22]。旷而不溢，奢而无玷[23]。

水淹没了天空”，敌人倒戈杀得血流成河，就说“血多得可以把杵棒漂浮起来”。这些言辞虽夸大，但对表达并没有妨害。猫头鹰难听的声音，难道停在学宫树上就能变得好听吗？苦菜的苦味，怎会因长在周国肥美的平原上就变成饴糖那么甜？

举出了汉赋中运用夸饰的例子，说明汉赋充分发挥了夸张的艺术效果。

三、论运用夸饰手法的

未足成其凋；谈欢则字与笑并，论戚则声共泣偕。信可以发蕴而飞滞[18]，披瞽而骇聋矣。

然饰穷其要则心声锋起，夸过其理则名实两乖[19]。若能酌诗书之旷旨，剪扬马之甚泰，使夸而有节，饰而不诬[20]，亦可谓之懿也。

赞曰：

夸饰在用，文岂循检？

枯死。寒谷：刘向《别录》："燕有谷地美而寒，不生五谷。"燕，燕地。⑱蕴：积蓄。滞：阻滞不通畅。⑲名实：实际、名称，指夸张的语言与描写的实际对象。乖：背反。⑳扬、马：扬雄、司马相如。泰：过度。诬：妄，歪曲。㉑鹏运：大鹏的远行。《庄子·逍遥游》说，北海有一种鱼，名鲲，不知有几千里大，变成鸟，化成鹏，它的背不知有几千里，一飞就飞到南海的天池。此处指夸饰要有气魄。㉒昆：昆仑山，产玉。琰：玉。㉓奢：夸。玷：玉的斑点，指毛病。

这些话用意在于加强语力，在义理上似乎成了违反常情的夸饰。这些皆是伟大的圣人所记录的传世的典范。正如孟轲所说：“解说《诗经》不要因文字损害言辞的意义，不要拘泥辞义损害作者的用意。”

从战国末期的宋玉、景差开始，夸张修饰了大量运用。到西汉司马相如架空立说，诡谲讹滥更加厉害。所以他写上林苑宫馆的宏大，说流星与宛虹飞进了它的栏杆；描写猎取飞禽众多，就夸张说飞廉和焦明都同时被抓。到扬雄作《甘泉赋》，受到司马相如的影响，说到树木的珍奇，假借是珍贵的珊瑚为枝、碧玉为叶的玉树；谈及宫殿的高峻，就说鬼神也上不去而掉下来。

至于班固《西都赋》里谈到的比目鱼，张衡《西京赋》里说到的海若神，凭事理去检验就没有可验证的，虽极度夸张，但也谈不上夸张到了极点。

再有扬雄的《羽猎赋》说，鞭打洛水之神宓妃，要她给屈原送饭；张衡的《羽猎赋》说，把管水的神玄冥囚困在北方的原野。美好的洛神宓妃，不是妖精，水神玄冥，也不是怪物，没有根据地浮夸形容，不是太疏忽了吗？这是夸大它的声势，却违反了事理。

描写山海的气势形状，宫殿的格局形势，突兀高大，富丽辉煌，光彩照耀似在燃烧，形势巍峨仿佛飞动起来。这些都是靠夸张形成惊人的形状，顺着增饰获得突奇的表现。于是后起之秀靠夸饰的手法奋力高飞于青云之上，跳跃奔腾，羞于小步慢行。

用文辞描写炜烨明亮的光彩，春天的花卉也不能比它鲜艳；用语

基本原则。——古代对夸饰艺术表现手法的认识不正确，刘勰看到“文辞所被，夸饰恒存”的现象和夸饰在文学创作中的必要性，认识到夸饰的艺术表现手法的作用，说明夸饰是文学艺术的表现特点。

言形容萎绝枯萎的景色，荒山寒谷也不能比它萧条。谈到欢乐，文字里面带着笑声；论到悲戚，声音里面带着哭泣。这些实在可以展露出内心的奥秘，使停滞的文势飞动，使瞎子开眼，使聋子震惊！

夸饰能抓住事物的要点，恰到好处，读者的共鸣就会蜂拥而起；夸张违背了事物的常理，语言和实际就会两相乖违。

若能斟酌《诗经》《尚书》经典深远的旨意，剪除掉扬雄、司马相如这些辞赋家过分的形容，使夸张有一定的节制，修饰而不虚假，那就是美好。

总结：

夸张修饰的作用在于得用，文辞哪有依循的条款？

语言的气魄要像鲲鹏腾飞，气势不要像鸿雁迂缓。

倒干大海探寻语言的珍珠，反转昆仑去觅取宝玉。

含意旷远但并不过分满溢，语言夸张而并无瑕疵。

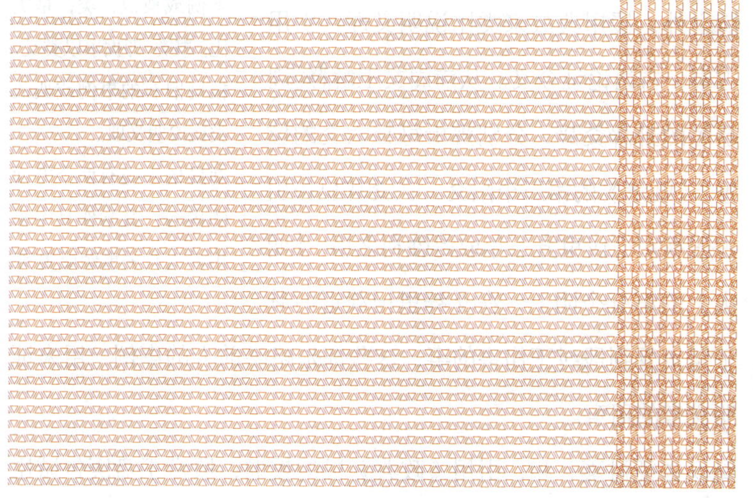

事，以征[3]义者也。至若胤征羲和，陈政典之训[4]；盘庚诰民，叙迟任之言：此全引成辞以明理者也。

然则明理引乎成辞，征义举乎人事，乃圣贤之鸿谟[5]，经籍之通矩也。大畜之象，「君子以多识前言往行[6]」，亦有包

译文 文章中的事类，就是文章在达意抒情之外，援用典故来类比说明义理，引用古事、古语论证今义。从前周文王解释《周易》的卦辞爻辞，分别辨析每卦六爻的位置。《既济》的第三个阳爻，在爻辞里援引古殷高宗征伐鬼方三年取得胜利之事，《明夷》的第五个阴爻，在爻辞里记载近时箕子坚贞受到殷纣王伤害的事，这些都是略举前人的事例，用来证明文章的用意。

胤侯去征讨羲、和，引用《政典》里的教训；殷帝王盘庚告诫臣

延伸阅读 事，是旧有的事例或典故，类，是类比。事类，即据事以类义，根据旧有的事例或典故类比说明义理。

刘勰的事类有两个方面的内容：文学作品中引用前人有关事例或史实；

事类第三十八

事类者，盖文章之外，据事以类义，援①古以证今者也。昔文王繇易，剖判爻位②。既济九三，远引高宗之伐，明夷六五，近书箕子之贞：斯略举人

□注释

❶文章之外：文采辞藻之外。援：引用。❷剖判：分别。爻（yáo）位：《周易》每卦的六爻都有一定的位置。❸《明夷》六五，近书箕子之贞：《周易》卦第五位阴爻的爻辞是："箕子之明夷，利贞。"意思是箕子因明智而受殷纣王伤害，外表疯癫不经，内心却保持正义。箕子，殷纣王的贤臣。征：验。❹胤征羲和，陈《政典》之训：《尚书·胤征》说：主管历法的羲、和二人只知沉醉废事，王命胤侯前去讨伐，胤侯引用了《政典》中的话，作为讨伐的根据："先时者杀无赦，不及时者杀无赦。"时指农业的时节时令，表示扰乱农时的要受到严厉的惩罚。《政典》，夏代的法典。❺鸿谟：大的谋划，指大文章。❻大畜：《周易》六十四卦中的一卦名。象：解释这一卦象意义的象辞。君子以多识前言往行：《象辞》的原文是："君子以多识前言往行以畜其德。"君子，有修养的士大夫；识，记住。

濩[10]，因书立功，皆后人之范式也。夫姜桂同地，辛在本性；文章由学，能在天资[11]。才自内发，学以外成；有学饱而才馁[12]，有才富而学贫。学贫者，迍邅于事义；才馁者，劬劳[13]于辞情，此内外之殊分也。是以属意立文，心与笔谋，才为盟主，学为辅佐[14]，主佐合德，文采必霸[15]；才学褊狭，虽美少功。夫以子云之才，而自

民，叙述了史官迟任的言论，这皆是引用现成的言辞来说明道理。

说明某一道理引用现成的言辞，论证某一意义引用有关的事例，乃是圣人贤者的大文章，经书通用的规范。《周易·大畜》的象辞说“君子要多识记从前的言论和事迹”，这句话也包括在文辞写作里了。

看看屈原、宋玉的创作，号称仿照《诗经》的作者，虽引用古代的事例，却没有采用原文。到了贾谊的《鵩鸟赋》，才开始引用

引证前人或古书中的言辞。这比通常所说典故范围大得多。

本篇论述诗文中引用有关事类的问题。

全篇分三个部分：

一、论述事类的含义、

于文矣。

观夫屈宋属篇，号依诗人⑦，虽引古事，而莫取旧辞。唯贾谊鹏赋，始用鹖冠之说；相如上林，撮引李斯之书⑧，此万分之一会也。

及扬雄百官箴，颇酌于诗书⑨；刘歆遂初赋，历叙于纪传，渐渐综采矣。

至于崔、班、张、蔡，遂捃摭经史，华实布

⑦ 诗人:《诗经》作者。本句指屈原、宋玉写作有创造性，很少引用别人的话。

⑧ 相如《上林》，撮引李斯之书：司马相如《上林赋》中引用李斯《谏逐客书》的“建翠华之旗，树灵鼍之鼓”之语。鼍，动物名，扬子鳄，其皮可做鼓。撮，取。⑨ 扬雄《百官箴》，颇酌于《诗》《书》：扬雄有《十二州二十五官箴》，东汉崔骃父子、胡广等人相继增补，号称《百官箴》。扬雄的这部作品中引用《诗经》《尚书》的地方很多。⑩ 崔、班、张、蔡：崔骃、班固、张衡、蔡邕，均为东汉时期作家。捃摭（jùn zhí）：摘取，搜集。布濩（huò）：分布。⑪ 资：应作“才”。⑫ 馁：饥饿，这里指才弱。⑬ 劬（qú）劳：过分劳苦。⑭ 盟主：诸侯盟会之主，此指作者的才性在创作中的主要作用。辅佐：辅助。⑮ 霸：诸侯之长，比喻创作上的成就最高。

耨，纵意渔猎，操刀能割，必裂[21]膏腴。是以将赡才力，务在博见，狐腋[22]非一皮能温，鸡蹠必数千而饱矣。

是以综学在博，取事贵约，校练[23]务精，捃理须核，众美辐辏，表里发挥。刘劭赵都赋云：「公子之客，叱劲楚令歃盟[24]；管库隶臣，呵强秦使鼓缶。」用事如斯，可称理得而义要矣。故事

《鹖冠子》里的说法；司马相如的《上林赋》，摘引李斯《谏逐客书》中的话，这种情况还是很少的。

只有到扬雄作《百官箴》，颇多地采用《诗经》《尚书》中的话；刘歆的《遂初赋》，按次叙述了本于史书中的纪传，渐渐综合采用古籍中的成语、人事了。

至于崔骃、班固、张衡、蔡邕这些人，就广为采拾摘取经书史籍中的成语故事，作品写得好像树上布满花果，这是依靠古籍中的

事类的作用及古代用事类的概貌。

二、论述才与学的关系，进而论述广博学识的必要性。

三、论述魏晋文人用事类的缺点和错误，说明用典引文必须准确得当。

奏不学[16]，及观书石室，乃成鸿采。表里相资[17]，古今一也。

故魏武称张子之文为拙，然学问肤浅，所见不博，专拾掇崔、杜小文，所作不可悉难[18]，难便不知所出，斯则寡闻之病也。

夫经典沈深，载籍浩瀚，实群言之奥区[19]，而才思之神皋也。扬、班[20]以下，莫不取资，任力耕

⑯自奏不学：扬雄《答刘歆书》中说他作郎时，曾上奏书给皇帝说自己年轻时未读到书，请求去学习，并愿意三年不领薪俸，后来皇上批准他带薪读书，还补助笔墨钱。⑰表里：上文所说的内才外学。资：凭借。⑱魏武：曹操。他评论张子的原文今已不存。然：乃。悉：全，尽。难：问难，此指追究。⑲奥区：深奥的区域。⑳扬、班：扬雄、班固。㉑耕耨：耕耘，比喻从中学习。耨，锄草。裂：分割。㉒赡：丰富，充足。狐腋：狐狸腋下的皮毛最能保暖，取很多狐腋下的皮毛缝成的皮裘，称为狐腋之裘。㉓练：选择考核。练，同“拣”。㉔刘劭：三国时魏文学家，作有《赵都赋》，今已佚。公子之客，叱劲楚令歃盟：公子，指战国时期赵国公子平原君赵胜；客，指平原君的食客毛遂；歃盟，古时喝牲畜的血来结盟。

奏陶唐[29]之舞，听葛天之歌，千人唱，万人和。』唱和千万人，乃相如推之。然而滥侈[30]葛天，推三成万者，信赋妄书，致斯谬也。陆机《园葵》诗云：『庇足同一智，生理合异端[31]。』夫葵能卫足，事讥鲍庄；葛藟庇根，辞自乐豫[32]。若譬葛为葵，则引事为谬；若谓庇胜卫，则改事失真，斯又不精之患。夫以子

刘勰对事类在创作中运用的基本要求有三点：
一、要准确贴切。
二、要自然，引用的事和言与文章融为一体。
三、要抓住最精要的东西。

成语典故收到的成效，成为后来人写作的榜样。

姜、桂依靠土地才能生长，辛味是它的本性；文章需要学问，才能却在天资。才能从本性出发，学问需向外吸取，有的人学识渊博但缺少才能，有的富有才能却缺少学问。缺少学问的在创作中引事明义很困难，缺少才能的在驱情遣词上很劳累，这就是内在的才能和外在的学识之不同。因此命意作文的时候，用心驱使文笔，才能是主宰，学

得其要，虽小成绩，譬寸辖[25]制轮，尺枢运关也。或微言美事，置于闲散，是缀金翠于足胫，靓粉黛[26]于胸臆也？

凡用旧合机，不啻自其口出；引事乖谬，虽千载而为瑕。陈思，群才之英也，报孔璋书云：『葛天氏之乐，千人唱，万人和，听者因以蔑韶夏[27]。』此引事之实谬也。

按葛天之歌，唱和三人[28]而已。相如上林云：『

㉕辖：车轴头上的铁键，用以防止车轮脱落。㉖微言：深刻精微的话。靓：搽抹。黛：画眉的青色颜料。㉗不啻（chì）：无异于。陈思：三国时期的陈思王曹植。葛天氏：传说中古代部落的首领。韶：舜乐。夏：禹乐。㉘唱和三人：《吕氏春秋·古乐》："昔葛天氏之乐，三人操牛尾，投足以歌八阕。"八阕，即八首歌曲。㉙陶唐：帝尧，史称陶唐氏。陶，古地名，在今山东省定陶西北，相传尧初居此处，故称为陶唐。㉚侈：夸大。㉛《园葵》：陆机的《园葵》诗。庇足同一智，生理合异端：诗原文："庇足同一智，生理各万端。"合异，"各万"之误。㉜葛藟庇根，辞自乐豫：《左传·文公七年》："宋

文梓共采，琼珠交赠。

用人若己，古来无懵[37]。

识是辅佐，主宰和辅佐配合，文采必定称雄；才能和学问不够，文辞虽美却难成功。以扬雄那样的才华，还自称没有学问，后来在皇家的藏书室里读了大量的书籍，才成就了丰富的文采。学问的外表和才能的内里相辅相成，古今皆同。所以魏武帝曹操认为：“张子的文章拙劣，因为他学问浅薄，所见所识不广博，专门拾取崔、杜两人小文里的话写作，所写的东西经不起追究，一追究便不知出处。”这是浅见寡闻的毛病。

刘勰认为事类的运用，涉及作者的才、学，要有广博的知识，有驾驭知识的能力，才、学兼备。

建明练，士衡沈密[33]，而不免于谬。曹洪之谬高唐，又曷[34]足以嘲哉！

夫山木为良匠所度，经书为文士所择，木美而定于斧斤，事美而制于刀笔[35]，研思之士，无惭匠石矣。

赞曰：

经籍深富，辞理遐亘。

皓如江海，郁若昆邓[36]。

昭公将去群公子。乐豫曰：'不可。公族，公室之枝叶也，若去之，则本根无所庇荫也。葛藟犹能庇其本根……况国君乎？"葛藟，葛藤，葡萄科；藟，藤类植物。乐豫，宋国司马。[33]士衡：陆机的字。沈密：深沉细密。[34]曷：何。[35]度：度量。刀笔：古代记事用刀刻于龟甲或竹木，后以笔写，用刀削误。此处泛指书写工具。[36]皓：同"浩"，广大。郁：草木繁茂。昆：神话中的昆仑山。邓：神话中的邓林。《山海经·海外北经》记载夸父追赶太阳，渴死后他的手杖化为邓林，即桃林。[37]用人若已，古来无懵：《尚书·仲虺之诰》："用人惟己。"用人，采用前人的言行行事；无懵，不愁闷，指高兴、欢迎。

经书的内容渊深沉厚，书籍的数量众多，确实是众多言论记载的宝库，表现才智文思的神奇世界。扬雄、班固以下，没有不从中吸取采用的，在此，尽力耕种以求收获，纵情称意地捕鱼打猎，握刀能割，一定拣肥美的割。因此要丰富作家的才力，务必多闻博见，用狐狸腋窝里的皮毛制裘不是一张皮子就能做出来的，鸡脚掌上的肉要数千个才能让人吃饱。

因此，综合的学识在于渊博，选取事例则要精简，考核提炼务求精当，采用义理必须抓住核心，把各种优点汇集起来，使所具有的学问才识都发挥。三国时魏刘劭的《赵都赋》说："平原君的食客毛遂，叱责强大楚国的国王，使他和赵国歃血为盟；缪贤手下的库房小臣蔺相如，呵斥强大的秦王，使其为赵王击缶。"这样用事引典，可以说合理又抓住了要点。所以引用事例只要抓住要点，虽是小事也能显示效果，好比车轴头上寸长的车辖能控制车轮，尺长的枢轴可转动大门。把微妙的成语和美好的典故放在无关紧要的场合，这岂不是把金玉翡翠挂在脚颈上，把铅粉黛色抹到胸脯上？

引用故事或旧闻恰到好处，跟从作者口中说出来的没有什么两样；引用成语典故不当，即使传了千年也还是瑕疵。陈思王曹植是杰出的人才，他的《报孔璋书》说："古代葛天氏的音乐，千人唱，万人随，听的人因此蔑视舜的韶乐和禹的夏乐。"这样引用故事，实在荒谬。考察葛天氏的歌，唱和的仅三人而已。

司马相如的《上林赋》说："演奏陶唐氏的舞乐，听着葛天氏的歌曲，千人唱，万人跟着唱。"唱和的人成千上万，乃是司马相如推想的。把葛天氏的音乐随便写得这样浮夸，把三人夸大成成千上万的人，是司马相如没有根据地乱写，信手作赋，造成这样的错误。

陆机的《园葵》诗说：“生物庇护足跟出于同样的智慧，生存的道理却各不相同。”孔子说葵尚能卫护自己的脚跟，讥笑鲍庄不能保卫他的脚；葛藟能庇护根本，这话是乐豫谏止宋昭公赶走公族说的话。如把葛藟比譬为向日葵，那应说葛藟能庇护本根，如说成葵能卫护脚跟，那就是引用事实错误；假如说“庇”字比“卫”字好，那就是改变了事实失去了真实，这是粗枝大叶的毛病。以曹植的明达老练，陆机的深沉细密，也不免有引事用典上的谬误。曹洪在给曹丕的信里，把高唐地方的歌手绵驹错写成王豹，又哪里值得嘲笑呢？山中林木为好的工匠所度量，经典书籍为文人所选取，木材好而为斧子所加工，事义美也要用笔写进作品，构思创作的文人，可以无愧于高超的匠人了。

总结：

经典书籍精深宏富，文辞情理有着永恒的意义。

浩浩有如长江大海，郁郁繁盛似若那昆仑桃林。

优质的梓木可供取，美好的琼珠都能交相赠送。

自如引用别人的话，古往今来都受读者的欢迎。

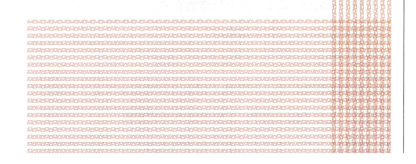

先王声教，书必同文，輶轩之使，纪言殊俗，所以一字体，总异音。周礼保氏，掌教六书[3]。秦灭旧章[4]，以吏为师。乃李斯删籀而秦篆[5]兴，程邈造隶而古文废。汉初草律，明著厥法；太史学童，教试六体[6]；又吏民上书，字谬辄劾。是以马字缺画，

译文 象形文字的出现与使用改变了上古的结绳记事，仓颉受到鸟兽足迹的启发发明创造了文字，它是语言的符号，构成文章的材料。相传仓颉造字的时候，鬼神夜哭，天上飘下小米雨；黄帝使用仓颉造的文字，使百官可以治理，万民分清事物。

前代王者传播教化，书写必须用统一的文字；轻车寻访的使臣，到各地去记录方言的发音和文字书写的不同习俗，是为了统一文字，汇集各地不同的方言。

据《周礼》记载，周代的保氏官是掌管教授文字的官。秦统一六

延伸阅读 练，选择的意思，字，是文字，练字，即选择文字。

本篇探讨了创作中如何用字的问题——以诗赋作品为主，不是泛论一般的用字问题。

全篇分三个部分：

练字 第三十九

夫文象列而结绳移，鸟迹明而书契作，斯乃言语之体貌，而文章之宅宇[1]也。苍颉造之，鬼哭粟飞；黄帝用之，官治民察[2]。

□注释

❶鸟迹：相传黄帝的史官仓颉根据兽蹄鸟迹的形状创造了象形文字。书契：文字。契，刻。宅宇：住所。此指文章寄托于文字。❷苍颉：仓颉，传说中黄帝时期造字的史官。官治民察：见于《周易·系辞下》。❸保氏：地方官名。《周礼·地官》说保氏的职责之一是教授六书。六书：创造文字的六种方法，即象形、指事、会意、形声、假借、转注。❹灭旧章：焚书。旧章，各国的章程法规，包括文字的条例。❺李斯：秦相。秦统一六国后，他主张统一文字，废除和秦不同的文字。籀（zhòu）：籀文，周朝文字，笔画比较复杂，秦统一六国后，将它加以简化，称为小篆。秦篆：小篆，比大篆简化，但仍复杂。❻厥：其。六体：古文（籀文）、奇字（古文异体）、篆书（小篆）、隶书、缪篆（刻印字体）、虫书（写幡字体）。

及魏代缀藻，则字有常检[14]，追观汉作，翻成阻奥。故陈思[15]称：「扬马之作，趣幽旨深，读者非师传不能析其辞，非博学不能综其理。」岂直[16]才悬，抑亦字隐。

自晋来用字，率从简易，时并习易，人谁取难？

今一字诡异，则群句震惊；三人弗识，则将成字妖矣。

一、探讨文字的起源、发展变化，及汉魏以来的运用情形。总结了“难”和“易”的观点，表达了反对用古字怪字的态度，这些都是辩证可取的。

二、论练字的原则与方

国后，烧掉各国旧有的规章，主张以官吏为师。到李斯删改籀书，秦朝的小篆得以兴起，后来程邈又把小篆改造成隶书，周代的古文字被废去了。

汉代初年，萧何创制法律，明白地写出有关文字的法令；太史考试学童背诵文字，又用六种字体测验；另外还规定官吏、百姓上书，写错字就要受到弹劾。所以郎中令石建因奏书中的马字缺了一画，就吓得要死，虽说他小心谨慎，也是由于当时看重文

而石建惧死⑦，虽云性慎，亦时重文也。至孝武之世，则相如⑧撰篇。及宣、成二帝，征集小学，张敞以正读传业，扬雄以奇字纂训⑨，并贯练雅颂，总阅音义。鸿笔⑩之徒，莫不洞晓。且多赋京苑⑪，假借形声，是以前汉小学，率多玮字，非独制异⑫，乃共晓难也。暨乎后汉，小学转疏，复文隐训⑬，臧否太半。

⑦石建惧死：石建，汉武帝时的郎中令，石奋之子。《汉书·石奋传》说，他写的奏章皇帝批下来时他才发现自己写的马字少了一笔，他很害怕，说自己罪该万死。⑧相如：司马相如，汉朝辞赋家，著有《凡将篇》，其中无重复的字，如千字文。⑨宣：汉宣帝。成："平"之误，汉平帝。小学：文字学。扬雄以奇字纂训：平帝时，征集了一百余文字学者在未央宫中讲文字，扬雄根据他们所讲写了《训纂篇》。训，解释；纂，编。⑩鸿笔：大作家。⑪多赋京苑：西汉赋多写京都苑囿，如司马相如的《上林赋》，扬雄的《羽猎赋》等。⑫异：异体。⑬复文：异体字。隐训：怪僻的字。⑭常检：一定的规格法度。⑮陈思：曹植。下引他的话已无可考。⑯直：但，仅。

体。心既托声于言，言亦寄形于字，讽诵则绩在宫商，临文则能归字形[21]矣。

是以缀字属篇，必须练择：一避诡异，二省联边，三权重出[22]，四调单复。

诡异者，字体瑰怪者也。曹摅[23]诗称：「岂不愿斯游，褊心恶呬呶。」两字诡异，大疵美篇，况乃过此，其可观乎！

联边者，半字同文[24]者也。状貌山川，古今咸用，

字的缘故。

到了汉武帝的时候，司马相如作《凡将篇》，字都不重复。及至汉宣帝和汉平帝时，征集研究文字的学者，张敞跟随他们学习正音释义，扬雄采集他们的奇字写作了《训纂篇》，他们熟悉《尔雅》《仓颉》这些文字学的典籍，全面阅读掌握了它们的字音字义。当时创作鸿篇巨制的人，没有不深通文字学的。并且他们多写赋颂京都苑囿的作品，喜欢用假借字描绘

法，强调善于练字必须兼通古今兴废之变。同时扼要地说明了语言文字和思想感情的关系。——三、论文字使用中产生

后世所同晓者，虽难斯易；时所共废，虽易斯难。趣舍[17]之间，不可不察。

夫尔雅者，孔徒之所纂，而诗书之襟带[18]也；苍颉者，李斯之所辑，而鸟籀之遗体也。雅以渊源诂训，颉以苑囿奇文。异体相资，如左右肩股，该旧而知新，亦可以属文[19]。

若夫义训古今，兴废殊用，字形单复，妍蚩[20]异

⑰ 斯：是。时所共废：时俗所不用的字。趣舍：趋向或舍弃，与取舍含意近。⑱《诗》《书》：《诗经》《尚书》，指经典古籍。襟带：衣领和衣带，衣服要有襟带才能穿，比喻古籍要有《尔雅》才能够读懂。⑲ 诂训：古义。资：凭借。属文：作文。⑳ 字形单复：字形的笔画少和多。单，笔画单一；复，笔画复杂。妍蚩：即妍媸，美丑。㉑ 字形：泛指刘勰对炼字的一般要求，即“言亦寄形于字”的文字。㉒ 诡异：指怪僻奇异的字。重出：重复的字。㉓ 曹摅：西晋良史。所引诗句无考。㉔ 半字同文：偏旁相同的字。

伍单复，磊落如珠矣。

凡此四条，虽文不必有，而体例不无。若值而莫悟，则非精解。

至于经典隐暧，方册纷纶，简蠹帛裂，三写易字[30]，或以音讹，或以文变。子思弟子「於穆不似[31]」，音讹之异也。晋之史记，「三豕渡河[32]」，文变之谬也。尚

形声。因此西汉的文字学，有很多玮奇的字，这不是作家喜欢制造异样的字体，而是当时大家都通晓这些难认的文字。到了东汉，文字研究被疏忽了，异体字和诡异解释产生了，正确和不正确的各有一半。

曹魏时代的写作，文字的运用就有了一定的规格，用这种规格去阅读汉代作品，反而觉得汉代的作品深奥难懂了。因此陈思王曹植说：“扬雄、司马相如的著作，文意旨趣深远，读者没有老师的讲授不能辨析它的文字，不是学识渊博的

错误的原因及防止的方法。

刘勰认识到，文字是语言符号，是构成文章的基础，他重视写作中文字的使用，并以专题进行论述，认为文字随时

施于常文，则龃龉[25]为瑕，如不获免，可至三接，三接之外，其字林[26]乎！

重出者，同字相犯者也。诗骚适会[27]，而近世忌同，若两字俱要，则宁在相犯。故善为文者，富于万篇，贫于一字，一字非少，相避为难也。

单复者，字形肥瘠[28]者也。瘠字累句，则纤疏而行劣；肥字积文，则黯黮[29]而篇暗。善酌字者，参

㉕施：用。龃龉（jǔ yǔ）：牙齿不齐，喻不合。㉖字林：字典、字书，按部首编排的字典。㉗《诗》《骚》：《诗经》《楚辞》。适会：偶合，偶然相同，不以为忌。《诗经》《楚辞》都善于适应情况恰当重复用字。㉘肥瘠：笔画多，字肥；笔画少，字瘦。㉙黯黮：状暗黑。㉚方册：书籍。方，木板，刻书所用；册，编连在一起的竹简，即古代的书。三写：几次传抄。易字：抄错字。㉛於穆不似：孟仲子把《诗经·周颂·维天之命》中“於穆不已”错读为“於穆不似”。於，赞美词；穆，深远的样子；不已，不止。㉜三豕渡河：子夏到晋国去，从卫国经过时，听到有人在读《史记》：“晋师三豕渡河。”子夏说：“不对，是己亥渡河。”到晋国一问，果然是“己亥渡河”。“己”与“三”、“亥”与“豕”形近。见于《吕氏春秋·察传》。

古今殊迹，妍蚩异分。
字靡[38]易流，文阻难运。
声画[39]昭精，墨采腾奋。

人不能掌握它的内容。”不光是和扬雄、司马相如的才智悬殊，也是他们用的文字太隐晦诡僻的缘故。从晋代以来所用的文字，都相率遵从简单平易的原则，当时都用容易认识的字，谁去采用难僻字呢？现在用字只要有一个怪异，就使人对许多句子感到震惊；三个人都不认识的字，就成了字妖！

代的发展变化，由繁到简，不同时代文字的使用有不同的特点。

后世共同能明白理解的字，即使难字也易；为时代共同废除的字，即使容易也会难懂。写作在取舍文字的时候，不可不明白这个道理。《尔雅》是孔子的后学编纂的著作，它像衣服的襟带一样，是

书大传有「别风淮雨」，帝王世纪云「列风淫雨」[33]。「别」「列」，「淮」「淫」，字似潜移。「淫」「列」义当而不奇，「淮」「别」理乖而新异。傅毅制诔[34]，已用「淮雨」；元长作序，亦用「别风」。固知[35]爱奇之心，古今一也。史之阙文[36]，圣人所慎，若依义弃奇，则可与正文字矣。

赞曰：

篆隶相熔，苍雅品训[37]。

㉝《尚书大传》：解释《尚书》的书。旧题西汉伏生撰，可能是其弟子所录而成。别风淮雨：《尚书大传·周传》的原文："久矣，天之无别风淮雨，意者中国有圣人乎！"《帝王世纪》：史书，西晋皇甫谧著，记上古以来帝王事迹，今不全。列风淫雨：《帝王世纪》的原文与《尚书大传》相比，改"别"为"列"、改"淮"为"淫"。列风，烈风，暴风；淫雨，过多的雨。㉞傅毅：东汉时期作家。诔：傅毅的《北海靖王诔》。㉟固知：句上补"元长作序，亦用别风"八字。元长，南朝齐王融的字。他用"别风"一词的序文已无可考。㊱阙文：缺字。㊲品训：分别训诂解释。指《仓颉》《尔雅》所汇集训解的对象不同。品，众多。㊳靡：顺，指顺时。㊴声画：表达思想感情的文字。

《诗经》《尚书》的辅助读物;《仓颉》是秦丞相李斯编辑的，保留着原始文字的形体。《尔雅》解释古语的渊源，《仓颉》是收集奇文的异苑，这两种工具书，体裁不同，却互相配合，如人的左右肩膀和大腿，通过研究它们总括了解旧学，也有助于懂得新意，在创作上是有用的。至于古今字义的解释，有新兴发展的，有废旧衰亡的，作用不同，区别运用。字的形体有简单、复杂，排列起来有美、丑，用字造句要注意文字形体的不同。心思既然通过声音用语言表达，语言又通过字体用文字记录，讽吟诵读动听，在于文字的声律和谐，美观在于字形的对称。

因此联字作文，对使用的字必须进行选择：第一要避免诡异，第二要减少联边，第三要权衡重出，第四要调配单复。

诡异，就是字体怪异。曹摅的诗说：“我难道不愿参加游乐，仅是褊狭之胸讨厌那里的吵嚷。”诗里“哅呶”这两个诡怪的字，大大地损害了美好的篇章。而诡怪文字比这还多的作品，还有什么可观的呢？联边，就是半边相同的字连在一起用。描山范水，古今多用山旁和水旁的联边字，在平常的文章里，则显得不相协调，成为缺点，如实在不能避免用联边字，最多用到三字联边，三字以上的联边，成为字书了吧！

重出，就是相同的字在句中重复用。《诗经》《离骚》中都恰当地用相同的字，可是近代把用相同的字看成忌讳。假如重出的两个字必要，就宁肯重复吧。所以善于作文章的人，即使胸中富有文章万篇，也常常苦于换重复的字，并非找不到那个字，而是要避免重复。

单复，就是笔画字形的多和少。笔画简单的字连接成句子，会因笔迹纤细疏散行款单薄不好看；笔画复杂的字连接起来组成章节，会因笔迹繁密篇章臃肿昏暗不美观。善于斟酌用字的人，注意交错搭配运用简单和复杂的字形，使字形圆转像连珠。

上面说的这四条，文章里不一定都碰到，文字体例的应用上却不一定没有这些情况。如遇到这些情况而不懂得如何处置，那就不是精通用字了。

经典中文字隐晦暧昧，书籍简册中文字纷繁，简册容易遭蛀虫之害，帛书也容易损坏破裂，几经传抄就会发生错误，或因字音相近发生错误，或因字形相近发生错误。子思的学生孟仲子把“於穆不已”读成“於穆不似”，就是字音讹变产生的差异。晋国的史书，“已亥渡河”被读成“三豕渡河”，就是字形相似发生的谬误。《尚书大传》有“别风淮雨”的记载，《帝王世纪》则作“列风淫雨”。“别”和“列”、“淮”和“淫”，字形相似，无意中抄错了。“列风淫雨”中“淫”字和“列”字的意义恰当倒不奇怪，“别风淮雨”中“淮”字与“别”字意义不合却很新奇。傅毅在写作《北海靖王诔》时，就已经用了“淮雨”，王融作序文，也用了“别风”。

可见文人爱奇，古今相同。史书上缺了的文字，圣人谨慎地对待它，弄不清楚，宁肯缺着，依照文字本来意义理解运用，放弃好奇心理，那样的人才可跟他订正文字。

总结：

隶书从篆中演变而来，《仓颉》《尔雅》全面解释。

古今文字运用的不同形迹，好坏标准有相异的区分。

用字通晓才能够易于流传，为世所共废则难以通行。

把思想表达得明白精确，笔墨的华彩定然飞扬突出。

乃旧章之懿[5]，绩才情之嘉会也。夫隐之为体，义生文外，秘响傍通，伏采潜发，譬爻象之变互体，川渎之韫[6]珠玉也。故互体变爻，而化成四象；珠玉潜水，而澜表方圆[7]。始正而末奇，内明而外润，使玩之者无穷，味之者不厌矣。彼波起词间，是谓之秀。纤手丽音，宛乎[8]逸态，

译文 写作时意念的转动可以极其广阔遥远，文情变化的状况可以显得极其深刻。源头深远才会有支流产生，树木的根盛壮才使得枝叶茂盛，文章的精华有秀有隐。所谓隐，文外隐藏的意思；所谓秀，篇中最独特警策的字句。隐语以言外含有另一层意思为工，秀句以独特超出一般为妙，这乃是前人文章中的美好成就，是才情的完美表现。

延伸阅读 隐，是含蓄，不仅包括对内容的要求，也包括对形式方面的要求。秀，是独拔、突出。本篇论隐、秀这两种艺术手法和艺术风格及其

隐秀第四十

夫心术之动远矣，文情[1]之变深矣。源奥而派生，根盛而颖峻[2]，是以文之英蕤，有秀有隐。隐也者，文外之重旨[3]者也；秀也者，篇中之独拔者也。隐以复意为工，秀以卓绝[4]为巧，斯

□注释

❶文情：作品的内容。❷颖：禾芒，比喻树梢。峻：高。❸重旨：言外之意，话中的话。重，双重。❹复意：两重意思，一是字面的意思，一是言外之意。卓绝：独拔之意。❺旧章：前人的作品。懿：美。❻体：风格、特点。秘响：隐秘之响，暗响，指不显露的意义。傍：应作“旁”，侧面。伏采：隐伏的文采。韫（yùn）：藏。❼珠玉潜水，而澜表方圆：《淮南子·地形训》中说水中蕴藏着玉，水纹方而曲折；水中蕴含着珠，水纹圆而曲折。❽始正：此处至“此闺房之悲极也。”为佚文，所添文字据明人补文。纤手：妇女细柔的巧手。纤，细。宛乎：仿佛，好像。

乎妙心[13]。使酝藉[14]者蓄隐而意愉，英锐者抱秀而心悦。譬诸裁云制霞，不让乎天工；斫卉刻葩[15]，有同乎神匠矣。若篇中乏隐，若宿儒之无学，或一叩而语穷；句间鲜秀，如巨室之少珍，若百诘[16]而色沮。斯并不足于才思，而亦有愧于文辞矣。

将欲征隐，聊可指篇：古诗之离别[17]，乐府之

隐的主要特点在于文外之义，如神秘的音响从旁边传出，似潜伏的文采暗中闪耀，好比爻象的变化含蕴互体，河川的水流蕴藏着珠玉。所以，互体变化爻象，就会演化成四象；珠玉潜藏河里，水面就会产生波澜。

这样的文章开始端正，末尾新奇，内含明珠，外表光润，使赏玩者余味无穷，品味者永不厌倦。

文辞间涌起的波澜，就称为秀。它似灵巧之手弹出美妙之音，呈

相互关系。

全篇分三个部分：

一、论隐、秀的含义及各自具有的特点。

二、谈隐、秀之间的关系。

三、提出对隐、秀的要求：要“自然会妙”，反对“雕削取巧”。

若远山之浮烟霭，娈女之靓容。华然烟霭天成，不劳于妆点；容华格定，无待于裁熔[9]。深浅而各奇，秾纤而俱妙，若挥之[10]，则有余，而揽之则不足矣。

夫立意之士，务欲造奇，每驰心于玄默之表；工[11]辞之人，必欲臻美，恒溺思于佳丽之乡。呕心吐胆，不足语穷；煅岁炼年[12]，奚能喻苦！故能藏颖词间，昏迷于庸目；露锋文外，惊绝

[9] 靓：装饰。裁熔：修饰。[10] 挥之：舍去，不加装点，顺其自然。[11] 工：巧，精于其事，使之工巧。[12] 呕心吐胆：呕吐出心胆。喻劳心苦思。煅岁炼年：饱经年岁锻炼，喻功夫的深久。煅，指对文章的锤炼。[13] 庸目：平常人的眼力。妙心：精妙的用心。[14] 酝藉：含蓄。[15] 斫（zhuó）：砍削。卉：草的总称。葩（pā）：花。《列子 · 说符》说，有个宋国人用玉为宋国君王雕制楮树叶，三年才成功，将其混在楮树叶中，和真楮叶没有区别。此处暗用这个典故。[16] 叩：问，指阅读。巨室：富贵之家。诘：反问。[17]《古诗》：《古诗十九首》，东汉时期作品。离别：《古诗十九首》中的《行行重行行》一诗。

悠悠[21]」，志高而言壮，此丈夫之不遂[22]也。「东西安所之，徘徊以彷徨[23]」，心孤而情惧，此闺房之悲极也。」朔风动秋草，边马有归心[24]」，气寒而事伤，此羁旅之怨曲也。

凡文集胜，篇不盈十一；篇章秀句，裁可百二。并思合而自逢，非研虑之所课[25]。

现飘逸之姿，如远山飘浮的烟云雾霭，美女焕发的容光。然而烟霭是天然生成的，不用人工装点；容貌是自然生成的，不用人工修饰。烟霭深浅各显奇景，容貌胖瘦各有妙处，顺其自然就美好有余，而人为造作便不能自然。

本篇所论涉及文学艺术的基本特征，对后世文学创作和文学理论有重要的影响。

可惜文本残缺，残缺部分是明人所补。

善于立意的人，创造新奇的意境，往往让自己的思想驰骋深微玄妙之境；工于修辞的人，创造美好的词语，常常把自己的心思沉溺在辞藻美丽的疆域。呕心吐胆，还不足以说明用心的良苦；经年累月地锻炼加工，哪能说明反复推敲的辛苦？

长城词远旨深，而复兼乎比兴。陈思之黄雀，公幹之青松，格刚才劲，而并长于讽谕⑱。叔夜之赠行，嗣宗之咏怀，境玄思淡，而独得乎优闲。士衡之疏放，彭泽⑲之豪逸，心密语澄，而俱适乎壮采。如欲辨秀，亦惟摘句：“常恐秋节至，凉飙夺炎热⑳”，意凄而词婉，此匹妇之无聊也。“临河濯长缨，念子怅

⑱陈思：陈思王曹植。《黄雀》：曹植的《野田黄雀行》，该诗写少年救雀，用以比喻救人于患难中。讽谕：借物喻意。曹植的《野田黄雀行》和刘桢的“亭亭山上松”皆借黄雀喻意。⑲嗣宗：阮籍的字。士衡：陆机的字。彭泽：陶潜，字渊明，东晋诗人，曾做过彭泽县令。⑳常恐秋节至，凉飙夺炎热：班婕妤《怨歌行》中的诗句。班婕妤，东汉时期女作家。在此诗中她自比作扇，怕秋风一起，扇便被弃。疑为伪作。飙，暴风。㉑临河濯长缨，念子怅悠悠：传为西汉李陵《与苏武诗》中的话。李陵，西汉名将李广之孙；苏武，西汉武帝时人，出使匈奴，被扣十九年。《与苏武诗》系后人伪托所作。濯，洗；缨，衣帽上用为装饰的穗带，此处指冠缨；子，你，指苏武。㉒不遂：不顺心。㉓彷徨：另本作“旁皇”。㉔朔风动秋草，边马有归心：西晋诗人王赞《杂诗》的头两句。诗写对故乡的思念。朔风，北风、寒风。㉕盈：满。十一：十分之一。课：考

所以他们把光彩的文思隐藏在文辞间，令眼光平庸者感到迷惑；锋芒显露文辞之外，让识者大为震惊。亦使爱好含蓄的人看到含蓄而高兴，爱好警句的看到秀句而喜悦。如裁剪织云霞，并不比天工逊色；好比雕削刻绘花草，跟自然几乎相同。如一篇文章中缺乏含蓄，跟老朽的儒生没有学问一样，一叩问就无法回答；句中缺少警句，似大户人家少了珍珠，一诘问就神情沮丧。缺文思才智，文辞显出愧色！

含蓄举例，可指出一些篇章。《古诗十九首》中的《行行重行行》，《乐府古辞》中的《饮马长城窟行》，文辞哀怨，旨意幽深，兼用比喻、起兴的表现手法。陈思王曹植的《野田黄雀行》，刘桢的“亭亭山上松”，风格刚健，才气遒劲，且善于讽喻。嵇康的《赠秀才入军》，阮籍的《咏怀》，意境深微，思想淡泊，而独具悠闲之姿。陆机的疏放，陶潜的豪逸，思想绵密，语言清澄，皆具有壮丽的文采。

如想辨别秀句，也可从篇章中摘句：“常常恐惧秋季到来，凉风夺去夏天的炎热”，诗意凄切文辞婉转，这是妇女怕失宠的情绪表现。“临河洗濯长缨，想你多么惆怅”，志气高洁言辞豪壮，写出了丈夫不得志的思想。“东西不知朝向，徘徊又彷徨”，心情孤独而恐惧，表现了闺房妇女极度悲哀的情感。“北风吹秋草，边寨的马也生归心”，天气寒冷人事伤感，这是羁留北国异乡旅客的怨歌。

文集中的优秀作品，不满十分之一；篇章中的警句，百句中不过二句。这些都是情思和文思合拍自然生成的，并不是苦心经营可得的。有的人以隐晦难懂为高深，虽深奥但并不是我们所说的隐；

也。或有晦塞为深，虽奥非隐；雕削[26]取巧，虽美非秀矣。故自然会妙，譬卉木之耀英华；润色取美，譬缯帛之染朱绿[27]。朱绿染缯，深而繁鲜；英华曜树，浅而炜烨。隐篇所以照文苑，秀句所以侈翰林[28]，盖以此也。

赞曰：

深文隐蔚，余味曲[29]包。辞生互体，有似变爻。

言之秀矣，万虑一交。动心惊耳，逸响笙匏[30]。

核，此有求得之意。[26]雕削：雕琢。[27]英华：花朵。英，草本植物的花瓣；华，木本植物的花。取：疑应作“致”。缯（zēng）：丝织品的总称。朱绿：朱红色、绿色，指各种色彩。[28]曜：照耀。文苑、翰林：文坛的意思。侈：夸。[29]曲：曲折，含蓄婉转。[30]笙匏：吹奏乐器。

以雕琢刻削求工巧，虽美但并不是秀。

所以隐、秀皆要合乎自然的妙处，如草木之花光彩照耀；润色修饰求华美，好比丝绸染红绿色彩，红绿染上丝绸，色泽深而繁富鲜艳；花朵在树上闪耀，颜色浅但富有光彩。含蓄的篇章之所以照耀文坛，警句之所以能夸耀艺苑，皆源于此。

总结：

深厚之作通常含蓄多彩，言外余味婉转曲折。

文辞中有言外之意，似卦中有卦出自变爻。

独特超拔的警言秀句，千思万虑才得到一句。

动人心魄惊人耳目之语，高超无比赛过笙匏。

卷九

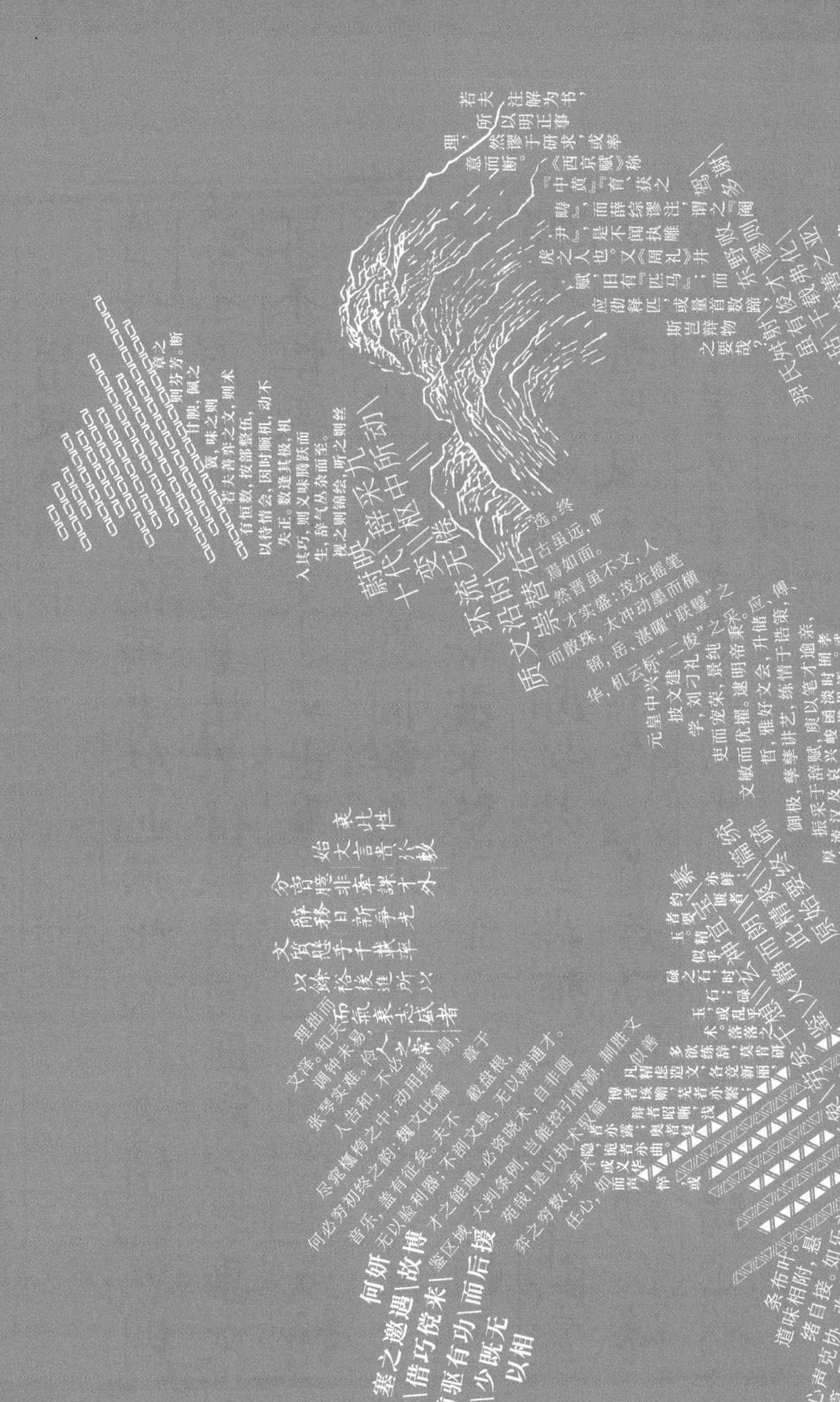

而再却，虞松……代句，此已……昔张汤拟奏

气资养\\水停\\郁
无扰文虑\\稠叠\\
间关\\情数

康促龄，穆、……简文勃……乎清……言精理，……采，……

以日……序，文帝之……以劳……既……专业，……综述，叔通怀笔……仲任置砚以……时，是以曹公惧为

……疾，亦可推矣。至如
山之木”，怛惕之盛
外伤，同乎“牛
或惭凫企鹤，沥
辞镌思，于是精气
内销，有似
尾闾之波；
神志

世弥缛，并适分胸臆，非牵课才外也。战代技诈，攻奇饰说。汉世迄今，辞务日新，争光鬻采，虑亦……享言以比浇辞，文质悬乎千载；率志以方竭情，劳逸差于万里。

凡童少鉴浅而志盛，长艾识坚而气衰。志盛者思锐以胜劳，气衰者虑密以伤神，斯实中人之常资，岁时之大较也。若夫器分有

……述，制《养气》之篇，验己而作，岂虚造哉！“夫耳目鼻口，生之役也”；心虑言辞，神之用也。率志委和，则理融而情畅；钻砺过分，则神疲而气衰，此性情之数也。夫三皇辞质，心绝于道华；帝世始文，言贵于敷奏。三代春秋，虽沿

若夫君子“拟人必于其伦”，而崔瑗之诔李公，比行于黄、虞，向秀之赋嵇生，方罪于李斯。与其失也，虽“宁滥”，然高厚之诗，“不类”甚矣。凡巧言易标，拙辞难隐，“斯言之玷”，实深白圭。繁例难载，故略举四条。若夫君子拟人，必于其伦，而崔瑗之《诔李公》，比行于黄虞，向秀之《赋嵇生》，方罪于李斯。与其失也，虽宁僭无滥，然高厚之诗，不类甚矣。凡巧言易标，拙辞难隐，斯言之玷，实深白圭。

白圭\\繁例难载\\故略举四条\\若夫立文之道\\惟字与义\\字以训正\\义以理宣\\而晋末篇章\\依希其旨\\始有赏\\际\\奇至\\之言\\终有\\抚

之
勿用贯谊抑而
纵之英作也施及孝忠
干礼律草创诗书未
李诡俗也爰至有
无僭诡则

管仲有言：“无翼而飞者，声也；无根而固者，情也。”然则声不假翼，其飞甚易；情不待根，其固匪难。以之垂文，可不慎欤！？古来文才，异世争驱。或逸才以爽迅，或精思以纤密，而虑动难圆，鲜无瑕病。陈思之文，群才之俊也，而《武帝诔》云“尊灵永蛰”，《明帝颂》云

圣体\\浮轻\\浮轻\\有似于蝴蝶\\永蛰\\颇疑于昆虫\\施之尊极\\岂其当乎\\左思\\七讽\\说孝而不从\\反道若斯\\余不足观矣\\潘岳为文，则云……弱子……在……足……然……

而宋來才英未之或改舊染成俗非一朝也近代辭人率多猜忌至乃比語求蚩反音取瑕雖不屑於古而有擇於今焉又製同他文理宜刪革若排人美辭以爲己力寶玉大弓終非其有全寫則揭篋傍採則探囊然世遠者太輕時同者爲尤矣若夫注解爲書所以明正事理然謬於研求或率意而斷西京賦稱中黃育獲之疇而薛綜謬注謂之閹尹是不聞執雕虎之人也又周禮井賦舊有疋馬而應邵釋疋或量首數蹄斯豈辯物之要哉原夫古之正名車兩而馬疋兩稱目以並耦爲用蓋車貳佐乘馬儷驂服服乘

云心如疑禮文在尊極而施之下流辭雖足哀義斯替矣若夫君子擬人必於其倫而崔瑗之誄李公比行於黃虞向秀之賦嵇生方罪於李斯與其失也雖寧降無濫然高厚之詩不類甚矣凡巧言易標拙辭難隱斯言之玷實深白圭繁例難載故畧舉四條若夫立文之道惟字與義字以訓正義以理宣而晉末篇章依希其旨始有賞際奇至之言終無撫叩酬即之語每單舉一字指以爲情夫賞訓錫賚豈關心解撫訓執握何預情理雅頌未聞漢魏莫用懸領似如可辯課文了不成義斯實情訛之所變文澆之致弊

昔王充著述制養氣之篇驗己而作豈虛造哉夫耳目鼻口生之役也心慮言辭神之用也率志委和則理融而情暢鑽礪過分則神疲而氣衰此性情之數也夫三皇辭質心絕於道華帝世始文言貴於敷奏三代春秋雖沿世彌縟並適分胷臆非牽課才外也戰代枝詐攻奇飾說漢世迄今辭務日新爭光鬻采慮亦竭矣故淳言以比澆辭文質懸乎千載率志以方竭情勞逸差於萬里古人所以餘裕後進所以莫遑也凡童少鑒淺而志盛長艾識堅而氣衰志盛者思銳以勝勞氣衰者慮密以傷神斯實中人之常資

不隻故名號必雙名號一正則雖單爲疋矣疋夫疋婦亦配義也夫車馬小義而歷代莫悟辭賦近事而千里致差況鑽灼經典能不謬哉夫辯言而數蹄選勇而驅閹尹失理太甚故舉以爲戒丹青初炳而後渝文章歲久而彌光若能隱括於一朝可以無慚於千載也

贊曰

羿氏舛射東野敗駕雖有儁才謬則多謝斯言一玷千載弗化令章靡疚亦善之亞

養氣第四十二

在節宣清和其心調暢其氣煩而即捨勿使壅滞則舒懷以命筆理伏則投筆以卷懷逍遥以針勞談笑以藥勌常弄閑於才鋒賈餘於文勇使刃發如新湊理無滞雖非胎息之萬術斯亦衛氣之一方也

贊曰

紛哉萬象勞矣千想玄神宜寶素氣資養水停以鑒火靜而朗無擾文慮鬱此精爽

附會第四十三

何謂附會謂總文理統首尾定與奪合涯際彌綸一篇使雜而不越者也若築室之須基構裁衣之待縫

歲時之大較也若夫器分有限智用無涯或慚鳧企鶴瀝辭鐫思於是精氣內銷有似尾閭之波神志外傷同乎牛山之木怛惕之盛疾亦可推矣至如仲任置硯以綜述敬通懷筆以專業旣暄之以歲序又煎之以日時是以曹公懼爲文之傷命陸雲歎用思之困神非虛談也夫學業在勤故有錐股自厲志於文也則申寫鬱滯故宜從容率情優柔適會若銷鑠精膽蹙迫和氣秉牘以驅齡灑翰以伐性豈聖賢之素心會文之直理哉且夫思有利鈍時有通塞沐則心覆且或反常神之方昏再三愈黷是以吐納文藝務

方意見浮雜約則義孤博則辭叛率故多尤需爲事賊且才分不同思緒各異或製首以通尾或片接以寸附然通製者蓋寡接附者甚衆若統緒失宗辭味必亂義脉不流則偏枯文體夫能懸識湊理然後文節自會如膠之粘木豆之合黄矣是以駟牡異力而六轡如琴馭文之法有似於此去留隨心脩短在手齊其步驟總轡而已故善附者異旨如肝膽拙會者同音如胡越改章難於造篇易字艱於代句此已然之驗也昔張湯疑奏而再却虞松草表而屢譴並理事之不明而辭旨之失調也及倪寬更草鍾會易字

緝矣夫才量學文宜正體製必以情志爲神明事義爲骨髓辭采爲肌膚宮商爲聲氣然後品藻玄黃摛振金玉獻可替否以裁厥中斯綴思之常數也凡大體文章類多枝派整派者依源理枝者循幹是以附辭會義務總綱領驅萬塗於同歸貞百慮於一致使衆理雖繁而無倒置之乖群言雖多而無棼絲之亂扶陽而出條順陰而藏跡首尾周密表裏一體此附會之術也夫畫者謹髮而易貌射者儀毫而失墻鋭精細乃必疎體統故宜詘寸以信尺枉尺以直尋棄偏善之巧學具美之績此命篇之經略也夫文變無

令之常言有文有筆以爲無韻者筆也有韻者文也天文以足言理兼詩書别目兩名自近代耳顔延年以爲筆之爲體言之文也經典則言而非筆傳記則筆而非言請奪彼矛還攻其楯矣何者易之文言豈非言文若筆不言文不得云經典非筆矣將以立論未見其論立也予以爲發口爲言屬筆曰翰常道曰經述經曰傳經傳之體出言入筆筆爲言使可强可弱分經以典奥爲不利非以言筆爲優劣也昔陸氏文賦號爲曲盡然汎論纖悉而實體未該故知九變之實匪躬知言之選難備矣凡精慮造文各競新麗

而漢武歎奇晉景稱善者乃理得而事明心敏而辭當也以此而觀則知附會巧拙相去遠哉若夫絕筆斷章譬乘舟之振楫克終底績寄在寫遠送若首唱榮華而媵句憔悴則遺勢鬱湮餘風不暢此周易所謂臀無膚其行次且也惟首尾相援則附會之體固亦無以加於此矣

贊曰

篇統間關情數稠疊原始要終疎條布葉道味相附懸緒自接如樂之和心聲克協

總術第四十四

纔少既無以相接多亦不知所刪乃多少之非惑何妍蚩之能制乎若夫善弈之文則術有恒數按部整伍以待情會因時順機動不失正數逢其極機入其巧則義味騰躍而生辭氣叢雜而至視之則錦繪聽之則絲簧味之則甘腴佩之則芬芳斷章之功於斯盛矣夫驥足雖駿纆牽忌長以萬分一累且廢千里況文體多術共相彌綸一物擕貳莫不解體所以列在一篇備總情變譬三十之輻共成一轂雖未足觀亦鄙夫之見也

贊曰

多欲練辭莫肯研術落落之玉或亂乎石碌碌之石時似乎玉精者要約匱者亦尠博者該贍蕪者亦繁辯者昭晢淺者亦露奧者複隱詭者亦典或義華而聲悴或理拙而文澤知夫調鐘未易張琴實難伶人告和不必盡窕槬之中動用揮扇何必窮初終之韻魏文比篇章於音樂蓋有徵矣夫不截盤根無以驗利器不剖文奧無以辯通才才之能通必資曉術自非圓鑒區域大判條例豈能控引清源制勝文苑哉是以執術馭篇似善弈之窮數無術任心如博塞之邀遇故博塞之文借巧儻來雖前驅有功而後援難

震於下者春秋以後角戰英雄六經泥蟠百家飈駭方是時也韓魏力政燕趙任權五蠹六風嚴於奏令唯齊楚兩國頗有文學齊開莊衢之第楚廣蘭臺之宮孟軻賓館荀卿宰邑故稷下扇其清風蘭陵鬱其茂俗鄒子以談天飛譽騶奭以雕龍馳響屈平聯藻於日月宋玉交彩於風雲觀其豔說則籠罩雅頌故知暐燁之奇意出乎縱橫之詭俗也爰至有漢運接燔書高祖尚武戲儒簡學雖禮律草創詩書未遑然大風鴻鵠之歌亦天縱之英作也施及孝惠迄于文景經術頗興而辭人勿用賈誼抑而鄒枚沉亦可知

文場筆苑有術有門務先大體鑑必窮源乘一總萬舉要治繁思無定契理有恒存

時序第四十五

時運交移質文代變古今情理如可言乎昔在陶唐德盛化鈞野老吐何力之談郊童含不識之歌有虞繼作政阜民暇薰風詩於元后爛雲歌於列臣盡其美者何乃心樂而聲泰也至大禹敷土九序詠功成湯聖敬猗歟作頌逮姬文之德盛周南勤而不怨太王之化淳邠風樂而不淫幽厲昏而板蕩怒平王微而黍離哀故知歌謠文理與世推移風動於上而波

楚辭靈均餘影於是乎在自哀平陵替光武中興深懷圖讖頗畧文華然杜篤獻誄以免刑班彪參表以補令雖非旁求亦不遐棄及明帝疊耀崇愛儒術肄禮璧堂講文虎觀孟堅珥筆于國史賈逵給禮於端頌東平擅其懿文沛王振其通論帝則藩儀輝光相照矣自安和已下迄至順桓則有班傅三崔王馬張蔡磊落鴻儒才不時乏而文章之選存而不論然中興之後群才稍改前轍華實所附斟酌經辭蓋歷政講聚故漸靡儒風者也降及靈帝時好辭製造羲皇之書開鴻都之賦而樂松之徒招集淺陋故楊賜號

已遠孝武崇儒潤色鴻業禮樂爭輝辭藻競騖柏梁展朝讌之詩金堤製恤民之詠徵枚乘以蒲輪申主父以鼎食擢公孫之對策歎兒寬之凝奏買臣負薪而衣錦相如滌器而被繡於是史遷壽王之徒嚴終枚皐之屬應對固無方篇章亦不匱遺風餘采莫與比盛越昭及宣實繼武績馳騁石渠暇豫文會集雕篆之軼材發綺縠之高喻於是王褒之倫底祿待詔自元暨成降意圖籍美玉屑之諌清金馬之路子雲銳思於千首子政讐校於六藝亦已美矣爰自漢室迄至成哀雖世漸百齡辭人九變而大抵所歸祖述

士置崇文之觀何劉群才迭相照耀少主相仍唯高
貴英雅顧盼含章動言成論於時正始餘風篇體輕
澹而嵇阮應繆並馳文路矣逮晉宣始基景文克構
並跡沉儒雅而務深方術至武帝惟新承平受命而
膠序篇章弗簡皇慮降及懷愍綴旒而已然晉雖不
文文才實盛茂先摇筆而散珠太冲動墨而横錦岳
湛曜聯璧之華機雲標二俊之采應傅三張之徒孫
摯成公之屬並結藻清英流韻綺靡前史以爲運涉
季世人未盡才誠哉斯談可爲歎息元皇中興披文
建學劉刁禮吏而寵榮景純文敏而優擢逮明帝秉

為驩兜蔡邕比之俳優其餘風遺文蓋蔑如也自獻帝播遷文學蓬轉建安之末區宇方輯魏武以相王之尊雅愛文帝以副君之重妙善辭賦陳思以公子之豪下筆琳琅並體貌英逸故俊才雲蒸仲宣委質於漢南孔璋歸命於河北偉長從宦於青土公幹徇質於海隅德璉綜其斐然之思元瑜展其翩翩之樂文蔚休伯之儔子俶德祖之侶傲雅觴豆之前雍容衽席之上灑筆以成酣歌和墨以藉談笑觀其時文雅好慷慨良由世積亂離風衰俗怨並志深而筆長故梗槩而多氣也至明帝纂戎制詩度曲徵篇章之

以下文理替矣爾其縉紳之林霞蔚而飈起王袁聯宗以龍章顏謝重葉以鳳采何范張沈之徒亦不可勝也蓋聞之於世故略舉大較暨皇齊馭寶運集休明太祖以聖武膺籙高祖以睿文纂業文帝以貳離含章中宗以上哲興運並文明自天緝遐景祚今聖歷方興文思光被海岳降神才英秀發馭飛龍於天衢駕騏驥於萬里經典禮章跨周轢漢唐虞之文其鼎盛乎鴻風懿采短筆敢陳颺言讚時請寄明哲

贊曰

蔚映十代辭采九變樞中所動環流無倦質文沿時

哲雅好文會升儲御極孳孳講藝練情於誥策振采於辭賦庾以筆才逾親溫以文思益厚揄揚風流亦彼時之漢武也及成康促齡穆哀短祚簡文勃興淵乎清峻微言精理函滿玄席澹思穠采時灑文囿至孝武不嗣安恭已矣其文史則有袁殷之曹孫干之輩雖才或淺深珪璋足用自中朝貴玄江左彌盛因談餘氣流成文體是以世極迍邅而辭意夷泰詩必柱下之旨歸賦乃漆園之義疏故治文變染乎世情興廢繫乎時序原始以要終雖百世可知也自宋武愛文文帝彬雅秉文之德孝武多才英采雲構自明

崇替在選終古雖遠曖焉如面

文心雕龍卷第九

虑动难圆③，鲜无瑕病。陈思之文，群才之俊也，而武帝诔云「尊灵永蛰」，明帝颂云「圣体浮轻④」。浮轻有似于蝴蝶，永蛰颇疑于昆虫，施之尊极⑤，岂其当乎？左思⑥七讽，说孝而不从，反道若斯，余不足观矣。潘岳为才，善于哀文，然悲内兄则云「感口泽」，伤弱子则云「心如疑⑦」。礼文在尊极，而施之下流，辞虽足哀，义

|译文| 管仲曾经说：“没有翅膀而能四处传飞的，是语言；没有根基却能牢牢固结的，是感情。”可见语言不靠翅膀，飞翔甚为容易；感情无须有根，牢固也不困难。用文字记录下来使之垂流后世，能不谨慎吗？

自古以来的作家，都在不同的时代相互驱驰前进。他们有的才气

延伸阅读 指，是指出，瑕，是玉的斑点，喻文章中的毛病。指瑕，即指出文章写作中的毛病。

指瑕第四十一

管仲有言：『无翼而飞者声也，无根而固者情也。』然则声不假[1]翼，其飞甚易；情不待根，其固匪难。以之垂文[2]，可不慎欤？

古来文才，异世争驱。或逸才以爽迅，或精思以纤密，而

□注释

❶假：借助。❷之：上述不假翼而飞、没有根可固的道理。垂文：留下文章，指写作传世。❸动：每，常。圆：周全。❹陈思：陈思王曹植。《武帝诔》：曹植为悼念曹操的功德而作。武帝，魏武帝曹操。蛰：动物冬眠，不吃不喝藏伏不动。曹植以此喻死者（曹操）蛰伏。浮轻：比拟轻如仙人。❺尊极：最尊贵的人，指帝王。❻左思：西晋时期诗人，作《七讽》，今失传。❼潘岳：西晋时期作家，以善于作哀文著称。感“口泽”：《礼记·玉藻》：“母没而杯圈不能饮焉，口泽之气存焉尔。”口泽，

而晋末篇章，依希[11]其旨，始有赏际奇至之言，终有抚叩酬即之语，每单举一字，指以为情。「夫赏训锡赉，岂关心解[12]？抚训执握，何预情理？」雅颂未闻，汉、魏莫用。悬领似如可辩，课文了不成义，斯实情讹之所变，文浇[13]之致弊。而宋来才英，未之或改，旧染成俗，非一朝也。

卓越行文迅速豪爽，有的思考精纯周密，可是在用思上往往难以圆通，很少没有缺点的。

陈思王曹植的文章，是众多文人作品中的杰出者，而他的《武帝诔》却说，“尊敬的英灵永远蛰伏”，《明帝颂》也说，“圣王的身体浮轻”，浮轻好像蝴蝶，永远蛰伏又颇似昆虫，用来指极尊贵的帝王，难道恰当吗？左思的《七讽》，讲到孝道却不赞成，像他这样违反圣人之道，其

本篇论述了写作中应该避免的种种毛病。全篇分三个部分：一、论述文章写作中缺点难以避免和指瑕的必要，认为文学作品极易

斯替矣[8]。

若夫君子拟人必于其伦，而崔瑗之诔李公，比行于黄、虞；向秀之赋嵇生[9]，方罪于李斯，与其失也，虽宁僭无滥，然高厚之诗不类甚矣。

凡巧言易标，拙辞难隐，斯言之玷，实深白圭，繁例难载，故略举四条。

若夫立文之道，惟字与义字以训[10]正，义以理宣。

口所润泽。心"如疑"：金鹿夭折后，潘岳写了《金鹿哀辞》，文中有"将反如疑，回首长顾"之语。❽《礼》文：上引《礼记·玉藻》和《檀弓》中的记载。尊极：极尊敬的长辈。替：废去。❾崔瑗：东汉时期作家。诔李公：崔瑗的《李公诔》，已失传。李公可能是崔瑗推崇的李固。李固，东汉时期作家，有盛名，因敢于反对外戚、宦官专权而被杀。向秀：西晋作家。赋嵇生：向秀有《思旧赋》怀念好友嵇康，赋见《文选》卷十六。嵇生，指嵇康。❿训：训诂解释。⓫依希：仿佛、不明确。此处作动词用，意为故意使用含意不明之语。⓬锡赉：赏赐。赉，赐。心解：内心领会。⓭《雅》：《尔雅》。《颂》：疑当作《颉》，《仓颉》。悬领：凭空领会，无根据地主观臆测。课：考核。文浇：文风衰落。浇，薄。

要哉！

原夫古之正名，「车两」而「马匹」，「匹」「两」称目[16]，以并耦为用。盖车贰佐乘，马俪骖服，服乘不只，故名号必双，名号一正，则虽单为匹矣。匹夫匹妇，亦配[17]义矣。夫车马小义，而历代莫悟；辞赋近事[18]，而千里致差，况钻灼经典，能不谬哉？

夫辩言而数首蹄[19]，选勇而驱阉尹，失理太甚，故举以为戒。丹青初炳而后渝[20]，文章岁久而弥光。若能隐括于一朝，

余的就不值得去看了。潘岳的文才，善于作哀悼的文章，他却在悲悼内兄的文章里说，感叹他用的杯口上存留着口液；在哀伤夭折孩子的文章中说，将要返回时疑心他还活着。按照礼制，

广为流传并深入人心。——

二、论述古代、近代作者写作中的缺点，从用

近代辞人，率多猜忌[14]，至乃比语求蚩，反音取瑕，虽不屑于古而有择于今焉，又制同他文，理宜删革，若掠人美辞，以为己力，宝玉大弓，终非其有。全写则揭箧，傍采则探囊。然世远者太轻，时同者为尤矣。

若夫注解为书，所以明正事理，然谬于研求，或率意而断。西京赋称中黄、育、获之畴，而薛综[15]谬注，谓之「阉尹」，是不闻执雕虎之人也。

又周礼井赋，旧有「匹马」，而应劭释匹，或量首数蹄，斯岂辩物之

⑭猜忌：猜疑忌讳。⑮《西京赋》：东汉张衡的名作。薛综：三国时期吴作家，他的错注已不可见。⑯目：称。⑰配：合，配偶。⑱近事：平常之事。⑲夫辩言而数首蹄：注另本作“夫辩匹而数筌蹄”。⑳丹青：绘画用的颜料，也指画。炳：鲜明。渝：变。

“口泽”“如疑”皆用在极尊敬的人身上，而他却用在同辈或下辈身上，文辞虽写得够悲哀，原来的含义却因此丧失。

至于比拟君子，一定要是同类，而崔瑗哀悼李公，把李公的德行比作黄帝、虞舜；向秀作赋哀悼嵇康，把他的获罪和李斯相比。两种比方都有差错，与其如向秀那样比方得过坏，不如崔瑗那样比方得过好，但都像高厚念的诗，比得不伦不类。

一切工巧的言辞都容易标立，拙劣的词语都难于隐蔽，这些语言上的毛病，实在比白玉上的污点更难磨灭。繁多的例子难于一一记载，所以此只约略举出了四条。

字、用意两方面加以论述。

三、论述注解中存在的问题。

刘勰认为写作“虑动难圆，鲜无瑕病”，缺点是不可避免的，但他并不因此放过写作中的毛病，强调写作应该慎重，尽量减少毛病。减少毛病的方法之一，就是指瑕。本篇提出的一些弊病，具有普遍的意义。

作文的方法，在于运用文字确立文义。文字凭借解释规定含义，文意用理论加以说明。可是晋代末年的文章，意旨模糊，开始有赏际奇至这样的言辞，最后有抚叩酬即这些话语，往往单独举出一个字，用来说明情意。

“赏”字的意思是赐赏，跟内心的理解有关吗？

“抚”字的意思是执握，与文章的情理有何干？

《尔雅》《仓颉》里没有听说过这样的用法，汉魏的写作中也没有谁这样用过。凭空领会似乎可以辨识，考核文字完全没有这种意义，这实在是文情诡讹造成的，是文风衰薄浮夸的弊病。可是刘宋以来的文人才士，对这种弊病，没有谁去改正。这种旧有的坏文风污染成为习俗，不是一朝一夕的事。

可以无惭于千载也。

赞曰：

羿氏舛射，东野败驾[21]。

虽有俊才，谬则多谢[22]。

斯言一玷，千载弗化。

令章靡疚，亦善之亚[23]。

[21] 羿氏舛射：《帝王世纪》记载，帝羿和吴贺出游，吴贺让羿射雀的左眼，结果误中了右眼，羿感到十分惭愧，终身不忘。羿，古传说中的神射手。舛，错。东野败驾：《庄子·达生》记载，东野稷驾马车的技术高明，能盘旋进退像编织花纹一样，一次他为鲁庄公表演驾马车，不顾马力，把马的力气用完，终于失败。[22] 谢：引以为过，惭愧。[23] 令章：美好的作品。靡疚：没有毛病。亚：次。

近代的作家，大都猜疑忌讳过多，甚至从语言的谐音中挑毛病，从语音的反切里找缺点。这些对古人来说虽不屑一顾，但对当今而言却值得注意。再有，与他人的作品有相同的地方，应该删去或改动，掠取别人的美辞占为己有，如春秋时阳货盗窃了宝玉、大弓，终归不是自己的。全部抄写别人的东西，如同端走箱子盗窃，只是从侧面摘取几句，那就如同摸别人的口袋。时代遥远的问题不大，同时代的就成了罪状。

书的注解，是为了正确地说明事理，可是也有在研究上产生谬误，或者轻率地主观作出判断的。张衡的《西京赋》写到中黄伯、夏育、乌获那样的大力士，而薛综却错误地把中黄伯注释为太监首领，这是他没有听说过中黄伯是捉斑斓猛虎的勇士。

再有《周礼》按井田纳税，十井三十家按旧例出一匹马，而应劭在解释“匹”的意义时，认为或者是计量马首，或是数计马蹄，这难道是辨明事物的正确解释吗?

考察古时的辨正名称，车称为“两”而马称为“匹”，用“匹”和“两”作为马和车的计量名称，含有两两相配的意思。因为古代车子都有贰车、佐车相配，拉车的马有骖马和服马相配，服马、骖马和车子都不是单一的,所以名称必须成双。名称确定后又有变化，即使单独的马也要称为“匹”。其实匹夫匹妇，也含有与此相同的匹配之意。车马“匹”的含义很小，历代的文人也搞不清楚，辞赋中这类浅近的事情，注释常差之毫厘谬之千里，何况钻研经书，能不生谬误?

辨别“匹”字的意义，而去计算马的头首和蹄脚，选择勇士而去驱遣太监，太违反常理，所以特别举出这两个例子引以为戒。丹青的色彩开初有光泽后来变暗，文章越久远却越有光彩。若错误能够在一朝加以校正，可以流传千年也不惭愧。

总结：

神箭手后羿曾有过误差，神驭手东野稷也败驾。

他们虽有杰出的才能，但有了错误便引以为戒。

作品中有一个小缺点，千年之后也不能够改变。

写出美好无毛病的文章，才是善于写作的高手。

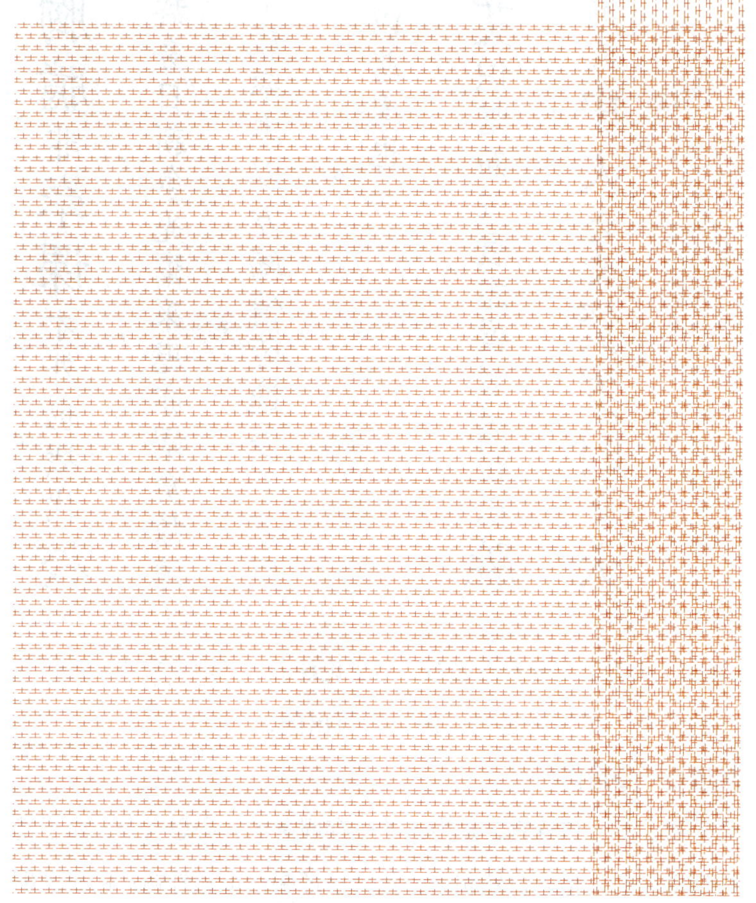

虽沿世弥缛，并适分胸臆，非牵课[4]才外也。战代枝诈[5]，攻奇饰说；汉世迄今，辞务日新，争光鬻采，虑亦竭矣。故淳言以比浇辞，文质悬乎千载；率志以方竭情，劳逸差于万里。古人所以余裕[6]，后进所以莫遑也。

凡童少鉴浅而志盛，长艾识坚而气衰。志盛者思锐以胜劳，气衰者虑密以伤神，斯实中人之常资，岁时之大较[7]也。

|译文| 从前王充著养性之书，写了论述养气的篇章，那完全是自己体验后写出的，难道是凭空造作吗？

延伸阅读 养，是保护休养的意思，气，与人的精神密不可分。养气就

耳、目、鼻、口五官，是为人的生存服务的；心思言语，属于精神活动。心意情志自然和谐，就会事理融洽情意舒畅；钻研磨砺

养气第四十二

昔王充著述，制养气之篇，验己而作①，岂虚造哉！夫耳目鼻口，生之役也；心虑言辞，神②之用也。率志委和，则理融而情畅；钻砺过分，则神疲而气③衰，此性情之数也。

夫三皇辞质，心绝于道华；帝世始文，言贵于敷奏。三代春秋，

□注释

①验己而作：经过自己检验的作品。②生：生命。役：仆役。神：精神。③钻砺：钻研磨砺。气：元气，人体维持其生命的功能。④适分：适合于作者的本分、个性。胸臆：心胸。牵课：牵连，勉强。⑤枝诈：诡诈、权谲。⑥余裕：从容不迫。裕，宽。⑦少：青少年，古代三十岁以前为少。

直理哉！

且夫思有利钝，时有通塞⑫，沐则心覆，且或反常，神之方昏，再三愈黩。是以吐纳文艺，务在节宣，清和⑬其心，调畅其气，烦而即舍，勿使壅滞。意得则舒怀以命笔，理伏则投笔以卷怀，逍遥以针劳，谈笑以药倦，常弄闲于才锋⑭，贾余于文勇，使刃发如新，腠理无滞，虽非胎息之万术⑮，斯亦卫气之一方也。

用心过分，精神就会疲劳气力衰竭，这是体气性情方面的变化。

三皇时代文辞朴质，思想和华靡绝缘；五帝时代开始具有文采，敷陈进奏时很重视语言。从夏、商、周三代到春秋时代，虽各代相沿愈来愈讲究繁缛文采，但思想还都是从心中发出的，分

是保护休养性气精神。

本篇论述保持旺盛的创作精神的问题，使创作活力常在的原则和方法。全篇分三个部分：

一、从一般规律和实际

若夫器分有限，智用无涯⑧，或惭凫企鹤，沥辞镌思，于是精气内销，有似尾闾之波；神志外伤，同乎牛山之木。怛惕之盛疾，亦可推⑨矣。至如仲任置砚以综述，叔通怀笔以专业，既暄之以岁序，又煎之以日时，是以曹公⑩惧为文之伤命，陆云叹用思之困神，非虚谈也。夫学业在勤，故有锥股自厉。志于文也，则有申写郁滞，故宜从容率情，优柔适会。若销铄⑪精胆，蹙迫和气，秉牍以驱龄，洒翰以伐性，岂圣贤之素心，会文之

艾：老年人，头发灰白为艾，古人五十岁为艾。胜劳：胜任疲劳。中人：平常人。资：资质、禀赋。岁时：年龄。大较：大概情况。⑧器分：才分。涯：边。⑨推：类推、推想。⑩曹公：曹操。他的话已不详。⑪销铄：熔化。⑫通塞：思路的通畅与阻塞。⑬清和：清静和谐。⑭才锋：才华锋芒。⑮腠理：另本作“凑理”。胎息：气功。万术：技术。

量恰当，不勉强扯到才力外。战国时代思想分歧好诡诈的技能，专门研究奇谲之道和文饰游说的言辞。从汉代到今天，修饰文辞每天都求新奇，竞逐光华，炫耀文采，心思也用空了。所以淳厚质朴的言辞和华丽浮夸的文辞相比，文采和质朴相差千里；顺着心志写作和竭尽思虑苦写比较，劳累和安逸相差万里。这就是古人所以从容，后代忙碌的原因。

青少年阅历浅而志气旺盛，年长的人识力坚定而体气衰弱。志气旺盛文思敏锐不感劳累，体气衰弱思虑周到损伤精神，这实是一般人经常的资质，年龄大小不同出现的大概情况。

各人的才能天分是有限的，智力的运用却是无穷的，有的对自己的足胫像鸭一样短感到惭愧，羡慕鹤足长胫，练辞运意，呕心沥胆，使精气消耗，像水波流到无底洞中；神志斫伤，如同牛山上的树木被砍光。这样因悲苦惊恐造成疾病，可以推想。

至于像王充著《论衡》那样在住宅内到处放着纸砚笔墨，曹褒专门研究礼仪那样睡觉时也怀抱纸笔，既按年按季督促自己，又按日按时煎熬自己，因此曹操惧怕作文章会缩短生命，陆云感叹运思伤害精神，并非空话。

学业进步在于勤奋，事业成功在于坚持不懈，所以苏秦在读书困倦时，用锥子刺股鞭策自己。作文章则不同，要抒发作者郁闷的情怀，应该从容不迫地随顺着情感，舒缓沉着地适应时机。如大

创作两个方面论述养气的必要。

二、论神衰气伤的危害。人的精力是有限的，用之过度，就会神衰气伤。

三、根据文学创作的特点讲养气的原则、方法。刘勰在《神思》篇提出养气的主张，在《养气》篇作了进一步的阐述。其养气的原则是“率志委和”，反对“钻砺过分”，要求写作要自然，不可过分雕琢伤气。

赞曰：

纷哉万象，劳矣千想。

玄神宜宝，素气资养[16]。

水停以鉴，火静而朗[17]。

无扰文虑，郁此精爽。

⑯玄神：精神。素：平素。资：靠。⑰鉴：镜，引申为明。朗：明亮。

量消耗精神，过分损伤和顺的体气，拿着纸张驱催生命，挥洒笔墨损害本性，这岂是圣贤的本意，写作的正理呢?

况且作者的文思有的敏锐有的迟钝，写作的时机有时通畅有时阻塞，像洗头的时候弯着身子心的位置翻覆，甚至违反常情去考虑问题，在神志正昏的时候，如果再三用它作文章,只会更加昏乱。所以抒写文辞，务必疏导调节，使内心清明和顺，性气调和畅通，如心烦意乱就立即放开，不要使思路壅塞阻滞。心情舒畅时命笔写作，文思潜伏时，把笔放下不再思索，用逍遥自在的方法解除劳累，用谈笑风生的方法赶走疲惫。这样常在闲暇中展露才华的锋芒,写作上保持精力,使自己的笔锋如新磨的刀刃一样,宰牛解肌没有一点迟钝，这虽不是气功的技术，也是养气的一个方法。

刘勰主张写作要“清和其心，调畅其气，烦而即舍，勿使壅滞。意得则舒怀以命笔，理伏则投笔以卷怀，逍遥以针劳，谈笑以药倦”。他同时肯定了“锥股自厉”的精神，提倡学习应刻苦钻研。只有刻苦学习，写作时才会“从容率情，优柔适会”。

总结：

纷繁复杂的万事万物，千思百想是在劳神。

玄妙的精神应当珍惜，恒常的精气神需要保养。

水流停止可更加清明，火焰平静便更加明亮。

不要扰乱创作的思虑，应使文思茂盛精神清爽。

文宜正体制，必以情志为神明[5]，事义为骨髓，辞采为肌肤，宫商为声气，然后品藻玄黄，摛振金玉，献可替否，以裁厥中，斯缀思之恒数也！

凡大体[6]文章，类多枝派，整派者依源，理枝者循干。是以附辞会义，务总纲领，驱万涂于同归，贞百虑于一致[7]。

|译文|什么叫附会？附会就是统率文章的义理主题，联系文章的首尾段落，决定材料的取舍，组合衔接文字章节，包举全篇，使内容丰富而不散漫，如筑房必须打好基础，制衣要细针密缝。少年学作文章，应当端正文体，必须以思想感情为精神主宰，以内容材料为骨骼，以文章的辞采为肌肤，以语言韵调为声气，然后品评使用各种辞藻，如音乐注意和谐，用好去坏，取裁都恰到好处。这就是谋篇运思的恒常法则。

一切文章，从大体上看，类似树木的分枝，江河的支流，整顿支

延伸阅读 附，附着，对表面形式的处理，即附辞，使文辞紧密附着于文意；会，会合，对内容方面的处理，即会义，把文意会合成整体。附会，就是附着会合的意

附会第四十三

何谓附会[1]？谓总文理，统首尾，定与夺，合涯际，弥纶一篇，使杂而不越[2]者也。若筑室之须基构，裁衣之待缝缉[3]矣。夫才童[4]学

□注释

❶附会：附辞会义，即调整词语，使语言不混杂重复，安排情意，使情意有条理、不颠倒。附，附着。❷文理：文章义理，指主题。与夺：给予、剥夺，即取舍。涯际：边际，指文章的节与节之间。弥纶：包举，概括。杂而不越：复杂而不松散，内容丰富，结构严密。杂，内容文辞丰富多样；越，超越，散乱。❸基构：基本结构。缉：一种缝法，一针对一针地缝，缝得细密。❹童：少年，这里指初学者。❺神明：精神主宰。❻大体：这里是大概的意思。枝派：分枝流派。派，水的支流。❼驱万涂于同归，贞百虑于一致：《周易·系辞下》："天下同归而殊涂，一致而百虑。"涂，用途，路；贞，正，使之正。

率故多尤，需为事贼[11]。且才分不同，思绪各异，或制首以通尾，或尺接以寸附[12]，然通制者盖寡，接附者甚众。若统绪失宗，辞味必乱，义脉不流，则偏枯[13]文体。夫能悬识凑理，然后节文[14]自会，如胶之粘木，豆之合黄[15]矣。是以驷牡异力，而六辔如琴[16]，驭文之法，有似于此。去留随心，修短[17]

流依靠河流的源头，清理枝条顺着树木的主干。因此附着言辞会合文义，务必抓住全篇的纲领，驱万条思路同归一个目的，正确地使百念达到一致。段落虽繁复，却没有错乱；全篇的语言虽丰富，却没有丝团乱绪的纠结。

需要明白表现的地方，似树木的枝条向着太阳抽拔，应该委婉含蓄的地方，就要顺着暗处隐藏踪迹。文章的首尾结构周密，内外一致，这就是附辞会义的方法。

思，使文章通篇附着会合成一个整体。

本篇主要论述创作中谋篇命意、布局结构的问题。

全篇分三个部分：

一、论述附会的含义、必要性，写作构思的基

使众理虽繁，而无倒置之乖；群言虽多，而无棼丝[8]之乱。扶阳而出条，顺阴而藏迹，首尾周密，表里一体，此附会之术[9]也。

夫画者谨发而易貌，射者仪毫而失墙，锐精细巧，必疏体统。故宜诎寸以信尺，枉尺以直寻[10]，弃偏善之巧，学具美之绩，此命篇之经略也。

夫文变无方，意见浮杂，约则义孤，博则辞叛，

⑧乖：不合。棼丝：乱丝。⑨阳：阳光。出条：抽发小枝。术：方法。⑩诎：同“屈”。信：通伸，伸直。枉：屈。直：伸。寻：三十尺。⑪方：定。约：精练、简单。叛：离开中心，乱。率：轻率。尤：过错。需：迟疑不决。贼：害。⑫分：本分、天分，个人写作的才能。绪：端绪、头绪。制首以通尾：写作有通盘考虑，首尾贯通。尺接以寸附：跟上句说的相反，没有通盘考虑，写一段算一段，一尺一寸地接上去。⑬统绪：总束头绪。宗：主。义脉：以人体的气脉来喻文章内容的脉络。偏枯：半身不遂，此处用以喻作品的脉络阻塞。偏，半边；枯，枯萎。⑭悬识：远见。悬，远，深。凑：另本作“腠”，肌肤纹理，指规律。节文：音节、文采。⑮豆之合黄：另本作“石之合玉”。⑯辔：马缰绳。如琴：和谐如琴声。⑰修短：长短，指多写或少写。

若夫绝笔断章，譬乘舟之振楫[20]；克终底绩，寄在写以远送[21]。若首唱荣华，而媵句憔悴，则遗势郁湮，余风不畅，此周易所谓「臀无肤，其行次且」也。惟首尾相援，则附会之体，固亦无以加于此矣。

赞曰：

篇统间关，情数稠叠[22]。

若画师仅谨慎注意毛发细微处，就会把相貌画得走样，射箭的人只瞄准细点便会失掉大目标。这是因为把精神集中在小处，一定会在大体上疏忽。所以作文章应先保持一尺的正确，不拘泥于一寸，保证一丈的正确，不拘泥于一尺，宁可放弃枝节的巧妙，也要争取大局的完美，这就是谋篇的总体安排。

本原则。

二、论述附辞、会义必须抓住纲领，通篇考虑。要求作者从大处着眼，有全局观点。在处理创作的具体问题时，应具

文章的变化没有定规，对文意的见解易浮泛繁杂，主张简约可能文意孤单，主张广博可能文辞杂乱，写作迅速的，草率多过失，

在手，齐其步骤，总辔而已。故善附者异旨如肝胆，拙会者同音如胡越[18]。改章难于造篇，易字艰于代句，此已然之验也。昔张汤拟奏而再却，虞松草表而屡谴，并理事[19]之不明，而词旨之失调也。及倪宽更草，钟会易字，而汉武叹奇，晋景称善者，乃理得而事明，心敏而辞当也。以此而观，则知附会巧拙，相去远哉！

⑱异旨：不同的旨意。肝胆：肝和胆紧密相连，比喻密切。同音：和谐音调。胡越：古代称北方的少数民族或异族为胡而越国在南方，比喻疏远。⑲理事：应作“事理”。⑳绝笔：不再写，指全篇结尾。绝，断。断章：一章的断句。楫：桨。㉑克终：能有始有终，全篇都写好。克，能；终，文章结尾。底绩：致绩，获得成绩。寄在写以远送：写送，写作有余韵，六朝文人常用语。㉒篇统：全篇各种头绪的总安排。统，统绪。间关：道路艰险，喻文章结构曲折。情：文情内容。数：同“术”，写作手法。稠叠：另本作“稠迭”。稠，密；叠，重。

写得慢往往迟疑不决，也是作文的祸害。才智天分不同，想法各异，有的能掌握全篇首尾贯通，有的一尺一寸、枝枝节节连接黏附，在写作上，通盘考虑的少，边写边连接黏附的却颇多。若文章的各种头绪失去主宰，言辞的韵味一定紊乱；文章义理的脉络不贯通流畅，文体就会显得枯燥。能够深切地认识文章的肌理，文章的结构自然会合理，如胶汁黏着木料，大豆混合黄色一样。因此驾车的四匹雄马虽力气不同，但六条缰绳却能拉得像琴弦那样协调，驾驭文章的方法，和这很相似。文章增删得当，长短合适，就像调整四匹马的步调，在于抓住缰绳罢了。

体问题具体分析，掌握创作的基本方法，这样才会运用自如。

三、论述文章的修改、文章的开头结尾问题。

刘勰提出"以情志为神明，事义为骨髓，辞采为肌肤，宫商为声气"。思想内容是主体，辞采形式为其服务，不仅是附会的重要原则，也是文学创作的基本原则。

所以作文章善于调整文辞的人，把不同的旨趣结合得肝胆一样密切，拙于命意者，却把相同的谐音调写得北胡南越那样背离。

修改文章有时比写文章还困难，换字词有时比更换句子艰苦，这是已经证实过了的。从前张汤草拟的奏书一再被汉武帝退回，虞松起草章表屡次受到司马景王的指斥，皆因文章的事理没有说明，文理没有安排好。等到倪宽替张汤重新起草奏书，钟会把虞松的章表改动了几个字，使得汉武帝赞美，司马景王称好，那是因为他们修改的文章事理得当，叙事明白，心思敏捷，措辞恰当。

由此，我们就可知附辞会义的巧妙与拙劣，相差很远了。

至于文章的结尾，一章的结句，好比划船打桨要有力；调整词语切中情理，如牵引住缰绳得心应手地挥动马鞭。有始有终才能获原始要终，疏条布[23]叶。道味相附，悬[24]绪自接。如乐之和，心声克协。

[23]原：推源，追溯。要：归结。疏：疏通。布：分布。[24]道：文情内容。味：文辞韵味。悬：远。

得成功，使文章寄托深意，具有情味。若文章的开始写得很有光彩，结句却拙劣，那就会使文势阻滞，余留的风味就不畅，这就是《周易》所说的“屁股上没有皮肤肌肉，走路就很困难”。全篇起首结尾互相呼应，文章的附辞会义就没有能超过它的了。

总结：

文章结构统一安排，内容情理繁多而又复杂。

从开头到归总结尾，都要疏理枝条布置树叶。

情理和文辞妥帖布置，悬远的头绪自然连贯。

如音乐必须和谐动听，心声也需要调配协调。

笔，传记则笔而非言[3]。请夺彼矛，还攻其楯矣。何者？易之文言[4]，岂非言文？若笔果言文，不得云经典非笔矣。将以立论，未见其论立也。予以为：发口为言，属翰曰笔，常道曰经，述经曰传[5]。经传之体，出言入笔，笔为言使，可强可弱。六经

|译文| 今天人们常说：文章有文、笔的区分，认为无韵的就是笔，有韵的就是文。文、笔皆有文采，文采用来丰富语言，包括了韵文《诗经》和无韵的《尚书》，而把文章分为文、笔两个名称，晋代才开始。颜延年以为：笔这种文体，是有文采的言；经书是没有文采的言而不是有文采的笔，传记则是有文采的笔而不是没有文采的言。颜延年的说法自相矛盾，借用他的矛，攻他的盾。

延伸阅读 术，指文学创作的原则、方法。刘勰的创作理论十分广泛，从基本原则到具体的技巧，都在《神思》至《附会》各篇中作了

总术 第四十四

今之常言，有文有笔①，以为无韵者笔也，有韵者文也。

夫文以足言，理兼《诗》《书》，别目两名，自近代②耳。

颜延年以为：笔之为体，言之文也；经典则言而非

□注释

❶文：有韵文。笔：无韵文，它包括韵文之外所有文章和文字记载的东西。❷《诗》《书》：《诗经》是有韵文，《尚书》是无韵文。古代不分文、笔，都是文。近代：晋以来。

❸ 文：文采。传记则笔而非言：颜延年认为传记如《左传》之类的作品有文采，应属笔。❹《易》之《文言》：《周易》的《文言》，相传为孔子所作，是《周易·大传》“十翼”之一，专门解说《乾》《坤》两卦，写得很有文采。❺发口为言：发口，说出口；言，语言。常道曰经，述经曰传：张华《博物志·文籍考》：“圣人制作曰经，贤者著述曰传。”

文泽。知夫调钟未易，张琴实难。伶人告和，不必尽窕槬之中[10]；动角挥羽，何必穷初终之韵？魏文比篇章于音乐，盖有征矣。夫不截盘根[11]，无以验利器；不剖文奥，无以辨通才。才之能通，必资晓术，自非圆鉴区域[12]，大判条例，岂能控引情源，制胜文苑哉！是以执术驭篇，似善弈之穷数[13]；弃术任心，如博

为什么这样说呢？《易经》里的《文言》，难道不是有文采的言吗？若说笔是有文采的言，那就不能说经书不是有文采的笔了。颜延年想要用上述原则立论，实在看不出这个论点能确立。我认为说出口的话就是言，用笔墨文字写出来就叫笔，讲恒久不变的道理的是经书，解释经书的是传记。经、传这类文体，脱离了言进入笔，可见，笔这类文体受语言影

专题论述。本篇则综合论证写作方法的重要性。全篇分三个部分：一、论文、笔之分。晋宋以来，文、笔之分渐渐明显，刘勰对此持肯

以典奥为不刊，非以言笔为优劣也。昔陆氏⑥文赋，号为曲尽，然泛论纤悉，而实体未该。故知九变之贯匪穷，知言之选难备矣。

凡精虑造文，各竞新丽，多欲练⑦辞，莫肯研术。落落之玉，或乱乎石；碌碌之石，时似乎玉。精者要约，匮者亦鲜；博者该赡，芜⑧者亦繁；辩者昭晳，浅者亦露；奥者复隐，诡者亦曲。或义华而声悴⑨，或理拙而

⑥陆氏：陆机。其《文赋》对文体的论述比以往的人详细。⑦练：选择。⑧约：简练。芜(wú)：杂。⑨声悴：文辞不好。声，文辞声韵；悴，微弱。⑩伶人告和，不必尽窕槬之中：周景王要铸造巨大的无射钟，臣子们都认为太耗钱财，但景王不听。“钟成，伶人告和。”伶人谄媚景王，报告说钟声和谐。见于《左传·昭公二十一年》和《国语·周语下》。窕槬，钟声的细小与洪大。乐师报告钟声调和，可能是碰巧，不一定掌握了奏乐的技巧。比喻有的人写作偶然可取，并未真正掌握写作技巧。⑪盘根：弯曲盘绕的树根，喻复杂困难。⑫圆鉴：全面考察。区域：写作的各个方面。⑬弈：下围棋。数：技巧。

文体多术，共相弥纶，一物携贰，莫不解体。所以列在一篇，备总情[18]变，譬三十之辐，共成一毂，虽未足观，亦鄙夫之见也。

赞曰：

文场笔苑，有术有门[19]。务先大体，鉴必穷源[20]。

乘一总万[21]，举要治繁。思无定契[22]，理有恒存。

响，它的文采可多也可少。六经以它叙理述事的正确精奥而不可改变，不是用言和笔分优劣。从前陆机的《文赋》，号称对文体有详尽的论述，但只一般地谈琐屑的问题，实际上对文体的论述并不完备。因此，认识到文体的变化无穷，懂得这种变化的人难得。

一切精心创作文章的人，各自争取文章的新奇藻丽，多注意文辞

定的态度，但是对颜延年的文、笔、言之论，则持否定的态度。

二、论研术的重要意义。刘勰认为只有研究各种文学体裁，明确写作基

塞之邀遇故博塞之文，借巧傥来⑭，虽前驱有功，而后援难继。少既无以相接，多亦不知所删，乃多少之并惑，何妍蚩之能制乎！若夫善弈之文，则术有恒数，按部整伍⑮，以待情会，因时顺机，动不失正。数逢其极，机入其巧，则义味腾跃而生，辞气丛杂而至。视之则锦绘，听之则丝簧，味之则甘腴⑯，佩之则芬芳，断章之功，于斯盛矣。

夫骥足虽骏，纆牵忌长⑰，以万分一累，且废千里。况

⑭傥（tǎng）来：意外得来。⑮按部整伍：按部就班，指按一定次序。⑯锦绘：喻作品形象鲜明漂亮。锦，杂色丝织品。腴：肥美。⑰纆牵忌长：《战国策·韩策三》说王良的徒弟驾千里马，却跑不了千里路，驭马神手造父的徒弟告诉他说："你的缰绳牵得过长。"缰绳长仅是万分之一的小问题，却妨碍跑千里路。⑱备总：全面总结概括。情：各种写作的原则、方法。⑲文场笔苑：文坛。文，韵文；笔，无韵文。门：类。⑳源：根源，文学创作的基本原理。㉑一：规律。万：各种情况，创作中的各种问题。㉒契：契约，指规则。

的选择，不肯研究作文的方法。因此，无用的石子混杂在玉石里，美好的玉石又好似石子。讲究精练的人创作内容简明扼要，内容贫乏的人作文也很简短；博识的人作文内容完备详尽，芜杂的人作文内容也繁多；善于辨析事理的人作文昭畅明白，浅薄的人作文也写得显露；善于深思的人作文层叠曲折，喜欢诡奇怪异的人作文也迂回曲折。有的意义华美缺乏声情，有的事理拙劣文辞光润。从这里我们知道写文章和弄音乐一样，使钟声协调、琴弦和谐确实困难。乐师说钟的声调和谐了，可能是碰巧，不一定掌握了调钟的方法；乐师弹奏各种乐调，哪能从头到尾都合音律。魏文帝曹丕在《典论·论文》里拿音乐比譬作文章，是有根据的。

本法则，才能在文学创作上取得成就。——三、进一步论说了掌握写作方法的必要。——从《神思》至《附会》，刘勰系统地讨论了创作中的各种问题，至此作了一个总结。——刘勰认为“文场笔苑，有术有门”，创作是有一定原则、方法可以遵循的，要求掌握创作的规律、方法要全面。——

不砍断盘错的树根，无从检验斧头的锋利；不分析文章的奥妙，无从辨别是否具有精通创作的才能。精通创作必须懂得作文的方法，如果不周全地鉴别各种文体，分析各种条理、例证，哪能控制情理，在文坛中取胜呢？

因此掌握技巧驾驭文章，似善于下围棋的人精通棋术；抛弃技巧凭着主观，如赌博碰运气偶然遇合。所以如赌博那样写作，凭借不可靠的巧合意外，虽文章前面作了有功效，可是后面的部分却难以继续作下去。内容写少了不知道如何补充，多了也不知道该如何删减，这样不管多少，皆感迷惑，怎么能掌握写作的好坏呢！

像善于下围棋那样写作，技巧就有恒常的法规，按部就班地等待情思的成熟，因其时宜，顺其机会，使文章的写作不离正轨。技巧掌握得好，时机巧妙，文章的义理韵味便会腾跃升涌，文辞气势便会蜂拥。看文采就像织锦彩绘，听上去像合奏管弦，尝起来味道就像甘美佳肴，佩戴上气味就像兰桂芬芳。写作所能收到的效果，这样才算是最好。

千里马虽跑得快，缰绳切忌过长，过长不过是万分之一的小缺点，却妨碍马的千里之行。文章写作的各种体裁有各种要求，创作需要相互密切配合，某一方不协调，整个体系就会遭到破坏。所以在对写作原则一一进行研究之后，这里又把整个作文的原则归纳综合写成《总术》，用来全面概括写作的原则及变化，似车轮的三十辐共同凑集在车轮的毂上组成车轮的整体。虽那样讲不值得称美，也是浅陋者的一得之见。

总结：

繁华文坛茂盛艺苑，创作的方法有多种多样。

务必注意根本总体，彻底认清基本写作原理。

掌握技巧总览万变，抓住要点才能驾驭纷繁。

文思虽无一定规则，写作的原理却是一定的。

尽其美者何？乃心乐而声泰也！至大禹敷土，九序咏功；成汤圣敬④，「猗欤」作颂。逮姬文之德盛，周南勤而不怨；大王⑤之化淳，邠风乐而不淫。幽厉昏而板荡怒，平王微而黍离哀。故知歌谣文理，与世推移，风动于上，而波震于下者。

|译文| 随着时代的交替推移，崇尚文采或质朴各代不同，古往今来的情理发展，似乎可以谈一谈吧。

从前唐尧的时代，道德高尚，教化普及，田野的老人吐出了“尧对我们有什么贡献”的言谈，郊外的儿童唱着“不识不知”的歌谣。虞舜继承唐尧的事业，政治清明，百姓安闲，大舜唱出了“南风之薰兮”的诗歌，诸位臣子相和唱起“卿云烂兮”的诗歌。这些作品为什么皆极其美好？

延伸阅读 时，时代，序，顺序，时序，时代发展。本篇从历代文学创作的发展变化，探讨文学与社会现实的密切关系。

全篇分五个部分：

一、谈先秦时期的文学

时序第四十五

时运交移，质文代①变，古今情理，如可言乎！昔在陶唐，德盛化钧，野老吐“何力”之谈，郊童含“不识”之歌②。有虞继作，政阜民暇，“薰风”诗于元后，“烂云”③歌于列臣。

□注释

❶质文：质朴和文华，朴实和文采。代：替代。❷钧：同“均”，普及。郊童含“不识”之歌：《列子·仲尼篇》载，尧化装在大路上游访，听到童谣道：“不识不知，顺帝之则。”含，衔，经常在口里唱。❸阜：盛。暇：安闲安乐。烂云：《尚书大传》记舜和臣子们唱和《卿云歌》。舜首唱的歌词为：“卿云烂兮，糺缦缦兮。日月光华，旦复旦兮！”列臣相和的歌词为：“明明上天，烂然星陈。日月光华，弘于一人。”❹大禹：夏禹。敷土：划分土地，分为九州。敷，分布。成汤：殷代第一个帝王，名汤，谥号成。圣敬：《诗经·商颂·长发》：“汤降不迟，圣敬日跻。”跻，进、升。❺姬文：周文王姬昌，周代第一个帝王周武王姬发的父亲，他为周武王灭纣奠定了基础。大王：太王，周文王的祖父公刘。

也。爰至有[11]汉，运接燔书，高祖尚武，戏儒简学。虽礼律草创，诗书未遑，然大风鸿鹄之歌，亦天纵[12]之英作也。施及孝惠，迄于文景，经术颇兴，而辞人勿用。贾谊抑而邹枚沉，亦可知已。逮孝武崇儒，润色鸿业，礼乐争辉，辞藻竞骛[13]。柏梁展朝宴之诗，金堤制恤民之咏，征枚乘以蒲

乃是因为大家心里快乐声音和畅！

到了夏禹治理水土有了成就，有九种益民的事物发挥作用被歌颂；成汤圣哲英明，尊敬贤德，《商颂·那》篇作出“美啊”的颂辞。到周文王姬昌的德政盛行，《周南》的民歌反映了勤劳不怨恨的精神；周的太王教化淳厚，《邠风》的民歌便充满了欢乐不过分的情调。周幽王、厉王昏庸无能，《诗经·大雅》里的《板》诗和《荡》诗便表达了愤怒；周平王东迁后宗室衰微，《王风·黍离》表现了哀怨。所以

情况。

二、概括两汉时期的文学情况。

三、讲建安、正始文学情况。

四、论晋代文学情况。

五、述南朝宋、齐文学

春秋以后，角战英雄，六经泥蟠⑥，百家飙骇。方是时也，韩、魏力政，燕、赵任权，五蠹六虱⑦，严于秦令。唯齐、楚两国，颇有文学。齐开庄衢之第⑧，楚广兰台之宫，孟轲宾馆，荀卿宰邑，故稷下扇其清风，兰陵郁其茂俗，邹子以谈天飞誉，驺奭⑨以雕龙驰响，屈平联藻于日月，宋玉交彩于风云。观其艳说，则笼罩雅颂⑩，故知炜烨之奇意，出乎纵横之诡俗

⑥角：较量胜负。六经：儒家经典《诗经》《尚书》《易经》《礼记》《乐记》《春秋》。泥蟠：屈伏在泥里，指埋没。⑦五蠹六虱：见《诸子》，喻蠹国害民的官吏。⑧庄衢之第：《史记·孟子荀卿列传》记载，齐王重视文化学术，为各家学者“开第康庄之衢，高门大屋，尊宠之”。庄衢，四通八达的大道；第，府第，高房大屋。⑨邹子：邹衍，战国时期齐国学者，阴阳家。他说的话极为夸大，喜欢推究天地没有形成以前的情况，当时人叫他“谈天衍”。驺奭（shì）：战国时期齐国人。他说话很讲究文采，像雕刻龙纹一样，当时人称“雕龙奭”。⑩笼罩：超过，罩盖。《雅》《颂》：代指《诗经》。炜烨（wěi yè）：美盛貌，谓文辞明丽晓畅。⑪爰：发语词。有：语助词。⑫天纵：天使他这样。⑬骛：驰。

路。子云锐思于千首，子政雠校[18]于六艺，亦已美矣。爰自汉室，迄至成、哀，虽世渐百龄，辞人九变[19]，而大抵所归，祖述楚辞，灵均余影，于是乎在。

自哀、平陵替[20]，光武中兴，深怀图谶，颇略文华，然杜笃献诔以免刑，班彪参奏以补令。虽非旁求，亦不遐弃[21]。

我们知道歌谣的文采与情理随着时世转变，政治教化风般在上面吹动，诗歌似水波一样在下面震荡。

春秋以后，七国角逐竞相称雄，六经被抛弃，诸子百家风起云涌狂飙一样使人吃惊。那个时候，韩国、魏国使用武力征战，燕国、赵国任用权谋，商鞅、韩非反对儒家，把文学看成五种蛀虫、六种虱子，严加禁止。只有齐、楚两国，富有文化学术。齐国在四通八达的大街上开设府第招待学者，楚国

情况。

本篇是一篇文学简史论，讨论了各代文学的发展变化、成因。

刘勰认为“十代九变”，他用发展的观点看待文学，探讨各代文学发展变化的原因，提出了精

轮申主父以鼎食，擢公孙之对策，叹倪宽[14]之拟奏，买臣负薪而衣锦，相如涤器而被绣。于是史迁寿王之徒，严、终、枚皋[15]之属，应对固无方，篇章亦不匮，遗风余采，莫与比盛。越昭及宣，实继武绩，驰骋石渠，暇豫[16]文会，集雕篆之轶材，发绮縠之高喻，于是王褒之伦，底禄待诏。自元暨成[17]，降意图籍，美玉屑之谈，清金马之

⑭叹倪宽：倪宽原是张汤门下管牛羊畜牧的，后受汉武帝重用当了御史大夫。最高司法官廷尉张汤有疑难案件上奏，两次都被汉武帝退回，主管文书的不知怎么办，后来倪宽代写奏书，得到汉武帝的认可。⑮严：严安，西汉作家。终：终军，西汉作家。枚皋：西汉辞赋家。⑯暇豫：闲逸。⑰元：汉元帝刘奭，宣帝子。成：汉成帝刘骜，元帝子。⑱子政：刘向的字。雠校：校对各种版本。刘向奉汉成帝之命，编订校对古籍图书目录，未完死去，其子刘歆继父业，编成《七略》，其中有《六艺略》。⑲九变：多种变化。⑳平：汉平帝刘衎，哀帝弟。陵替：像丘陵倒塌，指衰败。㉑遐弃：远远抛弃。

辞制，造羲皇之书，开鸿都[26]之赋。而乐松之徒，招集浅陋，故杨赐号为驩兜，蔡邕比之俳优[27]。其余风遗文，盖蔑如[28]也。

自献帝播迁[29]，文学蓬转，建安之末，区宇方辑。魏武以相王之尊，雅爱诗章；文帝以副君[30]之重，妙善辞赋；陈思以公子之豪，下笔琳琅；并体貌英逸，故俊才云蒸。仲宣委质于汉南[31]，孔璋

广建兰台宫，用来延纳文人学士，孟轲作为齐国的贵宾住在客馆，荀卿当了兰陵县令，齐国的稷门之下掀起清新的学风，楚国的兰陵之地培养了美好的风俗，邹衍因能谈天说地声名远扬，驺奭因有雕龙似的文采驰骋文坛，屈原的作品与日月争辉，宋玉色彩相交的作品可与风云辉映。看看他们艳丽的文辞，就要笼罩《诗经》中的《雅》《颂》，就知道文采照耀的诡异文思，是

到的见解。

刘勰认为文学创作和社会现实之间有复杂的关系，作出了“文变染乎世情，兴废系乎时序”的科学论断。

刘勰从各代文学的继承

及明章叠耀，崇爱儒术，肄礼璧堂[22]，讲文虎观，孟坚珥笔于国史，贾逵给札于瑞颂，东平擅其懿文，沛王振其通论。帝则藩仪，辉光相照矣。

自和、安[23]已下，迄至顺、桓，则有班、傅、三崔、王、马、张、蔡，磊落鸿儒，才不时乏，而文章之选[24]，存而不论。然中兴之后，群才稍改前辙，华实所附，斟酌经辞，盖历政讲聚，故渐靡[25]儒风者也。降及灵帝，时好

㉒肄（yì）：学习。璧堂：皇宫中的明堂、灵台、辟雍三处宫殿，是汉明帝讲习礼仪的地方。㉓和：汉和帝刘肇。安：汉安帝刘祜。㉔文章之选：上述作家中优秀作品的选录。㉕靡：披靡，倒下，受到影响。㉖鸿都：鸿都门，东汉藏书、讲学的地方。㉗俳（pái）优：弄臣。古代士大夫认为俳优是供人玩弄的。㉘蔑如：不足称道。蔑，无。㉙献帝：汉献帝刘协，灵帝子。播迁：流离迁徙。董卓逼迫汉献帝迁都长安，曹操诛董卓，又把他迁到许昌。㉚文帝：魏文帝曹丕，曹操长子。副君：太子。㉛仲宣：王粲的字。他在荆州刘表处避难，曹操下荆州时归附曹操。委质：托身，古代做官时向君王献进礼物，表示托身。质，形体，身体。汉南：荆州在汉水之南。

论。于时正始余风，篇体轻澹[36]，而嵇、阮、应、缪，并驰文路矣。

逮晋宣始基，景、文克构，并迹沉儒，而务深方术。至武帝惟新，承平受命[37]，而胶序篇章，弗简皇虑[38]。降及怀、愍，缀旒而已。

然晋虽不文，人才实盛：茂先[39]摇笔而散珠，太冲[40]动墨而横锦，岳、湛曜联璧之华，机、云标二俊之采。应、傅、三

从战国诡异风俗中产生的。

到了汉代，秦始皇焚书之后，汉高祖刘邦崇尚武功，戏弄儒生怠慢学者。虽礼仪律法已开始创立，但还没有来得及整理《诗经》《尚书》这些经典，尽管如此，汉高祖的《大风歌》《鸿鹄歌》也算是天才的杰作了。汉高祖的尚武影响

发展中看到，文学一产生，就有其相对的独立性，文学自身发展规律对文学的发展具有重要影响。

归命于河北，伟长从宦于青土，公幹徇质于海隅，德琏综其斐然[32]之思，元瑜展其翩翩之乐。文蔚、休伯之俦，子叔、德祖之侣，傲雅觞豆[33]之前，雍容衽席之上，洒笔以成酣歌，和墨以藉谈笑。观其时文雅，好慷慨，良由世积乱离，风衰俗怨，并志深而笔长，故梗概[34]而多气也。

至明帝纂戎，制诗度曲，征篇章之士，置崇文之观，何、刘群才，迭相[35]照耀。少主相仍，唯高贵英雅，顾盼合章，动言成

[32] 德琏：应玚的字。斐然：有文采貌。曹丕《与吴质书》中说：“德琏常斐然有述作意，其才学足以著书。”[33] 傲雅：啸傲风雅，傲有不受拘束意。觞：酒杯。豆：祭祀时盛果品的竹器，此指食器。[34] 梗概：慷慨。[35] 迭相：交相。迭，轮替。[36] 体：风格。轻澹：另本作“轻淡”，淡薄，不浓重。[37] 受命：受天命，称帝。[38] 弗简皇虑：皇帝没有心思考虑。简，考察，关注。[39] 茂先：张华的字，西晋初期作家。[40] 太冲：左思的字。

精理，亟满玄席，澹思浓采，时洒文囿。至孝武不嗣[45]，安恭已矣。其文史则有袁、殷之曹，孙、干之辈，虽才或浅深，珪璋[46]足用。

自中朝贵玄，江左弥盛，因谈余气，流成文体。是以世极迍邅[47]，而辞意夷泰，诗必柱下之旨归，赋乃漆园之义疏。故知文变染乎世情，兴废系乎时序，原始以要终，虽百世可知也。

到孝惠帝，直到汉文帝、景帝时，经学兴起，文人还是不受重用，看看贾谊遭贬抑，邹阳和枚乘的地位低下，即可知了。

到汉武帝尊崇儒家学说，用文采粉饰他宏大的功业，制礼作乐，争放光辉，文辞与华藻竞相纷驰。汉武帝在柏梁台上与群臣开宴联句而成《柏梁诗》，在金堤边作了忧民的《金堤咏》，用安稳的蒲轮车征聘枚乘，给主父偃以鼎食高官的待遇，公孙弘的对策好，擢升第一加以任用，赞叹倪宽拟写的奏书非凡，卖柴为生的朱买

张之徒，孙、挚、成公之属，并结藻清英，流韵绮靡㊶。前史以为运涉季世，人未尽才，诚哉斯谈，可为叹息。

元皇中兴，披文建学，刘、刁㊷礼吏而宠荣，景纯文敏而优擢。逮明帝秉哲，雅好文会，升储御极，孳孳讲艺，练情于诰策，振采于辞赋，庾以笔才逾㊸亲，温以文思益厚，揄扬风流，亦彼时之汉武也。

及成、康促龄，穆、哀短祚，简文㊹勃兴，渊乎清峻，微言

㊶结藻：写作有文采。靡：细密。㊷刘：刘隗，东晋文人，受到元帝器重，被任命为丞相司直，主管刑法。刁：刁协，东晋文人。㊸庾：庾亮，东晋作家，明帝穆皇后之兄，明帝即位后委任他为中书监，他上书辞让。逾：愈、益。㊹简文：晋简文帝司马昱，元帝子，清虚寡欲，善玄言。㊺孝武：晋孝武帝司马曜，简文帝子。不嗣：从孝武帝开始东晋皇权就落入刘裕手中，帝王成了傀儡，所以说“不嗣”。嗣，继承。㊻璋：玉器，比喻人的才德。㊼迍邅（zhān）：艰难。

驾骐骥[53]于万里。经典礼章，跨周轹汉，唐、虞之文，其鼎盛乎！鸿风懿采，短笔敢[54]陈？扬言赞时，请寄明哲！

赞曰：

蔚映十代，辞采九变。

枢[55]中所动，环流无倦。

质文沿时，崇替在选。

终古[56]虽远，暧焉如面。

臣，让他穿上官服锦衣，开酒馆洗杯碗的司马相如，让他披上皇家绣袍做使节。于是司马迁、吾丘寿王这些人，严安、终军、枚皋这类人，他们的回应对答确实灵活，写的文章不匮乏，风流文采遗传下来，没有比那时更兴盛的了。

越过汉昭帝到了汉宣帝的时代，继承了汉武帝的事业，他召集群

自宋武爱文，文帝彬雅，秉文[48]之德，孝武多才，英采云构。自明帝以下，文理替矣。尔其缙绅[49]之林，霞蔚而飙起；王、袁联宗以龙章，颜、谢重叶以凤采，何、范、张、沈之徒，亦不可胜数也。盖闻之于世，故略举大较[50]。暨皇齐驭宝，运集休明。太祖以圣武膺箓，世祖以睿[51]文纂业，文帝以贰离含章，高宗以上哲兴运：并文明自天，缉遐景祚。今[52]圣历方兴，文思光被，海岳降神，才英秀发，驭飞龙于天衢，

㊽文：文章、文学。㊾缙绅：士大夫束腰的赤色带，指士大夫。缙，赤色；绅，束腰带。㊿大较：大概。51 世祖：齐武帝萧赜。睿：明智、聪敏。52 今：当今皇帝，即刘勰写作《文心雕龙》一书或《时序》时在位的皇帝。53 骐骥（jì）：千里马。54 短笔：作者的自谦之词。敢：岂敢。55 枢：中心关键。56 终古：远古。

儒在石渠阁展开经学的辩论，文士在文会上从容讨论，既聚集了创作辞赋的杰出人才，又发出贬低辞赋尊重经书的高论。这时，王褒这些有文才的人，凭着文采等待皇帝的诏令得到高官厚禄。

从汉元帝到汉成帝，都很重视收集整理图书典籍，赞美像珠玉般美好的言辞，为文人们扫清了通向金马门的道路。因此扬雄在上千首的赋上用尽心思，刘向父子整理校订了包括《六艺略》的群书目录《七略》，做得很到家。自从汉家王朝建立以来，到汉成帝、汉哀帝为止，虽时代经历了一百余年，文人写作的变化很多，然而他们仍继承了《楚辞》的传统，屈原留下的影响在这些作品里就可以看到。西汉的哀帝、平帝时汉朝趋向没落衰微，光武帝中兴，他非常推崇图箓谶纬之学，对文辞颇为忽略，然杜笃因献《大司马吴汉诔》被光武帝免去了他的刑罚，班彪为西河大将军窦融写奏章写得好，也被增补为徐县的县令。虽不是广泛地搜求人才，也可看到汉光武帝对文人并不远弃。

到了汉明帝和汉章帝时期，可算是文章叠璧双耀的时代，明帝、章帝崇尚经学，明帝在明堂学习礼仪，章帝在白虎观里讲论经书，班固帽侧插上笔杆，撰写出汉代的国史，贾逵接到纸札，写作了瑞祥的颂文，东平王刘苍发挥专长，写下了许多美好的礼文，沛献王刘辅振扬笔杆，写出了《五经论》。皇帝立下准则，藩王作出规范，光辉互相照耀映现。

自和帝、安帝以下，到顺帝、桓帝为止，文坛上便有班固、傅毅和崔骃、崔瑗、崔寔，还有王延寿、马融、张衡、蔡邕，众多的大学者产生，并不缺乏，对他们文章作品的选录，我们且不谈。自从光武帝中兴之后，历代众多的文人在写作上渐变了从前的道路，在文采内容的结合中，酌量采用经典中的辞藻，这大概是几代聚集学者儒生讲经，逐渐受儒家风气影响的缘故。传到汉灵帝，当时的风尚爱好写作辞赋，他亲自写了《皇羲篇》五十章，开放鸿都门接待写作辞赋的人。后来乐松之徒，招集浅俗鄙陋的文人，也在那里写辞作赋，所以杨赐把他们称为害人的"驩兜"，蔡邕把他们比为小丑。他们余留下来的习气文字，是不值得讲的。

自汉献帝流离迁移，文士蓬草一样辗转四方随风飘荡，到建安末年，北方地区方才安定。魏武帝曹操以丞相和魏王的崇高地位，爱好诗歌辞章；魏文帝曹丕以太子的重要地位，善于写作精妙的文辞诗赋；陈思王曹植以大家公子的豪华，文采珠玉般美好。他们殷勤地接待杰出的文士，一时文采极盛。王粲从汉水之南归顺，陈琳从黄河之北归附，徐幹从青州来做官，刘桢从海边来投奔，应玚综合他辞采华美斐然的文思，阮瑀施展他风度翩翩的书记才能。路粹、繁钦这类文人，邯郸淳、杨修这些文友，常在酒杯前吟咏诗篇，在座席上从容谈艺，挥洒毫笔写成酣畅之歌，调和墨汁借以言谈欢笑。观察那时的文章，皆慷慨激昂，这是因为长期战乱，风气败坏，时俗哀怨，这些作者感慨深沉，下笔沉重，所以他们的作品慷慨激昂富有气势。

到魏明帝继承祖业，制诗作辞，谱度乐曲，召集会作文章的人士，设置崇文观作为讲学作文之地，何晏、刘劭这一群有才华的文人，文采互相照耀。年少的君主相继即位，其中唯有高贵乡公曹髦，有才华学问，他顾盼间就形成文章，发言即成论。这个时期，受到正始余风的影响，文体轻浮淡泊，仅嵇康、阮籍、应璩、缪袭这些作家显得不同，在文学的大路上奔跑前进。

到晋宣帝司马懿开始打下开国的基础，晋景帝司马师、文帝司马昭继承父业，他们在行动上忽略儒学风雅，致力于钻研篡夺皇位的阴谋权术。至晋武帝司马炎建立新王朝，在太平时代称帝，但是学校辞章，还没有引起他的注意。下传到晋怀帝和晋愍帝，皇帝只成了装饰品，何谈文章事业！晋代的皇帝虽不重视文学事业，但有才华的文人很多：张华摇动笔杆会落下珍珠，左思挥洒墨汁，创作如展开锦绣，潘岳、夏侯湛的文章双璧般光彩照耀，陆机、陆云显示出两位才子的文采。应贞、傅玄、张载、张协、张亢之徒，孙楚、挚虞、成公绥之辈，文章辞藻清新英俊，风韵华艳细密。以前史学家认为时代进入末世，这些人都没有发挥才华，这话很正确，这些人的遭遇真使人叹息！

晋元帝中兴，建立了东晋王朝，提倡文章写作的事业，兴建了经学考试的制度，文人刘隗、刁协精通礼法受到皇帝的尊敬，郭璞因为文思敏捷被皇帝从优提拔。到晋明帝的时候，他天资聪明，向来爱好文人学士的会聚，他从被立为太子到继承皇位，都孜孜不懈地讲求六经，写作诰书、策书时注意研讨，辞赋亦发挥文采，庾亮因有写作的才华越发得到亲近，温峤因文思敏捷越发受厚待。晋明帝这样对待文才，确实算得上那个时代的汉武帝了。

孝成帝、康帝寿命短促，穆帝、哀帝在位时间也不长。简文帝时文学事业勃然兴起，气度深沉，风格清俊，微妙的语言，精深的道理，常充满玄学清谈的讲席，道家的思想，浓厚的文采，时时流布到文学园地里。到了孝武帝的时候，政权逐步被刘裕篡夺，无人继承，到安帝、恭帝，东晋就完结了。这段时期的文学家兼史学家有袁宏、殷仲文诸人，孙盛、干宝等辈，他们的才智虽有浅深，但也像宝贵的玉器一样，足够朝廷使用。

自从晋朝看重文学清谈，到东晋偏安长江以南便更为流行，这种清谈玄学的风气影响到了文学，形成了一种新的文风。世道虽极度艰难，文辞却写得平静宽缓，诗以老、庄的思想作为宗旨和归宿，辞赋只能是老、庄著作义理的解释。知道文章的变化受时代的感染，不同文体的兴衰和时代的兴衰有关，探究它的开始，总归它的终结，即使百世的文学流变也可推知。

南朝的宋武帝爱好文学，宋文帝儒雅彬彬倡导文学，宋武帝具有宋文帝的德才，多才多艺，辞采丰富。从宋明帝以下，文辞儒学便衰废了。在刘宋时代的士大夫中，文士像云霞般众多，狂风般突起：王姓、袁姓宗族中接连地出现文才，颜姓、谢姓世家也有好几代以文采著名，其余如何长瑜、范晔、张永、沈达文等，多得都不可全部列举。这里只就当时著名的，说一下大概的情况。

到大齐建国，国运昌盛。齐太祖以他圣明的武功膺受天命继位，齐世祖以他的深通文学继承了父亲的大业，齐文帝以他的明智使文章得以孕育，齐高宗以他上等的智慧使国运兴盛：他们的文雅明智皆天生，光照皇位。现在国运正昌隆，文教遍及各地，四海五岳降下神明，人才突出，驾驭的飞龙在天上飞，驾驰骏马行万里路。现在的经书、典籍、礼乐、文章，跨过了周朝，压倒了汉代，唐尧、虞舜时代的文风，正在兴盛！当今宏伟的文风，美好丰富的辞采，拙劣之笔岂敢陈述？扬言评赞当代文章的这个任务，请寄托给明智的人来完成吧！

总结：

十个朝代文学蔚然有采，文章的发展历来多变化。

时代就如同门枢为中心，文学环绕它不断地演变。

文风的朴华沿时代发展，文学的盛衰和时代紧连。

上古的时代虽相去久远，通过文章清楚如在眼前。

卷十

下，不
之谗嫉。沿兹以
平之污点，绛、灌
盗窃，吴起之贪淫，陈
咎实多。至如管仲之
其心。古之将相，疵
其面，觇文辄见
虽幽必显。世远莫
以入情，沿波讨源，
发，观文者披文
缀文者情动而辞
优劣见矣。夫
心敏既行，则
斯术
余之异采
文

也！
以贵乎时
此古人所
纷杂，皎然可品。嗟夫，
徘徊，遗风籍甚。无曰
综文，千年凝锦。余采
异禀。一朝
才难然乎，性
赞曰：

程器第
書論士方之梓材
而丹雘施垣墉立而雕
蓋貴故魏文以爲古今文人
文士之疵相如竊妻而受金揚雄
傾廉隅杜篤之請求無厭班固
而黷貨文舉傲

商\周
之世\则
仲虺垂诰\伊尹敷
训\吉甫之徒\并述
诗颂\义固为经\文
亦足师矣\及乎
春秋大夫\则修辞聘会\
磊落如琅玕之圃\

炬耀似
婀娜
辞\藻援
择楚国
之令典\随
会讲晋国之礼
法\赵衰以文胜
从飨\
国侨以修辞捍
郑\子太叔美秀而
文\公孙挥善
辞令\皆文名
之标者也\战代
任武\而文士不绝\诸
子以道术取资\
屈宋以楚
辞发采\乐
毅报
书辨

范雎上书
密而至，苏
历说壮而中
丽而动。若

亦国华\玩
国香\服媚弥芬\书
之止过客\盖闻兰为
譬春台之熙众人\乐饵
奥\必欢然内怿\
亦可知矣\夫唯深识鉴
丽之文\其事浮浅\
见异唯知音耳\扬雄
质疏内\众不知
昔屈平有
言\

一观位体，二观置辞，三观
奇正，五观
通变，四观
观
将阅文情，先标六观
若衡，照辞如镜矣。是以
轻重，不偏于憎爱，然后能平理
沧波以喻畎浍。无私于

洪钟万
钧，夔
旷所定。良书
妙鉴乃订。流
郑
淫人，无或失听。独有
此律，不谬
蹊径。

监之迷者，
达。然而俗
心敏则理无不
则形无不分，
之照形，目瞭
譬目
之照理，

"知音"其
难哉！音实难
知，知实难逢，逢其知音，
千载其一乎！夫古来"知音"，
多贱同而思古，所谓"日进
前而不御，遥闻声而相思"也。
昔《储说》始出，《子虚》初成，秦皇汉
武，恨不同时。既同时矣，则韩囚而马轻，岂不明
鉴同
时之贱哉？
至于班
固、傅毅，
文在伯仲，而
固嗤毅云"下
笔不能自休"。
及陈思论才
亦深排
孔璋

迟迟
似赠
九代之文，
富矣盛矣；其辞
华采，可略而详也。
文章，则有皋陶
"八音"，益则
辞

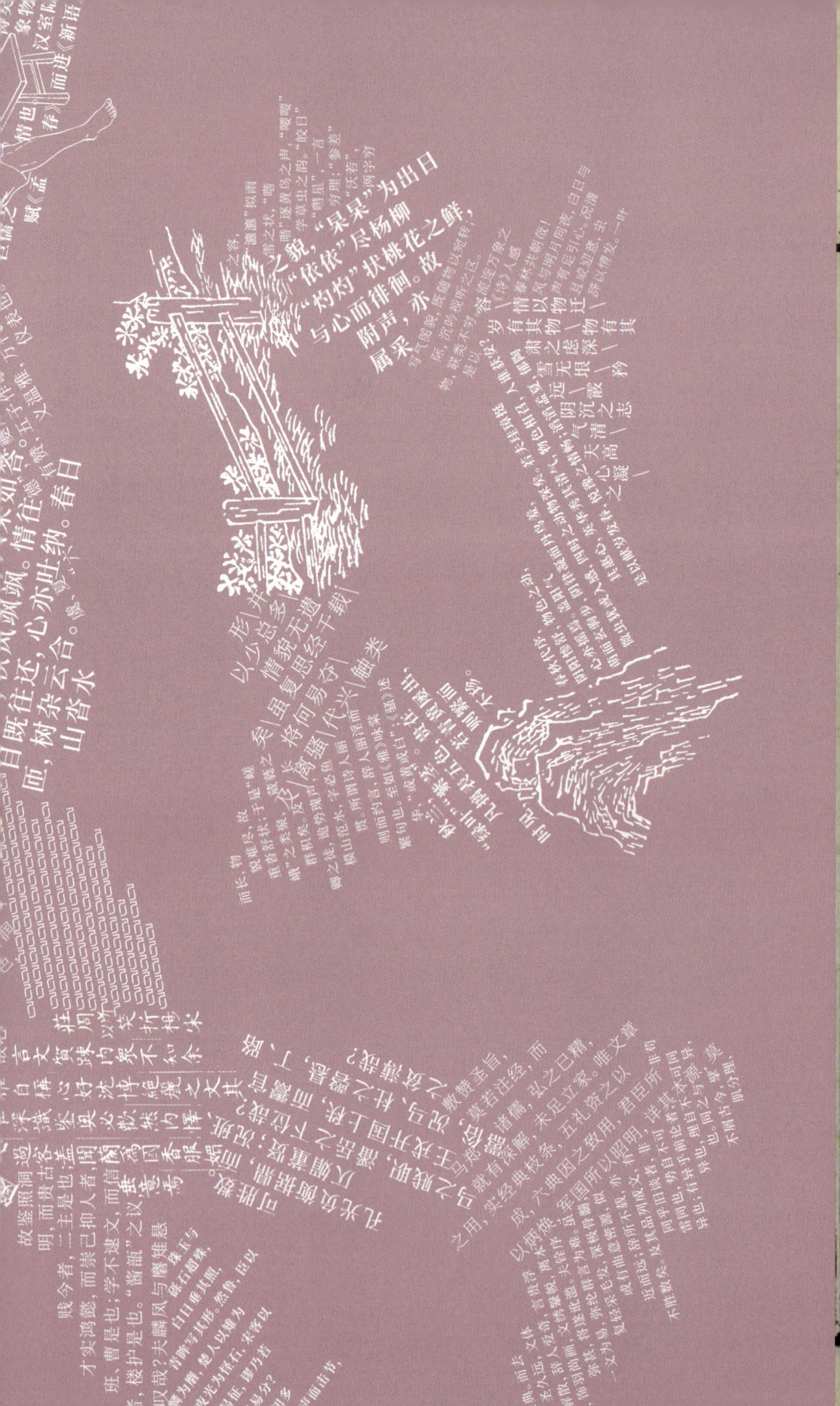

時見若青黃屢出則繁而不珍自近代以來文貴則似窺情風景之上鑽貌草木之中吟詠所發志惟深遠體物爲妙功在密附故巧言切狀如印之印泥不加雕削而曲寫毫芥故能瞻言而見貌印字而知時也然物有恒姿而思無定檢或率爾造極或精思愈疎且詩騷所標並據要害故後進銳筆怯於爭鋒莫不因方以借巧即勢以會奇善於適要則雖舊彌新矣是以四序紛迴而入興貴閑物色雖繁而折辭尚簡使味飄飄而輕舉情曄曄而更新古來辭人異代接武莫不參伍以相變因革以爲功物色盡而情有

萬象之際沈吟視聽之區寫氣圖貌既隨物以宛轉屬采附聲亦與心而徘徊故灼灼狀桃花之鮮依依盡楊柳之貌杲杲爲出日之容瀌瀌擬雨雪之狀喈喈逐黃鳥之聲喓喓學草蟲之韻皎日嘒星一言窮理參差沃若兩字連形並以少總多情貌無遺矣雖復思經千載將何易奪及離騷代興觸類而長物貌難盡故重沓舒狀於是嵯峨之類聚葳蕤之群積矣及長卿之徒詭勢瓌聲模山範水字必魚貫所謂詩人麗則而約言辭人麗淫而繁句也至如雅詠棠華或黃或白騷述秋蘭綠葉紫莖凡摛表五色貴在

尹敷訓吉甫之徒並述詩頌義固爲經文亦師矣及乎春秋大夫則脩辭聘會磊落如琅玕之圃焜燿似縟錦之肆薳敖擇楚國之令典隨會講晉國之禮法趙襄以文勝從饗國僑以脩辭扞鄭子太叔美秀而文公孫揮善於辭令皆文名之標者也戰代任武而文士不絕諸子以道術取資屈宋以楚辭發釆樂毅報書辯以義范雎上疏密而至蘇秦歷說壯而中李斯自奏麗而動若在文世則揚班儔矣荀況學宗而象物名賦文質相稱固巨儒之情也漢室陸賈首發奇釆賦孟春而選典誥其辯之富矣賈誼才頴陵軼

餘者曉會通也若乃山林皋壤實文思之奧府略語則闕詳說則繁然屈平所以能洞監風騷之情者抑亦江山之助乎

贊曰

山沓水匝樹雜雲合目既往還心亦吐納春日遲遲秋風颯颯情往似贈興來如荅

才略第四十七

九代之文富矣盛矣其辭令華采可略而詳也虞夏文章則有皋陶六德夔序八音益則有贊五子作歌辭義溫雅萬代之儀表也商周之世則仲虺垂誥伊

劉奕葉繼采舊說以爲固文優彪歆學精向然王命
清辯新序該練璿璧產於崑岡亦難得而踰本矣傅
毅崔駰光采比肩瑗寔踵武能世厥風者矣杜篤賈
逵亦有聲於文跡其爲才也崔傅之末流也李尤賦
銘志慕鴻裁而才力沇膇垂翼不飛馬融鴻儒思洽
登高吐納經範華實相扶王逸博識有功而絢綵無
力延壽繼志瓌穎獨標其善圖物寫貌豈枚乘之遺
術歟張衡通贍蔡邕精雅文史彬彬隔世相望是則
竹柏異心而同貞金玉殊質而皆寶也劉向之奏議
旨切而調緩趙壹之辭賦意繁而體踈孔融氣盛於

飛兔議愜而賦清豈虛至哉枚乘之七發鄒陽之上書膏潤於筆氣形於言矣仲舒專儒子長純史而麗縟成文亦詩人之告哀焉相如好書師範屈宋洞入夸豔致名辭宗然覆取精意理不勝辭故揚子以爲文麗用寡者長卿誠哉是言也王褒構采以密巧爲致附聲測貌泠然可觀子雲屬意辭人最深觀其涯度幽遠搜選詭麗而竭才以鑽思故能理贍而辭堅矣桓譚著論富號猗頓宋弘稱薦爰比相如而集靈諸賦偏淺無才故知長於諷論不及麗文也敬通雅好辭說而坎壈盛世顯志自序亦蚌病成珠矣二班兩

亦以賦論標美劉楨情高以會采應瑒學優以得文
路粹楊脩頗懷筆記之工丁儀邯鄲亦含論述之美
有足算焉劉邵趙都能攀於前脩何晏景福克光於
後進休璉風情則百壹標其志吉甫文理則臨丹成
其采嵇康師心以遣論阮籍使氣以命詩殊聲而合
響異翮而同飛張華短章奕奕清暢其鷦鷯寓意即
韓非之說難也左思立才業深覃思盡銳於三都拔
萃於詠史無遺力矣潘岳敏給辭自和暢鍾美於西
征賈餘於哀誄非自外也陸機才欲窺深辭務索廣
故思能入巧而不制繁士龍朗陳以識檢亂故能布

為筆禰衡思銳於為文有偏美焉潘勗憑經以騁才
故絶群於錫命王朗發憤以託志亦致美於序銘然
自卿淵已前多俊才而不課學雄向已後頗引書以
助文此取與之大際其分不可亂者也魏文之才洋
洋清綺舊談抑之謂去植千里然子建思捷而才儁
詩麗而表逸子桓慮詳而力緩故不競於先鳴而樂
府清越典論辯要迭用短長亦無懵焉但俗情抑揚
雷同一響遂令文帝以位尊減才思王以勢窘益價
未為篤論也仲宣溢才捷而能密文多兼善辭少瑕
累摘其詩賦則七子之冠冕乎琳瑀以符檄擅聲徐

勝為史準的所擬志乎典訓戶牖雖異而筆彩畧同袁宏發軫以高驤故卓出而多偏孫綽規旋以矩步故倫序而寡狀殷仲文之孤興謝叔源之閒情並解散辭體縹緲浮音雖滔滔風流而太澆文意宋代逸才辭翰鱗萃世近易明無勞甄序觀夫後漢才林可參西京晉世文苑足儷鄴都然而魏時話言必以元封為稱首宋來美談亦以建安為口實何也豈非崇文之盛世招才之嘉會哉嗟夫此古人所以貴乎時也

贊曰

采鮮淨敏於短篇孫楚綴思每直置以疎通摯
懷必循規以溫雅其品藻流別有條理焉傅玄篇章
義多規鏡長虞筆奏世執剛中並楨幹之實才非群
華之韡萼也成公子安選賦而時美夏侯孝若具體
而皆微曹攄清靡於長篇季鷹辨切於短韻各其善
也孟陽景福才綺而相埒可謂魯衛之政兄弟之文
也劉琨雅壯而多風盧諶情發而理昭亦遇之於時
勢也景純艷逸足冠中興郊賦既穆穆以大觀仙詩
亦飄飄而凌雲矣庾元規之表奏靡密以閑暢溫太
真之筆記循理而清通亦筆端之良工也孫盛子實

文稱文人相輕非虛談也至如君卿脣舌而謬欲論文乃稱史遷著書諮東方朔於是桓譚之徒相顧嗤笑彼實博徒輕言負誚況乎文士可妄談哉故鑒照洞明而貴古賤今者二主是也才實鴻懿而崇己抑人者班曹是也學不逮文而信僞迷真者樓護是也醬瓿之議豈多歎哉夫麟鳳與麏雉懸絕珠玉與礫石超殊白日垂其照青眸寫其形然魯臣以麟爲麏楚人以雉爲鳳魏氏以夜光爲怪石宋客以燕礫爲寶珠形器易徵謬乃若是文情難鑒誰曰易分夫篇章雜沓質文交加知多偏好人莫圓該慷慨者逆聲

才難然乎性各異稟一朝綜文千年凝錦餘采

遺風籍甚無曰紛雜皎然可品

知音第四十八

知音其難哉音實難知知實難逢逢其知音千載其一乎夫古来知音多賤同而思古所謂日進前而不御遥聞聲而相思也昔儲說始出子虛初成秦皇漢武恨不同時既同時矣則韓囚而馬輕豈不明鑒同時之賤哉至於班固傅毅文在伯仲而固嗤毅云下筆不能自休及陳思論才亦深排孔璋敬禮請潤色以爲美談季緒好詆訶方之於田巴意亦見矣故

成篇之足深患識照之目淺耳夫志在山水琴表其情況形之筆端理將焉匿故心之照理譬目之照形目瞭則形無不分心敏則理無不達然而俗監之迷者深廢淺售此莊周所以笑折楊宋玉所以傷白雪也昔屈平有言文質疏內衆不知余之異采見異唯知音耳揚雄自稱心好沈博絶麗之文其事浮淺亦可知矣夫唯深識鑒奧必歡然內懌譬春臺之熙衆人樂餌之止過客蓋聞蘭爲國香服媚彌芬書亦國華翫澤方美知音君子其垂意焉

贊曰

而擊節醞藉者見密而高蹈浮慧者觀綺而躍心
奇者聞詭而驚聽會己則嗟諷異我則沮棄各執一
隅之解欲擬萬端之變所謂東向而望不見西墻也
凡操千曲而後曉聲觀千劍而後識器故圓照之象
務先博觀閱喬岳以形培塿酌滄波以喻畎澮無私
於輕重不偏於憎愛然後能平理若衡照辭如鏡矣
是以將閱文情先標六觀一觀位體二觀置辭三觀
通變四觀奇正五觀事義六觀宮商斯術既形則優
劣見矣夫綴文者情動而辭發觀文者披文以入情
沿波討源雖幽必顯世遠莫見其面覘文輒見其心

宣輕脆以躁競孔璋惚恫以麤踈丁儀貪婪以乞
貨路粹餔啜而無耻潘岳詭禱於愍懷陸機傾仄於
賈郭傅玄剛隘而詈臺孫楚佷愎而訟府諸有此類
並文士之瑕累文既有之武亦宜然古之將相疵咎
實多至如管仲之盜竊吳起之貪淫陳平之汚點絳
灌之讒嫉沿茲以下不可勝數孔光負衡據鼎而仄
媚董賢況班馬之賤職潘岳之下位哉王戎開國上
秩而鬻官囂俗況馬杜之磬懸丁路之貧薄哉然子
夏無虧於名儒濬冲不塵乎竹林者名崇而譏減也
若夫屈賈之忠貞鄒枚之機覺黃香之淳孝徐幹

洪鍾萬鈞，夔曠所定。良書盈篋，妙鑒迺訂。流鄭淫

無或失聽。獨有此律，不謬蹊徑。

程器第四十九

周書論士，方之梓材，蓋貴器用而兼文采也。是以樸斲成而丹雘施，垣墉立而雕杇附。而近代詞人，務華棄實，故魏文以爲古今文人，之類不護細行，韋誕所評，又歷詆群才，後人雷同，混之一貫，吁可悲矣。略觀文士之疵：相如竊妻而受金，揚雄嗜酒而少筭，敬通之不循廉隅，杜篤之請求無厭，班固諂竇以作威，馬融黨梁而黷貨，文舉傲誕以速誅，正平狂憨以致戮

以君子藏器待時而動發揮事業固宜蓄素以弸中散采以彪外楩柟其質豫章其榦摛文必在緯軍國負重必在任棟梁窮則獨善以垂文達則奉時以騁績若此文人應梓材之士矣

贊曰

瞻彼前脩有懿文德聲昭楚南采動梁北雕而不器貞榦誰則豈無華身亦有光國

序志第五十

文心者言爲文之用心也昔涓子琴心王孫巧心心哉美矣夫故用之古來文章以雕縟成體豈效鄒

沈默豈曰文士必其玷歟蓋人稟五材脩短殊用
非上哲難以求備然將相以位隆特達文士以職卑
多誚此江河所以騰湧涓流所以寸析者也名之抑
揚既其然矣位之通塞亦有以焉蓋士之登庸以成
務爲用魯之敬姜婦人之聰明耳然推其機綜以方
治國安有大夫學文而不達於政事哉彼楊馬之徒
有文無質所以終乎下位也昔庾元規才華清英勳
庸有聲故文藝不稱若非台岳則正以文才也武之
術左右惟宜郤縠敦書故舉爲元帥豈以好文而不
練武哉孫武兵經辭如珠玉豈以習武而不曉文也

明矣至於割情析采必籠圈條貫摛神性圖風勢
幽遠包會偏閲聲字崇替於時序褒貶於才畧怡暢
於知音耿介於程器長懷序志以馭群篇下篇以下
毛目顯矣位理定名彰乎大易之數其爲文用四十
九篇而已夫銓序一文爲易彌綸群言爲難雖復輕
采毛髮深極骨髓或有曲意密源似近而遠辭所不
載亦不可勝數及其品■成文有同乎舊談者非雷
同也勢自不可異也有異乎前論者非苟異也理自
不可同也同之與異不屑古今擘肌分理唯務折衷
按轡文雅之場環絡藻繪之府亦幾乎備矣但言不

之群言雕龍也夫宇宙綿邈黎獻紛雜拔萃出穎，術而已歲月飄忽性靈不居騰聲飛實制作而已夫有肖貌天地禀性五行擬耳目於日月方聲氣於風雷其超出萬物亦已靈矣形同草木之脆名踰金石之堅是以君子處世樹德建言豈好辯哉不得已也余生七齡乃夢彩雲若錦則攀而採之齒在踰立則常夢索源不述先哲之誥無益後生之慮蓋文心之作也本乎道師乎聖體乎經酌乎緯變乎騷文之樞紐云亦極矣若論文敘筆則■別區分原始以表時名以章義選文以定篇敷理以舉統一篇以上綱

五福五代堂寶

八徵耄念之寶

太上皇帝之寶

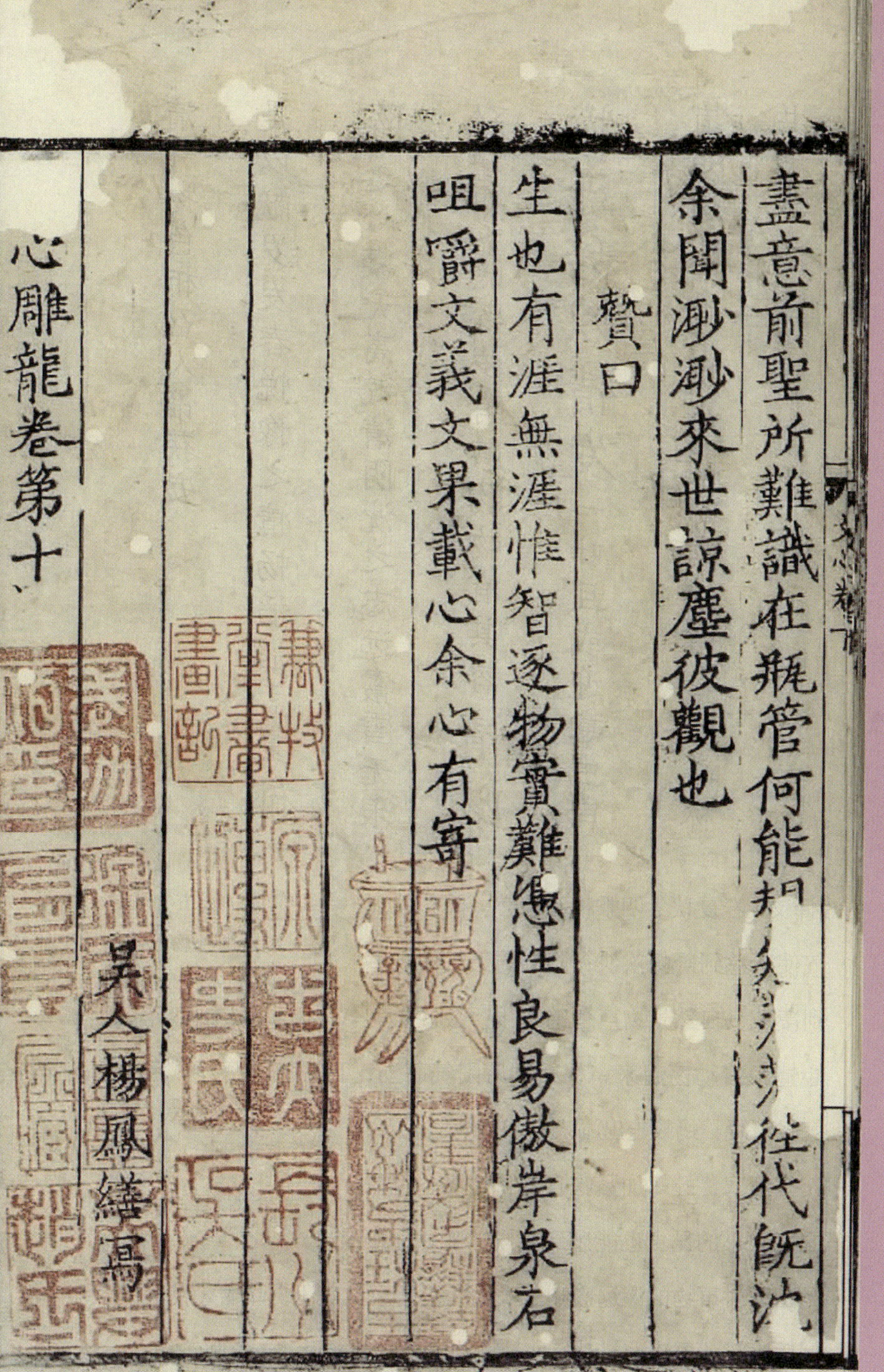

盡意前聖所難識在瓶管何能矩矱茫茫往代既沈

余聞渺渺來世諒塵彼觀也

贊曰

生也有涯無涯惟智逐物實難憑性良易傲岸泉石

咀嚼文義文果載心余心有寄

心雕龍卷第十

吳人楊鳳繕寫

清气，物色相召，人谁获安？是以献岁发春，悦豫之情畅；滔滔孟夏，郁陶[4]之心凝；天高气清，阴沈之志远；霰雪无垠，矜[5]肃之虑深。岁有其物，物有其容，情以物迁，辞以情发[6]。一叶且或迎意，虫声有足引心。况清风与明月同夜，白日与春林共朝哉！

译文 春夏秋冬四季相互代替，阳和的天气使人感到舒畅欢快，阴沉的天气使人感到凄戚，自然景物声色的变化，会使人的心情跟着动荡起来。冬至过后阳气萌动，气候渐暖，蚂蚁走出洞穴，八月阴气凝聚，天气渐寒，螳螂加紧吃食准备过冬，就是这些微小的昆虫也能感到气候的变化，可见四季对事物的深远影响。人的心灵智慧比美玉更卓著，清爽的气质比花朵更清秀，对各种景物的感召，谁能无动于衷呢？

延伸阅读 物，指景物、与人相对的外物；色，声色。物色，外物的声色。本篇就自然景物对文学创作的影响，论述文学与现实的关系。

全篇分三个部分：

一、论述自然界的外物

物色第四十六

春秋代序，阴阳惨舒①，物色之动，心亦摇焉。盖阳气萌而玄驹步，阴律凝而丹鸟羞②，微虫犹或入感，四时之动物深矣。若夫珪璋挺其惠心，英华③秀其

□注释

❶春秋：此处用春秋代指四季。代：更替。序：次序。阴阳惨舒：阴惨阳舒。秋冬为阴，春夏为阳。惨，戚，不愉快；舒，逸。❷阳气萌：冬至后阳气开始萌生。玄驹：蚂蚁。步：走动。阴律凝：阴历八月秋天到来，阴气开始凝聚。古代乐律分阴阳二种，又以十二种乐律分配于十二律，阳律六，阴律六。八月属于阴律，此处借指阴冷的季节。丹鸟：螳螂。羞：吃。❸珪璋：古代聘问时所用的名贵的玉器，此处泛指美玉。英华：美丽的花朵。❹郁陶：忧闷郁积。❺矜：严肃、庄重。❻情以物迁，辞以情发：《明诗》的“应物斯感，感物吟志”和这两句意思相同。

雨雪之状，“喈喈”逐黄鸟之声，“喓喓”学草虫之韵⑩。“皎日”“嘒星”，一言穷理；“参差”“沃若”，两字连形：并以少总多，情貌无遗⑪矣。虽复思

每当进入新年，春气萌发，心情欢乐舒畅；初夏的时候，草木茂盛，心情烦躁不畅；秋天天高气清，阴郁沉寂的心志便显得深远；冬天里，大雪纷纷渺无边际，思虑严肃而深沉。一年四季各有它的景物，不同的景物各有它独特的声色容貌，而感情因景物改变，文辞因感情产生。一片树叶落下尚能触动情思，昆虫鸣叫的声音足以引发人们的心思，何况清风明月之夜，白日春林的晨光美景呢？

因此诗人对景物的感触，引发的联想是无穷的。流连忘返于宇宙万物之间，对所见所闻进行深思体察。描写景物的神貌，随着景物而变化；辞采音节的安排，必须结合思想情感细心斟酌。因此，《诗经》用“灼灼”形容桃花颜色的鲜美，用“依依”表现杨柳枝条的轻柔，用“杲杲”描绘太阳出来时的光明，用“瀌瀌”说明大雪纷飞的形状，用“喈喈”形容黄鹂鸟的鸣叫，

对作者的影响、作用。

二、论述《诗经》、《楚辞》、汉赋和晋宋作品中对自然界外物和人的思想感情关系的处理情况及得失，说明如何描写自然景物：必须对客观景物进行仔细观察研究，结合物象的特点思考、描写。

三、总结晋宋以来“文贵形似”的新趋势，提出具体的写作要求：密切结合物象，抓住物色

是以诗人感物，联类[7]不穷。流连万象之际，沈吟[8]视听之区，写气图貌，既随物以宛转；属采附声，亦与心而徘徊[9]。故“灼灼”状桃花之鲜，“依依”尽杨柳之貌，“杲杲”为出日之容，“瀌瀌”拟

❼ 联：联系，联想。类：相近、相似的。❽ 流连：徘徊不忍离去。万象：各种自然现象。沈吟：低声吟味，研究思考的意思。❾ 气：事物的精神。图貌：描绘状貌。《诠赋》：“写物图貌，蔚似雕画。”宛转：曲折随顺，在写作中根据事物的状貌构思。属：连缀。声：文章的音节。徘徊：来回走动，指外物与内心密切联系的构思活动。❿ 灼灼：花盛开的样子，形容桃花的色彩鲜明。《诗经·周南·桃夭》：“桃之夭夭，灼灼其华。”依依：枝条轻柔的样子。《诗经·小雅·采薇》：“昔我往矣，杨柳依依。”尽：完全，即完全描绘出。杲（gǎo）杲：光明的样子。《诗经 · 卫风 · 伯兮》：“其雨其雨，杲杲出日。”瀌（biāo）瀌：雪多的样子。《诗经 · 小雅 · 角弓》：“雨雪瀌瀌。”拟：模仿。喈（jiē）喈：众鸟和鸣的声音。《诗经 · 周南 · 葛覃》：“黄鸟于飞，集于灌木，其鸣喈喈。”逐：追，指追模，表现。喓（yāo）喓：虫鸣声。《诗经·召南·草虫》：“喓喓草虫。”韵：虫鸣声。⓫ 皎：洁白明亮。《诗经 · 王风 · 大车》：“谓予不信，有如皎日。”嘒（huì）：微小。《诗经·召南·小星》：“嘒彼小星，三五在东。”一言：一字。参差：不齐。《诗经 · 周南 · 关雎》：“参差荇菜，左右流之。”沃若：美盛的样子。《诗经 · 卫风 · 氓》：“桑之未落，其叶沃若。”两字：两字相连成为双声字、叠韵字。“参差”是双声，“沃若”是叠韵。总：综合。情貌：神情状貌。无遗：完全表达出来。

述秋兰，「绿叶」「紫茎」[16]。凡摛表五色，贵在时见[17]，若青黄屡出，则繁而不珍。

自近代[18]以来，文贵形似，窥情风景之上，钻貌草木之中。吟咏所发，志惟深远，体物为妙，功在密附。故巧言切状，如印之印泥，不加雕削，而曲写毫芥[19]。故能瞻言而见貌，即字而知时也。

用“喓喓”表现虫鸣的叫声。“皎”描绘太阳的明亮，“嘒”说明星星的微小，这就是用一个字道尽物理；“参差”形容荇菜的长短不齐，“沃若”表现桑叶的鲜美茂盛，一个双声连词、一个叠韵连词就把荇菜和桑叶描绘出来，这就是用两个字完全描绘出事物的形貌。这类例子都是以少量的文字表达出丰富的内容，并把事物的神情形貌纤毫无遗地表现出来。这些精练的描写，即使再反复考虑千年，能有更恰当的字替换吗？到《离骚》取代《诗经》兴起，触类旁通而加以引申有所发展，景物声色的形貌难以详尽表现出来，因而词汇便复杂繁富起来，

的要点，继承前人加以创新，到自然中汲取营养。

本篇是本书写得较精彩的一篇，论述形象生动，以鲜明的唯物观点总结了一些创作的重要原则、方法。

文思的宝库，但简略写来就会空洞，太详又会烦冗。屈原之所以能洞察《诗经》的《国风》和楚国民间骚体诗歌的情韵，还是靠江山的帮助。

总结：

高山重叠流水环绕，绿树交映霞云聚合。

目光往还驰骋心景，激情就会有所抒发。

春天太阳柔和舒畅，秋天西风萧飒愁人。

一往情深景似相赠，诗兴飞来好似酬答。

颂，义固为经，文亦师矣。及乎春秋大夫，则修辞聘会，磊落如琅玕之圃，焜耀似缛锦之肆。**薳敖**[3]择楚国之令典，随会讲晋国之礼法，赵衰以文胜从飨，国侨以修辞捍郑，**子太叔**[4]美秀而文，公孙挥善于辞令，皆文名之标者也。战代任武，而文士不绝。诸子以道术**取资**[5]，屈宋以楚辞发采。乐毅报书辨而义，范雎上书密而至，**苏秦**[6]历说壮

延伸阅读 《才略》《知音》《程器》属文学批评论。

才，指才能，略，指识

|译文| 九代的文章，丰富繁盛极了，它们的语言文采，可总括仔细地谈一谈。虞、夏时代的文章，就有皋陶谈论治理国家的六德，夔主管的八音，伯益则有赞扬禹的赞辞，五子作了讽刺夏太康的《五子之歌》，这些作品文辞温和，意义雅正，是万代的标准。

才略第四十七

九代之文，富矣盛矣，其辞令华采，可略而详也。虞、夏文章，则有皋陶六德①，夔序八音，益则有赞，五子作歌，辞义温雅，万代之仪表也。商、周之世，则仲虺垂诰，伊尹敷训②，吉甫之徒，并述诗

□注释

❶皋陶六德：皋陶，舜时的大臣。他讲“行有九德”，即宽而栗、柔而立、愿而恭、乱而敬、扰而毅、直而温、简而廉、刚而塞、张而义，并说诸侯只要恭行其中六德就能保有国家。❷伊尹敷训：伊尹，商汤大臣。成汤死后，太甲继位，伊尹训告新即位的帝王太甲。敷，陈述。❸薳敖：楚庄王大臣，曾修订楚国的法典。❹子太叔：游吉，春秋时期郑国大夫。❺取资：取用，供人采用。❻苏秦：战国末期纵横家，合纵派代表。

辞宗。然覆取精意，理不胜辞，故扬子以为「文丽用寡者长卿」，诚哉是言也。

王褒[12]构采，以密巧为致，附声测貌，泠然可观。子云属意[13]，辞义最深，观其涯度幽远，搜选诡丽，而竭才以钻思，故能理赡而辞坚矣。

桓谭著论，富号猗顿，宋弘称荐，爰比相如[14]。而集灵诸赋，偏浅无才，故知长于讽论，不及

商、周时代，仲虺留下了告诫的话，伊尹陈述教训的话，尹吉甫这类人，都作诗歌功颂德，这些作品在意义上成为经典，文辞上也值得效法。

春秋时代的士大夫，他们在访问诸侯和参加盟会时，文辞修饰、丰富得如美玉的宝库一样，光彩照耀似锦绣的店铺。楚国的宰相蒍敖编选楚国的法令典章，晋国的随会修订晋国的礼仪法规，赵衰因熟悉礼仪跟着公子重耳赴秦穆公的宴会，郑国的子产因善于措辞而捍卫了郑国的利益，郑国的子太叔

略，才略，指作家的才能识略。

本篇从才略上论历代作家的主要成就，是古代文学批评史上作家论的

而中，李斯自奏丽而动。若在文世，则扬班俦矣。荀况[7]学宗，而象物名赋，文质相称，固巨儒之情也。汉室陆贾，首发奇采，赋孟春而进新语[8]，其辩之富矣。贾谊才颖[9]，陵轶飞兔，议惬而赋清，岂虚至哉？枚乘之七发，邹阳之上书，膏润[10]于笔，气形于言矣。仲舒专儒，子长纯史，而丽缛成文，亦诗人之告哀焉。相如好书，师范屈宋，洞[11]入夸艳，致名

❼荀况：荀子。❽《新语》：西汉时期陆贾的著名政论散文集，全书共计十二个章节。在《新语》中，陆贾主张“行仁义，法先圣”，礼法结合，同时强调人主必须无为，这为西汉前期的统治思想创立了一个基本模式。❾贾谊：西汉初期作家。颖：禾芒，指才华杰出。❿膏润：有文采。⓫洞：深。⓬王褒：西汉时期辞赋家。⓭子云：扬雄的字。属意：作文。属，连缀。⓮宋弘称荐，爰比相如：宋弘，东汉光武帝的大司空，他向光武帝推荐桓谭，说他的才学几乎赶上了扬雄和刘向父子，堪比司马相如。⓯坎壈：不得志的样子。盛世：光武中兴之世。

颖独标，其善图物写貌，岂枚乘之遗术欤？张衡通赡㉑，蔡邕精雅，文史彬彬，隔世相望。是则竹柏异心而同贞，金玉殊质而皆宝也。刘向之奏议，旨切㉒而调缓；赵壹之辞赋，意繁而体疏；孔融气盛于为笔，祢衡思锐于为文，有偏美焉。潘勖㉓凭经以骋才，故绝群于锡命；王朗发愤以托志，亦致美于序铭。然自卿、渊已前，多役才而不课学；雄、向已后，颇引

文章风姿秀美而有文采，公孙挥善于外交辞令，这些人皆以言辞富有文采而著名。战国时代，尚任武力，但是文学之士却不断出现。诸子百家用学说供人们采择，屈原、宋玉以他们的《楚辞》发扬光彩。乐毅《报燕惠王书》的自我辩解入情合意，范雎《上秦昭王书》措辞含蓄而用意深切，苏秦游历的说辞有力而切合情势，李斯的《谏逐客

佳作。

全篇分五个部分：

一、论先秦作家的才略。

二、论两汉作家三十三人的才略。

三、论建安、魏作家

丽文也。敬通雅好辞说，而坎壈盛世[15]，《显志》《自序》，亦蚌病成珠矣。二班两刘，奕叶继采，旧说以为固文优彪，歆学精向，然《王命》[16]清辩，《新序》该练，璇璧产于昆冈，亦难得而逾本矣。傅毅、崔骃，光采比肩[17]，瑗寔踵武，能世厥风者矣。杜笃、贾逵，亦有声于文，迹[18]其为才，崔、傅之末流也。李尤赋铭，志慕鸿裁，而才力沈膇[19]，垂翼不飞。马融鸿儒，思洽登高，吐纳经范，华实相扶[20]。王逸博识有功，而绚采无力。延寿继志，瑰

[16]《王命》：班彪著《王命论》，讲刘氏承受天命而为帝。[17]比肩：并肩。[18]迹：考，作动词，意为追寻其创作的踪迹加以考察。[19]沈膇：害湿气病，此处指滞钝。沈，沉溺；膇，足肿。[20]华实：形式与内容。相扶：相互配合，指形式与内容结合得好。[21]张衡：东汉时期辞赋家、科学家，代表作有《西京赋》《东京赋》。通赡：张衡学博才富。[22]旨切：刘向的奏议多为当时外戚专权、汉室危急而发，言极痛切，反复申明。[23]潘勖：东汉末期作家。

琳、瑀以符檄擅声，徐幹以赋论标美，刘桢情高以会采㉘，应玚学优以得文，路粹、杨修颇怀笔记之工，丁仪、邯郸亦含论述之美，有足算㉙焉。刘劭赵都能攀于前修，何晏景福克光于后进㉚。休琏风情，则百壹标其志；吉甫文理，则临丹成其采；嵇康师心以遣论㉛；阮籍使气以命诗。殊声而合响，异翮而同飞。张华短章，奕奕清畅，其鹪鹩㉜寓意，即韩非之说难也。

书》华丽又能动人。要是在崇尚文学的时代，那就是扬雄、班固一类的作家了。荀子是学术界的领袖，他却写了一些取象事物命名的赋，文采内容都很相称，的确表达了大儒家的情思。

十八人的才略。

四、论两晋作家二十五人的才略。

五、根据以上评述作出小结，说明文人成就的大小和其所处的时代有关。

汉代的陆贾，首先发出了不凡的光彩，赋写孟春且著作《新语》，

书以助文，此取与之大际，其分不可乱者也。

魏文之才，洋洋清绮。旧谈抑[24]之，谓去植千里。然子建思捷而才俊，诗丽而表逸，子桓虑详而力缓，故不竞于先鸣。而乐府清越，典论[25]辩要。迭用短长，亦无懵焉。但俗情抑扬，雷同一响，遂令文帝以位尊减才，思王以势窘益价，未为笃论[26]也。仲宣溢才，捷而能密，文多兼善，辞少瑕累，摘[27]其诗赋，则七子之冠冕乎！

㉔抑：贬低。㉕《典论》：曹丕所著的《典论·论文》，我国最早的文艺理论批评专著。㉖笃论：确论。笃，纯。㉗摘：选取。㉘刘桢情高以会采：刘桢文有气势和文采。㉙足算：计数。㉚后进：后代的人。㉛嵇康师心以遣论：嵇康著有《养生论》《声无哀乐论》。师心，以心为师，指独创。㉜《鹪鹩》：张华的《鹪鹩赋》，张华认为鹪鹩是平凡的小鸟，不像凶猛高飞的雕鹰鸿雁和有漂亮羽毛的孔雀会因有文采被人捕捉，隐喻有才华的人易被害。鹪鹩，

之实才，非群华之韡[38]萼也！成公子安选赋而时美，夏侯孝若具体而皆微，曹摅[39]清靡于长篇，季鹰辨切于短韵。各其善也。孟阳、景阳，才绮而相埒，可谓鲁卫之政，兄弟之文也。刘琨[40]雅壮而多风，卢谌情发而理昭，亦遇之于时势也。

他辩论的话很丰富。贾谊的文才脱颖而出，超过了千里马，他议论恰切，辞赋清新，难道是凭空捏造的吗？

枚乘的《七发》，邹阳的《狱中上书》，笔酣墨饱，气势旺盛，思想志气表现在言辞上了。董仲舒是儒学家，司马迁是纯粹的史家，却写出了繁富的文章，是属于诗人哀愁这一类的。司马相如爱好读书，学习屈原、

《才略》是刘勰的作家论之一，是评论作家的专文。

一、刘勰认为作家的才能识略虽纷繁复杂、千差万别，但都要通过作

左思奇才，业深覃思，尽锐于三都，拔萃于咏史㉝，无遗力矣。潘岳敏给，辞自和畅，钟美于西征，贾余于哀诔，非自外㉞也。陆机才欲窥深，辞务索广，故思能入巧而不制繁。士龙朗㉟练，以识检乱，故能布采鲜净，敏于短篇。孙楚缀思，每直置以疏通。挚虞述怀㊱，必循规以温雅，其品藻流别，有条理焉。傅玄篇章，义多规镜㊲；长虞笔奏，世执刚中，并桢干

一种很小的鸟。㉝《咏史》：左思的代表作，借古人古事抒发自己的情怀。㉞非自外：内在的才华与情思。㉟士龙：陆云的字，陆机之弟，文章短小精练。朗：明。㊱挚虞：西晋时期文学家。述怀：挚虞的诗赋。㊲规镜：鉴戒。㊳韡（bì）：状光彩，光明美丽的样子。㊴曹摅：西晋时期诗人，作品多为长篇，代表作有《感旧》《思友人》。㊵刘琨：西晋诗人。刘琨力图恢复中原，后被盟友鲜卑族段匹磾拘禁，他作诗给好友卢谌，希望其能营救自己出险。

宋代逸才[45]，辞翰鳞萃，世近易明，无劳甄序。

观夫后汉才林，可参西京；晋世文苑，足俪邺都[46]。然而魏时话言，必以元封为称首；宋来美谈，亦以建安为口实。何也？岂非崇文之盛世，招才之嘉会哉！嗟夫，此古人所以贵乎时[47]也。

赞曰：

品反映出来，所以仍然“皎然可品”。

宋玉的辞赋，深入了解掌握艳丽的文辞，成为辞赋中的领袖。考核他作品中的精义，情理不能胜过辞采，所以扬雄认为，“文章艳丽而不切意的是司

景纯艳逸，足冠中兴，郊赋既穆穆[41]以大观，仙诗亦飘飘而凌云矣。庾元规之表奏，靡密以闲畅；温太真之笔记，循理而清通，亦笔端之良工也。

孙盛、干宝[42]，文胜为史，准的所拟，志乎典训，户牖虽异，而笔彩略同。袁宏发轸以高骧，故卓出而多偏；孙绰[43]规旋以矩步，故伦序而寡状。殷仲文之孤兴，谢叔源之闲情，并解散辞体[44]，缥渺浮音，虽滔滔风流，而大浇文意。

41《郊赋》：《南郊赋》，今文残。穆穆：庄敬。42孙盛、干宝：皆是史学家。43孙绰：东晋文学家。44解散辞体：不合规格。45逸才：出众的文才。46邺都：曹魏都城所在地，在今河南临漳县西。47时：时机。

马相如的作品"，确实如此，这句话评论得好。

王褒的文章，讲究构结文采，以细密精巧为特点，附写声韵，测绘形貌，巧妙可观。扬雄命意写文章，含意最为深刻，看他的作品内容深广，选词绮丽，他竭尽自己的才智钻研思考，所以文章义理丰富言辞确切。

桓谭的著作论述，多得似富翁猗顿的财富，宋弘在汉光武帝面前推荐他，把他比作司马相如。但他写的《集灵宫赋》等作，却褊狭浅薄没有才华，我们知道，他是长于议论讽谏，不善作华丽的辞赋。冯衍平素爱好文辞游说，他在盛明时代很不得志，他写《显志赋》自述心志，似蚌因得病而生成珍珠一样。

东汉的班彪、班固，西汉的刘向、刘歆，都是父子两代文采相继，以前的人认为班固的文章胜过班彪，刘歆的学问超过刘向，然而班彪的《王命论》文辞清新辩理透彻，刘向的《新序》内容丰富文辞精练，美玉出于昆仑山上，再好也难超过它的出产地。傅毅、崔骃的文章，文采如肩挨着肩，不相上下，崔瑗和崔寔的创作，跟着他们的足迹，文风世代相继。杜笃、贾逵的文章也很有声望，追寻踪迹，考察他们的文学才能，应排在崔、傅两家的后面。李尤的赋、铭，有志追求巨大的体裁，可才力钝滞，牵拉着翅膀飞不起来。马融是一代大儒，文思广博通达，见解高超，发言成为

二、刘勰运用辩证的眼光，评价九十多位作家的创作成就及才能识略，既肯定其长处，也指出其短处。______

三、刘勰对作家的评论主要从作家的才能识略方面展开，有的涉及作家所处时代及身世遭遇对其创作的影响。______

四、刘勰从实际出发评论作家，提出自己的看法，不管"同乎旧谈"还是"异于旧谈"，皆力求客观。______

才难然乎，性各异禀[48]。一朝综文，千年凝[49]锦。余采徘徊，遗风籍甚[50]。无曰纷杂，皎然可品[51]。

[48] 才难然乎：《论语·泰伯》："才难，不其然乎？"然，是。禀：禀赋。[49] 综文：作文。综，犹织。凝：聚集。[50] 徘徊：影响长期存在着。籍甚：著名。甚，意同盛。[51] 皎：明白。品：评。

规范，华采内容互相配合。王逸学问识力皆有成就，在运用文采方面却显得无力。王延寿继承父亲的遗志，文章瑰奇新颖，独标异彩，他善于图绘事物，描写声貌，难道是掌握了枚乘遗传下来的技巧？

张衡学识精通，文思丰富，蔡邕学识精纯，文辞雅正，文学、史书很有文采，隔代并称。竹子和柏树性质不同，同样耐寒，金子和玉石质地不同，却一样宝贵。刘向的奏议，用意切合，语调舒缓；赵壹的辞赋，文意丰富，体制疏阔；孔融章奏，气势昂扬；祢衡作赋，文思敏锐。他们各有优点。潘勖凭借经典驰骋文才，所以他的《册魏公九锡文》成了当时超群绝出的作品；王朗发愤为文寄托他的志向，也在序、铭的写作上达到美善之境。总观汉代的文人，司马相如和王褒以前，写作上多依凭天才而不注意考求学问；扬雄和刘向以后，则注意引用经典写文章，这是取舍的大概，它们的分别是不能混淆的。

魏文帝曹丕，才力充沛，文采清丽。旧说贬抑他，说他比曹植差之千里。虽然曹植文思敏捷才华卓越，诗歌清丽杰出，曹丕思虑周到才力徐缓，在抢先方面不能和曹植相比，可是他的乐府清丽激扬，《典论》事理辨析得当。只要看到他们各有长短，就不会有懵懂糊涂的评价了。但世俗喜爱贬褒，人云亦云，同声附和，使得魏文帝曹丕因地位尊贵被看低了才华，陈思王曹植因失势、处境窘迫而提高了身份，这是不确切的评论。王粲才华横溢，文思敏捷，细密周到，兼善多种文体，文辞很少有毛病，选他的诗赋代表作来看，那就是“建安七子”之首！

陈琳、阮瑀以擅长章表檄文著名，徐幹以他的赋论称美，刘桢情操高洁兼有文采，应场学识优秀又有文采，路粹、杨修很有书记的才能，丁仪、邯郸淳也具有写作论述的美才，这些人都是值得计数的。刘劭的《赵都赋》，能追上前代文学家的水平；何晏的《景福殿赋》，能够照耀后来进取的文人。应璩有讽劝的情怀，《百壹诗》可标示他的心志；应贞文辞情理，《临丹赋》构成他的文采；嵇康不受拘束，独行己意地发挥议论；阮籍使气任性，放纵不羁地咏写诗篇，他们异声合奏，张开不同的翅膀一起飞。

西晋张华的短篇，神采清新流畅，他的《鹪鹩赋》寓意深长，和韩非的《说难》差不多。左思才华突出，用思极深，写作《三都赋》用尽了气力，《咏史》显示了卓越的才能，他写作这些作品是不遗余力的。潘岳文思敏捷，文辞意旨皆和顺畅达，《西征赋》汇集了他的美才，哀诔上显示出富余的才情，他之所以能如此，是因为他本身就具有才华，并非要炫耀自己。

陆机的文才出众，文辞上力求广博，所以他的文思巧妙，但不能控制用词过分繁缛的毛病。陆云明畅练达，用思精练，文采鲜明干净，对短篇文章的写作很是敏捷。孙楚构思，往往用直率的措辞，文辞疏朗通达。挚虞述怀，写作辞赋，一定按照规矩，措辞温雅，他的评论之作《文章流别论》，写得有条有理。

傅玄的文章，多有规劝的话；他的儿子傅咸写作的奏书，继承了上代，写得刚直不阿。他们父子像坚硬木料一般有真才实学，不是经不起风雨的漂亮的花萼。

成公绥撰写的辞赋，时时有美好的篇章，夏侯湛模仿《诗经》《尚书》，具备各种体裁，只是规模小些，曹摅的长篇诗歌，文辞清丽细致，张翰的短篇诗歌，写得明辨确切。

上述几位作者，都各有他们的优点。

张载、张协，他们的文才绮丽不相上下，可以说像鲁国和卫国之间亲密的政治关系，是文章中的兄弟。刘琨的诗歌雅正雄壮，多有讽喻，卢谌的文章激情奋发义理昭明，这是时势所造。

东晋郭璞辞采艳丽，才华卓越，足为中兴之冠，他的《南郊赋》穆穆庄严非常可观，《游仙诗》飘飘然有凌云的感觉。庾亮的表章，文思细密又从容通畅；温峤的笔记，循循依理文辞清通，他们是写作的能工巧匠。

孙盛、干宝，以作文之笔书写历史，他们追求的标准在《尚书》，他们所走的路虽不完全一样，但文笔辞采大体相同。袁宏写作发端高扬，所以文辞卓绝突出，多有偏颇之处；孙绰写作总是在规矩中回旋，所以他的作品虽有条理却少有精彩壮丽的描写。殷仲文抒写孤高兴致的诗，谢叔源表现闲情的诗，皆把骈体文写成诗行，成为虚无缥缈的浮泛声音，虽流为一时风尚，却大为浮浅单薄。

刘宋时人才华出众，作品多得鱼鳞一样密集，这些文人离现代很近，容易明白了解，无须劳烦铨评叙述。

看看东汉如林的文人才士，可与西汉的文人才士参比；晋世的文坛，足以和曹魏的文学相配。曹魏时代谈论文学，一定首推汉武帝元封年间的文学；宋代以来称美创作，也以汉末建安时代的文学作为佳话。

为什么呢？

难道不是因为它们是崇尚文学的盛世，招集文才的好时代吗？

唉，所以古人看重时代！

总结：

文才难得，确实如此，天性赋禀各有其差异。

一旦把性情写成文章，便千年不变凝成华锦。

丰富的文采长期流传，遗下的影响更加显著。

不要说作家作品纷繁，仍可清楚地予以品评。

昔储说始出，子虚初成，秦皇汉武，恨不同时[2]。既同时矣，则韩囚而马轻，岂不明鉴同时之贱哉？至于班固、傅毅，文在伯仲，而固嗤[3]毅云「下笔不能自休」。及陈思论才，亦深排孔璋，敬礼请润色，叹以为美谈[4]，季绪好诋诃，方之于田巴，意亦见矣。故魏文称「文人相轻」，非虚谈也。至如君卿唇舌，而谬欲论文，乃称「史迁[5]著书，谘东方朔」，于是

译文 知音多么难得啊！

音乐实在难理解，懂音乐的人又实在难遇，碰到知音，千年只有一次！

从古以来的知音，大多看轻同时代的人而怀古，这就是所谓的每天在面前不重用，老远听见名声便想念啊！

延伸阅读 知，懂得的意思，音，指音乐，知音，即懂得音乐。

刘勰用“知音”作篇名，表达文学也应和音乐一样需要知音评论、鉴赏的观点。

从前韩非的《储说》才传播，司马相如的《子虚赋》刚写成，秦始皇和汉武帝看了，都怨恨不能和作者同时。后来同时相处了，

知音第四十八

知音[1]其难哉！音实难知，知实难逢，逢其知音，千载其一乎！夫古来知音，多贱同而思古，所谓“日进前而不御，遥闻声而相思也”。

□注释

❶知音：此处泛指文学欣赏者、评论家。❷恨不同时：韩非的著作传到秦国，秦始皇读后感叹不能和此人同时，后来他用武力威胁韩国，得到了韩非。《汉书·司马相如传》载，汉武帝读了《子虚赋》，感叹不能与作者同时，后得知《子虚赋》是当时人司马相如所作，立即召见了司马相如。❸嗤：讥笑。❹敬礼请润色，叹以为美谈：曹植《与杨德祖书》中说，丁廙请他修改文章时叹道：“后世还有谁能知道我，能修改我的文章呢？”敬礼，丁廙的字；润色，修改文章。❺史迁：司马迁。

节⑩，酝藉者见密而高蹈，浮慧者观绮而跃心，爱奇者闻诡而惊听。会己则嗟讽⑪，异我则沮弃，各执一隅之解，欲拟万端之变，所谓「东向而望，不见西墙⑫」也。

凡操千曲而后晓声，观千剑而后识器，故圆照之象，务先博观。阅乔岳以形培塿⑬，酌沧波以喻畎浍，无私于轻重，不偏于憎爱，然后能平理若衡，照辞如镜矣。

是以将阅文情，先标六观：一观位体，二观置辞⑭，三观通变，四

本篇论述如何进行文学批评，是刘勰文学批评比较集中的文章。

结果韩非被囚禁，司马相如遭轻贱，这岂不是明白看出了对同时的人的看轻吗？至于班固、傅毅，文章不相上下，班固却嗤笑傅毅说：“下笔没完没了，不能休止。”及至陈思王曹植评论

桓谭之徒，相顾嗤笑。彼实博徒，轻言负诮⑥，况乎文士，可妄谈哉。故鉴照洞明，而贵古贱今者，二主是也；才实鸿懿，而崇已抑⑦人者，班、曹是也；学不逮文，而信伪迷真者，楼护是也。酱瓿之议，岂多叹哉。

夫麟凤与麏雉悬绝，珠玉与砾石超殊，白日垂其照，青眸⑧写其形。然鲁臣以麟为麏，楚人以雉为凤，魏民以夜光为怪石，宋客以燕砾为宝珠。形器易征⑨，谬乃若是；文情难鉴，谁曰易分？

夫篇章杂沓，质文交加，知多偏好，人莫圆该。慷慨者逆声而击

⑥诮：责怪，讥讽。⑦抑：贬低。⑧青眸：黑的眼仁。⑨征：验证。⑩逆：迎着。节：乐器名。⑪嗟：叹。讽：诵读。⑫东向而望，不见西墙：《吕氏春秋·去宥》有“东面望者，不见西墙”之语。⑬乔岳：高山。培塿(lǒu)：小土丘。⑭置辞：安排运用文辞。

故心之照理，譬目之照形，目瞭则形无不分，心敏则理无不达[17]。然而俗监之迷者，深废浅售，此庄周所以笑折杨，宋玉所以伤白雪也[18]！

昔屈平有言：「文质疏内，众不知余之异采。」见异唯知音耳。扬雄自称：「心好沈博绝丽之文。」其不事浮浅[19]，亦可知矣。夫唯深识鉴奥，必欢然内怿，譬春台之熙众人，乐饵之止过客。盖闻兰为国香，服媚弥芬；书亦国华，玩绎方美。知音君子，其垂意焉！

文人的才能，也极力贬低孔璋，丁廙请他修饰文辞，感叹他的话说得好，刘修喜好诋毁别人的文章，他便把刘修比为爱攻击人的田巴，从这些议论里，

全篇分四个部分：______
一、论述“知实难逢”，

观奇正，五观事义，六观宫商。斯术[15]既形，则优劣见矣。夫缀文者情动而辞发，观文者披文以入情，沿波讨源，虽幽必显。世远莫见其面，觇文辄见其心。岂成篇之足深？患识照之自浅耳！夫志在山水，琴表其情[16]，况形之笔端，理将焉匿？

⑮术：方法。⑯志在山水，琴表其情：伯牙弹琴，一时志在泰山，一时志在流水，钟子期一听琴音即知。⑰达：通晓。⑱宋玉所以伤《白雪》也：见宋玉《对楚王问》。⑲其不事浮浅：不追求浮浅。

也可看到曹植的用意。所以魏文帝曹丕说"文人相轻",自古就是这样,这并不是空话。至于楼护这种摇唇鼓舌之人，却荒谬地评论文章,说什么"太史公司马迁著作《史记》,要咨询请教东方朔"，于是桓谭这些人，面对楼护的谬论皆相视而笑。他本来没有地位，轻率的发言也被人耻笑，何况是文人，难道可以乱说吗?

所以观察得深切明白，看重古代轻视现代，两位君主便是；文才确实鸿博懿美，却只抬高自己贬低他人，班固、曹植便属于这一类；学识够不上谈论文章，却把伪谬当成真实的，楼护便属于这一类。刘歆看了扬雄的《太玄》后说："我怕后人用它来盖酱瓮。"这难道是多余的感叹?

麒麟、凤凰与獐子、野鸡相差极远，珍珠、宝玉与沙砾、石子完全不同，在阳光照耀下，明亮的眼睛可观察它们的形态。鲁国的臣子把麒麟当作了獐子，楚国人把野鸡当成了凤凰，魏国人把夜光宝石看成了怪石，宋国的愚客把燕地的石子当作宝珠。有形的器物容易考察验证，还发生这么多的谬误；抽象的文情难于鉴定识别，谁说容易区分?

篇章复杂，质朴和文华交织，人的爱好多有所偏，无法做到周全兼备地观察问题。慷慨的人听了昂扬的歌声便会击节赞赏，有涵养的人看到深密的作品就高兴，喜欢浮华的人看到绮丽的作品就

以秦始皇、汉武帝、班固、曹植等人为例，列举说明古来文学批评"贵古贱今"，好的文学批评家难遇。

二、论述"音实难知"：因文学本身复杂抽象，评论家见识有限各有偏好，做好文学批评确实存在一定的困难。

三、论述文学批评鉴赏的方法：评论者应博见广闻，以增强鉴赏文学的能力。刘勰要求本着客观公正的态度，从六个评价角度来考察文学作品。

四、提出文学批评的理论根据。

刘勰认为，帮助读者识

赞曰：

洪钟万钧，夔旷[20]所定。

良书盈箧[21]，妙鉴乃订。

流郑淫人，无或失听。

独有此律，不谬蹊[22]径。

⑳夔：舜时的音乐官。旷：师旷，春秋时期晋国的音乐家。㉑箧：箱。㉒蹊：路。

动心，爱好新奇的人听到奇特的作品就耸动。符合自己的爱好就大加叹赏朗诵，和自己爱好相异的就看不上，各自执持着一隅的片面见解，要想量度多种多样的变化，只能向东而望，看不到西墙。

操奏千支曲子之后才能通晓音乐，观看千把剑之后才能识别剑器，所以全面观察，务必先要广博地观览。观看过高山便明白土堆之小，经过沧海就知晓沟水之浅。对文章轻重的评论无私心，对作品的爱憎无偏见，评论才能像衡器量物一样公平合理，分析文章作品才能做到像镜子一样明晰。

别作品，促进文学的发展，皆需文学批评和鉴赏。

本篇全面分析了文学批评的态度、特点、方法和文学批评的基本原理，涉及了文学批评和文学创作的关系和欣赏等问题。

审查文章的情思，先要标置“六看”：

第一看文体的安排是否合适；

第二看文辞的布置是否确切；

第三看文学的继承发展怎样；

第四看奇正的运用是否贴切；

第五看运用的事类合不合适；

第六看作品的音律是否完美。

这些评论的方法运用了，文章的优劣便显现出来了。

先有情思再发为言辞，读者看了文辞了解情思，沿着水波探讨作者思想感情的源头，即使幽深也必定显露出来。年代相隔遥远，虽不能见面，但看到他们的文章就可窥见他们内心的感情。

难道文章十分深奥吗？

怕的是自己认识鉴别的能力太浅薄罢了！

俞伯牙的志向在高山流水，琴音表现了他的思想感情，何况用文字表达出来，感情怎么隐藏得住呢？

所以心观察情理，好比眼睛看见物体的形状一样，眼光明了物体的形状就没有不能区分的，心思灵敏没有不了解情理的。然而世俗间迷糊的人，抛弃内容深沉的，浅薄的反受赏识，这就是庄周之所以讥笑世人喜爱《折杨》，宋玉之所以伤感听《白雪》的人少的原因。

屈原曾说："我外表质朴心豁达，众人看不到我特异的光彩。"能看到特异光彩的唯有知音。扬雄自称："我内心爱好深沉渊博、奇绝华丽的辞赋。"他不喜欢浮浅的写作，从此也就可知。只有具备深刻的认识能力，才能看到作品奥妙之处，内心必然欢快愉悦，好比春天登台远望使众人快乐，好比音乐美食使过往的客人止步。听说兰花是国内最好的香花，喜欢佩戴会感到更加芳香；文章著作是一国文明的精华，经过欣赏分析方能了解它的美之所在。知音的人们，好好注意这些吧！

总结：

宏大的乐钟重达万钧，夔和师旷来定音。

满满一箱好书，依靠卓越的鉴赏家评定。

郑国流荡之音使人迷乱，不要因它错听。

遵守评论鉴赏的规则，才不会迷失方向。

群才，后人雷同，混之一贯，吁可悲矣！

略观文士之疵：相如窃妻而受金，扬雄嗜酒而少算[5]，敬通之不循廉隅，杜笃之请求无厌，班固谄窦以作威，马融党梁而黩货，文举傲诞以速诛[6]，正平狂憨以致戮，仲宣轻脱以躁竞，孔璋惚恫以粗疏，丁仪贪婪以乞贷，路粹铺啜而无耻[7]，潘岳诡祷于愍怀，陆

延伸阅读 程，计量考核的意思，器，材器，指具有品德和政治见识的人才，程器，就是衡量作家的品德修养和政治见识。

本篇论述了作家的道德

译文《周书》议论士人，用木工选材、制器、染色打比方，看重实用价值，又看重文采。因此，木料砍斫加工成器物，而后涂漆染色，墙壁砌成后再加粉饰。可是后代的作家，力求华丽的文辞，放弃实用的美德。所以魏文帝曹丕认为："古今文人，大都不顾小节。"韦诞所作的评论，对许多有才华的文人一一进行指摘，后人随声附和，好坏不分，混同一贯。唉，实在可悲！

约略观察文人的毛病，司马相如勾引卓文君私奔又接受贿赂，扬

程器 第四十九

周书论士，方之梓材①，盖贵器用而兼文采也。是以朴斫成而丹雘施，垣墉立而雕杇②附。而近代③辞人，务华弃实。故魏文以为『古今文人，类不护细行④』。韦诞所评，又历诋

□注释

❶《周书》：《尚书》的一部分，此指《尚书·梓材》。方：比。梓材：木匠把木料制成木器和修建房屋。梓，木匠。❷朴：木未成器，指整治木料。丹雘：赤色颜料。丹，红砂；雘，好的色彩。垣墉：墙。垣，低墙；墉，高墙。雕杇：粉刷墙壁。❸近代：这个近代包括汉朝。❹魏文：魏文帝曹丕。类：大都。护：爱护，注意。细行：细节。❺扬雄嗜酒而少算：扬雄不会过日子，好喝酒，家贫，没有余粮。嗜，爱好。❻文举：孔融。他讥刺曹操，发言狂妄，后被操所杀。速：招致。❼路粹：东汉末期文学家。餔啜：白吃饮食。无耻：路粹奉曹操旨意陷害孔融，这种行为是无耻的。

哉！然子夏无亏于名儒，濬冲不尘乎竹林者，名崇而讥减也。若夫屈、贾之忠贞，邹、枚之机觉[11]，黄香之淳孝，徐幹之沈默，岂曰文士必其玷欤？盖人禀五材，修短殊用，自非上哲，难以求备。然将相以位隆特达，文士以职卑多诮，此江河所以腾涌，涓流所以寸折者也。

品质修养等问题。

全篇分三个部分：

一、论述文人应品德、

雄嗜酒，安排家事又缺少计算，冯衍不遵守规矩，杜笃对美阳县令的请求不知满足，班固谄媚权臣窦宪作威作福，马融投靠豪门梁冀又贪污受贿，孔融傲慢狂妄招致杀身，祢衡狂放痴迷招致屠戮，王粲轻率不拘小节急躁竞进，陈琳说话草率粗疏，丁仪贪

机倾仄于贾郭，傅玄刚隘而詈台，孙楚狠愎而讼府，诸有此类，并文士之瑕累。文既有之，武亦宜然。古之将相，疵咎实多。至如管仲之盗窃，吴起之贪淫⑧，陈平之污点，绛、灌之谗嫉，沿兹以下，不可胜数。孔光负衡据鼎，而仄媚董贤，况班、马之贱职，潘岳之下位⑨哉！王戎开国上秩，而鬻官嚣俗，况马、杜之磬悬，丁、路⑩之贫薄

⑧ 吴起之贪淫：战国军事家吴起贪财好色。⑨ 班、马之贱职，潘岳之下位：班固仅做过兰台令史和窦宪的中护军等小官，马融也仅官至武都太守，比陈平、孔光等官职皆低下。⑩ 丁、路：丁仪、路粹。⑪ 邹、枚：邹阳、枚乘。机觉：机警觉察。邹阳觉察到吴王刘濞谋反，上书相谏，吴王不听，便和枚乘、严忌离开了吴王。

是以君子藏器，待时而动，发挥事业，固宜蓄素以弸[16]中，散采以彪外，楩楠其质，豫章其干；摛文必在纬军国，负重必在任栋梁，穷则独善以垂文，达则奉时以骋绩，若此文人，应梓材之士矣。

赞曰：

瞻彼前修，有懿文德。声昭楚南[17]，采动梁北。

雕而不器，贞干谁则？岂无华身，亦有光国。

娄到处乞财，路粹白吃陷害孔融不知羞耻，潘岳假写祷文阴谋诬陷愍怀太子，陆机拜倒在权贵贾谧和郭彰足下，傅玄性情刚愎狭隘骂官，孙楚刚愎凶狠控告上级。诸如此类，都是文人们

文采并重。刘勰以木工制器为喻，说明不能仅顾外表美观。

名之抑扬，既其然矣；位之通塞[12]，亦有以焉。盖士之登庸，以成务为用。鲁之敬姜，妇人之聪明耳，然推其机综[13]，以方治国；安有丈夫学文，而不达于政事哉？彼扬马之徒，有文无质，所以终乎下位也。昔庾元规才华清英，勋庸有声，故文艺[14]不称；若非台岳，则正以文才也。文武之术，左右惟宜[15]。郤縠敦书，故举为元帅，岂以好文而不练武哉？孙武兵经，辞如珠玉，岂以习武而不晓文也？

⓬ 通塞：高低，通达或阻塞。⓭ 机综：织机的经纬交织。综，织机上的装置。⓮ 艺：技。⓯ 左右惟宜：文事与军事、笔杆子和枪杆子，相辅相成。⓰ 蓄素：蓄积素养。弸（péng）：满。⓱ 楚南：屈原、贾谊，他们皆是南方有德才的作家。

的缺点。

既然文人有这些毛病，武人也是这样的。古代的将相，毛病确实很多。春秋时代齐国宰相管仲偷窃，战国时期魏国吴起贪财好色，西汉丞相陈平行为上有污点，大将周勃、灌婴诋毁贾谊，嫉妒贤才。由此而下，有污点的将帅例子数也数不清。西汉的孔光位居丞相之职，他却要向权贵董贤侧身取媚，何况班固、马融职务卑微，潘岳等地位低下的文人呢？

王戎是西晋的开国功臣，享受着上等官禄，却受贿卖官，随波逐流，何况司马相如、杜笃家徒四壁，丁仪、路粹那样贫穷呢？

然而，这些缺点并不损害孔光成为当代名儒，也不妨碍王戎成为“竹林七贤”之一。为什么会这样？因名望崇高，就会减少对他们的讥诮。说到屈原、贾谊的忠贞正直，邹阳、枚乘对吴王刘濞阴谋的机警觉察，黄香对父母淳厚的孝道，徐幹对官禄的沉静淡薄，难道说文人一定都有缺点吗？

因为人禀受五行而形成各种品德，互有长短各有不同，若不是上等圣哲聪明之人，难以要求他们完备周全。将帅宰相因他们的地位崇高，名声特别显达，文人因职位卑微，经常遭到讥诮，如大江大河所以波涛腾涌，小沟之水所以曲折一样。

名声受到贬抑或褒扬，既然是这样；职位的通达阻塞，也有它的原因。文人被录用，是要来干事的。鲁国的敬姜，是个聪明的妇

二、认为对人才不要求全责备，列举历代文人的不平待遇及相关事迹，为文人鸣不平。

三、进一步论述作家不仅要注意道德品质，还要通晓军政大事。

本篇是全书文字最激烈的一篇。刘勰反对“务华弃实”，这是其贯穿全书的基本思想之一，同时从正面论述了“实”的必要性。

人，她能用织布加以推论，比喻治理国家的大事道理，哪有大丈夫学习文章，而不懂治理国家政事的呢？

扬雄、司马相如那些人，有文才却没有品德，所以终处在低下的位子。庾亮文章才华清俊，功勋卓著，所以他的创作不被称扬；如他不是身为大官，应会以文才著名。文才武略左右手一样相辅相成。春秋时晋国的郤縠因爱研治古代典籍，被举荐为元帅，难道因爱好文学就不熟悉兵法，好尚文术便不练习武术吗？孙武的《兵法》，文辞珠玉一样美好，他难道因讲习武术便不懂文辞了吗？

因此君子身藏利器，等待时机施展，建立事业，就该积蓄知识修养德行充实内在，散发文采呈示外在之美，做到楩木、楠木那样质地坚硬，又有樟木那样高大的树干。写文章一定要经纬军国大事，担负重任一定要成为国家的栋梁；穷困就独身自善著书垂流后世，显达就遵奉时代使命驰骋天下建立功绩。这样的文人，应该就是《尚书·梓材》所说的人才了。

总结：

瞻望从前的贤人，都有美好的文才品德。

名昭于南方楚地，文采震动了北方梁国。

仅有外表无才德，怎能根本上树立榜样？

既使自身无荣耀，也该为国家增光添彩！

忽，性灵不居，腾声飞实，制作而已。

夫肖貌天地，禀性五才③，拟耳目于日月，方声气乎风雷，其超出万物，亦已灵矣。形同草木之脆，名逾金石之坚，是以君子处世，树德建言，岂好辩哉？不得已也！

予生七龄，乃梦彩云若锦，则攀而采之。齿在逾立，则尝夜梦执丹漆之礼器，随仲尼而南行④。旦而寤，

译文 “文心”，是说作文要用心。过去涓子著《琴心》，王孙子写《巧心》，心灵巧，所以人们常将它作为书名。自古以来的文章，需要文采修饰才能构成，难道效仿修饰语言犹如雕刻龙纹的驺奭吗？

宇宙无穷无尽，常人和贤才混杂其中，超越常人依靠才智。时间

延伸阅读 序，是叙述；志，是心志、情志。序志，就是叙述作者写作《文心雕龙》的想法。本篇是《文心雕龙》一书的序言，详细论述了

序志第五十

"文心"者，言为文之用心也。昔涓子《琴心》，王孙[1]《巧心》，心哉美矣，故用之焉。古来文章，以雕缛成体，岂取驺奭之群言雕龙也？

夫宇宙绵邈，黎献[2]纷杂，拔萃出类，智术而已。岁月飘

□注释

❶王孙：王孙子是儒家，著有《巧心》。

❷黎献：众人中的贤人。黎，黎民，百姓；献，贤人。❸夫肖貌天地，禀性五才：《汉书·刑法志》："夫人肖天地之貌，怀五常之性。"肖，像，相似，此处有象征的意思；五才，五常，仁、义、礼、智、信。

❹夜梦：自此至"并未能振叶以寻根，观澜而"为据其他版本而补之文字。礼器：祭祀用的笾豆，即竹制的圆器和木制、似高脚的盘子。仲尼：孔子的表字。南行：捧祭器随孔子向南走，表示成了孔子的学生，协助老师完成典礼。

恶乎异端。辞训之异，宜体于要。于是搦笔和墨，乃始论文。

详观近代之论文者多矣。至如魏文述典，陈思序书⑨，应玚文论，陆机文赋，仲治流别，弘范翰林，各照隅隙⑩，鲜观衢路，或臧否当时之才，或铨品前修之文，或泛举雅俗之旨，或撮题篇章之意。

魏典密而不周⑪，陈书辩而无当，应论华而疏略，陆赋巧而碎乱，流别精而少功⑫，翰林浅而寡要。又君山、公幹之

写作该书的目的、意图、方法、态度、指导思想以及内容安排等。——本篇是了解《文心雕龙》

飞逝，人的才智不能永存，声名、事功流传下去，只有靠创作。

人的容貌像天地，天具有仁、义、礼、智、信等品性，耳目如同日月，声音好似风雷，人超出万物，是很灵智的。但是人的形体如同草木一样脆弱，

乃怡然而喜，大哉圣人之难见也，乃小子⑤之垂梦欤。自生人以来，未有如夫子者也。敷赞圣旨，莫若注经，而马郑诸儒，弘⑥之已精，就有深解，未足立家。唯文章之用，实经典枝条，五礼资之以成，六典因之致用，君臣所以炳焕，军国所以昭明，详其本源，莫非经典。而去圣久远，文体解散⑦，辞人爱奇，言贵浮诡，饰羽尚画，文绣鞶帨⑧，离本弥甚，将遂讹滥。盖周书论辞，贵乎体要；尼父陈训，

⑤小子：刘勰谦称。⑥弘：大，发扬光大。

⑦文体解散：文章体制破坏。⑧鞶（pán）帨：鞶，皮带，古时束衣用；帨，佩巾。

⑨陈思：陈思王曹植。书：曹植的《与杨德祖书》，除评论当时一些作家外还表达了他对文章修改的重视等。杨德祖，名修，当时的作家之一，是曹植的好友。⑩隅隙：角落、缝隙，指不全面或者次要的地方。⑪密而不周：《典论·论文》讲才气比较严密，讲文体比较简单，讲才气只强调先天禀赋。周，全。⑫精而少功：《文

图风势，苞会通⑯，阅声字，崇替⑰于时序，褒贬于才略，怊怅于知音，耿介于程器，长怀序志，以驭群篇。下篇以下，毛目显矣。位理定名，彰乎大易之数，其为文用，四十九篇而已。

夫铨序一文为易，弥纶群言为难。虽复轻采毛发，深极骨髓⑱，或有曲意密源，似近而远，辞所不载，亦不可胜数矣。及其品列成文，有同乎旧谈者，非雷同也，势自不可异也；有

只有声名胜过金石的坚固，可以不朽。因此，君子处世，应立德建言。立言是他们喜欢辩论的缘故吗？是为了不朽之名而不得已啊！

我在七岁时，梦见彩云似锦绣，于是便上天去采摘。过了三十岁，又在夜里梦见手拿丹红的祭器，跟随孔子向南行。天亮醒来，非

全书和作者思想的重要章节。

全篇分五个部分：

一、说明《文心雕龙》

徒，吉甫、士龙之辈，泛议文意，往往间出，并未能振叶以寻根，观澜而索源。不述先哲之诰，无益后生之虑。

盖文心之作也，本乎道，师乎圣，体乎经⑬，酌乎纬，变乎骚。文之枢纽，亦云极矣。

若乃论文叙笔⑭，则囿别区分，原始以表末，释名以章义，选文以定篇，敷理以举统。上篇⑮以上，纲领明矣。至于剖情析采，笼圈条贯，摛神性，

章流别论》分类讲文章的源流有见地，但没有讲各种文章的写作要点，不切实用。功：功效、功用。⑬体乎经：文学创作以经书为宗，即“宗经”。⑭文：有韵文。笔：无韵文。⑮上篇：《文心雕龙》全书分上、下两部分。上部分二十五篇，前五篇是总论，后二十篇是文体论。下部分二十五篇，包括创作论、文学史论、批评论二十四篇和总序一篇。⑯苞：同“包”，包括。会：《附会》。通：《通变》。

常高兴地自言自语:“伟大的圣人难以见到,可是他竟然降梦给我!”

有人类以来,没有像孔夫子这样伟大的人了!

阐述圣人的意旨,最好是注释经典,在这方面,马融、郑玄等大儒已注释得十分精辟宏富了,我就算有深刻的理解,也够不上一家之言。只是文章的作用,确实是经典的旁枝,五种礼制靠它得以形成,六种法典靠它得以致用,君臣的政绩之所以能光彩照耀,军国大事之所以能昭彰显明,都离不了文章。详细推究它们的本源,莫不是圣人的经典。因离圣人的时代太久远了,文章的体制遭到破坏,作家爱好新奇,看重浮靡奇诡的言辞,如在漂亮的羽毛上涂上彩色,在佩巾上绣上花纹,离文章的根本越来越远,造成讹诡和浮滥。

书名的含义、写作该书的原因。——

二、论述写作该书意图:阐发儒家经典,以纠正当时文坛上追逐浮华新奇的不良风气。——

三、对魏晋以来作家的文论进行评论。——

四、阐述《文心雕龙》的体例。——

五、表明自己评论作家作品和阐述文学理论的态度,论述“唯务折衷”的方法论。——

《尚书》论文辞,认为文章重在体现要义;孔子陈述教训,憎恨异端害人。《尚书》的论辞、孔子的教训,所说的“不要好尚奇异”和“声讨异端”,都是作文应该体察的要义,根据这一要点我才拿起笔杆,调和墨汁,论述创作、写作的问题,开始撰写《文心雕龙》。

细看近代评论文章的著作,数量很多。如魏文帝曹丕的《典论·论文》,陈思王曹植的《与杨德祖书》,应场的《文质论》,陆机的《文赋》,挚虞的《文章流别论》,李充的《翰林论》,他们各自阐述一种理论和一个观点,很少观察到整个创作理论,他们有的褒贬当时人才,有的品评前贤文章,有的谈论雅俗的旨趣,有的约略举

异乎前论者，非苟[19]异也，理自不可同也。同之与异，不屑古今，擘肌分理，唯务折衷。按辔文雅之场，环络藻绘之府[20]，亦几乎备矣。但言不尽意，圣人所难；识在瓶管，何能矩矱？茫茫往代，既沈予闻；眇眇来世，倘尘彼观也。

赞曰：生也有涯，无涯惟智。逐物实难，凭性良易。傲岸泉石，咀嚼[21]文义。文果载心，余心有寄。

⑰崇替：兴盛衰废。⑱骨髓：创作上的核心、本质问题。⑲苟：随便。⑳环络：与上面“按辔”皆指文坛上的活动。环，绕；络，马笼头。藻绘之府：与上句“文雅之场”同义，都指文坛。㉑傲岸：不随时俗，性格高傲。泉石：隐居的山林。咀嚼：细嚼体味。

出文章的用途。

曹丕的《典论·论文》论点严密但不完备，曹植的《与杨德祖书》论文辨析清楚然而有不当之处，应玚的《文质论》有文采但粗疏简略，陆机的《文赋》巧妙但碎乱，挚虞的《文章流别论》写得精心但不切实用，李充的《翰林论》浅薄没能抓住要领。再有桓谭、刘桢之流，应贞、陆云之辈，往往泛泛地议论文章的用意，他们的话在各自的文章里间或出现，但他们没能从枝叶追寻到根本，由波澜而去探寻源头。这样论议文章，不阐述先哲圣人的告诫，对后辈探讨文章是无益的。

《文心雕龙》一书的写作，从根本上探索道，师法仿效圣人，体制上宗法经书，文采上斟酌取舍谶纬之学，变化上参考于《离骚》。本书论述文章关键，也可说探索到极点了。

论述有韵文和无韵文，按文体区分开来，首先推求各体的来源，叙述它的流变，解释各体的名称以阐明它的意义，选择各体有代表性的作品确定论述的篇章，陈述各体的理论构成系统。

本书上部，各篇文章的纲领很明确。解剖文章的情理，分析文章的文采，全面考虑写作条理，论述《神思》《体性》，考虑《风骨》《定势》，包括《附会》《通变》，观察《声律》《练字》和《章句》，从《时序》里看到各代文学的兴盛衰废，《才略》褒扬贬抑历代的作家，《知音》里叙述惆怅的感情，《程器》表现了愤懑不平的感慨，最后长抒情怀写下了《序志》，用它统驭全书的篇章。

本书下部，所有篇章的细目很明显。按照理论系统排列，确定各篇的名称，明显合《易经》五十大衍之数，其中说明文章功用的，四十九篇而已。

评论一篇文章容易，总论历代的文章很难。虽分析文章到细微的毛发，深入探索到骨髓，但有的文章含意隐曲，根源隐密，看似浅近，却很深远。至于本书中所没有记载的问题，也是多到无法计算。具体品评作品，有的话和前人说的相同，但并不是人云亦云，实在是不能不同；有的话和从前的论述相异，并不是标新立异，论理确实不能不异。相同与相异，不介意古人的意见还是今人的意见，分析文章的组织结构，力求恰当。

漫步文学的园地，考察文章的场所，这样的论文算是比较周到了。但是，言语不能把用意完全表达出来，圣人也难办到，自己的知识很有限，如何讲出创作的标准呢?

回溯遥远的古代，我沉浸在前人著述之中而获益匪浅，渺渺的未来，我的这本《文心雕龙》也许能够留存并供人一阅吧。

总结：

人的生命总是有限的，学问却无边无际。

理解真相确实很困难，依凭天性了解就容易。

如无拘无束的隐居者，细细体味文章的意义。

如能表达此书的心意，我的思想也便有所寄托。

跋

跋一[①]

纪昀

《文心雕龙辑注》十卷（江苏巡抚采进本），国朝黄叔琳撰。叔琳有《研北易钞》，已著录。考《宋史·艺文志》有辛处信《文心雕龙注》十卷，其书不传。明梅庆生注，粗具梗概，多所未备。叔琳因其旧本，重为删补，以成此编。其讹脱字句，皆据诸家校本改正。惟《宗经》篇末附注，极论梅本之舛误，谓宜从王惟俭本。而篇中所载，乃仍用梅本，非用王本，殊自相矛盾。

所注如《宗经》篇中"《书》实纪言，而训诂茫昧，通乎《尔雅》，则文义晓然"句，谓《尔雅》本以释《诗》，无关《书》之训诂。案《尔雅》开卷第二字，郭注即引《尚书》"哉生魄"为证，其他释《书》者不一而足，安得谓与《书》无关？

《诠赋》篇中"拓宇于楚词"句，"拓宇"字出颜延年《宋郊祀歌》，而改为"括宇"，引《西京杂记》所载司马相如"赋家之心，包括宇宙"语为证，割裂牵合，亦为未协。《史传》篇中"征贿鬻笔之愆，公理辨之究矣"句，公理为仲长统字，此必所著《昌言》中有辨班固征贿之事。今原书已佚，遂无可考。观刘知幾《史通》亦载班固受金事，与此书同。盖《昌言》唐时尚存，故知幾见之也。乃不引《史通》互证，而引陈寿索米事为注，与《前汉书》何预乎！又《时序》篇中论齐无太祖、中宗,《序志》篇中论李充不字宏范，皆不附和本书。而《指瑕》篇中“《西京赋》称中黄贲获之畴，薛综谬注，谓之阉尹”句，今《文选》薛综注中实无此语，乃独不纠弹。小小舛误，亦所不免。

至于《征圣》篇中“四象精义以曲隐”句，注引“易有四象，所以示也”,又引《朱子本义》曰:“四象谓阴阳老少”。案《系辞》“易有四象”，孔疏引庄氏曰:“四象谓六十四卦之中有实象，有假象，有义象，有用象，为四象也。”又引何氏说，以“天生神物”八句为四象，其解“两仪生四象”，则谓金木水火秉天地而有。是自唐以前均无阴阳老少之说，刘勰梁人，岂知后有邵子易乎？又“秉文之金科”句，引扬雄《剧秦美新》“金科玉条”，又引注曰:“谓法令也。言金玉，佞词也。”案李善注曰:“金科玉条谓法令。言金玉，贵之也。”此云“佞词”，不知所据何本。且在《剧秦美新》，犹可谓之“佞词”，此引注《征圣》篇而用此注，不与本意刺谬乎？

其他如注《宗经》篇“三坟、五典、八索、九丘”，不引《左传》，而引伪孔安国《书序》，注《谐讔》篇荀卿《蚕赋》，不引荀子《赋篇》，而引明人《赋苑》，尤多不得其根柢。然较之梅注，则详备多矣。

❶此文是清代纪昀为《文心雕龙辑注》作的提要。

总跋

文爱艺

一

刘勰（约465—约532），字彦和，祖籍东莞莒县（今山东日照），世居京口（今江苏镇江）。南朝梁时期大臣，文学理论家、文学批评家。

公元465年（南北朝宋泰始初年），刘勰生于京口，祖父刘灵真，宋司空刘秀之的弟弟。父亲名刘尚，任越骑校尉[①]。

刘勰很早就成了孤儿，但他笃志好学，依靠沙门僧祐，学习儒家、佛家理论，积十余年，遂博通经论。他分门别类地整理了这些经文，抄录下来，为之写序。定林寺里面藏的经文，都是刘勰编写修订的。

刘勰三十二岁时开始撰写《文心雕龙》，历时五年。

他的《文心雕龙》，得到昭明太子萧统的赏识、宰相沈约的称赞，

❶ 越骑校尉：古代官名，西汉武帝始置，为北军八校尉之一，位次列卿，属官有丞、司马等。领内附越人骑士，戍卫京师，兼征伐。秩二千石。东汉初罢，39 年（建武十五年）改青巾左校尉置，为五校尉之一，隶北军中候，掌宿卫兵，有司马一员。当时五校尉所掌北军五营为京师主要的常备禁军，地位亲要，官显职闲，多以宗室外戚或近臣充任。秩比二千石。三国沿置，曹魏时隶中领军（领军将军），晋沿之。其时别置二卫、四军诸禁军掌宿卫，五校职任渐轻。后罢其兵，旋省其官。十六国多置。南朝复置，为侍卫武官，不领兵，仍隶中领军，用以安置勋旧武臣。北魏初典掌禁军，位次列卿，后成为武臣散官，不领兵，定员二十人。北齐置十人，隶领军府所辖左、右卫府。493 年（北魏太和十七年）定为从三品中，499 年改为五品，北齐从四品。607 年（隋大业三年），令诸鹰扬府每府置二员，领骑士，正六品。618 年（唐武德元年）废。

天监初年，授奉朝请，兼职做中军临川王宏的秘书，后升职担任车骑仓曹参军、步兵校尉、东宫通事舍人。

刘勰担任太末县县令时，清正廉洁。担任东宫通事舍人时，刘勰向皇帝建议，祭天地应同祭太庙一样，只用蔬果，不用牺牲（牛、羊、猪），皇帝下诏命尚书讨论此议，最终按刘勰的建议处理。

昭明太子萧统去世，他内心伤悲，请求出家，没有得到梁武帝许可。于是，刘勰烧发明志，改名法号慧地，出家并圆寂于定林寺。

刘勰卒年歧说甚多。一说卒于520年（南朝梁普通元年）和521年（南朝梁普通二年）之间，一说卒于538年（南朝梁大同四年）和539年（南朝梁大同五年）之间。

以上事迹据《宋书》《梁书》《南史》本传。

二

刘勰不以官显，却以文彰，一部《文心雕龙》奠定了他在中国文学批评史上的地位。

《文心雕龙》问世以来，流传之广、影响之大、版本之多，历代“诗文评”的论著中未有出其右者。

它在长达一千五百多年的传播、流行过程中，产生了众多不同的版本，仅写本、刻本、丛书本、校本加在一起，就不下百余种。

《文心雕龙》清代以前的版本有一百一十三种，其中写本十五种，单刻本四十种，丛书本十三种，校本二十七种，注本五种，选本十三种。

《文心雕龙》最早的版本见录于636年（唐贞观十年）成书的《隋书·经籍志》和同年成书的《梁书·刘勰传》。

《新唐书》《旧唐书》《崇文总目》《宋史·艺文志》，以及郑樵[②]《通志》、陈振孙[③]《直斋书录解题》、晁公武[④]《郡斋读书志》、马端临[⑤]《文献通考》等公私书目均有著录。

郑樵

晁公武

《文心雕龙》现存最早写本是敦煌遗书唐人草书写本残卷。1899 年（光绪二十五年），这个草书写本在甘肃敦煌鸣沙山千佛洞莫高窟第 288 石窟被发现，1907 年（光绪三十三年）被匈牙利人马克·奥里尔·斯坦因（Mark Aurel Stein）[6]盗劫去，现藏英国伦敦国家图书馆东方馆。

察此卷“渊”“世”“民”皆缺避或改避，“忠”（唐高宗太子讳）、“弘”（高宗太子讳）、“曌”（武后讳）、“显”（中宗讳）、“隆”（玄宗讳）、

❷郑樵（1104—1162），字渔仲，自号溪西遗民，兴化军莆田县（今福建莆田）人，学者称“夹漈先生”，宋代史学家、校雠学家。郑樵出生在书香之家，少年时读书资质异于常人，有“神童”的美誉。1126年（靖康元年），郑樵和从兄郑厚接连两次联名向宇文虚中上书陈述抗金的意志和才能，但都未得任用。郑樵不愿应科举，遂隐居于夹漈山中刻苦钻研经学、礼乐学、文字学、天文学、地理学、动植物学等共计三十年，著书千余卷。他数次向宋廷献书，结果都不甚理想。1162年（绍兴三十二年），在宋高宗下达诏旨命郑樵进呈《通志》的当天，郑樵因积劳成疾在临安与世长辞，享年五十九岁。郑樵一生著述颇丰，但大部分佚亡，今存《通志》《夹漈遗稿》《尔雅注》等数种。

❸陈振孙（1179—约1261），曾名瑗，字伯玉，号直斋，卒谥光禄大夫，浙江安吉县梅溪镇人，祖籍平阳陈营。南宋藏书家、目录学家。少壮时期受书香熏染，勤于学习。历官台州知州、嘉兴知府。淳祐四年，除国子司业。后官至侍郎，以宝章阁待制致仕。嘉定末年，陈振孙升为江西南城的县官，开始收藏图书。约1217至1224年间，他做了兴化军通判（在福建莆田），之后又在浙江做了两任地方官，公元1238年又到临安做了国子监的司业。这时他已成了藏书家，关于图书目录的经验和知识已很丰富，便开始了他的《直斋书录解题》的编写工作，创立了书目使用解题和记载版本资料的先例，对古代目录学作出了重大贡献。另著有《吴兴人物志》《氏族志》《书解》《易解》等。

马端临（1254年－340年）

❹晁公武（1105—1180），晁冲之之子，字子止，人称“昭德先生”。济州巨野（今山东菏泽）人。南宋目录学家、藏书家。

❺马端临（1254—1340），字贵与，一字贵舆，号竹洲。饶州乐平（今江西乐平）人。右丞相马廷鸾之子，宋元之际著名的历史学家，著有《文献通考》《大学集注》《多识录》。他为谋求治国安民之术，探讨会通因仍之道，讲究变通张弛之故，以杜佑《通典》为蓝本，完成明备精神之作《文献通考》，成为中国古代典章制度方面的集大成之作，体例别致，史料丰富，内容充实，评论精辟。

马克·奥里尔·斯坦因

李昉

王应麟

“豫”（代宗讳）均不避，因此推测此卷书写时间不晚于开元、天宝之世，也可能出自初唐人之手，是今存《文心雕龙》最古、最佳善本。

此卷约存全书四分之一，可据以校正以后传本文字之误者达四百七十字以上。

宋代版本，据《宋史·艺文志》言，有“辛处信《文心雕龙注》十卷”，其书不传已久。

宋刻本相传有阮华山家藏本，明钱功甫曾见，其后踪迹遂隐。

征引数量较大的有北宋李昉[7]的《太平御览》和南宋王应麟[8]的《玉海》，后者宋刻也已亡佚。

《太平御览》成书于984年（太平兴国八年），是巨型类书。日本存有其1199年（宋庆元五年）蜀刻残本，正文九百四十五卷，目录十五卷；宋闽刻本三百五十一卷。

❻ 马克·奥里尔·斯坦因（1862—1943），犹太人，原籍匈牙利，1904 年入英国籍。1900 至 1916 年间奉英国印度殖民政府之命，三次进入中国新疆、甘肃一带。斯坦因在中国积贫积弱的情况下，用极其不光彩的欺骗手段盗劫走大量敦煌遗书。

❼ 李昉（925—996），字明远，一作明叔，深州饶阳（今河北衡水）人。北宋初年名相、文学家。门荫入仕，补任太庙斋郎、太子校书。五代北汉时期，进士及第，授秘书郎，累迁右拾遗、集贤殿修撰。后周世宗时期，出任集贤殿直学士、翰林学士。北宋建立后，担任中书舍人、给事中，知衡州。宋太宗时，担任参知政事、同平章事，主张与契丹修好，弭兵息民，以特进、司空致仕。996 年（至道二年），李昉去世，时年七十二，获赠司徒，谥号“文正”。李昉工诗，效法白居易诗风，为“白体诗”代表人物之一。其撰写诰命共三十余年，参与编写《太平御览》《文苑英华》《太平广记》，著有文集五十卷，如今已佚。

❽ 王应麟（1223—1296），字伯厚，号深宁居士，又号厚斋，庆元府鄞县（今浙江宁波市）人。南宋学者、教育家、政治家。宋理宗淳祐元年进士，宝祐四年复中博学宏词科。历官太常寺主簿、台州通判、秘书少监、中书舍人、徽州知州、礼部尚书兼给事中等。为人正直敢言，因屡次冒犯权臣丁大全、贾似道而遭罢斥，后辞官回乡，专意著书。王应麟博学多才，学宗朱熹，涉猎经史百家、天文地理，熟悉掌故制度，长于考证，与胡三省、黄震并称宋元之际浙东学派三大家。著有《困学纪闻》《小学绀珠》《玉海》《通鉴答问》《深宁集》《诗地理考》等。另有传世书法《著书帖》等。

1935年商务印书馆《四部丛刊》以搜自日本的宋蜀刻本为主，补以闽刻本影印出版。

《太平御览》采摭的《文心雕龙》有《原道》《宗经》等二十三篇的大部或部分，共计四十三则，九千八百六十八字。

现存最早的《文心雕龙》刻本，是1355年（至正十五年）刊刻于嘉兴郡学的元至正刻修本，现藏于上海图书馆。此为孤帙，惜版面漫漶。

1504年（弘治十七年）冯允中刊本，直接出自元至正本。

冯本都穆[9]跋中有“梁刘勰《文心雕龙》十卷，元至正间尝刻于嘉兴郡学，历岁既久，板亦漫灭。弘治甲子，监察御史郴阳冯公出按吴中，谓其有益于文章家，而世不多见，为重刻以传”的记载。

冯本是明清诸多版本的祖本。

1540年（嘉靖十九年）汪一元私淑轩刊本、1543年（嘉靖二十二年）佘诲刻本、1579年（万历七年）张之象刻本、1639年（崇祯十二年）徐𤊹校本等，皆有渊源关系。

梅庆生音注本影响较大，后世很多版本多依据此版。如1609年(万历三十七年）音注本和1622年（天启二年）第六次校定本。

1609年，梅庆生取诸家校证之说，重为改正，别增音注。1622年，梅庆生推出第六次校定本，复改补七百余字。万历己酉本翻刻，且不止一种。天启第六次校定本版片易手，存世有几种后印本，文字、篇数有异同。

此本有两处脱漏：《隐秀》篇脱自“始正而末奇”，至“朔风动秋草”的“朔”字，计四百字；《序志》篇脱自“则尝夜梦执丹漆之礼器”的“执”字，至“观澜而索源”的“而”字，计三百二十二字。

另有冯舒手校钱允治本等。

《文心雕龙》问世至清代以前，注释本稀少。

明人注本难得，梅庆生《文心雕龙音注》、王惟俭《文心雕龙训故》罕见。

杨慎[10]批点《文心雕龙》具有开创性的意义，他主张“不必说破”，圈点较多，评语甚少。

三

《文心雕龙》问世后，虽版本众多，有文人在官、私书目中著录，或在著述中采摭、引证、考订、品评，但多是只言片语，很是零碎。

直到清代黄叔琳《文心雕龙辑注》诞生，刘勰之书才有了较为完备的校注本，成为《文心雕龙》的通行本。

黄叔琳主要辑的是梅庆生、王惟俭两家的注，校勘依据这两个本子和何焯校本。每篇注释附篇末，评语附书眉，品评注之得失。

黄注本有多种翻刻本。

都穆

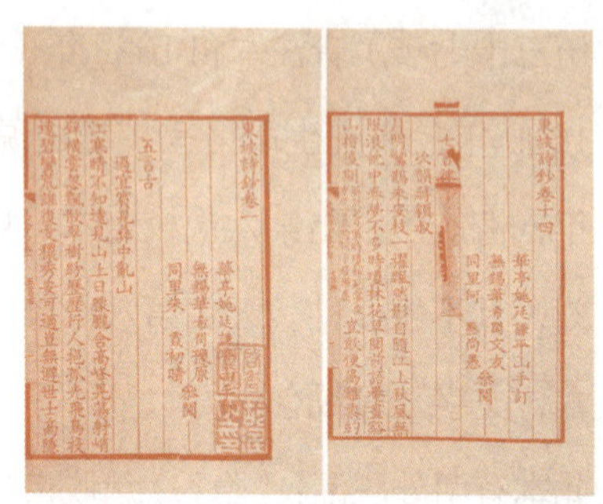
東坡詩鈔卷一

五言古

東坡詩鈔卷十四

華亭姚廷謙平山手訂

無錫華希閔文友

姚培谦手订的书

1741 年（乾隆六年）刻本是最通行刊本，也是最有影响的注本。

后世《文心雕龙》研究者，多引黄叔琳注。

此本衍生、复刻的版本很多，

当代影印本以首都图书馆藏清乾隆年间姚培谦[11]刻黄叔琳注本为底本。

该本保存完好，版刻精良，朱墨粲然，是不可多得的刻本。

卷首有黄叔琳乾隆三年序、《南史·刘勰传》、例言五条、元校姓氏、目录，卷末有姚培谦跋，眉端间有黄叔琳评语。正文每半叶九行，行十九字。

此本是最通行的版本，覆刻、衍生的版本很多，清代主要有：

1782 年（乾隆四十七年）《四库全书》收录本。

❾ 都穆（1458—1525），字元敬，号南濠先生，苏州吴县（今江苏苏州）人。明朝大臣，金石学家、藏书家。少时交好书画家唐寅。1499 年（弘治十二年），进士及第，授工部主事。1508 年（正德三年），转礼部郎中，累迁太仆少卿。1525 年（嘉靖四年）去世，时年六十八岁。著有《金薤琳琅》《南濠诗话》。

❿ 杨慎（1488—1559），字用修，初号月溪、升庵，又号逸史氏、博南山人、洞天真逸、滇南戍史、金马碧鸡老兵等。四川新都（今成都市新都区）人，祖籍庐陵。明代文学家、学者、官员，明代三才子之首，东阁大学士杨廷和之子。杨慎于 1511 年（明武宗正德六年）状元及第，授官翰林院修撰，参与编修《武宗实录》。武宗出居庸关时，上疏抗谏。明世宗继位，复任翰林修撰兼经筵讲官。1524 年（嘉靖三年）卷入“大礼议”事件，触怒世宗，被杖责罢官，谪戍云南永昌卫。在滇南时，曾率家奴助平寻甸安铨、武定凤朝文叛乱，此后虽往返于四川、云南等地，仍终老于永昌卫。1559 年（嘉靖三十八年），在戍所逝世，享年七十二岁。明穆宗时追赠光禄寺少卿，明熹宗时追谥“文宪”。杨慎在滇南三十年，博览群书。后人论及明代记诵之博、著述之富之人，推杨慎为第一。其诗词曲各体皆备，自有一定的风格。其诗沉酣六朝，揽采晚唐，创为渊博靡丽之词，造诣深厚，独立于风气之外。而乐府首倡《花间》，影响隆、万以下风尚，同趋绮丽。其著作达四百余种，涉及经史方志、天文地理、金石书画、音乐戏剧、宗教语言、民俗民族等，被后人辑为《升庵全集》。

⓫ 姚培谦（1693—1766），字平山，廊下人。少时勤奋好学，稍长，喜交游，善文章，名闻江东。1720 年（康熙五十九年）自刻所著《春帆集》，校刊宋刘克庄《后村居士后集》二十卷。翌年，与松江徐是效同作《茸城踢歌》，记载了松江县的风俗习惯。1722 年（康熙六十一年），刻所注《古文斫》十六卷，后集十八卷。1724 年（雍正二年），又刻所著《自知集》。为人清高，淡泊名利，尚书沈德潜荐于朝，不赴。一生勤于纂述，所著《经史臆见》《松桂读书堂集》入《四库全书》存目，还著有《楚辞节注》《类腋》五十五卷，《春秋左传杜注补辑》三十卷，《朱子年谱》《李义山诗笺注》《乐善堂赋注》等，编有《唐宋八家诗钞》《陶谢诗集》等，合编《文心雕龙辑注》《通鉴揽要》二十七卷，《明史揽要》八卷，《宋诗百一钞》八卷。

杨慎

1791年（乾隆五十六年）张松孙辑注本。

1833年（道光十三年）纪昀评本（卢坤刻两广节署刊芸香堂朱墨套印本）、翰墨园覆刻芸香堂本（刊刻时间不明）。

1893年（光绪十九年）湖南思贤讲舍重刻纪评本、传录郝懿行校本、张尔田临校胡震亨本等。

我们用这么多的时间，耗费这么多的精力，来寻觅、研究这些版本的异同，不是为了像孔乙己那样炫耀茴香豆的茴字有几种写法，而是为了正本清源，让这部在历史的尘烟中历经时代的风云依然熠熠生辉的名著，焕发出青春，服务当下，开拓未来，真正成为读者和研究者有效的参考工具。

人类的知识，永远都是为了解决问题，而不是为了炫耀！

翻开、阅读并深研其中，获取有益的营养，愉悦我们的身心，这就是我在这样飘雪的寒夜，一字一句精心编、注、译的目的。

2022年2月11日定稿于襄阳

小传

梁书·刘勰传[1]

刘勰，字彦和，东莞莒人。祖灵真，宋司空秀之弟也。父尚，越骑校尉。勰早孤，笃志好学。家贫不婚娶，依沙门僧祐，与之居处，积十余年，遂博通经论，因区别部类，录而序之。今定林寺经藏，勰所定也。

天监初，起家奉朝请。中军临川王宏引兼记室，迁车骑仓曹参军。出为太末令，政有清绩。除仁威南康王记室，兼东宫通事舍人。时七庙飨荐已用蔬果，而二郊农社犹有牺牲。勰乃表言二郊宜与七庙同改，诏付尚书议，依勰所陈。迁步兵校尉，兼舍人如故。昭明太子好文学，深爱接之。

初，勰撰《文心雕龙》五十篇，论古今文体，引而次之。其序曰："夫文心者，言为文之用心也……"既成，未为时流所称。勰自重其文，欲取定于沈约。约时贵盛，无由自达，乃负其书，候约出，干之于车前，状若货鬻者。约便命取读，大重之，谓为深得文理，常陈诸几案。

然勰为文长于佛理，京师寺塔及名僧碑志，必请勰制文。有敕与慧震沙门于定林寺撰经，证功毕，遂乞求出家，先燔鬓发以自誓，敕许之。乃于寺变服，改名慧地。未期而卒。文集行于世。

❶此文选自《梁书》，姚思廉撰。

姚思廉（557—637），字简之，一说名简，字思廉，吴兴（今浙江省湖州市）人。其父姚察于陈朝灭亡后到隋朝做官，迁至北方，故两《唐书》中《姚思廉传》称其为京兆万年（今陕西省西安市长安区）人。姚思廉为唐朝初期史学家。其父姚察在陈时任吏部尚书，著梁陈二史，未成。他自幼习史，任隋朝代王杨侑侍读。唐李渊称帝后，为李世民秦王府文学馆学士。自玄武门之变，进任太子洗马。贞观初年，又任著作郎，为唐初“十八学士”之一。官至散骑常侍，受命与魏徵同修梁陈二史。姚思廉充分利用其父已完成的史著旧稿，自贞观三年至贞观十年，历时七年，最终完成《梁书》（五十卷）、《陈书》（三十卷），列入二十四史。姚思廉与其父虽为史学家，但皆有较深厚的文字素养，其文字简洁朴素，力戒追求辞藻的华丽与浮泛，继承了司马迁及班固的文风与笔法，在南朝诸史中是为难能可贵。此外，姚思廉还著有《文思博要》等。

姚思廉

文爱艺

文爱艺，生于湖北省襄阳市，从小精读古典诗词，14 岁开始发表作品。

享誉中外的当代著名学者、翻译家、作家、诗人，中国作家协会会员。

共出版作品 200 多部。

著有《春祭》、《梦裙》、《夜夜秋雨》、《太阳花》、《寂寞花》、《雨中花》、《病玫瑰》、《温柔》、《独坐爱情之外》、《梦的岸边》、《流逝在花朵里的记忆》、《生命的花朵》、《长满翅膀的月亮》、《伴月星》、《一帘梦》、《雪花的心情》、《来不及摇醒的美丽》、《成群结队的梦》、《我的灵魂是火焰》、《像心一样敞开的花朵》、《玫瑰花园》、《文爱艺诗歌精品赏析集》（全三册）、《文爱艺诗集·第 62 部·夜歌》、《文爱艺诗集·第 63 部·彼岸花》、《文爱艺诗集·第 64 部·青春》、《文爱艺诗集·第 65 部·风》、《文爱艺诗集·第 66 部·凤凰》、《文爱艺诗集·第 67 部·风中之花》、《文爱艺诗集·第 68 部·柘荣》、《文爱艺诗集·第 69 部·光阴》、

《文爱艺诗集·第70部·天地》、《文爱艺诗集·第71部·人间》等70多部诗集。

译有《勃朗宁夫人十四行爱情诗集》(插图本)、《亚当夏娃日记》、《柔波集》(插图本)、《恶之花》、《风中之心》、《奢侈品之战》、《沉思录》、《古埃及亡灵书》、《小王子》(插图本)、《一个孩子的诗园》(插图本)、《天真之歌》(插图本)、《亚瑟王传奇》(插图本)、《墓畔挽歌》、《老人与海》(插图本)、《培根随笔全集》等70余部经典名著。

编著有《离骚》、《天问》、《九歌》、《九章》、《九辩》、《屈原总集》、《兰亭集》(插图本)、《中国古代风俗百图》、《道德经》、《茶经》、《酒经》、《二十四诗品》(插图本)、《孟浩然全集》、《陈子昂全集》、《中国时间》、《中国病人》、《静心录》、《芥子园画传》、《浮生六记》等数十部作品。

另出版有《当代寓言大观》《当代寓言名家名作》《当代寓言金库》《开启儿童智慧的100个当代寓言故事》等少儿读物。

其作品深受读者喜爱，再版不断。部分作品被译成英、法、俄、日、阿拉伯等多种文字，现主要致力于系列小说的创作。

所著、译、编著图书，获2015年、2016年及2018年“海峡两岸十大最美图书”，16次荣获“中国最美的书”；《文爱艺爱情诗集》(第9版)获2019年环球设计大奖视觉传达类金奖，《文爱艺爱情诗集》(第10版)获2017年中国台湾金点设计奖、2018年美国NY TDC 64 TDC Communication Design Winners大奖，《文爱艺爱情诗集》(第12版)获中国香港2018年HKDA环球设计大奖GDA银奖，《文爱艺诗集·第62部·夜歌》获美国Benny Award铜奖，《文爱艺诗集·第66部·凤凰》荣获 CGDA 2020 年视觉传达出版物 Promotional Design & Publication Silver Awardd 银奖，《屈原总集》获日本 onscreen 类最佳作品奖及 2022 年 DFA 亚洲最具影响力金奖，《浮生六记》获美国 2022 年第 101 届纽约 ADC 优点奖、2022 年亚洲最具影响力金奖，并入围 2022 年度"世界最美图书"，《文爱艺诗集》获"世界最美的书"。